此事无关风与月

李清源——

著

作家出版社

001
—
012

诗人之死

013
—
025

一件
口耳相传的
往事

026
—
046

猎人
与
山贼

047
—
071

门房里的
秘密

072
—
085

准提庵街的
钉子户

contents

此事
无关风与月

086
—
113

青盲

114
—
177

胡不归

178
—
233

红尘
扑面

234
—
265

无缘无故
在
世上走

266
—
357

轻肥

358
—
385

此事
无关
风与月

诗人之死

  派出所打来电话时，杨宗初正在为刘小柳拉赞助。派出所问他是不是文联主席，他说是。派出所说那你过来一趟吧，你们的诗人死了。杨宗初看了看旁边的刘小柳。刘小柳正跟赞助商窃窃私语，耳朵与嘴唇几乎粘到一起。杨宗初不高兴地冲话筒说：哪个诗人？对方说：钟鸣。

  等杨宗初赶到小旅馆，已是一个小时之后。刘小柳要跟他去，赞助商必欲她吃完饭才放行，所以耽搁了。但等饭局结束，刘小柳又改变了主意，不跟主席去看死人，而应赞助商之邀去洗脚。杨宗初开着文联的破现代孑然而往，一路骂着街上的傻逼司机，逶迤来到北关新安街。新安街是条单向胡同，短小弯曲，一头连在闹哄哄的大道上，好似一条可以忽略的阑尾。街口电线杆上箍着一块长条形灯箱招牌，上书"如意旅社"，一个血红的箭头指向街内。杨宗初将车停在街口，步行进入"阑尾"，遥见一辆依维柯横在一家小院门口，车身上喷有"法医"二字。很显然，钟鸣就死在这个家庭式小旅社。

  宅院很小，一栋开放式两层老楼房几乎占光了地皮。钟鸣住的那间在二楼。警察们的工作已接近尾声，法医将钟鸣装进尸袋准备运走。杨宗初要跨进房间，被一名警察严厉喝止。杨宗初略感懊恼，小警察不识大名人，似乎是社会的耻辱。他表明了自己的身份，屋内一便衣男闻声回头，招呼他进去。便衣男是所长，打电话通知杨宗初的人。所长让他看看尸体，确认是不是他们的诗人。杨宗初问死了多久，所长说五天。尸体横陈床上，法医哗一声将拉链拉开。杨宗初说：就是他。所长笑了笑，你都没看，怎么知道是不是？

房内空间狭小，老式木架床和一张两斗桌占去了大半面积。桌面上有一本老式黑胶皮笔记本、一支钢笔、半瓶啤酒、两只塑料杯和若干花生米。花生米摊在塑料袋里，已经生长出白而细密的毛。啤酒瓶和笔记本之间丢着一张身份证。杨宗初将身份证捡起来，递给所长。

有身份证呢，就是他，错不了。

所长嘿嘿一笑，不再勉强。杨宗初知道他是讥笑自己胆小，颇觉羞愧，但就不愿回头张望。所长身后站着一名妇女，四十多岁的样子，脸肌松弛欲垂，肤白而粗，仿佛发霉的墙壁，明显是被长年累月的劣质化妆品毁掉了。杨宗初注意到她手腕上套着一只锃亮的手铐。

他怎么死的？杨宗初问所长。

嫖娼的时候得了马上风。

钟鸣竟然死于马上风！杨宗初惊讶极了，本能地回头望向尸袋。还好法医在他拒绝验身后已把拉链拉上，他只看到了鼓囊囊的海蓝色袋子。杨宗初被自己的本能动作吓了一跳，连忙把眼光转到妇女身上。手铐证明一切，她就是那匹马了。多有意思的事啊！在杨宗初的想象里，钟鸣可以有无穷种死法，几率最大的当然是饿毙沟壑，或者醉死街头，其他如服毒、上吊、跳河等等，也是颇具可能的选项。可是他竟然死于嫖娼！现实永远超出人们的想象，杨宗初一时感慨万千，甚至想捧腹大笑。但在此时此地，发笑无疑是不合适的。他仔细打量妇女。妇女一脸麻木，勾头而立。杨宗初并不能从她身上观察出什么潜藏的秘密，但在这个怪臭弥漫的房间里，所有东西都扎眼，只有她看上去相对舒适一些。

我按身份证上的地址给他们村打电话，村支书说他家没人了，他也有十来年没回去过。所长在旁边说：杨主席，你知不知道他还有什么亲戚？

不知道。杨宗初摇头。我跟他也不熟，就请他吃过几次饭，资助过他几回。

亲朋好友呢？

他这人性格孤僻，独来独往，好像也没什么亲朋好友。

两名法医一前一后拽起尸袋，要把钟鸣抬走，忽有两人匆匆而来，堵住了门口。杨宗初扫了一眼，都认识，打头的瘦高个儿是作协主席吴学圃，后头那个是副主席。所长给杨宗初打过电话后，久候不至，就又按钟鸣电话本上的记录，通知了县作协主席。小小房间又挤进两个人，顿时密不透风，怪臭味亦不堪拥挤，几乎要破窗而逃。吴学圃跟所长交谈了几句，与杨宗初则仅仅彼此一点头，算是打过了招呼。他要看看老钟。所长示意法医打开袋子。杨宗初听到拉链噍然一声长响，然后房间内一片死静，过了几秒，又听到吴学圃叹了口气，好像很伤心的样子。杨宗初心内冷笑：假惺惺！但是他吴某敢看遗容，显摆胆大，当众把自己比了下去。杨宗初夹在人丛里，难免有点难堪。吴学圃凭吊了几秒钟，回望所长。

怎么回事啊？

所长说：一会儿回所里再说。你们先看一下钟鸣的遗物，看看怎么处理。

床尾丢着一只帆布袋子，边角磨损严重，不知用了多少年。吴学圃打开翻了几下，只有几身破衣裳。枕头边有部手机，老式诺基亚的，大家都看到了，却无人去碰。除此之外，就只剩桌子上的笔记本和钢笔。吴学圃拿起笔记本翻了翻。扉页上写着一行字：要么庸俗，要么孤独。往后是日记。但并非日日皆记，第一页标题2008年8月1日，最后一页已经到了六天之前。吴学圃问所长有没有用，所长说没用，吴学圃说：那我拿走吧，留个纪念。所长说：行啊。

众人鱼贯下楼。旅社主人是个四十多岁的男子，精瘦，半秃，一脸晦气地站在院内。所长瞪他一眼，走吧，去所里一趟。

派出所在繁华闹市。警车厉声尖叫，从黏稠的车流中打开一条通道，带领杨、吴二人的车来到所里。所长吩咐民警将妇女和旅社老板分开关押，然后引杨、吴等人去办公室说话。杨宗初看吴学圃神情悲伤，鄙视他会装，但也不由自主哭丧起了脸。杨、吴毕竟是县城文化界大佬，吴学圃还是某局副局长，所长对他们很客气，看茶之后，详细讲述了案情经过。

据卖淫妇女交代，事情发生在五天前的晚上。妇女是豫东人，来此干十几年了，跟城北几家宾馆都有联系，宾馆负责介绍业务，从中提成。这些年因为年纪渐大，客人越来越少，她只好转战街道里的小旅社。小旅社生意一般，客源贫乏，到了淡季，甚至几天接不到一个单，于是自力更生，去大街上寻找客人。钟鸣入住如意旅社第一天，她就已经看到。但是钟鸣衣着寒酸，圆领白 T 恤稀薄得像珠峰上的空气，领口失去弹性，松塌塌地下垂到胸骨中部，比开放女人的深 V 领还低。裤子也是十几年前的土样式，至于凉鞋，怎么看都像从垃圾堆上捡来的。这种男人一般没钱找女人，所以妇女并不打他的主意，何况他还形容邋遢，头发稀疏干枯，胡子却混乱茂密，犹如两条不对称的括号，括着一张苦大仇深的脸。偶尔见他一咧嘴，露出两排黑黄交加的牙齿。女人每晚站街，总会看到他出来买酒，有时候已然喝醉，两脚如踩船般踉跄而归。女人一连三天没有收获，第四天眼看又要落空，于是就拦住了钟鸣。两人在新安街口谈好了交易：包夜，一百元。

　　接下来的事情就搞笑了。进房间后，钟鸣并没有立即动手动脚，而是举行了个简单却又郑重的仪式。他说虽然是性交易，但男女同床共枕，也算一夜夫妻，所以要跟女人喝个交杯酒。完了之后，他依旧没有动手动脚，而是缠着女人讲故事。他说每个失足女人都是跌落红尘的天使，背后隐藏着令人唏嘘的人生之痛。他缠着女人追问生活的真相。女人三言两语就把自己的情况讲完了。钟鸣不满足，提示她回忆经历中的痛苦和侮辱。女人想了半天，实在想不出有什么曲折悲惨的故事，就不耐烦了。钟鸣对她的反感表示尊重，不再强求她讲述难言之隐。但他仍然没有做正事，转而大谈起了自己。他说他是一名诗人，伟大的诗人，虽然全世界都不重视他，但这无损他的伟大。他坚信他的光芒终将穿越肮脏的现实，照亮未来的天空，就像谁、谁、谁和谁那样。这几个名字肯定很了不起，但是女人没听说过，也记不住。然后钟鸣开始朗诵他的诗，情绪激昂，旁若无人，就像忘记吃药的神经病。隔壁客人被吵到，捶墙抗议，抗议无效，跑过来捶门交涉。双方当门交涉了几句，鸡同鸭讲，推搡着要打起来。女人死劝活劝，旅社老板也上来仲裁干涉，终于平息了争端。女人觉得很倒霉，不想做这单生意了。钟鸣不依，指责她单方面中断交易，没有契约精神。女人哭笑不得，只好留下来把生意做完。钟鸣将门反锁，抨击了一阵无耻的邻居，终于开始脱衣裳干正事。干着干着，女人发现钟鸣半边身子不会动了，只剩下另半边依旧卖力蠕动。女人阻止住他，问他怎么了，他却一头栽倒在女人身上。

法医说是急性脑出血。女人以为他死了，吓得要命，慌慌张张逃走了。要是及时送到医院，也许死不了。所长说：那女人躲了五天，觉得这事儿早晚包不住，就来自首。我们出警过去，发现人还在床上，天气热，都发臭了，旅社老板还不知道。

这不能怪旅社老板。钟鸣交了半个月的钱，时间还没到，而钟鸣又把钱砍得太低，老板懒得去给他打扫卫生。房门又紧闭，臭味在室内酝酿发酵，隐约渗出来一点，也被过往的人当成了烂脚丫子的气息。吴学圃点点头，对这番话表示认可。他知道这很符合钟鸣的行事风格。钟鸣不务正业，四方游荡，没钱了找个地方打工，赚到几个钱，就又背包上路。但凡回到县城，都是暂住在这种便宜小旅馆。有一回住过了时间，没钱续费，老板不让走，还是吴学圃去解的围。但是这个老板仍然有责任，而且责任不小。容留卖淫，且造成极端后果，属于情节特别严重，五年以上的徒刑是跑不了的，另外还得罚款。所长说怨不了别人，只能怪他倒霉。

你们这个诗人也不是好货。所长说，我们检查他的遗物，把所有钱加起来，统共就剩三十几块，连嫖资都不够。那女人一看，当场就哭了，后悔得想抽死自己。

所长张口闭口"你们的诗人"，仿佛钟鸣是文联和作协豢养的流氓，发生这样的丑闻，两位当主席的难辞其咎。所长也许并没有这个意思，但杨宗初和吴学圃不难听出语气里的嘲讽和挖苦，并为之感到羞耻。吴学圃说：会不会那女人在逃走之前，把钱翻出来拿走了？

不可能！所长断然否定。她看到钟鸣身上就那点儿钱，精神一下子崩溃了，哭得那叫惨，装是装不出来的。我干了这么多年警察，眼毒得很，是真是假，一眼就看穿了。

吴学圃和杨宗初只好尴尬地笑了笑。所长揪住这个话题不放。写诗的好歹也是文化人，干这种事儿，真没法叫人同情。我很怀疑，这种操行能写出好诗吗？哎，两位主席，他写过什么诗？写得怎么样？

杨宗初说：很一般，没什么天赋，又不读书。我说过他，你不在家好好种地，写啥尿诗呢？他不听，还说我打击他。

也没那么差。吴学圃说，至少在咱们县来说，他的诗算是好的，比起那些只会断句的口水诗，强天上去了。

杨宗初面现愠怒之色，扫吴学圃一眼，冷笑说：有多好？朗诵一首，让所长听听。

有首《通往海洋的河流》就不错，我还记得几句。吴学圃酝酿一下情绪，朗诵道，如果我死在路上／过路的好人／请把我焚烧／把我碾碎／磨成最细的灰／投入任一条通往海洋的河流／我的脚走不出这土地／河流将带我抵达远方。

所长听吴学圃朗诵完，直着眼睛沉默少时，似乎在消化诗句，然后嘿嘿一笑。太深奥了，听不懂。

此时此刻，作为中立第三方的所长，无疑是最具权威的评判者，他说听不懂，等于彻底否定。杨宗初士气大振，毫不客气地奚落。你看，所长都听不懂。叫人听不懂的诗能算好诗？白居易的诗为什么好？就是他通俗，连老太太都能听懂。

吴学圃知道并不是所有人都可与谈诗，但是看到所长这样反应，也不免气馁。看来读诗真如品茗，需要合适的情景和对象。那天晚上他初见钟鸣这首诗，可是读得心潮起伏，现在再回味刚才朗诵的句子，也的确觉得似乎乏善可陈。这也罢了，令人恼火的是杨某的幸灾乐祸，实在是不折不扣的小人嘴脸。

你去找个老太太，现在就去！吴学圃瞪着杨宗初说，我给她读一首白居易的诗，她要听得懂，你把我脑袋揪下来！

杨宗初瞅着吴某气急败坏的模样，冷蔑一笑。这又不是我说的，这是古人说的，你跟我急什么眼？他说，你没读过书吗？

眼看两位文化大佬要杠起来，所长和作协副主席连忙和事劝解。钟鸣之死事实清楚，案情简单，所长已经知会完毕，至于失足妇女和旅社老板，自有后续法律程序处置，已与二位主席无关，所以，他们可以走了。

杨宗初驱车回文联。与吴某的冲突令人不快，但是想到钟鸣已死，杨主席也有点如释重负，如此一对折，他就不那么郁闷了。他想起了刘小柳，立即给她打电话。刘小柳已经跟赞助商洗完脚，此时正在奔赴北山的路上，说是跟焦哥去摘野核桃。"焦"是赞助商的姓，焦后加个"哥"，从刘小柳的嘴巴里说出来，顿令杨宗初烦恼无比。这样称呼其实并无不可，只是刘小柳今天才跟姓焦的认识啊。就算刚认识，这样叫其实也无不可，但杨主席就是不愉快。他问什么时候回来。刘小柳说不确定，可能到天黑了。杨宗初闷闷不乐，也不再往单位，约了几个老朋友去如意茶社打牌。

　　如意茶社是刘小柳开的，以茶社之名，其实是棋牌室。杨宗初就是在这里认识的刘小柳。去年春末，戏剧家协会主席不幸去世，几个副主席都想接任，其中一个尤其想。他托人把主管领导杨主席请来打牌，一边输钱，一边表达了接掌协会的愿望。刘小柳听说文联主席来了，亲自赶来伺候，端茶奉果帮看牌，对杨宗初殷勤无比。她这么干是有原因的，她说她喜欢文学，最爱写诗，今天大师临门，自然要竭力表现。彼时春寒已尽，杏花方落，刘小柳蛾眉淡扫，一袭轻衫，紫褐色的齐肩发在杨宗初耳朵边缭来缭去。众所周知，打牌是不能分心的，杨宗初还得赢钱，还得体会美女的热情，根本顾不上谈戏剧协会的事，所以最终那个人也没有干成。当然，这也与他输钱不够大方有关。竞争的几个副主席都有自己的草台戏班子，一旦当上戏剧协会主席，身价立刻上涨。这么大的好处，那人居然只肯输三千，如果成全他，岂非对另外一个输了八千的人不公平？不过对那人，杨宗初始终怀有好感，等到文联各协会换届，如果他脑子开窍输得够多，杨宗初还是愿意让他来领导戏剧协会的，毕竟如果没有他，杨宗初也收不到刘小柳这个女学生。

　　杨宗初约的牌友，大多是各局委在职或曾经的领导。刘小柳请的服务员，都是年轻漂亮的小姑娘，有眼色，嘴巴甜，领导同志们来过几次，就成了习惯，有时候跟人谈事情，也喜欢到这里来。刘小柳的生意本来要关门，仰赖杨主席帮忙死里回生，又挣扎着撑了一年多。杨主席不光在生意上帮刘小柳，在文学上也没少费心。杨宗初已经五十多岁，快到了"一刀切"的年龄，他寻思着文联主席当不久了，得抓紧时间培养刘小柳，而培养她的最好方式，莫如给她弄个作协主席干，那么在县内她就是名流，在县外则是名媛，要做生意什么的，也有利于搞社交。于是他亲自动手，把刘小柳的诗作裒集成册，准备找个书号贩子，跟人合用一个丛书号，花钱印上一千本。然后再为她开个作品研讨会，请几个地区和省里的作协领导来捧场，冲冲知名度，为换届上位做铺垫。他的意图老早就被现任作协主席吴学圃识破了。吴学圃的主席，也是半道捡的漏儿，前任作协主席是某局局长兼任，中道因事入狱，主席之职也被褫夺。吴学圃因跟宣传部长关系铁，由部长说项，强势上位，杨宗初虽不乐意，也无可奈何。如今部长已升迁外调，吴学圃失去靠山，杨宗初就不把他放在眼里了。但在吴学圃，对下届连任志在必得，杨宗初要扶持情人，他当然不答应。以前有人说刘小柳的诗写得烂，他还保持着前辈的矜持不予置评，现在如果有人说刘小柳的诗好，他会当场批评对方不懂诗歌。他觉得把刘小柳的断句口水诗称作诗，是对诗彻头彻尾的羞辱，像她这样没有任何文学资质的人，好好打麻将就是了，天知道为什么要爱好文学。吴学圃虽然失去了当部长的靠山，但在作协里威望很高，有一大票人围绕拥戴，兼之他身为某大局常务副局长，利用手头资源为作协做过不少事，因此地位牢固。杨宗初要把他踢开，实在不是容易事，弄不好踢他不动，反而崴了自己的脚。

讨厌的刘小柳啊，哪里知道自己为她多作难，不但不体恤抚慰，反而丢下自己，跟初次见面的暴发户去游山玩水！杨宗初在茶社外停好车，悻悻然走向大门。他在门口停住脚，仰头看了看店名。"如意茶社"四个行草体汉字硕大气派，从上往下占满了两层楼。杨宗初忽然想起"如意旅社"，仿佛踩了大便，厌憎之情油然而生。等刘小柳回来，一定要让她把名字改掉。他在茶社内心不在焉地打了一下午牌，不停给人点炮。熬到傍晚，他躲进厕所给刘小柳打电话，说有人请吃饭，让她马上回来。刘小柳说她已经跟焦哥进了农家乐，焦哥要请她吃野味。杨宗初气得差点把手机摔掉。

刘小柳回到县城时已过九点钟。赢钱的家伙请吃晚饭，杨宗初刚吃完，正在回家路上，看到刘小柳的来电，本想赌气不接，无奈爪子不争气，不由自主接通了。刘小柳早就察觉杨宗初生气了，此时娇腔媚调，叫他马上过去，她在等。她跟老公闹离婚已闹了大半年，独自住在茶社，跟杨老师谈文学和人生很方便。杨宗初还想赌气不去，但是爪子又不争气，一拨方向盘就拐了弯。刘小柳已经换上了真丝吊带睡裙，头发松松垮垮地绾起来，一副慵懒妖媚的模样。女人一旦水起来，男人就稀里哗啦，杨宗初心头的怒火悄然而熄，满脑壳只剩下研讨周公之礼的念头。但所谓好事多磨，有人不识相地打来电话，掏出来看看，居然是吴学圃。杨宗初不接，吴学圃就一直打，把好好的气氛都破坏了。刘小柳说：接吧，看他要干吗。

吴学圃是讨要钟鸣的诗稿。他一下午没干别的事，全在那儿翻阅钟鸣的日记，发现了一件不为人知的事：去年十月，钟鸣无钱过冬，找杨宗初求助。杨宗初请他吃了碗烩面，又仗义资助了两百块钱。吃饭时，杨宗初询问钟鸣有没有结集的诗稿，若有，他可以帮忙出版。恰好钟鸣把多年的诗作整理誊抄了三大本，此时信以为真，立即抱到了杨宗初的办公室。但是大半年过去，钟鸣从湖南江西流窜归来，出版的事依旧没消息。钟鸣觉得被戏耍，去找杨宗初讨要诗稿。杨宗初在办公室翻了半天，不见踪影，搔头说大概拿回家了，等他回去找找。第二次去，杨宗初说他想起来了，当时拿到书稿不久，就寄给了一个做书的朋友，请他把把质量关，如果可以，再帮忙操作出版。朋友收到稿后，一直没有回音，他也就忘掉了，真是抱歉。他已经致电朋友询问，朋友说压的稿子太多了，他也忘了究竟看过没有，容他翻找翻找。钟鸣将信将疑，怏怏而归，在日记本上记了此事。这篇日记成了他的绝笔，第二天晚上他就马上风了。

你把稿子拿回来吧。吴学圃对杨宗初说，我们作协想办法出版。

杨宗初说：你不用管了，这事儿我要负责到底。

吴学圃说：杨主席，请你说句实话，书稿到底还在不在？

杨宗初怫然作色。当然在呀！他说，我一个朋友是做书的，好好的在他那儿呢。

在就好。吴学圃说，我们想在钟鸣五七那天，给他开个作品研讨会，既是祭奠，也是纪念。麻烦你把诗稿复印一份，我们编辑一下，胶装几十本，先在研讨会上用。

唔唔，我给朋友说说。

杨宗初挂断电话，歪在床上闷声不语。刘小柳看他很烦躁，劝他说：给他就是了，他想出让他出去，何必争操这个心？

杨宗初说：说得轻巧。

刘小柳盯着他。不会是你弄丢了吧？

暂时找不到而已。

丢就丢了呗，什么大不了的事儿？反正钟鸣也死了，没人跟你打官司。刘小柳笑嘻嘻说，再说钟鸣又不是什么名人，诗也一般，丢了正好，省得浪费纸张。

那东西的确没价值，但是就怕吴学圃拿这个做文章，死咬不放。真不该让他把笔记本拿走，当时忽视了，没想到里头会记这个事儿。杨宗初说，最不该的是，那回请钟鸣吃饭，吃完打发他走就罢了，框外多说一句，问他有没有诗稿，帮他出版，他真就拿过来了。

那也不怪你，只能说钟鸣没眼色，不通人情，人家一句客套话，他就傻傻当真。这不是强人所难嘛。刘小柳说，这个钟鸣也真是奇葩，饭都吃不上，还写诗，真当自己是杜甫转世！一大把年纪了，还这么不切实际。哎，你说他是不是真有神经病啊？

杨宗初待要回答，床头的手机先插嘴了。手机是刘小柳的。杨宗初抢先拿起来，看到来电显示是焦哥，顿时乌云罩顶，直接就挂断了。刘小柳朝他光膀子上拍了一巴掌，娇嗔说：你干吗呀！杨宗初说：不准你接他电话，以后也不准再跟他联系！刘小柳嚷嚷：哎，这可是你介绍的人。杨宗初说：我介绍错了。刘小柳笑起来，刮着杨宗初的脸。哎哟，吃醋了？杨宗初说：总之不准再跟他有任何联系。刘小柳说：好吧好吧。过了一会儿，刘小柳又说：那赞助的事怎么办？

杨宗初说：我再想办法。

杨宗初把办法想到了旅社老板身上。次日上午，他约见公安局政委巴某。巴某是他老同学，交情不错。他代表文联，跟巴政委谈起了诗人钟鸣之死。他说钟鸣已经死了，让旅社老板坐牢也没多大意义，不如叫他拿一笔钱，为钟鸣出一套诗集，这样对他是个惩戒，对钟鸣也有个交代，两全其美。巴政委觉得有理，但不敢专断，就帮忙约了局长，一起吃饭商议此事。局长也觉得好，所谓法律不外人情，他支持。他当场给派出所长打电话交代此事。旅社老板家已经托关系找过所长，领导的指示正中下怀，于是经过协商，以旅社赔偿五万元钱结案。

　　局长和政委是外行，不懂出版行情，想当然认为出书是很郑重的事，花费必然不小，所以对这个赔偿数目并无质疑，甚至还觉得老杨心肠好，没多要。其实五万块钱够出三本书了。胆小女人忌讳多，刘小柳听说要用死人的钱为自己出书，满肚子不高兴。杨宗初笑她是个小封建，再说这钱一经他的手，就是文联的，有文联这个衙门镇着，诸鬼退位百无禁忌。刘小柳不再反对，但终究不大情愿。她闷了一会儿，说：钟鸣的呢？你把他稿子弄丢了，怎么出？

　　我再找找，但愿能找到。

　　万一找不到呢？你怎么给人家交代？

　　杨宗初打了个哈欠，双手搓着脸说：也有办法。

　　什么办法？

　　去网上抄几十首诗，充充数出了就是。

　　不怕人发现啊？万一被人揭发，多丢人。

　　杨宗初一哂。你非要抄名人的？网上诗歌论坛一大堆，无名诗人比河里的麻虾都多，拣他们的东西弄一些，谁看得出来？

　　万一有人看出来呢？

　　看出来又怎样？署名是钟鸣，又不是你刘小柳，别人骂抄袭，也骂不到你我头上。

　　刘小柳琢磨了一会儿，没再说话。这事儿就这样干了。刘小柳的书稿已经编定，先买号印了出来，然后仰仗杨主席操办，搞了个很热闹的作品研讨会，市里的日报还发了篇新闻稿，称其为本省新生代著名女诗人。又过了两个月，已故诗人钟鸣的诗集也在杨主席的关怀下出版了。杨主席还召集了十来个人，在文联会议室搞了个专题座谈会。吴学圃也应邀参加了。他已将诗集翻过一遍，没看到一首熟悉的，大概都是后期作品吧，而且诗风百变，完全没有了以前的味道。大半年后，杨主席也拣选旧作，出了本诗集，拿到市里参评"五个一"，以最高票数折桂，为本县赢得了荣誉。——这些都是后话了。

在杨宗初与刘小柳商议出书事宜的时候，吴学圃正带着骨灰盒沿河而下，试图寻找干净的水域。随行的有两名副主席和三个骨干作家。这条河绕城而过，但是城区段污染严重，肮脏无比，毫无疑问不能把钟鸣撒到那里。一行人驱车下行十几里，水质依旧恶劣。再往前已经没有路。有人建议就撒在这里算了，须知莲花还长在烂泥里呢，在污水中游泳，无损精神上的清高。吴学圃想了想，觉得有理，遂带人下车。河滩上一片荒芜，遍布着废弃的沙坑，狗尾、野蒲和蓬蒿丛簇生长。混浊的河水浮载着各种垃圾，在杂草夹岸的河沟里缓缓东去。吴学圃手捧骨灰盒，与文友们肃立河边。骨灰盒其实是个小瓷坛，白底瓷胎上印着与福寿有关的青花图案。吴学圃说：老钟，河水有点脏，你凑合着游吧。说罢抓出一把骨灰，向河面撒去。不迟不早刮来一阵风，将骨灰大半倒吹回来，散落到河岸的野草乱石上。莫非钟鸣不愿意？不愿意也不行了，天下滔滔如是，往哪儿给他找净水去！何况他自己说过，可以把他投入"任一条"河流，只要它通往海洋。要怪只能怪他没远见，当年写这首诗时，未能想象有一天河流会变成这个样子。吴学圃蹲下身子，将瓷坛摁进水里。这下就不怕风吹了。灰白的粉末像浓烟一样散进河水，然后弥漫开去，与数不清的悬浮物融为一体，在漩涡和水波之间盘旋起浮，以钟鸣不想要的状态流向钟鸣想要的远方。

原发《山花》2016 年第 7 期

此·事·无·关·风·与·月

一件口耳相传的往事

父亲说，要讲清一件事，必须从头说起。所以，他的讲述从我出生那天开始。

我出生那天，村里来了个卖镰刀的老头儿。

父亲是第一个看到他的人。据父亲讲，当时刚过早晌，大概八九点钟的样子，他去田里看麦子。那年天气反常，整个春天都在下雪，院子里的桃花刚开放，就被冻坏了，花瓣上结满冰碴，沉甸甸地坠落下来，就像血渍洒满地面。时令也被搞乱套，小满已过很久，麦子还是一片青。虽说麦子应该撩生割，等熟透再下手，麦粒会炸壳，到手的粮食白白损失，但是此时的麦子也太青了，浆都未灌满，掐一支麦穗揉搓，能揉出一手面糊。后天就是芒种，按时节该播玉米，再拖延下去，秋天的收成也会受影响。父亲很着急，每天都要去田里走一趟，盼着麦子赶快黄。麦子当然不会因为他的期待而加快成熟，他一趟趟跑，只是把自己弄得更焦躁，以至于遇到卖镰刀的老头儿时，他差点儿与老头儿发生冲突。

他们是在村西口相遇的。一条宽阔的道路横穿村子，两头延伸向广阔的田野。那时的乡村道路都是土路，一经雨雪，泥泞不堪，等天晴后日头晒干积水，人畜的脚蹄印和大小车辙渐渐凝固，平坦的路面就变成了立体的。父亲拿着一把旧镰刀，忧心忡忡地走出村子。他手里的镰刀不是为麦子准备的，而是要顺路割一捆猪草。在村口，他看到一个半秃顶的老头儿，拉着一辆架子车，在坎坷不平的道路上颠簸而来。路边有座极破旧的小庙，庙前一棵老柏，在混沌日光中投下一片狭窄的阴影，若有若无地贴在路面上。父亲和老头儿在阴影下交肩而过，老头儿的车轮碾到车辙，车身骤然一斜，车把就撞到了父亲身上。父亲被撞得一踉跄，几乎跌到旁边的麦田里。

你眼瞎了？父亲冲老头儿大叫。

对不住对不住！老头儿停住脚步，向父亲赔笑。

对不住就算了？父亲抬起胳膊，小心触摸着被撞的部位，不满地嚷嚷：很疼啊！

好兄弟好兄弟，你多包涵！老头儿鞠躬谄笑。

老头儿低声下气，猛赔不是，父亲的气就消了。父亲说，那时候人心不同，有了矛盾，只要对方示弱，就不好再计较，不像现在，无理也得强拗，谁示弱谁就没有好下场。两人就此散开，各走各的路。麦子仍不宜收割，父亲就割草泄愤，马唐、狗尾、刺蓟、野谷苗割了一大堆，扛在肩上闷闷不乐地回家。在一个十字路口，父亲又见到了那个老头儿。这个路口很大，但较偏僻，老头儿把架子车靠边停放，正在那儿有一声没一声地吆喝。

卖镰啦，纯钢好镰，不快不要钱，便宜卖啦……

父亲已见过他车上的镰刀：刀片又黑又厚，牢固地钉在白色硬木刀把上，青亮的刀刃在光天化日之下闪着寒光，一看就是结实锋利的好镰，不像自家常用的那种，是用最普通铁片打出来的便宜货。那些镰刀整齐地码在架子车上，少说也有百十把。父亲割草时砍到礓石，把镰刀砍崩个大豁口，刀片也震裂一条缝，已然不能用了。联想到老头儿之前对自己的冒犯，父亲不由自主就走过去。他认为有了那层关系，老头儿肯定会另眼相待，送个甜头给自己。老头儿对父亲的态度果然不同，大老远就殷勤打招呼。

多少钱一把？父亲走到架子车前，盯着那堆镰刀问。

五毛。

不贵。父亲将草丢到地上，从车上挑了一把镰刀，拿在手里反复把弄。再便宜一点吧。

不能便宜啦好兄弟，差不多是白送啦。老头儿说，集上卖什么价，你是知道的，质量也没咱的好。我要不是急用钱，说什么也不会这样卖。

父亲讲到这里，再次向我强调那时人心的善良，不管多理直气壮的事，只要对方一诉苦，就没办法再执意强逼。他把镰放归车上，要回家拿钱。老头儿拦住他，坚持让他直接拿走。

我相信你。老头儿把镰刀塞给父亲，虽说咱哥儿俩头一回见，但我一眼看准你是好人，你只管拿走，家里有钱给我拿过来，没钱拉倒，镰你留着用。

父亲就带着新镰刀回家了。他把猪草丢进猪圈，看着三头猪崽欢快地抢食，又修了修家里的架子车，把松动的地方全部加楔弄紧，然后翻倒二八加重自行车，扒出破损的内胎，小心翼翼地打了个补丁。做完这些，天已经快晌午了。父亲搓着脏兮兮的手走进房间，去查看母亲的情况。母亲气喘吁吁地靠在床上，肚子滚圆硕大，像扣了一只铁锅。夫妻俩讨论了一会儿分娩问题，父亲建议去镇卫生院，母亲则坚持待在家里，请村北的王婶来接生。争来争去，没有结果，母亲累得受不了，就闭上眼睛装睡，不再搭理父亲。父亲索然无趣，坐在床头发了会儿呆，伸手去掀床席。母亲立即睁开双眼，警惕地瞪着她丈夫。

你要干吗？

拿钱。父亲的声音有点期期艾艾，似乎在做一件不太光明的事。买了一把镰，五毛钱，镰拿回来了，人家还在街上等着。

麦口时的镰刀，就像冲锋陷阵时的坦克和机枪，具有无可比拟的重要性。——这个比喻是我若干年后听来的，母亲是见识浅薄的村妇，不是政治家，断然联想不到这个。她当时联想到的是做饭时的刀，分娩时的接生婆，剪脐带时的剪子，以及送葬时的白粗布丧衣。联想虽然不同，但道理一样，因此，她并未指责父亲的破费，只是板着脸闷了一会儿，然后不情愿地挪了挪身子，使父亲可以成功取出压在席下的人民币。

父亲攥着五毛钱来到十字路口时，太阳已爬上头顶。老头儿还在那儿，一个人孤零零站在阳光下，使并不宽敞的路口显得空旷无比。不知道卖出了几把镰刀，也许一把也没卖出去吧。父亲这样想着，不禁心生同情，并为自己送钱来迟而感到一点愧疚。按道理，老头儿的生意不该这么差，麦收时节，正是用镰之际，几乎每家每户都会添置把新镰刀，而老头儿的镰刀这么好，又这么便宜，应该被乡亲们疯狂抢购才对。唯一的解释是，这位瘦如麻秆的老头儿不懂做生意，这个路口实在太冷清了，他应该去热闹的地方，比如村部大院前的那片空地。倘若脑子再管用点，他得去找找支书，送给支书几把镰，或者几包好烟，请他帮忙招呼村民。父亲嗟叹着走过去，看到老头儿萎白的脑门上沁满汗粒，焦灼的神色犹如一层胶脂，异常鲜明地涂抹在那张枯瘦的脸上。老头儿也看到了我父亲，神情突然松弛了一下，以嘴巴为中心绽开一副笑容。父亲据此断定，老头儿之前的慷慨大方是假的，倘若真不给钱，他肯定会懊恼得要死。父亲谅解了老头儿的虚伪，将那张五毛钱纸币递给他。钱很新，上面绘满紫色的图案，在正午混沌阳光的照射下，散发出令人目眩的光芒。父亲说他想到了血，就像过节杀猪，一刀捅进猪脖子，殷红黏稠的液体立即泛着气泡涌出来，一股腥热气息随之弥散到空气之中，令人微微感到一点儿恶心和不安。

家里有点事儿，过来晚了。父亲嬉笑说：吓坏了吧？

哪里哪里。老头儿笑得有点尴尬，显然是被父亲戳破了心事。钱你拿着吧，区区五毛，值什么？交个朋友才重要。

这番话更假，傻子都不会相信。父亲当然不会当真，嘿嘿笑着，将钱丢到老头儿面前的镰堆上。友好的言辞譬如动人的许诺，每个人都爱听，哪怕明知道兑现不了，也忍不住会对说的人心生好感。另外，老头儿的说话风格也有意思，"哪里哪里""区区"以及之前听到的"包涵"，这些词汇文绉绉的，跟土得冒烟的乡村语境一点儿都不搭。这引发了父亲的好奇，给过钱后，他没有就走，而是隔着装满镰刀的架子车，跟老头儿聊了起来。他问老头儿卖了几把。老头儿苦笑。

一把也没卖。老头儿的语气很沮丧。

怎么没卖呢？我不就买了一把嘛。父亲用事实安慰他。

谢谢您啦。老头儿朝父亲点头致意。我只会吃粉笔末，不会做生意，叫好兄弟见笑了。

"见笑"，这又是一个新鲜的词汇。父亲问：你是干吗的？说话真雅气。

吃粉笔末呀。老头儿自嘲地笑起来，就是教书的。

父亲肃然起敬。父亲没上过学：在读小学的年龄没学可上，可以上学的时候，年龄又大了。年龄大不是不可以去读小学，问题是有更重要的事等他去做：挣钱娶媳妇。我父亲兄弟两个，上头有个大他六岁的哥哥，在爷爷主持的一次家庭会议上，全家人通过决议：老二先帮老大盖房讨老婆，然后老大再回过头来帮老二。父亲忠实地履行了他的承诺，轮到老大帮他时，老大却得了妻管严。父亲深感受骗，跟爷爷闹，要求爷爷补偿他。爷爷找老大交涉，无不被老大媳妇骂出门去，自感无颜面对老二，一时想不开，就跟一个过路的外地老寡妇跑了，至今不知所终。父亲孤苦无依，自力更生，没死没活地干，终于在二十八岁时娶到了我母亲。他没接受过一天正规教育，家教又如此令人难堪，所以并不知道尊师重道的道理。他对教师这一职业的尊敬，仅仅因为他老丈人曾经是个私塾先生，而老丈人对他又非常好，爱屋及乌而已。他从衣袋里掏出一盒烟，抽一支递给老头儿。烟是白包的，最劣等那一种，没有过滤嘴，集市上定价五分钱，买得多可能还会再便宜。老头儿连声道谢。两人架巴着身子，就着一根火柴将烟点燃。

教书多美，风吹不着雨淋不着，国家发工资，多舒坦，干这事儿弄屎呢？父亲捏烟的手指了指满车镰刀，说出自己的疑问。

工资就那一点儿，够买个盐，指靠不住的。老头儿说。

你在这儿卖不行，你得去人多的地方，再找村干部帮忙。父亲严肃地说：你不行的，一看你就不是做生意的料儿……

两人在大太阳下抽烟对聊，俨然已经成了好朋友。父亲在聊天中得知，老头儿有个儿子，在首都上大学，攻读的政法专业。——乖乖不得了，出来可是当官的，而且不是一般的官，换算成老戏文里的职位，应该不亚于八府巡按。——几天前老头儿忽然得到消息，说他儿子可能出了什么事儿，劝他管教一下。老头儿赶紧跑到邮局给学校挂电话，挂了几个，都没人接。他想拍电报，邮局的人说这不是好办法，建议他亲自去一趟。京城那么远，要去一趟谈何容易？首先盘缠就是个大问题。没办法，老头儿就赊了这些镰刀出来卖，想换几个钱救救急。两人聊到这儿，父亲忽然想起到了午饭时间，得回去给老婆做饭。

他邀请老头儿去家里吃饭，诚心愿意为他多添一碗水，等吃过饭，再帮他换个地方去卖镰。老头儿犹豫一下，接受了父亲的好意，反复表示很惭愧。

不速之客的到来令母亲感到不悦。但听丈夫介绍完老头儿的家世，她也就不作声了。母亲重孕在身，需要补养。父亲煮了五只荷包蛋，四只给母亲，另一只待客。在端出厨房之前，他想了想，又从母亲碗里分出一只，放到自己碗里。院内有棵老椿树，每到春天叶子长出来，就散发出一种浓郁的气味，有人说香，有人说臭，也分不出究竟。父亲和老头儿在椿树下吃饭，越聊越热火。只是老头儿一直愁眉不展，搞得父亲也很揪心。他劝老头儿不要多想，孩子那么聪明，不可能有事的。父亲也就这么一说，至于那名前途无量的大学生到底面临什么问题，他并不清楚。终归不外是缺钱花吧，他这样想。

我也觉得不会有什么事，可这心里就是不踏实。老头儿唉声叹气。好兄弟，跟你商量个事，不知道行不行。

父亲立即想到他要借钱，先有点不高兴了。你说。

我急着走，这镰又不知道什么时候能卖完，我便宜转让给你吧，一把只要三毛钱，但是得给现金。你看行不行？

父亲捧着饭碗，把汤面条吃得呼噜呼噜，像头十世饿死鬼托生的猪——这是父亲自己说的，作为小辈，我可不能打这样的比方。父亲这样说是一种自嘲，他太激动了，这根本就是从天而降的一笔横财啊！老头儿久等没有回音，急巴巴地追问：行不行啊？

父亲说：再便宜点吧，一把两毛五。

老头皱眉不语，似乎在做剧烈的心理斗争。气氛变得有点尴尬。父亲在尴尬的沉默里备受煎熬，几乎都要撑不住了，终于听到老头儿说：好吧，但你一定要给现金，马上给，我想下午就动身。

镰刀一共一百四十九把，每把两毛五，一共三十七块两毛五分钱。父亲之前买那一把已付款，他觉得吃亏，要求再退两毛五。老头儿摇头苦笑说：好兄弟，唉……结果还是如他所愿，少收了两毛五。父亲拿出家中所有积蓄，又跑到老丈人家，把他的钱搜罗一空，还是差三块多。父亲就去小卖部借，写下一张二分息的借据。老头儿将钱清点无误，开始解绳子卸镰。刚解开一个套，老头儿说：索性架子车也卖给你吧，十块钱，你要不要？父亲扭头看了看自己的架子车。真难心，那车子实在破烂得不成样子，虽经修理，终已不堪大用。车轮也年岁久远，外胎都快磨透了，有两处已崩裂开口，用尼龙绳密密匝匝地扎起来，凑合着发挥余热。父亲回过头来看老头儿的车。真好，车把修直，车板整齐，车轮也是新的，黑色的橡胶外胎上纹路清晰。如果放到集市上，至少得二十块钱吧。父亲怦然心动，抠着汗津津的腋窝说：七块钱吧。

老头儿说：好兄弟，唉……

父亲又去小卖部补了张借据，然后送老头儿离开。他们在村西的小庙前作别。老头儿顺着坑洼连绵的道路踽踽而去。父亲目送他走远，转身欢喜而归，想着唾手而得的财富身轻如燕，忍不住想唱上几句。唱什么呢？他想了想，只会几句国歌，虽然不太应景，好歹也是抒情的东西，可以借来表达快乐。还好街上人不多，不用因为五音不全而过分羞怯。他哼着"起来、起来、起来"和"前进、前进、前进"穿街过巷，曲曲折折地回到家，打算立即拉镰刀去卖，却听到房间里传出一声声凄厉的叫喊。母亲要生了——我在她肚子里躁动不已，急着要进入外头的新世界。

这个意外令父亲措手不及。家里一文不余，要去镇卫生院已不可能，村北王婶成了唯一的选项。王婶不负重托，顺利把我接生出来。一切因陋就简，剪脐带的剪子，也是家里日常使用的那把，不光裁衣截线，还用来剪铰所有可以剪铰的东西，早已钝如刀背。王婶铰了一下，脐带没断，又铰，依旧没断，再铰还没断，一气之下把剪子丢到了墙角。父亲非常尴尬，要去厨房拿菜刀，一出堂屋，先看到架子车上崭新的钢镰。毫无疑问，这镰要比菜刀快多了。他操起一把，折回房间。王婶不满地瞪了父亲一眼，却也没有拒绝这个工具。新镰果然快，王婶轻轻一挥，脐带就应刃而断。我的哭声响彻了破败欲圮的老瓦房。父亲抬起头，望向檩条稀疏的房顶。几束阳光从瓦缝之间钻进来，暧昧地粘在屋梁上。父亲满面忧愁，回视在襁褓中号啼不已的我。

别哭了，小祖宗！他说，房子都要被你哭塌了！

父亲更担心的是我母亲：她大出血了。村诊所的医生被请过来，与王婶一起讨论应对之策。两人集思广益，边想边干，忙了半天，最终达成共识：赶紧送到镇医院。此时已是午夜，无星无月，村庄漆黑一团。父亲跌跌撞撞地奔走，敲遍了所有可以敲的门，仅仅借到六块多钱。母亲躺在架子车上颠簸到医院，进入急救室时，人已经休克了。还好医生水平高，不停唠叨着再晚来十分钟就将如何如何，用各种方法抢救了一夜，母亲终于保住一命，并在第二天太阳升起的时候睁开了眼。父亲略感宽慰。他将母亲和我托付给闻讯赶来的二姨，拉着空架子车疲惫地回家。他回去不是休息，而是要尽快把镰刀卖出去。不光母亲治病需要钱，修缮房子更是当务之急。我家的瓦房历史悠久，据说有一百多年了，房脊早已残缺不全，一排排黑瓦也纷纷滑错开裂，一下雨，屋里就叮咣叮咣漏个不停。父亲爬高检查过，好些檩条已经腐朽了，仅靠修补房顶的裂缝，已不足以维持。要修补还很危险，说不定缘瓦而行时，哪根檩条突然就断了，于是整个人穿房而下，摔不死也会残废。所以要修，必须得把房顶掀掉，重换檩条和芦箔，再摊新泥铺瓦。若能彻底改造，将老房推倒重建，当然是最好不过，要知道这是晚清的房子，房基都沉降了，如今只是苟延时日，早晚会撑不下去，在某个意想不到的时候轰然倒塌。但是盖新房需要一大笔钱，父亲根本承担不起，所以只能退而求其次，先把房顶翻修了再说。纵使如此，他的积蓄也不够。眼看已入夏季，伏天不远，雨水将越来越多，留给父亲的时间则越来越少。而母亲的分娩期恰恰又赶在这个时候，同样也需要一笔钱。他唯一的指望，就是麦子赶紧熟，收获之后拉去卖掉。可是麦子像吃了长生不老药，迟迟不见成熟，今天看是那样子，明天看似乎还是那样子。所以可以想见父亲有多焦虑。所幸天不绝人，在他艰难无助的时候，送来了一个不会做生意的傻老头儿。父亲拉着架子车疾走在坎坷的道路上，生理很疲惫，精神却亢奋异常——说起来很难为情，他已经沉浸在想象世界里，提前享受起了双手抓满钞票的幸福。那车镰刀那么好，简直就像军工的，就算一块钱一把，也会有人争着买。除了留一把自己用，还有一百四十九把，就是一百四十九块，去掉成本，净赚一百一十一块七毛五。另外还有一辆架子车，也几乎是白捡。父亲边走边想，开心死了，忍不住又唱起了五音不全的国歌。

听到这里，我的心不由自主提起来。事实上，从父亲讲到老头儿要跟他做交易，我就已经起疑，并因此心生忧虑。天底下哪有无缘无故的好事？正如过于慷慨的许诺和赠与，大多都别有用心，来自陌生人的过于明显的好处，也往往是为了引人入彀。退一步说，就算天底下真有这样的好事，也轮不到我父亲来沾光。我虽愚笨，也不相信老天爷真会如此眷顾一个屁都不是的小农民。

我过于尖刻的批评激怒了父亲。他坐在萧萧落叶的老椿树下，板起脸来瞪着我。就你聪明！天底下都是傻子，就你一个聪明人！他说，你还听不听了？

我说：你说吧。

父亲接着讲下去。我猜得不错，父亲倒霉了。等待他的不是花红柳绿的人民币，而是银白色的手铐。他刚把那车镰刀拉到村部大院前的空地，就遇到了下乡办案的警察。镇里有个军营，驻扎着一队子弟兵，每年都会搞些活动，体现和谐如一家的军民鱼水情。今年安排的活动，是帮附近的老百姓收割麦子，为此专门采购了一批镰刀。前天晚上，营房仓库突然失窃，部分镰刀被偷走了。派出所接到报警，非常重视，立即派人到各村调查。就这样，我那可怜的父亲一分钱还没到手，就被警察同志逮捕了。

父亲被关了两个月。这两个月中间都经历过什么，他不讲，只是噙着烟笑笑，说肯定不好受。怎么能好受呢？遇到如此冤枉，又被剥夺了自由，倘若心胸小，气也要气死了。再想想家里的房子、麦子、妻子和儿子，每一个都足以令人心碎，父亲能撑过来，活着回到家与我们团聚，也真算得上奇迹。对于刑期，父亲一直比较糊涂，不知道按律治罪，他究竟得关多久。他问过监狱里的领导——也许只是个普通的狱警。在父亲眼里，凡在政府工作的人统统都是领导——也没有得到明确答复，只是从狱友嘴里得知，凡是与军队有关的罪名都很严重，比如破坏军婚。所以他一度很绝望，惶惶不可终日，甚至担心会被当成严打对象吃枪子。两个月后，领导通知他出狱，他几乎不敢相信，反复询问：真的吗？真的吗？领导很不耐烦，大声呵斥他：闭嘴！

父亲得以获释，是因为那个老头儿被抓住了。据后来了解，老头儿在北京整整待了两个月。警察在取得我父亲的供述后，已经通知老头儿所在村委，老头儿刚在傍晚时分回到家，派出所就得到了消息。这让老头儿很郁闷，他本来打算第二天就去自首的，而自首可以减刑。至于自首的动机，他说，他知道我父亲肯定会受连累，他要还我父亲的清白。这也许只是个说辞，反正已经被抓了，不如表现得高尚点，塑造个讲义气的好形象。不管怎么说，父亲出来了，重新获得了为生活而焦虑的自由。

这简直是个烂摊子：麦子终于可以收割的时候，天上开始下雨，大下下小下下，等外公和二姨忙完他们家的活儿，来帮我们收割，基本上已都烂到了地里。老房子也未能抵挡住雨水洗礼，在连绵不绝的冲刷下坍塌了一半。所幸母亲和我因为没人照顾，出院后就搬到了外公家去住，否则已经与父亲阴阳两隔。母亲治疗得不彻底，一直缠绵病榻，而我，情况也不太妙。那天晚上跟随母亲到卫生院，我就发起烧，医生检查了一下，认为是脐带没处理好，感染了。父亲被抓的下午，母亲要求出院。她认为她已经好了，我的体温也降到了三十七度，完全可以走了。医生一开始还好心劝阻，却被她当成阴谋，怀疑人家是在谋财，医生很生气，就不管了。到外公家不久，我又烧起来，浑身赤烫，用外公的话说，像被煮过似的。外公把我抱到村诊所，打了一小针，烧也就退了。过两天又烧，又打针，又退。再过两天又如此。这样反反复复，直到我父亲获释归来。

这个局面令父亲忧心如焚。这个农民的儿子一无所长，除了一身有限的力气，没有任何可以赖以改变现状的东西。他变得沉默寡言，每天早出晚归，跟着乡村建筑队四处卖力。有空的时候，他会去拜拜神。村西头那座小庙，成了他最爱光顾的地方。小庙是寻常的硬山顶黑瓦房，不足十平方米，榆木门头上贴着一张已经发白的红纸，上书四个毛笔字：敬神如在。但是庙里并无神像，也没有供奉哪个神祇的牌位。但这并不影响它的香火，求子女的来拜观音，求财运的来拜财神，求健康的来拜药王，天旱无雨的时候，大家还会集资来拜龙王，看似无神，实际上无神不在。父亲成了一名虔诚的信徒，逢事儿都要来上香烧纸，跪拜相应的神灵。四年后的六月，我再次发高烧，村里的医生怎么弄都退不了，父亲就又带上香纸来拜孙思邈。庙前的老柏树依然如故，树径和树高都没变，似乎连树冠也是原来的样子，而没有一枝一叶的增减。树下有块青石碑，上面的字已漫灭，不知是何时何人从何处搬来的，平放在地上供人憩坐。父亲拜完孙思邈，坐到青石上抽烟发呆。今年天气干燥，麦子熟得早，此时的田野只剩下满地麦茬，黄灿灿的一望无际。大概抽了半支烟，父亲注意到有个人出现在面前。是个老头儿，精瘦精瘦，肤色萎白，头发余剩无几，稀拉拉的呈石灰色。神色看上去很憔悴，似是大病初愈，但腰板很直，整个人纤弱地站在覆满浮尘的黄土路上，仿佛一茎细长的蔺草。父亲瞥了他一眼，觉得有点眼熟，盯着仔细看，很快就认出了他是谁。这时候老头儿也确认了我父亲。

好兄弟！老头儿说。

老头儿是专程来找父亲。他此行有两个目的，一是还钱，二是道歉。他在牢里待了三年，放出来后，买来群羊牧养，绵羊卖毛，山羊卖肉，渐渐攒了些钱，就找父亲来还账。他为他给父亲带来的不幸遭遇而愧疚，特别买了一条好烟，聊表歉意于万一。父亲相信他是真诚的，因为在他表达羞惭的时候，昏黄的老眼里泛起了混浊的泪花。父亲原谅了他。在此之前，父亲已经知道了老头儿的一些情况：在京两个月，他没有找到他儿子，而在入狱之后，他又被学校开除了教职。他老婆受不了打击，精神崩溃，变成了哭笑无常的疯婆子。相比之下，我们家的境况肯定要好一些。这点优越感令一贯自私的父亲心生悲悯，在老头儿不住声的致歉声中尽释前怨。他去小卖部买来一瓶酒，与老头儿坐在我家院里的那棵老椿树下对饮谈心。但也实在没什么可聊的，一个是有文化的小偷，一个是爱占便宜的粗人，除了共同的悲催经历和感慨，还有什么可说的呢？所以只有喝酒。两人酒量都不好，很快就醉了。喝醉的父亲挽留喝醉的老头儿，让他躺屋里睡一觉。房子经过他的精心修缮，已经相当结实了，天上下石头也不怕，可以安心歇息。老头儿谢绝好意，坚持要走。父亲拉扯了几下，也就听任他了。他把老头儿送到村口。夕阳在西天摇摇欲坠，他站在柏树倾斜的影子里，看着老头儿一步步趔趄走远，干瘦的身子晃晃荡荡，犹如在风中摇摆的蔺草。

第二天一早，父亲去镇上买药。药是母亲吃的，生我时大出血落下的病根儿。她当时的治疗很不彻底，出院之后，又只能依靠鸡蛋和红糖调养。鸡蛋和红糖也很少，外公竭尽所能，也仅仅维持了一周。因此母亲身体一直很虚弱，没有抵抗力，动辄得病，病了还不易好，不但再无法帮父亲干活分忧，还成了他的一大累赘。这让她很难过，认为只有自己死掉，才能让她和父亲双双解脱。说是这么说，真要死，她也不愿意，所以就一直这么耗着。我们村离镇子十二里路，途中有一条河流和一道山坡，父亲提着塑料篾编的提篓，迎着朝阳翻上山坡，看到有个人躺在马路边。马路是碎石铺垫，两边狭长的土地上生长着香附、小蓟和马齿苋，草叶子沾满透明的露水。那人就躺在露水重重的草丛上，似乎是睡着了，身子蜷缩得像根扭曲的蔺草。父亲的心脏骤然一慌，像被人狠狠捶了一拳。他拔腿跑过去查看，果然是老头儿。

可能是酒喝多了，走到那儿，就不行了。也有可能是得了急病。父亲说着，不由自主地叹了口气，声息里带着一点令人惆怅的感伤。不管是什么原因，总之他死了。

椿树在不懈生长，每年都粗一圈，庞大的树冠遮蔽了半个院子，无数斑衣蜡蝉和臭虫顺着枝干爬来爬去。父亲掏出一支烟，在左拇指的指甲盖上磕，似乎烟丝卷得太松，得先磕瓷实了才好吸。他不再说话，不知是专注于磕烟，还是陷入了回忆的沼泽。也或者是讲累了想休息吧，我听着听累了。院子里的气氛变得有点怪异，就像椿树香臭不明的气息。于是我就想走开。我刚要起身，父亲忽然又说话了。

忘说一件事。他说，老头儿说，他的镰是从镇上的供销社后院偷的，不是从营房仓库。

我问：这跟我有什么关系吗？

父亲抬起头，盯着我看了半天，似乎在为我的冷漠而不满。但又不止于此，他的眼神儿很复杂，除了表达不满，肯定还有很多其他的含意。但是很抱歉，我理解不了。我读书不多，也不喜欢思考太深邃的问题，只关心什么时候才能娶到老婆。而要娶老婆，首先得赚到足够的钱。所以我埋头苦干，除了赚钱，心无旁骛。比如现在，我就跟着一支建筑队给村里一户人家盖房子，我负责搬砖，一天六十块钱，不管饭。在家吃过午饭，我照例要小憩一会儿，如果父亲在旁，会跟我说说闲话，或者讲故事解闷儿。他的故事一般都稀奇古怪，或者曲折动人，听起来很带劲儿。可是今天这个故事，却如此冗长而无趣，我耐心听了半个小时，比搬了一天砖都困乏。也许那件往事真的曾经深刻地影响了父亲的生活，并因此使他耿耿于怀，可是，真心讲，这跟我有什么关系呢？我只是想休息一下，却被他搞得这么累。

父亲盯着我看了半天，欠身去掏裤袋里的打火机。没有关系。他说。

我笑了笑，对父亲的错误表示宽容。我该走了。我对父亲说，去晚了老赵又要骂。

老赵是建筑队队长，通俗说就是包工头。父亲将烟点燃，深长地吸了一口，然后非常缓慢地吐出来。去吧。他身子后仰，歪倒在竹椅欹斜的靠背上。的确得抓紧挣钱啊，你二十七岁了，该娶媳妇儿了……

父亲这样发着感慨。这感慨更像是束手无策的叹息，使我心生忧愁。我不再理他，起身去厕所方便。等我方便完毕，五分钟又已过去，我系着腰带走出厕所，看到父亲依旧躺在竹椅上。他双眼微阖，似是睡着了，左手搭在胸口，右手垂下来，夹在食指和中指之间的香烟仍在袅袅燃烧。

我冲他喊：走了！

父亲没有回应，一动也不动，安静得像根垂朽的木头。混浊的阳光穿过层层枝叶，漏下来几片黯淡的光斑，不规则地印在他晦暗的脸上。我站在太阳地里看过去，就像看着一张模糊不清的面具。

2016 年 6 月 3 日夜

原发《十月》2016 年第 5 期

猎人与山贼

一

猎人凌晨入山，本欲捉一只山雉，却捉到一个山贼。

猎人早年捕捉山雉，必先张起罗网，再撒谷为饵，诱之以入，运气好时，一次可获数只。六年前，寨主老母忽然信佛，爱生惜命，不忍见动物之死。寨主淳孝，诫令寨民毋得渔猎，以全老母之义。猎人钢叉入库，罗网生尘，不复奔走行猎，但偶尔还会偷偷入山，打只雉鸡或野兔，只是不敢携带行猎之具，以免被人撞见。此次入山，他即空手而往。野兔亡命，不伏不休，雉鸡则不然，被追得急了，将头往草堆一扎，就以为万事大吉。所以他更愿意捉雉鸡。他从一丛蒿莱里惊出一只锦毛野雉，在山林之间狂追不已。其时晨光熹微，零露满山，野雉羽毛艳滑如绸缎，在昏蒙林莽之间颇为醒目。猎人紧尾其后，翻越一道长满刺槐和楸树的山岭，钻进一大片黄栌之内。黄栌密如荆榛，猎人费力穿到对面，野雉已不见踪影。猎人极懊恼，咻咻喘气，顺山谷散漫寻觅。

寻到一条偏僻小径，忽闻有鼾齁之声隐约传来，似是有人在林中酣睡。此山是伏牛余峰，不甚高峻，亦无巨兽，但也时有野狼土豹出没，睡卧其间并不安全。何况时局不靖，内贼未息，外寇又至，常人昼行尚且心生畏惧，此人有胆夜宿山林，若非剪径的强盗，就是夤夜赶路的壮士。猎人分拨湿漉漉的灌木，潜行过去察看，只见一人坐在石块上，背靠栎树大放鼾雷。猎人近前细看，忽然心跳如急鼓。此时晨光渐亮，几缕朝霞已然溅出天际，虽处幽林之中，猎人仍然认出那人是山贼。

山贼睡得极深，猎人在片刻犹豫之后，解下腰间缠绕的绳索，将他捆缚停当，他犹自驹驹不醒。猎人在他肋下重踹一脚。山贼骤然醒来，看到眼前有人，急忙要拔枪，才发现双手已被扎在一起，合手去摸腰间，每天都硬硬地插在那儿的东西已不知去向。山贼起身欲逃，刚迈起脚，便又轰然仆地。原来他两个脚踝也被绳子拴住，中间仅留尺余之长，可供他小步走路，若要飞奔逃窜，双脚必然自相拉扯。栎树下积叶半腐，厚而且软，山贼栽倒其上，势虽疾猛，并无丝毫损伤。他吐掉啃在嘴里的烂树叶，扭身望向猎人，只见那汉子手里把玩一把盒子炮，正是自己那把。

合子儿，里码人……山贼嚷叫。

猎人乜他一眼。别跟老爷讲黑话，老爷听不懂。他把盒子炮插到自己腰里，捡起绳索另一头，将山贼拖起来。山贼神色渐定，向猎人赔笑。

老兄，我哪里得罪你了？

没得罪我。

山贼举起紧缚的双手。那我就不明白，你这是干吗？

跟你有仇。

什么仇？你有亲戚朋友死在我手上？

那倒没有。猎人说，你是山贼，我是良民，山贼良民，难道不是天生的一对仇人？

山贼点头。有道理。山贼说，你要把我送到哪里去？

带你回寨，让寨主处置你。

你是哪个寨的？

光风寨。

山贼身子陡然发僵，脸色一时灰白如枯骨。他在猎人拖行下跟踉几步，忽然笑起来。真心替你后悔。他说，你应该先把我眼睛蒙住，叫我看不到你的脸，否则只要我不死，一定会找到你，弄死你全家……

猎人顿觉有寒气自脊背升起，捡起一枚拳头大小的石块，往山贼嘴里塞。山贼唇齿紧闭。猎人塞不进，便拿石块砸他嘴巴，一砸唇肿，二砸血迸，三砸牙齿崩裂。山贼急忙求饶，唾出一枚门牙，乖乖将石头吞进嘴里。猎人拔几根葎草藤蔓，编结为绳，勒住山贼嘴巴，以防他把石头吐出来，然后拽起绳索，拖曳山贼逶迤下山。

二

光风寨公共议事，都在寨主家族的宗祠里。

寨主闻讯赶到时，宗祠内外已涌入许多人，几位寨中耆老也都坐在椅子上，专候寨主驾临。显然是猎人先在寨内张扬起来，请到诸位耆老，然后才叫人禀告寨主。寨主神色不怿，排开看热闹的寨民，提袍跨入宗祠大堂。

山贼立于大堂中央，等待公审发落。他已被重新捆缚，先用麻绳五花大绑，再泼以温水，麻绳即紧紧勒入骨肉。寨主看到山贼，怔了一下。山贼看上去实在惨，嘴唇已肿得像烂桃，将勒嘴巴的葎草瘀没其中，仍有血丝从溃烂处细细下垂。葎草藤细刺密布，把山贼脸颊蹭得血痕斑斑，寨主看着它，联想到勒牲口的嚼子。耆老们起立迎迓，向他问安，寨主才回过神，踱到他的上首位，撩起袍襟从容落座。猎人喝令山贼跪下。耆老及旁观寨民多以为其必不从，不料山贼闻声而动，朝堂上乖乖跪倒。寨主已准备拂手说不必，见山贼已然下跪，也便不说什么。

地方上处置山贼刀客，早有行之多年的公法：大贼活剥，小贼活埋。一旦做贼被捕，只有死路一条，唯死法不同而已。此时所谓公审，唯一可议的事，是证实其人确然为山贼。寨主睊视猎人。

你有证据吗？

猎人叉腰而立。还用我讲？

寨主端茶细品，似乎没听见猎人说话。呷过几口，复巡视在座耆老。诸位怎么看？

耆老们默然相顾，皆不出声。寨主说：你们先议一议，我跟他说几句话。放下手中盖碗，招呼猎人去别室。猎人形神昂然，跟随寨主走出大堂。别室在宗祠一角，幽僻雅致，是寨主与耆老密议要事的所在。寨主走到室内那张丝楠方桌旁，像要坐到椅子上，却没有坐，负手回视猎人。

你是要向老夫寻仇么？

猎人假装茫然。什么仇？你我有仇吗？

寨主冷笑。苍天在上，你敢说你心中实无仇怨？

猎人亦冷笑。他心中确有仇怨。寨中居民皆世代务农，仅有两人好事，在农闲时一渔一猎。寨主颁行禁止渔猎之令，于多数人并无损害，况且诚令虽严，在公议看来却是出自菩萨心肠，因此寨中耆老均无异议，禁令遂行。渔夫捕鱼，是为卖钱给老婆治病，既不容于村寨，便携带家口离去，在河流下游二十里荒僻处结茅而居。猎人打猎，原非生活必须，只因其母爱吃野味，于是负罗网持钢叉，不时入山打取雉鸡野兔，烹治奉母。后来猎艺渐进，更捕獐子、灰狼和野猪，拖到集市上出卖，以是他的家境要比街坊好一些。禁令既行，猎人心虽悻悻，却不敢不遵，唯当老母思想美味时，悄然入山捉上一雉或一兔，藏掖以归。去年冬，猎人老母到远嫁县南的姐姐家小住，不幸折断腿骨，在那边卧床休养。猎人想起老母爱吃獐肉，久不曾一尝，遂带猎具上山，欲偷猎一只獐子，然后从山阴绕道送往姐姐家。不料上山不久，即被同寨樵采的人看到，飞奔回寨禀告寨主。寨主大怒，亲率一队寨勇进山查看，恰好遇上猎人得手，将捕获的一只獐子打倒放血。寨主喝令拿下。猎人不服，指责寨主强横不公，同是孝顺老母，凭什么寨主可以禁人行猎，他就不能以猎养母？他老母不吃辣椒，他是不是也可以下一道禁令，不准寨民食用辣椒？寨主斥其狂狡无状，将他押至宗祠，如律痛责二十棍，死獐子则由寨主老母诵念三百遍《拔一切业障根本得生净土陀罗尼》，埋到山阳一棵柏树下。猎人与老母悬隔南北，各自养伤，直到年关才复相见。猎人因此怨恨，每思有以报之。此时被寨主当面点破，猎人亦无所惧。

山贼是公仇，我即使寻仇，也是为民除害，跟你有什么相干？

好一个为民除害！寨主怫然。你倒说说，他何时祸害过咱们光风寨？

猎人无语。山贼落草六年来，以骁悍著称，洗劫村镇无数，唯独不曾动过光风寨。就连其他匪帮，也渐渐不来侵犯。其中缘故众所周知：寨主是山贼的亲舅舅。寨主有个妹妹，嫁与县城一户殷富人家，生下这么个儿子。之后妹妹病逝，妹夫因生意在岭南，遂带儿子移居广州。寨主与外甥几年未通音讯，再次听到他消息，竟然已回本地做了山贼。有传闻是他父亲另娶后妻，待他不好，一气之下堕落为贼。另有说法是他天性顽劣，嫌父亲管教太严，遂叛逆而返，投入贼党。究竟是何原因，谁也讲不清楚，寨主亦讳莫如深，不愿提及这个不争气的外甥。然而光风寨日益安全，却是事实，以至于每有巨匪过境，周边乡民立即蜂拥而来避难。猎人的心软了一软，复又坚硬如铁。

光风寨的人是人，其他村寨的人就不是人？猎人反唇相讥。别的寨主跟他没关系，就活该被荼毒？

寨主凝视猎人。猎人脸庞粗犷，颧骨和下颌棱角分明，寨主目光打上去，仿佛打在坚硬的山壁上。寨主将眼光转向窗外，神情逐渐萧索下去，耳若无闻，目空一切，仿佛魂魄游离躯壳。猎人等得不耐烦，在旁问：还有什么话？若无话说，我先出去了。寨主回视他一眼，又复望向窗外。窗外是狭小的过厅，靠墙角植有数棵燕竹，其竿甚劲，其节甚明，其叶甚青，郁郁翠色遮掩了大片灰砖老墙。寨主神色恢复常态，似是已经打定了主意。

非异人作恶，异人受苦报，自业自得果，众生皆如是。

寨主作如是言。这是他自语，并非讲给猎人听，说罢轻吁一口气，转身走回宗祠大堂。猎人跟随其后，徐徐而出。大堂上众声喧哗，犹如麻雀之会，望见寨主回来，立即又静如幽谷。几位耆老尚未议定结果，但已有部分共识：不可使此贼死在光风寨。山贼久不来寨内省亲，但仍有不少人认得他，兼之寨主态度暧昧，大家心中便已有数。山贼于法固然当诛，但于本寨实有恩惠，杀之不义，因此共议将其解送出寨。然而解送何处，却令耆老发愁。日寇近日进犯本县，与国军大战一场，攻破县城，占领全境。自县政府以至各乡镇公所，俱已归敌伪掌握，将山贼解送给他们，等于承认其合法性，甘愿受其统治。倘若穿越沦陷之域，将他解往国区，风险又实在太大。有人建议暂且关押寨内，等到国家光复，再交送政府正法。但有人即时反对。剿贼之法，随捕随诛，是官民一致的保安共识，假如羁押不杀，必将被其他村寨认为是徇私包庇，不仅清名不保，还可能遭受攻击。况且国军孱弱，一溃再溃，等他光复县境，不知要到何年月日。诸耆老议不能决，皆目视寨主，请他定夺。

寨主安坐在太师椅上，手执盖碗啜茶，神情端肃，不语而威。茶尽半盏，寨主轻轻将盖碗放下，扫了一眼山贼。寨主与猎人去别室后，山贼即挣扎着站起来，在场耆老与旁观者亦未管他。寨主眼光从他脸上掠过，见他唇血已凝，瘀肿愈甚，颧颊尽血痕遍布，几不可看，唯两眉间气色自若，眼神亦戾气饱满。寨主将眼光从他身上移往在座耆老，一个个看过一遍。

想必诸位都知道我跟此贼的关系，也都感念他对光风寨的照顾。寨主说，只是法无阿私，且不可因小恩而废大公。他既然做了恶人，就该杀。如今外不能解送，内不能羁押，势必要于今日将他处决。

大堂内外顿起一片嗡嗡之声。寨主也不着急，等嗡声渐息，方才继续说话，命人去找一把利刃。须臾利刃送到，是寨中鞋匠割皮子的钢刀，刀身不大，却精光闪烁，拿来剥皮最合适不过。寨主拿起刀看了看，放到旁边几案上。

我身为寨主，此贼又是我外甥，本该一身承担恶果，亲手剥了他。奈何我老母本月大寿，又卧病在床，我正在斋戒之期，不敢破戒行戮。寨主说，恶人还须恶人杀。寨中父老兄弟，后生小子，有哪位自认够狠够恶，不惧厉鬼报复，就请仗义站出来，将他活剥了。万谢！万谢！

寨主躬身起立，朝诸位耆老与堂下寨民抱拳作揖。众人面面相觑。一位灰发耆老说：刑戮出自国家，不是我们小民百姓能够擅行的，往常行刑杀贼，虽然也有百姓经手，但都有公家作认证。我们今日自作主张，怕是不行。何况我们光风寨立寨以来，世世代代仁风和气，民心淳良，一个个都是善士心肠，你让谁来下这个手？

猎人在旁冷笑。讲来讲去，总之是不能杀喽。

灰发耆老回视猎人。你既然反对，就请你来下手罢，所谓解铃还须系铃人，由你杀他，刚好刚好。

猎人将山贼捉来，本意是想给寨主出个难题，以报杖辱之仇，并非一定要杀山贼不可。此时耆老出言相激，还是惹出他一团怒火。猎人瞋视灰发耆老。你以为我不敢？

你当然敢。灰发耆老说，杀生本来就是你拿手的事。

老子打猎是为行孝，杀贼是为除恶，就算杀生，有何不可？猎人咆哮。

两人在堂上吵，旁观者情绪也渐不平，一个个噪嚷起来。宗祠里声息激荡，空气乱如粥麻。一个狗崽子从人群中挤进来。那崽子二十多岁年纪，腰向前弓，瘦伶伶像烟鬼，双手插在褂子兜里，一边往前走，一边左顾右盼，梳偏分的脑袋东张一眼西张一眼。这是新公所跑腿的差役，奉命来给寨主送信。宗祠里的纷争暂时中断。寨主摸几枚铜子，将信差打发走，当众拆信阅读。信是新任镇长亲笔所书，敦劝寨主识时务明大局，于天黑之前务必赶到镇公所，将共荣联保切结书签了，否则便是与新政权为敌，皇军克期前往扫荡，届时玉石俱焚，勿谓言之不预。寨主看罢，神色愀然，吩咐寨勇将堂外寨民请出宗祠。寨民纷纷散去，唯猎人固执不走。寨勇很为难，眼望寨主。寨主示意他退下，将手里的信递给旁边一位耆老。

这已是寨主收到的第三封信。第一封是公文，命令寨主去参加新公所成立大会。寨主未去。两天后又来一封公文，命寨主去公所签署共荣联保切结书。寨主仍未理会。此次新镇长亲笔致信，严词饬责，显然已对他极端不满。

老夫年过六旬，此身已大半入土，晚节不能不保。但若因此连累合寨父老，更是万死莫赎。寨主说，我这几日忧惧不安，夜不能寐，头发且白且脱，反复思量，竟无两全之策。我也老了，该退位了，在座诸位都是寨里德望高、能力强的人，谁愿大发慈悲，接了这个担子？

诸耆老相顾失色，皆无言语。寨主等得绝望。我本来想悬梁自尽，以身殉国，奈何老母尚在，不敢先死。寨主眼望诸老，神情悲切。诸位，诸位，竟无一人为我分忧吗？

灰发耆老说：寨主不必多虑，你只管去与他们敷衍，大家都知道你是丹心爱国，与敌伪合作，只是为了保护满寨百姓，最是大义之事。

一位秃顶耆老也说：寨主可以效法徐庶，身降心不降，人在敌营心在汉。

寨主摇头。我不过是个小小腐儒，没有那么大的胸襟格局，此生义不事敌国，脚不立敌庭。诸位若无意接任，我这就辞过，带老母逃难去了。

寨主说罢，起身便走。耆老们慌忙挡住。寨主不能走，你走了，我们怎么办？

几个老头儿在堂上争执不下，亦拉扯不休。山贼突然闯上去，肩膀顶开几个耆老，冲寨主唔唔大叫，似是有话要讲。寨主瞟一眼猎人，见他抱臂旁观，若无其事，遂取过几案上的割皮小刀，从山贼耳后将箅草割断。山贼艰难吐出口中石块，活动一下颌骨，嘿嘿一笑。妈的，可算知道堵嘴巴有多难受了，下辈子宁可当猪狗，也不脱生成勒嘴的马骡。寨主皱眉，问他有什么话说。山贼请求先喝一杯水。寨主端起一盏凉茶递到他嘴边，看他张开烂桃嘴，一小口一小口地撮，舐犊之情油然而生，嘱他慢慢喝。山贼将一盏水艰难喝完，剩下最后一口，含在嘴里漱了漱，吐到青砖地上，仍然带有许多瘀血。

你们既想保命，又不愿当汉奸，就好比想嫖娼又怕进窑子，这是不行的。山贼说，我有个办法，可以帮你们解困。

诸老听他比喻得不伦不类，无不心生厌憎。灰发耆老问他有何办法。山贼说：你们选我当寨主，我替你们去投降，我去签那什么切结书，坏事我来做，骂名我来顶，你们就叫我一声空头寨主，依旧安安生生过你们的日子，怎么样？

寨主与诸老皆愕然。山贼继续说：你们就把这当成一桩买卖，你们让我多活几年，我回报你们几年平安，等回头国军光复了，你们再把我押送军法，从此买卖两清。咱们双方都划算，尤其是你们，稳赚不赔。

寨主坐回太师椅，沉吟片刻，征询诸老意见。诸老既觉可行，又感荒唐，都默然不应。寨主说：老夫是宁死不去当汉奸，诸位如果没人愿意接寨主之位，可不要怪我传给山贼了。

秃顶耆老说：就算咱们都不干，大可以在寨内另外找人，寨子这么大，总会有人愿意干。何必要找个山贼，叫人笑死了。

山贼说：你这老头，白长这么精一张脸，脑子这么笨。你们让我干，是我要感你们的恩，你们让别人干，是你们要感别人的恩。感你们恩的人对你们好，还是你们要感恩的人对你们好？况且愿做汉奸的，都不是好人，你们就没谁跟他有过节？到时候他收拾你们，还不像活剥一个山贼那样容易？

众人再度沉默。这次的沉默是默认。寨主见已无异议，亲自给山贼松绑，即刻传位给他。猎人大怒，痛骂老头们得了失心疯，竟干出如此荒谬之事。灰发耆老瞥他一眼。你愿当汉奸，你来做寨主，你若不当，就请闭嘴。猎人语塞，寻思久之，竟无言以对，遂愤然走出宗祠，回自己家去了。

三

消息传开，乡间大哗，光风寨一时成为远近笑谈。寨民深以为耻，但有耆老做主，木已成舟，只能厚起脸凭人笑骂。新镇长只担心光风寨不归附，如今既已服降，目的达到，也不管他新寨主是何身世。毕竟镇长自己的身世也不清白，乱世之中，英雄不问出处。镇中各村寨虽已尽数听命，但大多是被动应付。山贼寨主来得最晚，反而最殷勤，不唯应差积极，三天两晌还有贡献，因此深得镇长欢心，宠眷与日而隆。

山贼最初贡献的是野味，有走兽有飞禽，都是猎人所捕。山贼去镇公所签罢共荣联保切结，向镇长宣誓效忠，获得伪公所正式委任，回寨之后，立即率寨勇去找猎人。猎人自知大难临头，从宗祠回来，便欲举家逃亡。只是老母年纪太大，去年的骨伤一直好不利落，带她出逃，与寻死无异。猎人心中便生一点侥幸，谅山贼既为寨主，必不会再随便杀人。但他终究不安，反复犹豫，未能决断。等他最终意识到逃离为上，将老母抱上手推车，带领家人匆匆走出家门时，山贼已率众赶来，在街口堵住去路。宗祠接任之初，山贼即已收回他的盒子炮，此时持枪站到街中央，笑嘻嘻瞅着猎人。

想走？问过本寨主吗？

山贼嘴伤仍重，讲话呜啦不清，被烂桃子破相的嬉皮笑脸在夕阳下异常可怖。猎人仿佛身陷沼泽，一眼望见全家人的死亡。山贼没有立即杀掉猎人，而是带走他的老母，囚禁在老寨主家一间厢房里。山贼显然知道猎人的要害所在，并且不会让他死得太便宜。离去之前，山贼以新寨主之名发出第一道命令，命猎人于次日上午辰巳之交前上交五十斤野味，走兽飞禽不论，但务必新鲜。猎人以老寨主禁令为辞。山贼玩弄着他的盒子炮，偌大一把铁枪在他掌指间翻转如花。

现在谁是寨主？

你。

寨里谁说了算？

猎人沉吟了一下。你。

不不，不是我。山贼说。他手里翻转的盒子炮突然定住，随即一声枪响，猎人老婆提的油壶已被打碎。众人皆惊。山贼晃着冒烟的枪，对猎人说：是它说了算。

猎人乖乖收拾猎具，重操旧业，入山干起荒废已久的老行当。山贼发布的第二道命令，是征用老寨主宅院，将亲舅舅一家赶出门去。举寨大骇，无不为山贼之无情而心惊，想他对待舅舅尚且如此，对付无亲无故之人，不知更有何等狠毒，恐惧之余，皆骂老寨主引狼自噬，委实活该。次日上午，猎人如时如数送来猎物，计有獐子一头，林狸两只，山雉四只。山贼效仿猎人对待自己的方法，将猎人双手扎住，双脚则以尺余绳索相连，令他挑起猎物，牵着他去镇公所送礼。猎人大恨，顾及老母妻儿，遂忍气吞声，不敢发作。山贼送礼毕，牵着猎人在镇上穿街走巷，物色到一个无赖少年，许以重酬，招引到光风寨当部属。翌日一早，无赖少年携带山贼信物骑骡出寨，于黄昏时分带回来五个汉子。那些汉子胖瘦高低各不同，面相却都不善，疑是山贼党羽。是夜，山贼即撤掉寨勇，换上那些新来的人。猎人本欲觑个方便，趁夜救出老母，逃出寨去，寨勇是多年熟人，或许可以睁只眼闭只眼，此时换成贼党，机会就渺茫了。猎人只好乖乖听命，每日入山打猎，以供山贼送礼和享用。

山贼发布的第三道命令，是勒令寨中各户于三日内交纳钱粮若干，以助皇军圣战之用。皇军进攻本县之前，曾经鏖战数场，接下来还将往西打过去，军需恐有不足。光风寨既已投靠皇军，共荣一体，自当竭诚效忠。那五名贼党各持凶器，在寨中横行催征。诸耆老家资最厚，所以先从他们下手，且数额巨大，几近于贼寇绑肉票的赎金。耆老们不从，山贼便将他们一股脑抓来，关到一间柴房内，声称一日不交，不准吃饭，两日不交，打断双腿，三日不交，就放火烧房，将他们焚死其中。耆老们的老骨头经不起摧残，只好忍痛交纳。有他们做表率，其余寨民无敢不交，实无钱粮可交，便由山贼出面做中，向耆老写字据借贷，由耆老先行垫纳。诸耆老恨得肠青骨白，皆欲生食其肉。他们找老寨主诉苦，各谈家寨之不幸，一个个老泪纵横。推根溯源，他们把责任都怪到猎人身上：若非他多事，将山贼带回寨子，哪里会有今日这无妄之灾？

老寨主子孙都在县城，家中只有老母和几名仆人，被山贼赶出宅院，即搬入宗祠暂住。这日黄昏，猎人正在院内楝树下收拾山雉，老寨主的仆人忽然来访，送上一坛竹叶青，请他饭后去宗祠一趟，老寨主有话要跟他讲。猎人料想老寨主定是要责他破戒行猎，觉得好笑，本不欲往，但看在美酒分上，还是过去了。

老寨主在别室会见猎人。别室很隐秘，将门窗一闭，整个世界便从耳目之中消失。室内青灯一豆，经书数卷，三足铜炉内几支檀香若明若灭。老寨主请猎人上坐，自己在下首奉陪。猎人受宠若惊，避让不获，只好难为情地坐了。意外的是，老寨主并不提打猎之事，反而讲起历史上义士们舍生取义的典故，比如豫让之忠，聂政之义，荆轲之勇。猎人一开始听得糊涂，听到后来，渐渐明了老寨主话后之意。

你是想让我去杀掉你外甥？

老寨主盯着他。你敢吗？

猎人摇头。不敢。

老寨主难掩失望之色。老夫本以为你是个壮士，所以找你来议大事，不料你也是胆小怕事的人，算我看走眼了。

猎人一向胆大敢为，最瞧不起怯懦之辈，被老寨主如此讥讽，便有点坐不住。我还有老母呢。聂政不是讲过么，老母在，此身不敢许人。我死了，我老母怎么办？

这你不用担心，你只要行大义，老母和妻儿自会有人替你养活。

靠别人不如靠自己。猎人说，你也讲过，老母尚在，不敢先死。你不敢先死，我就可以先死？

可那贼子是你带到寨里来的，事由你而起，也由你了断，岂非天经地义？

猎人怫然。他还是你亲外甥呢，寨主之位也是你传给他的，你若还有良知，就该自己动手，大义灭亲。

别室里灯光恍惚，猎人仍然看到寨主的脸色由青变褐，继而一片颓唐。你说得是。但我年纪大了，纵然有心，其实无力。你老母被他囚禁，像犯人一样管待，你身为孝子，也忍得了吗？

猎人神情亦黯然。的确难忍！猎人说：但现在还能每天见老母一面，如果去杀山贼，恐怕就再也见不到了。

山贼很忙，近日更是神出鬼没，没工夫虐待猎人老母。除了不能与家人自由相见，老太太并未受太多委屈，每天还能在院子里走几步，再坐到枣树旁的磨盘上，晒一晒从枝叶间漏下来的碎太阳。山贼驱逐舅舅时，留下一个老仆人做饭。老仆心善，每到饭晌，都记着给老太太送来吃食，绝无饥馁之虞。因此猎人尽管心恨，却也不愿舍身犯险。老寨主颇感无奈，只好送客。忽有一阵枪响自寨北传来，犹如利刃划破夜空，一声声刺入老寨主和猎人耳朵。两人大惊，急忙出门倾听，却闻山贼党羽在寨内沿街奔走，鸣枪大呼：

"共军偷袭大寨，老少爷们儿关紧门窗，无命令不可外出，违者格杀勿论！"

老寨主与猎人惊惶失色。猎人担心家中妻儿，要赶回去。老寨主怕他在街上遇到贼党，被当成共军间谍，劝他在宗祠中留宿一晚，明早再走。这一夜颇不太平，寨墙之上枪声时起，一忽儿在东，一忽儿在西，有时密集一片，有时零散几响。次日凌晨，山贼党羽复在街中奔走大呼，声称共军已退，老少爷们儿可以出来了。猎人心系妻儿，一宿未眠，别过老寨主，匆忙跑回家去。猎人妻子整夜担惊，此时看到猎人归来，譬如劫后余生，泪汪汪对他笑。猎人劝慰妻子几句，忽见儿子从火房走出来，嘴里犹自啃着一块酱烧野鸡翅，急忙进火房查看，只见盛放鸡翅的粗瓷碗已然空空，地上丢着几根连筋的骨架。猎人大怒，揪起儿子便打。

你个兔崽子，鸡翅是给你奶奶做的，竟被你吃个干净！

四

山贼疑似要大宴宾客，命令仆人预做庖炙，将猎人上交的猎物煎炸烹炒。猎人老母在后院厢房外枯坐，闻到香气阵阵，美味之思一时不可遏制，猎人去探望时，便告诉他想吃几口酱烧野鸡翅。猎人为了投母所好，练就一手做野味的厨艺，平时老母所食，都是出自他手。日久天长，不惟烹治精美，宰杀手法也极是纯熟，剔肉分筋，开颅断骨，无不随刃而解。寨主禁止渔猎之前，每逢寨中宰杀猪羊，都是请他来持刀，寨主偶尔会踱过去，背手旁观片刻，看他刃利手快，赞叹不已，夸他刀法不亚于庄子书里的庖丁。猎人家里恰好还留有一只野雉，看望老母归来，即宰杀料理，准备明日一早入山前先给老母送去。不料夜中生变，做好的鸡翅竟被儿子吃个精光。猎人痛打儿子一顿，又骂老婆没看管好，饭也不吃了，带上猎具气鼓鼓地进山去。

今年县内战事多：先是民团与山贼对打；继而国军赶到，与民团一起打山贼；未几日军进犯，国军抽身去打日寇；山贼有的加入国军，有的投靠日寇，余下的两不相投，继续与民团对打。前几日国军兵败西却，县境沦陷，日军以伪军和降贼为前导，到处清乡扫荡。是以数月之内，处处营垒，山岭原野无一地不曾做战场。如今共军也来了，战况必将更加复杂剧烈。猎人纵然胆大，入山之际亦难免心怀忧惧，一举一动十分警惕，唯恐不小心撞上哪一方瘟神。他刚张起一副罗网，下了两只铁夹，忽听山下有人叫喊，侧耳细听，似乎是在呼唤自己。猎人心疑，朝声音方向走去。两边迎面而行，呼声在晨风之中愈来愈清晰，的确是在叫猎人，并且他还听出那人是相好的邻居。

听到了！猎人跳上一块山石，向对方回话。何事啊？

快回去，你老娘死了。

猎人飞奔回寨。老母已被抬回家中，放置在堂屋门板之上，掌心指末尚微有余温。猎人几欲昏厥，揪住老仆质问母亲死因。老仆陪同街坊将猎人老母遗体运送回来，以年长之尊指点办丧，此时尚未离去。他劝猎人节哀，示意猎人取间说话。猎人把他带进睡房，将门反扣，请他便讲。老仆叹一口气，向猎人细诉原委。他昨晚给猎人老母送饭时，听她念叨犯馋虫，想吃几口野味，便在今晨送饭前，求山贼赏给她一块肉。山贼便取出一块野鸡脯，叮嘱老仆只能给猎人老母吃。老仆以为山贼小气，也未在意。几刻钟后，他去厢房收拾碗筷，却发现猎人老母已暴死室内。老仆讲罢，从怀中取出一只油纸包，将纸打开，露出一块未啃尽的鸡脯。猎人老母牙齿稀疏，啃骨头总是不净，便放在嘴里嘬，直到将附着在骨头上的肉嘬光。这块鸡脯想是没来得及嘬，人便已死了。

我怀疑这肉里有毒，多个心，把它藏了起来。老仆说，你拿去喂狗，倘若狗死了，就说明你娘是被毒死的。

猎人骤然想起与老寨主谈论刺杀山贼之事，料想是山贼获知消息，下此毒手弄死了他老母。猎人悲愤难遏，排门而出，操起钢叉便往外冲。老仆急忙唤人将他拖住，拉回房内，劝他不可孟浪，如此寻仇，徒然送死。猎人警醒：山贼或许正要以此激怒自己，等自己持凶器上门，便以自卫为名将自己名正言顺地杀掉。老仆屏退众人，让猎人安静一下。猎人痛哭不已，誓言一定要杀了山贼报仇。老仆叹息久之，取出一把钥匙递给他。

山贼这般作恶，真是天理难容！老仆说：这是后门的钥匙，你若定要报仇，就等夜间潜入宅院，趁其不备，才好得手。

猎人将钥匙接到手里。老仆又劝慰几句，不敢久留，道别而去。猎人且痛且恨，心乱如麻，将钥匙看了又看，最终按捺不住，遂提钢叉越窗而出，从僻静处绕道潜行，来到老寨主宅院后门。这几日贼党横行寨内，昨晚又响了一夜枪，寨民人人心惶，白日亦不敢出门，是以街巷冷清，猎人一路行去，竟未遇到一人。猎人取出钥匙插入锁孔，果然一转而开。老寨主在老母信佛之前，也爱吃野味，猎人时常去他家送，因此对其宅院并不陌生。他手握钢叉，悄然闪进院内，从后院往前搜索。宅院寂寂，了无人踪，猎人一直搜到前宅，才见到一名贼党。那贼党身材瘦小，正坐在正堂台阶上喝酒，此时已然半醺，眯眼靠在柱子上哼小曲。猎人摸过去，自背后堵住贼党嘴巴，右手挺叉刺入其胸膛。贼党弹挣几下，即已死去。猎人将他拖入偏房，塞到一张床下，继续在宅内搜索。然而搜遍偌大宅院，再未见到一个人，就连老仆也不在。

猎人正纳闷，忽闻外头噪声大作，还有一种古怪的突突声，从街道自远而近，须臾已到宅院之外。猎人心惊，急忙躲进一间偏房，从破损窗纸望出去，只见山贼与其党羽已带领一队荷枪军人走进宅院。猎人没见过日军，但看那些人军服与国军截然不同，山贼在前引路，且走且赔笑，不住躬身说皇军请，可知必是日兵。想应是昨晚共军攻寨，山贼受到惊吓，于是请主子来撑腰。山贼将日兵带到正堂，连声高呼那名已被猎人杀死的贼党，数呼不应，骂一声往哪儿吃屎了，叫另一名党羽去上酒肉，款待皇军一行。党羽应声而去，用桃木条盘将酒肉一盘盘流水般端上来。山贼请皇军落座，先喝三杯水酒洗尘。领队军曹并不急着喝酒，负手站在正堂前四下打量。一名日兵发现台阶上未干之血，逐迹搜寻，从偏房内拖出贼党尸体。军曹与山贼皆大惊。军曹喝一声：搜查しろ！日兵立即散开，在宅院内逐房搜索。猎人很快便被搜到，刺刀顶胸押至军曹面前。山贼知其党羽必是猎人所杀，拔枪便欲杀之。军曹喝住他，命翻译传话，审问猎人来历，是共军所派，还是受蒋军指使。猎人料定必有一死，只是母仇未报，虽死不能瞑目。翻译令他招供，他咬牙不语，翻译威胁杀他全家，他才将杀人缘由讲了一遍。山贼听他讲到肉中有毒，脸色骤变，骂一声胡说八道，举枪便射。旁边一名日兵手快，以枪托疾砸其臂，子弹遂呼啸着射入青砖地面。军曹大疑，走到正堂上，扫一眼已然列满方桌的酒肉，示意一名贼党上前，令其吃一块肉。贼党脸色青灰，觳觫如筛糠，忽然拔枪射向军曹。日兵早有防备，先行开枪将其击毙。军曹大喝：捕まえろ！日兵一拥上前，将山贼及其党羽拿下。山贼被两名日军反剪双臂，按在正堂阶下。军曹踱到山贼面前，用生硬汉语说：

你有什么话讲？

山贼知大势已去，乜了猎人一眼，嘿嘿笑起来。大好一桩事，毁到你个王八蛋手里。他说，妈的，真是人算不如天算……

翻译捡起山贼的盒子炮，狠砸其脸，令其招供。山贼嘴伤方愈，被他连番重击，顿时又肿胀开裂，鲜血溅出，急忙叫喊：别打别打，再打老子就不招了。

翻译住手。山贼果然痛快招供了实情。日军进犯县境时，山贼所在的匪帮捐弃前嫌，主动配合国军作战。县南一役，国军大溃，匪帮掩护大军撤退，依山林之便阻击日军。日军前进不利，调山炮猛轰半日，匪帮二十余人死伤殆尽。山贼命大，只是被炮弹震晕，跌落到崖底草蓬内，以是躲过一劫。山贼与帮内兄弟拜过八字，与日军作战前，又曾立誓同生共死，此时只余山贼一人，遂发誓为死者报仇。他想起光风寨的舅舅有枪，打算借来几把，再拉起一杆人，与日军火并周旋，遂黄夜前往光风寨。潜行至附近山中，山贼疲惫不堪，本想少歇片刻，不料一坐下来就睡着了，结果为猎人所擒。所幸后来情势大变，山贼不但未死，还当上光风寨新寨主。于是因势生计，佯为汉奸，搜刮寨民以取悦镇长和日军，逐渐获得信任。他与党羽谋划数日，定下一策：制造共军夜犯大寨的假象，诳来一队日军，以犒劳为名，在酒肉中下毒杀之，然后夺其武器，剥其军服，假扮成日军，夜袭鬼子兵营，大开杀戒，为战死兄弟报仇。眼看大功垂成，却莫名其妙冒出个猎人，坏了他们的好事。山贼颇感无奈。

是你老娘嘴馋，偷吃我的肉，死了活该。山贼怒骂猎人。老子先死一步，在阎王殿等着你，再好好跟你算账。

猎人愕然失措。军曹命将山贼与党羽押到寨外处决，召集全寨人等皆来观刑，使知逆抗皇军之下场。猎人眼望山贼被日军押出宅院，心头忽然闪念：昨夜别室之事极其私密，除却他和老寨主，并无第五只耳朵在场，山贼怎会知晓？况以山贼之恶，要杀他和老母直可下手，何须那么曲里拐弯？猎人大疑，向后院寻找老仆，依旧不见其人，欲往宗祠寻觅，刚到街上，便被日军叫住，持枪逼其与寨民出寨观刑。

行刑地在南门外。南门是光风寨正门，堑沟外两箭之地有个水塘，旁边生长几株老杨柳。军曹下令将三名贼党和那个无赖少年立行枪决，而将山贼捆缚于那棵最粗的柳树上。柳是旱柳，树干修伟，枝叶繁密披离如旒盖。山贼任由日军捆绑，眼望少年尸体，嘴里喃喃自语：对不住啊小兄弟，连累你……

捆缚既定，军曹令翻译喊话。皇军怀疑寨中必有同谋，凡寨中人等，自十五岁以上，每人都要割山贼一刀，取其身上一片肉，以证清白。倘若不割，或一刀将山贼刺死，即是山贼同党，立地格杀。人群一阵嚣动，嗡然指责翻译不讲理。日兵恐生不测，朝天放了几枪。寨民立即安静下来。日兵以刺刀逼出一名老汉，命他先动手。老汉接刀在手，看看山贼，长叹一声，说道：我老了，还能再活几天？何必要作这个孽？挥刀抹向自己脖子。血液随刃飙出，老汉亦颓然倒地。寨民与山贼皆惊呼。

何必何必！山贼大叫，老子杀过你们亲戚，抢过你们钱财，就算鬼子不来，你们也该把老子活剥了。这样假惺惺装义气，老子可不承情……

寨民听山贼如此叫嚷，更加痛恨猎人。日军再以刺刀逼出一名男子。男子持刀走近山贼，痛哭流涕，不敢下手。一名日军托起长枪，将射杀之，忽听有人高喊：慢着！众人回头，只见猎人从人群中挤出来，高举双手走到军曹与翻译面前。

劳驾你，把我的话译给皇军听。猎人对翻译说，我知道皇军查同谋是假，实际是想让他多吃点苦头，再吓唬吓唬寨里百姓，叫大伙害怕。但是这样搞，把大伙的怕逼成恨，反而不妙。我有个主意，既叫皇军解恨，也叫百姓害怕，还能让大家都开开眼，你问问皇军，看让不让干。

军曹听得懂汉语，只是不大会讲，此时不等翻译说话，已先回应。说说看。

猎人倒愣了一下，稳一稳神，向军曹赔笑。老辈子有个惩罚坏人的法子，不知道皇军听过没有：剖开坏人的胸膛，把心摘出来，当面剁碎，坏人眼睁睁看着自己的心变成肉末，然后才死。

军曹兴起。那得多快的手，多利的刀！

您若想看，我这就给您露一手。

翻译在旁皱眉。万一不成呢？

猎人瞅他一眼。那就让皇军杀我全家。

翻译回望军曹。军曹点头。看看。

猎人立即回家取来一柄钢斧和一把小刀。钢斧是他打猎时防身所用，几次与狼豹近身相搏，以此劈碎猛兽之颅。他将钢斧插在腰间，撕开山贼衣衫，两手在他胸前推按揉搓。安心上路。他对山贼说，恨我时就回来看看我。山贼脸色青灰，勉强朝猎人笑。你下手可得快点，别搭上你老婆孩子的命。猎人说：你多忍一会儿。山贼说：怕忍不了。猎人说：那还是我快一点吧。言毕拔出钢斧，大吼一声：看好了！将小刀咬在嘴里，运斧成风，劈向山贼胸膛，砉然一声闷响，已然自上而下破开。翻译因猎人手有凶器，持枪遮到军曹前。军曹视线被挡，将翻译推开，猎人已把山贼的心脏剖出来，丢到木板上一顿狂剁，须臾便成齑粉。观刑寨民肝胆俱裂，尖叫和哭声喧然大起。山贼身体剧烈抽搐，胸前血如泉涌，两眼盯着糜碎的心脏，口中呢喃有声：

好斧头，好快手……

猎人手持斧头，朝军曹叫喊：军爷，给他个痛快吧！

军曹走上前，抽出腰间所挎军刀，横刀一抹，已将山贼脖子斩断。山贼脑袋跌落地上，滚出丈余之遥，停顿到党羽尸体之间。寨民皆掩目低头，不敢观望。军曹目的达到，命令翻译训一顿话，无非是做良民、毋通匪之类，然后坐上挎斗摩托，率部下扬长而去。寨民如退潮般倏然散尽，只留下几名胆气略壮的人，执械挖坑，将山贼及其同党掩埋在水塘旁。猎人在水塘里洗净钢斧和小刀上的血渍，注视他们掩埋罢，跟在他们身后回寨。那几人似是怕他，走得极快，等他进到寨门，已看不到他们人影。街道阒无一人，仿佛是座空寨。猎人手提雪亮的钢斧，走向寨北宗祠。遥闻有老妇号啕之声，跨进宗祠，只见老寨主的遐龄老母匍匐在大堂之上，抚摸一具死尸哭得哑哑欲绝。猎人走上前去，看到死尸有两具，一具是穿长袍的老寨主，一具则是他忠实的老仆人。在两具尸体之间，丢着一只豆青釉小瓷瓶。老妇人哭到极处，捡起那只瓷瓶，将余液倾入口中，很快失去知觉，瘫到儿子身旁死掉了。

<h1 style="text-align:center">五</h1>

这天晚上，猎人一家即离开光风寨，不知所往。寨内从此也不平静起来，每到夜半，便闻怪异之声，时为山贼之笑，时为老妇之哭，偶尔夹杂几声老寨主的叹息。尽管有人辟谣，山贼之笑其实是夜枭之鸣，老妇之哭不过是风灌洞穴，老寨主的叹息，则是人们惊惧之下的幻觉。但人心已乱，皆以光风寨为不祥，有钱人家相继搬走。好端端一座大寨，从此与日衰落，直到数十年后山中发现煤矿，才重新繁荣起来。这已是后话。

猎人两个月后再次出现，已经没有人认得他。他也不希望任何人认出他，所以把脸相毁得很彻底。他的声音也完全大变，以前洪亮有金属音，一听而知肺气充沛，现在则喑哑得像老鸭之喘，令人不忍卒闻。站岗的国军士兵听了很久，才弄明白他是打听日军某部某分队的去向。

他们滚蛋了。士兵说，现在这地方是咱们国军的驻地。

滚哪儿去了？猎人问。

滚回日本呗。他们投降了，不回去，还让咱养着？士兵从猎人眼睛里看到无穷失望。那双眼睛是猎人脸上唯一不让人恶心的地方。老乡，咱们打赢了日本，你好像不开心呀？

猎人的确不开心。他如此自毁，只为复仇时不被认出来，进而连累妻儿和光风寨父老。这是他从老寨主所讲豫让故事里得到的灵感。不料伤好出山，日本却投降了。猎人恨得全身骨头一节节作疼。

他们往哪个方向走了？猎人问士兵。

往东，先去郾城受降点投降，再送他们回老家。

猎人即刻动身赶往郾城。他心急脚快，日夜兼程，于途中遇到许多支缴械的日军，在国军押解下前往郾城，打听番号，俱非要找的那支。数日后赶到郾城。郾城本是小县，此时已人满为患，国军与降兵源源而至，几乎所有可住人的地方都被辟为营房。猎人排齐打听，一连三天俱无所获。第四日上午，猎人在一座军营外歇息，有两名士兵从旁边路过，边走边聊，猎人听出其中一人是家乡口音，拦住问候，果然老家相距不远。两人叙几句乡情，猎人向他打探那支日军所在。战士打量他，仍显稚气的脸上挂着微笑。

老乡，你是不是要报仇？

你怎么知道？

咳，想报仇的人太多了，我们也想把他们都杀掉呢。战士说，但是不成啊，长官讲了，他们投降了，就不能动，有法庭审判他们，动了就是犯法。

我知道。

那你还找他干吗？

猎人沉默少时，叹了口气。心里憋得慌呀！

老乡并不知道军曹所在，也无意替他打听，聊过即别过。猎人情绪低落，在街上茫然四走。走到一个所在，那里正在修路，干活的都是降兵，若干国军士兵在周边持枪监视。猎人沿路侧往前走，边走边打量那些降兵，走过百余米，脸上唯一完好的眼睛突然涩疼异常，仿佛当空揉进一把沙子：五米外那个持镢头筑地的降兵，正是他要找的军曹。军曹直起腰擦汗，也看到了猎人，神色略无异动，想必是没有认出他。猎人暴喝一声，从衣衫下拔出钢斧，咆哮着冲向军曹。军曹躲闪不及，被猎人撞翻在地。猎人将军曹压在身下，抢起钢斧便砍。事起突然，旁边降兵皆不知所措。一名国军士兵看到钢斧高举，情急之下开了一枪，打中猎人左肋。猎人犹不住手，钢斧接连劈上军曹胸膛，继而将斧一抛，抽出一柄小刀，在军曹胸前一抹。几名国军士兵冲上前去，将猎人拖开，却见军曹胸口并无血迹，更无刀斧之伤，唯有一片钝器捶击所致的青紫。原来猎人所用，只是斧背和刀柄。猎人被士兵扭住，忍疼站在满地石砾之间，怒视两步之外的军曹。

你知道我是谁吗？

军曹已被同伴扶起来。他盯着猎人看了多时，缓缓点头。我知道了。他说。

你是降将，杀你不是好汉。但要放过你，我怎么对得起我这张脸，我这喉咙，还有那些枉死的人？

军曹朝猎人鞠躬，然后垂头而立，默然不发一语。猎人肋下鲜血流淌，双腿发软，便要往地上栽倒。士兵急忙送至师管部医院。长官听闻此事，感佩至深，叮嘱医生好好医治，康复后再雇车护送他回老家。猎人并未久留，以另有要事为由，伤势稍缓，即坐车归去。他在黄昏时分回到光风寨，手挂一根树枝，站在老旱柳下望了望巍峨的寨垣，然后绕过大寨，蹒跚走向东山。寨民已将山贼及其同伴的尸体移葬到山坳，坟头树以木碑，上书"义士之墓"四个字。猎人拄枝立于坟前，眼望木碑发一会儿呆，想起既未带酒，也未带肉，甚感无趣。太阳已经落山，大半个月亮温润地悬在天上，山林中鸟鸣猿啼，使人闻之生愁。猎人扶枝坐到一块石头上。

我说过，你若恨我，就来找我，干吗一直不来？难道是把我忘了？猎人望着山贼那座坟。你不找我，我也会还你，这账我可不欠。

次日上午，寨中有人上山樵采，路过义士墓，发现有人死在山贼坟前。走近观看，只见那人面容丑恶，胸膛洞开，心脏被剖出来，血淋淋地放在方石供台上。尸体之旁的草丛里，丢着一柄利斧和一把尖刀，如雪钢刃在阳光下闪烁着刺眼的精光。

原发《人民文学》2019 年第 12 期

《小说月报·大字版》2020 年第 2 期选载

门房里的秘密

一

灯光在电瓶内昏睡，被开关叫醒，迟疑了一下，不情愿地亮起来。电量久已不足，灯光在饥饿中煎熬，支撑到现在，已如老朽之人，竭尽所能，亦照不到三尺之外。它甚至都不能照亮自己。黑暗稠浓得仿佛柏油，充斥于蛛灰四布的老房内，面对灯光虚张声势的驱赶，仅仅象征性地后退了半步，不屑一顾地包裹着它，随时会一口将它吞灭。窦怀章望着虚弱垂危的灯光，在浑浊的瞳孔里看到了自己。

有多少天了？呃，记不清了。维持记忆也需要能量，身体内残存的那点精血膏脂，全都用来延续心跳和呼吸，无暇供养其他不必要的功能。而所谓记忆，对窦怀章来说，似乎是最不重要的东西。如果曾有半生富贵，或者一时荣华，哪怕干过一件漂亮的事，在回想时足感自豪，记忆就有存在的意义。荣光往事譬如鸦片，能给人提供快感和力量。街坊老莫得了癌症，临死前凄惨万分，就是靠一遍遍想当年苟延残喘。当年他是县城造反派领袖，在县城呼风唤雨，说一不二。而窦怀章呢？从生到死没有任何可资荣耀的事，反倒有无数狼狈难堪的经历，回想它们，不但毫无益处，反而徒增烦恼。既然没有"鸦片"可吃，就没必要支起记忆的灯台，攥着烟枪虚耗已近枯竭的生命。

如果还有回忆的力气，窦怀章应该能想起董先生吃鸦片的情景。董先生有个书房，藏在石榴树和竹子之间，很少用来读书，只要进去，大半是抽烟。书房里有一张宽大的罗汉榻，鼓腿膨牙，雕镂繁细，上置金丝楠瘿木面的矮几，陈列着一套精致的烟具。董先生去吃烟，总由周姐作陪。周姐是董先生从北平烟馆带回来的，马脸鱼目，鼻梁陡窄，多说有六七分姿色。但她有一手好烟活儿，性情也和顺，又复善猜人意，说起话来，一句句都钻进人心里。董先生去北平做生意，对她一见倾心，于是高薪聘请，把她带回颍川县，专门伺候他一人。

按说，董先生的书房，窦怀章是不允许进的。窦怀章是老窦的儿子，下人家的小崽子。老窦跟了董家几十年，看门护院尽心尽力，深得董家信赖，窦怀章这个小崽子也可以像公子从上海买的洋狗一样，在董宅里到处走动。但是董先生的书房不同，那里是禁地，除了董先生和周姐，只有太太和公子能去，而太太和公子又不去，平素人迹罕至，有着禁地所特有的幽静和神秘。窦怀章能踏入其中，是沾小姐熙柔的光。那年他十二岁，熙柔九岁。他爹从串街的货担郎那里买了一只琉璃咕咕，他坐在大门口的石墩上，嘀嘟嘀嘟吹得满腔欢喜。熙柔突然从大门内蹿出来，从他手中抢过琉璃咕咕，回转身如风而去。这是她爱玩的游戏，他需要做的是追赶。窦怀章跃身而起，大呼小叫着，紧跟熙柔在偌大的宅院里奔跑。春天的阳光仿佛透明的银子，白花花地洒下来，满世界都亮得晃眼。熙柔从前院跑到后院，在竹丛内钻了一会儿，又窜到书房前，撞开门闯了进去。窦怀章想都没想，亦尾随而入。

当他在惯性作用下跨过门槛时，熙柔已经跳上床榻，扑到董先生身上。董先生被她惊扰，哎哎叫了几声，却并无嗔怪之意。熙柔在父亲怀里不老实，先拽出董先生的怀表瞅了瞅，又弄翻了几案上的茶碗，然后又抢董先生手中的烟枪。董先生举起烟枪，作势要打。那烟枪一尺多长，黄润如玉，前端镶着一枚蒜瓣大小的洋瓷烟葫芦。董先生因爱烟而热衷收藏烟枪，有湘妃竹的，有象牙的，还有以名贵木材琢镂而成的，窦怀章他爹曾有幸参观过，并在一个偶然的机会炫耀式地讲给儿子听。窦怀章盯着那支烟枪，猜它肯定是象牙的。象牙烟枪并没有落到熙柔身上。熙柔看到父亲发火，乖觉地缩到他身后，像只小猫呼哧呼哧喘气。董先生见她不闹了，就不再搭理她。周姐熟练地打着烟泡，不时拿眼瞟一下熙柔。

小姐呀，出去玩吧。周姐笑眯眯地说，这里头味儿不好，别呛着你。

熙柔只顾喘气，不理会她。窦怀章吸了吸鼻子，并没有闻到不好的气息。然后他听到周姐对董先生说：孩子在，不吃了吧。董先生说：吃一个吧，烦得很。周姐遂给他装上烟泡。矮几上点着一盏带玻璃罩的珐琅彩箍铜烟灯，董先生将烟葫芦凑到灯上，用细长的扦子将烟泡挑破，眯着眼徐徐吸起来。白花花的阳光从半敞的窗子射进来，打在罗汉榻镂莲雕鹭的围屏上。一缕青烟袅袅升起，穿过白亮如银的阳光，悠悠弥散进空气里。一股温醇的香味好似流水漫过来，浸进窦怀章的鼻子。窦怀章呆讷地站在罗汉榻前，内心兴奋而局促，仿佛在旁观一场神圣的仪式。董先生吃过一个烟泡，神情依旧不展。周姐收拾着烟具温言劝慰。

你的家业虽大，也不是偷的抢的，全凭诚实做生意，天南海北打拼，一分一厘，一砖一瓦，都干净清白。就算共产党真打过来，也不能平白无故就夺去吧？他们要掌江山，还得咱们这些守规矩的绅商们支持呢。

董先生说：天下穷人多，还是富人多？

穷人多。

共产党要夺天下，就得发动穷人。要是你，你怎么发动？

周姐思考了一会儿，水弯眉间泛起一抹忧愁。打富济贫。她说。

所以啊！何况我家老二还是国民党的少将师长，跟共产党打了很多仗。董先生仰卧榻上，闷长地叹一口气。你也走吧，我给你备了一份盘缠，够你回家过日子。

熙柔早已在父亲身旁歇过劲儿，此时忽然爬起来，翻过父亲去够几案上的烟枪，左手仍然攥着窦怀章的琉璃鬲字。董先生捉住她胳膊，要把她拖开。熙柔奋力挣扎。董先生怕弄疼她，捉得并不紧，熙柔的缎子衣袖又光滑，胳膊抖了几抖，便挣脱了父亲的手掌。那只琉璃鬲字却被董先生的手掌带了一下，从熙柔手中甩出来。鬲字薄如蝉翼，轻飘飘地跌到方砖地面上，一声脆响，变成一堆棕色碎片。窦怀章号叫起来。

一刻钟后，窦怀章攥着几枚铜元回到大门口。铜元是周姐给的，赔偿他的琉璃鬲字。董家门楼很阔气，高广轩敞，可走大马。朱漆大门外压着一对麒麟抱月石鼓，右手墙边安放一条椿凳，供门子憩坐。这是老窦的专属坐具。老窦坐在椿凳上，闷声不响地望着深长街巷，一副心事重重的样子。窦怀章走过来，像只懒散的猴子，趴到光滑的石鼓上。他摆弄着手中铜元，发出铮铮的声响，意图吸引老窦的注意。那只琉璃鬲字是三个铜板买的，周姐赔了五个，因此他内心得意，希望老爹能看到他的收获。但是老窦毫无反应，似乎耳朵聋了。他故意将一枚铜板抛到地上。铜板撞击青石地面，发出一连串好听的声音。老窦依旧充耳不闻。窦怀章索然无趣，将铜板捡起来，两只眼瞪着他爹。

你在看什么？

看天。

天咋啦？

天要变了。

窦怀章抬起头来，眼光从檐椽下切过去，望向街宇之间那片有限的天空。天空干晴，布满了银白的阳光，看不到一丝乌云。窦怀章感到很奇怪：天怎么变呢？会变成什么样子？

这一年的历头上，写的是民国三十七年。

二

民国三十七年太遥远了，白纸黑字写到书上的事迹都已模糊不清。窦怀章的记忆并不过人，莫说此夜此时，就算往前二十年，他还身强体壮，头脑清晰，说起县城的往事，他也大多想不起来了。

二十年前的一天，县城政协文史委的几位同志来考察。他们在街心站成一排，仰脸观察裸露在外的檐枋、雀替和墀头，对这些精镂繁雕的艺术品赞不绝口，然后目光下移，盯着被青砖粗糙地封堵起来的大门，一个个摇头惋惜。他们推开窄小的榆木门扇，旁若无人地跨进窦怀章的房间。

窦怀章的房间，就是原先董先生家的门楼。民国三十七年夏天，解放军占领县城，将董宅充公，当作团部驻地。老窦宣称要翻身，请求人民政府把门楼分给他，他给董家看了几十年门楼，现在要把它据为己有。他的请求获得批准。贫民出身的团长厌憎一切有钱反动派，对于他们炫富摆阔的大门楼也非常抵触，立即派兵破房拆院，开出一道新门。老窦用拆下的砖将老门楼前后封起，临街装上榆木门，当成了自己家。内部以原来的大门为界，前炊后住，因无什么家具，也不显得逼仄。政府应许了，这间门房就归属窦家，父死子继，"四人帮"倒台那年，窦怀章成了它的主人。文史委的同志们推门而入时，窦怀章正在择豆角。同志们打量着脏兮兮的小厨房，尽皆痛心。其中一位抄起长把扫帚，拂去蒙络在门头上的烟灰和蛛网，隐约现出漆彩的颜色。四枚描金门簪之上有块长方形匾额，上头的字亦清晰可见。窦怀章听到一个年轻同志念：后裕前光。

念反了。他说。

居中一名同志呵呵一笑，似是表示赞同。那名同志年纪偏大，同伴叫他钱主任。钱主任接过扫帚，将一大团蛛网又蒙回匾上，然后背负双手，跨过原先的门槛，走进卧室部分。内部墙壁上敷有粉灰，但因年深日久，粉灰已松散如酥，随便一碰，就可能沙土俱下。头顶上是杉木板搭的吊棚，原先里头藏有一口楠木棺材。棺材原本是为董老太太准备的，而放置于大门吊棚内，则是古来相传的风俗，取官财临门之意。钱主任看罢多时，请窦怀章到街里说话。文史委要整理县城文物，发掘老城历史，董家作为颍川县近代有着巨大影响的名门望族，被他们列为工作重点。他们对董家大宅被破坏殆尽表示遗憾，希望窦怀章描述一下宅院的原貌，让他们做依据画张草图，当作历史资料存起来。

窦怀章对这帮人心存疑虑。他担心这些人来意不善，意图以历史文物为名，将他的房子收归公有。钱主任看出了他的担忧，抽出支过滤嘴烟递给他。

我们是搞文化的，没别的意图。钱主任说，你帮我们个忙，也是对文化建设做贡献，是老城历史的功臣，子孙后代都会记住你。

窦怀章被这顶高帽子戴得有点飘飘然。他和钱主任对坐在小凳子上，口嚼香烟陷入沉思。他的思考深邃而长久，直到烟头燃烧至过滤嘴，他才开口说话。

真想不起来了。他说，时间太久了，忘完了。

那董家的轶事呢？记不记得董家有什么轶事？

轶事是什么？

别人不知道的而且有意思的故事。比方说，董先生有个伺候吃烟的周姐，对吧？她跟董先生究竟什么关系？

窦怀章摇头。不知道。

你就在董家大宅里住，怎么会不知道？钱主任说，她是不是董先生的情妇？

真不知道。我那时候还小，不懂这些。

那，还有个问题，董先生的老婆孩子都坐车逃出去了，董先生为什么没有一起走？他要一起走的话，是死不了的。钱主任说，是不是跟周姐有关？

窦怀章依旧摇头。不知道。

钱主任神色颇失望。我想他俩肯定是有感情的，否则不会陪着死。钱主任说着，双手压膝站起身。你再想想，如果想到有意思的事儿，就告诉我们，好不好？我们会有奖励的。

钱主任许诺的奖励是二百块钱。为了这二百块钱，窦怀章努力回忆了很久。但是脑子里反复盘旋的，仅仅是俯瞰董宅的画面。这也正是他在钱主任面前噙烟深思时脑海中所浮现的。那是公元一九四九年暮春的一天，他帮他爹翻修房顶。他们拆开几片瓦，镶进一块半尺见方的玻璃，密封起来做天窗。装完之后，他爹下去了，他骑在门楼顶脊上，俯视已归新政府所有的董家大宅。虽然宅内庭院重阻，屋宇相叠，看不到角角落落的细节，但是高坐楼脊之上，宅院的格局还是尽收眼底。他看到革命同志进进出出，在最远处的夹缝里，一簇石榴花红得扎眼。然后他听到木板移动的声音，爬到玻璃天窗边往下看，只见吊棚里的棺材盖子从内推开，一个脑袋正小心翼翼地探出来。

至于其他的事，窦怀章真的都不记得了，否则他不会放弃那二百块钱的奖金。他那时的确还小，对解放军进城前后的喧嚣与骚动全无感受，其时所发生的那些传闻久远的故事，他也都是从别人口中听来。比如董先生之死。

董先生本来可以不死。他对逃亡准备已久，之所以迟迟未动，一是舍不得三世打拼攒下的基业和家宅，二是没想到解放军来得这么快。颍川是中原大县，解放军策划攻城已久。兵者诡道，能而示之不能，用而示之不用。董先生只懂生意，不懂兵法，眼见没什么大动静，不免心存侥幸。恰逢他弟弟又奉命戍防颍川，他就更不能率先逃亡，动摇民心。忽一夜城外炮声大作，炸弹如长了眼睛，齐刷刷飞向董师长精心布置的营盘。一时三刻炮收枪响，解放军发起进攻，董师长这边的人已经死绝了。炮声初起，董先生已知糟糕，命令儿子开吉普车带家小先走。半个时辰后，他从马厩里扯出一匹黑马，意图逃离县城，然而刚到南城门，大队解放军战士已经蜂拥而入。

　　董师长已经被炸死，董先生作为劣绅代表游街之后，随即押到城南枪决。曾经势倾颍川的董家就此灭亡。老窦没有去看东家吃枪子，而是急不可耐地要翻身，缠住进驻董家大宅的解放军团长，要占有那个羞辱了他几十年的大门楼。他这个荒谬的要求竟然得到了满足。于是，街坊们看到了不可思议的一幕：满城居民都在为新政权准备献礼的时候，老窦却在热火朝天地封砌门楼。大家感叹：共产党是真的要改换门庭啊！

　　街道里的老莫那时还是小莫。小莫呼唤窦怀章去街上看热闹。窦怀章欲去，但却被老爹叫住，勒令帮他砌墙。窦怀章垂头丧气，因此也无缘看到传说中的那个故事。故事说：董先生游罢街，押赴刑场的路上，迎面见到周姐走过来。周姐挎着一只竹篾编的提篮，一副风尘仆仆的样子，但是神情很镇定，仿佛不知道身处的危险。董先生嚷叫起来。

　　你回来干吗？

　　周姐笑嘻嘻地说：没地方去。

　　董先生骂：天下这么大，藏不了你个小女人？

　　周姐说：天下这么大，没一个地方有亲人。

　　董先生叹了口气。那就一起死吧。

　　解放军如他们所愿，将他们双双枪毙在了城南土坡下。据说解放军本来不想杀周姐，但是检查她的挎篮，发现里头装着两罐上好的烟膏，解放军是厉行禁烟的，只好把她也枪决。这个故事传自街坊，窦怀章向小莫求证过真实性，小莫说是真的，他用两只眼睛担保。可是几年之后，街坊里又流传出另外一个版本：周姐并没有被枪毙，而是替董先生收尸后，挖了个坑，把自己和董先生一起埋了进去。两个版本在老城里争了几十年，各有言之凿凿的见证者，政协文史委蒐史至此，亦分成两派激辩不已，光相关论文就写了四五篇，发到县委主办的《颍川参考》上。

文史委的钱主任对这桩传奇公案尤其关心。他认为这是一个令人回肠荡气的爱情故事，足为本地历史增色。他甚至提出了一个大胆的假设：董先生不是有个女儿吗？是不是他和周姐生的？几天之后，他又来找窦怀章，试图从窦怀章的记忆里发掘出支持这一假设的证据。窦怀章冷漠地推开他。

以前的事都想不起来了。窦怀章说，我得收拾房子，别站这儿，弄你一身泥。

三

窦怀章收拾房子，是准备给过继来的儿子娶媳妇。

窦怀章收拾的房子，并非自己住的门楼，而是紧贴门楼的两间瓦房。这两间房原本是董先生供家佣住的，解放军进驻后，把它分给了老窦。老窦屡受优待，请无不允，令街坊们俱感讶异。大家猜想老窦跟团长肯定有关系。只是猜想没有根据，也无从证实，闲话在街道里绕来绕去，最终变成愤愤不平的牢骚。三十年后，大家的猜想终于落实：窦怀章独身无后，从乡下表叔家领回一个小孩当养子，街坊老莫觉得小孩眼熟，想来想去，想到了当年的团长。他私下里给小孩一块糖，连哄带骗盘问出了底细：小孩果然是团长的嫡孙子。

小孩来到窦家后，就住在那两间大瓦房内。大家无不赞叹团长的英明和先知先觉。这当然是调侃，但也包含恶意，似乎笃定了窦怀章要绝后，只能取团长的孙子来过继。这种恶意源自于一个流传已久的猜测：当年解放军攻城，炮弹打得太准了，一定是有人提供了蒋匪军的情报。如今窦家与团长的关系大白于天下，人们前后印证，遂有充分理由相信提供情报者是老窦。老窦这么干，虽然有功于新社会，但他因此而换得一门二屋三间房，还是令人眼红心热。街坊们艳羡之余，纷纷讲起了风凉话，甚至将他的行为等同于告密，拿旧时代的道德伦理大做口水文章。而在这些人看来，窦家无后，也就纯属活该了。

　　街道里的风言风语令窦怀章倍感苦恼，但又无从辩驳。风语之所以为风语，它四处飞播，却又无形无主，要做斗争，都不知该从何下手。况且窦怀章只是一介凡夫，并无过人的勇气，可以让他不顾一切站出来，勇敢维护父亲的清白和尊严。他想起他爹死前说的一句话。他爹得了痨病，西医叫肺结核，可能还有别的什么老沉疴，在床上耗了一年多，逐日消瘦，虎背熊腰的老汉最终熬得只剩一张皮。弥留之际，窦怀章听到他嘴里嗳嗳喃喃：

　　只说打下江山坐江山，可没说要死那么多人啊……

　　老窦双眼密闭，似乎在说梦话，完了又长叹一口气。这句没头没尾的话，是老窦留给这个世界最后的声音。窦怀章在街坊们的风语中回想起老爹这句遗言，恰如池鱼食饵，疼痒自知，对于街坊的刻薄，也只好一体忍受。团长表叔骁勇善战，为新政权立下了卓著功勋，可惜在民国三十八年春的一场战役中牺牲，未能赶上坐江山。他的父母妻儿领到一笔抚恤，依旧生活在深山窝里，并未出来向人民政府索求额外的待遇。三十年后，城里的表侄突然找上门来，要领一个孩子去当城里人。他们对表侄的单身情况深感同情，经过商议，将家中体弱多病的那个孩子过继给了他。他们认为城里生活好，有助于这个孩子的健康成长。窦怀章不负重托，将孩子养得健壮结实，在他高中辍学后，又千方百计为他在国营面粉厂谋到一份工作。窦怀章一生碌碌无为，为养子谋职成功，是他这辈子唯一的杰作，也耗尽了他所有资源。养子二十七岁那年，他又将房子粉刷一新，张罗着给他娶了新媳妇。

　　养子结婚之前的某一天，文史委钱主任和文管所赵所长联袂来访。他们说窦怀章所住的门楼房极具文物价值，想让他拆掉前后砖墙，恢复原貌。窦怀章顿感紧张，心想他们终于开始下手了。他很后悔当年破四旧的时候没听老莫话，把暴露在外的墀头和雀替毁掉。那些东西刻得太好看，他不忍心，就和了一堆泥巴将它们糊起来，应付过老莫的检查。早知今日，就不该心疼那些东西，最好连同门簪和匾额也一并拆毁，没了这些，这个门楼就是堆破砖瓦，政府不稀罕，产权就不复危险。窦怀章呆着脸站在街沿，一只手插在裤腰里，懊恼得想抽自己耳光。赵所长见他装聋作哑，很没好气，搬出文物法相要挟。窦怀章听他说得一条一条的，犹如一座座山横空压来，呼吸变得急促了。

我管你什么法！窦怀章壮起胆子嚷嚷。房子是我的，我不想拆就不拆，谁也管不着！

你的？赵所长揶揄。梁是你架的？瓦是你铺的？别忘了，这可是董家门楼！

是董家门楼不假，但是国家分给我了。

国家能分给你，就能再收回来。赵所长说，就连你的命也是国家的，国家需要，随时都得交出来。

窦怀章不语。会谈不欢而散。窦怀章注视着他们的桑塔纳驱尘远去，回过头来打量自己的门房。天空半阴不晴，太阳已偏西，光芒透过污浊的云层，将空气炙烤得燠热无比，但在地面并没有印出万物的影子。房顶上瓦松成簇，顶脊两端的翘檐已经破损，前檐的瓦当也脱落了几枚，暴露出瓦下的麻泥。那是电线工架线时搞掉的。老砖墙是用白灰砌的，砖方灰黏，一缝如线，百多年下来亦无剥蚀。老窦沿前柱封起来的墙板，则使用的草泥，才三四十年，砖缝已被雨水冲刷得空陷进去。窦怀章看着这间门房，心中如曝如煮。做人做物都不能太超凡，像董先生，活着就被枪毙。再像这个被俗称为走马门楼的金柱大门，埋在砖墙之后数十年，仍然难逃被扒开的命运，连带着自己也将失去一间赖以安身终老的房子。

但是，就这样认了吗？

窦怀章没有多想这个问题。他不可能认，认了就完了。他没有退路，所以决定抗争。至于该如何抗争，唉，谁知道呢？走一步看一步吧，终不了当严打对象吃颗枪子。窦怀章在忧虑之中不安度日，夏去秋来，什么事情也没有发生。赵所长和钱主任那日一去，居然再不曾莅临，似乎忘掉了这件事。第二年清明，钱主任再次出现。是时，窦怀章正坐在门口当街宰鸡，准备给身怀六甲的儿媳妇熬汤养胎。他发现一双皮鞋停到身前，眼光顺着两条腿望上去，越过深灰色毛呢中山装，看到了钱主任那张笑眯眯的脸。钱主任跟他打招呼，俨然像老熟人。窦怀章惊惕四望，没有看到赵所长。

他出事儿了。钱主任说，坐牢了。

赵所长的事出得很滑稽。他拿一只青铜爵向老领导行贿，老领导不懂文物，也不喜欢这只锈迹斑斑的金属疙瘩，反而敏感地判断出他是偷拿的公物，派人一调查，发现赵所长不但私藏文物，还利用职务之便暗中倒卖，大发横财。窦怀章听钱主任讲罢，心头大快，郁积多日的闷气一扫而尽。钱主任撩开破布帘趄进房间，自顾自又看了一遍，然后出来跟窦怀章闲扯。

赵所长虽然犯了错误，但他对老民居的保护是对的。钱主任说，你不能因为他坐牢了，没人管了，就不再上心，这些老物件还是得好好保护。

窦怀章掏着鸡肠子唯唯应诺。不几日后，钱主任又溜达过来。窦怀章正躺床上听收音机，看到棉布帘子掀动，钱主任笑眯眯地跨进房门。钱主任已然以老朋友自居，坐到脏腻腻的床沿上，跟窦怀章有一句没一句地聊天。如此扯了半个时辰，钱主任忽然凑近窦怀章。

老窦，跟你商量个事儿。

啥事儿？

想跟你换换房子。

钱主任已经退休了，作为一名在文化战线上工作了一辈子的人，他对老民居充满感情，就想找一个窦怀章这样的老房子，住到里头安闲养老。如果窦怀章有意，他愿以城关一套两居室的房子交换。

不换。窦怀章干脆利落地回答。

要不，用商品房换？我在西街有间门面……

不换不换。

钱主任尴尬而去。窦怀章估摸他已走远，爬下床来，仰脸端详老门头上的东西。他不信钱主任真爱这破门洞，如果有什么东西让他稀罕，必定是门头上那些被称为文物的花里胡哨的玩意儿。挡在墙内的门簪和匾额久经油烟熏烤，已经满体污腻，看不出什么好。檐枋上雕着龙凤献瑞的图案，原来敷有彩漆，如今已大多剥落。嵌在枋柱之间的雀替，是透雕的金蟾，被半埋在了砖墙里。这些木雕虽然精彩，但在窦怀章眼里，终不如两个墀头好看。墀头是石质的，炉口浮雕八仙，左右各四，花墩则是牡丹卷草。人物衣带飘举，神情惟肖，花草则重瓣繁叶，欣欣向荣。所有意象皆尽其妙，生动无比，显然是高手做工。窦怀章断定，钱主任看上的，肯定是这对东西。但是文物这东西，饥不能食，寒不能衣，再被政府盯上，不能挖下来卖钱花，钱主任换来有什么用？倒春寒的风顺着老街灌过来，窦怀章袖手而立，滋溜着鼻子揣摩钱主任的心思。后来他想到了"文革"时的一件事。"文革"之初，他曾跟在老莫身后"破四旧"，一日闯进东街一个老教师家。老先生祖上很有钱，到他这中落，而他又是个败家子，曾拿一百亩地换了一方端州紫云砚。还听说他年轻的时候，看上了一个浙商的碧玉箫，浙商让他拿老婆来换，他竟然真把如花似玉的老婆送到了浙商家。老莫搜出端砚和玉箫，当场砸为齑粉。老先生吐血不止，隔日而亡。窦怀章从此有了个感想：有些文化人是神经病，喜欢什么物事，就想据为己有，不管事实上值不值钱，反正他们不惜代价。大概钱主任就是这号人吧。虽说墀头不能拆下来，但是住在这房里，就跟他自己的也差不多。何况，南关的房子，西街的店面，老实说也不多贵，比起一百亩地差远了。

窦怀章冷蔑地笑一声，裹紧春寒浸透的破棉袄回到屋内，重新躺到乱糟糟的破床上。因无窗子，屋内暗如濑夜，唯一的光线来源，是房顶上那块半尺见方的玻璃。窦怀章仰卧在死棉缝套的被褥之间，望向头顶的木板吊棚，从缝隙里看到一条刺眼的白。

不会换的。他闭上眼睛，心头喃喃自语。别说两居室，就是两幢楼，也不行！

四

两幢楼换一间破门房，没有任何一个开发商会答应这个要求。天底下最贪婪的钉子户，也开不出如此离谱的条件。公元二〇一二年，颍川县城商品房均价四千，将土地、税费、建筑、营销等各种成本加起来，每栋楼房至少要建到八层以上才能赚钱。即按八层算，两栋楼，怎么着也得上千万。而在中原小县，一个人意外死亡——比如车祸——也不过赔偿十几万。如此漫天要价，没有哪个开发商会答应。

开发商是政府请来的。老城改造规模宏大，本地开发商实力都不够，兼之这些地头蛇们总想利用地头之便跟政府玩花招，县委书记经过慎重思考，决定邀请外地大老板来做。老房拆迁是重中之重，书记有令：敢有不顾大局、抗拒拆迁者，家属暂停工作，孩子不准入学，断水断电断网络，所有后果统统自负。有书记撑腰，拆迁工作进展顺利，划定区域内的居民纷纷搬走。有限的几个钉子户抵抗了数月，最终意识到不自量力，相继败下阵去。过了重阳节，全部钉子只剩下了一枚窦怀章。

这一年窦怀章已经七十五岁。以今人的物质条件，七十五岁尚不至老朽，窦怀章却已经耳目昏聩，腰伛齿疏，必须扶杖才能走到街道尽头。他和他的老门楼房像根生锈的楔子，不和谐地扎在已被夷为平地的老街区。隔三差五会有人登门探询。

老头儿，想好没有？

这句话窦怀章一般不回答。接下来对方会抽出拆迁补偿协议书，在他眼前晃动。

签了吧，好不好？

这时窦怀章才回应：不签。

登门的人分两拨，一拨是政府拆迁办，一拨是民间的拆迁公司。两拨人轮番上阵，一个负责好话说尽，一个负责坏事做绝，刚柔并济，软硬兼施，所到之处，无往不利。但是到了老窦家，这些招数都不灵了。窦怀章的养子早已下岗，媳妇亦无业，没有工作可以"暂停"；他们的孩子初中毕业后，即已外出云游，不知去向，准不准许他入学也没有任何意义。而且事起之后，养子两口就躲到山窝亲娘家去了，拆迁公司就算想下手，也逮不到人。开发商很烦躁，向拆迁公司老总施压。老总被老板质疑能力，深感羞辱，于是在重阳节后的一天，亲自登门拜访老钉子。

我给你争取了一万块钱。老总说，给你的赔偿本来就比别人高，再加这一万，你该知足了吧？

窦怀章怀抱老式黄河收音机，背靠床帮佝坐在小马扎上，对老总的话听若不闻。老总颇感无奈。我可真是仁至义尽了老叔。他瞪着窦怀章嚷叫。我的脸都叫你打肿了，要不是我家老头儿死前有交代，叫我照顾你，我早他妈捶死你一百回了！

老总家的老头儿是老莫。老莫是闻名县城的老流氓，而窦怀章一辈子都是窝囊菜，两人虽则一起玩过，终究谈不上交情。但在"文革"之后，老莫对窦怀章委实不错，就连养子的工作，也是他帮忙谋到的。老莫如此厚待窦怀章，不是街坊情深，而是感恩回报。窦怀章救过他的命。

这是一个众所周知的秘密。

秘密的源头远在六十年前。那一年令人印象深刻，因为在小满前后下了一场冰雹，几乎造成一场饥荒。但是对于那场密如雨雪的冰雹，窦怀章已无任何感受，他在这一年的所有记忆，全都集中在了一个坏墙半圮的院子里。院子里有棵泡桐树，还有一株夹竹桃。夹竹桃正值花期，喇叭状的花朵绯红如妆，繁密地挂满枝头。老莫——那时是小莫——把三十岁的女主人摁在夹竹桃下干净的地面上，在娃娃的哭号声中将她强奸了。

少妇的男人曾在国民党县党部工作过，一九五一年镇反时被枪决。少妇受辱，无处诉苦，就在当晚悬梁自尽。"文革"结束后，全国上下大平反，少妇的家人翻出旧账，状告老莫强奸民女，致人死命。老莫对控诉矢口否认，说他那天一直在街坊窦怀章家玩，根本没有去过民女家。法庭传唤窦怀章做证。窦怀章站在证人席上，少妇在老莫身下拼命挣扎的场景填满脑海，满耳朵都是娃娃尖厉的哭声。他说：是的，老莫一直在我家，我们两个玩摆方赌花生，玩了一天。

所有人都知道他在做伪证，但却没有其他证据反驳。老莫于是被判无罪。老莫儿子的话，唤醒了窦怀章花费二十年才逐渐淡忘掉的记忆，夹竹桃下那一幕再次浮现脑海，仿佛当年的老电影，虽因时光久远而褪色，但却依旧有着足够的真实和清晰。

想打就打吧，别听你爹的。他对老莫儿子说，打死不要你赔。

吧，倚老卖老是吧？你当我不敢？

你敢，你当然敢，颍川县还有你爷儿俩不敢干的事吗？来吧，打死我。

莫总抓起协议书朝窦怀章脸上抽去，眼看抽到脸上，却往上一挑，扫着稀拉拉的头发飞过去。此时竹帘撩起，一只白花花的脑袋钻进来。莫总和窦怀章齐齐回头望。莫总不认识是谁家的老杂毛，窦怀章的老眼则分辨出是久违的钱主任。钱主任毕竟当过官僚，身上还残存一点气场，莫总不便再用他的方式游说窦怀章，更且房间内浓烈的屎尿气味已使其无法忍受，遂踢翻一把凳子，腋夹黑包悻悻而去。钱主任还没有适应房间内的光线，摸索着往里走，来到虚黑一团的窦怀章面前。

那人是谁呀？

街上的小流氓。

来干吗？

逼我搬迁。

钱主任骂了声混蛋，然后质疑窦怀章：我听说开发商给的赔偿不错，也够合理，你干吗就死心不搬呢？差不多就行啦，做人不要太贪。

我不要他们新房，也不要他们钱，我就想住这儿，不行吗？

那恐怕不行。钱主任说，个人得服从大局。

窦怀章郁郁不乐。你不是说这房是文物吗？文物也拆？

钱主任嘿嘿笑起来。文昌庙都拆了呢，还说你这破门楼？见好就收吧。

窦怀章沉默。钱主任撇开他，摸索着退到门口，将竹帘摘下，榆木门洞开，放光进入房间，又开始欣赏门头上那些东西。窦怀章说：钱主任，帮我找点水吧，渴得很。

你碗里不是水吗？黄颜色，还是饮料呢。

那是尿。

窦怀章已喝了一天尿。水与电从拆迁之初就停了，窦怀章的饮食全赖养子不定时运送。窦怀章虽已老态毕现，生活尚能自理，每日以煤球烧火做饭。养子为了多求赔偿，一开始非常支持老头儿当钉子，唯恐他虎头蛇尾坚持不久。拆迁办一直与养子保持电话谈判，一周前突然下了通牒，如果再不签协议，开发商将考虑放弃他们的房子，到时候将用围墙把他们的破房圈起来，不给他们进出的通道。——其他地皮都是开发商花钱买下的，人家没义务给他们开一条路。这意味着他们将落个鸡飞蛋打的下场。养子惶恐不已，跑回来劝养父结束抗争。不料他的请求被老头儿毫不犹豫地拒绝了。养子对老头儿的行为无法理解，认定他是有意坑害自己，因为自己不是亲生的，愤怒之余，就不再供应食物和水。窦怀章无水可饮，又不敢出去买，害怕前脚离开，房子后脚就被拆掉，无可奈何，只好喝自己排出来的黄色液体。

钱主任深感震惊，大骂养子畜生不如，开发商没有人性。骂累后，他说：这样吧，我给你弄一桶水，但是你得给我个东西。

墀头吗？

不是。

哦？窦怀章扭头盯着钱主任。钱主任越老越胖，当明站在门口处，仿佛一只负光而立的乌龟。你想要什么？

这块匾。钱主任指着门头上的匾额。你把这块匾给我，以后你的水我全包了。

窦怀章嘿嘿笑了笑。他是嘲笑自己判断错误。笑声挤过干涸的咽喉，在脱水的黏膜上扯开一道道裂缝。行啊，给你。你想要什么，都给你。窦怀章说，你先去给我弄水。

钱主任再看一眼匾额，欢天喜地地买水去了。所有人都是俗眼凡胎，只有钱主任一眼认出了匾额的不同寻常：坚厚的木材是整料的檀香紫檀，"光前裕后"四个行楷大字和上下落款，则是帝师翁同龢的手笔！初次邂逅匾额的那一刻，钱主任的眼光照亮了世界，内心欢喜若狂，却能不动声色。二十多年来，他一直在寻找机会，就像痴心书生迷上良家妇女，日夜寻思如何拐为己有。拆迁开始之后，他隔三差五来此踅摸一趟，盼望浑水摸鱼，跟拆房的蠢工人谈个价钱买下来。此时夙愿得偿，他老人家如何不乐？他愉快地赶到小卖部，看了看桶装纯净水，掏出一块钱，买了一瓶 250ml 的。

桶装的太沉，我老了，扛不动。钱主任将那瓶纯净水递给窦怀章。今晚上我带人来取匾，顺道给你送几桶。

窦怀章默然接过矿泉水，一口气喝下大半。钱主任在匾额下看了又看，欢喜得无可名状。窦怀章冷漠旁观，想起了十二岁时的那只琉璃匾字。确切说，他不是想到了那只以破碎告终的匾字，而是想起了吹匾字时的快乐。那快乐简单纯粹，却又无以复加，仿佛拥有一切，并为之感到幸福。然后他想到了熙柔，想到了董先生和周姐，以及周姐赔偿他的五枚铜板。所有残存的记忆在矿泉水的滋润下突然完整地冒出来，如同穿越时空映照在沙漠边际的海市蜃楼。

天还早，过来说会儿话吧。窦怀章说，我给你讲讲董先生的轶事。

哦。钱主任漫不经心地回应，你说吧。

还有别的，你肯定想听。

你说吧，我在听。

你还是过来听吧。窦怀章说，你不是想知道董先生为啥没跟家人一起走吗？

五

谈到当年的巨变，所有人都认为除了被杀的董先生，董家人都逃脱了。

事实并非如此。

解放军攻城那夜，是农历十五。望日的月亮圆满皎洁，洒下清辉如空蒙之水。夜虽未央，人已初静，宅院内唯有虫鸣不休。董先生在虫鸣声中志忐入睡，刚刚进入梦乡，便被掀天揭地的炮声惊醒了。炮声急如骤雨，密不容风，充满了毁掉旧世界的雄心和霸气。董先生知道，从即刻起的二十分钟内，是他们逃亡的最后时机。他紧急召集家人，却不见女儿熙柔，冲进她的房间，只看到一床空被子。

此时熙柔正在酣睡。时局不靖，董先生夫妇无心督管她，周姐也已经走了一个多月，熙柔自由无比，每日与窦怀章追逐嬉戏，快乐得像在天堂。这一天她已经疯跑很久，晚饭之后，又跟窦怀章捉起迷藏，躲到书房旁的竹丛里，困意袭来，便趴到一块花岗石上蒟蒟睡去。她睡得如此香甜，整个县城都在炮声中崩塌了，她的小脸却只是在婆娑竹影下恬然一笑。她是被她父亲弄醒的，但真正清醒过来，是在跨院的马厩里。她惊讶地发现身在父亲怀中，而父亲正用另一只手慌张地解马。

干吗呢？她问。

董先生说：逃命。

捉迷藏吗？

逃命啊，我的祖宗！

董先生抱着熙柔策马冲向宅门。此时炮声已息，枪声满城，老窦拉开厚重的鎏钉大门时，密乱的行军声已从街巷里传来。董先生料已逃不出去，在马背上将熙柔举起来，从门楼后檐下的小窗把她塞进吊棚。老窦扶门而立，听到董先生焦躁地吆喝：快，钻到棺材里去，别出声！然后董先生打马出门，行不数丈，解放军已经拥堵过来。

所以，董先生其实是在大门口被捕的，而不是传说中的南城门。人们以讹传讹，大概是因为功亏一篑的逃亡更具传奇性，也更容易打动听众。董宅的人早都逃散了，只剩下老窦父子忠诚坚守，董小姐的藏身之处，遂成为只有他们知道的秘密。第二天大军进城，老窦即以看门奴仆要翻身为名，向老表要来了门楼的所有权，将它封闭起来，然后暗动手脚，把吊棚锯开一角，设置成活板，以木梯连通上下。在这个摇身一变成为革命之家的门楼房内，熙柔暂时获得了安全。——一并获得安全的，还有那块后来让钱主任魂牵梦绕二十年的紫檀匾额。

老窦曾尝试为熙柔寻求赦免。他从容询问团长，如果把董先生逃跑的家属捉回来，将会怎么处置。团长是立场坚定的无产阶级革命者，对国民党反动派和资产阶级土豪劣绅怀有深刻的仇恨，听了老表的话，他毫不犹豫地回答：董家负隅顽抗，罪大恶极，自绝于国家和人民，如果抓到，大人枪毙，小孩关起来改造！老窦就把后头的话咽了回去。几日后大军开拔，奔赴新的战场，县城的革命气氛并不因此稍减，新生的人民政府对反动势力反扑保持着高度的警惕，各种清肃运动连绵相继。老窦担心吊棚不能长久藏身，想把熙柔易姓改名送到乡下去。

可是一打听，乡村容身更难，兼之除了团长家，他也并无其他靠得住的乡下亲戚。熙柔只是个孩子，当惯了大家小姐，难免脾性娇纵，老窦最担心的事，就是她情绪发作，不顾一切哭闹起来，于是反复告诫她惊动街坊的危险。为了增强震慑从而使告诫更具说服力，老窦天天对熙柔讲故事，诸如谁家的小孩因为哭闹被捉住，在哪条街口杀掉了，谁家的丫头不听话偷跑出去，被逮走卖到了毛子国。开始几天，熙柔对这些劝诫不大听得进，等老窦一本正经地讲完后，她问：我爹呢？

老窦一愣，正犹豫该不该对她讲实话，窦怀章已经在旁边说：你爹死了，拿枪打死的。

熙柔很严重地怔了一下，然后哭起来，眼泪清明如露珠，一时涌满眼眶，随即又冲开睫毛，像山溪一样滚向脸庞。但是哭声很小，嘤嘤而泣，犹如覆巢之下的雏鸟，虽有无穷悲伤，却只能发出低哑的嘶鸣。老窦将熙柔抱进怀里。熙柔在老窦汗气浓烈的怀中瑟瑟颤抖。

为什么要杀我们？熙柔说，我们又不是坏人。

这个问题很难回答，何况老窦一介文盲，不懂政治规则和历史大义。老窦所能做的，仅仅是将她隐藏起来，至于能藏多久，亦只能听天由命。他安慰熙柔：别担心，等过去这一阵儿，你娘你哥就回来啦。此话虽是安慰，也代表了老窦的某种愿望和事实可能。战争胜败难料，最后胜利的会是谁，尚且没有定数，也许过些时日，国军就会反攻回来吧。若能熬到那一天，他老窦也算对董家有个交代了。

要隐藏熙柔，更大的危险来自窦怀章。窦怀章正值年少好动的时候，小孩子嘴巴又不严谨，万一露出马脚，必将无法收拾。老窦忧心忡忡，反复向儿子描绘事情败露后的种种惨状，意图以恐怖教育拘束他的莽撞。窦怀章已经看到过死人，所以对父亲的夸张描述深信不疑，遵照父亲嘱咐，很少出门跟街坊少年厮耍。况且那些少年们对他并不友好，相比之下，他也真的更喜欢跟熙柔待在一起。他陪熙柔睡在吊棚上，共同抵抗棺材带来的恐惧。最初那段时间，熙柔常常会哭，有时候会从睡梦中惊醒，然后偷偷啜泣。窦怀章会替她抹泪，劝她别哭，如果无效，就学父亲讲故事吓唬她。更多时候，他们在玻璃天窗下玩石子，摆方，挑花线，画画，晚上则并排而卧，眺望天窗之外狭小的夜空。夜空里寥寥几个星辰，一小片云朵，月亮偶尔会走进来，或者漆黑一团。而在白天，有时候会看到飞鸟掠过，那是熙柔最开心的时刻。

老窦虽不识字，毕竟在士绅家待过几十年，知道读书有利于人心平和。董先生和公子的书房都被清空了，所有书籍都丢在一间库房里。他以生火为名，搬回来很多。其中不少是中外小说和诗歌，这些属于公子。但熙柔识字有限，老窦教不了她，就又去库房翻来字典。在低矮狭小的吊棚里，做人的意义仅仅剩下活着，而哥哥这些书，则为熙柔打开了一个没有边界的世界。原本疯张的小女孩，在棺材旁边一天天变得安静。老窦觉得他做对了。

窦怀章却渐渐感到被冷落。他不喜欢那些书。他看熙柔越来越不爱说话，也变得闷闷不乐。晚上躺在一起，熙柔更多时间是望着天窗发呆，而不是像以前那样跟他聊天，一起想象遥远的天空之上是否居住着神仙，或者讨论有没有法术可以让人变成鸟儿飞出去。很显然，她越来越沉溺在自己的世界，也不愿与他分享那个世界的快乐。有好多次，窦怀章爬上吊棚，却看不到她，找来找去，发现她躺在棺材内，默默地盯着房顶的檩条和望板。她的眼睛很亮，令人联想到水晶，脸色却像幽谷里的池水，平静得没有一丝表情。窦怀章隐约感到不安。他对老窦说：我觉得这不好。

老窦说：她安静，就安全。有什么不好？

窦怀章想了想，不知道该怎么讲，只好嘟哝了一句：我觉得她快成疯子了。

两人的疏远从熙柔初潮之后更加明显。一日窦怀章爬上吊棚，发现熙柔坐在凉席上，恐惶无措地盯着两腿之间。她穿的老粗布裤子是窦怀章的，此时裤裆处殷红一片。窦怀章以为她要死了，飞奔老窦告急。老窦听罢，却只是呵呵笑了笑，让他以后不准再上吊棚去睡。他不知所以，感到很讶异，还有一点小小不明的暧昧，似乎这个殷红的意外包含着某种令人心悸不安的东西。他已经注意到了熙柔身上发生的更加突出的变化。这一年他十七岁，熙柔十四岁。熙柔在吊棚上已经生活了五年。

之后的一年，窦怀章一直沉浸在难以言喻的躁动之中。他越来越渴望与熙柔待在一起，却又本能害羞，唯一能做的，只是躺在老爹身旁，在越来越频繁的失眠中呆呆望着头顶的吊板，想象着上头的熙柔在干什么。他开始热衷于满街乱钻，还常常夤夜不回，仿佛家里是难挨的火炕，而街巷则是密如蛛网的河渠，可以让他在穿游中获得某种身心的清凉。这年小满前后，先是下了场暴雨，继而下了一场冰雹，县城到处刷起标语：与天斗，其乐无穷；与地斗，其乐无穷。据说是鼓励农民兄弟与自然灾害做斗争。窦怀章无所事事，唯有继续钻街串巷，消耗青春期过剩的精力。这天上午，他钻进新安街，在幽深曲折的小巷内百无聊赖地行走。新安街是条死胡同，将近胡同底，他听到一座院子里传出娃娃哭叫，还有一种声音，好像是打架。院墙是夯土而成，被暴雨冲塌，闪开一个竹筐大的豁口。他从豁口望进去，看到年少的老莫将一名少妇压倒在夹竹桃下，正在做柴狗们在街头常做的事。老莫发现了他，冲他挤眉弄眼笑了笑，像在炫耀他正干着的好事。窦怀章魂不守舍地回到家。老窦出去了，门楼房内安静得像坟墓。窦怀章在房间里呆立了一会儿，不由自主地升梯爬上吊棚。熙柔正在睡觉，呼吸均匀而安静，仿佛一条鱼，或者是猫。一本不甚厚的书丢在耳边，牙黄的封面上印着一个大胡子洋鬼子，其下是书名，五个字，窦怀章只认得三个：惠 × 曼诗 ×。

　　熙柔睡得很浅，也许她只是在闭目沉思，窦怀章一碰到她，她的眼睛就睁开了。窦怀章遭遇到了剧烈的抵抗。这种抵抗跟老莫身下那名少妇一模一样，以至于窦怀章认为这是正常的反应。但是熙柔的反抗很短暂，不到两分钟就停止了，任由窦怀章像公狗一样在她身上动作。窦怀章深感意外，有点不知所措，就尴尬地停了下来。熙柔将他推开，静静地背过身去。窦怀章不知如何是好，想了半天，只想出一句话：

　　我会对你好的。

　　他又想了想，补充说：就像你爹对周姨那样。

　　熙柔冷冷地说：周姨是婊子。

　　窦怀章跪在熙柔旁边，呆怔如泥塑。艰难地挨了一会儿，他想到了讨好。你想要什么，你告诉我。他说，我去给你弄。

我想要自由。熙柔说，你能给吗？

窦怀章默默地退了下去。这天晚上，他照例与他爹各睡一头。他还是睡不着，在黑暗中睁着眼睛，瞪着上头的吊板。外面在下雨，大一阵小一阵无止无休。窦怀章听到房间内也有滴水的声音，很微弱，但亦点滴不绝。他想，大概是房瓦漏水了，然后渗透吊棚，淌了下来。熙柔的被褥是不是也被弄湿了呢？他想上去看看，又犹豫而止。不知过了多久，老窦醒过来，吃力嗅嗅鼻子，蹬了窦怀章一脚。什么味儿？这么腥？老窦一边说，一边摸出火柴点起油灯。

是血。

六

棺材是红心柏木。据说柏木可以防穿山甲和白蚁，而且千年不腐。棺头上刻着一个硕大的草体寿字，棺身是二十四孝图，间以松鹤鹿桃之类吉瑞之物。在漫长的六年里，这只棺材做过熙柔的床，做过熙柔的房，当它重新成为棺材时，它埋葬了熙柔。

要把偌大的棺材从吊棚上弄下来，是很不容易的事。而要在床下挖一个足以盛放它的坑，也需要很多时间和力量。老窦父子在雷雨的掩护下忙到天亮，终于将熙柔安放到了地下，然后趁着大雨未息，将房间彻底善后。这几乎是不可能的任务，窦氏父子瘫坐在凳子上，话都说不出来，仿佛把一年的力气都用尽了，三魂七魄也累死了一半。老窦很颓唐，两只眼睛憔悴地盯着窦怀章。

怎么回事啊这是？他说，好好的为什么要自杀？

窦怀章心虚地勾下头。可能是看书看坏脑子了，有一回她对我说，她想要自由。窦怀章说，就不该让她看那些书。

老窦神色变得很茫然。自由？他喃喃自语，是活命要紧，还是自由要紧？这傻妮儿啊！

但这未必不是一件好事。在当初，老窦还认为国军有打回来的可能，经过几年形势发展，再有这想法，就无异是说梦的痴人。那么熙柔要藏到什么时候？她寻了短见，的确令人伤悲，然而用人民政府的辩证法来看，这难道不也是一种解放吗？她解放了自己，也解放了老窦父子。老窦这样想着，感到一点宽慰，甚至还有一丝庆幸，疲惫地睡了一觉后，心情就好了点。再过去几年，与董家有关的所有人和事，就都成了忆苦思甜的控诉对象和大字报里的阶级仇恨。熙柔的音容笑貌也渐渐不再生动，最终变成了一张制式化的黑白照片，封存在了老窦尘埃遍布的记忆之中。他越来越关心另外一件事：窦怀章似乎对女孩没有兴趣，到了婚娶的年龄，却顽固拒绝所有形式的说媒和相亲。

一辈子不再讨老婆，是窦怀章唯一能为熙柔做的事，虽然熙柔并没有让他这么做。在市井之间长大的文盲窦怀章眼里，世界上最伟大的爱情，就是董先生和周姐。虽然熙柔讨厌周姐，但并无损董周之爱的坚贞和可歌可泣。窦怀章是个怕死的人，做不到陪熙柔死，那么，就一生不娶吧。——他做到了。

窦怀章是个怕死的人，所以他为老莫做伪证。——不是老莫逼他，而是他联想到了熙柔。他有种很荒唐的逻辑：如果老莫可以逃脱惩罚，那么做了同样事情的自己，就也不必遭受法律的制裁。这件事彻底毁掉了他的名誉。他在人们的唾弃中虚耗岁月，并使养子养孙在街坊面前无法抬头。养子对他老早就没有了感恩之心，何况他们所住的两间瓦房，事实上来自他们的亲爷爷，而非声名狼藉的窦家。

养子对窦怀章的厌憎，在他顽固拒绝搬迁之后达到了极点。无知的养子哪里知道窦怀章的苦衷！如果放弃这间门楼改造的破房，开发商破拆开挖，床底下的秘密必将暴露，而他窦怀章也将毫无悬念地被逮捕，甚至被一颗子弹了结残生。这是他不能承受的结果，他不光怕死，还怕坐牢。

就让我自自然然死吧。他对钱主任说，你看我这身体，我还能活几天呢？等我死了，熙柔终究会被挖出来，所以啊钱主任，我想托你个事儿，我死以后，你帮我跟政府说说清楚，让政府知道到底是怎么回事儿。

这个要求，是窦怀章与钱主任所做交易的一部分，代价是那两只青石墀头。钱主任很快活地答应了。窦怀章视力不好，仍然看到他白胖的脸上透泛出非常喜庆的紫，不用说是兴奋所致。离开之前，钱主任言之凿凿，天黑后他将跟儿子一起开车过来。其时已近黄昏，也就是说，用不了多久，窦怀章就可以吃到可口的食物，喝到甘甜的水了。

可是钱主任爽约了。窦怀章苦苦等到天亮，亦未见他来。已经脏得失去颜色的塑料筐里，丢着一只发霉的干馒头。窦怀章用嵌满灰垢的指甲，缓慢地将霉点抠除，蘸着碗里剩余的黄水，一小块一小块吃了下去。没什么不好吃的，现在这人啊，多好的东西，沾点灰就丢掉，真是作怪！吃完之后，窦怀章缓缓躺到床上，以龟息的方式进入休眠。这是延续生命最好的办法。他要放弃所有不必要的东西，包括抱怨和回忆，以换取尽可能多一秒的活着。也许钱主任有事耽搁，过会儿就会来吧，窦怀章不能让自己在此之前死掉，否则将有多冤！死亡是永恒的，活着的光阴却很有限，他不愿以任何原因削减有限的光阴，提前堕入势必万古不复的永恒黑暗。

龟息终究抵挡不住饥渴的侵袭。窦怀章昏昏沉沉地躺着，仿佛一块沉默的草地，平铺在贫瘠荒凉的戈壁上。当吊棚缝隙里的那条白光完全消失后，饥与渴的烈火开始燃烧，从四面八方席卷整个草地。窦怀章被烈火烧醒，意识到钱主任仍然没来，不禁有些愤懑。难道他想白得匾额和墀头，连区区一桶水都不愿给吗？想到水，窦怀章觉得自己正在变成干尸，五脏六腑都已枯萎。再熬这一晚吧，如果钱主任还不来，自己铁定活不了，那就在临死之前放把火，把这房子，房子里的所有东西，连同匾额和自己，统统烧掉。房子是自己的，匾额也是自己的，谁也别想拿走！

想到这里，窦怀章突然觉得有点不妥。严格说起来，这个门楼房并不是他的，它真正的主人另有其人，此时就在床下。据说人之将死，会看到熟悉的亡灵，自己也快要死了，熙柔是不是也该出现了呢？也许她已经出现了吧，只是房间内黑作一团，他昏花的眼看不到。打开灯吧。

灯光在电瓶内昏睡，被开关叫醒，迟疑了一下，不情愿地亮起来。电量久已不足，灯光在饥饿中煎熬，支撑到现在，已如此时的窦怀章，竭尽所能，亦照不到三尺之外。没有熙柔。没有任何人。窦怀章吃力睁开浑浊的眼睛，只是在虚弱的灯光里看到了奄奄一息的自己。到头儿了吗？他想，从拆迁开始到今天，有多少天了？呃，记不得了，总之很多天。撑了这么久，撑不过今晚了吗？

电瓶灯在窦怀章疲惫的注视下开始闪动，闪一下，便暗一层，几下之后，终于悄然无力地隐灭在稠浓的黑暗里。就在此时，窦怀章的瞳孔骤然一亮。亮光从门口传来，随即映透了阴暗的房间，浩大的火苗夹杂着他已然麻痹的鼻子所闻不到的汽油味，像暴风一样席卷了破败的房子。窦怀章挣扎欲起，却被绝望的饥渴死死钉在床上，眼睁睁看着火龙蹿上梁柱，吞噬檩条，然后分兵而下，点燃枣木老床和床上死棉缝套的被褥。窦怀章看着火苗四面八方将自己包围，焚尽他身边的一切，包括时间和空间。然后火苗退去，饥渴已不复存在，窦怀章知道自己到了另外一个世界。他在殷红的火海里看到了熙柔。

他还看到了钱主任。钱主任站在火海之外，望着化成灰烬的匾额号啕大哭，犹如失去心爱玩具的小孩。昨天他与窦怀章作别，因为过于亢奋，心脏病突发，猝死在了回家的路上。而在辽阔的工地内，有个人正狼狈奔逃，身上浓烈的汽油味熏坏了擦肩而过的空气。是的，窦怀章没有看错，那是他亲爱的养子。

原发《芒种》2016 年第 4 期

《好小说》2016 年第 6 期选载

准提庵街的钉子户

　　世界的本质是黑暗，光明是外在的，光明加在黑暗上，世界就亮了。当晨光印进灰扑扑的窗玻璃，猫的笼子渐渐从黑暗里浮现出来。一起浮现的，还有屋里的陈设和偃卧床上的老宋。老宋两眼昏花，透进房间的光线也尚微弱，并不能看清周围的每一样东西。他只看到黑夜在缓缓褪色，被它掩藏的物体逐渐露出了形状。但他知道"猫"的笼子还是空的，里头只有一小段充当诱饵的香肠。——他侧耳倾听了一夜，并没听到老鼠入笼的声音。

　　又是一个失败的夜晚，为"猫"复仇的计划也只能继续拖延下去。老宋略有一点沮丧。更多的是感慨：老鼠越来越难捕捉了。在十多年前，老鼠还是令人头疼的东西，每天晚上都在梁上蹿跳，在浮棚上厮打，相互追逐着越床而过，甚至在人并未睡着的时候爬上人的脸。老鼠药、捕鼠器、粘鼠纸全都用过，鼠辈依旧族丁旺盛。强大的繁殖能力使它们藐视任何恶意的屠戮。不知从何时起，它们突然稀少下去，曾经孜孜不倦的啃噬声也日渐消息，并最终归于阒寂。据入赘乡村的儿子说，乡下的老鼠也已不多，仅存的一些，也变成了指头大小。儿子怀疑是种的粮食有问题，老鼠换代快，一年至少四五代，所以很快就表现出来了。他断定人类早晚也会有这一天。但他并不忧虑，因为这是未来的事，在他有生之年不可能出现。况且要完蛋大家都完蛋，没什么好委屈，也就没什么好嚷嚷。街坊老谢有其他解释。他说现在房子都造得太结实，又是钢筋又是水泥，老鼠钻不进去，所以就看不见了。

　　儿子是集镇上卖汤圆的，不是电视里的科学家，他讲科学，听听也就算了。至于老谢的观点，老宋更是直接否定。老宋的房子还是那座老瓦房，墙壁和地面也如旧，并没有经过特别处理，他家的老鼠还是日复一日少下去。所以，跟住宅有什么关系呢？他认为老谢这么说，用意不在解释问题，而是拐弯抹角挖苦他的房子太破。在原先，老城区一大片一大片都是瓦房，后来逐渐都翻盖成平房，还有拆掉老房盖洋楼的，比如老谢家。老谢和老宋都住在准提庵街，家门隔街相对。街里原有一座准提庵，故名，"文革"时庵被拆除，名称则留用至今。准提庵街其实不算街，太窄，只能算巷，在北方叫胡同，中原叫"拐儿"，或者"过道儿"。老谢家八十年代改建平房，千禧年又翻成两层小楼，二〇一〇年在楼顶又加了一层。他家每次翻房子，老宋就在街对面袖手旁观。——其实是监督，他担心谢家侵占道路，导致街道在此收缩，对自家就是一种挤压。另外，对面把建筑材料都堆放在街里，过往车辆只能靠着这边走，他担心会撞上自家院墙和大门。在监督的同时，他也亲眼目睹了谢家房子造得有多结实。因此，当老谢舒服地躺在他家门楼下的竹椅里，隔条街向老宋发表如上见解，老宋抬头看看对面的洋楼，再环视周边高高低低的楼房和平房，然后勾回头看看身后快要锈透的铁皮院门，以及门后老瓦松动的破房子，很自然地将老谢的话当成了对自己的嘲讽。但他并不生气。七十多岁的老头儿了，还有什么看不开呢？

你要老鼠干吗？老谢在那边问。

逮猫。

逮猫干吗？

老宋不答。老谢从竹椅上抬起头。咹？老宋假装没听见，提起小凳回自家院子。他没法告诉老谢逮猫是为了弄死，因为他忽然想起老谢家也有一只花猫。老宋的睡眠随着年纪增长而日趋脆薄，先是像玻璃，然后像春冰，到现在则成了肥皂泡，针尖大小的响动，就足以使其破碎。近几日天气和暖，有几只猫因时发情，每到晚上，就聚焦到老宋家嗷叫求偶。老宋家除了老瓦房，还有一间当厨房的小棚屋、一个顶上垛着废木板的厕所、一棵正在开花的老槐树，以及一条粉化严重的低矮院墙，非常适合追逐奔跑，所以猫们喜欢来这里解决它们的爱恨情仇。凄厉的鸣叫和激烈厮打连明彻夜，老宋以棉塞耳而无用，意欲驱逐而不能，只能站到院子当中号叫：

谁家的猫，自己捡起来啊，再跑这儿叫，我可要打死了！

然而没用。猫们依旧将这里当作欢场，肆无忌惮地毁掉了老宋的睡眠。老宋决定报复。他在馒头里下药，丢到房顶、棚顶和院子当中的地面上。猫不吃。改在蛋糕里下药，还不吃。发狠买来几根火腿肠，竟然依旧不吃。好像那些小畜生已经洞察他的用心，不肯上当。也或者是它们伙食太好，根本看不上这些东西。驱赶和投毒都不行，老宋决定以计智取。猫最喜欢什么？老鼠。那就捉个老鼠当诱饵，设置机关捕杀之吧。

老宋用铁条做骨架，绕以细铁丝，做成一只笼子，然后又设计了一个弹簧门，老鼠爬进去触动机关，弹簧门即自动关闭，将老鼠囚禁其中。得要活的，死老鼠不够新鲜，他担心吸引不了那些专注于交配的猫。他将剩余的火腿肠投进去，把笼子放置到屋角。那儿有个洞穴，在往年老鼠经常由此出入。他听着猫叫等候一夜，第二天提笼观察，什么也没有。第二夜也没有，第三、第四夜亦然。一连等了七天，火腿肠干成了硬疙瘩，仍然没有老鼠光顾。他开始怀念那些小东西。它们的确很烦人，偷粮食啃桌柜，得空就跑出来搞破坏，但有它们窜来跳去，屋子倒有了生气，而不至于像现在这样死气沉沉。老宋往前回想，在有老鼠的年月，他好像还没怎么失眠过，最多是睡得晚一点，醒得早一点，毕竟老年人没那么多瞌睡。

如果再往前回忆，老宋会想起来他其实是个贪睡的人。儿女和老婆都在的时候，他每晚做完该做的事，往床上一挺，即刻鼾鼾睡去。后来老婆因病往生，空床独卧，老宋开始有点睡不大牢。等到儿女一赘一嫁，相继离去，再没人跟他聒噪，他的睡眠却学起了女儿单位的工资，越来越不能保证及时和足量。女儿嫁到城南，离得相对近，每周会来看看老宋，带些吃的用的。后来下岗了，自顾不暇，就来得少了，有时候终年见不到几次面。但比之儿子，依旧要好很多。儿子先天跛脚，走路左低右高，人送绰号"地不平"。受累于残疾和家中经济条件，加上本身也没文化没工作，直到三十七岁还是一条光棍，最终还是托姐姐福，由她婆家一个远亲帮忙撮合，才在三十八岁生日之前喜结姻缘，远走四十多里，到某乡镇一个中年寡妇家做了倒插门。从此后一个大唐，一个西天，父子俩要见上一面，比取一回经还难。难不在于交通，在于两人的状态：老子认为，正确的父子关系应该是儿子主动来探望，而不是主动去探望儿子；至于儿子，却总是没时间，不方便，下月吧，再等等。家里遂陷入冷清。他们的院子很窄小，两个人走对过，都得像峡谷里会车，一不小心就会发生碰撞，此时却显得空旷无比，能容得下一万只猫交配和厮打。瓦房是硬山顶面南三间格局，老宋住东屋，女儿住西屋，儿子没地方，就在堂屋支了张床板。未出赘时，儿子每天晚上都发牢骚，街道里一般大的这个结婚了，那个生娃了，说来说去，就数他最狼狈最委屈。姐姐被吵得没法睡，隔堵墙喝令他闭嘴。他反叫姐姐闭嘴。然后姐弟俩就开始了没完没了的你闭嘴你闭嘴，直到老宋忍无可忍，在东屋大吼一声："都给我闭嘴！"老瓦房里这才安静下来，只剩下老鼠窸窸窣窣的声音。到现在，没人吵闹了，曾经深感逼仄的房子空虚涨大，老宋偶尔在另外两个房间里待一会儿，老是想到隆冬天月亮上的广寒宫。有时候，他会坐在堂屋门槛上，望着覆盖院子的老槐树发呆。风一阵一阵刮过来，槐树叶子哗哗碎响，像有一群人在窃窃私语。若是秋天，树叶因时枯萎，加以烈风，一夜之间凋零殆尽，就像人掉光头发，突然间就衰老了。老宋不喜欢秋冬天，萧瑟寒冷，太难挨。尤其不喜欢秋冬的夜晚，仿佛全世界都掉进了冰窖里，全世界的孤独都浓缩了压过来。他被孤独逼迫得心慌气短，不能成眠。

也就是从这时候起，他不再讨厌老鼠。他害怕寂静，需要有点声音，就像小孩子怕黑，需要点上一盏灯。房间里有声音，就说明有东西与自己同在，而且这东西是活物，与自己同属一个世界，好歹也是个伴。他经常想起他爹讲过的故事。他爹曾经在某深山看林场，偌大山头只有他一人，每到晚上万籁俱寂，满山幢幢乱影，仿佛不是人间。山林里有狼出没，每当月光皎然，就会嗥嗥而鸣。这时候，他爹就躲在木屋里侧耳倾听，就像倾听亲朋好友的呼唤。他爹说，有狼叫的夜晚，是他最安心的时候。老宋听着老鼠搞出来的动静，深刻理解了他爹所遭的罪。只可惜他的儿女们都不理解，所以才会把他丢在这里，长时间不来看一眼而不感到不安。也许他们早晚也会理解吧，到那时候，他们会不会像此时的老宋一样，对自己的父亲充满愧疚呢？想到这里，老宋心头很荒凉，犹如长满荆榛和野草的山丘。

连老鼠的动静也越来越少了。浮棚上渐渐没有了激烈的扑斗，啃噬桌斗和柜脚的咯咯声，也最终消失在浓密的黑暗里。老婆走了，女儿走了，儿子走了，如今连老鼠也不再奉陪，老宋觉得被全世界抛弃了。

真心讲，老宋如此绝望，其实有赌气的情绪，意欲借老鼠的消失，强化被儿女遗弃的不满。他需要老鼠做伴，但他并不喜欢老鼠，正如他需要对面老谢一起喷嗑儿打发时间，但并不喜欢他这个人一样。所以，老鼠没了，没了就没了吧，他虽感到遗憾，却并不为此心生悲伤。而当他决定惩罚在他房顶和院子里作怪的猫时，想到的第一条妙计，就是弄个老鼠当诱饵。——他并不珍视这种贼头贼脑的小东西。

一开始他没想到诱捕一只老鼠会有这么难。他一直认为，像老鼠这样繁殖能力惊人的物种，不可能一下子灭绝，肯定会有若干幸存的，躲藏在不为人知的地方。他相信他这座已成危房的老建筑里必定还有那么一两只。可是连候七天，竟无所获。他很失望，在第八天早晨走出家门，搭乘公交车去南关女儿家。他要女儿帮他捉一只老鼠。女儿在南关桥头开了家缝纫店，每日踏着已经过时的老式缝纫机翻补衣裳。她锁着裤边听了爸爸的要求，一时哭笑不得。

我往哪儿给你弄个老鼠去？她停下手中的活儿，对她爸说，猫叫春也就几天，马上入夏了，它们自己就走了，别折腾了。

老宋板起脸。你们倒是睡得好，一大家子住一起，再没那么踏实。你知道我是咋熬的？

你睡不着我也没办法呀。女儿说，买点安眠药吧，睡前吃两片，就睡着了。

睡不着吃安眠药，好比肚子饿了吃大烟膏，在老宋看来纯粹是瞎主意。他负气而去，咚咚咚跑到车站，花钱买票去乡下找儿子。这是儿子入赘以来老宋第二次登门。儿子刚好从集市上卖汤圆归来，看到老爹很意外。当他听老宋讲明来意，更加意外。

你就为这个？儿子瞪着老宋。

不行吗？

行啊行啊。儿子说，我还以为你是来看你孙子的。我就有点纳闷，你不想我这个儿子，也不想孙子？

你想过你爹吗？老宋脸上乌云密布，声音嗡隆隆像打雷。

儿子语塞。

孙子！嗬！老宋继续说，到底是我孙子，还是我外孙？

儿子本来要给他倒茶，听到这句话，又把茶瓶软木塞扣上了。给你十块钱，你买张车票回去吧。儿子从纸盒里抽出一张十元纸币递过去。以后别来了。

这无异是粗暴驱逐，兼有断绝关系的意图。老宋要疯掉了，起身便往门外走。儿媳妇恰好带着小孩从外头回来，见老头气冲冲要走，连忙拦回院子里。小孩也缠过来，围着他不停叫爷爷。儿子也知道错了，捧杯热水走过来，恭敬地请他爹喝。儿媳妇不知什么缘故惹得老头如此不开心，总之骂自己丈夫就对了。老宋眼看儿子被老婆骂得直不起头，又心疼，装腔作势板了会儿脸，也就笑嘻嘻地跟孙子玩起来。孙子对这个难得一见的城里爷爷很尊敬，虽然他没给自己带礼物，但他衣着干净，身材也还直挺，不像整天见的那个姥爷，弓腰驼背又邋遢，一天到晚咳唾不休。孙子已经十岁，学习木一哈，老宋给他出了道数学题：他家离县城二十公里，客车一小时跑六十公里，乘车去县城需要多长时间？他翻着眼想了很久，又取来笔纸计算，最终得出的答案是：不知道。儿子袖手旁观，感到很难为情。老宋瞪他一眼，说：让孩子去城里上学吧，乡下教的这是啥？

我也想让他去城里上学，可是谁带他？你年纪这么大了。

你们都去吧，家里房子挤挤也能住下。老宋说，在咱街里一样卖汤圆。

儿子说：那房都快塌了，哪能住人？

老宋脸上又涌起乌云。也没见把我砸死！

儿子自知失言，赔起笑脸。还有她爹呢，她爹病恹恹的，得人照顾，等他死了，我们就回城里去。

老宋再次发火。你爹呢？你爹就不需要照顾？

儿子默然。老宋吃过中饭，即欲回城。儿子带着小孩送他到公路边候车。一路也没什么话说，只是在他上车后说了声：等逮到老鼠，就给你送过去。

儿子到了也没送老鼠来，不知是没逮到，还是根本就忘了。后来老宋自己也忘了。正如他女儿所说，猫叫春就那几天，熬过去就好了。半个月后的午夜，他照例睡不着，就琢磨拆迁的事。县政府在搞老城改造，这一带要拆迁，赔偿方案基本上已经定了。老谢开心得很，天天盼着早日开拆。他家获赔三套新房，一天到晚盘算到时候怎么装修。老宋嗤笑他。

看你鬼乍的！老宋说，以前也不知道哪个不要脸的说不爱住高楼。

老谢觍着脸只顾笑。那是没有，有了就爱了。

老宋深感无趣，悻悻而归。这天晚上，他躺在床上辗转反侧，琢磨怎么应对这件事。他决定上访。不过也不用急，老城改造喊过很多回了，一直都没拆到这里，谁知道这次能不能真落实。真落实了再说吧。他在脑子里自己跟自己议定这件事，转而寻思养个小东西解闷。养狗？还是养猫？叫春的猫固然令人痛恨，但除开这一条，这小东西还是挺招人爱的。而且吃得少，甚至不用喂，它自己就能出去觅食，吃饱了还能回来。狗就不行，人家丢个包子就拐走了。但狗能看家，调教得好了还能伺候人，这点比猫强。他在狗与猫之间犹豫不决，屋角突然传出哗啦一声响，然后是铁丝笼被急促扑荡的声音。老宋赶忙爬起来，打手电筒查看，嘿，居然兜住了一只老鼠！

老鼠半大，褐毛，肥瘦一般，呆头呆脑，看上去还挺好玩。它钻入笼子，肯定不是为了吃那疙瘩已经硬如石块的香肠，而是老宋把笼口正对着洞穴，它大概想从这洞进房间瞅瞅，结果一出洞口就进了罗网。刚想养只猫，它就跑来献身当诱饵，真是好老鼠！老宋当即找来细铁丝，扎住它一条腿，拴到最粗那根铁条上，然后将笼子放到院当中。次日一早去看，只有老鼠在挣扎。那些猫们不知道都跑哪儿去了，白白错过这个新鲜的大餐。老宋怕老鼠饿坏，影响猫的食欲，特意投入指甲那么大一块新香肠，还放进去一点水。他越来越不喜欢跟老谢说话，看他那副日益可憎的嘴脸，还不如坐槐树下头看蚂蚁上树。今天没有蚂蚁，那么，看看这只呆头呆脑的老鼠也不错。本地老鼠大多尖嘴，贼，肮脏，这只老鼠的嘴巴却不那么突出，反应也比较迟钝，大概是变异了。这天晚上猫依旧没来。第三天晚上还没来。第四天是大晴天。老宋蹲在笼子旁观察老鼠。槐树的影子洒满地面，被风吹着晃来晃去，老鼠的身子一半在阳光下，一半在阴影里，一忽儿阳光多，一忽儿阴影多，搞得老宋有点恍惚。他不舍得让它死了。

老宋给老鼠冲个澡，带回到房间里。他听说过有人养老鼠当宠物，可能不是这品种，但总归都是鼠。从现在起，他也是有宠物的人了。宠物一般都要起个名，何况它还是只老鼠，总不能天天叫老鼠老鼠，听起来怪别扭。老宋歪着头想了半天。

就叫猫吧。他对笼子里的老鼠说：猫！猫！来，翻个跟头，翻个跟头看看，翻呀，翻呀，嗨，这蠢东西！

从此老宋就不再形单影只，每天晚上，他将"猫"放到床头，睡不着了就敲敲笼子，听它吱吱叫几声。这让他想起以前老鼠满屋窜的夜晚，心头有种得偿所愿的满足。当然，他的睡眠并没有因此而改善多少，但无可否认，老宋的心情不太一样了。睡不着的时候他不再焦躁，而是安静地思考拆迁的事。政府这次来真的，拆迁补偿协议一家家都签过了，街坊们也陆续搬走。老谢在离开之前，慷慨地把他那把竹躺椅赠送给老宋。这把竹椅老谢足足躺了三十年，每一根竹条都磨得亮晶晶的，老谢说是包浆，好物件时间长了都会出包浆。老谢一走，老宋就把竹椅劈掉当柴烧。什么包浆，不就是吃太肥油汗多，日久天长蹭成了那样！老谢临走前问老宋：

你真要去上访？

老宋说：关你什么事？

老谢嘿嘿笑。不关我事，不关我事，就是这么荒唐的要求，不知道政府答应你不答应你。

走你的吧！

隔日是中秋，儿子带孙子来看望老宋。难免要谈到拆迁的事，父子俩长吁短叹。孙子还不懂大人的烦恼，自个儿在那边逗"猫"玩，玩得热火了，居然趴到地上，要隔着笼子亲那只毛哄哄的小东西。老宋看得直硌硬，怀疑这孙子智商是不是有问题，当然，也或者是乡下人本来就不讲卫生，学校老师教得也不好。他再次提议让小孩来县城上学。儿子抬头看了看房子。他们坐在堂屋，屋顶的瓦已滑脱好几块，有个地方已然透露一个四方的洞，用塑料布从上搭起来，自下望上去，仿佛一块白蒙蒙的天窗。

等等再说吧。儿子说。

儿子带孙子走后，老宋将笼子提到院子里，看着"猫"发了半晌呆。次日一早，他简单收拾一下，举着个大纸牌去了党政大楼。他要进楼找书记和县长，被保安拦下来。保安给他指路，要上访得找信访办，书记和县长不是谁都能见的。老宋说：你少诓我，信访办有屁用，这事必须得书记和县长来解决。要硬闯。保安说：你再闹，我可要打电话叫警察了。老宋在楼下骂了一阵，悻悻而去，一路打听着找到信访办。信访办一位副主任接待了他，耐心听完他的诉求，两只眼瞪得像核桃。

胡闹台！副主任吆喝，别人强拆你，给你补偿不合理，你要告，没问题。哪儿有别人不拆，你非逼人家去拆的道理？

就隔一条街，凭什么街对面都拆了，我们这边就不拆？

这是政府规划！

那凭什么把我们规划出去？就隔一条街，我们就不是市民？

你这是胡搅蛮缠。

什么胡搅蛮缠？我老头一辈子讲理，我就问问你，为啥就隔一条街，偏偏把我规划出去？

两人打了半天嘴官司，谁也说不下谁。副主任给准提庵街居委会打电话，让他们赶紧来带人。居委会主任闻风而至，连哄带骗把老宋诓出信访办，拖进面包车拉回街道。主任、副主任和一帮工作人员围着老宋，讲了一大堆家国大义和法律知识，又请他吃了顿午饭，叫他不要胡闹了。老宋不语而去。过了两天，居委会又接到信访办电话，再次把老宋拉回来后，复述一遍家国大义和法律知识，然后又请他吃一顿饭。第三次的时候，居委会主任在电话里说：你报警吧，我们管不了。

警察看上去似乎也没有什么办法。他们把老先生带到派出所，例行公事问问情况，做个笔录，然后讲了几句跟居委会差不多的话，他们称之为批评教育，然后就把老宋放出去了。老宋再去信访办，保安已经受命盯上他，坚决不允许进入。不久之后，老宋相继又上了法院、检察院、纪委、公安局、街道办事处等单位的保安黑名单。拆迁工作在他锲而不舍的上访中有序进行，当他连居委会的大门也进不去的时候，拆迁公司的破拆机械已经开到了老谢家的房子下。老宋改变战术，既然官方无法指靠，就直接上阵，跟具体搞拆建的地产开发商做斗争。他搬出自己的小凳子，面对着那堆钢骨铁臂的大家伙，安稳地坐到老谢家楼房前。负责拆迁的经理闻讯赶到。

你不想活了？经理冲老宋嚷叫。

不想活了。老宋说，拆吧，你拆吧。

你这不是耍无赖嘛！经理气得想拿刀砍人。不要仗着你人老，就可以胡作非为！

我胡作非为什么了？我就安安静静坐到这儿晒太阳，又没说不让你们拆。你们拆，你们拆。

经理无计可施，只好给上级打电话，报告无赖老头的情况。老宋听到"无赖老头"四个字，眼睛也瞪起来。什么无赖老头儿？他不满地纠正：我就是不服规划，被逼成了钉子户，钉子户就无赖了？

钉子户你钉自己房子去，你钉别人家房子上干吗？经理捂着手机大吼，有你这样的钉子吗？

不管老宋愿不愿意，无赖的名声在街道里迅速传开，并在短短几天内扩散到整个老城区。人人见他无不侧目，几个原本还有来往的老伙计，也渐渐都不再搭理他。老宋女儿也深感羞耻，要看父亲只敢黄夜而来，害怕碰到熟人，脸无处搁。老宋把自己彻底孤立起来，唯一相陪不去的，只有笼子里吱吱叫的"猫"。——笼子锁得紧紧的，它想走也走不了。纵使如此，这份陪伴也弥足珍贵。老宋跟它同吃同住，闷了对它说说话，烦了冲它吼几声，也没觉得日子就过不下去。

忽然有一天，"猫"死了。

"猫"是被吃掉的。那天晚上老宋不在家。拆迁进展很快，规划区内的民房不多久就被扫平了，到最后只余老谢家的三层小楼。经理原想把老宋拖到安全处，将他摁紧，大小机械一拥而上，一顿拆除了事。几个魁梧汉子正要上前，老宋却从怀里拔出一把刀，声言谁拉他他就死到谁手里。真死到自己手里该有多晦气，汉子们皆犹豫而止。警察要带他去派出所，他说：行啊，我一到派出所就撞死到那儿。派出所才出过一桩事，正在焦头烂额，听这老头儿说得如此决绝，也不敢动他了。拆迁方白天干不成，改而晚上下手，意图等老宋睡后，将他的破大门自外反锁，然后突击把活儿干了。他们出这主意，只能说明不了解老宋，他们的机器刚开动，老宋已经像条敏捷的老狗，以这个年龄难以置信的矫健越墙而来。拆迁经理眼睁睁看他四平八稳坐到楼房前，满脑子都是弄死他的念头。老宋监视着他们熄灯灭火，沮然退去，这才回自己家。按照这几天养成的习惯，进屋后，他首先要看一眼他的伙伴。他的电灯开关还是拉绳式的，装在屋门口。他拉开灯，在床头没有看到笼子，往地上瞅，只见滚落到了桌子下。细铁丝缠的笼网被撑开一个大洞，里头空荡荡，他的小朋友不见了。他赶紧将笼子拖出来，电灯光线昏弱，开手电观察，发现笼子上有几点血渍，铁丝缝里夹着几撮细软的毛。他拔出毛捻了捻，没错，是家猫的。

很显然，他的"猫"被猫吃了！他跑得太急，顾不上关房门，给了在黑夜里游荡的猫以可乘之机。老宋打着手电跑出房间，在院里四顾寻觅，又跑到街上搜索，奔走了很久，也没看到凶手的影子。老宋陷入躁狂之中。这件事很严重，绝非只是死了一只老鼠这么简单，而是谋杀，以血腥而残忍的方式，夺走了与老宋相依为命的"猫"！

他要为"猫"报仇。

报仇需要计划。老宋首先想到的办法，就是再逮一只老鼠，用以为饵，诱捕那只该死的猫。他立即找来粗铁丝，将笼子修补牢固，投入香肠，再次放到那个屋角，弹簧门端正地对准洞穴。然后，唉，然后只有等待。讲内心话，他对再次逮到一只老鼠并无多大信心，正如对当钉子户闹出个理想结果并不抱什么希望。可是除此之外，他还能做些什么呢？

他什么也做不了。

第一天，无鼠入笼。

第二天，无鼠入笼。

第三天，无鼠入笼。

第四天，老宋侧耳倾听了一夜，墙角处依旧没有动静。天亮了，他也该去对面"上班"了。今日天气不太好，晦云和雾霾打成一片，昏沉沉令人压抑。他坐到楼房前，看着街道里的行人渐渐多起来。行人来来去去，大多会扭头扫他一眼，其中不少是街坊，但并无人跟他打招呼。凳子是榆木的，沉而硬，坐久了屁股会疼。老宋想起了老谢那把竹躺椅，很后悔将它毁掉。拆迁并未因为老宋的阻拦而陷入停顿，他只是阻挠了老谢家这栋楼的破拆，其他工作照常进行。有人照例来观察，见他在，扭头便去。拆迁方似乎也绝望了，索性这样耗下去，连破拆机械都转移走了。老宋坐到中午，有点饿，拿出备好的烧饼和水就地解决。他一边吃，一边看街道上的行人。行人突然都加快脚步，匆匆忙忙往前跑。下雨了。

深秋的雨凄冷阴郁，一开个头就淅沥不休，令人心生厌世的念头。老宋坐在楼洞里，疲惫地靠在墙上，眼望着绵密雨水，不可遏制地回想起一生的经历。他更想一些人：他亡父，他亡妻，他在农村无望度日的儿子和孙子。下午四点多，老谢撑把大黑伞施施而来。他为他家房子的遭遇感到不平，穷尽一辈子的想象力，他也想不到老宋竟干出这样的事。不过无妨，他们已经搬走了，不管老宋怎么闹，与他们谢家无关。他从原先门楼所在的地方走过来，笑嘻嘻踱到老宋面前。

真有你的呀，老家伙！他对老宋说。

老宋不理他。

老谢站在原先的庭院当中，抬头瞅了瞅楼房，似是缅怀在此居住生活的时光。然后走进楼道，一层层浏览个遍，又下来走到老宋身旁。

一天到晚这么守着，累不累呀。老谢说，把你儿子和女儿都叫来，你们轮班，二十四小时三班倒，会舒服点儿，守得也更结实。

老宋依旧不睬他。

老谢也不再搭理他，回身往外走。天也快黑了，还下着雨，他们不会来拆了，回去歇歇吧，别着凉了。老谢边走边说，万一着凉发烧，躺床上动不得，人家趁机过来拆掉，你就没得搞了。哎，对了，老宋。老谢回过头，望着麻脸不语的老宋。你不是要老鼠吗？刚才我过来路上，在印心庵街拐角那儿，一个老房子，就是半砖半坯的那个老瓦房，看到房角儿里有个洞，露出不少草枝子，还看到一只老鼠钻进去了，估计里头肯定有。你要不要去看看？

老宋不答。

那算了，走了啊。老谢悠闲地往前走，黑胶鞋神气地踩着薄有积水的路面，仿佛一个鼓腹巡游的土财主。老宋眼望他缓缓走远，忍不住站起来。

等等。他跑到街道里。老谢，等等我。

老谢所言不假。印心庵街是一条偏僻狭长的老街道，那所房子久无人住，已经荒废了。两个老头儿先从倒塌的院墙翻进去，查看了一下形势，决定采用烟熏之计。老宋从破房里找可燃物点火熏洞，老谢则翻到一条蛇皮袋，捂住街角那个洞口，两人分工协作，里应外合，费了很大功夫，终于成功捉到了一只。老宋听到老谢在街里欢快地叫唤，赶紧跑出去，只见老鼠在蛇皮袋里踊跃弹跳，想必个头不小，也很健康。他从老谢手里接过蛇皮袋，抖了抖，看着剧烈变形的袋子心花盛开。

你可算做了件好事。他对老谢说，请你吸烟吧。

就你那烟，留着自己吸吧。老谢从中山装里掏出他的烟。是本地一个好牌子，一盒二十块。老谢抽出一支叼上，并不礼让老宋，自顾自点燃，吸上一口，悠闲地吐出一团烟雾。他把烟盒装回衣袋，对老宋说：走啦。

老宋也往回走。天已经苍黑，雨还在下，毫无停歇的意思。他披着从破房子里拿的一块塑料布，匆匆忙忙往回赶。穿过四道街，再拐一个弯，就进了准提庵街，抬头平视，广阔的拆迁工地一览无余地展现在眼前。工地很大，铺满了等待清运的破拆垃圾。有几个人影在废墟上走动，似乎在寻找什么东西。管他们寻找什么，老宋不关心。他只关心他所守护的那栋楼房。

楼房呢?

老宋僵立街口。顺着他的眼光往前望,楼房已经不见了,只看到一堆新造的废墟,以及几辆正缓缓离场的破拆机械。雨水从塑料布的破洞流进来,灌入老宋脖子。老宋四脚冰凉,脑壳发烧,浑身软绵绵的几欲仆地。他感觉自己要得病了。

世界的本质是黑暗,光明是外在的,光明离开后,世界就回归到黑暗中去了。新捉到的老鼠被命名为二猫。二猫在笼子里疯狂扑窜,尖厉刺耳的鸣叫仿佛绝望的歌唱,遮盖住了屋外絮絮不休的秋雨。夜色一点点厚重起来,逐渐淹没了眼前所有。老宋闭上眼睛,听着二猫的叫声,昏昏沉沉地睡着了。

原发《莽原》2017 年第 6 期,获莽原文学奖

《小说选刊》2017 年第 1 期选载

青 盲

一

周日上午，我收到一封信。

是平信，寄到我住的小区，长方形牛皮纸信封上贴着八毛钱的邮票。我将信封拆开，抽出一张对折的信纸。信纸粗软陈旧，色黄如焦土，一条边毛糙不齐，想必是从老书本上撕下来的空白页。上面只有简单几行字，繁体，竖写。

> 继弃小友：
>
> 有些选择无法中止，也不能回头。
>
> 翟瞎子绝笔
>
> 乙未年乙酉月庚戌日

二

我的到访不合时宜。郭叔不在家，郭婶打麻将输了钱，正在阳台上逗鹦鹉。郭婶是个正派的女士，独自一人在家时，从不接待二十岁以上、七十岁以下的男同志。我不想破坏她的规矩，惹她不高兴。但我需要尽快证实一些事情，而她是唯一能给我答案的人。

很幸运，郭婶没有拒我于铁门之外。她打开厚重的防盗门，隔着一条细缝瞪着我，听我说明来意，就把我放了进去。关上门后，她径直穿越客厅，走回阳台，生胶拖鞋踏着亮晶晶的抛釉地板，发出响亮的啪啪声，听起来就像抽人耳光。

今天背透了，俩赖种合伙儿整我，不是叫我点杠，就是叫我点炮。郭婶一边走一边说。小娴也不帮我，光在那儿看我笑话。

小娴是我妻子，郭婶的好牌友。我们两家略显热络的关系，就是建立在她们两个的牌桌友谊上。郭婶给鹦鹉加了点食，用小木棍拌拌，然后敲一下它的脑袋。

叫！

毛主席万岁！

再叫！

毛主席万万岁！

郭婶很满意，叉腰站在竹架旁，眼角乜斜我一下，骄傲之情无以言表。她调教的这只杂毛玄凤，是小区里最知名的动物，几乎所有人都知道这栋楼上有只会叫"毛主席万岁"的鹦鹉。有个局长想买它，出一万块钱，真是想得美！就这句毛主席万岁，十万块钱都不够！郭婶说：哎，董继弇，你说老头儿死了？

应该是死了。我说。

信呢？我看看。

我把信掏出来递给郭婶。郭婶啪唧啪唧走回客厅，找老花镜戴上，捏着泛黄的信纸仔细研究。字是用复写笔写的。繁体字笔画多，尤其是"繼"和"選擇"，老翟却写得清楚工整，从上往下排列也很整齐。翟瞎子绝笔。郭婶审慎地念出这句话，两眼上翻，从眼镜片上方盯着我。绝笔就是死了？

理论上说是这样。我说，而且还是自杀。

你别跟我说理论，理论还得联系实际，咱就说客观的。郭婶说，他是瞎子，对不对？

我笑了笑。

那你说，瞎子怎么会写信？

这有什么不可能的？我说，他摸摸百会穴，就能知道人的底细，判断吉凶祸福，写个信算什么。

郭婶身后是沙发。她乍着胳膊坐下去，重大的屁股在棕色皮革沙发上压出一个巨大的坑。也是。她说，坐坐，董继弇，坐下来说。

三

翟瞎子是命相师，在县城西关一带久负盛名。他精通多种算命方法，测字、卜卦、称骨、推八字无一不熟，最令人称奇的，是他的独门秘术：摸穴断事。客人不需说话，只用把头伸过去，让他摸一下头顶的百会穴，就能判断出是男是女、高矮胖瘦、大体年龄、生活状态等非常具体的信息，进而推算出命理走势和未来运程。有个大人物，是坚定的唯物主义者，听到翟瞎子的传说，决定亲自去会会。他怀疑翟瞎子是装瞎，先教人把他的眼蒙起来，然后才下车走过去。翟瞎子在他光溜溜的头顶上摸了一下，就判断出他是当官的，不是镇长就是局长，总之是正科级干部，近来官运旺盛，不久就会更上层楼。大人物果然是某局的局长，上级已经决定提他为副县级，马上就要公示。

以上这些都是郭婶说的，时间是去年春天。去年春天，我辞去工作，打算跟朋友合伙做生意。正式入股之前，妻子认为有必要找个半仙，算一下是否可行。她在牌桌上说了这事儿。好牌友郭婶立即推荐了翟瞎子。

局长要提拔的事是秘密，司机都不知道，老头儿一下子就算出来了。郭婶说：局长服了，向老头儿问前程，最高能当到什么官儿。老头儿说，你先不要关心这个，先关心关心家庭吧，家和才能万事兴，中阃不宁，一切皆空。他说中阃不宁，哎，董继弇，你这个大文化人，知不知道中阃不宁什么意思？

老婆不安生吧。我歪在旁边沙发上懒洋洋地说。

对了！到底是教语文的。郭婶摸着牌说，局长本来就怀疑她老婆不老实，听老头儿这么一说，回去就开始调查他老婆，一调查不要紧，你猜，你们都猜猜，他老婆跟谁通奸了？猜不到吧？他司机！局长气坏了，把奸夫淫妇痛打一顿，然后跟老婆离了婚。老婆不服啊，司机也不省油，他们就把局长的黑材料整了整，去纪委告状，一家伙把局长告倒了，不光副县级泡汤，还判了十五年，现在还在牢里蹲着呢。中阃不宁，一切皆空，你说准不准！

这个局长有名有姓，是哪个局、哪年犯的事、在哪儿坐牢，都说得很明白，不由人不信。牌局结束后，牌友散去，妻子收拾着牌桌对我说：你找那个老头儿算算吧。

我不置可否。我和妻子都靠工资吃饭，可用资金有限，要做生意必须借贷，所以能赚不能赔。而我不过是个中学语文教师，所有的商业经验，都来自于日常消费，对商业谈判的理解，也近似于卖东西时的讨价还价，贸然辞职做生意，用我妻子的话说，风险太大了，跟找死差不多。说实话，我也不想做生意。我还是很乐意当教师的，我这人胸无大志，觉得教教书过一辈子就挺好。只是很遗憾，我跟校长关系很糟，我举报过他挪用公款、强卖教辅。校长是君子，有仇必报，我在他的百般关照下度日如年，实在难受，就赌气辞职了。辞职后不能歇着，有个朋友想贩煤，游说我一起做，我跟妻子商量了一下，决定入伙。贩煤不是小事，需要很大的本钱，赚了当然好，赔了就不好收拾。怕赔不干吧，万一又能赚钱，岂非坐失发财的机会？我很纠结，首先想到的就是卜一卦。我对易学感兴趣，无聊的时候，会翻出《周易》琢磨一会儿，打发光阴。于是我自己卜了一卦，得"巽之蛊"，爻辞是：

贞吉，悔亡。无不利。无初有终。吉。

这卦象很好，给我了不少勇气。我把它讲给妻子听。妻子也有点开心，但她总觉我是半吊子水平，算得未必准，需要找个专业人士确定一下。听了郭婶的推荐，她就让我去找翟瞎子，两天催了三次。我承认我是外行，对自己的卜卦能力并没有太大信心，妻子不信任，我也无话可说，她反复让去，我就去了。

翟瞎子的摊位很好找，就在西关桥头一棵老桐树下，两把小马扎、一块破麻布，就是他的全部装备。我以前从这里路过，肯定看到过他，但是记忆里全无印象。我将电瓶车停到路边，悄然走到他面前。那天天气不错，风和日丽，空气干净，翟瞎子戴着一只墨镜，安详地坐在桐树的影子里，花白的长胡子被风吹动，一飘一飘，真有点仙风道骨的意思。那块麻布摆在他面前的水泥地砖上，用毛笔写着几行字。一开始我以为必是吹嘘的词句，诸如"铁口直断""料事如神"之类，文雅点会是"提醒迷路君子，指点久困英雄"，如果俗气呢，就是直白地罗列执业范围，比如"合八字、看风水、问婚姻、算前程"等等。这是算命摊子的通用布告，一般情况下，还会在布告上压一本盗版的《白话周易》或者《梅花易数》。翟瞎子的布告上没有放书，我站在前头看了看，广告词也很别致。那是一副对联：

> 人事虽无常，仰彼北斗，迷津里亦有活路
> 天命实有定，询此老翁，困境中可得变局

我看罢对联，心生几分敬意。翟瞎子依旧安详地坐着，腰板微佝，两只眼睛隐藏在黑镜片后。我站在暖和的阳光里，一声不响地盯着他。我有种奇怪的感觉，似乎这样面对面地站下去，他可能会绷不住，然后像那些算命贩子一样问一声：算一卦？不用说，这种想法很荒诞，一个瞎子怎能知道面前有人？我站了有十分钟之久，老先生一动不动，安稳得如同身后粗大的树干。

我开口说：老先生。

老头儿点点头，算是应腔，然后身子往前欠了欠。学业事业，财运前程，官司健康，婚姻家庭，小同志，你想算什么？

我说：是翟红秀介绍我来的。

老头儿哦了一声，脸上浮起微笑。那你想算什么呢？

翟红秀是郭婶的大名。她说她跟老头儿是一自己，报上她的名号，老头儿肯定会特别照顾。"一自己"是我们这儿的方言，意思是"同一个家族的"，算起辈分，郭婶得叫老头儿伯伯。我说：郭婶说你精通周易，我也喜欢周易，但不怎么懂，有个疑问，想向你请教请教。

老头儿呵呵笑了笑，没有作答。

我说：用蓍草卜卦，有两种方法，对吧，究竟用哪种方法更好呢？

老头儿说：你是说郭雍的过揲法和朱熹的挂扐法吧？

对对。

那你算问错人了。老头儿说，我就是个瞎老头儿，既没有郭雍的大智慧，也没有朱熹的大学问，哪里分得出他们谁对谁错？

老先生的回答令我肃然起敬。在我看来，算卦的如果不懂过揲和挂扐，差不多就是江湖骗子。中医院外人行道上一年四季有算卦的摊子，有一回我无聊，顺着摊子挨个问过去，竟没一人知道过揲和挂扐是什么玩意儿。翟老先生不但懂，还很谦谨，让我刮目相看。我向他坦白来意，伸出脑袋，请他摸摸我的百会穴，看我能不能做贩煤的生意。对于摸穴断事的原理，郭姊之前解释过。她说百会穴位于人体最顶端，是百脉之会，人的一切信息都会通过脉气汇集于此。这跟古代的望气术差不多，不同境遇的人，头顶上会呈现出不同颜色的气体，高手一看，就知道此人的吉凶祸福。翟老头儿是瞎子，看不见，只能摸，一摸一个准。如果望气术真的存在并且有效，那翟老先生的摸穴术肯定也有道理。我已经相信了他七八分。

很意外，老先生并没有施展这门绝技。他两只手抄在宽大的衣袖里，稳稳放在膝盖上。那是旁门左道，用来应付心不诚的人。他说，你既然喜欢周易，就给你卜一卦吧。

我有点失望。怎么卜呢？我说，你又看不见。

你自己来。老头儿说着，从衣袋里摸出三个铜板。是三枚五铢钱，大概用久了，磨得闪光发亮。你掷，掷出阴阳，再告诉我。

我掷了六下，得"恒之解"。周易卦爻之辞那么多，我也没专门背过，根本记不住，就等老头儿解释。老头儿沉吟了一会儿，摇头说：这卦不好，最好别干了。

我愣了一下。我想我的脸色肯定也变了。我说：爻辞是什么？

不恒其德，或承之羞。贞吝。

四

我没有听翟老头儿的劝告。两次卜卦，都是我自己动手，没道理我独自卜的不准，在他面前卜就准了。妻子问我结果，我支吾以对，问得急了，就说老头儿也看不准，应该是不错。妻子已经帮我从岳父那儿借到二十万，家里有五万，我又东借西借凑了五万。我把钱归拢到一起，准备去找朋友，刚下两层楼，被自外而归的妻子截住去路。妻子一直不放心，对我语焉不详的算卦结果也耿耿于怀，在牌桌上说起来，郭婶建议她去找老头儿问问清楚。没想到老头儿居然还记得我这事儿，直言相告。妻子觉得我欺骗了她，气呼呼地回来跟我算账，正好把我堵在楼道里。

我只好对朋友说遗憾，为了表达歉意，还专门请他喝了酒。朋友喝醉了，在包间里引吭大叫，叫我等着看他怎么发财，而他则准备好了看我怎么把肠子悔青。九个月后，我又请他喝了回酒。他又喝醉了，在包间里号啕大哭。他赔得很惨，高达八十万的亏损如山似海，逼得他走投无路。把他送回家后，我绕道去了西关桥。全天下的城市都在往东扩展，所谓繁华也跟着迁移，西关这一带一年比一年冷清。相隔很远，我就看到翟老先生在那儿坐着。已经立过冬，天也很冷了，虽没有风，桐树叶子依旧一片片往下落。老先生头戴毡帽，坐在落叶之间，夕阳软绵绵地照过来，自远处望去，说不出的老暮萧瑟。他该有九十多岁了吧，我想。

我赶到他旁边时，他欠起身子，似乎准备收摊。我喊了声：老先生！听到声音，他又坐了下去。我说：老先生，还记得我吗？他笑了笑。

我是瞎子，看不见人，转转身就不知道谁是谁了。

不是说，眼看不见，耳朵就会很敏锐吗？我以为你能听出我的声音呢。我说，今年春天我找你算过卦，还向你请教过挂扐和过揲。

噢，记得记得。老先生的笑容从嘴角扩展到整个脸庞。后来你爱人找过我，你这个小同志，可不够诚实啊。

我龇牙一笑。很惭愧啊！我说，幸亏她来找你问了问，否则我就完蛋了。我来就是向你道谢的，晚上我请你吃饭。

老先生摆摆手。吃饭就不用了，你已经给过卦金了。

老先生真是客气。卦金是他的报酬，吃饭是我的敬意，就像医生看病，收治疗费是一回事，给人看好了，病人送他一面锦旗或一块匾，则是另一回事。他救了我，使我免于破产，这份情谊不可不报。我站在麻布告示前，跟老先生争执不休。老先生说：天还早啊，我还得再坐一会儿，你回吧。我说：我等你。老先生笑了笑，很无奈地叹了口气。

树叶依旧在飘。麻布几乎被萎黄的叶子淹没了，给客人坐的马扎上也重重叠叠落了不少。这时我想到一个问题。郭婶曾说过老先生一天只接三个人，满三个就收摊，现在看来，他今天很可能没完成任务。如果他的名头真如郭婶所说那么响，客人怎会这么少？我把马扎上的树叶拂掉，在上头坐了一会儿，实在忍不住，就向老先生说起了这个疑问。话一出口，我又有点后悔，觉得这太冒昧，拿别人生意不好当话题，怎么说都不够厚道。还好老先生没计较。

人来算命，说是问吉凶祸福，心眼儿里都想听好话。可这世界上哪儿有那么多好事儿？老先生说，我好说实话，有灾就是有灾，不行就是不行，时间长了，就不招人喜欢，给他算对了，他也觉得晦气。慢慢就没人找了。

这话好像有道理，但又似乎不是那么回事。我无意深究下去，将话题带开，向他请教卜卦的法门。老先生回应不是很热情，懒散散的，带说不带。这可以理解，卜卦毕竟是他的看家本领，吃饭门路，不可能轻易外传。老先生意识到我是铁了心要请吃饭，再耗下去也没用，只好接受了。就吃一碗烩面吧。他说，别的都不要。

听您的。我说。

我帮老先生收起麻布和马扎，要扶他走。老先生摆摆手。我执意要扶。老先生说：没事没事，我自己能行。一边说一边要推开我，不料脚下一趄，从路牙子上闪了下去，跟跄几步，几乎栽倒在地。我急忙赶上去搀住。老先生受惊，一只手挂着竹棍，在我的搀扶下慢慢直起身，哎呀，老了，糟骨头笨腿，路都走不好了。他唏嘘着，抬手扶了扶摔脱的墨镜。我随着他的手看过去，在墨镜遮上之前，我瞥到了他的眼珠。

我愣住了。

那是一双正常人的眼珠：瞳孔闪亮，黑白分明，在两只干瘪的眼眶内滚动自如！

五

我按翟老头儿的要求，仅请他吃了一碗烩面。离开小饭馆之前，我又给他买了一瓶高粱酒，一斤装的白玻璃瓶，十二块三。吃饭时他提到过一次，说他偶尔喝点儿酒，只爱喝高粱的，最便宜那种。夜色已起，但还不浓，天空仅有些发昏。我说：天黑了，我送你回去吧。他说：不用不用，你回吧，你回吧。我笑了笑。老头儿穿着一件宽松的粗布褂子，上头缀着两片大布袋。他将酒瓶装进衣袋，用竹棍点地探路，顺着狭窄的巷子老练地往前走去。

回到家后，我打开电脑，上网搜索一个奇怪的病名：青盲。

翟老头儿说他得了这种病。

害了这病，两只眼看上去跟正常人没区别，就是什么都瞅不见，说白了，就是睁眼瞎。墨镜后的真相被我发现后，翟老头儿这样解释。他好像怕我不信，又补充了一句：中医叫青盲，西医不知道叫什么，你找个老中医问问，都知道这病。

这也太稀奇了！我只知道"睁眼瞎"是形容词，没想到它还是一种病！是耶非耶？我觉得有必要证实一下。我不认识老中医，但是感谢互联网，我可以搜索。妻子打牌赢了钱，心情愉快，在我旁边喋喋不休地讲述打牌经过，谁牌好谁手背谁如何点炮谁打了一张什么样的臭牌。之后又说起郭婶的霸道，赢了盛气凌人，一输就要求打风，讨厌得很。我一边听她说话，一边在网上搜索，一页页翻找，果然在一家医学网站上查到了"青盲"。据网站上说，这病相当于西医的视神经萎缩，严重时不能见物，空有两只眸子。真是大千世界，无奇不有啊！我看着网页笑起来。妻子问我怎么了，听我讲罢，也深感惊奇。紧接着她又想到一个悖论。

他究竟得没得这个病呢？谁能证明他不是装的？妻子说，瞎子装不了正常人，正常人要装瞎子，应该不算什么难事儿吧？

这也正是我怀疑的。挑明了说，他可能是个骗子，也可能不是。这是个很难证实、也很难证伪的问题，事情也因此变得有趣起来。从感情上讲，我希望他不是。不管怎么说，他帮我躲过了一个劫难，也许只是瞎猫碰到死耗子，凑巧而已，并不代表他真的断事如神，但是，凑巧的功劳也是功劳。对于帮助过我的人，不论出于任何原因，我都心存感激。况且，他对易学真有研究，做派也与那些卦贩子迥然不同，兑换成印象，还是蛮不错的。当命学界充斥了各形各色的骗子，作为一个神秘主义意识时常发作的普通人，我真希望还有那么一个正面人物，充当现实困境中进退失据时的最后依赖。我决定弄清楚这个事儿。

第二天上午，妻子去上班，我照例在家炒纸黄金。跟朋友合伙贩煤的计划被妻子阻止后，我消沉了一段时间，无事可做，一个高中同学找到我，劝我跟他炒比特币。我觉得这东西太不靠谱，拒绝了。但这给我提供了一个思路：为什么不能找个可以在家干的事呢？恰好妻子一个同事的老婆炒纸黄金赚了钱，向她炫耀，她回来就鼓动我也搞这个。有妻子支持，我当然投入，简单了解之后，就正式炒起来，一天到晚守着电脑看行情图。入行之前，我照例自己卜了一下，取卦得坤，"先迷后得，主利"，挺好的。接下去还有一句"西南得朋，东北丧朋"。"朋"是上古的货币单位，十贝为一朋。这个卦象如此切合我的实际，使我坚信它一定是对的。只是西南得朋、东北丧朋，而我身处中原，似乎钱财跟我无关。我把炒纸黄金当成职业，天天炒月月炒，炒了半年，看看账户，就赚了两块多，等于无得无失，还真是准。那么我坚持做下去，是不是就会如愿发财呢？昨天下午找翟老头儿时，我曾想求他再给我卜一卦，看后续如何，但因见他两眼放光，顿时丧失了信任，就没有开口。我枯坐在电脑前，看着屏幕上的曲线百无聊赖。家里静悄悄的，窗子外在刮风。天阴了，可能会下雨。这时传来一阵尖厉的鸣叫：

打倒郭社会！打倒郭社会！

是郭婶的鹦鹉在发飙。它要打倒的郭社会，是他们家名义上的主人郭叔。通常它饿了，就会这样叫，有时郭婶生郭叔的气，也会命令它这样叫。此时此刻，想必郭叔在家。于是我关掉电脑，走上楼去。郭叔家就在我家楼上。老两口果然正在闹别扭。郭婶以前所在的厂子彻底破产，把地皮转卖给了地产商，她要去告状，叫郭叔帮她写状子。

郭叔不写。

你都下岗一二十年了，那厂子早跟你没关系了！郭叔说，你瞎折腾什么？

你懂个屁！郭婶气咻咻地说，当年赶我们下岗，是不合理的，我们不承认！现在又偷偷卖地，我们当然不答应！叫！

打倒郭社会！

鹦鹉应声嚷嚷。我嘿嘿笑起来。郭叔哭笑不得，摇着头进卧室听戏去了。郭婶失去斗争目标，加上有我这个外人在场，气很快就消了。她问我干吗。我说：也没什么事儿，听到你们吵，上来看看。对了，我昨天见你堂伯了，请他吃了个饭，哎，你堂伯的眼睛很奇怪啊。

郭婶捧着保温杯，坐到我对面沙发上，听我讲出心头疑问，神色平静如湖水。他就是睁眼瞎，没错。她说，我们老家的人都知道。

这病怪得很啊。我说，要是有人装瞎，说得了青盲，也分不出真假。

不可能，他绝对是真的。郭婶一眼看穿了我的心思，毫不犹豫地戳破。百分之千肯定，你不用怀疑。

这么笃定？

当然。

又没有证据。

郭婶两眼瞪着我，脸气变得不太友好，想必是被我的态度激怒了。我知道你什么意思！你以为他是装瞎，为了骗钱，对不对？郭婶说，那我问你，假设说是你，你老婆当着你的面跟别的男人搞不要脸，你会不会装看不见？你儿子在你面前被人活活掐死，你会不会装看不见？

我吃惊地盯着郭婶。郭婶脾性如火，一急躁就口不择言，想必这次又犯了。她立即也意识到了失言，略微有点懊恼，朝我甩甩手。这话不该对你说，不过我们老家的人都知道，不是什么秘密，告诉你也没什么。她捧着杯子出了会儿神，长叹了一口气。这老头儿啊，活了这么大岁数，要说起他这一辈子，真是可怜人！

六

午后果然下起了雨，不大，但很细密，淅淅沥沥的，淋湿了整个城市。天气骤然冷起来，街上行人稀疏，高高低低的楼房抑郁而立，在瑟瑟冬雨里缩成一团。我撑把黑伞，穿过老城狭窄的巷子，来到西关桥头。那棵老桐树依旧在落叶，一片接一片，被雨水挟裹着，沉甸甸地坠到湿冷的地面上。翟老先生不在。

这样的天，他也不可能在。我也只是闷得慌，出来散散步，走着走着就走到了这里，并非专门来找他。我走到桐树下，站在他摆摊的地方，抬头望了望阴森的树冠，一时感慨万千。如果我没记错，当年的县政府就在不远处那排楼房后。我想象不出来，当年县政府最年轻最优秀的干部，经过数十年离奇煎熬，最终却只能枯坐到这个地方，依靠卖卜算命来维持晚年，该会是什么样的心境。

但我能想象翟老先生年轻时的模样。这个地主的儿子生活优裕，衣食无缺，因此长得比别人都要高一些。地主家庭把他养大，供他读书，十九岁的时候，又花钱送他去北平深造。但在北平，他背叛了他的家庭。他热衷上了革命，自作主张投笔从戎，跟随部队从河北打到江南，直到把国民党军赶出大陆。之后他又响应号召，参加了志愿军，在朝鲜血战两年多。战争结束后，他转业回到家乡，被任命为县政府教育干事，成为一名光荣的人民干部。这棵老桐树如果有记忆，应该记得当年的情景。那时的他英姿勃发，气宇轩昂，整年束着一条军用铜扣宽皮带，走起路来精神奕奕，两脚生风。县政府所在的西大街，是当时最繁华的地段，他提着文件包从街上走过，总会成为最受注目的那个人。附近几户人家的女孩都很喜欢他，大家都认为他前途无量，跟着他会有享不完的福。一九五五年二月，在一名革命大妈的撮合下，他跟一个女孩结了婚。女孩是西大街王记杂货铺的闺女，叫王淑婉。

很多细节已经无从得知，比如王淑婉在嫁给翟干事前，究竟知不知道翟干事的政治底细。翟干事看上去阳刚而干净，政治上却有不少污点。最大的污点是他的出身。阶级敌人的子孙，终归不如根正苗红的穷革命靠得住。其次，他的地主父亲在解放后不老实，镇反时被枪毙了。当时他刚去朝鲜不久，正在异国战场上效力，兼之一直忠于革命，作战勇敢，所以并未受到牵连。遗憾的是，在战争结束之前，他不幸当了一回俘虏，虽然冒死逃了回来，毕竟已经不光彩。有这么多污点加身，他的政治前途难免黯淡不清。所以，当他在阳光下迎面走来，尽管所有女孩都会小鹿乱跳芳心暗许，政府大院里的年轻女同志却没有一个人向他表达过倾慕之情，也没有任何一个同事愿意把自己或亲友家的女孩子介绍给他。

也正因此，当一九五五年夏天，他的两只眼睛突然失明，政府大院里立即掀起一阵阴谋论。大家怀疑是王淑婉做的手脚。那个时代凡事喜欢讲动机，大家为王淑婉总结的动机是：跟翟干事结婚后，发现翟干事外光里臭，追悔莫及，于是移情别恋，跟别的男人好上了。为了方便通奸，也为了泄愤，更为了防止骁勇的翟干事知情后干掉她和奸夫，遂痛下毒手，不知用什么手段，把翟干事搞瞎了。这一推断并非凭空想象，而是有着确切的证据。奸夫不是外人，是翟干事的朋友兼同事、中农出身的副干事程某。有一回开会，程某不小心从裤袋里掏出一团纱巾，而那条纱巾，跟王淑婉脖子上那条一模一样，政府大院里很多人都看到过。更无耻的是，他还跟手下的办事员讲过两人偷情的经历，连王淑婉奶上有颗小痣这样的隐私都说了。这桩丑闻震惊县府。行伍出身的县长怒不可遏，派人调查得实，立即下令把副干事枪毙了。

没过多久，席卷全国的肃反运动轰轰烈烈地开场，出身不好、为旧政府效过力、忠诚度可疑的人纷纷落网。有人想到了翟干事，认为他这病来得太巧了，难保不是看到风头不对，装瞎逃避打击。新县长接到举报，指示卫生干事和公安局长牵头调查。卫生干事跟翟干事素来不和，行事却还公正，召集了十位县城名医，中西医各半，到翟家鉴定真伪。老中医们很快判断出结果，说是青盲症，肝气瘀滞，经脉暴阻，精血不能养目所致。西医大夫随声应和，补充说是视神经不可逆性受损。卫生干事将结果呈报县长，翟干事就有惊无险地过关了。

但对卫生干事来说，事情才刚刚开始。他跟翟干事的老婆勾搭上了。卫生干事第一次登门，看王淑婉的眼光就很轻佻。卫生干事十代贫农，货真价实的前途无量。没多久，两个人就混到了一块儿。那时候王淑婉已有身孕。有一天，街道里一个调皮孩子翻进翟干事宅院偷东西，听到房间里有种很奇怪的动静，趴到门缝偷窥，看到了无比诡异的一幕：翟干事坐在小凳子上，摸索着编竹筐，他老婆则扛着大肚子，正跟卫生干事在八仙桌旁做那事。翟干事好像听到了异常的声音，问老婆怎么了，他老婆说：没事，我腰疼，在活动呢。

王淑婉爱上了卫生干事，生过孩子后，要离婚跟他过。卫生干事有大好前程，当然不可能娶她，她敢闹，他就敢打，后来一烦，干脆把她甩了。王淑婉精神崩溃，变得神神叨叨，时哭时笑，动不动就打孩子。可悲的翟干事不明缘故，认为是城市环境令她压抑，就向组织打报告，请求带老婆孩子回农村老家生活。他的请求获得批准。那年腊月的一天，他带上老婆和年方一岁的孩子，回到了阔别十一年的老家。老家已经没人，三百亩土地如今归属集体，曾经的翟家大院，也分割给了革命群众。村里安排一间杂草房，给这个无家可归的瞎子居住。杂草房在村集体的牲口院里，而这个牲口院，原本也属于翟干事家。

新环境无助于王淑婉的病情，反而使她陷入绝境。村民很淳朴，从不虚伪地掩饰他们的敌意和歧视。王淑婉的脑筋已不灵光，完全无法适应新的生活方式，对陌生的人群也充满恐惧。她的举止越来越怪异，常常在呆坐中突然尖叫，正吃着饭，碗一扔就开始哭闹打滚，见人不是傻笑，就是吐痰，或者骂脏话，甚至冲上去乱抓挠。她彻底疯掉了。翟干事也彻底失算了。他对自己所处的世界完全无能为力，所能做的，只是不停地为生产队编织筐子。次年清明那一日，天气很好，翟干事照常坐在草房前，专心致志地编箩筐。王淑婉则在不远处的牛槽旁给孩子喂奶。她一边喂，一边哼着催眠的歌，声音柔和而平静，犹如阳光下拂面而过的春风。管牲口的老杨端着一簸箕草料来喂牛。他瞥了一眼王淑婉裸露的奶，然后又瞥了一眼，然后再瞥了一眼，然后，他突然丢掉簸箕扑上去。

哎哎，你怎么掐孩子？老杨大声嚷叫，翟阳，翟阳，你老婆在掐小孩，你都没听见？

翟阳是翟干事的大名。老杨把孩子从王淑婉怀里抢过来。孩子脸色乌青，脖颈瘀紫，不知道已掐死了多久。王淑婉在丈夫的哭叫和村民的咒骂中若无其事地走开。两天后，有人在河里发现一具女尸。消息传进村庄，大家不用问，就都猜出了是谁。大家异口同声地说：活该，死了最好！

经受如此打击，翟阳居然没有垮掉，还神奇地熬过大饥荒，坚韧地活了下来。"文革"结束后，坚冰消融，一切复苏，人们也可以自由出行。大概是一九八四年初夏，翟阳突然不见了。不见了就不见了，没有人在意。后来政府修公路，冲到的坟墓都要迁移。翟阳的老婆和小孩合葬在一起，也得迁。找不到翟阳，公家就出面替他挪坟，将坟破开，却是空的。大家都感讶异，一时间众说纷纭，各种传言相互交织，最后达成共识：一定是翟阳出走的时候，托人把尸骨起出来带走了。这说明他去意决绝，不打算再回来了。

第二年秋天，村支书去县城办事，意外遇到了头发已经斑白的翟瞎子。原来他摸到了县里，要求组织上恢复待遇，解决他的养老问题。他在县政府大院耗了多日，未能如愿，就打起持久战，在附近租个小房子，每天摸索着去县政府讨说法。县城生活需要钱，他就摆起个算卦摊子，政府上班时去静坐，政府下班了，他就来桐树下卖卦。据郭婶讲，这是改革开放以来，我们县城第一个正式营业的算命摊点。时间一年年过去，老翟的事始终没有解决。再后来，县政府搬走了，老翟也放弃了。他已经成为西关最著名的算命家，不用再担心养老问题了。

这些都是听郭婶讲的。郭婶讲得很生动，尤其是重要情节，无不绘声绘色，活灵活现，充满了由大量细节塑造出的画面感和现场感。遇到难以自圆其说的地方，她会停下来假设推理，反复印证，直到得出合乎情理和逻辑的说辞。她一连讲了四个多小时，汤汤水水枝枝叶叶，全部记下来，会是一部曲折动人的小说。但我只记了个大概。这已经够了，我不打算写小说，也没兴趣为老翟作传记。相对于那些虚虚实实而又无关紧要的情节，我更想知道另外一件事：当老翟在冷漠的故乡受苦受难时，郭婶一家为他做过些什么？

七

我想为老翟做些什么。

我撑着黑伞在老桐树下徘徊的时候，生出这个念头。能做什么呢？我想了想，也只有帮他宣传宣传，为他拉点儿生意。我写了段文字，发到QQ和微信上，以我自己的经历，对翟老先生的神算极尽赞美，然后将他郑重推荐给大家，谁有疑难不决之事，不妨找他卜上一卦。当天晚上就有旧同事给我打电话，咨询翟老先生的联系方式和收费情况。她老公有外遇了，她想离婚，又不甘心，犹豫难决，需要大师指点。过了两天，又有个熟人打电话，他儿子想进某局，花了很多钱，仍无结果，想找翟大师问问怎么办。我很欣慰，心头洋溢着帮到老先生的快乐。

我的纸黄金事业依旧没有起色，赚赚赔赔，一无所得，白白把自己搞得很累，时间也一天天浪费。周末上午，天气预报是晴天，太阳也果然很明亮，只是空气较差，站在窗前望出去，半个城区都浸泡在轻烟似的尘霾里。出去走走吧。我在街上漫无目的地溜达，晃来晃去到了西关桥。翟老先生正给人推八字合姻缘。他穿件老式对襟棉袄，右手拇指灵活地点着其余四根手指的指节，脸上皮肤松弛下垂，散布着一些黑苔藓似的老年斑。客人离开后，我说：老先生！

他这次听出是我，笑容布满了脸庞。来了？他说，前几天有两个人来算卦，说是你介绍的。

你为什么不开个堂号呢？我说，你年纪这么大了，天热天冷，刮风下雨，在外头不方便。

就是年纪大了，才不费那个事儿。我还能活几天呢？天好了出来坐一会儿，活动活动筋骨，也算锻炼身体。老先生说，你在忙什么呢？

没别的事儿，还在炒纸黄金，打发时间。

赚钱了吗？

没有。想让你给我算算，做这个到底行不行。

命理不外人事。你不是做生意的人，也不适合搞投机，别弄这些东西了，还是回去教书吧。

我倒真想回去教书，可是已经回不去。我心生惆怅，坐到他对面的马扎上。我跟你学算命吧。我说。

这都是旁门歪道，像我这种没用人才干的，图混口饭吃。老先生笑眯眯地说，像你，年轻体健，有知识有文化，得做正经事。好好生活，努力工作，才是正途，别迷恋这些不着边际的东西。

很显然，他不愿教我。我有点沮丧，但能理解。我跟他事实上并没有什么交情，他若轻易相授，显得把自己看轻了。之后的一段时间，我经常往他那儿跑，跟他聊天，请他吃饭。他不反对我去找他，也谈不上欢迎，聊天可以，一说到吃饭，就坚决拒绝。聊天时间也不能过长，一超过俩小时，或者去得过于频繁，他就劝我不要蹉跎光阴，赶紧找个正事干。这话让我很难堪，好像我是个不务正业的浪荡子。我何尝不想找个正事干呢？可是除了教书，我什么都不会，难道去当清洁工，或者跑堂端盘子？我的诚意和勤勉没有将他打动，反而换来这样的打击！那就算了吧，既然人家无意，我又何必自找没趣？我继续回去看我的纸黄金，然后在网上到处乱看，试图寻找比较靠谱的赚钱机会。我很庆幸还没有孩子。妻子前年夏天怀过一次，出了点意外，没能保住，调养了半年，准备再怀孕时，我却辞职了。我们商定暂时不要孩子，等我有了稳定收入，打牢经济基础，再生育不迟。没孩子没拖累，免却很多烦恼，但是夫妻关系似乎也变得不那么牢靠。我长期赚不到钱，无疑令妻子失望。她没想到我这么没用，她同事的老婆笨得要死，都天天嚷嚷赚了钱，我一个自恃聪明的大男人，竟然连她都不如！我们之间的话越来越少，她下班回来，大部分时间都泡在牌桌上。这样也好，各玩各的，省得两人待在一起，无事可干，只能闹别扭打发时间。或许翟老头儿说得对，我的确得找个实在的事儿做。元旦那天，有个老同事找我玩，跟我商量开辅导学校。我以前也想过这事儿，只是心里没底儿，没敢干。此时有人合伙，风险分担，我考虑了几天，就答应了。然后就是找房子、搞装修、买桌椅及各种教学器具、招老师、做宣传，一直忙到春节。

春节过后，辅导学校正式开班招生。在决定入伙之前，我照例卜了一卦，得"中孚之小畜"，爻辞是："得敌，或鼓或罢，或泣或歌。"真是莫名其妙！我没在这上头多花心思，也没有去找翟老头儿演算，只是对着镜子叫了声：干了！就干了。也许是有点儿小赌气吧，我对那些神秘主义的东西渐渐失去了兴趣。开班那天，我们搞了个小仪式，不隆重，但很郑重。我妻子也去了。中午，我们两家一起吃了个饭。饭后我去结账，身上没钱，从妻子包里拿。包不大，装的东西不少，不外是粉盒呀唇膏呀粉扑呀等等女人随身的东西。其中有只打火机，金属壳，跟个古董似的，很扎眼。我看了看，取出钱包走了出去。

我们之前太乐观了，开班一个多月后，我们仅仅招到十来个学生，远远低于预期。坚持了两个月，依旧没有起色。合伙人渐渐沉不住气，一天到晚唉唉唉地叹息。我痛感创业之苦，也很难受，可是他已经这么消沉，我总不能雾里添霾，陪他哭泣，所以每天强颜欢笑，说些自己都不相信的话，妄图鼓舞士气。但这没用。他越来越掩饰不住懊悔之情，发牢骚说不该把钱拿来办班，应该去炒股，如果炒股，已经赚很多了。中国股市的又一轮疯牛病已经发作，随便丢个钱进去，都能撒着欢儿翻番。合伙人看着嗖嗖上涨的股市自怨自艾，终于有一天，他跟我商量要退股。他说他儿子该结婚了，得买房，还得买车，急得要跳楼，让我体谅一下他的难处，他愿意少要一万块钱。他说的都是事实，我很恼火，却笑着对他说：好吧。

我借了笔钱给他。——其实是我妻子借的，感谢她。——作别之前，我建议他去找翟瞎子算一卦。他嘿嘿一笑。我不迷信。他说。我也笑了笑，没再多说。之前我推荐的那两个人，翟瞎子都没算对：他让那个女人不要离婚，断定事情会往好的方向发展，女人信了，最后跳楼了。他让男人继续送礼，工作早晚到手，男人举债行贿，工作还没弄到，领导先犯事被抓了。真是打我的脸！看来老头儿的算术不过如此，我不会再卖力替他鼓吹了。

辅导学校成了我的独资事业。我的人生已经没有筹码，只能孤注一掷，把所有希望都押在这上头。妻子依旧天天打牌，偶尔问一下经营情况，不等我说完，就已经做别的去了。一天中午，我从辅导学校回家，上楼时遇到郭婶。我们边爬楼梯边聊天。她说：小娴忙什么呢？好几天都不来打牌了。我说：可能有新牌友了吧。郭婶哈哈一笑。妻子下班后，我对她说：郭婶想你了。妻子嘻嘻笑起来。同事介绍了几个新牌友，这段儿跟她们玩呢。她说，我这就找她去。

我说：我猜你就是有了新牌友。

做完课件已经很晚，我准备睡，妻子也回来了。她又赢了钱，赢得还很多，开心得睡不着，拉着我说话。说来说去，不外乎是牌场上那些事。她说啊说啊，在我将要坠入梦境的时候，突然扯到一件牌桌之外的事。

郭婶原来那个厂卖给了开发商，开发商动工盖楼房。她说：旁边有几座坟也得迁。迁完以后，开发商开始挖地基，挖掘机挖了没多久，一下子挖出来三具尸骨，两大一小，并排埋着，应该是一家三口。开发商很迷信，怕被鬼缠，想找主家送回去，贴点钱好好安葬。但是问遍了全村，都没人认。

然后呢？我睡意蒙眬地问。

开发商没办法，只好花钱买了个公墓，烧纸放炮，把三具尸骨请过去了。

那个厂子在城北，紧挨着妻子老家所在的村庄。我们谈恋爱的时候，在那附近约会过几次，隐约记得厂房后一个偏背处的确有片坟地，旁边是条已经埋塞的小河道。我说：这可真有意思。

是啊。妻子说，那儿好像是程家的老坟地，以前很荒凉。听老人们说，刚解放的时候，经常在那一带枪毙人，说不定是枪毙后没人收，随地掩埋那儿了。郭婶他们的厂子，是八十年代迁过去的，那时候还是郊区。现在都裹进市区了，城市发展太快了。

我心头一动，似乎被人揪了一下，提醒我注意什么东西。什么东西呢？我脑海里有根弦骤然绷紧了。

等一下，你刚才说什么？我问妻子：程家的老坟？

八

我把全部精力都倾注到了辅导学校，尝试了所能想到的一切办法，发誓把它做好。班里的十几个同学进步很快，中考成绩普遍提升了十名以上。之后他们又都参加了全市四课联赛，其中一半进了前百名。最令人振奋的是，一名同学参加全省作文比赛，居然得了一等奖。——这篇作文经过我和另一名老师的反复修改，基本上已经跟他没什么关系了，但是初稿毕竟是他写的，我们认定这不算作弊。还有更好的事情：我原单位的校长调走了，新校长跟我关系很好，出于对我的同情，他对我的辅导学校给予了很大支持。暑假班我一下子收到了两百多名学生。原有的场地不够用，刚好附近一座三层楼整体出租，我就盘下来，简单装修之后，带着学生浩浩荡荡地搬了进去。下学期开学，来报名的同学达到了三百六十名。这固然跟我们的宣传和公关有莫大关系，但是谁都不能否认，我们教得也真是不错。我站在校门口，看着学生川流而至，开心得鼻头发酸。

我想，这就是所谓的否极泰来吧。

其实，像我这样规模的辅导学校，在县城不过是中等水平，没什么可骄傲的。但是对我来说，已经具有非同寻常的意义。这天上午，我正跟同事们商量开办特长班，当初的合伙人打来电话。他约我去喝酒，有事要跟我商量。我以为他要借钱。我听说他炒股赔光了，而他儿子的婚期已近。不料酒过三巡，他却提出了另外一个要求：他想重新入股。他甚至翻出当初的协议，想把抽走的钱补回来，算做学校的原始股份。我的脸一定拉得比驴子还长。我说：你喝醉了！

他的确喝醉了，捶着脑壳不停说脏话，还装模作样地拨碗翻碟，嚷嚷要寻找后悔药。我把他拖出饭店，塞进一辆出租车。我站在十字路口，看着出租车飞驰而去，心中感慨万千。我想起了《周易》里的那句爻辞：

不恒其德，或承之羞。

这句源自神秘主义的预言，在现实里得到了如此戏剧的验证！

这时我又想起了翟老头儿。

这两个月来，我经常想起翟老头儿。本来我对他已经不感兴趣，也快要将他忘掉了。我以破釜沉舟的心态做辅导学校，在此之外，什么都不再关心。一直熬到六月，除了学生们争气，取得了好成绩，其他方面没有任何突破。就在这黯淡无光的日子里，妻子突然告诉我一件事：她怀孕了。

要不要呢？她问我，咱俩事先都没有准备，你现在状态这么差，精子质量肯定也不好，我真担心再出意外。

我说：你掉过胎，不能做流产，怕以后更难怀。不要瞎想，好好调养调养，不会有事的。

妻子说：可是你现在刚创业，压力太大，我怕影响你。不如再等等，明年或者后年，你也稳定了，咱们再要。

我说：没关系，有老人呢，他们可以照顾你。我妈早就想抱孙子了。

好吧。妻子说。

妻子买来很多补养品，开始认真调养。她也不去打牌了，我回到家，总见她在上网搜索养胎的方法。我也变得非常关心她，尽量抽时间陪她，经常半晌里买她爱吃的东西，送到她单位去。她单位是清闲衙门，整天没事干。有一次，我带着一串荔枝去找她，她不在，大办公室里空无一人，不知都干吗去了。我拉开她的抽屉，翻了翻里头的物件，在最深处发现两盒药，一盒是米非司酮，一盒是米索前列醇，看背面说明，终止妊娠。我愣了几秒钟，将药放回原处，退出办公室外。过了一会儿，她和女同事嘻嘻哈哈地回来。两位女士发馋，跑出去买鸡翅了。我把荔枝递给妻子，跟她们闲聊几句，然后就走了。三天后是周七，我正在班里辅导学生，妻子突然打来电话，让我赶紧回去。我赶到家，看到她正在床上痛哭，清澈的泪水爬满了白净的脸庞。她肚里的胎儿没有了。我在她的指点下走进卫生间，看到地板上一片血污，在一张摊开的卫生纸上，有很小一团肉质的东西。我呆呆地看着它，说不出什么滋味。

为什么又掉了呢？我听到妻子悲伤地说，是不是我真的不能怀孕了？

我没有作答，掏出手机拨了岳母的电话。我把岳母请来照顾她的女儿，继续忙我的事去了。在随即到来的暑假，我的辅导学校终于时来运转。我一下子变得很忙碌，妻子也很快康复了，生活平稳如常，我们各做各的，都没再提过那次意外。唯一的后遗症是，我开始频繁地做噩梦，梦到一只蝌蚪状的小东西，从妻子肚子里爬出来，浑身血淋淋的，对我嗷嗷大哭。我想躲开，在梦里费尽心机，用各种办法逃跑，跑啊跑啊，终于甩掉了，不料刚松一口气，哭声立即又从身旁响起，抬头一看，小东西依旧血淋淋的，正从几米外的地方向我爬过来。我一次又一次惊醒，冷汗湿透床单。有时候我会魇住，眼睁睁看着它爬到我身上，拖着血迹游到我胸口。我在梦魇里绝望地祈求：不管是哪个神，我求你，让我死了吧！

有时候是另外的景象。我在梦里不存在，但能看到一切。我看到一座院子，有很多牲口，一堆堆杂草。一个男人坐在草房前慢条斯理地编荆筐。女人在他面前给小孩喂奶，苍白的乳房像一团温暖的雪。她抚摸着小孩的脸。小孩的脸模糊不清。她抚摸了一会儿，手掌滑向脖子，突然掐住小孩的咽喉。小孩像条沙丁鱼，在她怀里跳荡挣扎，很快就咽气了。女人用手指试试小孩的鼻孔，对男人说：小孩死了。男人神色自若，摆弄着荆条说：我没看见。女人说：他看见了。话音甫落，突然将孩子向我掷来。我的梦境在猝不及防的惊惶中骤然破碎。

这天在办公室，我又做了这样的梦，醒来后心中充满恐惧，趴在办公桌上愣了很久。同事在旁边冲我笑了笑。别太累了，好好休息一下吧。她说。我回头看她一眼，眼光落到她的电脑屏幕上。她在做生理卫生课件，从网上下载图片。那是一幅胎儿的图像，巨大的脑袋，微小的手足，画面背景一片血红。我胃里一阵抽搐，急忙起身走了出去。

我要去找翟老头儿。

很久不见，翟老头儿几乎没什么变化。当人老到一定程度，时光就拿他的容貌没奈何了。没有客人，翟老头儿独自坐在树荫下，手持蒲扇有一下没一下地扇。他身上的短袖汗衫已经脏了，左胸处还破了个小洞，浅灰色直筒裤上也有一块饭渍。我听郭婶说过，以前都是她看在同宗分上，隔三差五去给他洗衣裳，收拾收拾房间。不知是不是现在翟老头儿生意冷清，没钱给她，她就懒得伺候了。我隔着麻布站在翟老头面前，就像第一次来时那样，一声不响地盯着他。我站了足有二十多分钟。与第一次一样，他没有任何反应。我笑起来。

老先生，久违了。我说。

翟老头儿照例点点头欠欠身，算是回应。我说：还记得我吗？他说：听声音有点儿熟，一时记不起来了。我纵声大笑，笑声里充满不加掩饰的讥嘲。是我，董继弅。我说，有印象吗？

哦，你呀，有印象有印象。他清瘦的脸上礼节性地泛起一抹笑意。你现在干吗呢？

开了个辅导学校。

不错吧？

还行。

那就好。年轻人就得做实事。他摇着蒲扇说，今天怎么有空了？要算卦吗？

不算卦。我说，想向你请教个问题。

我听听。

我盯着他的墨镜。镜片黑褐，看不清后头的眼睛。我听郭婶讲过你的事，你的青盲症和你的不幸遭遇。我说。翟老头儿微笑了一下，似乎并不惊讶。我接着说：其实那不是真的，对吧？

老头儿的蒲扇停在胸前。你想问的，就是这个？

也不是。我说，我想问的是，你亲眼看着你太太把孩子掐死，心里是什么感受？我停顿了一下，胸口仿佛塞了一只硕大的榴莲。你有没有负罪感？有没有经常做噩梦？如果有，你是怎么克服的？

九

从我听到三具尸骨的事，我就开始怀疑翟老头儿的传说。

我先找了郭婶，证实翟干事的好朋友兼副手、那名无耻盗嫂被枪毙的家伙姓程无误。然后我给岳父打电话，证实了那片坟地确如妻子所说，是程姓人家的老坟。至于村里是否有个姓程的、曾在县政府工作、"大跃进"之前因为作风问题被枪毙，以及死后是否埋进祖坟、是否有子孙在世，岳父就不了解了。我请他帮忙去打听一下。岳父毫不犹豫地拒绝了。他把我训斥一顿，骂我不务正业，反复警告我不要辜负了她女儿，努力赚钱养活她才是正事。

岳父教导得对，我不再打扰他，专心致志地经营起了辅导学校。毕竟这件事所能满足的仅仅是一点猎奇心，对于我的现实困境毫无助益，把太多时间浪费到它上头，无疑将使愿望中的生活离我更远。不料过了几天，身为村主任的岳父打来电话，告诉我村里的确曾有那样一个人，枪毙的时候没结婚，自然也没子嗣。他代表村委送温暖，去看望一位瘫痪在床的程姓老鳏夫，聊起这事儿，那位八十多岁的老头子滔滔不绝地扯了半天。岳父讲完，又训斥我一顿，再次勒令我多务正业，努力赚钱。

我是听话的好女婿，没有过多关心这个近似于八卦的故事，仅仅在烦闷或无聊的时候，比如发传单回来的路上，或者晚上失眠，会悄悄在脑子里琢磨一会儿。我是这样推论的：程干事名誉不佳，又没有子嗣，日久天长，老一代人都凋谢，后生小辈们已经没人知道他，自然也不可能有人认领他的尸骨。假设三具尸骨里有一个是程干事，另外一大一小会是谁？——我敢断言，但凡知道那桩风流往事的人，都会立即联想到王淑婉和小孩的空坟。

这是个非常有趣的假想，就像一款充满悬念的游戏，吸引着我往下走。我从这个假想出发，倒溯整个故事。首先遇到的问题是：是谁把王淑婉母子埋到程干事身边的？这个问题只可能有一个答案：翟干事。王淑婉母子使他蒙羞，索性送给程干事，成全他们一家。那么接下来的问题是：一个瞎子怎么做这事儿？他可以雇人把老婆孩子挖出来，绝不可能再雇人把老婆孩子埋到别人坟里去，如果他真是瞎子，他甚至都不可能知道程干事的坟在哪儿。

我再次对"青盲症"产生了兴趣，重新上网查询。我用搜索引擎搜索到半夜，忽然看到一条不一样的结果。这是一桩与青盲症有关的历史轶事。我盯着电脑屏幕，读了一遍又一遍，仿佛赤脚在蒺藜上行走。那段文字出自《后汉书》：

> 犍为任永，……好学博古，……托青盲以避世难。永

妻淫于前，匿情无言，见子入井，忍而不救。……及闻述诛，盥洗更视曰："世适平，目即清。"淫者自杀。

此时此刻，我坐在翟老头儿对面的马扎上，把这段文字复述出来。在复述之前，我又点上一支烟，先吸了几口。我复述得很慢，一个字一个字力求清晰。翟先生早年受过高等教育，我相信他一定能听得懂什么意思。我甚至怀疑他一早就知道这个故事，他的青盲不过是毫无创意的效仿。翟老头儿不说话，蒲扇在胸前轻微地晃动，看上去不像扇风，更像颤抖。

我能理解你的苦衷，也很同情。我说，你用这样的办法来逃避，跟古人一样有智慧，也很有勇气。

翟老头儿依旧不出声，好像聋了，没有听到我说话。

我唯一不理解的是，你太太当时就坐在你面前，她要掐死小孩，你为什么没阻止呢？我说，孩子也可能是你的啊！再说，孩子有什么罪呢？

翟老头儿一言不发，弯腰收起面前的麻布，提起马扎就走。我掂起我坐的这把马扎跟上去。您别生气，我无意冒犯您老人家。我说，我是真的要请教，您是怎么克服那个心理障碍的？翟老头儿猛然回头，与我正面相对，墨镜后的那双眼睛肯定在狠狠瞪着我。我们对峙了几秒钟，他一把夺过我手里的马扎，扭头走向马路对面一条狭窄的老街。走到马路中央，他忽又放慢脚步，复用竹棍敲起了地面。秋阳当头，马路上空无一人，柏油被烈日晒软，他的凉拖鞋踩在上面，发出啪啪的声音，听上去就像抽人耳光。我站在老桐树巨大的阴影里，看着他瘦长的背影，心情难以言喻。

你这又何必呢？我说，"文革"结束这么久，你早可以洗眼复明了。

十

郭婶的表现很滑稽。她将信反复研究了几遍，捏着信纸抖了抖，又朝光撑开，看是否有夹层。然后又问我要打火机，把纸放在火苗上烤。她一定是想到了列宁同志的墨水瓶。折腾了半天，没有任何发现，她又研究起文字，将信读了一遍。

有些选择是无法中止的，也不能回头。她抬起头盯着我，有些选择是什么选择？董继彝，他想说什么？

翟老先生是在回答我的问题，告诉我为什么他要继续装下去。我那个问题其实很幼稚，自己思考一下，就能得出答案：所有人都知道他所经历过的事情，突然有一天，他说他没有瞎，所做的一切仅仅是为了自保，人们将如何看他？所以，对我来说，这封信的意义不在于他回答了我的问题，而在于，他以这种方式承认了我的判断。我猜对了。

但我何曾想到，有些真相是经受不住追问的，承认事实，就意味着死亡。我收到信的时候，在小区门岗前呆立了很久，巨大的懊悔如同门口进出的轿车，在我身上来回碾轧。我何曾想过他会死？我只是太烦躁，太难受，想知道他是怎么做的。另外还多少带了一点炫耀的心理，你骗过了所有人，却不能骗过我。这种行为的确有点粗鲁和轻率，缺乏必要的理智与礼貌，事后我就意识到了不妥。可我何曾有逼他去死的意思？

所有这些都不能对郭婶讲。我得替老先生维护最后的尊严，也得把自己开脱出去。郭婶是个喜欢找事爱斗争的老女人，我不能引火烧身。在来之前，我已设想了几个她可能会质疑的问题，比如老头儿为什么要给我写信？老头儿好好的为什么要自杀？我在老头儿的自杀中起了什么作用？老头儿有没有钱放在我这儿？等等等等，并已想好了对答的说辞。

我找他算卦，看他都快走不动了，问他为什么不找个女人，有个伴，也好照顾他。他说他没钱，我不相信。他就说，以前有钱的时候，你们有过协议，他的钱给你，你负责照顾。但是后来，你可能忙吧，去照顾得少了，钱却还得按规矩给你，他想找保姆，也找不起了。我装模作样地说着，一副局外人的语气。"有些选择无法中止"，大概就是说这事儿吧。老头儿挺伤心的，不知道是不是因为这个自杀了。

我哪儿见过他钱？我哪儿见过他钱？郭婶肥硕的身体在沙发上愤

然踊跃，屁股下的大坑一起一落。我照顾他再没那么好了，前几天还去给他洗屎尿！说我没照顾？死老头子，眼瞎了，心也瞎了，昧着嘴说瞎话！

人上了年纪，有时候难免糊涂。我站起身。咱去看看吧。他住哪儿呀？

郭婶赌气不吭声，也不动。我赔笑说：别跟他计较，走吧走吧。郭婶这才噘着嘴站起来，走到门口去换鞋。我说：要不要通知他老家？他还有什么亲戚吗？郭婶说：通知谁？他家人早死光了，近门儿也都几十年不来往，谁管他？也就我操操他的心，还不落好。想想真寒心。要跟他一样，我才不再管闲事儿，爱死死去！

老先生租住在西关一条老过道里。西关是县城里不和谐的存在，老旧的瓦房和预制板平房连绵不尽，修修补补依旧是民居，仅从表面看，连最普通的乡村都不如。郭婶带路，走进一条鸡肠老巷，在一间小平房前停下来。房门是桐木的，上头的红漆驳脱殆尽。郭婶叩门，边叩边叫，语气很不友善，颇有些问罪的架势。她叫了几声，屋内没有动静，旁边的房间里探出一个老太太。郭婶打招呼，叫她连姨，问她这几天见没见过翟伯。连姨是房东。她说好几天都没见过了。郭婶说：麻烦你，把他的门打开，看是不是出意外了。

“意外”并不意外地出现了。房间很小，一张木板床占了将近一半的地方。老先生安静地躺在竹席上，就像一条干鱼躺在枯涸的河床。床头丢着几包老鼠药，其中一包是空的。我环视了一下这个简陋的住所。物具简少到了极致，除了若干衣物和必需的生活用品，没有一样家具和电器。郭婶有点手足无措，反复说这怎么办，这怎么办。看来她无意独自承担善后的责任。我说：要不报警吧。

警察到来之前，郭婶把房间里细致地翻了一遍，搜到三百多块钱，心安理得地装进衣袋。老先生自杀无疑义，警察问问情况，做了个记录，让我们送去火化。肉身要归灭了，按照习俗，得换一身好衣裳。郭婶翻出一套干净衣服，和我一起给老先生换装。所幸老先生瘦得皮包骨，小平房又罩在浓郁的树翳下，虽有异味，并无太多令人不适的腐变。老先生身上很干净，唯有肩背和腹部几处伤疤异常醒目。这是战争留给他的记号。换过上衣，我将他的长裤连同短裤一起褪下，眼光从生殖器上扫过，忍不住惊呼了一声。

咦！

那已经不能称为生殖器了：睾丸只剩一个，阴茎也仅存极短的一部分，隐约突出于体表。右腿根也挖掉一块肉。整个阴部皱巴巴的，结成一块丑陋而狰狞的疤。战争太可怕了，把一个男人搞成这个样子！那枚炸烂老先生裤裆的弹片，真应该存放到博物馆，它的丰功伟绩完美地诠释了某些战争的残酷和下流。

火葬费用由我承担，不劳郭婶为难。但是如何处置骨灰，又成了一个问题。我们商量了一下，决定把他埋到西关桥头那棵桐树下。那棵老桐树陪了他几十年，是他最好的朋友，就让他们继续做伴吧。我等过午夜，路人已静，提上铁锹赶过去，在树下挖了个洞，将翟老先生安放在粗大的树根之间。树根很多，在地底下盘根错节。我将洞穴填平，肃立了一会儿，就骑车离开了。在拐出街道之前，我回头望了一眼。老桐树像个结实的巨人，挺立在昏沉的街灯旁，庞大的树冠高高在上，融没进头顶的黑暗里。但愿在它忠实的拥抱下，翟老先生从此安眠！

到家时已经凌晨三点。妻子早睡了，细微的鼾声仿佛无中生有的叹息。我站在床头，注视着她白净的脸。我站了很久。妻子似乎在睡梦中感应到了，睫毛颤动几下，一粒透明的水珠渗出眼眦。我来到书房，从提包内抽出离婚协议书，捏在手里发怔。香烟在指缝间徐徐燃尽，余火灼到了我的手指。我把烟蒂摁进烟灰缸，打开书柜，将协议书塞到一摞教育杂志下。然后我回到卧室，悄悄脱衣上床，躺到妻子身边。我累了，也困了，想要好好睡一觉。还会做噩梦吗？我将灯熄灭，在宁静的黑夜里无声一笑。

原发《长江文艺》2016年第3期

胡不归

一

老朱把一张广告贴在街口的杨树上。

这个城市有很多杨树，一棵棵长在街两边，三月花序挂满枝条，四月白絮飞，五月绿荫罩地，九月叶黄，十月叶枯，十一月一阵西风吹，满城落叶萧萧下。每到深秋，老朱和老陈蹬三轮车送活口们去上工，总会看到环卫工人在清扫积叶。凌晨的街道很冷清，一如路灯寂寥的光，大扫帚刷过柏油或水泥地面，"哗———哗———"的声音单调而倔强。老陈就很感慨。他说城里的树是可悲的，从四面八方移植来，种到这里，死到这里，一辈子不能回乡土。城里的树叶也可悲，落下来就被清走了。叶落是要归树根的，不能归根的树叶，就像客死他乡的浪人，整个生命都失去了意义。发完感慨，他还会唱几句。他的腔调低沉而短促，仿佛老牛之喘，令人联想到黯淡的余生。老朱不喜欢这腔调，包括他那些说辞，心头不乐，说话便有些刻薄。

越老越酸！他揶揄老陈。你改改名，叫陈醋好了。

老陈哈哈一笑，弓起腰卖力蹬三轮。这是三个月前的事，不远不近，在记忆里既清晰又模糊，仿佛发生在梦中。老朱的记性日益差，往事在脑海里老化斑驳，觉得不真实，就会怀疑是在梦里见到的。他用透明胶带绕杨树一周，将广告在树身上粘牢，后退一步，眯起眼睛要端详，手机在棉袄内袋里响起来。手机是山寨的，铃声巨锐，轻松压倒周边一切噪音，声势浩大地闯进老朱耳朵。老朱有点被惊到。很少有人给他打电话，手机对他而言更像是一块电子表，而不是通信工具。他赶紧掏出手机接听，唯恐慢了那边就挂断。来电是座机号，对方不详，接通后才知道是派出所。老朱的手抖了一下，本能想把手机扔掉，仿佛警察就在机壳里，随时会伸出一只手将他捉住。还好警察很快说明情况。

陈涛跟人打架了，你来一趟。

陈涛是老陈的儿子，二十四岁，未婚。他送爸爸回老家，在车站跟人发生冲突，先动手打人，然后被对方打。对方三个人，两男一女，陈涛势单力薄，挨得不轻，鼻血糊了一脸，右手也被咬破了。巡逻警察接警赶至，将双方押到派出所。做笔录的警察犯了难：陈涛死活不说话，仿佛哑巴，另一边想说话说不了，六只手咿咿哑哑乱比画，真的是哑巴。辖区刚好有所特殊学校，内有聋哑班，值班副所长派人请来一名手语老师，协助了解情况。老师先跟陈涛沟通，打了半天手势，陈涛全无反应。再跟另三名交流，互相比画了一通，也根本不对板。她向副所长摊手，表示无能为力。副所长怀疑那三个哑巴是假装的，手语都是瞎比画，所以老师才看不懂。老师说不一定，因为哑语也有方言，不同地方的哑巴，打的手势都不一样，而类似于普通话的标准手语，又因聋哑人入学率极低而不能普及。副所长看着两造怪人，很无奈，只好教训一顿，放走了事。他知道言语对聋哑人没用，就把表情做得很足，以至因为过于夸张而颇显滑稽。三个哑巴要走，陈涛却挡住问讯室的门，不准他们离开。副所长吆喝几声，不管用，推也推不开，揍了他几拳，两只手依旧拽着铝合金门框不放。副所长见他如此倔强，恐有隐情，就搜出他的电话，通知他相熟的人来。

老朱不大喜欢陈涛。这孩子太孤僻，不爱说话，不爱见人，这两年也没出去工作，一年四季躲在家里。他本来话就少，三脚踹不出一个屁，一遇到紧张事，喉咙就像拧了水龙头，一个字也憋不出来。老陈知道这是病，想带他去看看心理医生，陈涛死活不去。老陈无奈，自己去找心理医生咨询，挂了三百元的号，获知儿子罹患的是社交恐惧症。医生建议多出去活动，多跟人交流。老陈站在他们租住的城中村街道里环视四周，试图找一些可靠的小年轻，推荐给儿子去结交。最好再找个合适的工作，让他自食其力地回归社会；这个工作里还得有女娃，方便儿子谈恋爱。老陈一直怀疑，儿子之所以变成这样，很可能是两年前那次恋爱失败，受了刺激走不出来。那是个俗套的故事：陈涛喜欢上一个女孩，两人恋爱半年多，女孩又喜欢上了另外一个更有前途的男人。老陈认为，要治疗儿子，最要紧的是先给他找个女朋友。道理很简单，做起来不容易，老陈物色很久，毫无头绪。城中村女娃很多，但似乎没一个适合陈涛。再说，找女朋友这种事，还得以陈涛的意愿为主，老陈身为父亲，没办法越俎代庖。工作和社交亦然。老陈考察多时，收集了一些看上去比较稳妥的职位和人群，一一开列在册，拿给儿子做参考。陈涛看都不看一眼，依旧窝在狗窝似的床上摆弄手机。老陈没办法，转而鼓励他网恋。陈涛说没钱。老陈给他卡上充了三千块钱，他一夜就给女主播打赏花光了。老朱替老陈发愁，觉得这样的儿子不如卖给黑砖窑。

老朱赶到派出所时，陈涛还在把着问讯室的门，身子因为激动而瑟瑟颤抖，羽绒服上的几片血渍异常醒目。他跟父亲的老朋友并无感情，但是看到老朱，情绪还是明显和缓了一些。老朱问他怎么回事。派出所的警察这才听到陈涛的声音。

他们是骗子！

正是"骗子"二字惹出来的麻烦。陈涛带着他父亲刚到车站，那个女的——对方那名穿红呢子上衣的小个子女孩——就凑上来，举着一本绿色小本本给他看。陈涛扫了一眼，是残疾人证。女孩向他比画，意思是请他捐钱。老陈手下的活口有两个是哑巴，陈涛跟他们住一起，多少懂一点手语。他向女孩比手势，问她是哪里人。他这样做是试探，看对方是真的假的。女孩果然很茫然，不知道他两只爪子乱摆弄是要干吗。陈涛就骂了声"骗子"，闪开她要走。女孩一把将他揪住，很愤怒的样子冲他嗬嗬叫。这等于不打自招。陈涛一把将她推开。他用足了力气，女孩趔趄后退，仰巴叉摔到地上。他向女孩投以轻蔑一瞥，继续往车站走，走不几步，那两个男的就冲过来。两边就这样打开了。

听到陈涛说"骗子"，红衣服女孩又变得很愤怒，再次冲他嗬嗬叫。副所长很疑惑，让她把嘴巴张开，发现舌头不见了，仅剩短短一点舌根。副所长大惊，立即将那两名男子铐起来。他怀疑这是个黑社会性质行乞团伙，恶意把女孩舌头剪掉，冒充哑巴行乞。女孩一个劲儿冲副所长摆手，从衣袋里取出一只皮革钱夹，掏出一张折叠得很整齐的纸，拆开来递给副所长。副所长接过去看，是一份诊断证明。据诊断证明所示，此女叫丁蓝，于二十一岁时罹患鳞状舌癌，手术切除。丁蓝又抽出身份证递给副所长，证实是她本人无误。副所长释然，打开那两人的手铐，让双方互相道个歉，这事就算了结。陈涛很尴尬，又忘记话该怎么说，憋了很久，才在老朱的催促下挤出三个字。

对不起！

那两个男的在副所长虎视下朝陈涛打了个手势，想必也是对不起的意思。丁蓝没有做，似乎不肯原谅。副所长也不勉强她，放他们走。丁蓝从陈涛身边走过，乜了他一眼，眼神犀利而高傲。这种眼神很刻意，略带一点威胁，更多的是宣示态度和尊严。陈涛心里瞬间空落落的，仿佛被什么东西打了个洞。出了派出所，老朱看他有点失魂落魄，以为他还没有回过劲儿，拍拍他肩膀以示安慰，然后问他爸爸在哪儿。陈涛从双肩包提出一只塑料袋。袋子里装着灰白的粉末。老朱愣了。

罐子呢？

破了。陈涛说：在车站打架的时候，摔到地上弄碎了。

老朱啼笑皆非，想替老陈扇他两巴掌，手扬起来晃了晃，又揣到口袋里去掏烟。说起来他也得负点责任，老陈火化后，是他挑的陶瓷骨灰盒。那是个青花罐子，画着一条比例失调的龙和一些不知是何名堂的花纹，很便宜，三十块钱。这回老朱吸取教训，买了个金属的。他和陈涛蹲在背风的地方，把老陈从塑料袋倒进金属盒子。看着灰白的粉末瀑布一样流进盒子，老朱觉得应该发点感慨，或者心情适当地沉重一下。然而并没有。他嘴里噙着烟，在盖盖子前，一截烟灰脱落，坠到盒子里的骨灰上。老朱伸手去捏，烟灰应手而碎，与骨灰混在了一起。老朱说：拣不出来了，反正你爸爱抽烟，就这样吧。他瞅一眼陈涛，见他并无反应，就把盖子盖上了。

陈涛不是没反应，他的反应窝在心里，没有表现出来而已。他觉得他爸太惨了，先是在广场上撒了一地，现在又混进来一团烟灰，既不复完整，也不再纯粹。广场的地面铺的是小块方砖，骨灰撒在上面，沟沟缝缝里都是，怎么拢都不可能拢干净。陈涛目测地上残留的骨灰，至少有一只胳膊或半条大腿的量。他尽管不爱他爸爸，但是爸爸的遗灰在自己手里搞得残缺不全，甚至有可能害他在阴间变成残废之鬼，也难免惶恐和悲愤。他在派出所拦住那伙人不让走，真实的目的是想让他们赔。把人打个轻微伤还得赔钱呢，何况是将他爸爸搞得支离破碎。——那些抛撒出去的骨灰，不可能来自身体上某一完整的片段，很可能这一撮是心脏，那一撮是大肠，那些星星点点，也必定包含有肌肉和骨骼。——所以他们必须得赔，否则对不起爸爸在天之灵。只是他太窝囊，心里想要，嘴上不说，再加上紧张，就拧在了那儿。后来他发现其实是冤枉丁蓝在先，要讲责任，得先追究自己，立刻就没了脾气，于是听从副所长，与对方和解了事。

这么一折腾，天色已近黄昏，陈涛也误了火车，今天是走不了了。离活口们收工还早，老朱想再去贴贴广告。为了惩罚陈涛，老朱命令他去给活口们送吃的，等到下工时间，再把他们全部接回去。老朱不是他爸，没义务溺待他，脸皮上挂点笑看似客气，语气却强硬而不容置疑。陈涛勾着头应了一声，把他爸放进双肩包，乖乖回出租屋去。老朱则换上一支烟，抬头看看天，半片月亮已经钻进老杨树干硬而凌乱的枝条里。他分出一张广告，用胶带粘上树身。风不知从何处来，溜着街刮过，几片树叶翻卷而下，擦着他的脑门落下去。附近的店子里在放音乐，曲调传出来已经很微弱，听不清唱的是什么。老朱将剩余的广告纸夹在腋下，汽车从旁边呼啸而过，流动的空气里似乎飘荡着老陈的声音。

> 做人莫如城中树
> 老死不能归故土
> 做人莫如城中叶
> 叶落不在根上腐
> ……

二

当年教书时，老陈兼任音乐老师，为了工作需要，曾去县城培训班学过几天哆啦咪。这成了他日后抒情言志的法宝，每当胸有块垒，就窝起来作词谱曲，吟唱一番。培训班毕竟是应付差事的临时机构，只教授些皮毛，够哄乡村小学的毛孩子就行了。对于老陈，它仅是个启蒙，甚至连启蒙都算不上，只是触发了他天赋里对音乐的热爱。他在这种热爱的激励下自学成才，作品具有不可思议的包容性，民谣可以唱出昆曲的味道，自创的颍川调听起来像歌剧。后来长久失意，人在颠沛流离中逐渐衰老，音乐风格也慢慢发生了变化，日益悲回沉郁起来，走在午夜街头唱几声颍川调，苍凉的嗓音每每令人联想到屈死的亡灵。

他还有个怪癖，每次创作，必须要在烟盒纸上，哪怕手头到处都是可以写字的各种纸张。他说他是烟鬼，只有在烟盒纸上写才有灵感。所以老朱的烟盒不能丢，要留着给他创作用。老朱曾揶揄他，写不好的人毛病多，人家李白还是酒鬼呢，也没见说只在酒杯子才能写诗。老陈白他一眼，继续在烟盒纸上写写画画。

老陈越来越热衷创作，跟他的身体状况也有关。这一两年来，他对自己的生命日渐悲观，自感活日无多，迫切想回老家去。人终归是要死的，这没什么好怕，尤其是对一个了无生趣的多病老头儿。老陈怕的是客死他乡。他希望死在自己老家的床上，窗外有鸟鸣，风细细吹，清亮的阳光洒满床头，世界宁静而安详，而他闭上双眼，呼出人生最后一口气。没鸟鸣也行，也可以无风，甚至阴天也不打紧，但最好是白天。——他不喜欢夜晚，因为他怕黑，面对无边无际的黑暗，死亡也变得绝望而可怖。他如此渴望回秦庄，但从现实看，这个愿望似乎很渺茫，据他们探听到的消息，这次秦庄村委改选，肯定还是秦钢一肩挑。这本是预料之中的事，但依旧令人沮丧，老陈的思乡之情也变得更加剧烈而悲壮了。

看来我是要死到这里了。老陈对老朱说。

老朱不以为然。想回去就回去，他又吃不了你一颗卵子。老朱说，你较什么劲儿呢？

那你怎么不回去？

老朱的脸阴起来，闷头蹬三轮，蹬了一会儿，一肚子火实在难消化，就往老陈的车上踹了一脚。老陈车上的活口都挤在一边，车子偏重，此时刚好又要拐弯下坡，老朱一踹，车子就翻了。活口们顺着坡道往下滚，还好都没事，只有老陈的腿断成三截。送到医院，医生说是粉碎性骨折，骨质疏松得太厉害，不好恢复，让住院。老陈不住，只打了个石膏，叫老朱拉回出租屋休养。老朱很愧疚，想向他道个歉，但是几番犹豫，终究没有说出口。他怕一道歉，就坐实了自己的责任。老陈看出了他的不安和纠结，宽容地冲他笑。

我这骨头啊，早被激素吃空了，一捏就会断。他说，这下好了，不用再天天蹬三轮，你还得伺候我。

老朱听他这么说，便觉得自己其实很无辜。老陈有老风湿，膝关节里又长出两根骨刺，一直靠吃止疼药和激素控制。他原本偏瘦，人们管他叫"黄瓜"，——老朱因为跟他关系好，两人经常在一起，连带落了个绰号叫"土豆"。——自从吃起激素，老陈的身体就像揉了酵母的面团，不可遏制地膨胀起来。老朱更喜欢引用的比喻是气球，激素则是充气筒，他担心老陈随时会自爆，劝他把激素戒掉。为了增加说服力，他把激素的副作用形容得异常可怕。老陈心里本就不安，再被他这么一吓，立即就停了。断掉激素几天后，他的两条腿变成疼痛的木头，不但无法出工，连生活也不能自理，吃喝拉撒都需要老朱友情支援。老朱一片好意，平白给自己招惹来许多麻烦，很不开心。有天晚上老陈疼得厉害，哼哼声吵醒了陈涛，陈涛没主意，就弄醒隔壁屋老朱，向他求助。老朱一个好梦被毁掉，很烦，不痛不痒关心老陈几句，拐弯抹角地怂恿他继续吃激素。老陈架不住疼，老朱一鼓励，他就又吃上了。众所周知，激素吃多了会骨质疏松，若不是他骨质疏松得这么厉害，寻常摔一下，也不至于摔断腿。老陈既然都这么认了，老朱也没必要再自责，但在生活照料上却一如既往地周到。陈涛那兔崽子懒怠无用，自己都不管自己，更不要说伺候他老爹。养这样一条寄生虫真是可悲。老朱想：如果是我儿子，早一顿毒打治过来了，真治不过来，砍掉两条腿当活口，丢街口上去乞钱，也不至于没一点用。

老朱曾经从容地跟老陈谈过陈涛的问题。他劝老陈不要再养着他，对他并没有好处。老陈沉默了很久，然后叹了口气。他一直认为是他拖累了孩子，当年因为得罪秦钢，被迫离家出走时，陈涛才是个七岁的孩子。后来他妈又死了，他又种种不顺，不能给孩子一个正常的生活和学习环境，才使他逐渐走到这个境地，所以现在养着他，也是咎由自取。老朱觉得他这逻辑有问题，但见他并无悔意，也不好再说什么。老陈腿折后，老朱决定替他调教一下陈涛。他以自己太忙为借口，支使陈涛做家务，比如烧饭、洗衣服。陈涛摆弄着手机不回应。老朱就吆喝：

听到没有？

哦。陈涛头也不抬应一声，继续玩他的手机。等到老朱回来，只看到几只外卖盒子，衣服也在二手双缸洗衣机里泡着。老朱很光火，瞪起眼要骂这个王八崽子，老陈先替儿子说起了情。

他不会做饭，做了也是浪费油米。

衣服呢？又不用他动手洗，给洗衣机插上电都不会？

可能是没电了吧……

老朱为老朋友无节制的护犊感到痛心。你就纵着他吧，等你死了，看他怎么活。

老陈默然，脸色变得很难看。老朱自知说话过头了，但无意安抚老陈可能受伤的心灵。不料过了十几天，老陈竟然死了。据陈涛讲，老陈死之前哼哼了一夜，但因已经习惯，就没当一回事。老朱气得头晕，在肚子里骂老陈活该。老陈遗体浮肿，仿佛在水中泡了太久，腿上的石膏都瘀进了肉里。骨折似乎并不足以致命，老朱怀疑老陈还有其他隐匿未知的疾病，比如心脏病啊什么的，但要认真起来找原因，老朱更愿意相信他是被混账儿子愁死的。

老朱腋夹广告，在暮色四起的大街上踽踽而行，回想起老陈之死，心情变得异常复杂。天桥旁也有棵老杨树，老朱两只脚自动走过去，分一张广告纸要粘贴。在这个偌大的城市，杨树是他少有几样感到亲切的东西之一。他和老陈先后被清退出教师队伍后,天南地北到过不少城市,从没见哪个城市像北京这样,把杨树当成重要的绿化树。那些杨树当街而立,树冠依偎着两边的老楼房,生人乍来,很可能会有点恍惚,仿佛行走在时光微醺的老城镇,而不是全中国最显赫的都城。至少老朱和老陈是这样。他们觉得杨树是属于乡村的,是很土气的树种,正像他们是从乡村来,浑身带着洗不掉的土气。行走在这样的环境里,会使他们一不小心就忘掉身在何方。这是很奇特的感受,亲切,让人心安。他们不大喜欢太现代化的地方,过于气派和干净的高楼大厦与广场步行街,有一种陌生而威严的压迫,令他们自觉退避。而此地,则让他们宾至如归。这或许与他们租住的地方有关。不好说这里是郊区,特大城市的郊区漫无边际,不像小城那样层次分明,但从地图上看,已然在五环之外,离城中心相当遥远。他们几乎不去城中心,八年来,只在国庆时到天安门瞻仰过两次。所以他们并不知道是整个北京城都种杨树,还是仅仅他们生活和工作的地方如此。而据他们有限的记忆,长安街两边的绿化树,似乎也是令人亲切的老杨树。那可是祖国心脏的心脏啊!这让他们更加热爱这座城市,进而更加热爱这个国家。尤其是党员老陈。

老朱续上一支烟,在路灯的照耀下打量粘好的广告。纸张是普通A4纸,用记号笔写着几行黑字。

招聘启事

急招帮工一名,照顾残疾人,工作简单,不累。

要求:会骑三轮车,会做饭,老实可靠。年龄45～55岁。

待遇优厚,有意速报名。

联系人:朱东来

电话:×××××××××××

字是老朱的手笔,很漂亮的启功体,又比启功刚劲。这是他唯一感到自豪的东西,老陈处处比他好,但在这一点,他必须甘拜下风。这张广告是基于老陈的遗愿,并非老朱的意思。老朱愿望中的广告是这样的：

转 让

现有残疾人三名，一个瘫子，一个哑侏儒，一个没有腿。因有事回老家，急需转手。价格面议。有意者速联系。

联系人：朱先生

电话：×××××××××××

　　他们共有六个活口。——"活口"这称谓是老朱自创的，他觉得"残废人"或"残疾人"叫起来不顺口，听起来不顺耳，想起来不顺心，应该再命一个称呼。他们不是正常的人口，当然也不能称之为牲口，他们活着只剩一张口，也只为一张口，索性叫活口好了，既不褒也不贬，非常适用。他把这个独创的名称传达给老陈，建议作为通用词使用。老陈觉得多此一举，但禁不起他天天叫，叫得耳朵顺了，就也跟着叫起来。——老朱想转让的这三个是他们在街头捡的，另外三个是老家远房亲戚，不能一并出手，得分些钱遣送回去。但是老陈死前反复强调过，要对这些活口负责任，现在靠他们赚钱，以后要给他们养老。尤其是当他意识到自己活不长久以后，对老朱唠叨得就更频繁。老朱知道他是不放心自己，很烦，不过想一想，自己的确靠不住。他对这些活口并无什么感情，不像老陈，从一开始就是带着强烈的个人情感开始这项事业的。

　　老陈的第一个活口是他的朋友，姓冉。两人在广州工厂打工时认识，彼此投机，遂成莫逆。后来工厂倒闭，老冉听说有人在北京收破烂赚了不少钱，怦然心动，邀请老陈一起去发财。两人就此转战京城。传说毕竟是传说，收破烂的确能赚钱，但要发财，似乎只能到梦里去实现，或者上天赐予一个天天捡到金元宝的好运气。一天他们去郊外收破烂，回来得晚，老冉抢道穿越马路时发生车祸，两条腿被碾成了肉渣。肇事卡车呼啸而逃，他们没来得及看清车牌，附近也没有摄像头，只好自认倒霉。老冉住院多日，双腿截去，花完所有钱，仅仅保住一条命。老冉单身，家乡已无亲人，只能回到他们的窝棚调养。窝棚比猪圈干净不了多少，天又热，老冉伤口反复感染。有一次老陈给他清洗，揭开药粉凝结的疤，发现里头蠕动着几只白色的小动物。老陈泪落如雨，对老冉说：对不住啊兄弟，我也没办法了。

老冉疼得肌肉发紧，哆嗦着对老陈笑。给我找只破碗，把我丢到路边去，看能不能讨几个钱。

老陈寻思无计，只好照办。不料才半天，就收到两百多块钱。几天下来，去诊所打点滴的钱就有了。老冉便给老陈出主意，总归要天天接送他，不如再找几个残疾人，统一管理，收钱分账。

这对残疾人也是好事，有收入，也有人照顾，双赢。老冉拽了个时髦的词。

老陈觉得可行。恰好他有个远房表姑的儿子遭火致残，全身上下没一片好肉，仿佛剥了皮的猴子，手脚也都拳缩到一起，十足是个废人，天天躺家里等死。他跟表姑联系，表姑听说有钱赚，满口答应。老冉也在他们老家找来两个。再往后老朱赶来入伙，也通过拐来绕去的关系找了两个。后来老冉死了。其他活口也有死的，死了就火化掉，外加一笔钱送回老家，再找新的补充进来。老朱一开始嫌丢人，不干，找了几个工作，要么干不了，要么跟人合不来，都不如意，只好不情愿地跳进"屎坑"。他渐渐也看清楚自己的分量，在这个世界上，根本没他挑三拣四摆架子的资格。端正态度后，生活就轻松了，在管理活口之余，他还跟老陈一起收起了破烂。但对那些活口，他实在产生不了爱，看到尤其畸形的还会倒胃口，甚至恶心。中途他多次要退伙，尤其是那两回被警察盘问，差点把他俩当犯罪团伙抓起来，他决意要改行，拿出积攒的钱，赁一间小小门面房开店做生意。他前后开过三次店，先是卖书，然后卖文具，再然后决定搞个大的，开了间小超市。然而数次创业，无一成功，尤其是超市，把他积攒多年的钱耗个精光，不得不乖乖地原路返回。他给自己找借口，说是不放心老陈，所以才放着生意不做，跑回来陪伴他。因此他每次离开，都是志存高远，每次回来，又义薄云天，横竖都很高尚。

后来老陈也死了。一开始老朱的打算是甩开活口，带上陈涛和这些年积攒的钱回老家去。陈涛二十多了，在老家早该结婚，老陈生前多次哀叹，城里女孩眼光高，想得多，假如是在乡下，找对象要容易得多。陈涛这性格，也不适合在大城市生活，回到农村去也许会好一些。他曾经半真半假地托过孤，万一自己早死，求老朱帮陈涛讨个媳妇，延续他家香火。老朱当时漫然答应，并不认真放心上。此时老陈既死，看着瘦伶伶坐那儿发呆的陈涛，老朱忽然觉得那就是自己的责任。打定主意，他回头看那些活口，只见他们守在老陈身边，一个个哭得日月无光，仿佛天崩了地塌了，从此没法活。他们哭是应该的，活在这世界上，连亲爹亲娘都嫌弃，只有老陈把他们当亲人和朋友。老朱忽然有一点感动，决定按照老陈的心愿做。他要养着他们。

他的计划是：先送老陈回家，入土为安。然后把老陈和他的老房子翻修一下，或者推倒重建，老陈的钱让他儿子娶媳妇，自己的钱拿来养活口。盖房子需要时间，把活口带回去也碍事，他琢磨了一下，决定招个老实可靠的人，先在这儿撑着场子，等老家安排停当，再把有家的活口发遣回去，捡来的三个带回家养。他对招到合适的人并不乐观，所以让陈涛先回去安葬他爸，假如葬后依旧没招到人，就让陈涛来接场，自己回老家修房。让陈涛自己去经事，也是对他的一种锻炼，从现在起，他要纠正老陈对儿子犯下的所有错误。

陈涛的票改签到次日上午，老朱凌晨就叫他起来，跟他一起送活口去上工。陈涛正睡得昏沉，不愿起。老朱一把扯掉被子。陈涛要发火，瞄一眼老朱凶神恶煞的样子，忍气吞声穿上了衣服。陈涛本来就对姓朱的心怀怯意，老朱又告诉他，他爸把钱都放在他手里，并且有交代，如果陈涛不听话，就不给他。

我自己也无儿无女，哦，有个闺女，早一百年不认我了。我的钱留着也没用，早晚也是给你。老朱说，只要你乖乖听话，你爸我俩的钱都是你的。

这样威逼利诱，陈涛居然上钩了。送罢活口，陈涛背上他爸匆匆赶往车站，老朱则蹬着三轮车去收破烂。破烂越来越不好收，很多小区都不让进，有时候跑半天，只能捡几个矿泉水瓶子。老朱一边有一声没一声地吆喝着所收废品的名目——那些名目被排成顺口溜，如同叫卖的段子，喊起来琅琅上口——一边想着陈涛会不会遇到昨天那三个哑巴，万一遇上，会不会再打起来。自从七岁跟随父母离开秦庄，除了中间埋葬母亲回去一次，陈涛一直都没回过老家，不知道能不能找到家门。平安到家后，应该先去找他亲叔叔，一切让亲叔叔做主。进叔叔家门应该先哭，以示孝道。还应该带包烟去见见组长，向组长致个意，组长同情了，有事也会帮忙担待点。打墓、帮工的人也得一一去找，找人前得准备好烟和白布帕子，每人一块帕子一条烟，烟不要太好，也不能太孬，五十块钱一条的就行。这些都是老规矩，但是陈涛肯定不懂。老陈啊，把孩子惯成什么了！老朱叹息。

老朱已经预想到陈涛会遇到困难，但没想到竟然这么快，而且这么严重。这天晚上十点钟，老朱刚把活口们接回来安顿后，他的电话就打过来了。他的声音有点委屈，但更多是不知所措。

叔，我爸埋不了。

为什么？

村里不让埋。

是秦钢吗？老朱火冒三丈。妈那个×，他要作死！

三

秦钢跟老陈有仇。

在当村领导之前，秦钢是三组一名普通村民，人不算坏，也说不上好，就是比较野，整天刺儿刺儿的，忙时种地，闲时打牌，偶尔跟人出去做点买卖，有赚有赔，赚了在外头花天酒地，赔了回来打老婆。有人说他偷过东西，但没真凭实据，不好乱讲。秦庄跟邻村发生矛盾打群架，他总是一马当先，所向披靡，为村里争回不少利益，倒是都看在大家眼里。三组组长年老无能，难以服众，秦钢发起罢免运动，在他本家叔叔的支持下成功夺权，当上了组长。大家这才发现这货原来还有政治抱负。干了半年组长后，秦钢想继续上进，跑到学校找老陈，请他帮忙写份入党申请书。老陈支支吾吾，不说写，也不说不写，逼急了，就劝秦钢先学习党章，好好表现，让大家都看到他的进步。话背后的意思就是他还不够入党的资格。秦钢含恨而出，扭到隔壁老朱屋，求老朱写。老朱吸着他敬的烟，乜着眼对他吐烟圈。秦钢说：拜托啊哥。老朱说：烟不错，再给我一根。秦钢把剩余的半盒都递给他。老朱不多要，只抽出一支夹到耳朵上，把烟盒丢还秦钢，继续对他吐烟圈。

你找错人了啊老弟，我又不是党员，哪知道怎么写入党申请？

随便写个呗，劳驾劳驾。

我说你是晕头了。老朱说，你叔就是支书，你找他说一声，事就成了，还写什么申请？

秦钢搔脑壳。我叔不好说话呀……

你给他磕个头，不行就多磕几个，再不管用，你就哭，哭他三天三夜，看老头怎么办。

这分明是扯淡。秦钢知他也无意帮忙，怏怏而去。三天后的上午，村部大喇叭传出支书老秦中气充沛的声音，呼叫全体党员，下午到村部开会。村部和小学一墙之隔，老陈和老朱听得异常清楚。下课后，老朱对老陈说：叫你们去，肯定是说秦钢入党的事。老陈不语。下午老陈去开会，果然是这件事。支书照例先跟大家扯了八百里闲话，然后转入正题，告知大家今年村里有个入党名额，三组组长秦钢有意上进，交了入党申请，鉴于他当组长以来的优秀表现，他认为可以给予考虑，请大家发表意见。村主任说行啊，秦钢这人不错，既然有心上进，应该支持。两位大老板都表态了，其他人也不好说什么。只有老陈闷头抽烟，似乎有不同意见。支书点名让他发言，他犹豫了一会儿，仿佛在纠结要不要说，最终还是说了。他说秦钢长期以来离党组织比较远，思想准备还不充分，没有达到党章规定的条件。建议让他再锻炼几年，看看表现，达到条件了，再吸收入党不迟。支书说：既然有反对意见，大家举手表决吧。说罢举起自己夹着烟的手。村主任也举。大家纷纷都举。表决结果一比十八，决议通过。

这是老陈和秦钢第一次结仇。

第二次是村委选举。村主任跟支书在工作上配合密切，但能力有限，年纪也大，村委会改选的时候，支书认为应该给年轻人机会，他就知趣地避让了。支书鼓励有抱负的同志积极参选，他话音甫落，秦钢已率先站起来表态。会计主任和四组组长本有意竞争，一看秦钢志在必得的气势，也就偃旗息鼓，知难而退。只有秦钢一人参选也不行，得有个陪场的，支书征询了几个人，俱无意愿，就征召老主任出马，让他再发挥一次余热。老主任明知是让他输，实在不愿丢这个老脸，但又不敢违拗，每日郁郁不乐。几天后，村里有人来拜访，向他咨询村委改选事宜。此人姓秦名伟，二组村民，在镇里开大饭店，生意很火，有钱之后，忽然生出政治抱负，想带领乡亲一起致富。老主任正愁找不到替死鬼，极力鼓动他参选。秦伟被他一撺掇，脑子发烫，出门便拉起了票，见人就眯开眼笑求支持。

秦伟是秦庄首富，他一参与，秦钢的胜算就没了。星期天晚上，支书召集全体党员和村干部到他家中开小会，严肃选举纪律，要求与会同志以大局为重，支持秦钢同志。没人说话。支书就一一点名，要求表态。大家不便违拗，依次发誓赌咒，绝不把票投给别人。点到老陈，老陈只是吸烟。

怎么回事啊陈老师？支书质问。

老陈把烟从嘴巴里拿开。这样是不对的。老陈说，每个人都有权利选择他认为合适的人，不能强求大家选谁不选谁。这跟党的政策是违背的，对其他参选的人也不公平。

支书坐在缭绕烟雾里，瘦长脸上阴影重重。秦钢睖着老陈。你既然是党员，就得支持本党同志，不能支持资本家。秦钢说，有钱人是靠不住的，他当了村主任，只会给自己捞好处。

老陈说：我不是支持资本家，我是支持《宪法》和法律赋予人们的神圣权利。有钱人靠不靠得住我不知道，问题也不在于有钱人来当村干部，而在于当村干部后依靠权力变有钱。

气氛变得很僵。支书绷了很久，丢出一句"人各有志，不能勉强"。会议不欢而散。事后支书又召集原班人马开了一次小会，这次没叫老陈。大家在会上重新发誓赌咒。选举越往后越热闹，明争暗斗的俗套戏码上演一出又一出。最后结果出来，秦钢以五十票优势获胜。

与秦钢的第三次交恶，把老陈逼出了秦庄。严格说，秦伟并不是秦庄首富，真正的首富是秦胜。他八十年代中期就外出闯荡，交了一批好朋友，据说生意做得非常大。他已经在外定居，很少回来。有一次回家省亲，看到村中道路泥泞，捐出二十万修路。村委具体承办修路事宜。修到一半没钱了，秦钢打电话请秦胜好事做到底，再续些善款。秦胜态度冷淡，说资金周转不开，让秦主任自己想办法。秦钢召开大会通报情况，资本家既然不愿帮忙，咱们自力更生。自力更生的办法是，把河滩上那片属于村集体的老杨树卖掉。与会者大多沉默。所有人都对二十万元居然不够用感到诧异，但没人愿意站出来质疑。老陈不是村干部，无权参加这个会，事后他听到消息，揣上一包烟去找支书，请他主持大局，督促秦钢公开修路款开支明细。支书说会协调。协调了一个月，一大片老杨树全都卖完了，账目也没公布出来。老陈找到秦胜电话号码，给秦胜打电话，请他出面过问一下账目，他是善主，有这个权利。秦胜懒得蹚浑水，只当那点钱打牌输掉了，客气几句就挂断电话。老陈很失望，开始写告状信，乡里县里一封封往外寄。乡里派人来了解情况，搬出账目查了半天，结论是一切合规。这天晚上，老陈家的玻璃被砸碎三块。三天后的早晨，他老婆起床做饭，看到屋里有东西咕涌咕涌爬，仔细一瞅，是几条粗长的蛇。他老婆天生胆小，吓得连住三天医院，才算把魂儿找回来。恰在此时，教育系统开始清理民办教师，有大专证书的可以参加转正考试，没证书的一律辞退。大家都在找人办假大专证，老朱也打算去省城弄一个。他约老陈同去。老陈苦笑。

你觉得我能混过去吗？

老朱想了想，依他现在的情况，的确混不过去。他问老陈有何打算，老陈说要走，带老婆孩子离开秦庄。今天下午，他儿子在街里玩，被秦钢的儿子和几个皮孩子截住打了一顿。

待不下去了，带你嫂子侄儿出去躲躲。

你怕什么？老朱怫然。大不了拼了，白刀子进，红刀子出，人死尿朝上，怕个屌！

老陈摇头。你又不是不知道我个性，我跟你嫂子一样，胆子小，火并的事做不来。

老朱睬他。那你干吗惹秦钢？

老陈吸着烟不吭声。一支烟吸完，才叹了口气。总得有人说话呀……

翌日一早，老陈就带着老婆孩子走了。那天有大雾，天地间混沌如粥。老朱去送行，走到他们家，大门已然紧锁。老朱踩着新修的柏油路往村头公路跑。公路茫茫，一无所见。老朱有点失落，心头荡漾着难以言说的惆怅，他点上一支烟，在雾气迷蒙的公路边站了很久。

假证派上用场，老朱顺利通过转正考试，争到了公办教师的名分。生活一如既往，太平无事，但在老朱看来，一切都不对劲儿了。一个人抽烟时，他会想到老陈。那时手机还没普及，两个人隔堵墙就是天涯海角，老陈一直没来信，国家之大，谁知道他在哪儿打混？后来他想，老陈会不会去投奔秦胜了？毕竟他揪修路款的事，也是替秦胜抱不平。找来秦胜的电话打过去。老陈并没有去。秦胜听罢老陈的遭遇心生感动，让老朱找找老陈，告诉老陈随时可以去他那儿。老朱心下稍安，觉得秦胜这鸡巴货还算有义气。但是要找老陈，谈何容易！当个鸡巴老师，守着一丁点死工资天天上班，就算想去找，也没有时间和盘缠。干脆辞职吧，不干了。

老朱辞职的念头已经动了好些天。转正之后，工资虽比以前高许多，但还不够家里花，况且以前的窟窿太大，也需要一点点填补。他老婆叫他在周末和节假日找些事做，比如去西山铝钒土矿上挖矿。老朱碍于新获得的公办教师身份，宁死不去。两口子架越吵越勤，感情越来越淡。丈夫不争气，老婆只好多受委屈，经人介绍去镇上木板厂做工。在木板厂做工的秦庄人有好几个，半年多后，村里流传起一个八卦：老朱老婆跟厂里一个男的好上了。八卦流传了一年多，第二年冬天才传进老朱耳朵。他这才明白为什么村里人见到他就笑，他以前还以为自己有魅力，招人爱，原来是头顶绿光不自知。他平静地回到家，从厨房拿出菜刀，蘸水在砧石上磨得锃亮，藏在帆布包里，骑自行车来到木板厂。木板厂大门紧闭，只留传达室旁的侧门供人出入。他笑眯眯地跟传达室保安打招呼，递上一支烟，说出那个男人的名字，自称是他舅，找他有事，麻烦兄弟把他叫出来。保安很好说话，当即去把那人喊出来。那人瞅了瞅老朱，不认识。老朱说：我是你远房舅舅，你不记得了？今天见到你爹，让我顺路给你捎点东西，来来，过来拿。那人犹疑地往前走几步，突然发觉不妙，转身就跑。老朱抽刀赶上，朝他脖子上就是一刀。那人应刀翻倒。所幸天气冷，那人脖颈缠着一条厚围巾，救了他一命。老朱挥刀朝他头上猛砍，那人举胳膊遮挡，羽绒服和毛衣被砍碎，鸭毛沾着血飞出来。保安吓坏了，赶紧上前搭救。保安是个虎背熊腰的壮小伙，从后头将老朱连胳膊抱住，很快就把他制服了。

老朱被判了三年。他老婆起诉离婚，获法庭允准，等那个男人养好伤，带女儿跟他远走高飞。老朱也被学校开除，好不容易得到的公办老师身份也因犯法而被褫夺。出狱后，他没回秦庄，直接往广东去找老陈。入狱第二年夏天，老陈寄来一封挂号信，他哥探监时给他送过来。老陈在广州白云山区一家工厂看大门，老婆在夜市摆地摊，生活还过得下去。老朱回信，让他去找秦胜。老陈不去，他不想沾别人的光。老朱骂他愚蠢。骂也没用，老陈就是那脾性。后来有很长一段时间老陈不再来信，老朱以为他忙，没工夫，也没在意。忽然有一天，老陈带着儿子来看他。几年不见，老陈异常憔悴，相貌老了二十岁都不止，想必在外头没少受罪。老朱以为他重回秦庄，一问，竟然是嫂子死了，回来送她进祖坟，再顺道看看他，然后就又回广东去。老朱发现世界上最惨的人并不是自己，而是眼前这位可怜的老兄。他心头涌起一阵悲伤。

别出去了，好好在家待着吧。他对老陈说，秦钢敢动你，我收拾他。

老陈摇头。他离开秦庄后，一直没停止写举报信，写得乡里和县里都烦了。秦钢并没有受举报影响，去年村里改选，以绝对优势胜选连任，据说过些时他叔退休，他还将接任支书。

已经不是个人安全问题了，是一口气。老陈说，他不下台，我就不回秦庄。

犟驴！老朱说。

老陈一走，再无音讯，直到老朱刑满释放，也没有收到他的信或电话。老朱不愿回家，回去被人笑话，没的恶心。他也不想再报仇，狱中三年，他想明白了，杀了那对狗男女，自己偿命，留下个闺女没法过。他决定去找老陈，跟他在外头打混，天涯浪迹了此余生，苦也罢累也罢，总之不再回来。

四

这回老朱冤枉秦钢了。

人死不准埋，是秦庄的新规定。——新规定有很多，这一条只是其中之一。这些新规定，都是村委会主任根据新形势制订并发布的。但新主任并非秦钢，而是王波。老朱和老陈之前探听到的消息并没有错，在选前半个月，所有人都还认定村主任非秦钢莫属，只是后来发生意外，王波在最后时刻被人拱出来参选，爆冷干掉秦钢，当上了新一届村主任。

几乎所有人都对这个结果感到惊讶。最惊讶的是王波他自己。王波是独子，没有兄弟姐妹奥援，人也长得枯俭，性格偏软，经济很差，是村里超市和诊所账本上的常客，因此历来没人把他当人物，想调戏可以放心大胆地调戏，有冲突时欺负一下也无妨。没谁认为这不应该，人生在世，各有角色，倘若身穷而性怯，便须舍身作球，供人们拍打取乐。王波忠实地扮演着他的角色，兢兢业业几十年，直到他去卖血感染上艾滋病。

得病之初，王波想隐瞒，毕竟这事太不光彩，一旦外泄，必将被人歧视。他可以被街坊拍打，但不愿被乡亲歧视。被人拍打，说明他们愿意跟自己接近，阿Q一点讲，这也是一种人缘。倘若变成歧视，谁都不来打交道，只有自己孤零零一个，做人就彻底失败了。他原想好好保藏这秘密，把它装进保险箱挖地百尺埋起来。不料有一天，同组秦二因为一垄麦子，跟他老婆发生争执，在田地里大打出手，秦二牛高马大，下手不留情，把王波他老婆打得很惨。他老婆披头散发逃回家，面对窝囊的丈夫号啕大哭。王波仅有的一点血气被激发出来，脑门一热，竟然跑去找秦二报仇。秦二本来要回家，被闻讯赶来的秦钢截住，在街口批评教育，指责他不该打女人。秦二说为什么不能打，我老婆我就经常打。秦钢说你可以打你老婆，但不能打别人老婆。秦二说，别人的老婆也是老婆，是老婆就能打。

胡搅蛮缠！秦钢怫然。你爹的老婆也是老婆，你去打一下试试。

秦钢正骂秦二，看到王波气急败坏冲过来，知他太委屈，劝慰说：我正收拾这货呢，你消消气。王波已经把自己交给仇恨，身体不由他支配，主任的话他听到了，人还是向秦二扑过去，一边抓挠一边叫嚷：我跟你拼了，反正我得了艾滋病，叫你也活不成！他这样嚷嚷，譬如阵前擂鼓，本意是要助威壮胆，不料秦二听到"艾滋病"三个字，仿佛白日见鬼，撒开两腿就往村外跑。秦钢也发愣，眼望两人一追一逃，也不再主持正义了，赶紧躲回家去。

王波的秘密就此大白于天下。他一夜化身瘟神，百畜躲避，人人侧目。王波难过得想死。只有秦伟斗胆找上门来。乡政府在他饭店里打了将近十万的白条，一直赖着不还，想请王波兄弟出马，帮忙讨要一下。王波胆小如豆，哪敢惹乡政府。秦伟就游说他。

乡领导也是人，也怕艾滋病，不信你去试试，吓不死个小舅！秦伟说，等要回钱，兄弟绝不会亏待你。

王波在"不亏待"的激励下咬牙而往，手持白条走进乡长办公室。乡长一听说他有艾滋病，嗖一下窜出办公室，当天下午就签字把账结了。消息一传开，村里几位组长联袂登门。村南流淌几千年的河流已经干枯，浇地成了大问题。今年春旱，县里拨款在各乡镇打机井，本乡分到十个名额，但没有秦庄村。组长们求秦钢去乡里争取，秦钢怕得罪领导，不敢造次。大家很郁闷，就来求王波兄弟出马。王波何曾受过如此尊重，立即出发再次赶往乡政府。这次他没打扰乡长，改而去找书记。书记和蔼可亲，跟他讲政策，讲道理，讲感情，讲乡里的种种苦衷和不得已，王波就是不走。他不走书记走，书记走他也走，书记走哪儿，他跟到哪儿。书记快崩溃了，只好调和鼎鼐，给秦庄也打了一眼机井。

老乡们发现了王波的价值，纷纷来利用。王波的威望迅速蹿升。此时的王波，已不再是那个缩在人群后袖手讪笑的窝囊蛋，也不再是躲在家里自怨自艾等死的瘟神，变成了人人敬仰的好汉，人人敬畏的大爷。大家谨慎地跟他相处，供着他，又远着他。国家发展日新月异，县政府也奋发有为，有条高铁从境内过，被县里争取下来一个站点。按规划，站点设在秦庄境内，要占用近百亩土地。但有风声传来，县政府打算把秦庄所有土地都征收，另找地方盖个新村，把村民集体迁走，据说是要依托高铁站，在这里建高档社区。秦庄人亦喜亦忧，喜的是将要拆迁致富，忧的是怕政府给钱不多。秦伟私下与人议论，公认只有王波才能担当大任，代表村民与上级周旋，于是大家漏夜拜会，敦请王波参选村主任。大家的高帽子一顶又一顶，搞得王波头脑发昏，一瓶啤酒还没喝完，就点头答应了。此时距离选举已不足半月，时间有限，好在秦庄不大，人数也有限，一个耳语半天就能周游全村。村民听说王波要参选，心下琢磨，让他干也不错呀，这就要拆迁了，正好派上用场。大家都认为只是自己瞎琢磨，不料人同此心，心同此想，几乎所有人都这样打主意。选举日当众唱票，在场的人都呆了：计票板上王波的"正"字一个接一个，反观秦钢，半天才有一两画。计票结束，王波以百分之七十三的高票获选秦庄村新一届村委会主任。

面对有生以来最惨烈的失败，秦钢深以为耻。事实上王波刚决定参选，秦钢就得到了消息。但他没当回事，他相信没人会发神经，把票投给一个艾滋病。不料村民宁愿选择艾滋病，也不选他。这是何等的羞辱！他不甘心，却也没有办法，野汉子干不过艾滋病，你戳他一刀子，他溅你一身血，那血可比毒药还毒，毒药尚可救，艾滋不能活。况且征地拆迁错综复杂，就让王波带头闹去吧，闹到无法收场，再出面收拾残局不迟。支书自愿退居二线，主任当然要义无反顾打冲锋。这波征地和拆迁涉及几个村子，主要是秦庄。乡里受命召集各村干部开吹风会，王主任背负村民重托，骑上秦伟赞助的二手破电车披挂上阵了。乡领导看到他，一个个头大如斗。当初选举结果出炉，应秦钢请求，乡里曾有意干预，不承认选举的合法性和有效性。秦伟等人闹起来，要求乡里给出解释，哪一条法律规定艾滋病人不能参选并出任村委会主任。乡里拿不出证据，担心事情越搞越大，只好作罢。王波到达会场，一副为民请命不惜一死的模样，壮烈得像上战场。这是他第一场秀，没有经验，又急于表现谁都不怕，难免用力太过。其他村干部坐得远远的，看着他直笑，乡领导则既想笑又想哭。这次仅仅是吹个风，还没到具体工作，怎么征收、怎么补偿都还在规划之中，他就摆出一副誓死不从状，以后的工作还怎么做呢？

事涉土地征收和房屋拆迁，分属国土局和住建局负责。国土局收储中心和住建局拆迁办的领导在主管副乡长陪同下，先后走访相关村庄。在秦庄村委，他们遭遇到王主任的严厉批判。他对官方的赔偿标准嗤之以鼻，声称不让村民满意，就别想动他们寸土片瓦。领导同志拿出相关政策文件给他过目，他一把丢到桌子上。领导说：你看看呀。

不看。

你得了解政策，按政策行事，不能胡来。

我不识字。

领导无语。双方交涉半日，各说各话，时间嘀嗒而过，进展一概全无。诸位领导懊恼而出。走在街道里，到处都是热火朝天的景象，村民们不是在老房子上加层，就是在田地里栽树。他妈的哪儿有在秋天栽树的？领导将情况汇报给上级领导，上级领导又汇报给主管副县长。主管副县长主持召开工作会，责成国土局、住建局和乡政府积极妥善处理。乡委书记跟王波打过交道，知彼知己，深知顾全大局那一套没用。他向副县长献上一计，建议如此如此。

三天后的晚上，王波主任召集全体村干部开会。在会上，王波主任宣布了一个令人瞠目结舌的决定。这个决定被概括为"四不准"：不准建房，不准栽树，不准打井，已迁出去的户口不准回迁。这与之前大家达成的共识截然相反。大家首先怀疑他艾滋病加重，脑子变得不正常。有人当即掏出手机，藏在桌面下偷偷上网，搜索艾滋病会不会变成疯子。更多的人是质问他为什么变卦。王波主任就跟大家讲起了高铁建设对本地经济社会发展的重大意义，所以我们应该顾全大局。村干部们面面相觑。这番说辞证明王主任脑壳并没坏掉，大家不明白他为何突然转变立场，一时吵嚷起来。王主任大怒，"咚咚"擂几下桌子。

你们要不要脸？为了一点私利就坑国家？王主任吼叫，我把话撂这儿，四个不准，马上执行，谁敢违反，后果自负！

"四不准"连夜下达。村子立即炸窝。有人不相信是真的，继续往房上摞砖，没摞几砖，王主任已破门而入，喝问房主要跟国家作对，还是要跟他王波作对。艾滋病加国家，力量强大得没有边际，村民虽不服，却没人敢以身试险。大家纷纷猜测王波是被收买了，去问秦伟，秦伟推说什么都不知道。这个猜测几天后就得到证实：王波的儿子去煤炭局上班了，王波的老婆也被安排进县里一家大企业当工人，王波的驼子爹也没落下，悄无声息地住进乡里的养老院。难怪这几天没见到他们家人，原来都有了高就。这只是看得见的，看不见的好处谁知道还有多少。几个组长去找支书，恳请秦钢做主。秦钢幸灾乐祸。

这不是你们选出来的吗？他说，你们自己拉的屎，你们自己吃。

几位组长说，我们可没选他，凭什么跟着吃？

秦钢冷笑。少给我装无辜。

就算我们活该吧。四组组长说，支书啊，我们吃屎，你不也得跟着吃？

秦钢捶他一拳，然后召集党员干部开会，共同商讨秦庄面临的问题。自王波就任以来，支书主动召开大会还是第一遭。王波知是鸿门宴，揣一把剥皮刀昂首赴会。秦钢热情迎接，先对王主任家频繁的喜事表示祝贺，然后就村里目前的情况表达了他的忧虑。他认为可以让步，但不能让得这么急，也不能让得这么狠，这完全是无视民意，站在了村民的对立面。他希望王主任再慎重思考一下。王波踞坐在上首一把椅子上，两只眼瞪着秦钢。

哪儿轮到你教我？王波说，我是村民选的，我就是民意，谁有意见，直接过来跟我说。

秦钢也恼了。王波你别太过分！

王波拔出剥皮刀扎在桌子上。你再说一句！与会村干部轰一下跑走大半。秦钢也想跑，但又不能跑，全身血液呼呼往上涌。还好秦伟居中圆场，打几句哈哈，将气氛缓和下来。会已开不下去，王波拔刀便走，走到门口扭回头。

对了秦钢，听说你四爷快死了，通知你一下，死了不准往地里埋。新规定，人死统统进公墓。

就这样，秦庄的"四不"新政又增加一条，变成了"五不"。如果一定要讲这一条的针对性，大家更倾向于认为是针对秦钢，其他人——包括老陈——不过是跟着受连累而已。以上这些主要是陈涛的二叔讲的，陈涛对老家的人物和恩怨并不了解，也不能讲清楚，就依老朱的要求把电话给了他叔叔。老朱听完，一喜一怒，喜的是阔别多年，老家乱成了这样子，实在好玩；而秦钢也有今天，着实解气，老陈灵魂有知，也当含笑于铁匣子了。怒的是征地拆迁如此大事，他的亲兄弟们竟无一人通知他。

你马上回来，替我管活口。老朱对陈涛说，我回去看看，给你爸讨个公道。

<h1 style="text-align:center">五</h1>

面对阔别十六年的秦庄，老朱心情平静。他原以为会感慨万千，心绪复杂，看到故人故物，见景伤情，难保还会掉下几滴鳄驴泪。然而并没有，仅仅是在下车之初，站在村口西望县城，为城区惊人的铺展速度感到一点惊讶。县城原本在西方十里外，如今已然近在眼前，老朱站在柏油马路上，在夕阳下逆光西望，一座座高楼清晰可见。从外形看，那些楼盘都是新式住宅楼。难以想象县城竟然建起那么高的住宅楼，而且一大片一大片，植树造林一般直逼秦庄而来。难怪说要在这里建高档社区！之前老朱还很困惑，现在才知道，他们村已是城市嘴边一块肉，马上就要被吞掉了。只是他又有了新困惑：盖这么多房子给谁住呢？县里有那么多人吗？他犯着嘀咕，提蛇皮袋走进村庄。

村庄面貌也有不小变化，盖起许多新房，两三层的小楼也寻常可见。但更多的还是以前的老房子，不过大都做了翻修，外墙用水泥褙起来，这是为了防止砖面腐蚀，只是看上去很呆板，仿佛一个个土气的堡垒。总体说，秦庄的基本格局还是老样子，几条主要街道的走向也都没有改变。老朱沿着老街往前走，很轻易就找到老家。他家大门的铁锁早已锈成一团，就算不锈，他也没有钥匙可开。他瞅了瞅青砖砌的院墙，居然还完好，只是墙头生满绿苔，另有几丛细长的干草。

以他现在的身手，要翻墙并不容易。他一脚踹到门板上，已然腐朽的木门霎然而崩，满院杂草随即呈现在他眼前。他站在破门外，望着荒秽的院子，仿佛看见被自己荒废的时光，一时有点手足无措。

老朱！

有人在身后叫他，回头看，居然是秦钢。秦钢出来办事，听人说看到老朱，特地绕过来探望一下。秦钢的变化要比村子大，最醒目的是肚子，膨亨得像待产孕妇，脸也圆润许多，两鬓已有些许斑白。岁月无情，这家伙也开始变老了。秦钢给老朱递烟，又殷勤点上，然后瞅一瞅老坟场似的院子。

今晚住我家吧。他对老朱说，天马上黑了，这乱糟糟的，一时半会儿收拾不好。

此番回乡老朱心情复杂，既希望人们把他忘掉，又害怕人们把他忘掉，羞耻心和虚荣心对掐一路，谁也没能干掉对方。秦钢贵为支书，如此相待，令老朱的虚荣心士气大振。老朱跟秦钢并没有仇，秦钢诚意相邀，他也乐得从命。秦钢家的变化同样走在了村庄前面，原来的三间小平房已被三层小楼取代，院子里停放两辆小轿车，一辆他的，一辆属于他儿子。秦钢老婆正在厨房做晚饭，老朱隔窗玻璃瞄了瞄，这个倒没变，还是那个大嘴巴女人。

酒菜一时齐备，秦钢与老朱边喝边聊。秦钢知道老陈已死，谈起两人过往恩怨，他说他觉得很没意思，很不值。他将老陈的背井离乡客死不归，归咎于老陈的性格，太硬，太较真，事实上他是很敬重老陈的，根本没想跟他为难。讲这些时，秦钢神色黯然，虽不言自己过错，但看上去似乎也有愧疚。似乎而已，究竟有没有愧疚只有他自己清楚，老天爷都不一定知道。这样反思历史是有问题的，倘若真正诚恳，应该是追究自我，而不是诿过他人。拿一句"很不值"就想抹平既往，不是和解应有的态度，老陈有知，也必定不会接受。老朱心头不悦，便想刺儿他几句，转思正在喝他的酒，吃他的肉，今晚还要住他家里睡他的床，就忍住了。

我听说，小涛去找王波，想把他爸埋到他妈旁边。秦钢说，王波不准，还骂了他一顿。

唔。

老朱嚼着腱花含糊应一声。这事他知道。迁坟是有赔偿的，所以王波不允许新死的人再土葬。陈涛二叔出主意，叫陈涛找王波说说好话，以苦情相搏，请求让他爸入土为安，万一王波还有点人性，通融了，迁坟时就能多领一笔钱。

我去县里打听过，根本没说不让埋死人，是王波收了好处，想表现，自己搞的投名状。秦钢说，狗日的王八蛋，就算拍马屁，也得有个限度啊，怎能做得这么绝？

老朱也觉惊骇。这家伙咋这么二屄？

秦钢冷笑。窝囊久了，突然手握大权，就要变本加厉耍威风。兔子变豺狼，吃人更疯狂。

嘿！

老朱又夹起一块腱花。支书家如今访客不多，毕竟他已经靠边，说话不算，跟他亲近不仅没有好处，反而可能得罪王波，惹来麻烦。支书寂寞已久，此时终于有个可以谈心的，遂滔滔不绝地讲起这些年——尤其是近两年——发生的事。关于这两年的风云变化，老朱已在电话里听陈涛二叔讲过，此时与秦钢的讲述相印证，发现在关键之处有许多出入。一个是民间立场，一个是官方权威，老朱也不知道该信谁。不过不打紧，管他谁是谁非，只要别惹到自己头上。他捡起桌子上的烟盒，抽出一支点燃，又想往秦钢脸上吹烟圈，忽然意识到不妥当，吃着人家饭呢，不能太没礼貌，遂把烟气从两个鼻孔里喷出来。秦钢给他斟酒。

小涛打算怎么办？他问老朱。

他能怎么办？一个屁孩儿，话都不会说，还得靠你做主。

只管埋了吧，反正县里没有这规定。秦钢说，趁个没人的时候，比方说半夜，找几个人帮助，一顿子埋进去，我不信王波敢再扒出来。

我跟小涛商量商量。老朱说。

老朱的弟弟被征召过来清扫庭院。对于未能及时通知老家征地拆迁的缘故，弟弟的说辞与陈涛的叔叔们一样，换手机了，号码没了，想联系他没渠道。老朱嘴上不说，心里却怀疑他们其实是想私吞补偿，怒火暗烧，使用起来就不客气，清除完院落，又让弟弟搭帮手整北屋。北屋是老瓦房，房顶前后坡都有檩条朽断，泥瓦倾落下来，露出几个大窟窿，风可进雨可进，蚊虫飞鼠都能进，夜卧其下，可以很方便地观赏到天上的月亮和星星。老朱打算把房顶拆掉，重新加个盖子。弟弟嫌麻烦，说村里有规定，不让动房子。老朱瞪着他。

我住你家去？

弟弟用脏手搓着后脖颈，期艾了半天。也不是不行，我跟孩儿他妈商量一下。

还有六个残废。

那不行。

不行就给我拆！

拆房顶动静大，过往人都会看到，跟老朱有过交情的，会站在街道里跟他聊几句。老朱骑在梁架上，丢下去一支烟，跟对方小叙一二，然后继续忙他的。更多的人只是打个招呼，问声"回来啦"就走。至于他离开这十六年内嫁过来的女人和生出来的孩子，彼此对面不相识，互相扫一眼都嫌多余。将近中午，王波忽然走过来。上午一直有风，此时愈益大，杂草堆烧成的灰烬满院飞荡。王波站在院中央，眯起眼冲屋顶叫东来哥。老朱正在北坡专心揭瓦，满耳朵风声呼啸，王波连叫几声，他才爬上房脊，往院子里瞟了一眼。

他谁呀。老朱问旁边的弟弟。

村主任，王波。

老朱有点愣。他对王波印象不深，只记得是平头小个儿，背微驼，见人先笑，至于面相，则一团模糊。此刻虽是居高临下俯视他，似乎也没有想象的矮。王波又在下面叫他哥，问他几时回来的，腔调很客气。也没有传说中的凶神恶煞呀！老朱拍拍手上的灰。

王波呀，昨儿回来的。

两人躲进厨房说话。厨房刚打扫过，浮尘可以擦除，陈年的腻垢清不掉，到处还是脏扑扑的，地面也潮得像浸过水。王波给老朱递烟，老朱摆手说戒了，王波笑笑，噙到自己嘴里。老朱恭喜他当上村主任，他表示感谢，也关心了几句东来哥的生活，然后话题一转，表明来意。

东来哥可能不知道，村里要拆迁，老房子都不能翻建。他笑嘻嘻说，二哥没告诉你吗？

告诉了。

那你怎么还扒房子呀？不打算住了？

住啊，当然住。

都拆了，你怎么住？

再盖新的嘛，这房子也老朽了，不安全。

老朱弟弟也跟过来，在门外听到大哥的话，连忙插嘴：不是说只换个顶吗？

老朱吆喝：闭嘴！

王波的笑意仿佛一层水，迅速渗到脸皮下，经风一溜，脸色就有些板结。不是说了吗，不准翻建新房！他对老朱说。

我自己的宅基地，花我自己的钱，凭什么不能建？老朱装糊涂。

看来咱哥儿俩得好好谈谈。

然后王波就讲起了为什么不准翻建。县里给的拆迁方案有二：货币补偿，或者异地安置。但在计算补偿额时，都要综合四个方面：原有房屋占地面积、建筑面积、房屋折旧以及家庭人口。现在翻修房子，或者在房屋上加层，涉嫌在建筑面积和房屋折旧上造假，等于趁火打劫，骗取国家的钱。再说，有些人家有钱，可以猛加楼层，肆意翻新，有些人家则没钱，翻不动也加不起，这太不公平。

所以规定统统不得翻建。王波说。

王波一边说一边吞云吐雾，老朱烟瘾被勾起来，不由自主从自己衣袋里掏出烟。王波瞟一眼他手里的烟盒，脸上掠过一丝不快。老朱把烟点燃，才发现谎话穿帮。

看到你抽，烟虫也钻出来了。他打哈哈。你不能说骗国家钱，老百姓土窝刨食，一辈子都没有发财的机会，好不容易撞上了，多要点钱，有什么不好？国家又不缺这点钱。你是秦庄的村主任，胳膊不能往外拐。至于公平不公平。老朱弹一弹烟灰。你看现在街上的房子，还不一样是有的好有的坏？这就公平了？

王波词穷。王波口齿本来就笨拙，能够比较囫囵地讲个话，还是当村主任以后历练的。他一被驳倒，心里就紧张，越紧张越不知道说什么，焦灼之下，唯一想到的办法就是翻脸。你少跟我油嘴滑舌，给脸不要脸！他抡起胳膊，异常用力地将烟头摔到地上。我说不准建，就是不准建，你敢建就是跟国家作对，跟我作对！

老朱有点惊到了。除却川剧变脸，他从没见过有人翻脸翻得如此突如其来，又如此凶猛激烈，不禁心生忧意，深恐他嚷嚷着就扑上来。弟弟已经被他喝退，身边连个打圆场的人都没有，万一打起来怎么办？跑吗？老朱一时没了主意。还好王波发一通脾气，扭头就走，并没有跟他再纠缠，不知是自认为已经达到目的，还是接下去更加无话可说，索性一走了之。老朱盯着他穿过灰烬飞扬的院子，跨出青砖拱券大门，才松一口气，手掌心的灰渍已然被汗湿了。

翌日中午，秦钢正准备吃午饭，自己擀的面条加猪肉臊子，老朱刚好赶来，好巧蹭一顿。秦钢和老婆都好客，并不介意施他一碗饭。秦钢看老朱情绪有点不对，也不多问，只关心有没有把老陈埋掉。老朱说还没有，等小涛从北京回来再埋。秦钢很惊讶。他又去北京了？老朱说是，那边的事需要有人打理。秦钢有点小郁闷，嘶溜嘶溜吃几口面条，问小涛几时回来。老朱说最快明天中午就到家了。

埋老陈时你也去吧。老朱说，送一下老陈，也算你们和解了。

秦钢踌躇。我是支书，我去可能不合适。我在家给老陈烧几刀纸好了。

老朱不说话。秦钢知他心有不满，也不想多说。老朱剥几瓣大蒜，丢嘴里喀嚓喀嚓嚼，然后接着吃面条，吃完又要。秦钢老婆掂起碗去厨房给他装饭。

王波去找我了。老朱剥着蒜对秦钢说。

哦？找你干吗？

不让我拆房。老朱说，我看他气色很正常，他究竟有没有艾滋病？

有。秦钢说，艾滋病只要不发作，跟正常人没什么两样。

你确定？

确定，我找人在疾控中心查过。

艾滋病能活多久，你知道不知道？

当然知道，全秦庄的人都知道。秦钢笑起来。大家都盼着他死呢。

六

按照老朱安排，陈涛带领六名活口如期归来。他们是包车，如此六名活口乘坐公共交通不可想象，老朱在那边认识一个开黑车的，打电话谈定价钱，就一路平安送到老朱家门口。老朱已用塑料编织布搭好简易棚，容纳这些远道而来的活口，然后支锅造饭，煮肉烹鲜。活口们一个个惊疑不定，他试图用一餐美食安抚军心。

陈涛被老朱分配去打水。老朱院里原先有一眼水井，年久失淘，已然壅废，掀开井盖，一股异味汩汩上升。他找来一对水桶，吩咐陈涛去邻居家担水。水缸很大，盛满水需要三挑，陈涛来回奔走，最后一趟进院时脚绊石阶，负重的身子失去平衡，一头撞到青砖门墙上，又复连人带桶栽倒在地。两只铁桶打着转滚出一丈开外，水也全都泼洒干净。陈涛脑门疼得要裂开，他本来情绪就不好，此时发作有名，遂赌气将扁担丢进院子，气鼓鼓地坐到门台上。

陈涛对老朱的安排心怀抵触。他刚在北京开始新生活，根本不想回来。他前番进京，固然是从老朱之命，回去照管活口，但在此之外，还有一件更重要的事：寻找那个红衣服哑女孩。所以老朱一发话，他立刻赶赴京城，次日中午就来到他们的出租屋。老朱被他的速度吓了一跳，同时又感欣慰，想当然认为是小东西慑于自己的威权，开始学着懂事了。

哑女丁蓝是陈涛那些天最大的心事，大到几乎让他忽略掉父亲之死。他已经原谅了她，而他却未获得她的原谅，每思及此，陈涛就很不开心。他觉得这不公平，双方都付出了代价，却没有对等的待遇。不过这也不能全怪丁蓝，那天在派出所，从头至尾，他都没能说出罐子里的粉末是他爸的骨灰。当老朱赶到，他能够开口讲话，他首先选择了指控对方是骗子；而当事实证明人家不是骗子，他又丧失了为父喊冤的道德力量和勇气。既然丁蓝并不知情，她不肯原谅自己，似乎也情有可原。只是陈涛觉得委屈。他认为有必要找到丁蓝，向她说明事实，不管她最终原不原谅，总要把事情讲清楚。假如她原谅了自己，作为回报，他愿意请她去网吧打游戏，然后再到肯德基吃汉堡。主意既定，丁蓝就在他心里住下来，一天几十遍地想。丁蓝长相还算不错，矫小的个头，长长的马尾，眼睛有点小，但眼神很明亮，鼻子也略小，翘翘的很可爱。虽然谈不上多漂亮，比起前任，还是齐整多了。而她又是个哑巴，假如追她的话，应该不会太难吧。

陈涛运气很好，第一天就在一个广场找到了丁蓝。丁蓝正在营业，手持小绿本追逐一名行人，边走边比画手势。陈涛赶上前，塞过去一张红色纸币。丁蓝回头看到他，脸色骤变，扭身便走。陈涛又说不出话来，嘴巴张开，只有"哎哎"地叫喊，捏着那张钱追赶丁蓝。丁蓝回转身，一副要发火的样子，看到眼前晃动的纸币，再瞟一眼陈涛，似乎很诚恳，就把钱收了。她收钱的动作很快，也不太友好，一把从陈涛手中抽走，仿佛不是接受捐助，而是讨回久借不还的欠款。陈涛如释重负，看到她冲自己比个手势，大概是说谢谢。他冲她笑，忽然又会说话了。

对不起！他说，我那天真不知道……

话一出口，陈涛就发现自己又说错了，此来寻找丁蓝，明明是要表达自己的委屈，怎么一张嘴，却又成了向她道歉？但他发现丁蓝的态度一下子好起来，脸上怒气变成笑容，冲他摆摆手，似乎在说"没关系"。这说明她已经原谅了他。陈涛也变得很开心，仿佛完成一件大事。那么还有必要再讲爸爸的骨灰吗？他搔着脑壳，举头四顾，看到不远处有一家网吧，对丁蓝说：你什么时候有空，我请你去打游戏吧。丁蓝一脸不屑，朝他比了一通手势。陈涛看不懂，想必还是方言。丁蓝见他茫然，就用笔在纸上写一行字给他看。

只有没用的人才玩游戏！

字有点丑，但笔路清晰，最后那个感叹号特意描了一下，大而粗，把她的态度表达得很充分。陈涛自脖颈以上都热辣辣地胀起来，再次失语。还好可以用笔写。他要过丁蓝的笔，在那句话下头回复。

我不玩的，我以为你会喜欢玩。

外表的笨拙掩饰了陈涛内心的狡猾，丁蓝很可能相信了，脸上不复有鄙夷的表情。她在下面写：我不喜欢。陈涛马上往下续：那请你吃肯德基吧。丁蓝有点犹豫，然后写：我很忙的。谢谢你！这个感叹号也描了一下。陈涛想了想，示意她稍等，扭头跑向附近一家肯德基。一刻钟后，他提着双份汉堡和奶茶跑回来，丁蓝已经不在了。

　　整个下午，陈涛都在手提汉堡和奶茶寻找丁蓝，一直没找到。晚上，他心不在焉地照料好活口，照例窝到床上玩手机。他最喜欢玩的是一款被称为农药的游戏，习惯性打开，忽然想到丁蓝的话以及那个硕大的感叹号，呆了一会儿，发狠将游戏卸载掉。这一夜他没有多想丁蓝，所有精力都用在对抗重新下载游戏的冲动上。第二天继续找丁蓝，始终没找到。他有点心灰意懒，仿佛丁蓝故意在躲他。晚上睡觉前，他发了会儿怔，又把游戏装上，拇指乱飞打到后半夜。第三天天气不好，他想到不能安葬的父亲，心情很糟糕，在街上乱走。走到一座天桥下，有人用指头捣捣他肩膀，回头看，是丁蓝。

　　两人并肩走了一段路，路过一家肯德基，陈涛再次邀请。这回丁蓝答应了。丁蓝今天穿着件黑色羽绒夹克，衬得脸很白。夹克偏小，也有点旧，袖口处有明显磨损。两人坐在靠玻璃墙的桌子上，把汉堡盒拆开当纸，用笔聊天。丁蓝对前天的不辞而别向陈涛道歉，她说她同伙叫她去别处，她只好走。不过她后来看到他提着吃的到处找，很感动也很开心，所以今天遇到他，就主动打招呼。陈涛听她这么讲，更感动也更开心。两人以笔纸为口舌，越聊越热火。一个小时后，陈涛觉得气氛可以了，决定壮胆发出看电影的邀请。他预感肯定能成功。不料老朱的电话却煞风景地闯过来，搅黄了他的好事。老朱命令陈涛马上带活口回秦庄，他已经联系好黑车主，两个小时后去接人。老朱对陈涛讲话一向语气干硬，仿佛榔头砸钉子，不由分说，也不容躲避。陈涛对此很反感，却没有足够胆气去顶撞。时间紧迫，陈涛必须马上走。而从老朱口风里，听得出他很可能要搞事情，一时半会儿恐难完结，那么要想再见丁蓝，不知还得多久，甚至都不知道还有没有再见的机会。美好时光总是太短暂，他从丁蓝神情里看到失望，难过得无可如何，脑子里不断冒出抗命不归的念头。他在几秒钟内纠结了几百年，对丁蓝说：

加一下微信吧，我到家也可以跟你聊天。

此刻，陈涛赌气坐在湿淋淋的门台上，满脑子都是逃回北京的冲动。老朱正在炸带鱼，听到动静，扭头扫陈涛一眼，继续忙他的炊事。陈涛不通世故，所有心情统统摆放到脸上，让人一目了然。老朱一见面就看出了他的抵触和不乐，但却懒得管他。他自己也有烦心事，没有多余的心思关怀死孩子的心理健康。

让老朱烦心的事有好几桩，除了对付王波、安葬老陈，还有他家的户口。王波的政策宣讲没有起到作用，反而让老朱得知政府赔偿还跟人头有关，从秦钢家蹭饭出来，他立即奔赴乡派出所户籍室，查询自己家户口上有几个人。他的担忧成为现实：前妻和闺女的户口早已迁走，只剩下他的名字孤零零挂在户口簿上。走出户籍室，老朱觉得空洞洞的，心空，脑子空，天地之间无所不空。一直以来，他只确信母女俩已经从他的世界里消失，却从没想过她们还会从户口本里消失，虽然在户口本里消失是必然之事。——在四方浪迹、客居他乡的这些年里，他既无成家的打算，也无买房的梦想，因此从来没有想到过户籍这东西。她们的户口既已不在，赔偿自然没有，那可是唾手可得的一大笔钱啊，能顶她们娘儿俩干多少年，拿给闺女花，该有多好！

老朱寂然往回走，一路上心事重重。十六年来，他一直不愿回秦庄，但在潜心，秦庄始终是他的父母之邦，归老之地，当有一天他决定要回来，没有谁可以阻挡，包括那顶令他厌憎的绿帽子。此时回味，他想，他大概也有老陈那样的执念吧，从哪里生，就该在哪里死，不管它有多么肮脏与不堪，你就属于那里。这叫不忘本。然而当他看到户口簿上只剩下自己孤独的姓名，他忽然觉得，这个所谓的"本"其实多么虚妄。所谓叶落归根，是因为家在这里，而家之所以为家，并不在于是否有那么一所房，而在于是否有共用一个户口本的人。人既已去，何以为家？家都没了，根也不复存在，自己这片老叶子还有什么必要飘回来？人死尸腐，肥的总是别人的土。但对于老陈，这个执念还是有意义的，毕竟这里还有嫂子，在幽冥世界盼着他回来。老朱忽然很羡慕老陈。

派出所离秦庄不远，五六里地而已，老朱步行去，步行回。途经秦庄小学。乡村小学生源不足，许多学校教师比学生多，前些年县里搞并校，在原秦庄小学附近圈起一块地，盖起新楼房，将周边几所小学聚中过来，命名为秦庄中心小学。此时是上课时间，孩子们的琅琅书声破空传来。多么亲切的声音！老朱不由自主走到校门前，隔着铁栅栏大门往里张望。他看到校园中间有个花圃，因是冬季，花枝萧条。又有许多杨树。这些杨树在本地到处都是，却并非本地土著品种。本地原来是老杨树，耐旱，叶小而肥厚，生长缓慢。现在全是速生杨，叶片子硕大，长得疯快，几年能成材。也正因此，不几年就把老杨树淘汰掉，村野之间到处都是这种速生之物。老朱想，倘若要怀旧看老杨树，反而得去北京城了，真有点搞笑。他的眼光从树梢掠过，投向那栋两层教学楼。多好啊，这一切！假如没有当年那桩狗血事，此时此刻，自己也该在某个教室的讲台上给孩子们上课呀。老朱两只手紧攥大门的铁条，一时感慨不已。离大门最近那个班级也在朗读，一字一句清晰入耳。

　　归去来兮，田园将芜胡不归？既自以心为形役，奚惆怅而独悲……

　　老师读一句，孩子们跟一句。老朱倾听那清朗书声，一点感伤渐次弥漫心胸。在北京时，每逢佳节，比如端午重阳中秋除夕，老陈就会乡心触动，发一些欲言还休的感慨，有时候也会念诵陶渊明的这句赋，念着念着就会发怔。

　　田园将芜胡不归，唉……

　　这时候老朱就是嘲笑他，说他多愁善感，像个娘们儿，似乎老爷们儿都得像他那样粗糙。其实他也有伤感，只是不愿表现出来。胡不归，胡不归。老朱反复默念着这三个字，离开校门，踽踽往回走。家都没了，还归个屁！

　　然而他总归是回来了，并且做好了就此住下去的打算。秦庄虽已无家人，好歹有片宅基地和一亩二分庄稼田。他要捍卫他仅存的东西，度过他想要的余生，至于能不能做到，等着瞧！

七

　　陈涛回来那天傍晚，在老朱主持下，把他爸安葬在了他妈旁边。

　　陈家祖坟就在自家农田里。田里种的是小麦，一拃多长的麦苗郁郁青青，陈涛站立其中，老会联想到肥沃的韭菜。他妈的坟茔在祖父母之下，茔上新培了一层土。土是从坟周挖的，潮湿的泥土里夹杂着一簇簇麦苗。老朱揶揄陈二：是不是贪种地，把坟头削得太小，怕小涛回来不好看，赶紧挖土培了培？

　　陈二龇牙笑笑，并不回答。老朱在坟旁画一条一米见方的线，与陈二和陈涛轮递班往下挖。毕竟是特殊时期，不能正常挖坑下葬，所以连棺材也没用，现找木匠钉了个小小的木匣子，油漆都顾不上刷，将骨灰盒盛放其中，暂且埋到地下，让老陈夫妻先团圆。方坑太小，铁锹施展不开，好在面积不大，三人接力狠挖一通，也就打成了。连挖带埋，总共不过半小时。纸马纸房目标太大，不好携带，只带来些元宝和黄表，在坟头点火焚化。老朱想放一挂鞭炮，为老陈送行，陈二赶紧阻止。

　　小点动静吧，东来哥！

　　老陈是第一个破规矩的人，老朱也不敢做得太过分，虽然觉得陈二胆小得可笑，却也把鞭炮收了起来，没有执意燃放。他之前问过陈二，秦钢他四爷怎么办的后事，陈二说老头儿还没死，大概是听到不准埋葬的消息，吓得不敢死了。元宝黄表焚烧讫，陈涛跪在坟前磕了几个头。夜色已密合，他们带上工具悄然回村。陈涛要回他叔家，老朱不允，要求他去自己那里住。老朱的北屋尚未修葺，不能住人，只有院子里搭起的两间简易棚，一个睡六名活口，另一个老朱自己住。倘若去那里，不是跟活口们挤一起，就是跟老朱睡一个棚。这都是陈涛不能接受的。他在路口闹情绪，一副宁死不去的态度。老朱恼了，厉喝一声：走！揪住他后颈衣领，把他拖到自己家这条路，推搡着他往前走。二叔不但不救，反而帮老朱说话。去吧去吧，听你东来叔的话。陈涛深感绝望，仿佛爸爸一死，全世界都在欺负他，一念如灰，

此事无关风与月

几乎要哭出来。

老朱已经饿了，活口们还没做饭。活口们也饿，但老朱不交代吃什么，他们不敢擅作主张。老朱并不使用他们，支使陈涛去煮方便面。陈涛忍气吞声，走到灶台旁生火造饭。所谓灶台，不过是三块石头支起一口锅，燃料则是从房顶掀下来的椽子。院墙外有根路灯，光芒发散过来，照亮半个院子。陈涛笨手笨脚地搞了半天，也没能把火生起来，还是聋俦儒过来帮忙，才把一段朽木点燃。聋俦儒示意陈涛走开，他来做。老朱正往自己棚里支门板，供陈涛当床睡觉，扫见聋俦儒多事，黑着脸走过去踢他屁股，叫他滚蛋。陈涛眼泪汪汪，撕半箱方便面，投入锅内煮熟，算是应付完差事，然后又坐到大门口的台阶上去怄气。聋俦儒拿碗盛面，先给老朱送过去，又盛一碗端给陈涛。陈涛气饱了，不想吃。聋俦儒将碗放到他旁边，拍拍他脊背，又朝他摆摆手，示意他不要生气。陈涛不搭理他，掏出手机摆弄。他在微信上给丁蓝留言，说想她。丁蓝没回复，这个时间城市里正热闹，大概她在忙着"募捐"，没工夫看微信。陈涛索然无趣，在网上瞎看一会儿，又打开游戏玩起来。老朱吃完饭，过来上大门，吆喝陈涛进来。陈涛不动。老朱揪住他衣领，一把拖进院子，咣一声将大门关起来。他已经用厚木板将大门补好，虽然难看，但足够结实。陈涛恨意复起，拽一把小椅子，坐到院角一棵老楝树下，继续打游戏发泄愤懑。对陈涛来说，世界上没有什么愤怒和痛苦是不能用玩游戏来解决的，如果有，那就再玩一局。但在今日，他却玩得神不守舍，不时要看一下微信。冬天乡村的夜晚漫长而幽深，刚刚十点钟，街道里已全无动静，除了老朱和活口们的鼾齁，几乎没有任何声息。这时候微信响了一下，丁蓝终于回复了。

陈涛跟丁蓝聊到十一点多，打定主意回北京。父亲已经入土，他的责任已经尽到，至于征地和拆迁，叔叔自会为他处理。他想趁夜而去，害怕等到天亮，会被老朱扣住不放。但若不辞而别，似乎也有点说不过去。他想了想，打算给老朱留言。棚房小桌上有笔记本和笔，他摸进棚内，用手机打光，翻开笔记本要撕一张纸。笔记本是新的，用了七八页，陈涛以为是记的账目，扫了一眼，竟然都是关于社会恐惧症的资料，有些句子画了线，有些标注为重点。字是启功体，钩画有力，正是老朱的手笔。陈涛发怔，一页页翻着那些资料，不知如何是好。老朱翻个身醒过来，支起半个身子，眯着眼睛看陈涛。陈涛慌忙将笔记本合上。老朱坐起来，两只手搓了搓睡呆的脸。

想看就看呗，怕什么？老朱说，我在手机上搜的，照着抄下来，闲了研究研究。不过照我看，那些治疗方法都是扯淡，没有用。

棚房窄小，两个板铺之间空间有限。陈涛拘谨地站在狭小的过道里，有点不知所措。老朱示意他上床睡觉。陈涛遂脱鞋爬上板铺，将手机灯关掉。棚房里陡然暗下去，但有路灯的光亮透过棚布渗进来，不至于两眼全黑。陈涛望着棚布上一条一条的纹路，犹豫很久，决定还是向老朱摊牌。

睡了吗东来叔？

没有。

想跟你说个事。

说。

我明天想回北京。

老朱沉默了一下，似乎感到意外。为什么？

我爸已经下葬了，我想回去找个工作。

想去找工作很好，就是你爸才下葬，不过头七你就走？再说你爸是顶风下葬的，谁知道以后几天会不会有麻烦，万一出了事，你这个当儿子的不在场？

老朱的话句句有理，陈涛无言反驳。他哑了一会儿，终究不甘心。能出什么事？他说。

能出什么事？老朱的语气突然重起来。王波是疯子，他要知道你爸埋掉了，他能善罢甘休？我为什么叫你住这边？就是怕他跑到你叔家，去找你的麻烦。

陈涛默然。

在家待几天吧，至少过了头七，做儿子的，孝道不能亏。另外，我这几天也有点事，得让你帮个手。老朱说着，朝里翻了个身。睡吧。

次日上午，老朱搞来一根白布条幅、一只毛笔和一瓶黑墨水，摊在地上写标语。陈涛受命端墨水瓶。毛笔头很粗,墨饱笔重,刷刷刷写过去,不多时就写好了。老朱站起身,手持毛笔叉腰欣赏。陈涛也在旁边观看。字写得真是不错,至于内容,就有点难以言状。

　　冤!冤!冤!天寒地冻,有家难归,无良村官,逼人死命!恳求政府做主,给条生路!

　　看到重点没有?老朱睽视陈涛。陈涛看了又看,觉得每个字都很刺眼,不知所谓的重点在哪里。老朱用毛笔指点那句"逼人死命"。看到没有?逼人死命,意思是逼着人去死,去送命。但是乍一看这四个字,会让人以为是已经逼死人了,冲击力一下子就上去了。这就是文字的艺术,懂不懂?

　　老朱为他的绝妙创意自得不已,假如条幅上可以按赞,他可能已经按了两百个。陈涛情绪低落。这就是老朱要他帮忙做的事:带上六名活口去县政府请愿。老朱告诉他,只有逼政府出面压住王波,才能让他爸安居地下,而要逼政府出手,必须搞个大阵仗,引起轰动,领导们才会重视。他叫陈涛把活口带回来,用意正是为此。老朱为老陈苦心至此,陈涛身为儿子,纵有一万个不乐意,也不能置身事外。老朱把上访时间定在明天。据说领导一般九点去上班,晃一晃可能就走了,要让他们看到,必须赶在九点之前到达政府大楼外。今日因为准备条幅,把时间耽误了。

　　翌日一早,老朱叫起陈涛,两人一起生火造饭,给活口们吃罢,带上条幅上车出发。车是老朱事先借弟弟的摩托三轮,借口要运载建筑材料。车斗够大,可以装下所有人,老朱顶着晨寒将车开得飞快,八点半钟即已赶到县政府大门外。政府大院门防严密,老朱也无意往里硬闯,他将三轮车停到伸缩栅栏外,招呼陈涛把活口们卸下来,一个个并排陈列到地上,然后展开条幅,叫陈涛和他的远房老表光皮人各持一端。老朱则手执借来的扩音喇叭,冲政府大院内亢声喊冤。陈涛难为情地站在阳光下,倾听老朱声色俱厉的控诉,发觉跟他之前讲的不一样。老朱口口声声都是房子的事,痛斥王波置他和残障们的生死于不顾，不让他修补房屋，这么冷的天，只能房外露天睡觉。至于不准老陈下葬的恶行，却只字不提。陈涛有点不高兴，感觉是被老朱利用了。他换一只手举条幅，又想，这或许是老朱的一种策略吧，毕竟他爸事实上已经入土了。

政府门前时常有人来陈情，门卫早已见惯，今天来的却是一群残障，仿佛怪物巡展摆了一地，倒是前所未有的新鲜事，忍不住也跑出来看稀奇。同时跑过来的，还有另一头门岗内值守的警察。他喝令老朱收声。老朱说：谁吃饱了撑的，想在这儿卖喉咙？求政府给我们条活路，我们马上走，以后再不来，来也是给政府送锦旗。两人在这边纠缠，从大院里又跑出来几名警察。带头的警官叫老朱先把横幅收起来，有话慢慢说，然后打量地上一排残障，问老朱怎么回事。陈涛听警官说让收条幅，就要收，老朱胳膊肘捣他一下，他只好又不情愿地举起来。老朱将请愿事由详细讲给警察同志听，汤汤水水拉拉杂杂，该详的详，不该详的也详。并非老朱不善叙事，他想拖延时间，尽可能让大领导看到。警官听得不耐烦，叫他拣重点说，同时再次要求把条幅收起来。陈涛和光皮不动，另外两名警察便上前抢夺。光皮紧揪着条幅放声惨叫，仿佛被人施暴了，声声凄厉痛不欲生。警察有点被惊到，不敢下狠手，拽了几拽没拽过来，也就算了。警官费力听老朱讲半天，才算大体弄清情况，询问这些残疾人跟老朱什么关系。老朱说是在外地收破烂时在大街遇到，太可怜，就收留了，一年年下来，收留了这么多。警官说：既然这样，把他们送到社会福利中心去吧，以后你就不用管了。老朱吓一跳。

那不行那不行。老朱说，我们一起生活多年，早是一家人，不愿分开。再说了，我自己照顾他们，是当家人照顾，把他们送到福利院，我讲心里话，警察同志别生气啊，我真是不放心……

除了两个聋哑听不到他们讲什么，其他活口全都及时配合，连声说不去福利院，死也不去。警官也不再多说，按程序通知所在乡镇来领人，然后告诉老朱，他们反映的问题会依法处理，但必须收起条幅，带上他的人离开。老朱不出声。陈涛举条幅的手垂下来，光皮则依旧把他这一端固定在胸前，条幅在两人之间变成一条斜线。警官发火了，亲自动手夺。光皮情绪再次激动，死命揪住条幅不放，几名警察扯来拽去，竟不能得手。一辆黑色奔驰缓缓开过来，在旁边停顿一下，又缓缓开走，驶入政府大院内。老朱料想里头坐的是大领导，立即拉嗓门嚷叫：

领导同志救命啊，给我们这些可怜人一条活路……

撕扯多时，条幅终于被收缴。光皮坐到地上放声大号，仿佛情绪已崩溃，高哭哭，低哭哭，一声更比一声惨。陈涛佩服死了这位远房老表的演技，这么多年，竟不知道他还有这绝活儿，倘若皮肤完好，去演影视剧，定然是德艺双馨好演员。双方僵持了将近一个小时，秦钢接到乡里命令，匆忙赶过来带人。秦钢先跟警官握手致敬，然后苦口婆心劝告东来哥，有事回去慢慢解决，要相信政府。啰唣了大半天，老朱似乎被说动了，指挥陈涛把活口收上三轮，跟在秦钢车后打道回村。

半路上，秦钢把轿车停到路边，招呼老朱坐进来说会儿话。秦钢给老朱敬烟，连夸他干得好，就得这样搞，过两天不解决，继续去闹。老朱说：这么冷的天，睡窝棚里冻死人，今天不解决，明天就去，哪儿有工夫多等。秦钢说：对，就这样闹，看他怎么收场。两人吸了一支烟，各自驾车回村不提。

午饭后，老朱想起前天去派出所户籍室，见到过一堆废弃的建筑毛毡，遂与陈涛开三轮跑去拉回来，搭到棚房上遮寒。正忙活着，有人在门口大喝：陈涛！陈涛他们回头看，只见王波手持铁锹闯进来。陈二托着一只盒子，垂头丧气跟在屁股后。陈涛盯着那只盒子，眼睛仿佛被火烧：是他爸的骨灰盒！王波气凛凛地冲到陈涛面前。

你个兔崽子，胆子很壮啊，说了不准埋，你还敢埋？是不是活腻了？

陈涛惊立当场，不能说话，也不能动弹。老朱丢下毛毡，气得直摇头。王主任啊，你真做得出！他不听规矩埋进去，到时候迁坟，你不给钱不就行了？何必再挖出来？挖尸刨坟是人干的事吗？

你给我闭嘴朱东来！你以为我不知道是谁支使他干的？我本来还想放一马，你居然带一堆废物去县里告我！你以为我好惹是吧？他丢掉铁锹，从陈二手中夺过骨灰盒，狠狠掼到支锅的石头上。铁锅在做完饭后就收起来，露出三块石头之间堆积的柴灰。骨灰盒撞在石头棱上，复又跌落进柴灰里，盒盖子被撞裂，骨灰倾撒而出，跟柴灰混到了一起。几个街坊跟过来看热闹，挤在院门口往里张望，见此情景，无不惊呼。王波大概也没料到会这样，有点傻眼，随即又凶起来。我警告过你们，不服命令，后果自负，这是你们自找的！他吼出这句话，捡起铁锹往外走。门口的人立即远避，闪开偌宽一条路给他过。

陈涛抢到柴灰旁，捡起已然变形的骨灰盒。盒子里还有一小半干净骨灰。陈涛眼泪飞溅，一滴滴坠到爸爸的骨灰上，一边哭，一边撮拾抛撒在柴灰上的骨末。聋侏儒也走过去帮他弄。骨末太细，已与柴灰融在一起，再是小心，也分不清了。陈二蹲在楝树下闷头抽烟，老朱则走进门外人群里，慷慨激昂地批判王波。

……诸位说说，这是人干的事吗？

街坊无不同情。几个妇女过去安慰陈涛。陈涛被人一劝，反而更绷不住，怀抱骨灰盒号啕大哭。妇女们见此，也都心酸落泪。陈二捏灭烟头，拖起侄子，带他回自己家。走出院门时，老朱还在那儿激烈抨击。陈涛突然心生厌憎：假如不是他坚持把爸爸埋了，何至于会有这样的事？退一步说，假如没有自作聪明去县里闹，又何至于弄巧成拙，激怒王波？然后又厌憎二叔：这是你亲哥哥呀，王波让你挖，你就跟他挖？他恨透了这个村庄和村庄里的所有人，决定到二叔家拿上背包，立即带爸爸返回北京。进到二叔家，陈涛依然泪水涟涟，恨恨然到厢房去拿包。二叔在后跟进来。

别哭了，你爸没事。二叔对陈涛说，骨灰盒里的是石粉末，又拌了点干柴灰。

陈涛一愣，看看怀里的骨灰盒，又瞟一眼二叔。二叔神色已经很平静，仿佛什么事都没发生过。他看着陈涛狐疑的样子，笑起来。

东来的主意，他说你爸你妈分开十几年了，得让他们赶紧团聚，买了个陶瓷罐，把你爸挪进去，我们俩连夜挖开你妈的坟，放到你妈尸骨边上了。那天你没见？你妈的坟是动过的，上头培那层新土是掩人耳目。

陈涛一时不知该哭还是该笑。那为什么还要再弄个假的埋下去？

不是担心嘛，王波知道你爸死了，然后你妈的坟好像被动过，他能不怀疑？他可是个疯子，你也看到了，他什么事干不出来？所以故意在旁边埋个假的，以防万一。你看，他果然上当了。

老朱在院子里叫陈二。陈二应了一声，老朱循声推门跨进来。他瞧瞧陈涛，问陈二：告诉他了？陈二说告诉了。老朱点头，对陈涛说：带上你的东西，去你爸妈坟前磕个头，马上回北京吧。

陈涛说：我不走。

老朱瞪他。干吗？

我要帮你对付王波。

老朱笑起来。行啊，带种了。他拍拍陈涛肩膀。陈涛像他爸爸年轻时，瘦而高，肩膀在手掌下很单薄。对付王波是我们这些老家伙的事，你还小，犯不着管这些。

陈涛默然。老朱问他身上还有没有钱，他说有点儿。老朱叫陈二再拿点现钱给他，不要太多，太多了怕他乱花。陈二回睡房磨蹭半天，拿过来五百块钱。老朱让他少拿，没想到这么少，只够买一张到北京的高铁二等座。这算啥鸡巴亲叔！老朱没好气，嘱咐陈涛，到北京如果缺钱，给他打电话，他会打到他卡上，然后催他快走。陈涛按老朱吩咐，把骨灰盒抱在胸前，穿过几条街道，去母亲坟前磕头道别。陈二提上铁锹，和老朱陪他去。他和王波挖的坑还没有填，他得去填上。

王波你俩挖的？老朱问。

嗯。我故意磨蹭，挖得很慢，他就也找个铁锹挖上了。

陈涛插话。他不是艾滋病么？怎么跟没事一样？

艾滋病只要坚持吃药，能活八九年，长的能活十几二十年，只要没有症状，看上去就跟正常人一样。陈二呲嘴叹息。医学太发达也没好处，得上这病，弹挣几天赶紧死了算了，拖这么长时间干吗？秦庄人真是倒了十八代血霉！

老朱听了嘿嘿笑。秦钢说全村人都知道艾滋病活多长，他还以为夸张，看来果真如此。王波是有多招人恨，才让大家如此关心他的寿限呀！陈涛在坟前磕过头，老朱骑摩托三轮送他去车站。他们在秦庄街道一折一返，街上的人都知道陈涛抱着他爸的骨灰盒出走了。

这孩子估计不会回来了，多伤人啊！有人说。

又有人说：他家也真倒霉，先惹上秦钢，又惹上王波，大概祖坟风水不好。话说回来，王波也太孬了，不怕断子绝孙？

八

这或许就是老朱想要的舆论。

但是平心讲，这舆论又有什么用？县城没有火车站，需要到市里转车。老朱把陈涛送上去市里的客车，将摩托三轮停靠在公路边，坐车上抽烟寻思。舆论并不能惩罚流氓，流氓反而能惩罚舆论。据秦钢讲，有一次村委会上，五组组长发了几句牢骚，告诉王波大家对他很失望。王波叫他说出大家都是谁。五组组长不说，王波判他造谣，当众扇他两个大嘴巴以示教训。五组组长在家躺了两天，收拾行装往南方打工去了。

老朱让陈涛马上走，也不全为塑造悲剧气氛。他虽曾担心王波会挖坟——以前农村不准土葬，孝子贤孙偷偷埋葬后又被挖出来的事并不罕见。——但当王波真这么干，他还是被吓住了。王波已与他结仇，以后对着干起来，肯定不会放过陈涛，他不能让陈涛留在这儿冒险。况且就他这几天所见，街道里很少有小青年，晃来晃去尽是中年妇女和老年人。他很怀疑这样的环境适合陈涛生活，就算他要回来，也等以后吧。至于什么时候，——老朱续上一支烟，拧钥匙发动摩托三轮——鬼知道！

老朱绕到镇上建材店，买了一批石棉瓦。房顶并没有拆完，那天王波去阻止，两人闹崩后，老朱心里烦，就先丢那儿了。他打算先用石棉瓦补一下，跟活口们搬进去。窝棚实在太冷，而冬天还很漫长，要盖新房，必须等到来年春暖时。上访回来之后，一名赵姓副乡长给他打电话，通知他已跟村委协调过，允许他整修房子。所谓协调，想必就是压制王波，或许王波就是为此发狂，才干出挖坟报复的事。不管怎么说，这算初战告捷，至于下一步，走着瞧吧。

到家时天色尚早，老朱想赶在天黑前干一会儿，能补几块是几块。打电话找人帮忙，弟弟不在家，陈二也不在家。别的人久无来往，都已生分，不好央，况且还有得罪王波的风险。只剩个秦钢还比较熟，但他是支书，总不能叫支书来做帮工。老朱只好自己干，叫光皮打下手，用绳子把石棉瓦拽到房顶，一块一块钉在檩条上。光皮演戏不错，干活就笨，兼之双手严重烧伤，抓取不便，惹得老朱臭骂不停，后来索性叫他滚去做饭，让傻子和聋侏儒过来顶替。说到光皮，老朱很不喜欢他，一双眼滴溜溜转得邪性，老朱断定他原先的长相肯定不端正，一看就不是好东西那种，脸上的皮被烧掉，反而使人失去戒备，相当于毁尸灭迹。老朱说他不是好东西，是有事实证据的。他手不干净，隔些时就会偷老陈钱。后来老陈防备得紧，不能得手，就打起老朱主意，不料刚一下手，就被老朱捉住了。光皮仗他在活口里资格最老，跟老陈又有拐七拐八的关系，不仅对其他活口不友好，对老朱也不大尊重。老朱早看他不顺眼，此时落到自己手里，拳脚棍棒轮着用，将他堵在屋里放开打。这顿打剂量充足，一下子就把光皮治过来，从此戒慎恐惧，再不敢跟老朱分庭抗礼。老陈死后，光皮提出回老家，向老朱要钱。老朱本想打发他走，但是随即老家事发，需要活口们回来帮他做斗争，就要求光皮先留下，等事情了结了再说。老朱凶起来不是人，钱又在他手里，光皮不敢违拗，只好悻悻而来。他在县政府大楼前表演那么卖力，或许就是想赶紧办完差事，然后领钱回家。此时他被老朱一顿骂，一脸红皮变成灰土色，眼珠子也转得不灵活了，默然过去生火做饭。

　　房顶北坡破损小，老朱先从那边补起，天苍黑时便已补到屋脊。老朱直了直僵硬的腰，抬眼西望，细细弯弯的上弦月已然贴在天宇，仿佛一条透亮的眉毛。街道里的路灯也都亮起来，老朱正要往下爬，注意到前街开来一辆黑色轿车。院墙半遮，看不清车标，但行车噪音很小，定然是好车。轿车滑行到老朱家门口，悄然停下来，车门打开，钻出一个寸头年轻人，前后张望一下，然后跨进老朱的院子。

　　这是不是朱东来家？老朱听到他这样问光皮。

　　老朱心头一紧，以为是来找麻烦的，爬下房子一问，原来是请他去赴宴。老朱问是谁的宴，他说去就知道了。老朱说你不讲我就不去，那人犹豫了一下，凑近他耳朵。

秦总。

哪个秦总？

秦胜。

老朱头一次坐这么好的车，稳，快，舒适，心里没来由就觉得安全和牢靠，仿佛这车有财神加持，出事人也死不了。车子在乡村路上东绕西拐，一会儿穿行在村庄里，一会儿奔驰在农田之间，足足跑了二三十里，来到一个靠山的小农庄。秦老板在包间里等候多时，旋转餐桌上已已摆了几盘凉菜。包厢并无他人，老朱问了问，才知道自己是唯一的贵客。自从三十年前秦胜外出打天下，老朱就没再见过他。秦老板虽则年年都回来扫墓，但跟老朱并无交情，所以也从未谋面。然而一进门，老朱还是一眼认出他。秦胜胖了许多，身材也已走形，看上去硕而不壮。头发黑不黑灰不灰，大概没有焗染过，不过倒还浓密，在这个年龄实属难得。至于大老板的穿着，好像朴素了一点，焦咖色毛衣黑裤子，旁边衣架上挂着一件棕色羊皮袄。

你好啊老朱，又见面了！秦胜握住老朱手，热情寒暄。

秦胜的手掌厚而温软，老朱握着它，犹如握着一坨肥而不腻的精肉。老朱很惭愧，他知道有此感觉纯粹是因为自己的手太干硬太粗粝。是啊，三十多年了。老朱赔笑说。然后又有点犹豫。有三十年吧？想了想。有了有了，你八几年就出去了。

秦胜呵呵笑。你是第一次见到我，我可已经见过你了。

老朱发愣。

今天上午我去县政府办事，看到你在那里搞事情，我从你们旁边过，还专门停了一下。你喊得很激情啊。

老朱顿时想起了当时情景。日你娘，原来里头坐的不是大领导，是你这鸡巴货！他肚子里这样骂，脸上却笑得灿烂。嘻，嘻，几百年遇不上你这大老板，一见面就让你看到这事，难为情呀。

争取自己合法权益，有什么难为情？来来来，边喝边聊，我记得你酒量不错，不行？那慢慢喝……

老朱料定秦胜找自己必定有事，否则非亲非故，以他大老板之尊，怎么可能如此隆重地邀自己吃饭？在来路上，他琢磨过，有一个朦胧的感觉，可能与征地有关。村里有耳语流传，说是秦胜有意开发这块地，但一直以来，秦胜从没在秦庄露过面，也没谁见到过他，所以这耳语只是来历不明的揣测，最热衷于传播它的人也不大当真。老朱是从秦钢那儿听到的，他根本不信。对于在外事业有成的人，世界上最难打交道的就是乡亲父老，回报他们是应该的，不回报没良心，倘若回报不均匀，对不起，从此父老变仇人。这是老朱都明白的道理，他不相信秦胜能不懂。据说秦胜现在的靠山极其强大——强大到可以让你放开了去想象。——在哪儿赚不到大钱，何必来蹚这浑水，搞不好还会身败名裂，在父老乡亲们的世代传说里遗臭万年。可是当司机说出秦胜的名字，一切便都不一样了，老朱开始倾向认为那个耳语是真的。那么，他找自己干吗？

　　老朱行事直来直去，一见谜语，就想赶紧揭晓答案。秦胜却不紧不慢，漫无边际，从老朱这些年的经历聊起，途经广州和北京，云来雾去十万八千里，终于绕回到秦庄。老朱想这下可以说正事了，不料秦胜一杯酒仰下，又开始怀旧。他对他们小时候的秦庄往事历历道来，如数家珍，语气和神色里充满怀慕之情，仿佛远方游子在风雪之夜回望记忆里温馨如梦的故乡。在他的回忆里，孩子天真，老人慈祥，互助互爱，邻里和谐，秦庄村春华秋实，一切美好。

　　那时候的农村充满温情，叫人怀念。秦胜持杯叹息。再看看现在的农村，几乎成了蛮荒之地，那种脉脉温情不知道什么时候不见了。

　　老朱冷笑。你觉得以前温情，是你把以前的不痛快都忘掉了。反过来说，你觉得现在不温情，是因为现在让你不满意。其实在人情世故上，过去现在一屎样。

　　秦胜抚掌大笑，笑完之后，即将这个话题轻轻搁开。他询问老朱，今日上访有没有结果。老朱说乡里已经通知他，可以翻建房子，看来他们压住王波了。秦胜笑了笑。老朱看到了他的笑，仿佛意味深长，就盯着他。司机在旁边：你们乡里哪儿压得住王波，是秦总协调的。老朱很惊讶。秦胜说：这么冷的天，怎能让你们住窝棚？尤其是那些残障人，身体都不好。我就给他打电话，劝他行个方便。王波倒是让步了，答应让你翻修……

原来如此！老朱点头，想道声谢，却卡在咽喉之间说不出来。他隐约觉得有点不对劲，好像哪儿出了问题。秦胜如此阵仗请他来，难道只是为了告诉他有这么个人情？而王波连乡政府都不甩，为什么要听他秦胜的？这时他听到秦胜接下来的话：

但是没想到，王波竟然把老陈的骨灰挖出来，太过分了！

老朱的恨意骤然涌上来。秦庄人眼睛都瞎了，选这样一个王八蛋！他说。

秦胜笑笑。也不是这么说，王波以前也不坏，替大家办过不少事，所以大家才选他。至少在选他的时候，大家觉得他比秦钢强。后来变成这样，是另外一回事。

老朱听他这么讲，顿觉话不投机。秦胜看出了老朱的不乐。不说这些了。秦胜摆摆手，似乎要把之前的话凭空抹去。我请老兄来，没别的意思，是为了向你表达敬意。

老朱警惕地盯着他，不知他要卖什么药。秦胜说：在秦庄，我原本只佩服一个人，你知道是谁吗？老陈。老陈是个软弱的人，这你最清楚，但在当初，只有他敢站出来反对秦钢。我一直铭记他那句话，回头我要给他立个碑，把那句话刻在上头。

哪句？

总得有人说话！秦胜说，你不会忘了吧？还是你在电话里告诉我的，他说他是个软弱的人，但是，总得有人说话！

老朱点头，一时有些黯然。

再看看现在的秦庄，被王波搞成什么样子，偌大个秦庄，竟没有一个人敢站出来反对，没有一个！直到老兄你回来。你是唯一一个敢跟王波对着干的人，就为你这份胆，老朱，我敬你！

秦胜将酒杯朝老朱举一举，先干为敬。老朱被他说得热血翻涌，顿觉自己真是一枚好汉，豪情上干，也一口将酒闷掉。两人边吃边聊，说了许多东长西短。老朱忽然想起家里食材不够，活口们不知吃不吃得饱，要回去给他们弄吃的。秦胜马上叫服务员做了一大锅羊肉菜，又切了许多牛肉包起来，让司机送他回去。

　　这一夜依旧睡在窝棚。老朱血管内奔流着过量的酒精，一夜亢奋难消，浑身燥热，把被子踢开无数回。次日上午，活口们惊讶地发现，太阳已经两丈高，属公鸡的老朱竟然还没起床。聋佬儒过去查看，发现他瘫在床上哼哼，一张脸仿佛长了毛的西红柿。聋佬儒知是发高烧，找出常备的 APC 片，倒热水服侍老朱吃下。老朱身体果然棒，吃药后发一身汗，歪床上休息半天，居然没事了。草草吃过中饭，他准备继续补房顶，刚要攀梯上房，却接到了秦胜的电话。他想跟老朱聊些事情，司机已在村外等候，请老朱过来一下。老朱犹豫，抬头看看天。天空晴阔，虽不是纯净的蔚蓝，却也没有北京常见的雾霾。没有风，阳光也暖和，晒在身上暖洋洋的，颇有点小阳春。回来再补吧，他想，如果回来太晚，就明天，反正也不太冷，不如再搞一锅羊肉菜。

　　司机开的还是昨晚那辆奥迪 A6，停靠在村北一个叉路口。老朱坐上去，被他拉到县城一条偏僻的街道，在一辆奔驰后停下来。司机请老朱下车，将他引入奔驰后座，他则坐进了驾驶座。后座已经坐着一个人，不必说就是秦胜。这场面，搞得跟黑帮接头似的，老朱不由得有点揪心。秦胜解释，说是怕人看到，引起不必要的纷扰，请朱老兄多包涵。司机按照指示，取道郊区一条半宽的路，驶入麦苗油油的原野。老朱看看方向，是朝着秦庄去的。

　　他乡金山十万座，不如老家一撮土。人啊，走得越远，就越想念故乡。秦胜对老朱说：今天天气不错，劳烦老兄，跟我一起去看看咱们秦庄的田野风光。

　　老朱含糊哼一声。他也曾远离故乡，但是很遗憾，从来没有过秦胜那样的感慨。至于秦庄风光，地里长的是麦苗，路边种的是杨树，蜿蜒几道石岭，外加一段只剩几仄宽的河流，有什么好看的？有钱人就是矫情！汽车很快驶入秦庄领地，但并不往村庄去，只是沿着柏油路在田野走。车玻璃是单透的，纵有村民路过，也看不到车里坐着秦老板。秦胜望着窗外青郁郁的麦田出神，仿佛又沉浸入充满温情的回忆。老朱觉得无趣，想抽烟，叫司机把车窗开条缝。秦胜闻声，扭过身亲自帮他摁开，然后掏出打火机，帮老朱点上烟。

你怎么看王波这个人？他问老朱。

无赖，疯子。

秦胜笑笑，将打火机丢进储物格。有这样一个传说，你大概听说过。秦胜说，一条恶龙霸占了村庄，有个勇士挺身而出，杀掉恶龙，获得了恶龙的权力。然后他身生鳞甲，也变成了恶龙。秦胜停顿了一下。在我看，王波就是这样的勇士。

老朱"哈"一声。声音很夸张，显然是不认同秦胜的话。你说王波是勇士？得艾滋病以前，他可是窝囊废。

所有人都得凭借一些特别的东西，才能成为勇敢的人。有些人凭借力量，有些人凭借智慧，王波是凭借艾滋病。天生的勇士很少，王波以前窝囊，也不妨碍他后来变成勇士。秦胜说，勇士是让人尊敬的，一旦变成恶龙，就死有余辜。

老朱懒得多说，只管闷头抽烟。汽车驶上一道石岭，视野骤然开阔许多。秦胜再次凝视窗外。老朱顺着他的眼光望过去，只见一里多外的土堰下罗列着几座坟茔。坟茔都很大，全是用砖石券砌，茔前各有石碑，周围种植几棵柏树。那是秦胜家的祖坟。汽车在石岭上蜿蜒前行，折个弯，祖坟就看不到了。秦胜这才回过头。

不瞒老兄，我这些天心情不太好，想找人谈谈心，又没有可以交心的人。还好老兄回来了，虽然以前没交往，但是昨天一见如故。今天找老兄出来，其实是想说说心里话。

秦胜说得很动情。这番突如其来的信任和友谊令老朱措手不及，他将烟蒂丢出窗外，又从烟盒里抽出两支烟，一支递给秦胜。他的烟很大路，十块一包，他担心大老板不要，还好秦胜不介意，随手接了过去。老朱点着烟，对秦胜说：你说吧。

秦胜便说起来。这些话果然很隐私。耳语所传不错，要开发这块地的老板的确是秦胜。但秦胜不为赚钱，只是想为家乡做点事。在他心目中，秦庄是天下第一风水宝地，全世界最美好的所在，没有人比他更了解这个地方，也没有人比他更热爱这个地方。外人来开发，只是着眼利益，为了赚钱，而他，仅仅是基于责任和对家乡的爱。只有让他来开发，才能将村民利益最大化，因为他是不谋求利益的。但是大家都知道，乡亲的关系最难搞，他可以无私奉献，却不愿当可宰可削的冤大头，所以他决定隐身事后，默默付出。这么庞大的工程，牵扯方方面面的利益，需要极大的资本，村民的好处也不可能一步给到位。而王波的胡搅蛮缠漫天要价，更是给他平添了许多压力。后来通过县里做工作，给他好处，把他安抚了。不料王波尝到甜头，开始要更多，给了他，他又要，再给他，他还要，胃口一次比一次大。一周前他联系秦胜见面，说要最后谈一次。这条恶龙已成精，怕秦胜录音留证据，把地方定在桑拿房里。他在桑拿房向秦胜摊牌，让秦胜一次满足他的条件，他保证以后再不多要一分钱，倘若不然，他就撒手不管了。

欲壑难填啊！秦胜叹息。

老朱颇感同情。他要多少？

秦胜伸出一根指头。

一个亿？

秦胜的表情略有点尴尬。一千万。

这小子胃口的确不小啊。老朱咂咂嘴。

秦胜苦笑。获得了非分的权力，就会有非分的欲望，非分的权力获得越容易，非分的欲望就越膨胀。恶龙失去了控制，就会认为整个世界都该是他的。

老朱被他的话绕笑了。这话说的，跟作诗一样。老朱说，你打算怎么办？

我让他等几天，容我考虑考虑。这是缓兵之计，肯定不能给他。不是舍不得这一千万，是不能再纵容，谁知道他收了这一千万，会不会再要两千万？秦胜再次叹息。跟恶龙做交易，必为恶龙所食，我也是咎由自取。还好亡羊补牢，为时不晚。

这种人渣，弄死他去屎。我听说有黑社会收钱消灾，花点钱把他解决掉算了。

秦胜呵呵笑，举起那双精肉似的手翻来覆去看。不干那种事。他说，从一出道做生意，我就给自己立了规矩，这双手宁可沾屎，也不沾血。

老朱一哂。那你怎么办？等着再冒出来个勇士干掉王波？话甫出口，老朱心头扑地一跳，仿佛有只鸽子受惊，猛然扑扇了一下翅膀。他回头看秦胜。秦胜刚好也扭过头看他。两人眼光相对，老朱觉得别扭极了，迅速将头扭开去。

我要的不是勇士，是英雄。秦胜说，勇士杀死恶龙，也会变成恶龙。英雄杀死恶龙，依旧还是英雄。

老朱扑哧一笑。明明都是杀，换个说辞，就变得高尚起来了，这文字游戏可真有趣。

不不，你理解错了。秦胜说，杀恶龙只是个比喻，王波也没把秦钢杀掉呀，对不对？我们杀恶龙也一样，不是从身体上消灭，是把他篡夺的权力夺回来。

秦钢的计划是这样：根据《村民委员会组织法》，由一定比例的村民或村民代表提出罢免村主任的要求，并经过半选民投票通过，即可将王波罢免掉，然后重选村主任。他已经跟秦钢私下碰过头，决定用这个方式拿下王波。问题是，环视秦庄，根本不可能有人出来组织和推进这件事，更没人敢在罢免王波之后接他的位。

现在看来，有一个人敢做。秦胜盯着老朱。老朱指一下自己鼻子，眼神打出一个问号。秦胜点头。对，就是你。

老朱心头冷笑。难怪秦钢对他那么亲热，原来早已包藏了一颗祸心。他妈的，你们怕死，老子就不怕吗？老子跟王波对着来，只是争自己这一点利益，不动王波的大奶酪，适当杠一杠，不是没有保全自己的可能。倘若被他们推出来，把王波的大奶酪一脚踢翻，王波还能放过老子吗？老朱大口大口抽烟，须臾已挂起半支烟灰。秦胜充满期待地望着他。

怎么样，老兄？愿不愿当我们的英雄？

容我想想。老朱说，那个，我得回去补房顶了，司机，停车，停车停车，我在这儿下。不用送不用送，天气好，我正好溜达溜达，散散步。

老朱从车里跳出来，并不与秦胜作别，直接沿着石岭路往村庄方向走。太阳明晃晃地照在身上，感觉舒泰了许多。秦胜摇下半扇车窗，冲他背影喊：老朱，想想老陈的话，不能没有人说话呀！

老朱并不回头，举起右手朝后摆了摆，继续往前走路。是啊，不能没有人说话，那你们怎么不说？老陈被整得那么惨，想让老子也当老陈？去你妈的吧！

九

退烧药的作用过去，老朱又渐觉浑身困重。五六里路走到家，太阳已经压到远方县城的楼丛上。房顶是没力气补了，老朱吃过药，钻进窝棚裹被子捂汗。白浪费半天时间，羊肉菜也没混到，真是晦气。翌日上午，活口们断定老朱肯定又起不来了，光皮正要过去看，却见老朱摇摇摆摆扭出窝棚。

不行啊，得去看医生。老朱嘟哝。光皮，过来扶住我。

光皮搀扶老朱来到村诊所。诊所人不多，仅有三个妇女在打点滴，看到老朱来，神色都变得有点诡异。老朱以为是光皮的缘故，也不在意。医生在药房忙，被他叫出来，也变得神秘兮兮。诊断完后建议打一针。老朱扒下裤子趴到桌子上。医生亲自动手服务，一边捏着酒精棉球擦屁股，一边压低声音问老朱。

听说你要发动罢免王波？

老朱大惊，本能要直起身子，注射针已经扎进屁股里。老朱惨叫一声，打点滴的妇女都笑了。老朱等医生打完，问他听谁说的。医生说大家都在传。说完又朝他竖了下拇指，表示赞佩。老朱问医生多少钱，医生说不要钱，推让无果，老朱也就罢了。他在光皮扶持下去找秦钢。秦钢不在家，打电话也不接。老朱无奈，只好回去养病，情绪不好，一路骂骂咧咧，对光皮百般挑剔。他在板铺上躺了一会儿，心烦意乱，感觉怎么都不对，决定马上去诊所打点滴，尽快把身体搞好，以防发生意外不能应对。他在光皮伴随下再次来到诊所。这次有几个人在候诊，看到他来，大家纷纷谦让，让他先看。诊所只有一张病床，已有人躺在上面打点滴，听见说老朱也要打点滴，马上把床位让给他。所有人看老朱的眼光都意味深长，所有人的话头里都带着只可意会的支持和鼓励。毫无疑问，这股风是从秦钢那儿吹出来的，他很恼火，而村民们的态度，也让他难以招架。

这是要用万民拥戴的方式送自己上断头台呀！

老朱恶心极了。他想澄清，却又一次次不能说出口。他是好面子的人，凡事不愿当众示弱，只要还能碰，就碰碰再说，而不急于退缩。况且，打内心讲，这种万民拥戴的感觉也委实受用。就这样吧，反正又不会真去罢免王波，只要不做，就谈不上得罪，悠悠众口随他去。吊瓶里不知配的什么药，效果一般，点滴打完，并不感到轻松。聋俫傰煮了面条，白囊囊一大锅，看上去就倒胃口。老朱劝自己必须吃，强塞了一碗。饭后出点汗，感觉好一些，老朱便想赶紧把房顶补上，否则今晚还得睡窝棚。他爬梯上房，才钉了两块，即已感到疲惫，索性骑在脊檩上抽烟晒太阳。他瞄见王波从后街走来，马上挺直腰背，吐着烟圈装悠闲，似乎从容自在而又威风凛凛。他眼角余光下垂，确定王波看到了自己。王波走到一根电线杆旁停下来，老朱忍不住扭头看，发现他正盯着自己，眼神太远看不清，怨恨的表情倒是一览无余。老朱有点慌，眼睛却也盯着他不放，肚子里叫骂：守着电线杆不走，要学狗撒尿吗？王波并没有撒尿，两人针尖麦芒对视了将近一分钟，王波朝老朱比个抹脖子的手势，扭头走开了。

老朱脑子里乱糟糟的，两个小老头在里头吵成一团，一个表示不服气，一个则认为这样的对抗无意义，搞得自己好像真的要跟王波对着干到底。好奇害死猫，好强害死人，老朱自恃精明，却总管不住自己犯蠢。他对自己感到失望，无心再补房顶，手酸脚软地爬下来，再次跑到诊所去打点滴。一天两次点滴量太大，医生怕出事，死活不给打。老朱又换了一家诊所，如愿输了1200万单位青霉素。输完依旧没有明显效果。老朱怀疑两个诊所的药都是假的，心情糟透。晚上光皮做饭，又不知怎么搞的，竟然把锅弄翻了，眼看已熟的饭倾洒一地。老朱气得吐血，抄起棍子狠揍光皮，把棍子都打折了，又罚他不准吃饭。他自己也不吃了，钻进窝棚恨恨然睡去。

不知睡了多久，老朱梦到身在悬崖边，意图观赏风景，视野却混沌得一物莫辨，正烦恼间，忽然又被人推下悬崖。老朱陡然惊醒，发现自己已坠落床下，被聋侏儒拽着脚往窝棚外拖，而外表盖了破毛毡的窝棚，则正在头顶熊熊燃烧。老朱甩开侏儒，钻出窝棚，发现另外一个窝棚也着火。活口已经逃出三个，还有一个是瘫子，正被一名同伴用残存的半只手吃力往外拖，光皮则躲在楝树下远远观望，好像被吓傻了。老朱蹿过去，将瘫子拽到安全处，然后找盆子打水扑火。老朱将盆子压进水缸，发现水已结冰，用拳头砸，犹如砸在铁板上，拿脚踩，纹丝不动，似乎完全冻硬了。老朱将盆子摔到地上，冲进窝棚抢救被褥，头发烧焦一半，抢出来三条被子。他将被子丢给活口，让他们裹起来御寒，然后站在灶石旁，望着那两棚燃烧的火焰。毛毡和塑料编织布都是易燃物，不多久就已烧尽。火苗渐渐熄灭，老朱眼睛里依然一片灼热的红，仿佛有座火山在黑暗的院子里无休无止地喷发。

老朱家失火是秦庄今日最大的新闻。村民络绎来围观，不见老朱，问看门的光皮，才知有两个残疾人被烧伤，老朱送他们去医院了。村民窃窃私议，都认为这把火来得不简单。大家话说一半，没说的一半心照不宣。

他这是要人命啊！大家叹息：太狠了！

秦钢给老朱打电话表示关心。老朱昨晚受惊吓，出一身汗，感冒竟然好了。他摸出手机，看是秦钢的号，挂掉不接。等处理好活口的伤，送他们进注射室打点滴，老朱拿着手机走到卫生院偏僻处，拨通秦胜的电话。

下午有没有空？老朱对秦胜说，我想跟你谈谈。

秦胜派司机把老朱接到西郊水库，一见面先表慰问。他已经知道老朱昨晚的遭遇，问老朱有没有报警。老朱说没报，报了也查不出来，就当是自己人不小心弄的好了，反正没出人命。老朱的豁达让秦胜有点诧异。他问老朱找他何事，是不是决定要当英雄。老朱咬着烟，两只手揣在棉袄衣袋里。

不当。村里刚传出来说我要罢免王波，我的棚子就失火了，真要干，我还有命啊？我还想多活几天。老朱说，我找你是想问问，让我带头罢免王波，是你和秦钢的主意，我还没答应，怎么全村人都知道了？

秦胜掩饰不住失望。大概是秦钢太着急，村民也太心切，风声就传开了吧。天底下毕竟没有不透风的墙。

你和秦钢是一伙，他把风透出去，你也得负责任。我被你们害成这样，你说怎么办吧？

秦胜笑起来。老兄原来是来找我麻烦的。这样吧，你赶紧报警，让警察去查查。

老朱摇头。街里没有监控，肯定查不出来，就算查出来，也得花很长时间。搞事的人是疯子，万一报警又激怒他，他再报复，我不知道得死多少回。就让他认为我认怂了吧。

那你是真怂了？还是装怂呢？

你别管。

秦胜呵呵笑。好吧。他说，你还有什么想说的？

秦胜比老朱高半头，两人站一起，却好像高出许多。老朱眼睛上翻，乜着肥而不腻的秦老板。我要入股。

老朱想拿他的房地赔偿款当股金，入股秦胜的公司。万一哪天他发生意外，比方说不小心被人弄死了，或者弄死了别人，他的股份就一分为二，一半归陈涛，一半归他女儿。假如他犯事，他不确定他的财产会不会被政府没收，如果会，秦胜务必要想办法保全，他是大老板，肯定知道怎么弄。

这似乎是个无理的要求。秦胜俯视老朱。老朱的脸不好看，因偏胖，褶子不多，但皮肤已明显老化，颧颊上散布着星星点点的鬵斑。秦胜拿不准有没有猜对他的意思，回头望向水库。北风下寒波粼粼，两只灰色的野鸭在水面浮游，身子不动，却已缓缓远去。

我这边不接受小股东，假如你担心自己出事，想早做打算，可以去买保险。秦胜说，当然，我也不是不能破例。假如你是为民除害，犯了事，你能行侠，我也会仗义，不光让你入股，一切后事我都会负责。

老朱嘿嘿一笑。行什么侠呀，我可没那么伟大，就想保个命。他将烟屁股的过滤嘴抽掉，套到一根新烟上。再说喽，你这承诺也不一定靠得住，跟你站一边太危险。算了我也不入股了，我回去找王波谈谈，跟他讲清楚，只要他不对付我，我也不对付他，以后井水不犯河水。

秦胜叹气。我一直敬老兄是条汉子，原来也是个熊货。人各有志不勉强，你请便吧。小李，把这位老兄送回去……

你得让我相信你。老朱打断秦胜。你要让我站到你这边，得让我相信你把我当自己人。

我对老兄绝对真诚，你若不信，我有什么办法？把心剖出来给你看，你也只看到一摊血。

那你跟我说说，你究竟为什么一定要开发这块地？老朱说，造福乡亲那一套就不要讲了，大家都不是三岁小孩。

秦胜不语。

老朱冷笑。你连这个都藏着掖着，想让人卖命，做梦呢！没话说了，走吧，把我送回去。

秦胜对老朱笑。你啊，老兄，总是急性子。这儿风大，咱往前走走，找个背风的地方聊。

两人绕到石堤下，吸着烟聊了半个小时。老朱相信秦胜这次讲的是实话，因为与他的判断基本一致：秦胜搞开发，是为了保护他家祖坟。据看风水的讲，秦胜家祖坟极好，秦胜所有财运全赖于此。倘若这块地给别人开发，必定要把坟迁走，日后财运恐将生变，所以他必须自己做，把祖坟置于自己领地，才能保障绝对安全。——那天他们乘车在石岭上走，看到秦胜家的祖坟，老朱脑子里蓦然闪出这念头。他觉得这才是秦胜的本意。

所以，你相信了吧，我做这事真不图赚钱。秦胜说，也没有谁做能比我更保证秦庄人的利益。

老朱点头。我信了。烟灰已烧了很长，老朱撮起另外半边嘴吹口气，把灰吹掉。忽一股阴风袭至，将烟灰兜头冲回来，迷进老朱的眼睛。老朱急忙抽手揉眼。

日他娘，什么都跟老子作对！老朱悻然嘀咕。

这天晚上，老朱和活口们都睡在了帐篷里。帐篷是秦胜赠送的，薄薄一层帆布，未必隔得了夜气，住在其中，唯一的好处是让人感觉并非露天而宿。街坊看他们实在恓惶，捐了几床破被褥，聊助御寒。老朱买来一大坨牛肉，几瓶白酒，又做了一大锅羊肉菜，让活口们放开吃放开喝。活口们从不曾见老板如此大方，三个有家的活口倒无所谓，那三个捡来的就吃得很心慌。他们觉得是老板耗不住了，要散伙。酒足饭饱，老朱果然讲起散伙的打算。他得罪人了，被人往死里整，大家都已经看到了。他不能坐以待毙，等死不是老朱的性格，他要反击。反击肯定要闹出人命，他去坐牢，可能被判死刑，以后就没法再照顾诸位"兄弟"了——这是他第一次称呼活口为兄弟。——他边说边比画，让那些聋哑兄弟也知道他的计划和心声。他说他想把无家可归的三位兄弟送去福利院，今天下午专门跑去了解情况，人家说户籍不是本地的不收。再说福利院那地方，兄弟们都知道，不是人待的。他一坐牢，三位兄弟就只有死路一条，他不知道该怎么办。老朱讲得很动情，光皮带头抽泣起来，抽泣了半天，并无同仁以泪附和。但那三个捡来的活口明显很伤心。此次火灾，聋侏儒因反复进棚救人，被火烧到衣服，受伤最重。他沉默了一会儿，站起来向老朱比手势，要坐牢大家一起去做牢，牢里有饭吃，有房住，比在外头吃苦受罪强得多。另一个无家活口也是聋子，比手势表示赞同。还有一个无家的是傻子，一天到晚流着涎水嘿嘿笑，虽然不明所以，但看到大家拥挤在一起，就觉得很开心，坐在侏儒旁傻笑不休。老朱猛拍一下大腿，把眼角挂泪的光皮吓了一跳。

既然这样，咱就一起干！

十

因成千夫所指，王波的老婆和孩子在城里赁房住，久不回秦庄老家，只剩王波孤家寡人，留守打拼。这几日王波心事重重，失眠加重，烤着火炉枯坐至后半夜，方才上床去睡。刚蒙眬一会儿，一声巨响便如惊雷在耳畔炸开。王波翻身而起，顺手拔出枕头下的剥皮刀。此时又一声脆响，另一块窗玻璃被砸碎。王波胡乱套上衣服，要出门查看，第三块石头已从院墙外飞进来，正砸在堂屋的外扇门上，倘若再晚一点点，将会正中王波的脑门。王波大怒，拉开大门冲到街道里，挺刀寻觅，发现肇事者已然逃到了街角。

从背景看，肇事者很矮小，想必是谁家的死孩子。王波气极，叫骂着追过去。死孩子虽小，跑得飞快，王波怎么追都追不上。绕过几条街，死孩子突然钻进老朱的院子。王波顿时明白，死孩子其实是老朱带来的烊子，被老朱派来挑衅的，一时怒不可遏，持刀追入院门。他刚闯进院子，腿上便被棍棒狠狠一击。棍棒极硬，想必是铁，王波一头栽倒，抱着腿打滚号叫。号未了，攥刀的右手也被重重一击，手掌疼得发挺，刀便掉落身旁，被光皮一把捡走。侏儒被火烧得最重，也最恨王波，抡起铁棍砸到王波另一条腿上，然后左一下，右一下，在两条腿上轮番砸。他砸一下，王波就号一声，号几声后，便已疼得叫不出声了，身子扭作一团，在地上不停抽搐。老朱示意侏儒住手，用脚踢了踢王波的腿，两条腿的下半截都应脚扭向一边，定然都已打断了。

这不是王主任吗？老朱叉腰而立，居高临下打量着王波。这大半夜的，你不在你家睡觉，拿把刀跑我家来干吗？

王波仍然在抽搐，嘴里虚弱地叫救命。省省吧，没人来救你。老朱说，不信咱试试，你已经喊过几声了，该听到的人早都听到，我给你十分钟，看有没有人来，只要有人来，不管是不是救你，都算你赢，行不行？

院门已经掩起来，王波犹如瓮中之鳖，只等宰割。计划进行至此，比老朱预想的顺利得多，接下来要做的，是让侏儒弄死王波，再制造个王波登门行凶、被侏儒防卫过当击毙的现场。老朱不是犯罪专家，自知有可能搞穿帮，先跟侏儒做工作，万一事败，就由他承担起所有责任。他向侏儒"普法"，正当防卫加上残疾人身份，就算判刑，也不过一两年，他再动员乡亲联名保他，很可能连牢都不用坐。他承诺事情过后，分一间新房给侏儒，再给他娶个女人当老婆。——他没有透露王波有艾滋病，他怕活口们因为恐惧而退缩。讲完之后，他向活口们重申了组织纪律。

谁敢走漏风声，把这事儿传出去，我宰了他！老朱凶巴巴说。

按照影视剧里的经验，杀人灭口必须干净利落，一口气弄死，否则很可能发生反转，陷自己于被动，甚至被对方反过来干掉。老朱虽不怎么看电影，也深知拖延时间的危险。他瞅了瞅持刀立在几步外的光皮，想叫他把刀递给侏儒，赶紧将王波一刀捅死，话在他喉咙里反复打转，却没有说出来。他回过头，盯着地上的王波。王波仿佛濒死的鱼，本能地扭动着身体，试图往前爬动。侏儒抡起铁棒，在他腰上又来一下。一声闷响之后，王波便瘫在地上不再动弹了。老朱脑子里有一万个人在呐喊，赶紧下手赶紧下手，他却拽过一把竹椅，坐到王波面前。脑子里的一万个人又大喊，不要废话不要废话，他却张开嘴巴，跟王波聊起了天。

别费劲儿了，你今晚是逃不掉的。他点上一支烟，仰起头来吐烟圈。你看天上星星，多漂亮，咱爷儿俩谈谈心吧。你说你好好一个人，一当上村主任，怎么就变成王八蛋了？一千万，你这胃口可真大！反过来说，你一千万就把全村人都买了，也真是个败家子儿。我这次回来，没有别的打算，就想好好养老，你倒好，跟我对上了！对上还不够，还想弄死我，要不是我命大，昨晚已经被烧死了。老朱恨意勃发，朝王波身上猛踹两脚。妈的×，你有多不是人啊，要弄死我……

王波脑门抵在地上，不停地摇头。老朱听到他在说话，只是声音低微，听不大清，示意侏儒将他身子翻过来。王波仿佛热锅上的鱼，正面煎透了，翻过来煎背面。他面孔朝向夜空，路灯越墙照过来，只见五官因疼痛而扭曲，看上去反而有一点可怖。

不是我放的火。王波说。

老朱有点愣。不是你是谁？

是你那个红皮怪……

光皮突然冲上来，朝王波胸口连刺几刀。王波负疼大叫。老朱大骇，抄起竹椅弹到几步外。光皮行凶罢，打开反掩的院门，执刀狂奔而去。事起突然，聋活口不知怎么回事，有耳朵的则慌作一团，老朱手提竹椅赶出院子，光皮已经跑远了。他想追，听到王波垂死的悲鸣，又折回到院内。王波把刀子磨得太锋利，刀刀都穿透毛衣，扎进胸膛，其中一刀刺破动脉，血液一股一股往外飙。老朱从未见过这样流血，纵使胆大，也心惊得不知如何是好。他想帮王波摁住伤口，又不敢上前，怕被他的"毒血"感染。活口们受惊吓，都躲进了厨房里。老朱想把侏儒叫出来堵伤口，复又转念，这不正是愿望中的结果吗？虽然计划败于变化，没有按照既定剧本走，但从效果看，这样岂不是更好？王波的叫声随着失血的速度而逐渐低沉。他眼睁睁看着老朱，变得异常悲伤。

救救我，东来哥……

老朱将竹椅放到地上，离王波大概三米远，既可清楚看到他，又不至于被血溅上身。他从容地坐到椅子上，注视着迅速虚弱的王波。那你先告诉我，你怎么知道是光皮干的？

我听说你要罢免我，想找你麻烦，警告你一下。我本来想，趁半夜扔进来一条死狗，刚到门外头，就看到有火烧起来，扒门缝瞅，是那个红怪物，他先点了你的棚子，待了一会儿，又去点了另一个棚子。我吓坏了，咱俩正闹矛盾，我怕被人当成是我放的，就赶紧跑回去了。快救我……

老朱心头恨意交织，既恨光皮的背叛，复恨王波当时见死不救。你见死不救在先，我又何必当东郭先生？他这样想。想归想，老朱还是掏出手机拨打120。他不敢碰毒血，就让医生来弄吧。可是孰料，手机竟然欠费停机了！老朱将声音打开，放欠费通知给王波听。不是我不救你，是老天爷要你的命。老朱说，都怪你坏事做绝，把老天爷也惹恼了。他将手机装进衣袋。你看你都叫半天了，也没有一个人过来瞅一眼，可见你招人恨到什么田地。这样活着也没意思，反正你也有艾滋病，死了算了。

王波说：我没有艾滋病……

老朱吃惊。你说什么？

我没有艾滋病，是误诊了，后来我在外地查过，确定不是。我也不想纠正，怕一纠正，就没人再怕我。王波声音愈趋低弱。救救我啊，我不想死……

老朱抢过去，脱下棉外套按在王波胸前。血流已不那么激烈，飙射的伤口也仿佛高潮后的尿孔，微微挛动着趋于平静。王波追出家时没有穿棉袄，地又冷，再大量失血，身体很快发凉，仿佛要被冻结了。老朱一边摁住伤口，一边话跟他讲。根据影视剧里的经验，人将死时要跟他多说话，不能让他睡过去。王波意识到自己已经活不了，不甘心，也不愿认命，绝望的脸上笼罩着悲愤，仿佛铁板上结起一层坚硬的霜。

我恨他们……

谁呀？老朱大声对他说，你恨谁？

所有人。王波的声音虚微得要断掉。他们只是利用我，我给他们办那么多事，他们还是躲着我，把我当瘟神。那我何必再给他们当狗使？我一不给他们当狗，他们就盼我死。我恨他们……

老朱无语。王波歇了一歇，喉头里又发出一点声音。老朱仔细听。

我要死了。王波说，我能评为烈士吗？

老朱摇头。恐怕不能。

此时忽有几人闯进来。老朱回头看，带头的居然是秦钢，后头两人拖着光皮。秦钢在邻村打牌晚归，听到王波的号叫，喊起几个相熟的人，一起过去查看究竟。他们在街口遇到执刀奔逃的光皮，就地将他拿下了。老朱赶紧叫秦钢打120。秦钢犹豫了一下，说手机没电自动关机了。让其他人打，都说出来得急，没拿手机。老朱苦笑，回头看王波。王波已经在死亡的边缘，情绪因为身体的迅速冰凉而趋于平静。他仰卧在地上，两眼望向黑漆漆的天空。天空如幕，繁星如雪，别有无限柔情和动人。老朱看到王波嘴唇动了动，将耳朵俯过去。

老朱，我这时候说星星真漂亮，是不是很傻……

十一

事涉命案，司法及时介入，死亡的埋掉了，有罪的关起来候审。光皮故意杀人致死，加上纵火杀人未遂，料是难逃一死。老朱因与案情相关，也被投入看守所。至于其他活口，有家的遣返，没家的送入福利院。老朱自知有罪，但不知罪当如何，每日心惶不安。忽一天有个律师来见他，自称受他弟弟委托，要为他做辩护。老朱不相信弟弟如此大方，询问是不是秦胜出的钱。律师笑而不答，只说秦总让他带话，叫老朱不必担忧。说完又补充一句：秦总也很关心那些残疾人。老朱点头。这是他和秦胜的交易之一：一旦他有不测，秦胜要负责无家活口的余生。那么这个律师，想必也是秦胜安排的了。

我呢？老朱问，我这事怎么弄？

你涉嫌教唆杀人，只是案情变化，被他人因他故杀了，属于教唆杀人未遂，判刑的话一般是三年。律师说，我会尽力替你辩护，争取少判。你再好好改造，多立功减刑，很快就出来了。

老朱心塞。他觉得三年太重，毕竟人不是他杀的，就算有错，判个一年半载也够了。不过话说回来，假如当时没有发生意外，他老朱教唆杀人成功，一旦真相暴露，可就没有这么便宜了！这样一寻思，老朱即有点释然。然后他想到了陈涛。

陈涛当日一别，一个电话都没往回打，老朱诸事连连，也没顾上联系他。不知道他现在怎样，找到工作没有，工作好不好，钱够不够花，会不会跟人打架，倘若打会吃多大亏……哎呀，难怪老陈死得早，有个死孩子真是操不完的心。

给秦老板传个话，央他联系一下陈涛。老朱说出一串数字，让律师记下来，那是陈涛的电话号码。老陈就这一个孩子，性格还有问题，叫秦胜看往日情分，在孩子需要的时候帮扶他一把。

律师答应一定把话带到。但老朱心里总没底。他对人性越来越怀疑，看谁都靠不住。看守所里种有一些树，除了几棵泡桐，都是外头已经比较稀少的老杨树。树叶早已落尽，到处都是干硬的枝条，无法从大自然的色彩变化上感受时光的流动。两个多月才一晃，就缓慢地过去了，据说春节已经不远。老朱对春节并无多感，横竖孤家寡人，在哪儿一样过。小年那天上午，他正跟仓头打嘴官司，管教忽然来叫，说有人探视。他跟随管教进入会见室，看到两个小年轻坐在那里等，男的是陈涛，女的不认识。陈涛一见老朱，顿时眼泪汪汪，依旧那副没出息的熊样子，没一点长进。老朱睖他。

我还没死呢，哭什么哭！

陈涛拿手抹泪。旁边的女孩很体贴，抽出一张纸巾递给他。女孩穿一件红色长款羽绒服，模样也算俊俏，眉眼是眉眼，鼻子是鼻子。老朱感觉有一点点面善，似乎应该见过。他问陈涛，这女娃是谁？

陈涛的表情马上变得很有趣，既扭捏，又得意。新交的女朋友，叫丁蓝。他说，你见过的。

老朱疑惑。他知道自己记忆力越来越差，此时再获印证，难免有点沮丧。丁蓝冲他笑，向他比手势。老朱蓦然想到了她是谁，仰起头哈哈笑。

你们倒是不打不相识啊！老朱对陈涛说，你看，只要出门，就会有机会，天天宅家里是没有出路的。

陈涛勾头笑着不说话。老朱询问秦胜有没有联系他，他说联系了，秦胜想让他去公司，给他安排个工作，他依照老朱的意见，没有去。老朱点头。陈涛性格本来就弱，跟秦胜干，恐怕越来越唯诺。所以他觉得应该让陈涛去自立，想干什么就干什么，不怕赔，反正手头有点钱，可以交实习费。当然不能胡搞，得脚踏实地，力所能及。他问陈涛有什么打算，陈涛说年后想跟丁蓝开网吧。老朱立即反对。陈涛想了想，说那就开饭馆吧，丁蓝会做热干面，饼也烙得很好吃。老朱点头表示嘉许。他问陈涛有没有去给父母上坟。陈涛说上过了，来看过叔叔，他和丁蓝就回北京去，不在老家过年。村里没亲人也没朋友，没意思，以后也不打算回来了。老朱笑。这小子，以后你就算想回来，也回不来了。秦庄村委已经补选，秦伟成为新主任，与支书秦钢通力合作，据说征地拆迁进展顺利，过不多久，秦庄就不复存在了！

想及此，老朱有点物伤其类的感慨，仿佛自己的晚年也就此不保，四望暮色茫茫，不知所归。爷儿俩并无太多话说，谈到这里，已经没有后续，老朱就让他们走。陈涛似乎有点不舍，呆了一下，还是听从叔叔吩咐，带上丁蓝走出会见室。

老朱也离开会见室往回走。会见室和监舍之间有大一片混凝土硬化过的空地。两棵老杨树被圈在其中，枝条之上蓝天如海，脚下则是一片坚硬的水泥湖泊。每次远远观望，老朱都感到一点忧心，觉得这些老杨树早晚都会死掉。他跟在管教身后回监舍，从杨树旁走过，看到树下一尘不染，遑论枯枝和败叶。老朱忽然矫情地想到了自己。纵使在老家，自己这片老叶子也一样不能归根啊，他日腐烂成泥，不知终将流落到何处。

这就是我的命运吧！老朱想。

原发《十月》2019 年第 2 期

红尘扑面

一

郑鸣在路口止步，抬头打量这栋楼。

楼依旧。

五个多月前，郑鸣在这楼三层的一个雅间吃过饭。——说到雅间，郑鸣更愿意叫包厢。饭店是荤腥油腻的地方，人们来这里只为满足口腹之欲，或者假酒食以达到其他目的，最是红尘庸俗处，不知何雅之有。他们没有乘电梯，从大堂一角缘步梯螺旋而上，郑鸣边走边发了上述议论。戴胜在旁说：雅不是指吃饭，指装修，豪华气派，精致典雅，客人来消费，感觉高端上档次。郑鸣说：那让厨子挂一身珠宝也很雅啰。店老板尴尬地笑。这个话题是店老板带出来的，他在大堂迎接，嚷叫说已在三楼安排好一个雅间。他本来在前引路，此时侧身而行，回顾郑鸣说：郑局以后多来指导指导，让我们也沾沾雅气。郑鸣说："指导"二字就很不雅。老板无言以对，干笑而已。戴胜对老板说：文化人就这尿样，好抠字眼儿，好抬杠，老兄别介意。

郑鸣的确有抬杠的意思。这种心态贯穿饭局始末，弄得场面颇有点冷。他上午挨领导骂，心情大坏，下班后本想去找罗晓芸，却被戴胜拖来这里，所以有点不爽。还好在场的并无别人，除了戴胜和店老板，只有一位叫陈倩的女士。戴胜是几十年的好朋友，用罗晓芸的话说，属狼狈之交，在他面前耍脾气，并不会把他得罪掉。至于店主王老板，在郑局眼里，王老板就是个买单的，而在王老板眼里，姓郑的就是一条嘴脸难看的狗官，彼此定位明确，分野清晰，也就各以应有的态度安然相处。唯一感到不适应的，是饭局的主角陈倩。

这次饭局因陈倩而起。陈倩是戴胜一个病人的女儿。据戴胜讲，她妈心脏不好，冠心病合并二尖瓣关闭不全，需要做搭桥手术，住院住到了人民医院心外科戴主任那儿。陈倩听多了传闻，包个红包来送礼，戴胜照例收下，然后拿去充到了她妈的住院账号上。手术如期进行，做得也很成功。陈倩觉得应该感谢一下，非要请戴主任吃个饭。戴胜却之不恭，于是就有了这个饭局。

　　但这只是饭局的成因，而不是饭局的目的。事实上，戴胜组这个局，并不是要了却陈倩请客的心愿，郑鸣相信，聪明好客的王老板必定不会让戴主任的朋友破费。区区一餐酒饭，对王老板来说不算什么，何况在酒饭之外，还有更多的钱要他出。而这个花大钱的事，才是此次饭局的重点。

　　这事也是因陈倩而起。陈倩家贫，她妈住院已经开始欠费，戴胜估算了一下，到她出院至少还需八九千元。戴胜有意帮陈倩解决这个难题，给她弄一笔钱。首先这笔钱不用还，否则依旧有压力，义行就打了折扣。其次也不能让戴主任亲自掏腰包，戴主任自己也不富裕。恰逢人民医院搞创建，宣传科弄了个征文比赛，征集为患者服务的感人故事。戴胜受此启发，决定也搞个征文大赛，以此为名拉一笔赞助。征文主题要与书有关，围绕传统文化做文章，因为陈倩是学古代文学的，某211大学古籍修复专业硕士研究生，写这个她拿手。关键是找赞助商。戴主任写着病历想了想，想到了妙香居的王老板。

　　王老板打铁出身，读的书加起来没有二斤重，对"文化"最深刻的理解，是这两个字的笔画都是四画。但这并不影响他经商发财，成为老家山旮旯里人人艳羡的人上人。所以他打心眼儿里不认为文化有多重要，花钱赞助征文比赛，还不如给老婆买个金镯子。但是戴胜一打招呼，他立时就应允了。盖因王老板是有追求的人，有了物质基础，又渴望政治进步，想弄个政协委员干干，回老家上坟时也好哄祖先开心。他有幸认识戴主任，而戴主任跟政协主席姚富根关系密切。他正走戴主任的门路，此时戴主任有要求，王老板岂能违拗？所以这事儿就定了。

　　仅此还不够，还得拉个有公信力的机构当主办单位，比如文化局或作家协会。好巧不巧，戴胜的老朋友郑鸣，恰恰就是文广新局副局长，跟县作协那帮酸货也很熟。戴胜觉得这是天意，天意该做成的事，会可着你的条件来发生。他找郑鸣商议。老友来求，郑鸣没理由不答应。他建议在电视台发个启事，扩大一下影响，反正电视台归他分管的，有此方便。他甚至认为不妨让县委宣传部也参与进来，他跟常务副部长赵某熟，请他捧场没问题。宣传部主办，文广新局、作家协会协办，电视台承办，听听就很牛逼。既然要玩，就玩得嗨一点，可劲儿显摆一下，让戴主任赚足面子，在女人面前好好放光彩。戴胜的心思被老友说破，捏着香烟嘿嘿笑。

别瞎扯，我可是纯粹的好人。他说，好人是条不归路啊，既然做了，就得做到底。

郑鸣说：当心被雷劈。

戴胜翻眼。你懂不懂规矩啊！看透不说透，才是好朋友，像你这烂脾性，假如混江湖，早砍死几百回了。

金主和靠山已分别谈好，戴胜今日组这饭局，就是大家见个面，最终敲定计划。同时把陈倩带过来，就算是她请客了。陈倩很年轻，长头发瘦脸庞，鼻梁上散落几点雀斑，让人一望而想到"小家碧玉"这个词。小家碧玉难免会有点小家子气，她话很少，略显拘谨地坐在下方位，除了斟酒倒茶，就是听三个老男人吹牛逼。这是郑鸣第一次见到她，谈不上什么感受，只是觉得挺顺眼。有一次陈倩过来倒茶，郑鸣问她多大了，她没回答，大概是吵声太大，把他的声音压住了，她没有听到。戴胜正跟王老板讲一件拍案惊奇的事，刚好讲到快活处，两人鼓掌大笑。郑鸣也就不再问了。小饭局就像小火锅，木炭太少容易凉，况且王老板不是同路人，郑局又不住休地要个性，正事一说完，大家就都觉得可以散了。戴胜先送陈倩回医院，然后送郑鸣回单位。在一个红灯前，戴胜掏烟抽，丢了一支给郑鸣，拿打火机点燃后，把打火机也丢给他。

你今天发什么神经？戴胜说，是不是看到美女了，就一个劲儿开屏？

郑鸣大笑，一口烟卡在咽喉，顿时呛咳起来。戴胜睃他一眼，几丝讥笑横七竖八地爬上脸庞。

尴尬了吧？

郑鸣抹去呛出来的泪屑。尴尬个屁啊。他说，陈倩美吗？我不觉得。

你就装吧。

真心话。郑鸣说，我觉得还没罗晓芸好看。

戴胜一晒，看到绿灯亮起，踩下油门往前冲。郑鸣被陡然的起步吓了一跳，闭上嘴不再说话。到下一个红灯，戴胜将烟头摁进烟灰盒，对郑鸣说：这事得抓紧，速战速决，不要拖太久。

知道了。

回到单位，郑鸣先给作协主席打电话，取得他的支持，然后翻出电视台台长的号码，欲向他交代承办征文比赛的事。他的拇指在台长名字上迟疑。电视台诚然归他分管，但他跟台长的关系很僵，前几天还当众闹过不愉快，此时安排他做事，难免有点不自然。他想了想，反正不是什么大事，直接交代给文化频道主任好了。他草拟了个大赛启事，列明各项规则，其中奖项设置为：优胜奖一名，奖金一万元；入围奖五名，各奖纯天然优质粉条礼盒一提，妙香居代餐券五百元。投稿时间为一个月。拟完之后，先发给戴胜过目。戴胜很快打过来电话，对截稿日期提出异议。他认为一个月太长，七八天就够了，须知国家招考公务员，报名时间也不过一周左右。——他这么急是有原因的，陈倩她妈再有十来天就可以出院，等着要钱结账。

简直是胡闹！郑鸣说，既然急用钱，你直接给陈倩好了，何必搞这么大阵仗？

据我观察，陈倩是那种自尊心很强的人，直接给她，会让她认为是施舍。戴胜说，这样搞一下，我给得有理有据，她也可以拿得光明正大。

郑鸣冷笑。你倒是替她想得周全。

好人是条不归路啊……

我呸！

不管郑鸣多么不满，戴胜坚持不在时间上让步。区区一周时间，能有几人看到比赛信息？就算看到了，恐怕也难经营好一篇文章来参赛。如果一定要搞，必须改变一下方式，王老板的饭店不是没有对联吗？索性征集对联好了，短小易为，也能见功力，而且以妙香居的名义发公告，时间再短也理直气壮，就算有人骂，也骂不到他们头上。戴胜认为可行，马上转告王老板。王老板就是当大头出钱的，怎么弄都没意见，反正他也做不了主。其实这个新办法对他还是有好处的，至少能落一副对联，找人写写挂到大门外。若按之前的方式，花钱买一篇读书心得有何用？王老板又不是读书人。所以他支持。

郑鸣马上改拟大赛公告，传给文化频道主任，要求每天早晚各播一次，两小时飞播一次。又给宣传部赵部长打电话，在宣传部公众号和本县最大的网上社区都转发一下。能长篇大论谈古典文化的人不多，热衷参与写对联的却不少，七天期满，邮箱里居然收到来稿一百多件，其中不乏在县城文艺界颇有令名的老同志。小地方的文化人，并没有什么大学问，即如那些老同志，不过是在官场混过，又热衷附庸风雅，写过几首打油诗，自费出两本书，就成了所谓的文化名流。那些对联的水平也可想而知，郑鸣和作协主席老杨扒来扒去，无非"美酒招来四海客，佳肴吸引五湖宾"之类，再好一些，也不过是引用个典，诸如东坡肉、刘伶醉什么的，大多连最基本的对仗都没有。但也有几副很不俗，文辞古雅，意韵相得，对仗用典都很讲究。郑鸣看得很紧张，赶紧查作者名字，并非那些有名头的老同志，才松了口气。他抽出一副对联，反复琢磨，拿笔修改了一下，递给杨主席。杨主席念：

韶乐听何虞，先师来此当知味
食指动无妨，孔圣登楼亦放心

这副对联用了三个典。上联用的是"孔子闻韶，三月不知肉味"，下联用的是"食指大动"和"孔子十不食"。上联是说味道好，下联是说食材佳。对仗也很工整。郑鸣说：我觉得这个最好，就选这个吧，怎么样？

杨主席看看作者名字，笑起来。行啊。他说：陈倩到底是学古代文学的，写得很不错。

　　陈倩她妈出院前一天，县立图书馆举行了"妙香居杯对联大赛"颁奖仪式。郑局长代表主办方发表了热情洋溢的讲话。讲话是念稿，其中有这样一段话："自开赛以来，得到了社会各界的大力支持和踊跃参与，共收到来自全国各地的稿件八百一十三件。经过评委会认真评选，精里挑精，优中选优，最终选出优胜奖一名，入围奖五名。"郑鸣读稿至此，心脏虚成一团海绵，眼角余光偷觑主席台上的老杨，见他敛容危坐，一本正经，方才心下稍安。文化频道派人来录像，还准备做个访谈，征求郑局长的意见。郑鸣在人群里寻找陈倩，见她躲在场角，想必也觉得难为情。

　　算了吧。他对编导说。

　　戴胜可不觉得难为情。这天晚上，他邀陈倩和郑鸣吃饭，对陈倩获奖表示祝贺。郑鸣觉得好笑，反正也没什么事，就过去了。戴胜情绪高涨，自嗨不已，犹如玩游戏大获全胜的小朋友。陈倩也言笑自如，全不似初见时的模样，仿佛羞涩的花骨朵已然绽放，花瓣舒展开来，便有一种自信和从容。毕竟见过几次面，彼此都已相熟，她也就完全放开了吧。她对郑局很热情。是那种带着恭敬的热情，但又不显得恭维。他们聊到了陈倩的专业。古籍修复听起来古意盎然，郑鸣很感兴趣。陈倩侃侃而谈，举了很多有趣的例子，使郑局的好奇心得到极大满足。他想起文化频道有意做访谈，便说：叫电视台给你做一期节目吧，让大家也了解一下这个行业。戴胜立表赞成。陈倩却有点犹豫。我怕做不好啊。她说。郑鸣说：你今天讲得就挺好，没事，就这样讲好了。陈倩也就不语了，起身给两位大哥倒酒。戴胜也站起来，弧形的肚子顶着弧形的桌沿。

　　我忽然有个想法。戴胜捏着酒杯说，陈倩，这次比赛，全赖郑局操盘，若按科举的规矩，他就是你的座师。今天我做个见证，你拜郑局为师吧。回视郑鸣。行不行啊郑局？

　　郑鸣笑。得看她愿不愿意。

　　陈倩说：当然愿意，就怕郑老师嫌我笨，不愿收。

　　戴胜说：好啦，奉茶拜师吧。

就这样，郑鸣有了一个女学生，纵非如花似玉，却也赏心悦目，最主要还是个硕士生。一杯茶喝下肚，郑老师觉得人生其实也挺美好。三人兴会而谈，欢乐无比，直到十一点钟郑鸣老婆打电话查岗，才依依散去。作别之前，陈倩忽然问：郑老师，什么时候录节目？我先准备准备。

郑鸣微愣了一下。就这几天吧，我安排一下，然后通知你。

郑鸣每次晚归，他老婆朱琳都要例行盘问几句。朱琳是律师，语速快，问题多，前一事还没交代完毕，后一事已经逼上来。经过多年实战，郑鸣练就了一个本领，每次应对审查，都能即时在脑子里过滤筛选，只挑出该说的说，而不发生犹豫和卡顿。今晚亦然。他只交代了戴胜的企图和比赛的胡搞，对收徒一事只字不提。朱琳冷笑。你们可真不要脸，拿着公共资源瞎胡弄，骗那么多人来参赛当陪衬，对人家公平吗？郑鸣被老婆骂，脸上有点挂不住。陈倩那个的确是最好的。他说：外举不避仇，内举不避亲，才是真正公平嘛。他扯一张纸，要把对联写给朱琳看。朱琳说：别给我看，我也看不懂，反正你们说什么就是什么，说谁好就是谁好。郑鸣无语。他深知跟朱律师辩论是自讨苦吃，何况他们的行为本来就可疑，所以他只能选择不说话。但是朱琳还没完，她正要继续批斗，郑鸣的电话及时响起来。是戴胜打来的。

你觉得陈倩怎样？戴胜问。

不好说。

嗯？

不了解，毕竟就见过那么一两面。

戴胜哦了一声，在那边嘿嘿笑起来，知道朱琳在旁边。好吧，不说了。明天中午一起吃饭啊。

干吗？

跟你商量个事。

二

戴胜想把陈倩留在颍川。

陈倩去年硕士毕业，考公务员没考上，对口工作也不好找，暂时应聘到省城一家培训学校教《三字经》。她父亲瘫痪在床，全赖母亲照顾，现在母亲又得急病住院，身为独生女的她只好请假归来。她跟戴胜闲聊，说到父母的病和家庭的困难，神色间充满忧愁。戴胜建议她回来工作，方便照顾老人。陈倩也正有此意，只是县城太小，没什么工作机会，学非所用不说，工资还很低。相比之下，省城机会倒是比较多，工资也高一点，只是房租太贵，生活成本太高，把两个老人都接过去也不现实。陈倩在两难之间进退维谷，无计可施，只有叹息。她叹息的声音轻浅而悠长，犹如暮色中的流云或村头的炊烟，浮动着袅袅不尽的惆怅和忧伤。戴胜在她的叹息声里变得多愁善感。

还是回来吧。他说，找人帮帮忙，总会有办法的。

陈倩说：我们是平头百姓，亲戚朋友也都是普通人，不认识什么达官贵人。

你别管了。

他们这番对话发生在几天之前。那天晚上戴胜值夜班，两人聊了很久。陈倩回病房后，戴胜本想马上给郑鸣打电话，想了想，还是忍住了，直到颁奖结束，又促成郑鸣和陈倩的师徒关系，这才跟郑鸣谈。他把时间定在中午十二点。上午陈倩她妈出院，他要开车相送。

次日中午一下班，郑鸣就去约定的砂锅面馆。面馆离文广新局不远，郑鸣信步而行，很快就到了。戴胜还没来，想必在那边服务殷勤，顾不上这头了。郑鸣上到二楼，选一张靠窗的桌子，抽出纸巾擦桌面。桌面看上去还算干净，一擦一层污腻，再擦还有，一直擦一直有，让人怀疑永远也擦不净。郑鸣擦了几擦，就放弃了。戴胜说他正在赶来的路上。这种话就像服务员说饭菜马上好，做不得准。等人很无聊，郑鸣刷了会儿微信，索然无趣，就抽出一张干净纸巾，拿笔在上面作画。菜谱上有一道糖醋鲤鱼，在盘子中间横摆一段山药，将烧好的鲤鱼压在上头，美其名曰"过龙门"。这是本店招牌菜之一。郑鸣曾经消费过这道菜，觉得这创意很可笑，散发着一股子很 low 的市井智慧。一根山药也能充龙门？叫"棒打鲤鱼"还差不多。他将纸巾铺开，想画一条黄河大鲤鱼，可是技术太差，越画越像臭水塘里的土鲇鱼。他很沮丧，揉作一团丢进垃圾桶里，然后看到戴胜的脑袋从楼梯道冒出来。

戴胜气色非常好，精神饱满，一脸春光，欢喜压弯了眉梢，哗啦啦往下流淌。这就是爱情的力量啊。不对，是奸情。爱情还有苦恼悲伤，令人憔悴。奸情则只求刺激和快活，荷尔蒙鞭打心脏，泵出更多血液以满足生理之需，日久天长，血管也通畅了，皮肤也红润了，整个人都精神起来。所以，打什么羊胎素，喝什么大补汤，搞男女去吧，人生是灰色的，唯搞男女能使生命之树常青。——这是戴胜的理论。也只有这位著名的外科大夫，才能弄出这样充满伪科学色彩的人生哲学。

身为一名出色的临床医生，戴胜从来就不仅是合格的理论家，他更重视应用和实践。许多年来，他一直用实际行动践行着他的理论。但他不喜欢"奸情"这个词，他认为那也是爱，也应该用心去经营。所以他对每一个发生过液体交换的女人都很好。他坚信，只要先把关系定位好，再认真去对待她们，就只会产生快乐。譬如一台机器，设定了属性，明确了功能，再加上良好的维护，开关一摁，所制造的必然是自己想要的东西，当然也不会有什么苦恼悲伤。

别满嘴奸情奸情的，猥琐不猥琐啊。戴胜教训郑鸣。搞男女也是爱，很纯粹的爱，懂吗？

郑鸣嗤之以鼻。戴胜是县城成功男人的典范，不光是人民医院最年轻的科主任，还是全县十大杰出青年之一，县政协新科常委。青年得志，长得也好，自然运犯桃花，女人缘旺盛。他的情人那么多，往往上一个还没走开，下一个已经到位。就算奸情也是爱吧，那么请问，一个人同时可以爱上多少人？郑鸣这句质问只是表达一种态度，并不需要戴胜回答。答案过于简单明了的问题都是不需要回答的，譬如一加一等于几之于正常智商的成年人。还用说吗？如果真的用心去爱，一个人同时只能爱上一个人。这不光是社会道德的要求，也有生理学上的依据，因为一个人毕竟只有一颗心脏。

郑鸣为自己的妙论洋洋得意，认为无懈可击。不料戴胜听罢，满脸都是瞧不起。他从西装内袋里掏出一支笔，在纸上画了一幅解剖图。

你居然跟我谈生理学，我今天就教教你。喏，这就是人的心脏。从结构上，一个完整的心脏分为四个腔室：左心房、左心室、右心房、右心室。一个腔室只放一个人，要住满也得四个。戴胜将笔插回衣袋，挑衅地盯着对面的郑鸣。也就是说，最圆满的爱情，应该是同时爱四个人。

戴胜不愧是学霸，将解剖图画得格外逼真。郑鸣望着纸上那只标注详尽的心脏，一时无言以对，憋了半天才蹦出一句：最讨厌跟你这种浪医生说话！

戴胜笑嘻嘻地坐到桌子对面，并不为迟到而羞愧。作为老朋友，倘若放个鸽子就受不了，那友谊就很可疑。郑鸣也的确没介意，反正他也不忙，要画鲇鱼在哪儿都一样。他看着戴胜坐定，问：说吧，什么事儿？

戴胜说：急什么？先点俩菜，边吃边说。

事实上菜一点罢，戴胜就直奔主题，向郑局表达了把陈倩留在颍川的愿望，毕竟上菜是个过于漫长的过程，而他又急于解决此事。他想让郑鸣帮忙，把陈倩弄进文广新局。

她可是你学生！戴胜说，一日为师，终身为父，你这个当爸爸的必须得帮她。

郑鸣说：那你是不是得叫我老岳父？

戴胜正拿纸巾擤鼻涕，团起来砸到郑鸣身上。郑鸣说：岂有此理，你就这样对待老丈人？戴胜瞪他。够了，说正事儿呢。郑鸣嘿嘿一笑，说：钱也给了，名也给了，现在还要给她安排工作，你这回的代价可有点大啊。嘴上这样调侃，心里已经在寻思。局里并没有空缺的岗位，相反，整个文广新局就像一列印度火车，每节车厢都严重超载，不光座位占满，过道塞严，就连车厢外也密密麻麻挂满了人。想来想去，似乎办公室需要个写材料的，前些天好像听刘主任发过一句牢骚，说现有的两个家伙都是吃才，材料写得像叫花子衣裳，得找个好笔杆子。郑鸣掏出手机，要给刘主任打电话询问究竟。戴胜否决了。

不行不行，写什么材料，那不是人干的事儿，工资还低，工资多少啊？

一千四五吧。

才一千四五，吃饭都不够。不干这个，再想想别的，比如说电视台。戴胜说，哎郑局，电视台不是你分管吗？把她弄到电视台吧。

电视台！郑鸣搔着脑壳苦笑。聘用工一月一千四，交三金，小工一月五百，无医保无三金。干不干？

开什么玩笑！戴胜说，谁不知道电视台是好单位，又风光又有钱？

那是以前。

在以前，电视台的确很有钱，是局里重点创收单位，历任局长的鸿图大略都靠它赚钱来实现。但这两三年来，台里的收入突然断崖式下滑。郑鸣认为与大形势有关，网络新媒体的颠覆性冲击是谁也挡不住的，高清电视的普及，也让只能制作标清节目且限于客观条件而制作得并不精良的县市台不具有任何竞争力，所以，电视台被广告客户抛弃是必然的事。但是别人可不这么看。在文广新局诸公眼里，大形势固然要命，作为分管领导的郑鸣同样责任重大。郑鸣分管电视台后，先搞了个所谓的清污行动，把所有医药广告统统撤掉，理由是涉嫌欺诈，格调低劣。这种小广告是县市台的主要收入来源，一刀砍掉，快意是快意了，钱也没了。他不光猛塞其源，还广开其流，创办了个文化频道，开设读书、谈史、说法、品趣、艺苑等等一大堆栏目，致力于制作自己的原创节目，打造地方文化品牌。而做这些是很烧钱的。他指手画脚搞了一年，愿望中的高雅并没有达到。台里员工满山遍野，大多都是领导们的裙带或裙带的裙带，真正有才华有能力，足以支持起郑局理想的人才，却几乎没有。这种臃肿低效、毫无前途的基层电视台，是不可能吸引到优秀人才的，吸引到也留不住。——所以，如果陈倩愿意去电视台，郑局还真是欢迎之至。——台里的收入本来就少很多，现在又花了大把钱，事还没办好，面子里子都丢尽了。郑鸣很难堪，思考了一礼拜，决定对官僚体系下手，像清除垃圾广告一样清除冗员。清除冗员是几任局长都想干的事，但一直没干，此时他要惹这麻烦，大家都觉得他卑鄙。

不就是干得太烂，想转移视线嘛。大家说，自己无能，就拿别人杀恶气。

台长更恼火。电视台本来是人家的地盘，郑鸣作为分管领导，指导指导就行了，他却越俎代庖，把什么都管了，还要人家台长干吗？一次工作会上，郑鸣正讲得上火，被台长生硬地打断。台长将钢笔掷到桌子上，甩起一张抹布脸。我说郑局，你是不是管得太宽了？他说，你干脆把台长也兼了吧。

清冗的事毫无悬念地陷入停顿。各种匿名信如蜜蜂入巢，成团飞至书记县长信箱、县纪委信箱以及局长办公室。局长震怒，在办公会上大发其飙。他不好骂郑鸣愚蠢的清冗行动，因为这是改革，反什么都好，就是不能反改革。他也不好骂郑鸣乱花钱搞原创文艺，因为繁荣文化事业、推动文艺进步本来就是文广新局的本职工作。他更不能骂郑鸣废掉医药广告，因为这本来就是他授意的。——局座他妈看了电视上的广告，买来一种包治百病的药，吃了几天，几乎没命，局长震怒，命令郑鸣督导电视台清查医药广告。不料郑鸣以此为由，直接把此类广告全废掉了。——所以局座只能痛斥他创收不力。创收是死任务，至于怎么创，是他郑鸣的事，干不好就是没能力，就得挨骂。会议还没结束，姓郑的被局长狂怼的消息即已传遍全局。按道理，以创收不力治罪，真正该挨骂的是台长，而不是他这个分管副局。大家都知道这意味着什么，一时间人心大快。郑鸣"就像丧家狗"（某同事语），槁木其形，焦土其面，灰溜溜回办公室闭门思过。思来想去，心灰意冷，便想去找罗晓芸诉诉苦。罗晓芸是戴胜他老婆，县中医院内五精神科副主任医师。他已经跟罗晓芸约好，就等下班后过去见面，戴胜却赶过来，不由分说把他拖到了王老板的妙香居。这就是那天饭局上郑鸣一直没好气的原因。

戴胜听郑鸣讲罢，大为沮丧。他点的烧南北和笋爆鸡丝已经送上，但是郑鸣下午还要上班，不能陪他喝酒，更加扫兴。你再留留意，看有没有好差事。他给自己倒着酒，对郑鸣说：再问问你相熟的朋友，看其他局委有没有要人的。

郑鸣应诺。最好有单位招考。他说，聘用人员待遇低，没保障，再好也不过是个鸡肋。陈倩怎么说也是211硕士生，未必受这委屈，也不能让她受这委屈。如果有单位招考，弄个编制，是最好的。

戴胜点头。都留留心吧。他说。他将杯中酒一口闷掉，刚夹几口菜，电话就响了。医院有急事召唤，叫他赶紧回去。戴胜筷子一丢就要走。郑鸣劝他莫急，吃完饭再去。戴胜说：我们可不像你们衙门，上半年的事推到下半年，下半年推到明年，推到猴年马月，领导忘了，也不用做了。我们一分一秒都是人命。他穿上外套，临走又回头交代：陈倩的事你可得上心啊。

知道了，真啰唆！

郑鸣独自吃罢饭，离开饭店往回走。他实在不想回单位。自从被局长痛斥，单位即成郑鸣憎畏之地，每天去上班，总觉得同事们都在耳语自己，看自己的眼神也已不复以往。他沿着方砖陈旧的人行道踽踽而行。风在街道里刮，不曾刮散雾霾，却将残留枝头的悬铃子都摇落下来，汽车轧过，土黄色的绒毛漫天乱飞。郑鸣鼻子发痒，不停地打喷嚏，抬头看看天空，只见污浊云层里藏着一只暧昧的太阳。他觉得人生没有一点意义。他想到了罗晓芸，想去找她。恰好这时罗晓芸的电话打过来。

在干吗？罗晓芸问。

不干吗，正想找你呢。

罗晓芸施施然笑。过来吧，我在医院。

向人介绍自己的时候，罗晓芸更愿意自称心理医生。她觉得"精神医生"这个称谓太冷色调，有针刀之气，令人联想到深夜时刻医院里幽长的走廊。"心理医生"就温和得多，使人想到滚滚红尘和快节奏的现代生活，而她们的心理门诊，就是喧嚣红尘里可以安放灵魂的静土。她今天中午没回去，就在休息室里休息。郑鸣赶到时，她已泡好一壶单枞。单枞是郑鸣爱喝的茶。罗晓芸是个讲究人，在休息室里也放了套茶具。她洗了只天青盏，冲上茶递给郑鸣。郑鸣正渴，接过来一饮而尽。

罗晓芸笑盈盈看着他。你可真是一头驴子！接过杯子给他续茶。听说你收了个学生？

是啊。

一个硕士生？

嗯。

怎么样？年轻漂亮吧？

郑鸣接过茶杯。就那样吧。

罗晓芸端起她的杯子。祝贺你呀。

郑鸣笑起来。闹着玩儿的，何贺之有。顿了一下，又说，是戴胜看她可怜，想帮她，让我也出点力。

帮她只是手段吧。罗晓芸冷笑。他的花花肠子，瞒得了谁？

郑鸣只有喝茶。罗晓芸又说：他们到什么程度了？

他们挺正常的。郑鸣说，你不要多心。

才怪！罗晓芸说，我还不了解他？

那你还问？

罗晓芸愣了一下，似乎没想到郑鸣会这么反驳。你知道你家孩子调皮捣蛋，是不是还想知道他都干了什么调皮捣蛋的事？她说，你也不用替他打掩护，你明知道我又不介意。

郑鸣的确知道罗晓芸的确不介意。他曾经很认真地跟罗晓芸谈过戴胜的事。以前他以为，罗晓芸之所以纵容戴胜，不是不管，是管不了，在内心颇有点替她抱不平。当时是在茶馆里。文广新局办了场中秋晚会，他弄了几张票，约好两家人一起去看，结果朱琳临时有案子去了省城。小城市的文艺表演，图的是个热闹，谈不上精致和优美。戴胜看了会儿就想打瞌睡，后来接了个电话，说有事情要办，就先退场了。郑鸣的儿子在省城一家寄宿中学读书，戴胜的儿子在演出结束后被爷爷奶奶带走了，结果就剩郑鸣和罗晓芸。也该吃饭了，两人在附近一家茶馆要了些茶点。正吃之间，戴胜给罗晓芸打过来电话，说晚上陪一个朋友吃饭，不回去了。罗晓芸问男朋友还是女朋友，戴胜说男的。这边才挂，郑鸣的电话就响了。罗晓芸示意郑鸣开免提，戴胜的声音就嘹亮地冒了出来：郑鸣，今晚跟一个美女吃饭，在尚膳苑，必须来啊。

罗晓芸忍声偷笑，等电话一挂断，压抑的笑声顿时呱呱而出。郑鸣颇觉尴尬，就批评起了戴胜。罗晓芸摆摆手。你不用假惺惺说这些，没关系的。她说，我也没生气。你看我这个样子，像生气了吗？

郑鸣仔细打量她。罗晓芸长着一张柔润的脸，薄施粉黛，淡扫柳眉，眼眸明澈得像夜空里璀璨的星辰。——这是郑鸣的观感，此时此刻，郑局长脑海里飘来荡去的词汇，无不文雅得俗气不堪。他认真细致地打量了很久，真没看出罗晓芸有介意的神色。那么他就奇怪了。罗晓芸给他倒茶，轻淡地说：我了解他。

然后罗晓芸切换身份，以心理医生的立场，对戴胜的行为进行了剖析。戴胜小时候家里穷，吃饭穿衣都不如人，在同学面前非常自卑。小学时，他喜欢一个女孩，老想跟女孩玩，可是人家女孩不理他，只爱跟村长的儿子玩。初中的时候又喜欢过一个女同学，毕业之前勇敢表白，又被人家毫不犹豫地拒绝了。

这是一种自我补偿。罗晓芸说，就像有些人，年纪很大了，还爱吃糖，爱玩公仔，爱穿花衣裳。

你不觉得被伤害吗？

把他当病人，就没什么了。何况优秀的雄性总会寻求跟更多的雌性交配，也更容易获得雌性的青睐，这是自然法则。人类也一样。所以我不会强求他当贞节男。他可以自由支配他的身体，只要精神在我这儿。罗晓芸左手支颐，右手轻轻抚弄着桌子上的冰片杯，神情里有种说不出的东西，似是自信，又像惆怅，或者全都不是。我允许他在外头胡闹，但必须记得回家。

郑鸣喟然。他想到了他老婆朱琳，心情有点灰扑扑的。此时此刻，他窝在包了海绵的椅子里，望着悠闲冲茶的罗晓芸心情复杂，觉得戴胜命真好，简直让人妒恨。他的手机响了一下，提示有短信。是陈倩发过来的，告诉郑老师她妈已经出院了。郑鸣回复说已经知道，让她好好照顾老人家。陈倩说好的。郑鸣继续跟罗晓芸喝茶说话。一杯茶后，陈倩的短信又到了。

郑老师，你明天有空吗？我想见见你。

三

陈倩约在图书馆见面。县立公共图书馆也是郑鸣分管的单位，而且今天他恰好也要去那儿办事。郑鸣不知陈倩如此安排是巧合还是有意，因为在前晚的饭桌上，他曾经无意中透露过这些信息。到图书馆后，郑鸣先办正事，跟馆长谈了谈展厅改造和管理系统升级的事，然后在馆长的带领下考察了各个馆室。——所谓考察，就是例行公事到各处瞅一眼。在藏书室，他问图书馆有没有收藏古籍，馆长说这里没有，文管所应该有。

进到阅览室，他一眼看到陈倩。陈倩坐在靠窗的桌子旁，正在专心致志做笔记。昨晚刮了一夜大风，今日天气晴朗，天空如澄澈之海，将太阳洗得清新溜亮。明媚阳光透进窗玻璃，照在陈倩乌黑的马尾和棕色针织毛衣上，郑鸣从他所站的暗处望过去，仿佛罩着一层闪亮的毛边。陈倩听到喧闹，抬头看，见是郑老师被人簇拥着进来，便冲他笑了笑。

半小时后，郑鸣在馆长陪送下走出图书馆，陈倩已在门口等候。天也不早了，她想请郑老师吃饭。郑鸣说行啊。他以为陈倩会找个比较好的饭店，并已打定主意饭后不让她付钱，不料陈倩却把他带进一个沙县小吃店。郑鸣心生赞许。陈倩从包里掏出两个本子，隔着桌子递给他。

不知道该怎么感谢你。陈倩说：这是毕业前我做的手工本，一共做了四本，送给你两本，希望你能喜欢。

郑鸣接过来观看。是线装的连史纸仿古笔记本，做工非常精致。郑鸣翻来覆去，看之不足。无功受禄，取之有愧呀。他说。

陈倩看着郑老师爱不释手的样子，显得很开心。你帮我的太多了。她说，比如那副对联。我根本不会写对联，戴主任说没事，随便写写就行，反正横竖都是我得奖。他这样说，弄得我好羞愧呀！后来公布结果，人家几个入围的都那么好，我都要惭愧死了。要不是你帮我改过，压得住他们，我根本不敢去领奖。

郑鸣大笑，边笑边摸烟，刚抽出来，又犹豫了一下，问陈倩：可以吧？陈倩连忙说：没事没事，你只管抽。郑鸣嘿嘿笑着把烟点燃。陈倩目不转睛盯着他。你笑起来挺好的。她说，我喜欢看你笑的样子。

郑鸣被她看得有点尴尬。是吗？他说。

是呀。第一次见你，在妙香居那天，你脾气好大啊，绷着个脸，说话还很冲，真吓人。我还以为当官的都那样子。后来才发现，你原来挺温和的，也很好相处。

郑鸣又被逗笑了。他刚调动脸肌，咧开嘴巴，陈倩马上说：对对对，就这样笑，就这样笑，挺好看的。一边说一边打开手机。再笑呀，让我拍一张。

郑鸣被搞得很无奈，也很开心。陈倩拍好照片，隔桌子给他看。郑鸣瞅了瞅，龇牙咧嘴的，眼也眯缝着，并不觉得有多好看。陈倩把手机收起来。对了，郑老师，电视台文化频道的王编导联系我了，约好明天上午录节目。

好啊。

可是我很紧张。你明天去不去？

你想让我去，还是不想让我去？

当然想啊，你在我会安心一些。

我尽量去。

一定来啊！

郑鸣笑而不答。点的食物上来，一份炒米粉、一屉蒸饺、两碗紫菜汤而已。大概是天气好，感染得心情也不错，心头郁积的烦恼一扫而尽。饭后，他开车回单位，绕道将陈倩送到西关。陈倩家在西关住。然后他又绕了个道，去拜访了一下文管所所长。文物管理所不归他管，但跟翟所长关系不错。他长年没踏足过文管所，此时从天而降，搞得老朋友很惊诧。翟所长从老式桌屉里翻出只白瓷茶杯，用热水胡乱冲了一下，拿来泡茶款客。茶不好，是最便宜的毛尖，但是够热情，一家伙倒进去半杯子茶叶。翟所长也知道郑鸣挨局长骂的事，虽然认为罪有应得，但作为交情尚可的老同人，还是对他表示了同情和安慰。这事都过去多天了，郑鸣满心指望大家尽快淡忘，老翟这番迟到的情谊实在不合时宜，跟揭伤疤差不多，弄得郑局很无趣。他本来想跟老翟多聊会儿闲天，也没兴致了，直接询问所里有没有古籍，他想开开眼。翟所长当即带他去收藏室。古籍并不多，就一套晚清县志和几册本地先贤刊印的著作，加起来都没摆满一个展柜。最重要的是，那些书的品相都很完整，郑鸣仔细观察了一遍，没一本需要修补。他想给陈倩找点活儿干，现在看来没戏了。他很失望，取出一本书翻了几翻，就想告辞。翟所长长年守在破碑烂瓦里，寂寞得很，难得有个说话的自投罗网，岂能轻易放过。他拽住郑局死活不让走，定要拖他进办公室再喷一会儿。郑鸣无奈，只好从了。翟所长兴致极高，从大禹时代的本地文化遗存谈起，一直谈到所里近年来的各项工作和困难。郑鸣一口接一口喝着酽浓无比的茶水，还是忍不住要打瞌睡。正恍恍间，精神忽又一振：翟所长一句不经意的话敲醒了他昏昏欲睡的耳朵。

老王和老赵马上要退了，剩下这些人都不顶用，尽是关系户进来混日子的。我跟方局商量了一下，打算招个人……

编外还是编内？

编内。我跟方局商量了，得招个真才实学的，不能只往这儿塞关系户。

什么岗？

技术岗。

什么要求？

最好是文物保护专业，硕士以上学历。

只要文保专业？

特别优秀的也可以适当放宽，但是得跟古文化有关系。

郑鸣开心死了，嘴上反而损人家。就你们这小庙，还要硕士，谁搭理你们。

翟所长翻眼。别看我们这庙小，道行可深着呢。

嗯嗯，你们庙小妖风大。

离开文管所，郑鸣开车回局。走到半道，他又在路边停下来。他心里莫名兴奋，仿佛有只猴子吸多了大麻，在里头上蹿下跳地嗨。陈倩的运气真好，这是不是真的代表着某种天意呢？他想马上给她打电话，让她也高兴一下。在号码拨出之前，他忽然意识到了自己的失态。他回想了一下今天的情绪，觉得似乎不正常，有一种不该有的快乐。陈倩是戴胜的女朋友，或者换一种说法，是戴胜有意追求并且下了本钱的人，作为戴胜的朋友，自己这样合适吗？一只悬铃子落下来，砸到左边的倒车镜上，他抬头瞟了一眼，从镜子里看到一张猥琐的脸。他自嘲一笑，翻出了戴胜的号码。

戴胜没有接。戴胜不接手机，最常见的原因是在手术室。这是经常遭遇的事，并无可虑，郑鸣却无端有点烦躁，好像是戴胜感觉到了什么，有意要躲避他。两个小时后，戴胜回了电话，问他打电话干吗。他刚下手术台，声音听上去很疲惫。郑鸣告诉他，文管所要招人，对陈倩来说可能会是个机会。戴胜立刻变得很亢奋，话追话询问了所有细节。事实上这只是个道听途说的消息，并没有什么具体细节和内幕可供打探与谈论，所以简单几句话就讲完了。戴胜明显不过瘾，看了看时间，快到下班了，就约郑鸣去吃饭，边吃边聊。郑鸣说：没什么说的了，我这边会留意，有什么动静马上告诉你。你也别老在外头吃饭，多回去陪陪罗晓芸。戴胜说：行啦，婆婆！

戴胜终究还是没能忍耐住，不到下班时间，就甩掉白大褂，开车跑到了文广新局。小城市是典型的体制社会，体制外的空间看似广大，却都是苦寒之地，要在这里活得好，最佳选择就是混进体制。时至今日，体制这块良田里的萝卜坑几乎都已填满，想挤进去占有一席，是非常之难的事。戴胜深知这个机会的重要，迫不及待地要与郑鸣商讨万全之策。他闯进郑局办公室时，郑鸣正在给几名属下交代事情，啰里啰唆说个没完。戴胜枯坐旁听，烦得要爆炸，看到办公桌上有两本线装书，就拿起来翻，发现是空白册，想必是笔记本，觉得挺精致的，就对郑鸣说：哎，我拿一本啊。

郑鸣回头扫了一眼。哦，你都拿走吧。

一本够了。

郑鸣终于忙完他的事，坐到椅子里不停喝水。中午喝了太多太酽的茶，下午又说了太多话，喉咙干得不行。戴胜同情地看着他。少喝点儿吧，留点儿肚子一会儿喝酒。郑鸣摇头。真不去了，今晚得回去跟朱琳一起吃饭。文管所是方海明分管的，我找机会跟他聊聊，测测口风，看他们具体怎么弄。到时候还得找局长。哎，这事儿先不要告诉陈倩。你没告诉她吧？

告诉了。

郑鸣瞪着戴胜，摆出一副很无语的样子。戴胜觉知自己冒失了，有点小惭愧。没什么吧，早晚总得告诉她。

万一人家又不招考了呢？

戴胜的小惭愧变成了小沮丧。不招拉倒。他说，真不招咱有什么办法？呆了一下，又说：万一真不招，你再看看有没有其他途径，哪怕是聘用人员，先干着，慢慢等机会。

郑鸣心里冷笑。人家211硕士，你让她当聘用人员，黄豆大点儿工资，她能干吗？心里这么想，嘴上也不愿扫戴胜的兴。行啊。他说，另外你再找找你老师，托他想想办法。

戴胜摇头。你可拉倒吧，我跟陈倩什么关系，敢去找他？他不抽死我！

郑鸣所说的戴胜老师，即县政协主席姚富根。姚富根教师出身，曾在一个山村小学支教。戴胜是其学生，他的贫穷和好学都给姚老师留下了深刻印象。二十世纪八九十年代，政府严重缺乏有文化的人才，大量教师因此转入行政体系。姚老师也就此从政，辗转各单位，后来到了县卫生局，逐渐做到局长。再后来又当了副县长，卫生局仍归其分管。再再后来进了县常委。再再再后来，就去了政协，成为令人尊敬的政协主席。戴胜刚参加工作，不过是个卫校毕业的中专生，之所以能一帆风顺，完全仰仗恩师的栽培。全卫生系统都知道他是姚主席的高足，姚主席待他如己出。所以在医院，戴某牛气得很，他可以横着走，斜着走，倒着走，打马车轱辘翻着走，但他却只是轻轻快快地正着走，见谁都客客气气，因此成其为人人喜爱的好青年。姚主席对戴胜诚然很照顾，但对他的要求同样很严厉，多次因为听闻他的风流韵事而将他狠狠批评。无奈戴胜是属狗的，骂自由他骂，该风流照常风流。老先生没办法，也只好听之任之。但若让戴胜去找老头儿，说有如此这般一个女人，请老人家帮忙安排个工作，他是断然不敢去的。

郑鸣见戴胜有点郁闷，笑起来。这还只是青萍上的风，未必成，也未必不成，犯不着现在就心焦。明天上午陈倩去电视台录节目，你陪她去吧。

啊？明天就录？我明天要下乡义诊啊！戴胜很懊恼。你怎么安排的？

这是电视台自己定的。

换个时间行不行？后天，或者大后天。

郑鸣瞥戴胜一眼。行啦，去不了就算啦，还没跟人家明确关系呢，就搞得要形影不离似的。

戴胜嘿嘿一笑，也不觉得羞惭。次日是星期天，朱琳要去省城办事。她有一个同学，是省城某家著名律所的合伙人，邀请她入伙共创大业。朱琳老早就有意去省城发展。在县城，律师是个尴尬的职业，人们出了事，首先想到的是找关系，而不是找律师。在大众印象里，律师差不多仍然等同于讼棍。讼棍们能不能吃好这碗饭，跟他们与司法系统的关系成正比。朱琳虽然有关系，但在小地方小打小闹，很累，也没什么前途。而她在此地的关系，来源于在省高法当重要领导的舅舅。既如此，何不直接去省城混呢？况且儿子在省城读书，可以更方便照顾。所以同学一邀请，她就动心了。郑鸣本来想待在家看金鱼吐泡，在朱琳出发前一刻，突然又决定去省城看儿子。于是夫妻俩就一起上路了。中午朱琳跟律所的人吃饭，郑鸣则带儿子去吃洋快餐。刚进快餐店坐定，电话就响了。

你没来！陈倩说。

我有事，来省城看儿子了。郑鸣说，戴胜去了吗？

来了。

郑鸣一愣，颇觉无语。让他接电话。

他去卫生间了。陈倩说，我们在饭店。

哦，那你们吃饭吧。

过不久，戴胜的电话到了。他在那边扯东扯西，想必是得知郑鸣已经知道情况，觉得有点尴尬，又不好回个电话，就没话找话打哈哈。他问郑鸣什么时候回，回来了一起吃饭。戴胜干什么都要跟吃饭挂钩，有事没事都要下馆子，按照罗晓芸的推理，大概是小时候饿狠了，罹患上这样一个后遗症。郑鸣说：你可真行啊……

好的好的，回来再说，挂了啊。

这天晚上朱琳留在了省城。据她说，她与律所主任相谈甚欢，主任竭诚欢迎她加盟，给的待遇也很优渥，只要她去，直接就是合伙人。她感于盛情，有意入伙，想明天去律所再看看。郑鸣也很欢喜。他欢喜不是因为夫人事业上了新台阶，朱琳诚然能干，但她被如此厚待，无非是背后有个亲爱的舅舅，没什么好荣耀的。郑鸣欢喜的是，如果朱琳确定来省城，他在县城就自由自在没人管了。当然，这欢喜只可在心，嘴上要表示冠冕堂皇的支持。他把车留给朱琳用，自己打车回颍川。他满心以为今晚可以通宵斗地主，或者看完一部已经养肥的美剧。如果戴胜真叫吃饭，他会坚定拒绝。他在车上睡了一路，到颍川下车时，感觉阴沉沉的，天色混浊不清，不知是黑夜将至，还是雾霾所污。戴胜并没有跟他联系，大概是跟陈倩另有安排。随他们吧。他在小区外一个饭馆要了碗烩面，吃完出来，天已经彻底黑了。他决定回去看美剧。这时候手机响了，是罗晓芸。

在干吗呢？

刚吃过饭。你吃饭没有？

吃过了。跟朱琳吗？

我自己。她去省城了，今晚不回来。

那你不是没人管了？

郑鸣嘿嘿傻笑。

我在我妈这儿。罗晓芸说，你过来吗？

罗晓芸她妈的房子在维也纳小区。县城新建的高档小区几乎清一色用这种洋名字，人们在街上打招呼：你住哪儿呀？威尼斯，你呢？曼哈顿。洋气得很。罗晓芸父母在农村老家，兄妹几个凑钱给他们买了套二居室，但是两位老人家习惯了乡村生活，并不愿住离地万里的鸽子笼，所以平时就空着，只有罗晓芸偶尔来住一下。暖气已经开了，房间里热气腾腾，罗晓芸只穿着一件紧身内衣，全身线条毕露，头发蓬蓬松松地绾着。客厅的大灯只开了暖光，杜比音响里放着钢琴曲，是她喜欢的《风的路径》，轻柔的音调在朦胧的房间里舒缓流淌。她接过郑鸣外套，挂到沙发后的衣架上。光线偏弱，郑鸣视力也不太好，但他依然看出罗晓芸化了淡妆。他窝到沙发里，罗晓芸坐在对面沏茶。小四十的人了，罗晓芸风姿依旧，有种知性的成熟，每当对面而坐，郑鸣看着她，看着看着就会发呆。戴胜真是没长大啊！他经常这样叹息，这么好的女人不守着，反而跟外头的女人打得火热。

多正常啊，糖吃多了也会腻嘛，外头野味再不好，图个新鲜。罗晓芸说。

这个对话发生在以前。此时，郑鸣望着罗晓芸，看她洗杯烫壶，投茶冲水，却想到了陈倩。此时此刻，她和戴胜也在一起吧。茶已泡好，罗晓芸倒出一杯放到郑鸣面前。郑鸣端起来，放在鼻前嗅了嗅，似乎真有香气氤氲而来。罗晓芸两手叠在膝盖上，含笑看着他。

聊聊吧。

好啊，你想聊什么？

什么都行，比如你的朋友和学生。

果然别有用心！郑鸣在心头一笑。你想知道什么？

无所谓，你说什么我听什么。

她虽这么说，郑鸣知道其实是想听戴胜和陈倩的故事。肯定不能说得太亲密，那是出卖朋友，也不能说得太一般，罗晓芸不会相信。郑鸣遂开启过滤大法，讲了些不热不凉似咸似淡的情节。

就这些？罗晓芸问。

就这些。

罗晓芸神色如水。她端起自己的茶，浅啜一口，茶杯停留在嘴唇边，似是在轻嗅茶汤的清香。我有种预感。她说。

什么预感？

这次戴胜可能要来真的。

想多了。陈倩哪儿比得上你？戴胜不会那么愚蠢的。

罗晓芸笑了一下，不再说话。郑鸣也不知说什么好。房间遂一点点溺入沉默。郑鸣忽然意识到，已经很久没见过戴胜和罗晓芸一起出现了。刚结婚那几年，两对夫妻经常一起玩，吃饭唱歌打牌旅游，看到他们中的一个，就必定能在附近找到另外三个。后来朱琳工作忙，渐渐淡出，郑鸣依旧跟他们夫妻打混。再后来，罗晓芸也逐渐淡出了，只剩两个爷们儿狼狈为奸，在工作之余，相随出没于县城各种活动、饭局与牌场之间。这个过程很缓慢，以至于郑鸣根本没意识到这可能会意味着什么。会意味着什么吗？或者仅仅代表着罗晓芸对戴胜的纵容？他有一口没一口地喝着茶，听到罗晓芸说：

郑鸣，帮我个忙好不好？

四

之后几天里，陈倩的微信明显增多，似乎跟郑老师有聊不完的话题。陈倩的硕士不是白读的，有文化有修养，而且很聪明，反应机敏，在郑鸣本就稀少的异性聊友里，她可谓一帜独树，对郑老师有着难以言说的吸引力。所以，每当她主动说话，郑鸣不由自主就要回应，不由自主就会聊多。朱琳已经确定要去省城当合伙人，越来越少回颍川，给他不分昼夜的聊天提供了便利与可能。一日，他与陈倩聊到深处，建议她回省城发展，或者投奔北上广，颍川实在太小，窝在这里无异自毁前程。陈倩说她何尝不想离开，但是没办法。她向郑鸣讲了她的苦衷。这些苦衷戴胜都曾转述过，此时陈倩亲自道来，郑鸣依旧听得心塞。陈倩讲完，又发过来一句话：

子曰：父母在，不远游。

后头又带了个无奈的表情。看来她是笃定要留在颍川了。既如此，他必须为她做点什么，而不能让她只依靠戴胜。他开始约方局打牌，前后约了三次才约到。方海明爱打牌，牌技却很烂，有他在场，大家基本上就不再担心输赢，所以大家都喜欢喊他拼场。想赢他钱的人太多，郑鸣只能排队等候。郑鸣并不想赢他钱，相反，他在牌桌上处处相让，不断给他点炮。方局长何曾有过如此辉煌的胜绩，开心得三十二颗牙齿一览无余。打过几次牌后，两人初步建立起某种友谊，郑鸣去方局办公室串门也就自然而然了，谈起一些私密话题也显得名正言顺。于是在某个无聊的午后，他们聊到了文管所招考事宜。方局证实果有此事，他已经跟局长书记初步交流过，很快就会开党组会具体讨论，然后报请县里审核批准。

有什么具体要求？郑鸣明知故问。

历史、考古专业，大专以上学历。

郑鸣心里扑通一声响，仿佛一只青蛙跳进池塘。大专？太低了吧？

我也觉得太低了。老翟嚷叫着想要硕士，不是发神经嘛，我还想要个玉皇大帝，人家得来呢。我觉得本科最好，全日制普通高校本科毕业生。可是巴局长还嫌高，说大专就行。

是不是巴局已经有人选了？

嘘！方海明示意噤声，伸头望了望门口，并无行人通过，这才压着嗓子，神秘其事地对郑鸣说：你去问问他就知道了。

郑鸣正被巴局嫌厌，怎敢登门去打听这个？但是凭常识，他认为已确定无疑。一周之后，巴局召开班子会讨论此事，提出的学历要求果然是大专，专业更是扩散到了汉语言文学。说是讨论，其实就是通报，局座做了决定，象征性地周知大家一声。这等于证实了郑鸣的猜测。郑鸣认为有必要告诉陈倩，让她对这事不要再存期待，掏出手机后，觉得还是让戴胜说比较好。他给戴胜打电话，没接，想必依旧在手术台上。算起来有好几天没见到戴胜了，下班时间已到，郑鸣决定去医院找他。

戴胜果然在手术台。郑鸣久等不出，渐觉内急，就去厕所方便。厕所隔板上例有涂鸦，虽经清洁工努力清洗，仍有不少字迹清晰可见。其中有首四言打油诗最为醒目：

人在人上，肉在肉中，一起一伏，其乐无穷。

这是一首历史悠久的厕所民谣，郑鸣读初中时就拜读过，没想到历经数十年岁月，至今仍在厕所里传唱。这才是好作品啊！郑鸣感慨地笑，拿出手机拍了下来，又拜读两遍，某个器官不觉有点躁动。他内心升腾起一点恶趣味，想把这照片发给人看。他先想到罗晓芸，又想了想，还是发给了朱琳。朱琳的电话立即就到了。

你要什么流氓？

在厕所看到这个，想你了。

恶不恶心啊你！

这有什么恶心的？夫妻之间谁没做过？

做是做，不能说。我说郑鸣，你是不是憋不住了？我警告你啊，别以为我不在家，你就可以胡来，我可盯着你呢！

郑鸣听得后背起毛，丧气至极，那点小躁动也变成几滴余沥甩进便池。他回到医生办公室又等了一会儿，戴胜才从手术室出来。戴胜神色看上去很差，不仅疲惫，表情还很沉重。他看到郑鸣，几乎没有什么反应，只是打个招呼，就坐到桌子旁出起了神。郑鸣猜是手术没做好，问他，果然是。

一个三岁小患者，法络四联症，之前做过姑息手术，这次是纠治。这孩子病情格外复杂，手术做得不太理想，我担心挺不过去。戴胜叹了口气，黯然神伤。才三岁呀！有时候想想，生命真是脆弱。

郑鸣默然。戴胜郁结了一会儿，突然活泛起来。所以说做人要珍惜当下，及时行乐。走啊郑局，喝酒去。他跳起来，一边换衣服一边说，叫上陈倩。陈倩她妈还不错，恢复得挺好。

郑鸣本来看他心情不好，不想立即告诉他招考有变，及见他一下子亢奋起来，觉得泼点冷水也无妨。戴胜听他说完，又变得忧心忡忡。你们局长放宽要求，也许只是担心招不到人，不一定就有内定人选吧。他寻思了一会儿，对郑鸣说：如果这样，陈倩岂不是更有竞争力？

郑鸣说：你信吗？

戴胜不语。他懊恼地摸出烟，抽出来一支嗅嗅，又装了回去。今天是什么日子？怎么尽是糟心事？

郑鸣看他如此烦恼，颇感同情。这事儿基本没戏了。你还是劝劝陈倩，让她去大城市吧，咱们这种小地方没有出路。

别急，再想想办法。戴胜说，事在人为。他又抽出一支烟，放到鼻子下反复嗅。找找大哥怎么样？让大哥帮帮忙。

戴胜所谓的"大哥"，是指郑鸣的亲兄郑咏。郑咏是上级市委组织部部长，跟这一届市委书记关系亲密。有这样一个亲兄，郑鸣三十七岁就混到颍川县文广新局副局长，他认为凭的是自己能力，别人恐怕不这么想。戴胜觉得，如果找找大哥，这就是一句话的事。不料郑鸣直接就否了。

想都别想！郑鸣说，老大三令五申，不允许家里任何人找他为任何人请托。去年秋天，我爸因为外孙工作的事去找他，结果挨了顿熊，把我爸气的，高血压都犯了。

戴胜狐疑地盯着他。这么无私干吗？想进政治局啊？

你这话就让人没法接了。你干吗不去找你老师呢？

戴胜嘿嘿一笑，复又叹一口气。如果咱俩联手，都帮她解决不了工作问题，以后还有什么脸在颍川县城混？

郑鸣怃然，却取笑他：看你说的，跟咱俩有多大势力似的。

戴胜说：总归不是一般人。

这天晚上，郑鸣加班追美剧，看完最后一集意犹未尽，长夜漫漫，孤枕难眠，就寻思到了其乐无穷的事。他打开搜索引擎，想找些不堪入目的视频看。微信在电脑旁响了一下。是陈倩，问他睡没有。他说没呢，你怎么也没睡？陈倩说睡不着。两人就聊起来。聊了几句后，陈倩说想跟他语音，问他方便不方便。他说方便。于是就改用语音聊天。语音聊天最好，既不用麻烦打字，又不像文字和语音留言一样存留记录，变成可能被人利用的证据。语音接通后，郑鸣批评陈倩作息习惯不好，应该早睡早起，否则对身体有害。陈倩说：你自己都做不到，还说我！郑鸣笑了。他能想象到陈倩在说这句话之前，必定撇了下嘴，以示傲娇的反击。可惜她的表情跟她的人都在微信那头，他看不到。他说：你不能学我。陈倩说：为什么不能学你？你是我老师，就得做我表率，你干吗我就也干吗，你要早点睡，我就也早点睡。郑鸣说：那以后咱们一起睡？陈倩说：你好坏啊！郑鸣说：我是说咱们一起调整作息，都早点睡。陈倩说：你少来，你就是坏。郑鸣说：有戴胜坏吗？陈倩没有回答。郑鸣说：你们现在怎样了？陈倩说：什么怎样？郑鸣说：你们的关系呀，发展得怎么样？陈倩：郑老师不要乱说，我跟戴胜没什么的。郑鸣笑。怎么？还不好意思呀？陈倩说：真的没什么，戴胜帮我很多，我非常感激，但感激是感激，感情是感情，不能混为一谈。郑鸣说：戴胜人还是不错的，就是花心了点。陈倩说：我不喜欢花心的人，没有安全感。郑鸣说：那你喜欢哪种人？陈倩说：像你这种，稳重，可靠，偶尔有点坏，让人心里踏实，又不觉得呆板。话音甫落，马上又补充：我是举例子啊，你不要多想。郑鸣说：想也没用啊，我已经老了，没机会了。陈倩说：你年龄不算老，就是人有点老气。像你们这种年龄，在大都市里还是小年轻，正是风华正茂、鲜花怒放的时候，人生还有很多变数和可能，单身的也一抓一大把。到了小县城，就暮气沉沉的，一眼就能看到殡仪馆，真可悲。郑鸣感叹。是啊，我们就是混吃等死，活着也跟死了差不多。你真不应该待在这种地方。陈倩沉默，大概是被说中心事，在那边陷入惆怅。郑鸣觉得应该改变一下话题，正要说话，陈倩的声音又传过来。我这个专业很难找到合适的好工作，我能力也有限，又不愿过于逼迫自己，带着父母去大城市，真的承担不了。戴胜说他愿帮我赡养父母，我相信他是真心的，可是我怎么能接受……

戴胜的确很喜欢你。

我知道。

他的人生愿望之一就是找个女大学生。他没上过大学，大专是自考的，本科是函授，心里头一直有点自卑。他说过一句很经典的话：这辈子上不了大学，就上大学生。

那边再次失语。郑鸣可以想见陈倩此时的惊愕。他点上一支烟，长吸两口，然后徐徐吐出一团浓白的烟雾。烟雾在空气中浮动，就像水池里飘荡的痰涎，令人感到一点恶心。他抽第三口的时候，陈倩终于说话了。他是要用下半身的流氓，来补偿上半身的智商吗？

郑鸣大笑。这句话太棒了，他要拿去调戏戴胜。陈倩等他笑完，说：你不该这样在背后说他，毕竟你们是朋友。郑鸣语塞。陈倩又说：他也不该在背后说你。

他说我什么？

他发牢骚，说你不讲义气，不愿帮忙。

这家伙，怎么这样啊！郑鸣很恼火。我没说不帮，而是这事还没有具体进展，还不知道会有什么变化，怎么着手？从哪儿着手？政府做事是讲程序的，我现在就想把你弄进来，可能吗？但这并不代表我不想把你弄进来呀。他怎能这么说话呢？

我也对他说了，这种事不能强人所难，只要能帮，郑老师肯定会帮，如果实在有困难，也不能逼郑老师犯错误。

你放心吧，我肯定会帮。郑鸣说，他还说我什么？

陈倩嘻嘻笑起来。郑鸣催促：说呀。陈倩只是笑。郑鸣说：再不说我生气了啊。陈倩说：他说你是重症气管炎晚期，怕老婆模范标兵，叫我尽量不要跟你打电话，也少联系，以免给你惹麻烦。

郑鸣仰天大笑，觉得这事儿太傻叉了。如果你愿意，咱们现在就可以约会，让你看看我到底怕不怕。他说。

现在呀？太晚了。陈倩依旧是嘻笑的语气。好啦，别生气啦，否则就更睡不着啦。

郑鸣并没有生气，只是有点不愉快。他理解戴胜的用心，所以并不怪他。他想起朱琳常说的一句话：狗皮袜子没反正，谁也别说谁。不禁苦笑。他觉得有必要找戴胜谈谈。县委宣传部计划拍部纪录片，对外推介颍川，从北京特邀到一个制作团队。据说这个团队跟央视关系密切，担保做出来必定能在央视播。他们派了一拨儿人来采风。赵部长点名让郑鸣全程陪同，因他对颍川历史文化和风土人情最了解，有助于工作开展。郑鸣带着尊贵的客人上山下乡，整整跑了一星期。送走采风团，他在宾馆里睡了一觉，恢复精神，然后去找戴胜。罗晓芸还没下班，只有戴胜在家。看到他来，戴胜的态度一如既往，没有更热情，也没有更冷淡。他说他正准备约郑鸣，陈倩的第二期节目也播出来了，他要跟陈倩一起请郑局吃个饭，聊表感谢。郑鸣说：干吗要你这么殷勤？你们到底发展到哪一步了？戴胜嬉皮笑脸。很深入了，很深入了。

有多深入？

十八厘米。

少吹牛！

真的，不骗你。

好吧。郑鸣说，另外那十厘米是谁的？

戴胜大笑，朝郑鸣肩上狠捣一拳。你才只有八厘米！两个老朋友嬉闹了一通，移步到窗子边过烟瘾。罗晓芸不喜欢烟味，戴胜不想听她抱怨。窗前摆着一套布艺沙发，两人一个瘫坐，一个裹卧，把烟抽得像房间失火。我有种感觉啊，你这一回玩得有点过了，你跟陈倩。郑鸣说，你太认真了。

是跟你说，我真挺喜欢陈倩的。戴胜翻身坐起来。她跟别的人不一样。

不一样吗？

不一样。你要说她有多好，我也真给你说不出来，但就是让我迷恋。

不是因为她是 211 女硕士吗？

有这个因素，但不全是。戴胜捏着烟想了半天，说，她身上有种东西，是我想要，却又无法得到的。这让我欲罢不能。

什么东西？

别问那么具体好不好？戴胜翻了郑鸣一眼。我又不是作家，也不是诗人，怎么能说得清楚？总之，就是想得到她。

你不是已经得到了么？

戴胜嘿嘿笑起来。你不也说了嘛，我吹牛呢。

他们在罗晓芸下班之前离开，一起去接陈倩。戴胜还约了其他人，都是政协和医疗系统的，热热闹闹地挤满了一个中包厢。戴胜向大家隆重介绍了集才貌于一身的陈倩，电视台已经播了两集她的专题访谈，第二集明天会重播，请大家届时观看。座中人听罢，争相赞美。席间照例要轮流巡酒。轮到陈倩时，她敬到郑鸣，向郑老师汇报了一件事：电视节目播出后，有人通过电视台联系她，他们有一套祖传家谱破损得厉害，想花钱请她修补。她已经把这活儿接下来了。郑鸣说：挺好，挺好。戴胜扫视座上诸位，持酒嚷叫：你们有谁需要修补的，被虫咬的初恋日记呀，被老婆撕碎的情书呀什么的，都可以拿过来。复又勾住旁边政协副主席的肩膀，在他耳边大声嘀咕：像这样的人才，得吸收到咱们政协去，这次换届的时候给考虑一下呀。副主席笑得像弥勒，端起酒杯跟他碰了一下。喝酒喝酒。

郑鸣冷眼旁观，想笑笑不出。戴胜虽然风流，脑子还是有数的，搞婚外情一向低调，基本上只对郑鸣无所隐讳。这次他居然一反常态，弄这么浩大个场面，颇有昭告天下的意味。郑鸣不认为他只是借此宣示主权，更不认为他仅仅是一时的心血来潮。他觉得事情严重了。

五

郑鸣很久不约方海明打牌，方局很忐忑。他以为何处不慎，得罪了这个圣人蛋。得罪他当然扯屎蛋，关键是他上头还有个令人敬畏的哥哥。巴局长崇拜李云龙，最喜欢做的事除了喊亮剑，就是骂娘。郑鸣把分管的工作搞得一团糟，巴局长却只是批评了一顿，虽然措辞严厉，用词却很文明，倘若换作别人，几代祖宗都被他操遍了。巴局长主持工作已经三年，一直没什么拿得出手的政绩，一日在微信上学习，看到一篇讲《永乐大典》的文章，脑际灵光闪耀，当即决定编撰一部《颍川会典》。他开会宣布了这一决定，任命郑鸣为执行人，由他选聘编委会成员，并负责具体编撰事宜，方海明同志协助工作。方海明这才意识到有很多天没跟郑局切磋过牌技了。散会之后，他立即去郑局办公室拜访，先跟郑局谈了会儿工作，然后邀请他重叙旧谊，晚上去他家搓几圈。郑鸣想到之前输给他的钱，爽快地答应了。

方海明约的还有翟所长。翟所长这些天火气很大，一提到局里的事就指桑骂槐，而所有隐喻，无不指向高高在上的巴局长。大家打风定位，和谐打牌，打了不几圈，翟所长便又忍不住开始发牢骚，就招考的事表达他的质疑和不满。

这是专业性很强、对文化程度要求很高的岗位，他居然把学历降到大专，这不是开玩笑嘛！明显是有其他意思。干脆也别考了，他想让谁进，直接进来好了。荒谬！

郑鸣说：老翟这么愤怒，不会去县里反映吧？

哼，走着瞧！

方局满以为又要大赢一票，不料第一局就输给郑鸣，然后又输，再接再厉地输，郁闷得不行。翟所长的叫嚣令他很不耐烦，认为干扰了他的思路。另外在他的牌局上批评领导，对他也没有任何好处。好好打牌，莫谈国事！他丢出一张牌，打断愤怒的老翟。

牌局结束后，大家作别抑郁的方局。郑鸣开车送老翟回家，装作不经意的样子提到招考的事，再次挑逗起老翟的怒火。他对老翟的义愤表示了理解和支持，赞美老翟是个公正耿直、不畏强权的人，然后问他是不是真要去县里反映情况。老翟被郑局煽动得豪气满怀。

当然要去！他嚷嚷的声音几乎炸破车厢。别人怕惹事，我不怕！

送罢老翟，郑鸣意欲给戴胜打个电话，告诉他事情可能会有转机。想了想，又罢了。他翻了翻微信，没有陈倩的留言。这些天他很少见到陈倩，微信上聊得也不多，想必是在忙着修补家谱。听她说过，修复古籍是细致活儿，最是考验耐心，要静得下来。所以他也没有主动打扰她。此时他想，应该给她留个言，告诉她已被聘为《颍川会典》编委会成员，聘书不日发放。留言刚发出去，戴胜打过来电话，问他在哪儿，在干吗。郑鸣说刚打牌回来，准备睡觉。戴胜说睡不着，想跟他喷一会儿。从声音听，戴胜的情绪似乎很低落。郑鸣说：你过来吧。戴胜说：我在医院值班，就在电话里喷吧。他问郑鸣这几天有没有跟陈倩联系。郑鸣说没有。

怎么了？郑鸣问。

我觉得她很怪。

其实不是怪，是冷淡。这段时间陈倩不光跟郑鸣联系得少，跟戴胜也几乎没见过面。每次戴胜约，她都以有事或太忙婉拒，在微信上说话，也带理不理。戴胜不知所以，就想到了老朋友郑鸣。郑鸣说：她大概在忙着补书吧，毕竟得赚钱养家。戴胜说：补个破书能赚几个钱？这样不理人，很让人煎熬啊。干脆我把她养起来得了。郑鸣说：你省省吧，不要做得太过火。戴胜说：有什么？我又不是养不起她。

郑鸣懒得跟他扯这个话题，敷衍了几句就打起哈欠。话不投机，就此打住。陈倩一直没回复留言。第二天晚上九点多钟，郑鸣正跟人喝酒，陈倩打来电话。她说她在东站，问郑老师能不能去接她一下。东站僻在远郊，始发和经停的都是长途车。郑鸣想：难怪几天没消息，原来去外地了。天很冷，预报将有风雪，车站外萧瑟冷清。陈倩脖子里缠着条毛线围巾，孤单地站在路灯下，脚边放着一只小小的旅行箱。她神色阴郁，上车后也不说话，只是望着窗外发呆。郑鸣问她怎么了，她说没什么。又问她去哪儿了，她说去了趟省城。郑鸣见她不愿多讲，也就不再问，反正该知道的早晚会知道，不急在这一刻。车子进入市区，陈倩突然说：郑老师，咱们喝酒去吧。

小城没有酒吧，要喝酒只有去饭店。此时还不算晚，饭店都在开门迎客，但都是喧哗场所，可以清静小酌的地方很少。郑鸣想来想去，找不到合适之处。陈倩说：要不去你家吧，你家方便吗？去他家倒是方便，不光喝酒，做什么都方便，但是朱琳虽走，余威仍在，她的气息已经渗入家中每一件器物，每一个角落，似乎连空气都是她的同谋，带女人回去，很难营造出可以为所欲为的理想氛围。他扶着方向盘动了会儿脑筋，对陈倩说：还是去咖啡馆吧。

这是全城仅有的一家咖啡馆，生意也不甚好，拥挤排列的咖座区人影寥落。他们要了一间小包厢，点了一份点心和一瓶清酒。陈倩看了看清酒度数，嫌低，要换成高浓度的白酒。郑鸣说：心情不好就学人家狂饮烂醉？傻不傻呀！这酒度数低，但后劲儿大，照样可以浇愁。陈倩也就不再坚持了。她依旧不愿说话，郑鸣也依旧默然相陪，气氛难免有些凝滞。陈倩没吃晚饭，空腹加闷酒，脸庞很快透出薄薄一层酡红。喝完第三杯，她抬头盯着郑鸣。

郑老师，你知道我去干吗了吗？

干吗了？

去参加公务员考试了。

怪不得前些天见不到你，原来在准备考试啊。郑鸣笑起来。考得怎么样？

你还看不出来吗？她说着，颧周不由自主颤抖起来，眼泪随之簌然而下。我真没用！

郑鸣替她感到遗憾，但对她的行为又难以理解，不知道她何以对这个考试讳莫如深，想了想，大概是她已经考过一次，没有考上，害怕这次再失利会被人笑话吧。他给陈倩续上酒。这种考试本身就有很大局限性，考不好并不说明你不优秀。他说，贾岛、李时珍、蒲松龄都很牛吧，科考就不行，一辈子都没混个出身，韩愈那么了不起，也考了四次才考上。再说考试成绩还没出来，干吗这么悲观？

陈倩摇头。肯定过不了，我有预感。她将杯中酒仰头喝下，然后又哆哆哆倒满，似乎已对自己绝望，索性自暴自弃。郑鸣把酒瓶拿过来放到自己这边，寻思了一会儿，说：文管所招考的事还在拖着，官僚系统就这样，效率低下。不过应该也不会拖很久，准备一下考这个吧，你还是很有机会的。虽然事业编比不上行政编，但总算也是个出路，也不影响以后继续考公务员。

陈倩的手机响，她掏出来看看，调成静音，将手机放到桌子上。谁知道能不能考得上。她说，我对自己很没信心。

郑鸣说：努努力吧，你努力考，这边也努力做工作。

陈倩点头。那就麻烦郑老师了。郑鸣说：应该的。陈倩的手机又响了，在她拿起来之前，郑鸣扫了一眼屏幕，看到戴胜的名字。陈倩拿起来并没接，再次调成静音。郑鸣问她：为什么不接？

陈倩有点没好气。他越来越无聊。

哦？

陈倩手把酒杯，如啜茶般徐徐而饮。他是好人，我很感谢他。她说，但我不会当小三。

郑鸣说：你得叫他知道你的意思，让他死心，否则他会锲而不舍，这样对你对他都不好。

我知道。你放心，我会处理好的。

我相信你。

陈倩冲他一笑。她的心情似乎好了许多，笑容里有种乍然而现的明媚，就像阴雨后破云而出的阳光。郑鸣很欣慰，也有种心石落地的感觉。陈倩开始吃点心，喝酒也慢下来。两人边喝边聊，一瓶酒1.8升，喝完已是午夜后。车是不能开了，就停到咖啡馆外，打算打的回去。出租车久等不至，陈倩看到附近有公共自行车，建议骑车走。郑鸣没有自行车卡，陈倩说可以用支付宝。郑鸣弄了半天弄不好。陈倩说：笨死了，我给你弄。夺过郑鸣手机摆弄起来，很快就好了。陈倩将手机还给他。

我已经很笨了，你比我还笨。她嬉笑说，咱俩真是一对笨蛋。

两人骑车夜行。不时有细微湿润的凉意粘上脸庞，大概是零星细小的雪花。途经王老板的饭店。王老板花大钱买了一副对联，当然不舍得藏起来，早已刻到柏木上悬挂门口，此时在街灯照耀下，字迹异常清晰。两人驻足观看，只见落款处写着：陈倩撰联，某某书丹。郑鸣说：你的大名进入公众视野，成为这个城市文化的一部分了。陈倩取出手机拍了一张照片。应该把你的名字也刻上去，放到我前面。她说。

郑鸣哈哈一笑。两人继续骑行。西关虽属城区，但很破落，各种老房参差拥挤。最近的一个自行车停放点离陈倩家不过两百米，还好车后，郑鸣陪她走完最后这段夜路。陈倩家在一条胡同里，院落窄小，门庭寒促，隔着低矮的青砖院墙，可以看到里头老旧的平房。夜风渐起，冷飕飕地刺人肌肤。陈倩并未急着进门，郑鸣也没有急着道别。路灯在街角那边，照不见陈倩的表情，郑鸣望着她的脸，只能看到一个模糊的五官。真心说，这五官的确挺好看的。陈倩说：郑老师。

嗯？

这酒后劲真的大，我要醉了。

没骗你吧。

没有，我知道你不会骗我。她说，郑老师。

在呢。

我想抱你一下。

这似乎是意料之中的情节。郑鸣双臂刚张开，陈倩已经倾倒在胸前。冬衣太厚，将两具肉身至少隔开五厘米，但郑鸣依旧能感受到怀抱里鲜活的温软和热度。谢谢你！陈倩在他耳边说，有你真好！她的呼吸和头发一起撩拨着郑鸣的脖子，弄得他心慌无比。他想吻她一下，她却松开了搂住他腰的手。这说明她要结束拥抱了。郑鸣遂将环抱她的胳膊放开。陈倩将他的羽绒服拉链拉到最高，又把脖子处的扣子扣好。赶紧回去，多喝点热水，早点休息。她说，不要感冒了，我会难过的。

这天晚上郑鸣注定睡不好。他没有骑车，也没有打的，想着心事一路步行回到家。县城不大，最长的对角线也不过两小时的脚程。郑鸣冲了个热水澡，冲掉身上的汗，然后在客厅、书房和卧室踱来踱去，无心睡眠。次日上午，他给翟所长打电话，说要聘请他做《颍川会典》编委会副主任，如果方便，中午一起吃个饭，商量一下编撰事宜。翟所长有自知之明，自认这个副主任还轮不到他做，但对郑鸣如此推重，还是非常开心和感谢。两人在一个小馆子里把酒畅谈，难免还要谈到招考的事，翟所长再次愤怒骂娘。郑鸣也再次表达了他的关心。他关心的不仅是学历问题，还有个更重要的事：为什么到现在还没动静？翟所长也在为这事纳闷。两个讨论了一下，认为原因不外有二：一是局长对这事根本不重视，二是局长想安排的人在硬条件上还没准备好。

你不能让他这样耗着呀，你也快退了，还不赶在退休之前把这事定下来？郑鸣对老翟说。

老翟不停地夹花生米，边吃边琢磨，然后干掉一杯酒。我下午就找他。

老翟说到做到，真的找局长谈去了。谈完之后，他主动给郑鸣打电话，约他共进晚餐。他向郑鸣讲述了与巴局长的会谈情况。巴局长说他前段时间太忙，所以放了放，现在马上推动。翟所长对学历要求提出质疑，认为太低，不够严肃。局长说行啊，我再考虑一下。这个变化令老翟摸不着头脑，所以找郑局商谈商谈。他俨然已把郑鸣当成了同一阵线的战友。

郑鸣也不得其解。两位盟友猜测了很多可能，而所有假设，都基于某种特定的阴谋。他们不相信局座真的没有私心。不过反过来想，不就区区一个县直二级事业单位的事业编制嘛，局座雄图大略，也未必会为这个小岗位处心积虑。但不管怎么说，这终归不算什么坏事，而最关键的是赶紧推动落实，只要动了，就可能有变化，有变化就有下手的机会。

次日下午，郑鸣主持召开了第一次《颍川会典》编委碰头会。主任、名誉主任、主编、名誉主编是四大班子领导，执行主编是局长，他们都没来。副主编和副主任一共九人，老翟被安排在比较靠前的位置，也算满足了虚荣心。陈倩也应邀参加了会议。老翟听说她是古籍修复专业硕士研究生，表示了极大兴趣，询问她技艺如何。陈倩从手机里翻出以前修补过的图书照片给他过目，简单讲解了修旧如旧的原则和不同损毁情况的修复方式。老翟很欢喜。他早年淘到一套《儒林公议》，放在柜子里，被老鼠啃了，心疼得很，此时得遇高人，想请陈老师帮忙补一补。陈倩应诺。郑鸣在旁边说：你得给钱啊，不能让人家白干。对了老翟，你那儿不正需要人嘛，你看陈老师怎么样？老翟说：我看行。郑鸣说：可惜你们庙太小，待遇也太低，人家恐怕看不上。老翟翻眼。我说郑局，你干吗老爱泼我凉水？

碰头会就是大家先见个面，确定人员名单，简单讨论一下运作规则和编撰体例，不到俩小时就谈完了，然后就坐等吃饭。是夜，郑鸣以工作餐之名，在生态园订了个最大的包厢。里头有张极大的餐桌，大家熙熙而坐，刚好围满。餐桌过于辽阔，大家只能跟左右相近的人说话。郑鸣授意陈倩坐到翟所长旁边。他满场招呼大家，不时回头观察，见那一老一少谈得很欢实。席散后，老翟得知陈倩没有交通工具，一定要骑电驴送她回去。郑鸣在旁说：老头儿，你姓什么？

老翟说：翟呀。

看来还没喝晕，我就不管你了，陈倩，你不是有自行车卡吗？骑个自行车把翟所长送回去吧。

郑鸣刚到家，陈倩就打过来电话。她一路相陪把老翟送到了家。郑鸣问：老头儿怎么样？陈倩说：人挺好的，一直叫我闺女。郑鸣嘿嘿笑起来。大门忽然被人擂得咚咚响，他挂掉电话过去看，是戴胜来了。戴胜提着一瓶酒和几个小菜，看样子要跟郑鸣长聊。郑鸣把他让进客厅，钻到厕所给陈倩发了个短信，说有人来找，谈些事情，让她早点休息。出来时戴胜已把小菜陈列好，又从酒柜里取出酒具。他拿的是二两杯，把酒倒得很平，脸有点拉，看上去郁郁不乐。他们有七八天没见过面了。这本来很正常，在往常也是有些时见得很频繁，有些时各忙各的。但在此时，郑鸣却觉得有点不太对劲儿，似乎这代表着两人关系的逐渐疏离。他问戴胜在忙什么。戴胜说：工作呗，还能忙什么？

没谈恋爱？

谈着啊。戴胜乜斜郑鸣，好像你不知道似的。

郑鸣笑笑。你们现在怎么样？

挺好的。经常见面，聊聊天啊，去市里看个电影啊，互相关心。

不会吧？郑鸣说，前几天你不还在发牢骚，说她不理你吗？

那是她在忙着补书。我跟她说，我把你养起来吧，不用这么辛苦。你猜她什么反应？她当场就翻脸了，说她绝不做被人包养的小三，还要跟我断交。咳，这丫头！戴胜说着，变得有点发怔，似乎在回想当时的情景。她是个好女孩！

郑鸣冷笑。

我要说一句话，你别嫌恶心啊。戴胜抬头对郑鸣说，我爱上她了。

郑鸣说：你爱上的还少吗？

这次不一样，这次我是认真的。

郑鸣双臂抱胸，懒洋洋仰在沙发里，面无表情地望着他。你想干吗？

唉！戴胜长叹一口气，神情变得很颓唐。我也不知道该怎么办，所以来找你聊聊，听听你的建议。

郑鸣并没有什么好建议。戴胜是聪明通透的人，凡事有他的主见和坚持。这种人脑仁里尽是洞，四通八达无所不至，又长着一脖子犟筋，很难听从别人意见。他找你谈他的困惑和迷茫，并不是真的迷失了方向需要人拯救，而是内心已经有了选择，只不过一时不能决断，于是找个人来帮忙说服他自己。所以你只能顺着他的意思说，否则就是白费口舌。郑鸣既然劝阻不了，也不愿表示支持，就选择了沉默。他看着戴胜一手夹烟，一手持酒，左右开弓地表现他的焦虑和苦恼，心中酝酿不起好朋友应有的同情。

以前的生活太荒唐了。戴胜惆怅地说，我想重新开始。

郑鸣从柜子里翻出一盒药递给他。喏，一次两片，吃两次就好了。

戴胜接过去看，是退烧的阿司匹林片。他一把丢进垃圾桶。我又不发烧。

那就得用棒槌了。

对话没有共同兴奋点，两人都觉得不如睡觉。戴胜就睡在了郑鸣家客房。戴胜不是没在郑鸣家睡过，但这次却让郑鸣有点不适应，好像他这么做是有意监视自己。他走进卧室，打开微信，看到十来条留言，除了一条是罗晓芸发的，问他在干吗，其他的都来自陈倩。陈倩似乎等急了，问他事情办好没有，什么时候办好，怎么不回话，怎么还不回话。郑鸣发了会儿怔，只回复罗晓芸，告诉她在跟戴胜闲聊。夜虽已晚，但离郑鸣睡觉的时候还早，无聊得很，就给朱琳打了个电话。每次给朱琳打电话，迎面而来的永远是三句质问：在哪儿？跟谁？干什么？此次也不例外，电话甫接通，这三板斧即已横空劈来。郑鸣如实回答。朱琳说：没找女人？郑鸣说：想啊，可是省城这么远，去一趟不容易。朱琳在那边笑。你少装纯情吧。

朱琳在那边干得挺好，也能经常看到孩子，就是太忙，对郑鸣的监管也日渐松懈，查岗的电话越来越稀少，到后来还是郑鸣自律，隔几天就主动打个电话接受盘查。夫妻俩聊了会儿日常，朱琳该睡了，就挂了电话。有新微信，是罗晓芸回过来的，问他跟戴胜聊了些什么。他回复：陈倩。然后又发了一句：你在哪儿？

罗晓芸回：维也纳。

第二天是周日。戴胜要值班，一早就走了。郑鸣赶到维也纳时，罗晓芸还没起床。醒是早醒了，就是窝在被子里不想起。她刚开门把郑鸣放进来，陈倩的电话就打过来。郑鸣一直没回微信，她担心他有事。他说没事，谢谢关心。陈倩说：你这么客气，让我都无所适从了。郑鸣笑了笑，说在朋友这儿办事，回头再给她联系。他接通的时候开了免提，所有通话罗晓芸都听到了。她抱膝坐在沙发上，笑眯眯望着他。

她很黏你呀。

郑鸣苦笑。

罗晓芸说：享受这种感觉吗？

郑鸣摇头。

我要你的心里话。

真的没有。郑鸣叹了口气，坐到罗晓芸旁边。罗晓芸问：叹什么气？

郑鸣愣了一下。我叹气了吗？

罗晓芸盯着他。她的眼神很专注，就像烧瓷人观察窑火变化，专业棋手研究未见过的棋谱。这是罗晓芸的职业病，喜欢通过人的表情和动作窥探人心，一遇到感兴趣的人或事，就目不转睛地分析开了。

每当此时，郑鸣就觉得自己像只赤裸的青蛙，被她以眼光为手术刀肆意解剖。他浑身不自在，伸手要遮罗晓芸的眼。别看了，要犯尴尬症了。他说。

罗晓芸笑笑。问你个问题。

你说。

你会不会爱上陈倩？罗晓芸说，像戴胜那样。

不会。

你确定？

确定。

为什么？

因为我知道她只是在利用我。

六

一把手是推动各项事业的根本力量。局长一关心，文管所招考的事马上就进入程序。郑鸣从方海明那儿听到一点消息，说是相关报告已经报请县里审批。他问具体的招聘条件和要求都是什么。方海明习惯性地瞅了瞅门口，压低嗓门说：这你得去问巴局。郑鸣本来就瞧不起他的如鼠小胆，此时更是鄙视到了膀胱里。他决定亲自去找巴局聊聊，可是负气走到半道，又觉得不合适，遂逡巡而返，到楼下去找人事科张科长。张科长不在，老翟却在这里。

我正要找你。老翟说。他办完他的事，相跟到郑鸣办公室。你看到招考公告没有？他问郑鸣。郑鸣说没有，正想找张科长问问。老翟说：别问了，我搞到了。从衣袋里掏出几张折叠在一起的A4纸递给郑鸣。我跟编委办副主任老冯是熟人，托他复印的，你看看，你看看，看姓巴的有多赖种！

郑鸣将纸折开，直接寻找招聘对象与条件。一看之下，气塞胸腔，就地变身为一条愤怒的河豚。巴局长并没有调整学历要求，招聘对象仅仅是国家承认的大专及以上，且仅限于汉语言文学专业，最荒唐的是居然要求必须颍川县户籍、女性、身高170厘米以上、获得过两次以上地市级文艺奖项!

这是招文工团吗?老翟大骂,妈那个×,胡鸡巴乱搞!

郑鸣把纸折起来还给他。你打算怎么办?

告!老翟说,这明显是有人了。我还是所长呢,一声招呼都没有,把我当个屁?

郑鸣示意他小声,走过去将门关上,递给老翟一根烟。不要冲动,得好好想想怎么弄。中午一起吃饭,找个地方慢慢谈。

他们在饭桌上拿出了两个方案:一个是等公告发布,在网上大造舆论,引起社会关注,迫使他们调整方案。另一个是事不宜迟,马上去纪委告状,要求严肃招考。第一个方式可以不用暴露自己,避免跟巴局发生直接冲突。但是一旦公告发布,成为事实,能否借助舆论的力量挽回局面很难说。所以郑鸣建议走第二条路,让老翟下午就去纪委。老翟嘴上骂得凶,此时真要让他上刀山,也变得很犹豫。考虑再三,他说:冒这么大风险干这事,不能白干,咱也得有自己的人选,争取弄进来。

你有人选吗?

我看陈倩就不错。

郑鸣笑起来。陈倩已经把老翟的《儒林公议》修补好,焕然一旧送给他。老翟开心得不行,觉得这妮儿是个人才,放到自己的文管所正合适。他这样打算,郑鸣当然鼎力支持。郑鸣的鼓励让老翟充满正义的力量,下午即草拟了一份检举信,发给郑局过目后,次日一早即奔赴县纪委。这天下午,郑鸣正跟方海明讨论《颍川会典》编撰工作,戴胜打过来电话。他问郑鸣方不方便说话,郑鸣说不太方便。戴胜问什么时候方便,他说大概一个小时以后。戴胜说过会儿去找你。不由分说就挂了。才半个小时,戴胜已经赶到。他坐等方海明谈完事离去,对郑鸣说:文管所招考公告已经挂到网上了,你知道吧?

郑鸣茫然。不知道啊。

戴胜冷笑。眼皮子底下的事都看不住,真够负责了!

郑鸣急忙打开电脑,搜到人事考试网查看,果然已经出来了,所有条件与要求俱如老翟纸上所列,报名时间也仅有三天。郑鸣恼火至极，忍不住骂了句脏话。怎么搞成这样？戴胜质问，你干吗吃的？

这事又不归我管。

你总是副局长吧，就不能说句话？

局长一个人就定了，我根本就不知道，再说这事在业务上跟我又没关系，往哪儿说话去？

那你说怎么办吧。

郑鸣瞪着戴胜。哦，讹上我了是吧？

谁讹你了？你要不想帮忙，或者帮不上忙，早点说啊，别耽误事啊！戴胜嗤地一笑。讹你？呵！

郑鸣火死了，又无可奈何，只好埋头抽烟。戴胜也没好气。两个老朋友隔着桌子发闷。一支烟后，戴胜问：你还有没有办法？郑鸣说：嫌我没能力，你可以另寻高明。戴胜站起来就走了。郑鸣气得发愣。他喝杯茶静了静，给老翟打电话，询问举报情况。老翟说纪委承诺调查，让等结果。等结果等结果，等结果出来，生米都变成凉屎了。郑鸣将烟蒂摁进烟灰缸，打开文档，开始写揭发的文章，准备贴到网上去。刚写了一半，老翟又打过来电话。老翟的声音变得很熊，完全没了之前义愤冲天的激情。他说巴局找他谈话了，巴局向他交了底，坦承这就是个萝卜招聘，人选是县委常委、县委办公室主任王某的侄女，之所以拖了这么久，就因为她的自考大专文凭还没拿到手。老翟这样弄，是跟王某过不去，而老翟的女儿就在王某手下当兵。巴局让老翟自己掂量后果。

算屎了吧，拗不过的。也别在网上发文了，他们会认为是我搞的，肯定会整我闺女。至于陈倩，咱们想想办法，先她把当编外人员聘进来，以后再等机会。老翟说，要不你找找你哥吧，让你哥出面发个话，压住姓王的，这事准能成。

郑鸣瘫在椅子上，烦得想摔东西。晚上有人邀喝酒，他怕独自回家闲愁难耐，就去了。喝到十一点多，醉醺醺地被人送回小区。他摇晃着走进电梯，有个人在后跟进来。电梯关闭，他突然酒劲上涌，想要呕吐，身体不由自主下坠。旁边那人连忙搀住他，左手也被紧紧握住。他抬头看，居然是陈倩。

是你呀。他说。

怎么喝成这样？陈倩说，我叫你你都不理，以为你生我气了呢。

对不起啊，没听到。

郑鸣醒来时，天已经亮了。一绺阳光从窗帘缝隙钻进来，软弱无力地粘在墙壁上。他听到呼吸的声音，虽然轻浅得像春昼的薄梦，在此时寂静的房间里仍然清晰可闻。他扭过头，看到一张女人的脸。是陈倩。他吓了一跳，翻身而起，看到身上穿的依旧是昨天的内衣裤，才稍安下心。再看陈倩，也是和衣而卧，且是躺在被子之外。他回想了一下，实在想不起来昨晚都发生过什么，只记得一进家门就狂吐了一顿。不过看样子，想必也没有发生什么狗血的事。陈倩被他惊醒，两眼惺忪地从床上爬起来。

你醒了？她微笑说。

嗯，让你受累了。

哪里话！

陈倩简单洗了一下脸，要给郑鸣做早餐。郑鸣很愧疚，觉得有点无颜面对她。他立在厨房门口，看着她在那儿忙碌。

招考的事，你知道了吧。

陈倩停顿了一下，继续切菜。翟所长告诉我了。

他怎么说？

他说已经没办法了，只有你哥哥才能挽回局面。她回过头来，温柔地盯着郑鸣。我来不是求你帮忙，是让你放弃的，你不要多想。她说，我不想因为这事让你太为难。

郑鸣不知所谓地笑了笑。早餐一时做好。陈倩手艺还不错，只是吃饭的气氛比较压抑。郑鸣因为尴尬而不知说什么好，反倒是陈倩表现出轻松的样子，努力在找话说。饭后郑鸣要上班，陈倩也得回去。在出门之前，陈倩捉住郑鸣的手，紧握在胸口，两只眼睛以无比诚恳的姿态盯着郑鸣的眼睛。

答应我，不要再为我的事做任何事！她说。

郑鸣难堪地笑了笑。

答应我！陈倩的语气变得很执拗。

好吧。郑鸣说。

这才好！陈倩笑起来，一副如释重负的样子。然后——然后在郑鸣的脸上亲了一下。她比郑鸣低一些，亲吻他需要踮起脚，整个人就倒在了郑鸣胸前。郑鸣心慌得无法收拾，差点抱住她吻回去。整个上午，郑鸣都在办公室发呆，看着一片阳光从办公桌上缓缓退缩，最后消失无踪。下班后他去找罗晓芸。他想起罗晓芸的大伯曾当过人大常委会主任，试图游说她帮忙。罗晓芸听了他的请求，觉得莫名其妙。

你不是说陈倩在利用你吗？干吗还这么卖力帮她？

她除了利用我，还有什么办法呢？郑鸣说，一切通道都堵死了，穷人家的孩子根本没有出路，除了出卖尊严，她还能怎么办？

你什么时候成革命家了？罗晓芸取笑他。天底下又不是这一条路，穷人家的孩子通过努力奋斗，过上好日子的要多少有多少。就算是公务员，穷人家的孩子考上的还少吗？

但在咱们这种小城市……

那就去大城市。

郑鸣无语。罗晓芸盯着他，眼神充满责备。你就是这样帮我的吗？

郑鸣愈加无语。这许多天来，他越来越多地处于失语状态，所面临的现实已经超出他的能力和想象，并不时将他逼入困窘境地。罗晓芸见他心情已然很糟，也不再多说。她站到郑鸣身后，两手拢着他的脑袋，给他按摩耳朵和太阳穴。据说这能缓解焦虑和恶劣情绪。她的手指柔软而有力量，在郑鸣脑门和脸颊上接挲。你要帮她，我也愿帮你。她说，可是你也不想想，我大伯就是个退休老干部，人走茶凉，还能说上什么话呢？

郑鸣不是想不到这一层，而是病急乱投医。此时被拒，他彻底无计可施，思来想去，只能去找亲爱的哥哥。下午下班，他开车奔赴一百二十里外的哥哥家。郑咏还没回来，只有嫂子在家里喋喋不休地骂保姆。郑鸣跟嫂子聊了一会儿，问哥哥什么时候回。嫂子说不知道。郑鸣见嫂子情绪低落，以为跟哥哥吵架了。

他哪有心思跟我吵架？嫂子说，你哥不知道得罪了哪个王八蛋，被举报到巡视组，听说上头要查他。嫂子哀叹，你哥虽然没事，不怕查，但总归很恶心，这些天正忙着对付这事儿呢。

郑鸣胸口被石头一块块塞满，沉甸甸的不留一丝缝隙。他想问问哥哥情况，表示一下做弟弟的关心，便给郑咏打电话，说来家了，等他回来吃饭。郑咏只说了声在忙，你们吃吧，就挂断了。嫂子依旧在找茬骂保姆，把小姑娘骂得眼泪盈盈。郑鸣坐不下去，就找个借口离开了。他相信哥哥的操守，所以并不过分为他担心，但是向他请托的事也只能放下。他驱车回颍川，半途接到陈倩电话。陈倩说有人送了她两张电影票，想请他去看电影。郑鸣说他在市里，回不去。陈倩有点遗憾。

那就明天吧，明天再去。她说，还有啊，不能再喝那么多酒。

郑鸣将车停到公路边。四野漆黑一片，夜空中散落几点模糊的星辰。他枯坐在车厢里，仿佛一只硕大的茧，缠缚重重而又空虚无比。他呆了很久，给陈倩发了条微信：

对不起，我已经无能为力。

十分钟后，终于等到了陈倩的回复。没事啊，我说过让你不要再管我的事。别难过了。晚安！

晚安！

郑鸣关掉手机，把车内外的灯都熄灭，将自己和车辆一同沉进冰冷黏稠的黑夜。第三天上午，戴胜到文广新局来找。他给郑鸣打电话，一直关机，就直接跑到单位看他在不在。郑鸣在。他昨晚没休息好，精神有点萎靡，反观戴胜，看上去也很憔悴。他问戴胜有什么事。戴胜说：在这儿说不方便。

你说去哪儿？

出去找个地方吧。

他们并没有特别找地方。出单位后，戴胜开着车一直往北走，来到北关河边，将车停在景观道旁。路边垂柳成行，叶子早已落尽，细长而浓密的枝条仿佛女人枯槁的头发，在汹涌的寒风里乱蓬蓬飞舞。郑鸣以为戴胜知道了不该知道的东西，要找自己打架，打定主意不跟他动手。他扫戴胜一眼，见他脸上并无怒色，只有乌云一样的郁悒。什么事？说吧。他问。

戴胜说：我要离婚。

郑鸣颇感意外，但并不震惊，似乎已预料到这一刻终究会来。陈倩在逼你？他问。

没有，是我自己决定的。

陈倩有那么好？

不全为她，我跟你说过，我想换一种生活。

郑鸣不说话，目不转瞬地盯着戴胜。车厢狭小，戴胜在他的逼视下躲无可躲，难堪地挨了一会儿，终于绷不下去。好吧好吧，是因为陈倩。

但是接下来，戴胜并没有说明因为陈倩什么，也没有说明他跟陈倩发生了什么。大概他认为只要承认"因为陈倩"就已经足够，没必要再把属于他们两人的私事拿出来与人分享。他说他去找了姚主席。他跟郑鸣闹僵后，寻思无计，只好冒着挨骂的风险去找恩师，请求他老人家出手相助，帮陈倩谋个带编制的差事，如果文管所那个没希望，其他单位也行。姚主席大发脾气，骂他胡闹。他说这次不是胡闹，他已经决定要跟陈倩生活在一起。姚主席说：那就先跟罗晓芸离婚，跟她结，结了再来找我。

我已经决定了。戴胜说，我找你，就是想托你转告晓芸，劝劝她，让她想开些。

戴胜讲完，似乎轻松了些，仿佛这是一场考试，只要交了卷子，答得好不好就不重要了。郑鸣把手中烟抽完，将烟头弹进路边的垃圾箱。真决定了？

真决定了。戴胜说，我只要那套二室的小房子和这辆车，其余的都不要，孩子也可以归她。只要她答应离婚。

好，你不要后悔。郑鸣推开车门，跳下戴胜的车。北风吼吼乱叫，辽阔天空晴透无比，阳光没有温度，却明亮得刺眼。柏油景观路笔直干净，如同黑色的河流，一辆出租车开着绿灯，在河面上疾驰而来。戴胜在车里喊：我送你回去吧。郑鸣不睬他，伸手将出租车拦停。

去维也纳。他对司机说。

七

罗晓芸端坐在沙发里，听郑鸣转述完戴胜的意愿和决定，长时间没说话。她神色看上去很镇静，手却在颤抖，执壶倒茶时，大半茶水淋淋瑟瑟地洒到杯子外。她对郑鸣说：你去摸摸暖气片，是不是没暖气了。

郑鸣很难过，想握握她的手，想拥抱她，却只是在心里冲动，终究没有做出来。对不起！他说，我没能拆散他们，反而弄到这样的结果！

罗晓芸摇摇头。这不怪你。一个人要走，锁都锁不住他。她说，我本以为，由着他在外头玩，等玩腻了，对性不再有兴趣了，就会回来跟我过平静生活。我对他那么纵容，对他那么好，他还要这样！还有他老师，我那么敬重，他竟然煽动戴胜跟我离婚！她眼神呆滞，像是自言自语，眼泪失去控制，一时溢满了眼眶，一颗颗连珠而下。我的心凉透了。她抓起郑鸣的手放到胸前。你摸摸，这里头结满了冰。

说到这里，罗晓芸脸庞开始剧烈颤抖，嘴巴也难以抵制地咧开，似乎要号啕大哭一场，却并没有哭出来。郑鸣心疼得没办法，百般纠结，却只是抽了张纸巾递给她。

三天后，朱琳从省城赶回来。罗晓芸聘请她当自己的律师，帮她处理离婚事宜。她要让戴胜净身出户，孩子归他，而她有权随时去看望。如果戴胜不同意，就法庭见。既已无情，就不必留情，有朱琳这个在颍川几乎战无不胜的律师在，罗晓芸要一硬到底。

朱琳是在中午时分赶到颍川的。她先回了趟家，跟丈夫一起吃了顿饭，听他谈了谈戴胜一家何以至此的前因后果。郑鸣讲了很多，为他们两口走到这一步唏嘘不已。饭后，郑鸣陪她去见罗晓芸。罗晓芸很平静，没有哭泣也没有悲愤，谈起财产归属以及可能会发生的相关问题，条分缕析逻辑清楚，如同在谈一桩势在必得的买卖。签过委托协议，朱琳说：真的一点儿也不给戴胜留？

罗晓芸说：不是有儿子吗？儿子留给他。

朱琳嘎嘎笑起来，回视郑鸣。看到了吧，得罪女人有什么好下场？

郑鸣不知朱琳这句话是有感而发，还是别有所指，心头一阵慌，脊背上的毛孔骤然张开，冷汗便要钻出来。还好朱琳很快改变话题，跟罗晓芸商谈相关细节，郑鸣才重新活泛过来。这边谈完，朱琳要去找戴胜交涉，问郑鸣要不要一起去。郑鸣觉得既然来了罗晓芸这儿，也应该去看看戴胜，以示在他们的离婚纠纷里无所偏倚。戴胜没想到罗晓芸会做得这么绝，一副不可思议的神态，反复问朱琳是不是真的。朱琳说是真的。他还不相信，眼巴巴地瞅着郑鸣。郑鸣很不好受，叹气说：你这是何必呢？戴胜这才不得不信。他接过郑鸣的烟，一口一口抽得失魂落魄。朱琳说：你如果不接受，也可以找个律师，跟罗晓芸打官司。

戴胜不语，仿佛没听见。朱琳说：跟你说话呢。戴胜抬头看看她，又看看郑鸣，眼神惆怅得令人心碎。算了，都给她吧。戴胜说，我有工作，钱可以再挣。朱琳一向鄙夷戴胜，此时发现他还不算太烂，未免心生同情。她说：你别急着做决定，给你一夜时间，好好想想，我明天再来找你。

这天傍晚，网上突然爆出个大新闻：政协主席姚富根出事了。这段时间他一直带队在外地考察，今天下午才回来，刚进办公室，省纪委的人就出现了，直接把他带走。网上都这么传，似乎板上钉钉，但郑鸣觉得情节很可疑。因为据戴胜讲，他前几天还去拜访过姚主席，何来的"一直在外地考察"？还有什么刚进办公室，纪委的人就从天而降，说得跟传奇故事似的。但凡事件一进入大众舆论，往往会被加工变形，赋予各种有利于加速传播的情节和噱头。不过姚富根被带走，却是毋庸置疑的事实。这一晚微信里热闹得不行，各个群都在说这事，到处弥漫着喜看官员倒大霉的快乐。只有一个群气氛低回。这个群成员大多是县政府各部门在职或退休的中层以上干部，郑鸣也在里头。姚主席一向官声不错，没想到也有今天，大家惊讶之余，百感交集，纷纷叹息官场难混，不如挂冠。还有不少人给郑鸣留言，向他打听情况，想必是认为他跟姚主席的高足是好朋友，一定知道更多内情。其实郑鸣所获知的信息，也都是从网上看来。他跟姚富根并无交情，但他毕竟是戴胜的恩师，都快退休了突然翻船，难免也有点兔死狐悲的感慨。想来戴胜也真可怜，刚被老婆净身，又逢恩师倒台，这两个人生难得一见的悲剧，同时让他撞上了。他想约戴胜出来喝酒，表达一下苍白无力的关心。他还没想好去哪个饭店，戴胜的电话先打过来了。

戴胜情绪极端低落，嗓子也嘶哑了。嗓子虽哑，火气却很大，电话一接通，他直接质问郑鸣，有没有把姚主席让他离婚的事告诉罗晓芸。郑鸣顿时慌作一团，支吾说好像说了。

戴胜大怒。我明明跟你交代过，不要告诉她，不要告诉她，你干吗还要告诉？他气得声音都打颤了，想必身子也在那边剧烈地抖动。姚主席那样说话，其实是在数落我，哪里就真的指使我离婚？

你不是坚决要离婚嘛，我是想着，让她知道姚主席也支持你们离，可能会更容易放手。郑鸣期期艾艾地说。他已经意识到了一个严重的问题。姚主席出事，跟她有关吗？

除了她还会有谁？戴胜说，姚主席的很多事都是经我手做的，只有她最清楚。戴胜说着，突然神经质似的冷笑。你那天说让我不要后悔，我还以为只是一句气话，没想到你们竟然这样搞！我的确后悔了，郑鸣，我后悔死了，我戴胜怎么有你这样的朋友？

戴胜说完就挂了。郑鸣恶心得像吃屎。他顾不上跟戴胜解释，马上给罗晓芸打电话。罗晓芸当时就接通了。郑鸣问她知不知道姚主席被带走。罗晓芸愣了一下，说刚听说。郑鸣问是不是她举报的。罗晓芸在那边陷入沉默。这等于承认。弄了半天，原来罪魁祸首居然是自己，郑鸣几乎崩溃。他不晓得该骂罗晓芸，还是骂自己，只有叹息而已。

这有点太过分了。他说，何必要赶尽杀绝呢？

别说了，我已经后悔了。罗晓芸说，当时就是恨他，恨他跟戴胜一样无情，就写了检举信，发给了巡视组和各级纪委信箱。没想到这么快……

是实名吧？

是的，当时太恨了。其实我是想……

别说了。

郑鸣打断她的话，将手机挂断。他也只能用这种方式，来表达一下对罗晓芸的失望和不满。他似乎有点理解戴胜为什么执意要离婚了。在他跟罗晓芸通话的时候，朱琳也接到了戴胜的电话。戴胜反悔了，不愿再便宜罗晓芸，要跟她打官司争家产。他说他要把房子和车都卖掉，把钱送给师娘养老，求朱琳看在他如此悲惨的分上，不要再帮罗晓芸。戴胜大概太伤心，说着说着就满话筒鼻音。朱琳骂他咎由自取，心却不由自主软下来，答应手下留情，但是罗晓芸也是熟人，签过的委托协议不好撤销。

我给你找个律师吧。朱琳说，专办离婚案，水平很高。

朱琳跟戴胜讲完电话，到阳台上找郑鸣。郑鸣正在闷头抽烟。刚才陈倩打了几个电话，他都没接。陈倩又发微信和短信，问他为什么不接电话。他也没回。朱琳看他郁闷难当的模样，幸灾乐祸地笑。这时陈倩的电话又打过来，郑鸣直接挂断，然后将手机关机。朱琳问：为什么不接？

烦，不想再掺和他们的事！郑鸣说。他抱住朱琳，将头蹭在她脖颈里。我跟你去省城吧。

干吗？

不想在这儿了。郑鸣说，县城实在没意思。

八

戴胜和罗晓芸的离婚官司打了很久。朱琳信守承诺，给戴胜找了个出色的律师。两位律师各为其主，从冬末打到来年春尾，一直折腾了三四个月也没完事。这其间罗晓芸态度有变，声称戴胜只要认错，以后好好过日子，她愿意放弃离婚。事实上她根本不想离。在一次庭审后，她喝了点酒，向朱琳哭诉初衷。她举报姚富根固然是为解恨，但也是想断掉戴胜的后路，让他无法给陈倩找到好工作，陈倩就会离他而去。逼他净身出户，也不过是吓吓他，让他服软，以后老实点，不敢再动离婚的心。没想到戴胜竟然不吃这一套。她觉得她把一切都搞砸了，抱着朱琳呜呜痛哭。朱琳奉命找戴胜交涉，劝他与罗晓芸和解。戴胜断然拒绝。

我不想说她的坏话。戴胜说，但是我意已决，绝不可能再跟她复合。

朱琳回来复命。罗晓芸又哭了一场，再请郑鸣去游说。郑鸣跟戴胜打电话，每次都是忙音，很纳闷，后来才意识到是被拉黑了。他自知理亏，无话可说，觍着脸去医院找。戴胜看到他，就像看到陌生人，爱理不理。郑鸣请他去喝酒，他说戒了。郑鸣根本不信，因为他身上明明还残留着宿酒的气息。戴胜一直在忙，没工夫跟他多说话，等到忙完，换掉衣服径直就走了。这是刻意的无视。郑鸣很难堪，郁悒而去，从此也不再去找戴胜。

在他们打官司的这三个多月里，发生了一些大大小小的事。比如文管所招考，在没有反对者搅局的情况下快马加鞭地进行了，陈倩因不符合报名条件而无缘考试。比如政协前主席姚富根，在双规之后被移交司法，新闻上称之为本市打虎一大成绩。比如郑鸣的亲兄郑咏，在一场惊心动魄的虚惊后，开始焦虑，失眠，记忆力快速减退，郑鸣请罗晓芸去检查了一下，说是得了抑郁症。等过完寡淡无趣的春节，陈倩的父亲也住院了。

郑鸣一直没跟陈倩联系。陈倩也没再联系过他，大概自那晚上他电话不接，短信不回，陈倩就已经知道该怎么做。在断掉联系之前，她给郑鸣发了个微信，辞去《颍川会典》编委职务。郑鸣象征性地挽留了一下，但在之后的编稿会上，再没有见到陈倩出现。春节前夕，郑鸣在微信上给陈倩转了五千块钱，标注是编稿酬劳。这钱其实是他自己的，编撰工作进展缓慢，根本还没做出来什么东西。他担心陈倩不领，还好过不多久，系统就提示对方已收款。好好过个年吧，小陈。他对着她的名字说。

他是在微信上得知陈倩父亲住院的。上元节那天，他很无聊，照例闲翻朋友圈。朋友圈是个好玩的地方，你可以在这里知道别人想让你知道的东西，也可以让别人知道你想让别人知道的东西。他看到陈倩发了一张照片，在医院病房，和一个老头儿的合影。老头儿瘦骨嶙峋，躺在病床上打点滴，陈倩坐在床头，身子斜向老头儿，把自己和老头儿框在一起。图片上头配有文字：春天来了，一切都该好起来了。

爸爸加油！下头附有定位：颍川县第二人民医院住院部。他犹豫了半天，在下头留言：祝老人家早日康复！

很久之后，陈倩简单回了几个字：谢谢！祝福你！

父母相继住院，郑鸣可以想象得到陈倩承受的压力。他不知道她和戴胜是否在一起。他倒真心希望他们能够在一起，虽然未必合适，但也不失为一桩好事。农历正月末，县委办公室主任的侄女通过面试，被正式录取。农历二月初，老翟办理退休手续，回家养老去了。两天后他给郑鸣打电话，邀请他晚上去喝生日酒。这是老翟"人身自由"后第一个生日，所以他要大张旗鼓办一下，向大家宣告新生。郑鸣蹭别人的车来到酒店，看到陈倩也在。老翟一直觉得亏欠她，所以特别把她也叫来了。陈倩明显见瘦，若是初次见，会觉得是骨感美女，与印象里的她一对比，就会使人心惊。郑鸣颇感心酸，想跟她聊聊，问问近况，但是人群拥簇，不断有人围着他说话，不得其便。入席后，两人隔得很远。郑鸣努力使自己不要过于频繁地向她张望，而且他也做到了。散席之后，载他来的人要再送他走，被他谢绝，说要溜达溜达，散散步。他跟在陈倩后面走向附近的公共自行车停放点。陈倩走得很快，他哎了一声，陈倩回头看看他，放慢了脚步。他紧走几步跟上去，与陈倩并肩而行。就这样，在疏离两个多月后，他们又聊了起来。

他们聊了很多，基本上都是些日常琐碎，那些照理说应该是最重要的事，反而几句即了。比如陈倩和戴胜的关系。当戴胜开始跟罗晓芸打官司，陈倩就坚决断绝了他们的联系。戴胜毕竟是个杰出青年，有他的骄傲，渐渐也就不再纠缠。——也或者是相对于追求陈倩，打官司分财产和营救他老师更重要。总之现在他们几乎没有了来往。说到这里，她扭头瞟了郑鸣一眼。

你劝劝戴胜，如果还有可能，就别离了。她说，婚姻就像书本，时间久了，难免会有残破。残破了也不能轻易丢弃，修修补补，还能延续很多年。

郑鸣说：那也得看还有没有修补的价值吧。

他这句话只是敷衍。他不想告诉陈倩他与戴胜事实上已经断绝来往。陈倩笑了笑，没再往下说。已经路过两个停车点，他们都未停留，而是沿着街道徐徐向前走过去。一日风吹，四季桂的蕊瓣洒落满地，脚步踩过，如同踩在蚕砂上。郑鸣问陈倩有什么打算。陈倩说：我爸虽然出院了，情况还很差，也许支撑不了多久。我妈身体也不好，我必须在家照看他们。等爸百年以后，我就带我妈离开颍川。

去哪儿？

不知道，总归是大城市吧。

陈倩他爸果然没撑多久。过了两周，郑鸣去西安出差。郑鸣并没有像他说的那样辞职去省城。所谓厌弃工作，厌弃县城，不过是现实受挫、情绪低落时的牢骚，真让他放弃现有一切，他也做不来。就算这是臭水塘，他已是水塘里的一部分，赖此以生，倘若舍弃而去，他怕自己活不了。到西安第二天，他接到老翟电话。陈倩她爸死了，他想约郑鸣一起去吊唁吊唁，表示个意思。闻此噩耗，郑鸣竟有一种如释重负的感觉。他说他在外地，去不了，让老翟帮他封一千块钱带过去。老翟应诺。在挂断电话前，他随口问：她爸怎么死的？

服毒，半瓶百草枯。老翟说，大概是不想再拖累闺女了。

郑鸣愕然。他给陈倩打电话慰问。陈倩声音很憔悴，仿佛被粗粝手掌揉搓破皱的花朵。郑鸣知道一切安慰都无用，也只能劝她节哀顺变。陈倩对郑老师的关心表示感谢。三天后，郑鸣公办结束，乘高铁匆匆赶回来。到家时已是午夜。他很疲惫，倒床即欲入睡。在进入眠梦的边缘，手机微信响了一下。他迷迷糊糊地打开看，是陈倩发过来的。

我要离开颍川了，以后不再回来。本想悄悄而去，终是有所留恋。从此一别，永不相见，只想最后说一句：很高兴认识你！

郑鸣睡意顿无，马上打过去电话。嘟了两声，陈倩就接通了。接通了，却又彼此无语。默然很久，郑鸣说：走了也好。

陈倩说：嗯。

县城没什么好留恋，哪儿容留你，哪儿就是故乡。

嗯。

什么时候走？

明天上午，北站的车。

去哪儿？

先去省城吧。

你一个人？

全家，我，我妈，还有我爸。陈倩说，我带着我爸的骨灰。

郑鸣黯然。我明天去送你。

陈倩沉默了一会儿，说：好。

北站在北关河对岸，以一座老梁桥连通市区。陈倩跟他约在桥头相见，时间是八点。郑鸣所住的小区离桥不远，步行也不过三十分钟的距离。他把手机闹钟定到七点，醒来后简单洗漱，即出门往桥头走。在文庙路口，他看到两个熟悉的人在那儿等红灯：一个是戴胜，一个是戴胜他儿子戴果。戴果背上背着把吉他，跟他爸一人骑一辆小绿。今日周末，想必是戴胜送戴果去培训班学习。郑鸣喊：果果！戴果回头，看到是郑鸣，冲他叫了声郑叔叔。戴胜闻声，扭头往这边看，眼光在郑鸣身上扫了一下，就又别过头去。戴胜还是老样子，只是神情明显有抑郁的痕迹。此时绿灯亮起，戴胜对果果说：走！父子俩骑着小绿，裹在车潮里涌向前去。郑鸣伫立街口，目视他们远去直到看不见，方又踽踽往前走。走到下一个路口，他在一栋楼前站定，抬头打量这座十层高的建筑。

楼依旧。包括那副对联，也依然鲜亮地挂在大门两侧，正门头上"妙香居"三个行草体鎏金大字同样光彩照眼。只是店门却已经关闭，玻璃把手之间穿着一把长锁。王老板学人家放高利贷，大量资金收不回来，要账的围门堵户，应对不了，只好跑路躲避，饭店也在几天前关门了。郑鸣站在路口，打量着这栋看上去高大雄壮的楼盘，无数往事在脑际一闪而过。他想，也许应该跟陈倩约在这里见面，从这里开始，也在这里结束，会更有意义。至于是什么意义，谁知道呢，也许是讽刺吧。

郑鸣继续往前走，在十分钟后来到北关桥南头。他看看手机，距离约定的时间还有五分钟。桥头堆着一道障碍物，他抬起头，眼光越过障碍物看过去。嚯！他惊叹了一声。桥断了！并不是全断，而是中央那两根桥柱之间的条梁断裂坍塌，将老旧的公路桥拦腰截开。大概是被超载车辆压垮的吧，这座年岁已久的混凝土梁桥早就该翻修了。不过看情形，不可能是刚断的，他问旁边修鞋的老头儿，果然已是两天之前的事。时间快到了，陈倩还不见，郑鸣站在桥头四处张望，忽听到有人叫他名字，循声望去，只见陈倩站在桥那头，正朝他挥手。郑鸣就愣了。一愣之后，他向陈倩喊：等我一会儿，我打车绕过去。

车马上就开，不要跑了，就这样道个别吧。陈倩在那边说。你保重啊！

郑鸣犹豫了一下，脱掉夹克、裤子和皮鞋，丢到修车老头儿旁边。老叔，你帮我看一下，回来给你二十块钱。老头儿狐疑应诺。郑鸣穿着一身内衣跑下河堤，将一只红包咬在嘴里，心一横跳下河去。今年是暖春，近几日艳阳相继，已颇有点初夏的意味。河水虽然很凉，却并非不能忍受。不能忍受的是河水的质地与气息。河面上污腻晃动，密布着黏稠的物质和细碎的紫背浮萍，郑鸣昂着脑袋往前游，难以言状的臭味直冲鼻窦。越往河中游，臭味越浓烈，呛得他几欲作呕。还好他出身乡野，小时候玩尿泥长大，虽然久疏乡土，也并没有把自己变得多娇贵。所以也就两三分钟，他就成功游到了对岸。陈倩已跑到岸边，伸手将他拉上来。

你这是干吗呢！陈倩嗔怪他，两眼潮红，几乎要哭的样子。

郑鸣笑。送你嘛。将红包递给她。一点路费，聊表心意。他说，包脏了，还好钱没脏。

你可以在手机上发红包啊，干吗要这样游过来，这么冷，水还这么脏。

发红包你不收呢？还是送过来保险。

你送过来我一样可以不收啊。

我都这样了，你忍心不收吗？拿着拿着。郑鸣嬉笑着将红包塞进陈倩手里，然后东张西顾。你妈呢？

在候车室。

哦。你爸呢？

陈倩指了指肩上的背包。在这里。

一家人在一起，挺好的。郑鸣说，一路顺风！照顾好老人，也照顾好自己！

陈倩眼泪泛上睫毛，欲要向前拥抱郑鸣。郑鸣慌忙往后躲。别别，我太脏。

陈倩说：我不怕。又要上前。这话很矫情！包括这种情形之下的拥抱也很矫情！这是此时郑鸣的感想，因为旁边有不少人在围观，而且还有越来越多的人正在赶过来。河两岸是游园，每天麇集着数不清的闲人，郑鸣相信，两个人倘若再说下去，周围很快就会人头攒动，并且很可能会变成本地网络上的话题。他对陈倩说：赶紧去车站吧，不要让你妈等急了。

好吧。陈倩说，你怎么回去？

怎么来的，就怎么回去。

郑鸣说罢，朝陈倩摆摆手，回身滑下河堤，再次扑进肮脏的河水。他进水太猛，河面被陡然砸破，荡起一片腥臭的浪花，溅进他未及闭合的嘴里。他在水里扑腾着，拼命往外吐，吐啊吐啊吐不尽，也就作罢了，任由那种恶心的滋味在舌间齿后融化蔓延。他展开双臂，划动着污秽的河水，从容而又娴熟地往回游，身体半浮在花花绿绿的水面上，仿佛一条优雅的鲇鱼。

原发《十月》2017年第3期

《作品与争鸣》2017年第8期选载

无缘无故在世上走

一

第二次事故发生在三十四天后的中午。

与第一次不同，这次事故没有任何征兆。在事发前一切都很美好：首先，许诺睡了个高质量的觉，还梦到升职加薪；然后，他跟妻子做了场高质量的爱，获得了令人自豪的愉悦。在饭店吃早餐时，服务员多夹了一只水煎包，收银员又多找了一块钱。当他驱车出城，一向以拥堵闻名的街道畅顺无比，平时上高速得花五十分钟，今天半个小时就到了。天气还很好，空气如清澈之水，用手一撩，就能荡漾起一波波透明的縠纹。许诺驾驶他的新车，九点半出发，仅用了两个半小时，就赶到了一百八十公里外的颍川县。

驾车出行无疑是美好的。许诺喜欢开车，对他来说，开着汽车到处跑，是人生最惬意的事之一。当然这有前提：车得是小汽车，越豪越好，假如是翻斗大卡或拖拉机，他肯定没兴趣。其次，没有烦心事。倘若是出差公干，或者参加同学会，烦都烦死了，还有什么乐趣可言？许诺所效力的单位，是家搞建筑的工程公司。与所有雄心勃勃的企业一样，这家公司热衷于构建自己的企业文化，他们老板又是位出身行伍的诗人，因此，他们的宣传材料上充满了谜一样的口号和梦一样的诗行。他们宣称他们公司是个实现梦想的舞台。此话不假，许诺一来上班，梦想就实现了一半：天天开宝马。——他成了老板的兼职司机。他在兼职的岗位上干了三年，直到老板的官员朋友相继倒台，公司业务日益萎缩，他才受命回归本职工作。他的本职是办公室副主任，负责协助办公室主任处理公司的业务与诉讼事务，具体说就是投标竞标，催账收账，起诉应诉。他成了名符其实的车轮族，一年到头把着方向盘奔走四方。无车可开固然可悲，天天开车为人卖命同样辛酸。有人开车是生存，比如他；有人开车则是生活，比如老板和他的妻妾子女们。许诺认为，区别生存与生活的标志之一，就是拥有一辆属于自己的车。当然，有车不等于解决了生存问题，以老板为例，虽然坐拥三辆豪车，仍然要为公司的生存所累，不得不频繁出入各种私密场所，干一些伤肝伤肾的事。所以，好处不在于解决生存，而在于，只要有了自己的车，就可以随时在生存与生活这两种状态之间切换，从而使自己的人生更倾向于人生，而不是牛生或马生。许诺渴望有一辆车。

许诺对车的要求并不高，除了省油、耐用，就只有一点：别太贵。倘若车况好，二手的也可以考虑。他曾赋诗一首：品牌诚可贵，性能价更高。若为苦逼故，两者皆可抛。另外，他一点儿也不排斥国产车，并且坚信购买国产车是爱国的表现。这好像有点虚伪，就如一辈子离不开穷山窝的人抵制欧美游，很容易惹人质疑。许诺的顶头上司——办公室主任姚二就曾经嘲讽过他。姚二打了个比方：太监要禁欲，却声称是为了忠于皇上，禁欲跟忠心有个屁关系，说到底只是没那个能力罢了。这个比喻很刻薄，但是不可否认，它很形象，也很生动，同事们的哄堂大笑，则代表着一种心照不宣的共识。对此许诺很无奈。他没办法自证清白，就也揭发姚二的虚伪。姚二常常为加班牢骚满腹，但在年终报告里，却声称都是自愿，并将之归因于对公司的忠诚和热爱。这根本就是屁话嘛！大家互相诛心，都不是好人，于是同流合污，一团和气。

事后，许诺对购车计划做了修改：国产车当然不能拒绝，但价格不能低于十五万，至于二手车，国产原价二十五万以下统统不予考虑。他如此修改，相当程度上是为了赌气。但这不是唯一的原因，许诺是个本分的人，并不把面子看得大过一切，也绝不会为了赌气而把自己逼入困境。起决定作用的是他妻子的态度。一天晚上睡觉前，言语间又提到车的事，妻子说：要么不买，买就买个好点的，几万块钱的车哪儿开得出去？许诺也是这样想的，所以并不反对，但是联想到自己的现状，又没胆表示支持。夫妻俩在沉默中各怀心事。沉默已经成为他们日常的基本状态，就像是画布的底色，生活里日益单调的诸般色彩，不过是胡乱涂抹于其上的劣等颜料，既无美感，又无趣味。妻子将床头的灯关掉，卧室内漆黑一团。许诺的瞳仁仿佛两点墨汁，融化进了泥浆似的黑暗里。他说：你觉得什么价位好？

妻子没有立即回答。她大概是在思考。也不排除其实已经心有定见，但是不便马上讲出来，就用沉默来拖延几分钟。几分钟后，她说：也不需要太好，咱又不是有钱人，只要别太寒碜就行。她顿了一下，然后又说：我同事那辆就不错。

许诺见过她同事的那辆车，就在几天之前。几天前，他一个同事举办婚礼，他随份子出了两百块钱，他觉得他们的交情不值这个价，为了减少损失，就叫妻子一起去赴宴。他把饭店地址发给妻子，让她下班后赶过去。他在约定的时间出门迎接，看到妻子从一辆车里钻出来。许诺的心情一下子变得很糟糕。妻子似乎刻意打扮过，不光戴了顶蓝色宽檐遮阳帽，还戴了副棕色遮阳镜；身上穿的是短袖印花雪纺连衣裙，再往下是黑色的丝袜和白色的中跟鞋。这身装束清凉而性感，一起进出公共场合，定能为丈夫增色。只是帽子和鞋子都很眼生，许诺确定在此之前没有见到过。相比之下，那辆载她的车倒是很眼熟：中德合资的那个车标，略显紧凑的车型，屎一样的车漆颜色，——许诺一直想不通怎么会有人喜欢这种颜色，真是世界大了，什么口味的人都有。——没错，那个微信头像里的车就是它！

许诺和妻子共居一室，关系越来越冷淡，彼此却并不感到尴尬和难堪。这完全是手机和微信的功劳，在必要的对话和交流之外，两人捧着手机各玩各的，井水不犯河水。但是许诺发现，妻子渐渐变得有点古怪，聊微信或打电话经常躲躲闪闪，放着舒适的客厅沙发和卧室大床不用，偏要长时间待在厕所或阳台。这意味着什么不言而喻。他想跟妻子谈谈。只是没有证据，贸然相诘，不但无益于事，还可能打草惊蛇。而要收集证据，手机无疑是重要目标。无奈妻子防范严密，开机密码设置得异常复杂，手机又几乎不离身，根本无从下手。唯一可行的办法是偷窥，趁她在微信上聊得忘我，悄悄溜到身后去偷看。

不料妻子警惕性极高，每次都是刚蹭到身边，就被她发现了，然后迅速收起手机，质问他鬼鬼祟祟的想干吗。这么电光火石一瞬间，根本看不清她在跟谁说什么，眼光在手机屏幕上的匆促一瞥，只能让他对对方的头像有个大略的印象。还好许诺视力好，记忆力也不错，对头像的印象尽管模糊而粗糙，再次看到它时，他仍然可以断定绝对是同一个人。那个头像反复出现，使许诺的判断得到某种程度的证实，头像中那辆屎一样的汽车——真恶心的颜色！——也像浮雕一样刻在了心头。而现在，它如此清晰地出现在眼前。妻子步履轻快地走过来，脸上桃晕浮动，活像一只发情的孔雀。在来此之前，有没有发生过什么事呢？许诺强摁住心里那个狂躁的小人，装出淡定的样子迎过去。

谁呀？他目视汽车离去，若无其事地问。

同事。妻子说，刚好顺路，搭个顺风车。

哦。许诺说。他带着妻子走进饭店，感觉到头发在变，满头乌发尽成青丝，不，是绿丝，譬如一丛结缕草，郁郁葱葱地顶在脑壳上。这也算是妻子为他增色吧。此时此刻，他听到妻子再次提到那辆屎一样的车，恶心得像吃了屎。

那就买这款吧。许诺说，就是颜色太难看，得换个色。你想要什么颜色？

妻子轻轻笑了一下。笑声像夜行的蝙蝠，扇动着带钩的翅膀钻进许诺耳朵。她说：又买不起，想什么颜色！

先想想嘛，想想又不交税。许诺说。

妻子说：只要你买得起，什么颜色我都要。

这是个很伤自尊的回答。许诺想笑一笑，再说句"你倒是不挑啊"，但他随即想到妻子很可能会这样回答他：人都挑，何况车。遂把话咽了下去。他又想取笑她饥不择食，连屎都要，话未出口又转念：何必呢？眼下这气氛不适合斗气，多言无益，还是闭嘴吧。

没什么好斗气的，那款车许诺的确买不起。他在网上查过，官方报价十四万八千元，而他银行卡里只有五千多。这大约是他一个月的工资。在省城，这个工资不算太低，然而联系到许诺的学历和工龄，就有点说不出口。许诺高考不争气，只考了个二本，但在大学发愤图强，考了个 211 的研究生。老板当初看上他，其实是就看上了他的学历。老板是个自学成才的退伍军人，后来花钱读了个 EMBA，拿到一张看上去很拽的证书。他坚信凭此证可以唬遍大河上下，却唯独唬不过秘藏内心深处的自卑，而他经营的公司，虽以"工程建筑"命名，事实上不过是个大型包工队，所有资质都是租赁的，属下员工多属粗人。缺什么补什么，老板需要高学历人才装门面，可是工程建筑专业的高端人才太贵，老板又很抠门儿，于是，急于跳槽而乱投简历的许诺进入了老板的视野。

酒量怎样？

一般。许诺说，能喝一点啤的。

开车呢？会不会开车？老板问。

会。

老板将烟蒂摁进烟灰缸。明天来上班！

许诺就此获得了宝贵的就业机会。老板也有了吹牛的资本，每有宴聚，必定要找借口召许诺进场，交代些不痛不痒的事儿，然后再"随口"给列位宾客介绍几句他的学历渊源，意在诏告天下：看，老子的车夫都是硕士！否则他许诺一个学植保的，专业既不对口，又没工作经验，老板要他何用？当然，他不是以司机身份入职的，老板一开始就封他为办公室副主任。但这只是个虚衔，用以羁縻他而已，他好歹是个 211 研究生，老板再狂妄，也不好意思直接任命他当司机。不过呢，天天开着豪车陪老板，也是挺风光的事儿，升迁的机会也必定多过普通员工。谁不知道伺候领导是上进的捷径呢？贴身的太监胜诸侯，何况老板还承诺过，只要干得好，就提拔他当办公室主任、总经理助理乃至于副总，如果实在能干，总经理也不是没可能。老板把这些话讲得异常诚恳，就差没许愿招他当驸马。许诺也感动得一塌糊涂，差点儿泪洒当场。他认为上天眷顾，终于让他寻到了明主，暗暗发誓要尽忠报效。后来他跟姚二聊天，谈起老板的厚望与重托，言辞之间充满感恩。姚二鼻孔冒气冷笑了一声。

别自作多情了。姚二说，老板对谁都那样讲。

许诺以为姚二吃醋，大度一笑了之。时间长了，他才发现姚二的话原来不假，对于想留住的人，老板都郑重其事地给他们画过大饼。这让许诺很沮丧，但是想想自己的学历，便又信心百倍，自认如囊中之锥，必能在这个土气的公司脱颖而出。而且相比之前的几份工作，现在的工作无疑更稳定，更适合自己，也更有前途。许诺的胆量在陪同老板出入各种场合的过程中日益肥壮，渐渐敢于憧憬未来。他准备买车。那时他还没结婚。他跟女朋友谋划买车已久，当时他们的要求不高，只要有个代步工具，让他们在方便的时候自驾出游，回老家省亲时再撑个脸面，基本上就够了。他们看中了一款车，十万左右，打算买下来，当作送给彼此的结婚礼物。但在去 4S 店前夜，女朋友改变了主意。她觉得房子更重要，婚姻是大事，她不希求钻戒洋房海外旅游度蜜月，但却不愿把婚房放在狭小逼仄的出租屋里。相比之下，汽车是不急之需，以后再买不迟。这是个很贤淑的要求，许诺当然支持，并且基于对自己前途的乐观，对买房子这么可怕的事竟然也没感到太多恐惧。他们本打算买套老点的房子，图便宜，但是小两口所能筹到的钱实在有限，只能去买更贵的新房子，因为新房首付少。

这大概是他们夫妻这辈子最英明的决策。时间证明，他们的选择无比正确。四年过去了，尽管他们的收入没有明显增加，生活质量随着物价的提升反而有所下降，但是资产却增长了几十万。不用说，这是拜房价所赐。中国的房价是个神奇的存在，只会涨不会跌，曾经预言房价会跌的人纷纷咬舌自尽了，厚着脸活下来的也只能唾面自干。恰逢省城又来了个能吏，把所有城中村一股脑拆了个干净，密密麻麻的蜗居者失去藏身之所，要么圆润地离开，要么买房为奴。——房租狂飙不已，租房住已经不划算了。四年后，他们躺在床上回想过往，对当初弃车买房的决定庆幸万分。房奴也不是谁都当得起的，在现实生活里，这是一种成就，甚至代表着某种成功。对于事业无望的人来说，还有什么事比跟着房价的飙升计算自己的财富涨幅更有成就感呢？

时至今日，许诺夫妻对他们的事业都已不再怀抱希望。妻子本就是个小女子，没有宏图大志，跳了两次槽就跳累了，趴在一个公司安安生生当起了文员。至于许诺，做着升迁的美梦伺候老板，伺候了三年，忽然被打回原职。取代他的是位二十多岁的少妇，貌美艳，能饮酒，口才辨给，豁得出去。许诺对老板这个安排表示理解：附庸风雅、卖弄文化，属于温饱思淫×，是吃撑了才干的事。如今公司形势日坏，需要的是能够攻城略地、开疆拓土的实用型人才，他这个书呆子既不中看，又不中用，自然得避位让贤。大概是为了安抚他，在调岗之前，老板保证过段时间就把姚二调到外地去当项目经理，让许诺补缺当主任。许诺感激而退。可是转眼过了一年多，姚二的屁股依旧牢固地粘在主任的位置上。许诺快快不乐，既不敢找老板质问，更不敢另谋高就。他的专业很尴尬，大体只有三条出路，一是考公务员，二是教书，三是到农资公司当业务员。考公务员当然是人心所向，许诺连考三次，无不以巨大的差距落榜，灰心而罢。去大学教书吧，随便个不入流的大专院校都只招博士，他的硕士毫无竞争力可言。所以毕业之后，他只能去推销农药化肥。他背着挎包东颠西跑，奔走了几个月，业绩差得骇人，羞恨不已，遂以跳槽为由逃之夭夭。所以此时，他虽然对公司心生怨望，却不敢轻言离开。何况还有房贷呢，一旦辞职，就将断供。许诺不敢冒险。冒险是年轻人的事，许诺认为他已经老了。

有很多证据证明许诺的确已经老化，比如肚皮越来越松弛，头发越来越稀疏，脾性越来越缓慢，性生活的次数越来越少而时间也越来越短。最后一项很令人难堪。按说他这个年龄不应至此，人家八旬老翁还敢娶少妇呢，黑人球星张伯伦一生更睡过两万个女人，而他年仅三十五岁，孩子都还没生，却连一个女人都不能满足，说起来真令人丧气。作为一个博览网络黄文的人，许诺深知长此以往将会发生什么，并为之忧心忡忡。他立志重振雄风。房事不决问百度，他搜了很多据说效验如响的偏方，比如啤酒加可乐，可乐加味精，早起顿服十枚生鸡蛋，等等等等。但很遗憾，这些偏方对他全无作用，他坚持服啊服，匍匐到妻子身上，需要坚强的部位依旧软弱如棉。妻子将他推开。妻子没有说话，也没抱怨。不说话比抱怨更伤人，抱怨说明尚存希望，沉默则代表已经绝望。许诺灰溜溜躺在妻子身旁，抚摸她小腹上的肚腩。因为运动少，脂肪已然开始在她肚皮下囤积，摸上去软绵绵的，仿若他的小弟弟。不光妻子，许诺的肚腩也日渐明显，与妻子相叠时，犹如两团发面摞在一起。他曾经摩腹自嘲：

这些脂肪是咱俩仅有的储蓄，得好好珍惜呀。

这是个玩笑，但很拙劣，妻子听了极反感。生活已经不堪多想，身材又未育先走形，这日子还有什么过头？所以当许诺的手伸到她的肚皮上，她立即视为挑衅，不耐烦地将它甩开，翻身丢给他一个长了几粒粉刺的脊背。许诺很没趣，望着天花板上的吊灯发呆。吊灯很花哨，弧形灯腿上垂下来一串串玻璃珠子，仿佛一丛大而不当的流苏。

咱们都缺乏运动，以后多出去走走吧，放松放松，可能会好些。许诺说，有个同事是驴友，经常随驴队去爬山，咱们也报个名，节假日一起去爬山吧。

不去，没意思。妻子说，我们单位有人要去呼伦贝尔草原，趁十一长假。我想一起去。

好啊，人生需要诗和远方，呼伦贝尔正好满足这两个愿望。许诺似乎有点兴奋。怎么去？随团吗？一个人多少钱？

妻子没回答。

嗯？许诺追问。

是自驾。妻子说，不知道他们有没有多余的座位。

房间骤然死寂，仿佛跌入幽暗无垠的真空。之后几天内，许诺心无聊赖，郁郁寡欢，心下有股劲想要殊死奋斗，却找不到可以奋斗的道路和方向。一日，他奉命跟姚二去某地递交标书。办完相关事宜，他们按老总授意宴请相关人士，姚二身负使命，放胃大喝，把相关人士伺候得很舒服，然后像死狗一样窝到车里，由许诺开车回省城。出发时天色已晚，高速路上车流渐稀，许诺驾车疾行，满耳朵都是姚二咬牙切齿的鼾声。他看到一个停车带，将车停过去，推门下车，朝栏杆外的绿植施撒水肥。绿化带里虫鸣如织，令他想到故乡的原野。他系上腰带，听着虫鸣发了会儿呆，抬头望天，只见寂寥夜空里半片月亮，几颗星辰。话说这天地宇宙，之前万古已如此，之后万古仍如斯，人处其间，何其渺小而无助。

活着是为了什么呢？许诺想：就为了这样狼狈地苟生于世？他望着路灯之外黑蒙蒙的夜，想号叫几声，却只滑出来几滴泪。

二

第一次事故发生在五一劳动节那天，农历三月二十五日。

据许诺他妈讲，这次事故是有征兆的。他家在颍川县南山，离一处著名风景区不远。他爸身体不大好，不能卖力赚钱，遂搞一些柴鸡蛋、山核桃之类土产去景区卖。这日因是五一，游客必定非常多，老许为了占个好位置，一早就起床做准备。东方未晓，禽畜尚在安睡，一群老鸹已在院中枣树上聒叫不休。老许骂声晦气，开堂屋门去洗脸，不料脚绊着门槛，一跤摔到了青石条台阶下。洗脸时拿瓢舀水，刚把水舀出缸沿，红色塑胶水瓢的把柄即齐根而断，一瓢水泼落地上，把他新换的布鞋也弄湿了。当他准备停当，挑起野山药和柴鸡蛋出发时，那只豢养多年的看门柴狗绕腿而鸣，声音低回，似有凄悲之意。老许一脚将它踢开，耸耸扁担健步而去。一个小时后，噩耗即传回村子：老许在山坳拐角处被汽车轧死了。

肇事者是城里人，趁着假期全家有空，喜洋洋来游山玩水。他们也料知今天来游玩的人必定很多，来晚了可能会堵，特地全家动员赶了个早。两边赶早的人在山坳相遇，视野双双受限，等到彼此看见对方，都已经躲闪不及了。

他也不知道怎么回事，就像喝醉酒，直丁丁地撞到我车上。

肇事司机这样说，他们全家也都如此附和。这当然是一面之词，不足为凭。事发现场没有目击者，当时究竟是什么状况无从得知，但从漫长而扭曲的刹车痕迹看，司机的责任也很明显。许诺妈哭得天昏地黑，久久不能平静，只好由二叔打电话通知许诺。许诺正在公司打印起诉状，准备上法院告一个拖款不还的甲方，接到电话，当即请假往回赶。他本想借用一下公司的车，不料所有车都有公用，只好乘坐公共交通辗转而归。二叔在堂屋搭起一张板床，垫以稻草，将老许安放在上面，姐姐身披重孝守在旁边。许诺先过去看了看父亲的遗容。暮色已起，虽然两扇门都打开，堂屋里依旧有点昏暗。老许黝黑的脸膛融浸在昏暗的天光里，看不出尸化的色泽改变，只是双眼闭合，神情全无，一望可知已不是活人。许诺生平第一次这样以直视的目光专注地看父亲，发现他头发这么灰白这么稀，脸这么干，颧颊上的老年斑这么多。那些老年斑成团成片，仿佛旧墙上的霉藓，令人联想到无情岁月的伤痕。——而事实上，老许今年才六十岁而已，以现在的年龄划分，其实并不算老。

按规矩，许诺此时应该大哭一场，流泪三升，但他只是鼻尖酸了酸，并无液体充盈眼眶，更不要说飞流直下。从伦理上讲，这不应该，但从事实看，也很正常。纵观过去这三十五年，老许对许诺的成长基本没什么帮助。小时候他靠不住，文不能辅导功课，武不能震慑恶邻，不管学习还是赖皮，都得许诺自己去面对。长大了更靠不住，找工作他帮不上忙，买房子他输不了血，许诺的婚姻和前程似乎与他完全没有关系。对许诺这个儿子，他唯一的贡献，大概就是当年那颗并不优秀的精子。也因此，许诺一直对父亲产生不了应有的敬意。他们也很少交流，大小事都只有三言两语，把河南话的简练发挥到了极致。纵使这三言两语，也随着许诺年龄的增长而不断缩减，等到他上高中，每次回家，父子的对话已经只剩下两句。

回来了？

嗯。

回学校？

嗯。

在这两嗯之间，不管时间有多漫长，都不复有其他言语。读大学后情况有所好转，在枣树下吃饭时，父子俩会就共同关心的话题尬聊几句。但更多时候，他们并不在一起吃饭，许诺会回自己房间，老许则捧着磕掉几块瓷的搪瓷碗，跟柴狗一起蹲到大门口。在许诺印象里，与父亲有关的往事无不寡淡而模糊，唯一的温馨回忆，是那年考上大学，去学校报到，老许执意相送，并且执意替他背行李。但是老许只送到市里的火车站，连站台都没进。进站要买站台票，他不想再破费。在从家到车站的路上，许诺满脑子都是朱自清的《背影》，他想当然地认为，在分别之前，父亲也会给他买几个橘子或其他水果，结果直到拖行李进站，连个西红柿也没见到。人生如此尴尬，令许诺不忍回顾。

有时候看电影或电视，遇到父子情深的桥段，许诺会思考一下他与父亲的关系。他想，父亲应该也是爱他的吧，只是不善于表达，也没有能力表达。他毕竟是个老实巴交、生活艰难的小农民啊！

所以许诺并不抱怨父亲。但他也不怀念父亲。这正像他妻子不怪他，但也不爱他。许诺的妻子叫张燕。张燕对公公婆婆一直心怀怨念，别人结婚买房，父母都有金援，老许夫妇却只在他们结婚时赞助了一万块钱，如此小气，简直是欺负自己太善良。此时公公罹难，诚然可悲，作为儿媳妇，理应跟随丈夫赶回去哭灵送葬，但她本月的公休已经用完，倘若请假，全勤奖金就会泡汤。对于贫贱夫妻，一分一厘都是宝贵的，都不能放弃。亲情虽可贵，生存价更高，两者相权，她就坚持让许诺独自回去，等到五七大祭，她再来给公公披麻戴孝。妻子以生存说理，许诺纵有千般不满，也气短难言，只好孤身返乡。

在全勤奖之外，妻子还有个理由：她们公司有个大项目正在关键期，老总要求所有人等全力以赴，不得缺勤。这个理由似乎很正当，将事业和大局放在亲情之上，一向是舆论宣传津津乐道的正能量。而这个理由应该也是事实，此前几天，张燕就频繁晚归，说是公司事忙，受命加班。对于加班的说辞，理智告诉许诺应该信任她，但是独卧家中，他却总是不可遏制地想到那辆屎色的轿车。迄今为止，他还没看到车的主人，无法在脑海里建立他的形象，只好使用借代法，将那辆颜色恶心的车当成那个令他恶心的人。他曾经旁敲侧击，试图从妻子口中探听一些东西，然而费尽心机，仅仅套出简短几句：那人姓罗，老省城人，拆二代，家里不缺钱，出来工作只是为了打发无聊。许诺将信将疑。疑点在于那辆屎色的轿车。对于许诺，那辆车无疑很贵，但对拆二代，则未免过于便宜。印象中的拆壕座驾，中老年是奔驰宝马，青少年是各色超跑。曾有新闻报道，一个老拆迁户去当保安，上下班开的就是宝马。所以他怀疑罗某并非真正的拆二代。张燕觉得丈夫的推理很好笑。

他干吗要说谎？张燕质问。

泡妞儿呗。许诺斜睨着张燕，眼光油腻腻地泼在她脸上。你可得注意喽，不要上当，失身事小，受骗事大。

张燕踹他一脚。滚!

许诺疼得龇牙。你要谋杀亲夫啊!

张燕说:去死吧!又翻过身去,留给许诺一个层层包裹的后背。

气氛已经僵冷,正常的做法应该是就此闭嘴,让这段不愉快的对话自行沉没。不料许诺脑子抽风,还想挽救一下。

已经盼我死了?他做震惊状嚷嚷。真是迫不及待呀!

张燕没有任何反应,背对着他一动不动。许诺的话仿佛丢进无底深渊,在时间的截面上无望坠落,他在难堪中等待十万年,听不到一丝回响。活该!他这样骂自己,怨艾之情油然升腾,往日不再的忧伤亦相继而生。在往日,他们都爱开玩笑,任何一个由头,都能互相纠缠得没完没了,疯话蠢话尽情说。很多玩笑其实并不好笑,彼此接应的话甚至都没有逻辑,纯粹胡言乱语,他们依旧能把自己搞得很开心。他们知道这很傻,但是乐此不疲,因为他们赋予了这一看似无趣的行为以一种形而上的意义:

生活逼我们哭,我们偏要笑!

那时候他们激情尚在,对未来亦心怀憧憬。他们钱不多,但敢于月光,差不多每周都要看一场电影,偶尔泡吧,兴之所至会去游乐场,时常在网上肆意拼单购买并无实用意义的书籍。而现在,他们也看电影,但只在网上下载;也阅读,只捧着手机翻网文;至于游乐场,天天已经这么累,再花钱去买罪受,神经病啊!况且腰中又没几文钱,就别装什么精神贵族了。前年夏天,张燕妈妈生病住院,花了一大笔钱,其中大半需要张燕孝敬。房贷顿时还不起,接连拖延了两个月。银行先是电话通知,继而派人上单位催讨,警告他们再拖欠就要收房拍卖。他们两个的头发都是从那时开始大把脱落。一个周末的傍晚,张燕洗过头,用排骨梳在镜子前梳理,梳了几下,梳齿内就缠满了头发。张燕望着镜中毛绒绒的梳子发怔,眼泪簌簌流下来。许诺心酸不已,强颜欢笑,拿"生活逼我们哭,我们偏要笑"的旧铭来劝慰她。张燕哭得更厉害了。

已经这么苦,何必再勉强自己?张燕说,它既然这么想让我们哭,就哭给它看好了。

许诺已打算向老总求情，预支几个月工资渡难关，只是不巧老总出国，发短信也没回复，大概是没看到，只能等他过几日回国再说。次日傍晚下班回家，许诺发现张燕已回来，正哼着歌淘米做饭，情绪似乎好了许多。他有点讶异，一问之下，才知她已经向同事借到钱，困扰家庭的财政危机暂时解决了。现在回想，正是从那之后，张燕的行迹才开始变得古怪，聊微信打电话日益躲闪，如果所猜不错，那笔钱定是向屎色车主借的。许诺仿佛吃了一坨屎，恶心得想吐，憋了半天，只吐出来一口痰。

操他妈！

他恨恨骂了一声。至于骂谁，他也不知道。他脑子完全乱了，仿佛头上绿草的根扎入脑壳，根系滋蔓，在脑袋里缠结一团。

按老辈子的规矩，人死需放三天才下葬。现在人都与时俱进，视陈规旧俗为蔑如，想早埋可以马上入土，想晚埋也不妨放上十天半月，一切便宜行事，全无定法。许诺妈也想尽快把丈夫埋掉，天气已经很热，放久了肉身会烂，只是事故责任还未划分出来，肇事方的谅解条件也不能让他们满意，留着丈夫，或许可以在必要的时候当个筹码。事发当天下午，肇事方就辗转托关系找到村支书，央请他居中调和，愿意在交通赔偿之外再给许家五万元，求取他们的谅解。车祸致人死亡，肇事司机要以交通肇事罪判刑，肇事者为了减轻乃至免于刑罚，往往会出钱寻求谅解。许家商议了一下，觉得五万太少，太便宜对方，没答应。次日上午，许诺在二叔陪同下前往交警大队，找负责此案的警官询问案情，获知对方负主要责任。——老许当时行走在道路中线上，而不是按规则靠右，也难辞其咎。许诺叔侄对这个结果还算认可。这天晚上，许诺和姐姐在两位姑姑的陪伴下给父亲守灵。支书在堂屋门口探了探头，没看到许诺他妈，就又缩出门外。许诺知他必定带有新消息，遂尾随过去。支书果然带来了肇事方的答复：考虑到许家家境贫寒，他们愿意多出点钱，以表歉意和诚心。但若许家意图讹诈，他们宁愿去坐一年半载牢。

多给多少？许诺妈问。

三万。加上之前的五万，总共八万。支书说，人家本来不想和解了，那家人脾气倔，非要坐牢。真闹崩了，你们一分钱得不到，还结个仇家。你知道我费了多少口舌，才把他们说服。八万不少了，见好就收吧，别弄得太难看。

许诺妈没有主意，拿眼看儿子和二叔，见他们都不作声，就向支书认了这个结果。支书完成使命，即时便走。许二叔颇长眼色，拿条烟塞给支书，聊表谢意。这笔钱数目已定，许诺妈开始关心事故赔偿金。公司的车发生交通事故，大多由许诺出面处理，因此对相关事情很了解。他向母亲普及常识：

死亡赔偿金＝本地上一年度居民人均收入×20年。

居民又分两种：城镇居民和农村居民。老许是农民，自当以农村标准计算。至于乘以的 20 年，则有一个前提：死者不满 60 岁，倘若超过 60，超一岁减一年。老许刚好 60 岁，把时间顶得满满的，一点都不浪费，令许诺妈颇感欣慰。然而想想自己家去年收入，再乘以 20，也没有多少钱，她的脸又阴沉得要发霉。她问许诺这个人均收入怎么定，许诺说有官方数据。他用手机上网搜索，搜到年初的市政府工作报告，显示本市去年农村人均收入是 15862.6 元，精确到了小数点之后，可见统计学之周密与严谨。那么以这个数字乘以 20，赔偿金总数为——他用手机上的计算器计算了两次——317252 元。他妈不敢相信，咬定许诺看错了数字。许诺将政府工作报告翻出来给她过目。他妈看了又看，确认无误，这才放心地激动起来，觉得政府真好，事事处处都包含着爱民如子的深意。老头死得其所，令人欣慰，以后上坟要多烧纸钱，让他在那边也尝尝有钱的滋味。

协议既已达成，事故责任也已划分，许诺他妈和叔叔决定明天午后就把老许埋掉。计议既定，许诺回堂屋继续守灵。走到枣树下，他的手机响起来，是张燕打来的。张燕虽有不回来的理由，终究内不自安，于是打电话表示关心。她问许诺事情进展如何。这句话颇可玩味，可以理解成丧葬之事，也可以理解成事故赔偿事宜。许诺合并起来作了回答。听到四十万的数字，张燕有点惊讶。有这么多？她说。这显然超出了她的预想。许诺不语。张燕也沉默了一会儿，然后告诉许诺，她已经请过假，明天赶回来送爸爸。许诺说不用了。省城遥远，就算赶凌晨第一班车，到家也已是午后，爸爸已然入土，回来也没有意义。张燕说你别管。这句话颇生硬，正是这两年日常的语态。许诺心头郁郁，便不再说话。他不说话，张燕就挂了。堂屋的门要彻夜开，堂屋的灯也彻夜明，只是灯泡瓦数太低，玻璃球面上又积满灰垢，光线昏昏无力，难以照亮并不宽敞的房间。老许身上蒙着一条蓝白相间的生布床单，块然躺在板床上。母亲也已过去，与姐姐和两个姑姑窃窃私语，她们的身体交叉在一起，在昏朦灯光下略显影绰，仿佛模糊的皮影。许诺攥着手机，站在枣树下望过去，觉得一切怪异，又一切虚无。

第二天起殡前，张燕突然出现在灵柩旁，与丈夫和姐姐绕棺痛哭，叩拜如仪。她连夜坐火车赶到市里，在凌晨转乘大巴奔赴县城，再转城乡公交来到村子，刚好赶上起灵仪式。大家看她肚子鼓鼓，询问是否有喜，她只是笑笑，并不作答。许诺他妈高兴坏了，丈夫之死的悲伤化为乌有，恰好唢呐班子又吹起《百鸟朝凤》，虽以致哀，也不妨碍在心里头当喜乐听。埋罢老许，吊客和帮忙的街坊逐渐散讫，许母拉住儿媳妇坐床上说话。许母心情愉快，喜滋滋地向张燕传授孕育保胎的传统经验。张燕却愁云满面，默言寡语，一副心事重重的模样。

怀孕了，大喜事，怎么不开心呀？许母问。

怎么开心得起来？张燕握住婆婆的手。婆婆的手黑而粗糙，充满立体感，犹如老枣树布满沟壑的硬皮。生孩子就不能上班，没法赚钱，就靠许诺那点儿工资，根本养不了家。等孩子生下来，花销更大，再加上房贷。愁死了……

许母脸上的喜色逐渐消退，手掌心冒出一层又一层细汗，仿佛岩缝里汩汩渗溢的泉水，把张燕的手都濡湿了。婆媳俩执手无言，默然相坐。足足沉默了十分钟，许母终于下定决心。你爸一条命换了四十万，我留十万养老，余下的你们拿去吧。她说，一定得把孩子生下来，你爸指着传后呢，到时候我去给你们带孩子，你好腾出身子去上班。

三

张燕的小伎俩令许诺心生不快。生活如此苦逼，做人难免算计，但是算计亲人，也未免使人心寒。况且父亲初葬，尸犹未冷，就打起这笔钱的主意，岂是孝子贤孙可为之事？所以他一路没有好声色，回到省城家里，依旧闷着张抹布脸不说话。难得张燕不计较，该做什么做什么，把他当作一团耍性子的雾霾。晚饭后，张燕先洗个澡，抱着笔记本上床，下载了一部最新的《速度与激情》，把音量放得大大的，也不理许诺，自己津津有味看起来。各种豪车在屏幕上玩花样，呜呜追逐，咣咣碰撞，不一会儿就把许诺的魂儿勾过来。许诺蹭过去，坐到妻子旁边一起看，张燕顺势将身子倾斜到他怀里。电影里少不了激情戏，许诺受镜头教唆，忍不住在张燕身上上下其手。他发现张燕只套了一条睡裙，内部全空，想必已有预谋。电影播完后，许诺将笔记本放到桌头柜上，回过头来看张燕。张燕也看着他。

要不要？她问。

许诺点头。张燕俯过身来，口手并用忙活了一阵，将许诺搞直，然后跨腿坐上去。张燕如此主动，是亘久未有之事，并且她不只是服务许诺，自己也发了情，私密处溪水流淌，尽管许诺直而不坚，依旧比较顺畅地完成了整个过程。妻子这突如其来的骚劲儿让许诺心情复杂，他的手在她胸前揉搓了一会儿，向下摸到她小腹，轻轻在肚皮上摩挲。

该减肥了。他说。

嫌我？张燕睐他。

怎么会。许诺说，是怕被人当成怀孕，你受不了。

这句话很不友好，不仅讽刺意味浅显，还包含有过于明确的指责，以他们夫妻这两年关系之紧张，相待之淡薄，极可能会引发一场战争。许诺敢这么说，或许是看张燕今天态度好，对他有种曲意的宽容和逢迎，于是胆大妄为，蹬鼻子上脸。张燕果然没发作，仅仅脸色变了变，眉心聚起一点幽怨。

你以为我怕怀孕？她对许诺说，你以为我不想生小孩？我是怕养不起！她抬起头逼视许诺。你不怕？

她这番回应显然是对许诺的原意做了扭曲，将道德之诘转换成生育之责。这就是她的聪明之处：假装听不懂对自己不利的话，即时混淆话题，偷换概念，将歧义引向对自己有利的地方，然后义正辞严，夺回主动。因此两人每有争议，总是她有理，最后也总是她得胜。当然，这是热战时代的事，自从家庭转入冷战时代，刀枪入库唾沫不作，对峙的形式变成互不理睬，她这一战术也就封存不用了。此时陡然又搬出来，许诺不禁有点小仓皇，仿佛口角争胜、然而终将大败溃输的故事又将上演。他知趣地闭上嘴巴。张燕也没再追打。夫妻俩各怀心事陷入沉默。

假如跟随张燕的节奏，讨论一下事关家庭未来的生育问题，夫妻俩其实是没有争议的。在做好准备之前不生孩子，是两人结婚以来唯一达成的重要共识。所谓准备好，不外是赚到充分的钱，可以满足富养所需。他们认为，要么别生孩子，既然生了，就应该给予他（她）成长所需要的一切。他们不希望带着孩子出去，面对孩子的正当要求——诸如玩游乐场、吃肯德基、买定价高得离谱的绘本，等等——因为囊中羞涩而百般劝阻，尤其不希望为了省几个钱而对孩子恐吓或撒谎，说些什么冰淇淋吃了肚子疼、棉花糖吃了长不高之类丧心病狂的鬼话。他们历数贫穷对孩子可能造成的所有负面影响，越谈越投机，立场也越来越坚定。然而吊诡的是，他们虽然下定决心要为孩子赚一个好的起跑线，却并不曾为此而矢志奋斗过，相比于为孩子而做的努力，他们对汽车的渴求与付出要扎实得多，也励志得多。所以，他们这个听起来伟乎其大的理由，更像是怕麻烦不想要孩子的借口，如果进一步较真，甚至能推敲出对父母无能的控诉：分明就是借育子之名，指责父母没有给予他们想要的生活嘛。

张燕沉默的时间并不久，很快就活动起来。她对许诺笑了笑，算是和好，然后说：咱们还是尽快生一个吧，别让咱妈失望。

许诺说：好。

张燕就又捉住他的小弟弟，指尖灵巧地摆弄，试图将它激怒，然后挺身战斗。许诺还在不应期。他的不应期越来越长，张燕曾在失望之余多次嘲弄，说他天天都在不应期。张燕用手与丈夫的不应期作斗争，不胜，口舌驰援，依旧不胜，急躁得想咬人，骑在许诺身上前后摩擦，蹭了他一肚皮水渍。许诺很感慨。都说权力是最好的伟哥，金钱是最棒的春药，果然不假。仅仅是尚未到手的三十万，就让张燕焕发出如此强烈的性欲！难怪女人喜欢有钱人，原来不光是贪图物质，还可以催情。张燕蹭累了，热烘烘地趴在许诺身上。可怜她已有春药，丈夫却仍无伟哥！许诺抚摸着她汗润润的背，有点同情，也有点羞愧。

许诺的伟哥依旧被姚二占据，并且在可预见的未来仍将长期占据下去。办公室看似机要，其实只是办事机构，所谓主任也不过是老总的大马仔，贯彻老总旨意，给老总跑腿办事而已，并无其他部门经理独立领导、参与决策的权力。但从字面听起来，办公室主任，总归是个中层正职，下头管着一个副主任和两个文员，得与列席公司重要会议。仅此已足以令人向往乃至觊觎，何况还有薪资待遇的优势。所以每思及此，许诺便会心怀怨望。姚二是胖子，脑腹皆大，头身俱肥，脖颈上横肉堆积，看上去很笨拙，事实上精明得一逼。他对许诺的心思洞若观火，好在许诺只是生生闷气，并无不臣之举，他也就好整以暇，假装糊涂。时间长了，许诺逐渐发现，姚二虽则油腻而庸俗，工作一忙就脾气恶劣，变身为压迫阶级兄弟的资产阶级走狗，但他本质并不坏，也不摆领导架子，跟大家兄弟相称，彼此调侃。公司里重要事务的落实和次要项目的公关，老总大多派他们出面，两人搭档日久，虽没有成为朋友，难得也没有彼此讨厌。姚二不仅精明，还敏感，壮硕肉身内隐藏着一颗机巧的心。最有特色的是一双眼睛，眼珠子灵活无比，转来转去察言观色，却不轻易说话，令人感觉心有城府，深不可测。同事们因此都不大招惹他，担心会被他在背后阴。大家产生这个印象，大概与他的为人之道也有关系。他很容易接近，但很难交心，对所有人都等距相待，大家就觉得他不可靠。许诺回归办公室一年后，两人熟到了一定程度，一次加班到深夜，他们在街头喝啤酒吃烧烤，姚二主动提到了职务话题。他说他知道许诺一直在盼着他的位置，他也想早点传位给许诺，因为老总很久以前就承诺过要提他当总助。

我也等得很绝望啊。姚二说。

许诺大笑。两人边喝边聊，说了许多私房话。这是他们第一次入心的交流，把各自可以拿出来讲的隐秘都贡献了出来，包括他们的家庭矛盾和夫妻生活。姚二坦言他和老婆已经很久没有性生活。事实上这一事不消他说，大家都能猜得到。男人大腹便便，已然很容易让人联想到 ED，姚二的保温杯里又一天到晚泡着枸杞和锁阳，仿佛怕人不知道他肾阳虚。相比之下，许诺就虚伪了，他只说跟老婆越来越没性趣，没敢说他也不行。这还不够，他还恶劣地消遣姚二，问他怕不怕嫂子偷人。姚二放下酒杯，抽了口烟。

想偷就偷呗，满足不了她，还不让她自己解决？姚二说。

许诺瞪大眼。你受得了？

姚二一哂。不就那么回事嘛。

这就是姚二的人生态度，除了工作，对什么都不太认真。自从成为朋友后，——是许诺自己定义的朋友，他并不确定姚二有没有把他当朋友。——许诺对他这种态度有了新的理解。他认为，姚二之所以什么都不认真，是因为他没有爱，他什么都不爱。唯一的例外是他女儿。在这世界上，他爱且只爱他女儿，可是他女儿总是不听他的，还老跟她妈联合起来对付他，让他很烦恼。许诺自认为他已经理解姚二，因此对他充满同情，虽然他明白姚二并不需要同情，姚二很可能比他想象的还要强大，真正需要同情的人，恰恰正是他许诺自己。安葬父亲后，许诺回公司销假，受命与姚二去省城辖下某县考察一个项目。中午宾主酬酢，姚二又喝高了，刚上车就吐了一次，途中又吐一次。这次宴请的人并不重要，完全可以不必这么拼，但是姚二却喝得很狂野。许诺知道他是心情不好，借酒浇愁，所以也未劝阻。在来考察的路上，姚二跟许诺发牢骚，说他老婆执意要离婚。离婚没关系，人各有志，合不来就散，关键是一旦离了，女儿肯定会判给她妈。许诺将车停到路边，靠着车门看姚二蹲那儿吐，只见姚二嘴巴洞开，中午吃的东西一股股喷薄而出，场面既壮观又悲壮。姚二吐完，许诺拿一瓶矿泉水给他漱口，然后扶他上车。姚二说胃疼，叫许诺给他拿胃药。药在姚二的皮包里，皮包丢在副驾驶座上，许诺掂过来翻找，将几份合同、一本胶皮笔记本和一本书扯出来扔到座位上。找到药给姚二吃下，他将那些东西重新塞回皮包，拿起书时，发现是本里尔克的诗集，翻开已经残破的封面，看到扉页上写着一行蓝色钢笔字。

2000年9月购于北京王府井书店

字迹支手叉脚，正是姚二的手笔。许诺拨拉着书页，取笑姚二：看不出来啊，你还读诗。姚二歪在后排座位上，懒洋洋也他一眼。许诺说：朗诵一个我听听，看你是真读，还是装×。姚二眯上眼，不搭理他。许诺将书塞回皮包，发动汽车继续赶路。开出一箭之地，忽然听到姚二在后面吟诵：

此刻，有谁在这世上的某处哭／无缘无故在世上哭／哭我
此刻，有谁在这夜里的某处笑／无缘无故在夜里笑／笑我
此刻，有谁在这世上的某处走／无缘无故在世上走／走向我
此刻，有谁在这世上的某处死／无缘无故在世上死／望着我
里尔克《沉重的时刻》

姚二的声音不疾不徐，腔调也没什么抑扬顿挫的变化，听上去更像是自言自语。语气里似乎含带感情，认真听去，又似乎没有。许诺心头仿佛有座沙城，于瞬间轰然倾颓，待尘埃缓缓落定，所见只有一片断壁与残垣。他扶着方向盘怔了很久，抬头瞟一眼后视镜，对镜子里的姚二笑了笑。厉害！他说。姚二嗤地一笑。

你以为哥们儿天生就这么庸俗？他说，哥们儿以前可是文学青年，对世界和人生也有过纯洁的愿望和崇高的理想。

许诺嘿嘿笑起来。他没当过文学青年，可是也曾有过伟大的理想呀。从什么时候起，理想就被放弃了，虽有不甘却最终认命，似乎生活与理想天生是对悖论，你死我活不可兼得。他追思既往，一时感慨万千。姚二扳着他的座椅靠背，缓缓平躺下去。

合理的愿望和想象才叫理想，不切实际的想法叫幻想，或者妄想。

姚二说：社会是有分工的，就像蚁群。不管你乐不乐意，咱们这些人就是工蚁，存在的意义就是活着和工作，与此无关的愿望都是妄想。爱妄想的工蚁是危险的，也是可悲的。

这套说辞并无新意，从本质上讲，与"岁月静好现世安稳"的鸡汤亦无不同，不过是叫人摆正态度，安于现状。许诺一向反感这种智叟式的调调，此时听来，却倍感扎心。他想到了横死的父亲。同样是人，就因为他是农村户口，赔偿的标准就只有城镇居民的半数多一点！当然，父亲是无能之辈，使用这个标准并不吃亏，可是假如他很能干，每年赚的钱都比城镇居民还要多呢？而在农村，这样的能人要多少有多少。作为接受过现代高等教育的新时代青年，许诺深知法律不可能周延入微，它首先是保障面的秩序，其次才是点的公平，因此它是最大公约数，而不是最小公倍数。必定会有些人群在这种平衡中获益，也必会有些个体被牺牲，所谓社会分配，无非是社会分工的体现，洪流滔滔，较真何益！

许诺认为他觉悟了一切。

他把姚二送到家，然后将车送回公司，提前下班去接张燕。夫妻俩在 CBD 一家火锅店吃了火锅，又去看了场好莱坞电影，散场时夜已深。他们站在路边等顺风车。CBD 豪车如云，其行如风，一辆辆呼啸而过。顺风车久等不至，到后来居然又取消了订单，他们只好重新挂单约车，然后继续看着豪车等候。

许诺说：买辆车吧。

行！张燕立即回答。

到家之后，他们马上打开笔记本，上网浏览汽车网站。事实上，在回来的顺风车上他们已经在用手机搜。买车虽是个古老的话题，但是他们的心态已然不同。在以前只是愿望，或者用姚二的定义，是妄想，而如今，则是唾手可及的现实。那么对于要购买的车，必然也会有新的想法和要求。比如以前，他们更多考虑油耗和性价比，所以首选日系车；现在不了，他们怕被砸，直接将日系排除。美系也需谨慎，油耗大不说，与美帝的关系时冷时热，亦甚可虑。另外还得考虑日常生活与事业发展，兼顾实用性和前瞻性。比如，不能过于紧凑，否则以后有小孩，甚至生二胎，将会不大方便。再者，也不可过于经济，许诺在公司干了这么久，业务已精，有朝一日条件成熟，完全可以自立门户干工程，出去谈业务时座驾不能太寒酸。夫妻俩边论证边翻找，融融泄泄，气氛和乐。其中有一刹那，许诺走了一下神儿，心眼旁观，觉得此时的自己好生无趣。但是随即又释然。

今夜我不关心人类，只关心汽车。他这样对内心那个不安的自己说。

许诺妈对孙子的渴求令人敬畏。肇事车是全险，责任也很明确，一应所需材料报上去，不多天钱就赔付到位了。钱是打在卡里，轻飘飘硬邦邦一张塑胶片，许诺妈捏着看了又看，难以相信里头藏着一笔梦幻般的巨款。她在儿子帮助下找到一台 ATM 机。许诺回来给父亲上三七坟，刚好碰上赔偿款到账。他妈将卡插进机器，点着屏幕上的数字一遍遍数，数得许诺都烦了，才算真信有这些钱，并且这些钱真属于自己。然后她在儿子指点下，当即将三十万转到他的账户。

这些钱是用来养孩子的。她对儿子说，你们不能乱花。

她说归说，钱既然到了儿子儿媳手里，要怎么花她已管不着。况且她只是说养孩子，许诺夫妇岂不也是她的孩子？再不然也可以理性地算一笔账：买车去掉十五万，还剩十五万，只要不发生意外，比如货币突然大贬值，也够养几年小孩。到那时夫妻俩的收入必定已增加很多，养活小东西完全不是问题。所以拿到钱的周末，夫妻俩就去把车提了出来。车漆是银白色，综合了许诺想要的灰和张燕心仪的白。其他各项功能和指标，也都是两相折中的结果，双方各让一步，于是皆大欢喜。这充分说明了妥协对于和谐的重要。——如果换个立场，似乎也可以这样说：因为能够得到，所以愿意让步；假如横竖得不到，让也白让，又何必要让？世界上最决绝的战争，往往由最虚幻的东西引发，比如宗教，比如主义。

之后的一周多时间，是许诺夫妇结婚以来最快乐的时光。恰逢许诺公司不忙，可以按时下班去接妻子，张燕那边也无冗务，可以按时下班被丈夫接。许诺曾询问过她们公司那个大项目进度，她说已经结束了。他们游车河，逛四郊，在黄河风景区内自在兜风，兴之所至，便找偏僻的地方玩车震。许诺发现，困扰数年的 ED 悄然间不治而愈了。早知如此，真该几年前就把车买了。——他们曾经想过分期付款，反复考虑后觉得压力太大，就放弃了。正所谓人生苦短，该尽欢时须尽欢，许诺觉得这才是生活的应有之义。

就在他们玩得尽兴的时候，发生了一件很难说是好是坏的事：张燕怀孕了。这次是真的，月信该来不来，她买张试纸测试，试纸上出现两条红线。夫妻俩均感到一点扫兴，美好人生刚刚开始，就要着手生养后代，的确令人遗憾。遗憾归遗憾，总不能为了自己爽而把孩子拿掉。这已不仅仅是他们的人生义务，时至今日，还成了用以回报父母的不可推卸的责任。老许夫妇一直为他们未生孩子而着急，但对他们没有贡献，也不好过分要求。而现在，他们可是花着父亲的钱呢。张燕这么快就怀孕，谁知道有没有某种神秘力量——比如父亲的在天之灵——在起作用呢？所以必须要留下来，生下来，全心全意养起来。好在胎珠初结，尚且不影响性爱，抓紧时间享受为是。

转眼五七将至。五七祭是中原丧葬大事，重要性和隆重程度超越葬礼，远近亲戚和相好街坊都会随份送礼，家属则要大摆宴席款待宾客。因是大事，巨细繁杂，许诺夫妻决定提前一天回去，帮家里准备所需物事。他们事先请好假，收拾好要带的东西，无事可做，就上床做爱。他们的性欲在复活后变本加厉，似乎要补偿之前几年的损失，加上天气热穿得少，行事方便，遂变得无比贪婪。做完已很晚，于是相拥而睡。许诺的睡眠质量也改善许多，入睡后又做了个美梦，梦到升职又加薪。早上醒来，天气好得出奇，一向以雾霾著称的空气澄澈清新，仿佛山泉之水，用手一撩，就能荡漾起一波波透明的漪纹。良辰美景不可辜负，必须做爱为敬。他们又酣畅淋漓地做了一场，然后出去吃饭，服务员多夹了一只煎饺，收银员又多找了一元纸币。一贯拥堵的省城交通也畅顺得不合逻辑，仅仅半个小时就上了高速。又过两个小时，他们即已嬉闹着开出了颍川西高速路口。

嬉闹源于一个令人羞涩的话题。在下高速之前，许诺说到昨晚那个美梦，难免又要扯一扯单位的事。张燕认为梦是预兆，很可能不久就会应验。此话不过是讨口彩，两人依旧很开心，莫名其妙地对如愿升职充满了信心和期待。大概是今日一切都过于顺利，令他们对未来产生了不切实际的幻觉。接下去就聊到占位不去的姚二。许诺有点小郁闷，遂向妻子讲起姚二的家事。当他讲到姚二因为性无能而纵容老婆出轨，张燕惊讶得张大嘴巴。

真的假的？

真的。

嗨！张燕咂嘴。这姚二可真有大气量。

张燕的话并无深意，听到许诺耳朵里却怪怪的，似乎是对姚二表示肯定，同时又包含着对姚二老婆的些许艳羡。他睃张燕一眼。怎么？眼气了？

张燕反瞪一眼。是啊，眼气了。

眼气你就学啊，心动不如行动。

你敢答应，我就敢学。

许诺笑了笑，将车缓缓驶入收费站。这些话只是口舌春风，调情时常用，许诺并不相信张燕真会去做。然而此时，那辆屎一样的车忽然浮上脑际。许诺顿觉心塞。交卡付费讫，他缓缓开出高速路口，驶进通往市区的柏油路。回南山老家需要穿越市区。市内大搞城建，不少单位按规划往外迁移，人民医院和一所高中就迁到了城西高速路口附近。许诺驾车驶过高中前的十字路口，半笑不笑对张燕说：玩个真心话大冒险，好不好？

张燕不知他要干吗，只管回答：好呀。

你先选。

大冒险。

许诺很失望。他本意想让张燕选真心话，然后问她如下问题：在我不行那段时间，你有没有跟其他男人好过。他略感不快，遂生出促狭的念头。给我口交。他对张燕说。

张燕有点愣，想是没料到他居然有这样变态的要求。许诺已在催。快点，说到要做到。张燕还未从刚才的话题情景里脱离出来，春心恰如春草，在暧昧春风里肆意摇曳。两边车窗是单透，勿庸担心跑光，前边玻璃略高，多少可以遮挡一二，俯过去快速舔一下，也算是完成游戏。她两眼斜睒到许诺腿间，发现下头那东西已经蠢蠢欲动，忍不住想笑，想先惩罚它一下，遂攥起拳头捣了上去。许诺正把着方向盘观察前方形势，小弟弟陡然遇袭，受一惊吓，踏在油门上的脚本能踩了下去。车子仿佛跃身扑猎的野兽，嗡一声向前蹿去。而在几米前的斑马线上，一个手提透明塑胶文件袋的半秃顶男人正信步而行，只差半步就可以与车辆交叉而过。许诺急踩刹车，那个男人已如一条麻袋被抛掷出去，在空中打几个转，摔到十几米外干净的柏油路上。文件袋飞得更高，犹如断线风筝被烈风鼓荡，不停翻转着飘落下来。许诺打开车门，往男人身边跑，文件袋恰好落到他脚下。许诺停顿了一下，眼光从袋子上扫过。袋子里东西很少，只有几页纸和一张身份证，想必是去医院做的诊断证明之类。许诺将袋子捡起来，透过塑胶可以清晰地看到身份证上的照片和文字。许诺的眼光隔过姓名、性别、民族和出生日期，直接落到住址上。只见上面写着：

××省颍川县大夏办事处解放路 17 号

许诺脑袋里一声闷响，仿佛有枚炮弹在眉间炸开，视野破碎一片。

四

入狱时夏日如沸，出狱时冬雪如灰。一年半的刑期不长不短，刚好够许诺患一场抑郁症。没人来接他。张燕带着孩子在她娘家住，路途遥远，孩子又发烧了，正在卫生院打点滴。他妈也身体不好，行动不便，雪又这么大，不想冒险来见他。监狱大门外是个广场，没有绿植和花圃，只是一大片混凝土地面，被落雪一层层覆盖起来。许诺面朝广场发了会儿呆，然后转过身，眺望监狱大门后的楼宇和监舍。就在几分钟之前，其中一座监舍里还有他一个铺位，虽然条件简陋，亦足以抵御风雪和严寒。天这么冷，他把羽绒服的拉链拉到最高，将手揣进衣袋里，依旧冻得瑟瑟发抖。他很想回监舍再蹭两天，等雪晴了再出来。但他知道不可能，监狱毕竟不是慈善院，神圣不可侵犯的门卫不会放他进去的。

那么，该去哪儿呢？

最近的地方是南山老家。母亲年老寡居，身为儿子，自当先去探望。然而他踌躇久之，不敢动身。那天回颍川，他本来不想开车，这么新的车开回去，大家肯定会猜到是用父亲的赔偿款买的，招人非议。张燕不想反复转车，大热天在人堆里转来转去，想想都要中暑，况且两人的车票加起来，并不比开车费用更省。她出主意，先开车到颍川，在县城找个停车场存放，转乘公交回家，办完五七后，再到县城开车返回来，这样既方便许多，又不至于暴露。许诺依计而行，不料却发生了意外。警察接警赶到，当场控制住许诺，将他送入看守所。消息传回老家，亲属皆惊，许诺妈当场昏厥，被医生弄醒后，大骂老头子该杀千刀，死了还害儿子。姐姐在旁听得怒火中烧。她曾跟妈妈商量，她老公打算跟人合伙做生意，想拿二十万过去用，她妈死活不松口，不承想转手就给了弟弟三十万！这车祸出得好，不出还不知道隐情呢，活该！姐姐负气而去，也不给父亲办五七了，反正父亲的好处她也没得到。她妈急得要喝敌敌畏，把卡里剩余的钱全部给女儿送过去，希望取得女儿谅解。余钱不足十万，跟三十万差太多，况且事情败露才补救，性质已经变了。所以女儿并不买账，只是看在钱的分上，回去支撑场面，凑合着把五七给办完，然后一去不复返。老婆子落个两手空空，众叛亲离，日夜以泪洗面，耗了不多久，身体就垮了。许诺很想见见母亲，向他表达自己的歉意，却又实在没脸回去。

等回省城安顿住，再把她老人家接过去尽孝吧。许诺这样想着，又朝监狱望一眼。

说到省城，他其实已经无家可归。事故受害人是城镇居民，五十九岁，按照城镇收入和赔偿公式，应当赔偿61.2万。而他们新买的车仅有一个交强险，最多赔12万，其余49.2万需要自筹。49.2万，自筹？开什么玩笑！张燕揪着头发想了两天，除了卖房纾难，别无他计可施。她这边刚把售房信息挂出去，受害人家属已经在法庭申请了财产保全，大概是怕她转移财产，逃避赔偿。张燕可以理解对方心情，但仍觉悲凉，背靠房门坐地板上哭了一夜。房子是两室小户，急于出手，卖了九十万，扣除未偿清的银行贷款，实落五十五万，赔付之后，所余无几。她想效法公公的事故肇事方，出些钱寻求谅解，把丈夫也营救出来。死者儿子是炒房子的，钱多得不耐烦，那天他本来要自己去医院领检验单，临时有事，让父亲代劳，结果被许诺撞死，因此耿耿于怀，不愿谅解。张燕反复求情，对方才丢出一个数字：三十万，少此免谈。张燕痛哭而去，打算卖车筹钱。她通过律师把详情告知丈夫。许诺不答应。判刑也就一两年，一两年顶三十万，是非常划算的，在外头工作根本赚不了这么多。值此艰困之秋，容不得意气用事，张燕只好听丈夫的。她在同事帮助下租了个单间，继续工作谋生。直到孕期七月，肚子膨亨，公司怕出意外，劝她离职休养，她才退掉房子，住到娘家去待产坐月子。十月期满，顺利生下个女孩，母女平安，一切无话。

孩子百日那天，张燕带她去探望许诺。张燕臃肿许多，大概是坐月子吃了太多鸡蛋，以前的衣服都显紧小，穿了她嫂子一件半旧绒衣，头发也随便扎起来，土里土气，俨如一名村妇。进看守所后，许诺一度非常悲观，预感张燕很可能会把孩子做掉，然后与他离婚。他打定主意，倘若她真那么做，就成全她。古不云乎？夫妻本是同林鸟，大难临头各自飞。他会怨恨，但绝不挽留。不料张燕并不离婚，还把孩子生了出来，令许诺倍感欣慰。所谓患难夫妻，大概就这样子吧。孩子偏瘦，小眼睛，皮肤略黑，没有想象中的饱满可爱。但毕竟是自己孩子。许诺将她抱在怀里，愧疚之情充满心胸，不停亲吻她的脑门和脸颊。孩子被这个陌生家伙雨点般的亲吻吓到了，挣扎着要回母亲怀抱，许诺不放，她就以大哭表达愤怒。许诺赶紧把她交给张燕。张燕接过去晃了几下，小东西就平静下来。许诺望着妻子。张燕脸白，原先是瓷白，颧颊和鼻周散落几点雀斑，现在则是发面白，半张脸都是密密麻麻的苍蝇屎。

辛苦你了！他对张燕说。

张燕并无回应。许诺看她心事重重，想必是有许多现实困难。他让她说一说。他是想用这种方式表达关心和抚慰，事实上他身陷囹圄，就算真有困难，也无能分担。张燕不愿多谈，只回了一句：等你出去了再说吧。

是不是别有含意呢？此时此刻，许诺站在监狱门外，回想起张燕这句话，突然异常紧张。张燕娘家在三百里外，虽属农村，却吊在县城边上，说不定什么时候就会被兼并。许诺赶到时，已是第二天下午。昨天这边也下了雪，但不大，今日太阳略一晒，就化成微薄一层水洇入地面。张燕刚给孩子打完针，开车从卫生院回来。一开始她打算把车卖掉，但因出过人命，卖不出价，强行出手赔太多，索性就不卖了。回娘家生孩子时，她开车归来，面对七姨八姑和街坊邻居，深深庆幸没卖车是对的。这辆车成了她的保护符，维护着她仅存的体面，使她得以安静地在娘家休养，而不必承受过多讥讽和怪话。有时候出于尊严，她需要编一些谎话，有了汽车加持，也更容易让人相信。许诺看着这辆车，心情无比复杂。再看看张燕，心情更加复杂。他从张燕手里接过女儿，想找句有仪式性的话说，却找不到，只好拿嘴巴去亲孩子。

看到丈夫，张燕并无惊喜，好像不是久别重逢，许诺只是去邻居家串了个门，现在回来了。态度也很冷淡，许诺跟她说话，她会简短回应，许诺不作声，她就保持沉默。老丈人和丈母娘倒够热情，招待以酒肉，劝慰以温言，鼓励他振作起来，努力工作赚钱。许诺大受感动，可是回视张燕，又不免忐忑。晚上睡觉前，他想跟张燕温存一下。旷了这么久，看到张燕的身体，连轮胎腰都充满诱惑。然而张燕兴趣缺缺，不拒绝，也不回应，任由他在身上进进出出。许诺仿佛回到两年前。两年前，张燕就是这么一副性冷淡的样子，对他的所有努力毫无反应。许诺马上又萎了，俯在她身上一动不动。张燕将他推开，侧过身抱住孩子，把一堵脊背留给他。许诺瘫卧床上，每一根骨头都像小弟弟一样软。墙上的石英钟在黑暗中嘀嗒作响，每一响都是一万年。大概过了几个寒武纪，他以为张燕已经睡了，张燕却忽然说话。

咱们离婚吧。

为什么？许诺有点想不明白。我都已经出来了，以后会慢慢好起来，干吗要离？

我就是要等你出来才离的，免得你认为我绝情。张燕说，孩子你想要，你可以带走，你不要，就归我。

她说了这么多，并没有回答为什么要离。不过不难想见，她对他的未来已经不抱希望，不想再跟他耗下去。既如此，又何必把孩子生下来？孩子何辜？许诺默默穿起衣服，走出房间，从汽车旁穿过院子，打开生铁焊制的大门。街灯凄凉，几条狗追逐而过，仿佛在夜间穿行的幽灵。他回头看了一眼，院内安静如湖池，张燕并没有跟出来。他拉住大门的把手，往胸前一带，门锁卡一声反扣起来。那一声响短暂而清脆，仿佛心碎的声音。

重返省城，许诺首先想到的是姚二。过往的求职经历，让他对短时间找到合适的工作不存侥幸，而他一贫如洗，急需赚钱吃饭。他想继续回老公司效力，只是离开这么久，且身负案底，不知老总愿不愿收留。他打算找一下姚二，让他帮忙打探老总意向。姚二接到他电话颇感意外，听了他的请求，表示爱莫能助。他已于半年前跳槽，不在那儿干了。许诺问他现在所在这公司要不要人。姚二说不要，什么时候要了会通知他。许诺很失望，要说再见，却听姚二说：听说你房子卖了，有没有地方住？没地方就先住我这儿。

姚二已经离婚，房子和女儿都归前妻，自己在北三环租了个单身公寓。许诺跟在他身后走进去，被眼前景象吓了一跳。只见桌椅规整，床席洁净，书在书架，鞋在鞋橱，一切井然有序，整个房间干净敞亮。想象中姚二是个粗糙的人，房间料必与垃圾窝差不多，不料搞得像个女人的闺阁！许诺问他是不是有女朋友了。姚二嘿嘿笑着冲他点点头，取出一罐啤酒丢给他。

她出差了，上午刚走。姚二说。这娘们儿有洁癖，一天逼着我洗三回澡，真受不了。

许诺也笑了，只是内心很落寞。两人喝着酒聊别后。更多时间是听姚二讲他跟女友的事。女友是新单位的同事，财务部经理，比他大一岁，几年前离异。许诺问他有没有结婚打算。姚二立即面现鄙夷之色。

干吗要做这么俗气的事？他说：互相对眼就同居，什么时候不对眼了，一拍两散。我跟你说，这房租我们都是 AA 的。

许诺颇多感慨，难以评论，只好喝酒。姚二问他有何打算。许诺一时又惆怅起来，仿佛置身莽野，四望茫茫，不知安归。酒渐渐喝多，苦闷和悲伤被酒精放火追赶，纷纷涌上心头。他觉得自己天生是个失败者，人生无趣，实在不想过下去。姚二同情地望着他。

　　人不读书是不行的，遇到点挫折就会迷茫。姚二说，送你一句诗吧。没什么胜利可言，挺住就意味着一切！

　　许诺坐在沙发上，两只手抱着啤酒罐，将这句诗反复咀嚼，似乎真有触动。次日早起，姚二去上班，许诺去人才市场，那里今天有个招聘会，他想去碰碰运气。招聘单位众多，摊位一个挨一个，但大多都是招销售，适合许诺干的寥寥无几。他挑了几个岗位，递上简历，然后跑到网吧搜人才网站，又密集投了几十份。之后几天，他就在狂投简历和等待面试通知中度过。这期间他经常会感到羞愧和哀伤，已到这个年龄，还得跟应届小年轻们拼机会争工作，何其可笑又可悲！转眼五天过去，姚二的女朋友已该回来，许诺仅仅参加了几次面试，而且从临场情况判断，很可能没戏。他心中发慌，又想到老公司，忍不住给老总发了个短信，表达回归大家庭的愿望，恳请老总给他个机会。短信发出之后，他坐在一家快餐店靠门的椅子上，望着玻璃墙外的大街发呆。街上车水马龙，熙来攘往，似乎所有人都有事做，都很忙碌。半个多小时后，手机响了一下，收到一条短信。许诺立即打开。是一家公司通知他面试，并非老总的回复。

　　面试效果依旧不是很好。许诺沮丧而返，天色已昏昧，楼下的商铺一间间亮起灯。姚二还没回来。许诺在房间呆了片刻，想到简历没了，明天也许要用，遂下楼去打印。打印归来，正待敲门，隐约听到里头有嬉笑的声音，耳朵贴门上倾听，果然是姚二和一个女人在打闹。想必是他女朋友回来了。之前许诺曾表达过忧虑，怕姚二女友回来，自己住这儿不方便。姚二说没事，我们两个睡床，你睡沙发好了。许诺说那怎么行，会影响你们寻欢作乐。姚二说没关系，不就那么回事嘛，你在旁边看着也无妨，看上火了，就上来一起玩。许诺大笑，说你是不是满足不了她，要找外援呀。姚二从抽屉里翻出一盒药给他看。是一种国产的壮阳药，类似于伟哥。有这东西呢，要什么外援！姚二说。说归说，玩笑而已，当真就有病了。许诺转身离开。走廊里的灯坏了，物业还未修。许诺穿过漫长的黑暗，乘电梯下楼，走进北风飘荡的街道。

此地相对繁华，宾馆也比较贵，许诺身上的钱已不足以求宿一夜。往北再走几公里，靠近郊区的地方还有几个幸存的城中村，内有家庭旅社，收费便宜。他顺着往北的街道一直往前走，越走越冷，似乎要感冒，就花几块钱，在一家小超市买了瓶二锅头，一边走一边喝。夜渐深，风渐起，灯渐阑珊，人渐稀，城中村依旧遥遥不见。二锅头已喝完，高浓度的酒精在血管里横冲直撞，仿佛有一万头野牛和草马在奔突。街两边是住宅区，高耸的楼房上有无数扇窗，每扇窗后都亮着温暖的灯。临街有个寒酸的小门面，看不到顾客，只听见腾格尔的歌声从中传出来。

……我爱你，我的家，我的家，我的天堂！

许诺想到了他的家。他跟随腾格尔的腔调号了一嗓子，将空酒瓶掷到一座大厦的墙壁上。酒瓶咣当碎裂，他的眼泪滚滚流下来。我的家啊！我的母亲，我的女儿，我的妻，我该如何爱你们呢？我的亲人！朔风迎面袭来，将他的泪逼回眼眶。他泪眼迷离往前走，渐渐偏进了机动车道内。据说每天晚上，这条街都有人飙车，在机动车道行走是很危险的。不过没关系，每个路口都有摄像头，真出了事，他们也逃不掉。许诺一步步往前走，脚步茫然而又坚定。他的房子虽已卖掉，户口还在省城，省城去年的人均收入是多少呢？他想上网搜一下，却没摸到手机，在上下衣袋和背包里寻找，都没有，确定是遗失了，只是不知于何时丢到了什么地方。

这是天意吗？要把我往死里逼？许诺笑起来。操你妈的天意！既然这么想让我死，我就死给你看。

一束强光从远处狂飙而来，光线映在许诺满眼泪屑上，仿佛一朵炽烈盛开的太阳花。许诺挺起胸膛，迎着太阳花走过去。光线越来越强，太阳花仿佛着了火，化作一片明亮的黑洞。许诺从黑洞里望过去，看到了地狱，也看到了天堂。

此时此刻，他的手机正在姚二沙发的缝隙里振动。是张燕打过来的。在这次之前，她已经拨打了四次。她舅舅是副镇长，今天傍晚接到内部消息，他们老家要拆迁，她通知丈夫马上把户口迁过去。拆迁之后，生活即会改善，再加上孩子，她不想离婚了。姚二与女友大战三百回合，累得像狗，打开一罐啤酒挺到沙发上。手机再次振动，姚二湿淋淋的肥肉感受到了异常，寻找了一会儿，将手机从坐垫缝里掏出来。他这才意识到夜已很晚，许诺该回来了，却还没有回来。

这家伙不会出事了吧？他对女友说，我还想给他介绍个妞儿呢。

原先《芒种》2018 年第 6 期
《小选月报》2018 年第 8 期选载

轻　肥

一

周三的聚会本来是饯行，结果变成压惊。乔东加入一个野生动物保护志愿队，要去肯尼亚做义工，救助濒临灭绝的非洲象。他们定于明早起程，先在首都机场会合，然后同机出发。不料今天上午突然传来消息，两名队员涉嫌走私象牙，被当地公安逮捕了。召集人震惊之余，在微信群宣布解散团队，取消行程。乔东对这次非洲之行期待已久，也作了充分准备，此时忽然生变，难免不开心。我坐在他对面，隔茶台旁观，只见他神情沮丧，黯落落地仰在椅子里。康总坐他旁边，手捏一只玲珑杯嬉笑劝慰。

小插曲而已，不必烦恼，革命嘛，不可能一帆风顺。康总说，非洲人民已经水深火热几百年，也不在乎这一时半会儿。

康总这话似乎莫名其妙，跟今天的意外并无关系。然而它是有来历的。不久前的一个酒场上，乔东讲起他多年前的非洲经历，为非洲大陆的多灾多难感慨不已。他认为非洲缺乏将帅之材，放言要组建一支精锐部队，平定非洲各邦，创立一个富强民主文明的大非洲人民共和国，让非洲各族人民共享太平。这不过是酒酣耳热之际的一个玩笑，讲过可能就忘了，不料康总还记得，并在此时拿出来调侃。康总精通说话的艺术，尤其擅长以调侃的方式恭维人，三分取笑，七分致敬，既拍了马屁，又不显得恶俗。而此时这句调侃，既搔了乔东的痒，又模糊了非洲之行的初衷，将乔东从盗猎嫌疑的尴尬中打捞出来。乔东的情绪果然好转，两只手搭在挺直的肚皮上，龇开牙笑了笑。

我就是想做个义工，不是去当格瓦拉。乔东说。

格瓦拉是个傻逼。

康总说着，将杯子送到嘴边啜茶。玲珑杯太小，茶水没有口水多，都不够他大舌头一舔。别人用的都是天青釉钧瓷圆融杯，很称手，看着也舒服，他偏要用这种镂空透光的小玩意儿。他说这种杯子皮细骨薄，小巧精致，就像他喜欢的女人。他将茶水呷完，把杯子放归茶台，示意茶艺师续上，然后笑眯眯地瞅乔东。

一个有情怀的傻逼。他说。

乔东懒洋洋盯着他。就像你？

康总放声大笑。笑声陡然而高亢，吓了所有人一跳。刘蕊起身出茶室。康总的笑声正如洪水出闸，突然戛然而止，询问刘蕊干吗去。刘蕊说：我干吗去还用向你打报告？康总说：怕你走掉嘛。刘蕊说：我去卫生间，要不要一起去？康总将食指压到嘴唇上。嘘！你应该悄悄问，这一公开，我还怎么去？说罢又复大笑。刘蕊白他一眼，骂一声老不要脸，走出茶室去了。我托托手中的茶杯，钧瓷胎厚，加上大半杯茶水，还是有一些重量的，倘若砸在康总脸上，画面一定很好看。康总已经另辟议题，谈起省城近来最热门的拆迁问题，大骂他的老朋友是王八蛋。这个老朋友是市委书记梅渖仁，人送绰号"一枝梅"，谐音"一指没"，盖因他一指哪个地方说声拆，马上就会被拆个干净。据康总讲，当年梅书记初入政坛，作为挚友，他曾手书一幅字相赠：不忘初心。期勉他做个有情怀、能干事的官员。不料一入官场岁月催，几十年风剥雨蚀，他已经变了许多，干事倒还能干事，情怀却被狗吃了。没有情怀的人是可怕的，他没有底线，越是能干，危害也越大。康总为老朋友的堕落痛心疾首，发誓要跟他断交。他喷得很开心，好像有一粒唾沫星溅进了我的杯子。我觉得恶心，将余茶倾倒在貔貅茶宠上，走出茶室去透气。

这是 CBD 的一间私人会所，因在一座商务写字楼最顶层，故名"顶端"。原来的老板是我们报社原总编老郑，年前老郑办移民，不想再经营，遂经刘蕊牵线转给了乔东。我走进大厅，看到刘蕊站在落地窗前，左边是一架钢琴，右边一张沙发，她站在中间眺望窗外。我朝她走过去。地毯很厚，踩上去悄无声息，我已站到她身旁，她却毫无反应。在落地窗外，还有一层宝石蓝的玻璃幕墙。大楼早该清洗，幕墙上灰渍密布，站在窗前往外望，看到一个脏兮兮的世界。世界与视野等大。会所所在的这栋楼，是 CBD 商务内环中的一座。无数高楼比肩而立，仿佛插在地上的篱笆，圈出来一个直径两公里的圆。圆内有广场、人工湖、精心设计的花园和游乐场，正中央矗立着一幢圆柱体大厦，状如玉米，雄视周围环绕的楼丛。它应该还雄视整座城市，因为它有足够高。它是城市的新地标，有个霸气的名字：国际会展中心。半年多前，我在距此一千米外的内环某栋楼上有间办公室，当我不忙，或者心生倦意，就会站在窗前，眺望着玉米楼发会儿呆。有时候我会有一点没来由的忧虑，这个雄壮的东西太重了，我担心会把地壳压坍。

如果感到累，就想想大地。我说，负载着这么多高楼大厦，该有多辛苦。

我的声音有点突兀，刘蕊似乎被惊到，她扭头看看我，将头抵到我肩上。她身上有种陌生的气息，不是她以前常用的迪奥真我，也不是我曾经给她买过的兰蔻奇迹，想必是换了新香水。怎么？心疼大地了？

我一笑。

你什么时候能心疼心疼我？刘蕊说。

她的声音轻而软，仿佛风吹花落，寂寥无主。我惘怅得不知如何是好，想要抱她，右手抬起来，却只是在她背上轻轻拍了拍。

有老郑的消息吗？我问。

刘蕊的头离开我肩膀，那股陌生的气息也随之淡去。没有。她说。她走到钢琴旁，纤长的食指从琴键上掠过，从高到低发出一串急促的声音，最后摁在低音键上，拖曳出一声低沉而漫长的尾音，犹如空谷里的一声叹息。刘蕊在叹息中坐下来，等余音散去，十指灵活地在黑白键上跳起舞。旋律很熟悉，她第一次弹琴给我听，就是这首《依卡路斯的羽翼》。一阵掌声粗暴而至，我回头看，只见康总从茶室走出来，一边朝这边拍手，一边走向一间空闲的棋牌室。乔东跟在他身后，朝我点头笑了笑。

他们在棋牌室待的时间并不久，刘蕊才弹了两三支曲，康总已经钻出来，大步流星地走向我们。我随即走开，绕道屏风后去洗手间。我前脚进洗手间，乔东后脚就跟进来。我问他刚才跟康总谈什么，神神秘秘的。乔东冷笑。

他也怀疑我走私象牙。

我嘿嘿笑起来。你有没有揍他？

真想揍他一顿。停了一下，他又说，我早想揍他了。

我扶着老二睃他一眼。你还会打架吗？

二

我这样质疑可能有点过分，对乔东的天赋是种冒犯。上天生人，平等相待，在把一个个赤裸的灵魂投入尘世前，都赋予了某种特别的能力。只是有些人运气好，及早发现并应用了天赋的能力，于是看上去很优秀，有些人则比较可悲，一辈子不知道自己的天赋是什么，结果浑浑噩噩，一事无成。乔东属于运气好的那类人，一生下来就知道自己最适合干什么。

看到没有？他摊开手掌给我们鉴赏。我两只手都是断掌，生下来就为了打架。

我们这儿有种传说，断掌的人手狠，不光打人特别疼，还容易把人打死。这种手倘若用来打架，无疑受过上帝的诅咒或魔鬼的祝福，具有与生俱来的杀伤力。当然，传说并无科学依据，不能当真，但是乔东喜欢打架并且擅长打架却是事实。从婴孩起，他就爱打人，往往一巴掌就把街道里的小朋友打哭。然后育儿班、小学、初中一路打过去，与他同学的经历，成为大家不堪回首的往事。同学们的畏惧令他丧心病狂，当班主任老师忍无可忍，决定暴力教训他的时候，他竟然跟老师对打起来，将老师掀翻在地，把老师漂亮的金丝框眼镜都打碎了。他的学业就此中断在初三上学期那个秋天的傍晚。之后他转战街道，在以典书胡同为中心的几个街区惹是生非，每天的日常就是打打人，挨挨打。更多时候是打人，几年下来胜绩无数。最辉煌的战绩是十八岁那年端午，他手执砍刀单挑一伙外地人。那天早上，乔东在街上走，与对方一个人肩膀相撞，一言不合打起来。对方人多，乔东吃了亏，被追出三条街。他从肉铺子抢出一把刀反攻，对方胆怯溃散。事后双方都不甘心，在街道里互相寻找，最终在典书胡同北口相遇。乔东用湿布条将刀柄缠到手上，在狭窄的胡同里冲锋陷阵。搏斗的结果是那帮人从此远遁，再不曾踏足这片盘踞已久的街区。这主要是警察的功劳，他们打得太凶，警察及时到场，把他们一锅全收，顺便把这个以盗窃为业的团伙摧毁了。但是不可否认，这里面也有乔东的一份苦劳。这也是街区父老虽不喜欢他却也不甚讨厌的原因。另外他虽狂野，对一起长大的几个街坊伙伴却很照顾。高中时我被几个校霸欺负，意图自卫，找他学习打架本领。我找到他时，他正踩在插满玻璃茬的墙头，在主人的注视下采摘樱桃。他居高临下瞟我一眼。

会打也不行，还得敢打。他说，你胆子太小，教你也没用。

他从墙上跳下来，吃着樱桃跟我去了一趟学校。之后直到高考结束，再没有一个人敢找我麻烦。其他几个伙伴也都有过类似经历，受委屈时找他求助，总能逢凶化吉。大家都赞他讲义气，愿意跟他一起玩。但有时犯拗，他连朋友也会打。我们有个小伙伴，十岁时跟随父母迁往大上海，十几年后出差回省城，特意约我们喝酒叙旧。他一口字正腔圆的普通话，听起来很有都市范，而我们这拨人大多在老城里打混，没见过大世面，张口说话，还是一嘴散发着烩面味的老方言。久别重逢，又有好酒喝，大家理应很开心，可是喝到半醺，乔东突然发飙，要求小伙伴必须讲家乡话。小伙伴很尴尬，解释说离开太久，没有语境，已经忘记了家乡方言。他的解释没有说服大家，反而激怒了乔东，他当场掀翻桌子，对小伙伴大打出手。我当时恰好去厕所，等回到包厢，那个倒霉的家伙已经头破血流，抱脑袋蜷缩在杯盏狼藉的地上。我觉得乔东太过分，就算看不惯，也不该下此狠手，那帮旁观的伙计也够呛，毕竟都是发小，怎能够袖手旁观，任由乔东把人打成这样？我的不满招致了他们的不悦。

你也小心点！乔东瞪我。别以为进了报社，说话就洋腔怪调。

我哭笑两难，将发小送去医院，然后把此事写成一篇文章，发表在我们报纸副刊"茶叙"上。负责副刊的是主任助理刘蕊。发稿那天下午，她到我们办公室来找我，要跟我聊聊这桩普通话引发的血案。我们社的新楼刚刚落成，尚未乔迁，大家挤在老楼办公。当时接近下班，同事们都已离去，只剩我这个新萝卜看家护院。我们大办公室爷们儿多，陈设粗犷而凌乱。桌子上尤其乱，各种杂物围绕着大屁股电脑显示器逶迤起伏，在夕阳醺黄光芒的照耀下呈现出一种类似于末日的景象。天干物燥，卫生不好，空气中布满尘埃。那些尘埃犹如光学显微镜下的细菌，在阳光所及的这片区域里无所遁形。刘蕊坐在我对面，中间不仅隔着桌子，还隔着这道纤粒弥漫的光幕。我们的视线穿过光幕望向对方，我不知她有何感受，我自己有点怪怪的，仿佛眼光在抵达她的面孔之前已经污染了。

这个故事很有意思。她在光幕那边说，那个发小不会讲家乡话，说明他已经疏远和淡忘了故乡，在乔东他们看来，就意味着对家乡的背叛。

我没说话。这是我们第一次近距离接触，彼此不熟。面对不熟的人，我的话总是很少。刘蕊继续说她的。

发小又不停地拿省城和上海作比较，上海多好，省城多差，把家乡说得太不堪。这等于是对家乡的羞辱，你不光背叛了家乡，还羞辱家乡，不打你打谁？从表面看，这是一场普通的朋友反目，但往深处说，却代表着乔东他们对家乡的爱。一个小混混——不好意思啊，不是有意贬低你朋友。一个混社会的人都有这样的情怀，可见我们这座城市的魅力。

我注视着刘蕊，倾听她的高论。有那道氤氲如雾的光幕作掩护，我的注视似乎也显得不那么赤裸和大胆。在我看来，发小之所以挨打，并不在于遗忘了老家土不拉叽的方言，而在于他时刻表现的自我优越：前途无量的工作、令人艳羡的收入、出身名校的女友、每年都如例行公事的世界旅游，以及他那些贵为各界精英的新朋友们的轶闻趣事和他们之间亲密而高端的交往。在他滔滔不绝的炫耀中，不光省城被上海无情碾压，我们这些老朋友也自惭形秽。所谓忘本，不过是乔东等人被激怒后打人的由头，——出师总得有名，就算最不讲理的流氓，找茬前也会先来一句"你瞅啥"，哪怕是一言不发上来就打，也必定有个先决的理由，比如"看你不顺眼"。发小挨揍，固然是自己犯贱，纯属活该，但把乔东如是拔高，提升到爱乡英雄的份上，也着实荒诞。我觉得刘蕊待在副刊有点屈，她应该调到新闻评论部去当评论员，那边正缺写社评的人才。

我会向他转达你的赞美。我对刘蕊说，他一定会很开心。

依我庸常的感受，刘蕊对这句话应该有所回应，比如笑一笑。但她没有，脸上神色一如之前。刘蕊被大家称为美女，平心而论，她的五官并不出众，任何一官都不具动人之美，只是胜在彼此协调，并因此而耐看。——每当看到或听到"和谐社会"这个词，我就会联想到她的脸：她的美就是和谐的产物。她抽出一支烟，扣打火机点上。烟是她自己带过来的，跟打火机并一起攥在手里。

你把这个故事写得很有趣，但是太简单、太表面了，没有探讨事件背后的社会和文化现象。刘蕊说，我想以这个故事为引子，往纵深挖掘一下，写个深度报道。

刘蕊吹出一口烟。不知是不是因为嘴巴小，那道烟柱细而直，强硬地插进光幕，然后在光中散开，跟游移浮动的纤尘缠搅在一起，看上去有种说不清的暧昧。我不知道为什么会想到"暧昧"这个词，要形容烟气和纤尘在阳光里沆瀣一气的状态，明明有很多更适用也更准确的词汇，比如"混沌"，或者"朦胧"。

你帮我约一下乔东，我想采访他。

行啊。我说。

我在长途汽车站附近找到乔东。他正截住两个外地人要钱。每当没钱花，他就来车站周边晃荡，看到有人吐痰，就收罚款，一口十元。那两名外地人不愿出，拖着行李箱大声嚷嚷，大概是看乔东既无制服，又无红袖章，更像是敲诈勒索的市井无赖，而不是具有公权威严的执法者。遇到这种情况，乔东会给出两种选择：把吐到地上的痰舔回去，或者挨打。选择虽说有二，结果却往往只有一个：挨了打再给钱。我看到乔东指了指地面，想必是让对方舔干净。对方不干，乔东揪住嚷得最凶那个人的前胸，咣咣抽他两耳光。耳光异常响亮，我还远在百米之外，仍然清晰地听到了。乔东下手总是干脆而彻底，从不给对方留侥幸的余地。那两人立即弱下来，掏钱消灾，倒拖行李箱含恨而去。那张钱是红色的，好像是一百。我很惊讶。以前乔东来搞钱，弄到二十块就走，二十块钱，刚好够他买一包烟，吃一碗烩面，外加一瓶啤酒，而如此微小的数目，又不至于在外地佬报警后惹麻烦。他把钱塞进裤兜，走进旁边一家小超市。我赶过去，在超市门口站了不到一分钟，他嘴叼一支烟走出来，手里拿着刚撕开的烟盒。他看到我，也没什么惊讶，弹出一支烟递给我。

刚才看到你管那两个人要钱，要了一百块。我说，是一百吧？

乔东不回答，吸着烟往前走。我跟上他。

今天怎么要这么多？

有事，急着用。

我想对乔东说，有事用钱可以管我借，可是想想自己那点工资，实在没胆量装大方。贫穷令友谊变得尴尬。仗义疏财如宋江，倘若没有老爹的万贯家产，也做不了义薄云天的及时雨。我闷了一会儿，对乔东说：你的红袖章呢？你不是做了一个吗？怎么没戴？

去厕所拉屎，身上没纸，用那个擦屁股了。乔东说。

我们并肩往老城方向走。这些年省城膨胀得厉害，城区仿佛打碎的鸡蛋，在这块被形容为"热土"的大地上迅速摊开。但我们并没有感到生活空间变宽松。城建再快，快不过人流涌进来的速度和规模，仿佛就在几年间，大街小巷都挤满了口音各异的外地人，南腔北调的普通话也逐渐占领了我们的公园和广场。我俩走过一条老街，看天色该吃晚饭，就随便闪进一家烩面馆。乔东爱吃面，尤其爱吃烩面，辣椒要多，香菜要足，再配上一瓶啤酒，就吃得幸福安乐。我们在靠门一张油腻的条桌旁坐定，要了烩面和啤酒，我又加了个凉拼。乔东一直不怎么说话，看上去闷闷不乐，大概是还没有从发小的刺激中抽身。乔东兄弟两个，他哥学习好，被家人寄予厚望，准备考大学当大官。至于乔东，则等他爸从铁路局退休，接班去当个铁路工人。不料他哥连考两次，都名落孙山，得了严重的抑郁症，天天在街上找可以上天台的高楼。他爸很担忧，遂在他妈建议下提前退休，让他哥去接了班。乔东的工作就此断送，天天在街里混，一直混到现在。如今老大不小，不但没有女朋友，连自己都养不活，对比发小的春风得意，难免会不开心。

有个美女想见你。我对他说。

乔东只顾倒酒，对我的话置若罔闻，大概是认为我在调戏他。要不要见一下？我问他。他瞟我一眼，把一杯啤酒往我这边推一推，眼神充满不信任，嘴上却说：谁呀？

我把刘蕊的意思讲给他听。乔东喝完一杯啤酒，抄起酒瓶往杯里倒。杯子是塑料的，软而薄，一捏就瘪，必须两只套在一起才能撑起一杯酒。乔东倒得很快，咚咚几下，浓密的泡沫即已翻越杯沿冒出来。我问他愿不愿跟刘蕊聊聊，他说：不愿。

不愿就算了。我回复刘蕊。刘蕊很失望，对乔东的敬意也稀薄了许多，再次跟人谈起那桩普通话引发的血案，仅仅就事论事，而没有对那名小混混给予过多的赞美。这次谈，是跟郑总编的一个朋友。刘蕊坚持要做这个选题，郑总编也很支持，还提出不少指导意见，建议她放宽思路，扩大视野，将这个话题放在城市大发展和社会大转型的时代背景下分析和探讨。面对快速扩张和急剧变化的城市，老省城居民往往会跟不上节奏，于是失落迷茫，乃至于怨望愤懑，对"入侵"的外来者心生敌意。老郑认为，那场殴斗虽然发生在发小之间，但也隐含着这样的一种现实逻辑，乔东们以维护家乡话为名的暴力攻击，反映了他们在这种巨大落差之中的焦虑和恐慌。为了帮刘蕊深入了解这座城市，他特别把一个老朋友介绍给她。

这位老朋友就是康总。康总当时还不叫康总，叫康老师，他的文化公司还没开，书法培训班也只有两个。康老师是书法家，时任市书协副主席，据说在省城很有名气。他是老省城，又是文化名士，对省城的历史掌故和市井文化知之甚详。刘蕊邀我一起去拜访。她说这个选题是从我的文章中得到的启发，坚持让我一起做。

坦率讲，我对这个选题并无兴趣。另外，刘蕊与郑总的关系也让我敬而远之。郑总器重刘蕊，是众所周知的秘密。他们都毕业于北京一所以校友团结著称的大学；而刘蕊的导师，又是郑总的好朋友，用刘蕊的话讲，两个老头儿是生死之交。在和平年代，"生死之交"这样的措辞颇有些矫情，相比之下，一起嫖过娼、一起分过赃的友谊反而更加淳朴和可靠。所以大家谈起刘蕊和郑总的关系，总会有意无意地抛开他们的学术渊源，心照不宣地赋予一种油腻的猜想。我无意攀附高枝，也不想蹭上油腻，作为一名新入职的小白，平安无事才是立足之本。所以我谢绝了刘蕊的好意。刘蕊坚持再三，见我顽固不化，就恼了。

行！她拉下脸，声音变得冷酷而无情。你别后悔！

三

很久之后，我跟刘蕊闲聊过往，扯到过这件事。我问她为什么非要拉我一起做。她说：因为喜欢你呀。

她说这句话神情轻佻，脱口而出，一看就不经大脑。那年我们省力推一个申遗项目，省领导很重视，要求媒体配合宣传。郑总把任务交给我们文化部，责成我们做一些文化整理和深度报道。这本来也不算什么大事，然而刘蕊刚升文化部主任，憋着劲儿要做功绩，她把我叫到办公室，将门反锁，逼我答应写几篇霸气稿。所谓"霸气稿"，是她的发明，即指稿子要大，要硬，要深入。我在意式咖啡的加持下，过了一段暗无天光的生活，日夜匪懈，苦逼赶稿，总算熬出来几个东西。刊登之后，被省委宣传部张部长看到，在工作会上点名表扬了一下。对张部长来说，这句口头表扬或许可有可无，但对我们，却无异惊天胜利。刘蕊开心极了，把我带到她家，亲自做菜给我吃。我们边吃边聊，追想当初，我就提出了那个问题。而她也就做了那样的回答。

我没有质疑这个回答是否属实，但也无法说服自己相信是真的。我更倾向于认为，她当年之所以诚恳相邀，第一是因为我能写稿，相比诸位同事，文案能力更强一些。第二，是想拉拢我。大家都传说她不久就要升副主任，但在我们部，除了我，所有人都比她资历深。她要提前培养自己的势力，拉我入伙无疑是最方便也容易的。

我当时就持这样的想法，所以我执意拒绝。然而当刘蕊翻脸，细长的手指夹着细长的坤烟负气而去，我又忐忑起来，担心她会报复。

她毕竟是老总的红人，还将是我的领导，要搞我实在太容易。我在办公室坐立不安，最终还是没骨气，主动找上门去，问她何时去见康老师。刘蕊脸上的冰瞬间融化，嘴却夸张地嘟起来。

你不是不去吗？她说。

她看上去依旧气鼓鼓，但完全是娇嗔，属于老朋友之间的内部矛盾，而不是敌我分明的谴责。我无言以对，只能唾面自干。还是去吧。我说。

康老师那时还不甚发达，大才也未能充分转化成大财，有时候还得亲自去培训班给小孩子授课。他在被称为中心的那个班接待了我们。虽称中心，面积也很有限，除了一个五十几平方米的教室，就只有一个石膏板隔起来的房间，兼作办公室和创作室。用来创作的简易桌蒙着毡布，上面晾着一幅刚写好的作品。字是狂草，满纸乱云翻涌，我看了半天，猜不出写的什么，遂向康老师请教。

知荣守辱。康老师一只手背在腰上，一只手捋着颌下一寸多长的胡须，葛布对襟唐装两下分开，袒露出胸前白色的背心。《老子》里的句子，知其荣，守其辱，为天下谷，常德乃足。

我连称受教。我还有个问题想问：这种四字横幅，用狂草写合适吗？但我没敢再问，我不懂书法，怕这个问题太幼稚，被康老师笑话。笑话我事小，连带刘蕊也被瞧不起，就显得我不会做人。康老师对刘蕊很热情，见面握手就握了三分钟，我看到刘蕊抽了两次手，没抽出来，也就从了。我们分宾主坐定，少作寒暄，就切入正题，在刘蕊提问下谈起省城的历史文化和风土人情。康老师从新石器时代讲起，一口气讲了一个半小时，才讲到晚清通火车。我不停喝水，试图对抗瞌睡，喝得膀胱发紧，也没把瞌睡溺死，实在撑不住，就起身参观康老师的作品。我在房间里晃来晃去，晃得康老师心烦，叫我坐下来别乱动，喝茶也行，玩手机也行，莫打扰他思路。康老师语气颇严厉，想必他是郑总好友，而我是郑总手下小兵，对我无须客气。我忍气吞声，坐到刘蕊旁边。刘蕊连忙打圆场。

严肃很喜欢康老师的字呢，经常跟我说起来，说康老师才是真正的大手笔，很是崇拜。刘蕊说，对了康老师，你们还是校友呢，他是吴大新闻系的，千禧年那一届，是你的学弟。

刘蕊这些话讲得从容自如，令人不容置疑。事实上，在今日从她口中听到康老师的名字之前，我根本不知道世界上还有这号人，刚才见面所谓的久仰，不过是礼节性的客套。我也不知道康老师居然是吴大的，突然冒出这么个学长，倒也幸会得很。康老师明显缓和下来，看我的眼神也变得和蔼。真是千穿万穿，马屁不穿，纵使桀骜不驯的康老师（刘蕊转述郑总语），也被美女轻轻一拍就散架了。

幸会。康老师对我说，以后常联系。

好的好的。我说。

我们——主要是康老师和刘蕊——谈到下午六点，意犹未尽。这么长时间内聊的并不全是省城故事，康老师话题发散，一不留神就跑到了其他领域，比如他那些令人肃然起敬的人生经历和文艺成就，这时候就得刘蕊想办法把话题拉回来。这情景让我产生一个不当的联想：刘蕊就仿佛沿街遛狗，狗老是想挣脱控制，需要刘蕊不停地拽着绳子往回拖。康老师意欲转战饭店，边吃边谈。我向康老师致歉，我与发小已经约好，下午下班要去医院探望他，所以不能继续奉陪。康老师通情达理，对我说来日方长，请我自便。可当刘蕊也收拾起东西，准备跟我一起走，他就不淡定了，执意挽留她一起吃个饭，说到诚恳处，"赏光"这样的词都丢出来。刘蕊反复对康老师表示抱歉，她说事先约好的一起去探望那名当事人，顺便对他进行采访，不能食言。等回头她再约上郑总编，郑重邀请康老师吃饭，对康老师的大力支持表示感谢。康老师也就不好再坚持了。

我和刘蕊打的赶赴医院。刘蕊所谓的事先约好并不存在，正如我跟发小约好去探望他并不存在一样。——我的确想去看看发小情况怎样，但事先并没与他约时间。刘蕊要与我共进退，令我感到欣慰。我们都撒谎了，那又怎样？撒谎是摆脱不喜欢的环境与人的好办法，简单而有效。我不喜欢康老师，从头到尾，这位才华横溢的校友没有表现出什么让我起敬的东西，对我近于无视的态度更让我快乐不起来。重色轻友虽是人性之常，但如此赤裸不顾，也着实令人陶醉。刘蕊问我对康老师的印象，我双手抱臂面无表情。

装腔作势，自吹自擂。我说，披着文化外衣的江湖人士。

刘蕊咭咭笑几声。这些文化人都这样，不光老康。她说，听郑总讲，老康还是很有情怀的，对社会和文化都有责任心，也很想做一些事。

情怀！我冷笑。

发小伤得比较重，脸上几处破损，头顶缝了五六针，小腿胫骨也打裂一条缝，必须卧床休养。发小本想马上离开省城，因为骨伤不能活动，只好躺医院休息。事发后我们都很担心，如果他报警，乔东肯定要进看守所。乔东也做好了进去的准备。然而发小并没有为难他们，只是打电话叫女友飞过来照顾他。我和刘蕊提着一兜水果走进病房时，他女友正喂他吃樱桃。他女友态度不太好，看我们的眼神充满戒备，发小倒很客气，对我的到来表示感谢。一句"感谢"，把我们的距离拉开十万八千里。我很难过，却无话可说，唯有关心伤情。发小说再过几天就可以回上海。我问有没有人来看望他，他说有，好几个人都来过，今天上午还来个小孩，送来一兜荔枝和一包糖角果子，说是有个人给他十块钱让送的，问了小孩那个人的特征，应该是乔东。

他还记得我喜欢吃糖角果子，我还是挺感动的。发小说，不过我早戒甜食了，我牙不好，不能吃太多糖。

我想起昨天傍晚乔东在车站勒索人，他要那么多，想必是给发小买东西吧。刘蕊是个称职的记者，适时发起采访，询问了一些感兴趣的问题，比如他的城市记忆、他眼中的事件过程、事件发生后的心灵感受，等等。最后她问：你还爱这个城市吗？

发小摸了摸鼻子。当然爱呀。发小说，我们离开，不是因为不爱，而是为了生活。不要把离开的人都当成是叛徒。

那你以后还会回来吗？

有事就回来，没事也不刻意。大家都很忙，对吧？

刘蕊对发小的回答不太满意。她认为发小已经厌弃了故乡，说话摸鼻子的细节就是铁证：他在撒谎。她正迷恋微表情，坚信不经意的细节最能出卖人心。在她看来，一个人不能忘本，受了点委屈就背弃父母之邦，是很自私、很小气的行为，诚然人各有志，不能勉强，但在情感上，终究让人瞧不起。我当时也是这样感受，所以对她的议论表示附和。医院距刘蕊家所在的小区不甚远，我先送她回去。刘蕊情绪很好，我们边走边聊，一直聊到小区大门口。我向她道别，祝她晚安，然后要走。刘蕊忽然叫住我。

严肃。

我回头。嗯？

我们会是好搭档的。她说，加油！

我情绪也变得很好。虽然区区半天的共事，并不足以让我认同会成好搭档的判断，但至少，刘蕊对我是友好的，就算这种友好包含着某种算计，她也没有恶意，而且在客观上，对我们彼此都有好处。第二天下午，我正整理采访记录，乔东忽然敲门走进来。我们那时候门禁松弛，任何人都可以自由进出，不像现在的报业集团大楼，需要先出示身份证件，再登记姓名和电话，写明联系部门、事由及进出时间。乔东仍然穿着前天那件灰夹克，吃烩面时溅在胸前的一片辣椒油渍清晰可见。他从没到单位找过我，此时找来，我第一反应是他改变主意，想接受采访了。

不是，是让你帮我送个东西。乔东从夹克袋子里掏出一只信封。这是一万块钱，你给王全送过去。

王全是发小的名字。乔东把信封递给我。信封是牛皮纸，半折起来，我错开一条缝，看到里头一沓红色的纸币。我很惊讶。

你哪儿来的钱？

我二大的。

我们这儿的方言，管亲叔叔叫大。他二大是老光棍，住在北郊一个村庄，膝下无子，一直想让乔东过继过去。乔东他爸怜惜弟弟，有意把乔东送给他，无奈乔东妈不答应，事情就一直拖着。乔东他哥结婚，没钱买新房，跟父母和弟弟挤在六十五平米的老房子里。去年他哥喜得贵子，还是双胞胎，狭小的家内更加熙熙攘攘，拥堵得水泄不通。乔东他妈实在受不了，兼之省城越扩越大，二大的村庄也渐渐包进来，变成城中村，不再是纯粹的乡下，老太太遂改变主意，同意把老二送给老二，让乔东去跟二大住。乔东很恼火，觉得总是自己被牺性，就像家里的二等人，自尊受伤，死活不接受这个安排。他的不晓事令他妈心碎，天天咒他没好死，乔东被咒得头大，索性不再回家，东混一夜西借一宿。他不喜欢二大，也不愿跟他有任何瓜葛，此时忽然去用他的钱，莫非已经有意当老头儿的继承人？我问乔东。乔东脸色像麻布。

扯什么！他说，老头儿跟人闹矛盾，被人打了，找我爸撑腰。我爸管不了，叫我去给老头儿出气。我去打了那个人一顿。老头儿一开心，非要拿钱给我花。我就管他借了这一万。

我将钱收起来，劝乔东不要固执，搬过去跟二大过好了。那个村庄早晚要改造，赔几套房子没问题，到时候坐享其成，变身富人，也好接济接济我们这些穷朋友。乔东不说话。他不说话就是对这个话题没兴趣，我也懒得多言。我觉他也该走了，这里的气场与他完全不合，他肯定不愿久待。然而他却没有要走的意思，站在办公桌旁东张西望，仿佛观赏室内风物。同事们都在忙，没人注意他。他看罢多时，掏出一盒烟，犹豫一下，又装回夹克，想必意识到这里是正规单位，不允许抽烟。我说：还想不想跟那个女记者聊聊？

行啊。他说。

我把乔东带到刘蕊办公室。刘蕊与一名副主任共用一间办公室，副主任年高位卑，前途渺茫，经常借故不来，这间办公室差不多就成了刘蕊专用。室内干净整洁，物归其类，养有几盆多肉和绿萝。因为经常有人来送稿，她专门辟出一块空间，摆一张旧沙发和茶几，以供接待之用。乔东坐在沙发里，看到刘蕊指头夹着烟，遂坦然掏出他的烟盒，抽一支递给我，再抽一支给自己，拿打火机一一点燃。刘蕊拉把折叠椅坐到茶几对面，紧身牛仔裤把两条腿勾勒得细长无比。她把笔记本摊开放在大腿上，一手夹烟一手捏笔，开始了采访。他们从那晚打架谈起，然后话题不断发散，一直回溯到乔东的童年。她问乔东童年里的城市印象。

没印象。乔东说，只记得天天被我爸揍，被我妈骂，我哥埋头学习，像个圣人蛋。

我是说城市，对这个城市的印象，不是家庭。

我知道啊，就是没印象。小时候家比城市大，家都不关心，谁关心城市。

这个回答很坦率，但无疑不符合刘蕊的心理期待。此时快到下班时间，刘蕊看看窗外，要请乔东吃饭。乔东说不吃了。他把烟头摁进烟灰缸，搓搓手站起来。

有个事儿。他说，我想去荣城找我女朋友，现在有点晚，车站可能没车了。你们能不能开报社的车把我送过去？

荣城是省城辖下一个县。我竟不知道乔东已经有女朋友。这些年大家各走各路，渐行渐远，我跟他见面也越来越少，关系难免日益疏远。他这个请求有点突兀，也超出我的能力，我盯着刘蕊，等她回应。刘蕊有点犹豫。采访用车得向办公室主任赵某申请，我听她说过跟赵某关系不大好，懒得搭理他，所以我们昨天去采访康老师都是打的，没找张某要车。我知道她为难，想让乔东打个黑车过去，却听刘蕊说：你等一会儿，我借个车。

她借的是郑总的车。郑总人车都在单位，她让我们先下楼，她去拿钥匙，须臾便指头勾着钥匙串走下来。乔东神色有点不安，大概是不好意思。他坐在后排，我坐副驾驶，车子驶入大街，他倾过身拍拍我肩。

我见过采访车，上头都有新闻采访的牌子。你们有没有？也放一个。

我说：这是老总的车，怎么会放那个？

找找嘛。乔东说，找找看有没有。

我扭头乜他一眼。干吗要放那个？

虚荣呗，让我女朋友看到，拽一下。

我无语。刘蕊示意我找看。我在手套箱和扶手箱翻了一下，只有些文件、杂志、CD之类，还看到两袋湿巾和一盒避孕套，并无新闻采访牌。我将箱子合上，对乔东说没有，一回头，却发现他已平躺在后排座上，闭着眼好像睡着了。这姿态也太倨慢，靠着座背就不能睡吗？我瞄一眼刘蕊，她恰好也在瞄我，我们相视一笑，都有点不大愉快。已到晚高峰，每个路口都在堵，汽车走走停停，直到天色将灰才赶到去荣城的高速口。上高速后,我听到背后打火机响,扭头看,只见乔东又坐起来,正在点烟抽。我并不排斥在车里抽烟,况且刘蕊也在抽,但心头总觉有点火火的。荣城离省城不远,刘蕊车开得快,半个多小时就到了。我们如乔东要求,将他送到东郊一条街。处处华灯初上,夜生活刚刚开始,这条街却很冷清,阒寂灯光下连鬼都没一只。我问乔东:你女朋友呢?

在她家里。乔东说。

他朝我们胡乱挥下手,往一条更幽暗的胡同走去。我望着他在幽静街道里走远,感觉很怪异,仿佛置身恐怖片的场景之内。刘蕊叫我上车。我坐回副驾驶,拉上车门,忽然有种不好的预感,捏捏包里那只装钱的信封,硬硬的还在。这些钱究竟是何来历?真如乔东所说属于他二叔,还是他使用非法手段——比如偷或抢——搞来的?我脑袋发蒙,想下车追上乔东问清楚,刘蕊已经调转车头。

这儿有家饭店,饸饹面很好吃。刘蕊说,带你去尝尝,怎么样?

好啊。我说。

我挺感谢刘蕊的,这个忙她完全可以不用帮,她不但帮了,还亲自开车相送。如此义气,令我感动。我们在荣城吃过晚饭,轻松愉快往回走,边走边说笑,不觉间已到省城。她把我送到我们家属院外,然后去给郑总送车。我目送她驾车离去,手套箱里的那盒套子浮上脑海。他们会发生些什么吗?我回转身,从家属院门口走过,踩着梧桐叶下斑驳的灯光,去拜访乔东的家人。

跨进乔东家的客厅时,墙上的石英钟刚好指向十点钟。并不算晚,但对于没有夜生活的老同志,已然很迟了。还好乔东父母都没睡,一人抱一个孙子,在狭窄的客厅里打转哄逗。我问起乔东,老两口长吁短叹,说他跟人打架,把人打坏,不知道跑哪儿去了。我问有多坏,他爸说对方送医院时还在昏迷,也不知道是不是装的。看来信封里的钱的确是乔东二大给的,不过应该是让他跑路用,而不是拿去补偿发小。次日上午,我给乔东父母打电话,打听对方伤情。接电话的是乔东妈,他爸正在派出所代表弟弟和儿子跟对方谈判。对方人已经醒过来,性命料无大碍,接下去主要是刑事判罚和民事赔偿的问题。我松一口气，中午下班后往医院看望发小，把那一万块钱给他送过去。发小有点意外，但还是坦然收下了。我问他什么时候走，他说明天上午，十点半的飞机。我点点头。

我明天还有事，就不去送你了。

没关系，你只管忙。发小说。

四

我并不忙，所谓有事，只是不想送行的借口。尽管理智上我明白，这笔钱是发小应得的，甚至还不够，但私心里，还是希望他能发扬风格，还给乔东，至少应该客气一下，做个姿态让几让。不过这也好，乔东是成人，必须为自己的行为负责任，多付出点代价，可能有助于他重新做人。

乔东一走七年。打架双方扰攘多日，在村委会调停下达成和解。双方和解的基础是法医鉴定报告，受害者被定为轻伤二级，没有预想中的严重。乔东他爸又拜托市公安局的一个亲戚去关说，最终赔偿对方二十万了事。双方代表在村委会签协议时，乔东正坐在飞往非洲的飞机上，透过窗子俯瞰印度洋的万里波涛。中铁某局在刚果（金）承接了一个大工程，在国内招劳工，乔东他哥担心弟弟会坐牢，托关系把弟弟塞进去，到非洲去避避风头。后来事情有望和平解决，乔东他妈想把乔东召回来，老太太对非洲的印象，除了同志加兄弟的革命感情，就剩下穷、丑、落后、野蛮，以及无处不在的豺狼虎豹和致命病毒，她担心儿子会非常受罪，甚至有可能死到那里。老头儿和大儿子则相反，他们坚持把乔东发到非洲去，免得在家惹是生非当祸害，另外又可以让他借机赚些钱，以备日后讨老婆用。老太太寻思有理，就不再多说。于是，无知的乔东怀着逃亡的心态，如期登上了去刚果（金）的飞机。

这些是后话。与乔家纠扯不清的麻烦相比，我和刘蕊的选题进展要顺利得多，半个月之后，我就把初稿拟了出来。这期间，康老师主动约过刘蕊两次，要补充讲述关于省城的故事。第一次约在一家咖啡馆，依旧是我和刘蕊同去。康老师今天换了身麻布衣裳，但还是唐装，灰不出的颜色与咖啡馆伪复古的风格很搭配。他讲话照例发散，一不小心就会滑到自己的艺术成就和人格魅力上去。而刘蕊，也照例随时拉紧绳子，将亢奋的康老师拖回到应有的轨道上来。康老师今天的高论，主要是关于城市改造对城市文化的影响。他动情地回忆起以前的老城：青石牌楼、硬山黑瓦房、光滑的石板路、聚族而居的老院落、从院落里越墙而出的石榴树，年少的他骑自行车风一样从街道穿过，鸽哨的声音在天空回旋如天籁。自从新世纪开始大规模城市建设，那些承载着省城市井文化与历史记忆的老街道，一股脑都给拆掉了，改而建起千篇一律的积木楼。

愚蠢！野蛮！无知！康老师愤慨不已，嗓门大得要震落头顶上军绿色老式搪瓷罩吊灯。老城区最能代表城市的个性和独有的文化，你拆掉，这个城市就完蛋了，它的历史就断裂了。你再盖一堆西式楼房，把老城历史给覆盖掉，省城就彻底死了，不再有个性和灵魂，跟别的城市没区别了……

我端起咖啡看了看，里头似乎有来历不明的白星子，遂又放回桌子。康老师描述的那些场景，也留存在我的记忆里，并会因着某些偶然的情景，清晰地从脑海里浮现出来。回到社里，刘蕊带我到她办公室，要跟我讨论一下康老师的观点。她认为康老师讲得有道理，他为保护老城遗建而不懈鼓呼的行为也令人起敬。她想在我们的报道里着重谈谈这个问题，策应一下这种在商品时代日益式衰、也因而更显可贵的文化声音。她略有一点激动，大概是被康老师的文化忧患意识和社会责任感打动了。我拧开她的保温杯，在饮水机下给她续满水。

你看过《贫嘴张大民的幸福生活》吗？我问刘蕊。

看过。

那种生活你想要吗？

什么意思？刘蕊警惕地盯着我。

老胡同该不该改造，得去问生活在那儿的人，康老师的高见可供参考，不必当真理看待。

我这样说只是就事论事，并无对康老师不敬，更不是因他对我无所顾忌的冷淡而心生敌意，故意要在背后贬低他。我已经知道康老师并不是真正的老省城。他是"文革"后第一批离开农村闯天下的人，八十年代初即到省城，一度租住在老胡同里。后来我们母校开了个文艺特招班，招收社会上有一定潜质的文艺爱好者，培养两年，发放本科文凭。康老师报名参考，金榜高中，毕业后返回省城，在科班身份的加持下正式进入省城文艺界，很快又红鸾星动，跟一位女士喜结连理，搬进女士在城东新区的大房子。从此远离老胡同，再没重温过半条街共用一个厕所、全家人同住一间平房的传统生活。

自己住着高楼大厦，宽敞明亮，反而呼吁人家保持所谓的传统，继续在蚂蚁窝里过苦哈哈日子，怎么说都不地道。有代表性和文物价值的古建筑当然要保护，这没有异议，但对于寻常可见的老旧民居，拆了就拆了吧，只要能改善民生，主人家又乐意，就不是坏事儿。我对刘蕊说：社会的文明程度，并不以老房子的保存数量为标准，民众的生存状态，却是衡量一个地方是否文明进步的重要依据。以保护传统文化之名阻止人们投奔新生活，恰恰是反文化的。

刘蕊的脸板起来，嘴巴微嘟，猩红的唇仿佛一枚润泽诱人的车厘子。我脑子里油然浮出一个不健康的联想。然后我想到了大学时的女友。我们有过异常快乐的时光，相亲相爱，鱼水交融，她的口技尤其令我难忘。倘若换成刘蕊，会是什么感觉呢？我心头掠过猥琐的念头。

这也只是你个人的看法，并不代表真理。刘蕊冲我说。

那是。我赔情一笑。也是仅供参考，怎么定调你做主，毕竟是你的选题。

说完我就回我们的大办公室去了。一个小时后，她打我电话，叫我过去一下。她的脸依旧绷着，两只眼瞪我，好像我欠她几两银子不还。我已打定主意不再跟她争执，不料她说：好吧，你赢了。

我很讶异。她不是那种可以从谏如流的人，怎会如此轻易改变主意？我问她，才知是郑总的决定。她刚才去找了郑总，向他征求意见。郑总听了她的陈述，更倾向于接受我的观点。

保护传统文化不是抱残守缺，自虐为乐。郑总说，世界越来越村庄化，人们的生活方式当然也会越来越同质，相对于差异性文化保护，公民的现实生活更重要。

你开心了吧？刘蕊两只眼睛瞪得很夸张，眉毛高高挑起，似乎非常地不满。我盯着她看。她说：看什么看？

我说：你的口红好像淡了。

滚！

康老师第二次邀约我没去，因为他只邀请了郑总和刘蕊，没有邀请我这个校友。他们聊了什么我不得而知，也不想知道。果如我所料，一切材料准备充分后，刘蕊让我来执笔。她说这是对我的信任。我说：求你别信任我了，好不好？她将一口烟喷到我脸上。不好。经过这段时间的频密共处，我们的关系已经很亲密，情景所致，还会勾个肩搭个背，互相开开污笑话。我们最后一次外出采访完毕，走出受访人单位，她说没力气走路了，让我背她。我就背起她走到一百米外的十字路口。她身材控制得好，体重大概一百斤，在我背上全无压力。她两条胳膊圈住我脖颈，小嘴巴凑到我耳朵边。

咱们一定会成好闺蜜。她说。

我说：闺蜜是不是可以睡一张床？

她说：你想得美。

我是说上下铺。

那可以考虑。

她在我耳边说着话，长头发缭着我脖子，仿佛虫子在爬，一直爬到心窝里。已经是榴花照眼的五月，换算成公历是六月，夏至将至，衣衫正薄，她胸前的两团东西在我背上异常温热。我在一棵栾树下将她放下来，顺势蹲到地上。她问我怎么了，我双臂抱膝不出声。她立即明白了缘故，嘎嘎大笑，捂着肚子弯下腰去。

你个臭流氓！她说，我把你当闺蜜，你却想使坏。

之后一段时间，我忙着写稿，跟刘蕊相处的时间少了许多。她也不来打扰我，除了每天问一下进度，再问有没有需要她做的，其他时间都化身空气。初稿拟定，请她过目，她找出一堆错别字，一一修正后打印两份，一份给主任过目，一份给郑总预览。她经常不走正常程序，直接把她的选题和稿件上达总编。主任很不满，但他与副主任一样，年纪大了，已无所争，也就不跟她计较。郑总看过稿子很满意，仅提了一点小小的修改意见。他对此文寄予厚望，期待能引领一场市民讨论，在新老省城人之间建立一个良性对话和互动的平台。然而很遗憾，他这个美好愿望落空了，稿子发出后，除了几位退休老干部打电话表示共鸣，几乎没什么社会反响。我很羞愧，仿佛证明了自己的无能。刘蕊安慰我，她说这不是我的问题，是市民的问题，他们太浮躁，对太深刻的议题不感兴趣。

你知道钱玄同和刘半农的双簧吗？她问我。

知道啊。

咱也玩一把吧。

于是我们俩开始埋头写读者来信，冒充不同阶层和岗位的人士，用平邮或电子信箱寄到报社，然后再加个编者按，一本正经地登出来。她还把文章和"读者来信"转到本市最火的几个网上社区，让相熟的版主加精置顶，首页推荐，强行夺人注意。这么搞了几天，居然也炒出一些热度，省城电视台逐风跟进，做了个系列报道。这年年底，我们的文章连获全市年度新闻奖特等奖和全省年度新闻奖一等奖。主任摆宴庆功，对刘副主任——刘蕊已经升任副主任了——和我的工作做出高度评价。他这些话其实是讲给总编听。刘蕊与总编的关系毋庸多说，而我，也在这半年多的时间内获得总编关注，多少泛起一点红。

康老师能够纡尊降贵与我结交，也是因为郑总编的大力揄扬。那次他们三个一起吃饭，提到我，郑总就说了许多赞赏的话。过了几天，康老师便以老校友的名义，邀我去他的培训中心喝茶。我不想去。刘蕊批评我这样不行，做人得可大可小，能屈能伸，三教九流牛鬼蛇神都要打交道，不能太任性，把自己封闭起来，何况我们还是记者。于是我就去了。康老师很热情，请坐上茶，捏着一支海柳烟斗，与我畅谈母校旧事和文艺心得。聊到火热处，康老师忽然倾身前席，神色变得异常神秘。

问你个事老弟。他说，老郑和刘蕊，啊，是不是那啥，情人关系呀？

不是吧。我说，他们是校友，跟我和您一样，关系自然会比较亲近。

康老师拈须大笑。聊了一个多小时，我以另有公务在身为由，向康老师告辞。康老师送到楼下，亲昵地拍拍我肩膀。

你我兄弟，以后要多联系。他说。

好的好的。

我以为这不过是一句客套，不料三天之后，康老师就又打我电话。这次是邀请我去他家吃便饭。我有点受惊，反复相却，竟不能遂，只好买了一盒保健品登门拜访。嫂子亲自下厨，康老师陪我参观他的书房和藏品。康老师藏品众多，大半是出土之物，比如锈色斑驳的青铜剑，缺半条腿的三彩陶俑，有几道细微冲口的玫瑰紫六棱瓶，等等等等，器身上无不或多或少残留一些老泥的痕迹。康老师一一指点，给我讲解它们的年代、特征以及如何获得。比如那把青铜剑，是西周的，从一名打地桩的老建筑工手里购来；三彩陶俑是从洛阳老城挖出来的，可以确定是唐物；那只六棱瓶则是古玩市场捡的漏，经行内朋友鉴定，是北宋钧瓷。我不懂古玩，但听康老师一一讲来，每一件东西都有个传奇的遭遇，不禁心生疑窦，觉得所谓西周，可能只是上周，所谓北宋，也难保不是北街老宋。不过康老师能弄到如此多地下之物，不惮阴气森郁，每天与之相伴，也让人钦佩得很。比如唐三彩，本是陪葬的冥具，也堂而皇之放在书房，真是百无禁忌。鉴赏未了，嫂子已做好饭菜，在餐厅叫我们过去。康老师遂拉我入座。菜很丰盛，嫂子手艺也好，加上一瓶不错的红酒，我们三人吃得很开心。酒足饭饱，康老师邀我去客厅叙话。我们坐在沙发里吸烟畅谈。康老师讲起他艺术之路的坎坷和怀才不遇的郁卒，气氛突然低回下去。穿过缭绕的烟雾，我看到他眼睛里波光潋滟，犹如浸了水的玻璃球。

凭什么他们的字写得像狗爬，一平尺几万几十万，我的字不让赵孟頫，只能卖一千五？凭什么？不就因为他们善炒作，会弄事？现在这世道，老实人处处吃亏！康老师情绪越来越激愤。老弟，你是大才子，帮老哥写篇报道，也给老哥鼓吹鼓吹。

我早料到康老师如此热情必有缘故。刘蕊也如是判断。我来之前，在报社走廊碰见她，她问我要干吗去，我说蒙康老师邀约，去他家吃饭。刘蕊很讶异，因为据她所知，康老师是个很龟毛的人，寻常不会把人往家里请。联系到大前天已经请过我一次，她认为太不正常。

无故献殷勤，非奸即盗。你要小心。

小心什么？

小心酒水里下药。刘蕊嬉皮笑脸。他大概看上你啦，你可得注意，不要失身。

这是个很没节操的玩笑，让我恶心了一路，几次想掉头违约，直到进门看到和蔼可亲的嫂子，才算打消那点令人作呕的假想。此时听到康老师的请求，我先是感到心安，仿佛一个令人不宁的悬念终于落地。同时又觉得无趣，自命不凡如康老师，也难免如此世俗，令人多少有点感慨。康老师充满期待的眼光令我倍感压力。

我可不是什么才子啊，也不懂书法，怕搞不了……

老弟不要太谦虚。康老师打断我的话。不瞒你说，是老郑推荐的你，老郑轻易不夸人，他推荐你，肯定错不了。

既然是郑总的意思，我不便强辞，只好勉为其难，搞了一个比刘蕊的玩笑更没节操的稿子，发在我们的"中原翰墨"版。发稿之前，我循例请康老师过目。康老师一片感谢之声，隔日将稿子反馈给我。稿子是电子档，我发现大了许多，打开一看，康老师补充了大量内容。这些内容大多是赞美，之前还仅仅自称擅长行楷，不让松雪，此时已然诸体兼擅，凌跨百家，可使王铎为御，徐渭参乘，苏米前马，二王后车；至于近代于右任、沈尹默辈，只堪给他提个鞋。我看得咂舌不已，打电话跟康老师商榷，恳求削减一些赞誉，剂量太大，怕读者吃不消，效果适得其反。康老师正在电视台演播室外等候录节目，接到我的电话，对我的建议不以为然。

宣传嘛，跟写诗作文一样，总得夸大些，语不惊人死不休。康老师说，再说，那些赞美都是借他人之口讲出来，不算是自吹自擂。我跟你说老弟，你都不知道别人怎么吹自己，两千年一遇这种话都敢说，相比之下，咱还是太老实了……

我的请求还是起了点作用，康老师最终同意删掉了一个章节。那个章节讲他两只手同时写字的绝技，他称之为双管齐下、左右同书，将书法创作和临场表演结合起来，具有极高的艺术性和观赏性。但我觉得像耍猴，似非书法正道，既然有欣赏性，在电视节目上表演好了，文章里就不再赘述。我将修改过的文章呈给主任过目。一连几天没反应，我让刘蕊帮忙问问。半个小时后，刘蕊反馈过来主任的意见。主任卡住了，不给发，说是太不客观，发到广告版都嫌丢人。我羞愧难当，将结果告知康老师。康老师说他知道了，语气平静，全无嫌怪之意。过了几天，稿子还是登出来，我没问缘故，想必是康老师托郑总打了招呼，很久之后跟康老师非常熟稔了，才知道他还给主任送了个红包。报纸和电视台的连番报道，使康老师在省城书法界名气大增，秋天省书协换届，如愿搞到个副主席的名额，成为我们省书法协会二十八名副主席之一。获聘那个周末的中午，他在城南人家请吃酒。请的人很多，除了郑总、刘蕊和我，还有一帮不认识的老同志，康老师一一介绍，才知道都是政府里退休半退休的官员，厅局级居多。康老师心情愉快，神采飞扬，把盏巡酒，妙语横飞。刘蕊向康老师求字，康老师以后成大家，一字千金，不好张口，趁现在先要一幅收藏。康老师连说没问题，扭头继续行酒。刘蕊让他现在就写，免得回头不认账。这个房间很大，在一隅设有书案和文房四宝，供雅客逸兴勃发时挥毫泼墨，一切现成，只需康老师现场书写。康老师打哈哈，说先喝酒先喝酒。刘蕊不依，一定要他先写。郑总编在旁嘿嘿笑。

他不是不给你写，是怕我们也跟着要。郑总斜视康老师。写吧写吧，别让美女失望，我们不要就是了。

康老师哈哈一笑，掷杯走到书案旁，从凤凰笔架上选一支笔，在砚台里蘸蘸墨，落笔如狂僧扫地。我们凑上去看，只见风过江天，云烟满纸，飞驰的墨水拼起来，组成"轻肥"两个繁体字。有人喝彩，更多人看得很茫然。我瞥一眼刘蕊，她如愿以偿，似乎并不欢欣。郑总编站在康老师身侧抱臂旁观，大鼻头两边浮动着一点笑意。

同学少年多不贱，五陵衣马自轻肥。郑总说，轻裘肥马，代表富贵生活，这是祝福小刘嫁入豪门吗？

噫，庸俗！康老师快手落好款，提起笔冷笑。我这个轻肥，不是轻裘肥马，是世相人心：轻的是理想，肥的是现实，轻的是情怀，肥的是利益。题这两个字，是希望我们的小刘美女擦亮眼睛，保持初心，不要为了现实的肥，忘掉理想的轻。

　　康老师将笔挂到笔架上，招呼大家入座续饮。席间依旧很热闹，但不知是不是我多心，总觉得郑总和刘蕊有点低沉，不复之前的笑语欢言。过了大概十分钟，郑总接了个电话，有急事，先行告退。我和康老师送出门外，刘蕊坐在位置上不动，好像郑总的去留与她无关。康老师叫服务员把郑总那把椅子撤掉，继续纵酒欢饮。后来又谈到他的计划，他想开一家文化公司，请在座的领导贤达多多指导和帮助。领导贤达们都表示支持，承诺会帮他搞项目拉业务。刘蕊坐在我左手，将车厘子嘴巴凑到我耳边。

　　咱俩也走吧。她说。

　　我说：好啊，你找个借口。

　　刘蕊两手摁着肚子滑到椅子下。

　　半个小时后，我把刘蕊送到她所在的小区。我现在才知道她曾经结过婚，与前夫生有一子。前夫是某国企中层，有几处房产，离婚后孩子归他，这所房子则归刘蕊。她邀我去家中小坐。这样的邀请我当然不会拒绝，可是走到楼下，刘蕊又改变主意，要去附近一个咖啡馆喝咖啡。我也只能笑笑，一切听她安排。我猜想，可能是她突然意识到家里有不希望外人——比如我——看到的东西，于是才另择地方吧。其实这跟我有什么关系呢？我心头却感到一点不快，仿佛有根莠草轻轻划过。

　　你可真会装啊，我都被吓住，以为你真的出事了。在去咖啡馆的路上，我对刘蕊说。

　　刘蕊咭咭笑。人生如戏，全靠演技嘛。

　　我也笑。你说，老康会不会讹饭店，不给人家钱啊。哎对了，你的字忘拿了。

　　不要了。刘蕊变得有点不愉快。

　　为什么？

　　他在骂我。

　　我讶然，不知她此话怎讲，问她，她不说。不说就算了。我们选一张靠窗的桌子，在满店若有若无的音乐声里泡了两刻钟。阳光透过茶色玻璃打进来，落在干净的桌面上，呈现出一种温吞曛暖的黄，仿佛老去的时光。这个变异的情景和并不准确的联想，搞得我无端有些惆怅，以至于忘记了是因为什么又扯到康老师和他的那幅字。刘蕊的厌憎之情却令我印象深刻。

他想勾搭我，被我拒绝了，就骂我庸俗，说我跟老郑好，是因为老郑有权势，看不上他，是因为他一无所有。刘蕊说，大肚子老男人装文青，恶心不恶心啊！

我大笑。刘蕊抓起一只咖啡糖包，夸张地砸到我身上。我继续笑。她端起她那杯咖啡，作势要泼我。我赶紧收声。她放下杯子。我又想笑，她马上又端起来。我揉揉僵硬的脸颊，把残存的笑意抹去。

然后呢？我问。

一直纠缠呗，动不动就打电话，要跟我谈艺术和人生，谈不到几句，就开始打黄腔。臭骂他一顿，他就说是喝多了，要请我吃饭谢罪，不去就是不原谅他。烦死了，真想找人打他一顿。刘蕊说：对了严肃，那个乔东有消息吗？我要雇他当打手。

五

乔东没有消息。他去非洲后一直没跟我联系过，我也没想到联系他。偶尔因为什么想到他，也仅仅是脑际念头一闪，不知道这家伙在那边混得怎样，有没有搞一个酋长的女儿，假如搞到了，是被册封为继承人，还是被酋长率众吃掉。这种态度似乎很冷漠，所谓友谊也显得苍白如水，但我可以笃定的是，假如他能联系我一下，发个邮件或打个电话，我肯定会写一篇文情并茂的文章，题目就叫《一封来自刚果的信》，或者《酋长女婿的来电》，发到我们副刊上。

乔东回国，是七年之后的事。七年后的夏天，乔东他二大心梗加重，自感活日不多，跑到邮局给乔东拍电报，叫他尽快赶回来给自己准备后事。我没说错，是拍电报，这个极端落伍的老头儿坚信电报仍然是世界上最快速也最安全的通信方式。这通电报很可能是省城电信局的最后一条电报业务，因此具有终结历史的时代意义，然而它能最终送到乔东手上，却完全是侥幸。乔东收到这通反复辗转的电报，已是数周之后，等他买机票返回省城，仅仅赶上让他二大见他最后一面。这一面非常重要，他二大揪住乔东的手，对在场的所有亲人重申了他的遗嘱：

所有房子和钱，都是乔东的。

乔东并不稀罕他二大的房子。那栋房室众多的八层老楼虽然坚固，庭院也大得能容拖拉机在内耕种，但没人敢住进去。楼房是二大在十几年前建起的，彼时附近有几家大工厂，带动村里一片繁荣，二大遂举债盖起这座楼，出租给那些打工者。七年前的冬天，二楼有人乱拉电线，使用大功率电器做饭，在深夜引发一场大火。事后官方通报死亡人数，一共四人，其中包括二大的老婆。他老婆发现起火后，冲上楼去救人，结果一个人没救到，自己也死掉了。二大经此劫难，彻底垮掉，亦无力重装楼房，况且已成鬼楼，装了也没人租住。再后来那几间大工厂有的搬走，有的没落，村子萧条下去，鬼楼愈发无人问津。所以，乔东听到二大的遗言，第一反应是不以为然。但他随即意识到没这么简单，因为他发现自爸爸以下，所有亲爱的家人全都神色骤变，尤其是哥哥，脸色几乎可以用土来形容。他立刻想到了拆迁，马上追问二大房子有几套，补偿款又有多少。可是很遗憾，他二大已经断气了。

我接到乔东的电话时，刚跟妻子走出民政局。我妻子跟我闹离婚，逼我一起去换证，我只好奉陪。那天离婚的人很多，——也或者天天都很多。——我们排队将近一个小时，终于要轮到了，我妻子突然说肚子疼，必须回家休息，等不疼了再来离。她自称肚疼得要死，脸色却不灰也不白，反而泛起一层赭石色的红，走起路更是健步如飞。我陡然想起那天刘蕊的表演，说一声疼，马上脸白如纸，眉蹙如螺，声息微弱而痛苦，捧着肚子直不起腰。窥一斑而知全豹，我妻子怎么斗得过刘蕊呢？非要跟她较劲，只能自讨苦吃。我跟在妻子身后走出民政局大楼，望着她咚咚咚下台阶，心中产生不了一点同情。这时候乔东的电话打过来。

找个地方喝酒吧。他说。

乔东找我喝酒只是借口，正如上次找我借车送他去看女朋友只是借口一样。城中村的拆迁改造刚刚开场，最终能赔多少尚属未知，但据街坊口风，以他二大老房产的占地和房屋面积，换个一二十套房子不成问题。他二大在他流亡非洲不久，即已托公安局那名亲戚帮忙，把他的户口迁到自己家里，为他继承财产铺平了道路。困扰来自家庭内部。他爸妈觉得这对大儿子太不公平，给乔东做思想工作，劝他把一半房产转予哥哥。亲兄弟嘛，本就该有福同享有难同当，而他们做父母的，也得把一碗水端平。乔东已经知道当年去刚果（金）是上了当，被亲爱的哥哥和尊敬的父母联手发配非洲，恨的种子早已播下，并在热带雨林的霉湿环境里逐渐发芽。此时父母的敦劝，令乔东心生警觉，怀疑他们当年之所以把他诳走，就是为了将他踢开，夺取房产。那颗恨的种子顿时变成杰克的魔豆，一夜之间直上云霄。

　　我一套也不想给他们。乔东说。他在见我之前，已经喝了太多酒，此时两杯扎啤入胃，眼睛都被酒精烧得红起来。

　　乔东的态度激怒了所有家庭成员。他在包括母亲在内的唾骂中离家出走，住进一家四星酒店。那家酒店以前是军区招待所，膳食极好，改成酒店后，收费也颇高，乔东能长时间住，想必在非洲赚到钱了。面对时来运转撞狗屎大运的乔东，我不知道其他发小是何感受，至于我自己，真心讲，实在是心头羡妒如火烧。我说了些劝慰的话，承诺在他需要的时候为他保护财产提供必要的帮助。——这种帮助包括但不限于法律援助和舆论支持。乔东跟我碰杯。

　　谢谢了！他说。

　　我笑笑。不客气，等你拿到房子，随便送我一套就是了。

　　乔东没有送我房子。他送给我一块象牙。他说那是象牙，一疙瘩姜黄色骨质物，比骏枣大一点，形状不规则，略如倒卵，用一根俗气的紫红丝带穿起来。疙瘩表面散布深浅不一的纹路，看上去像部落文字，或者图腾符号，似乎很神秘，但若以艺术品视之，则未免太粗糙。尤其是造型，就像拿石头从大根象牙上随便破下来的一块，根本谈不上雕琢。我把玩这块东西，不知是真是假，只是觉得质地还算温润，掂一掂，也沉沉地有点压手。乔东说这是他的护身符，非洲一个朋友送的，曾经多次保佑他战胜阿米巴痢疾和登革热。我一听这么神圣，就要还他。君子不夺人之爱，况且他佩戴这么久，天天肉磨汗浸，表面上油润的色泽，难说不是蹭出来的包浆，想想也挺恶心。

留着送你女朋友吧。我说。

拿着吧。乔东把那块东西从桌面上推到我这边，酬赠的意志很坚决。我还有。他说。

也是朋友送的？

乔东没回答，端起硕大的扎啤杯喝酒。我认识几个在非洲做工程的人，据他们讲，非洲人大多好吃懒做，爱占便宜，尤其爱占中国人的便宜。乔东何德何能，交的黑朋友居然违背常识，一块块送象牙给他。我刚要质疑，刘蕊的电话打过来。我不接，她就持续打，《伊卡路斯的羽翼》响了一遍又一遍。乔东盯着我。谁呀？

同事。我说。

我走出饭店，站在闹哄哄的街头点了接通。刘蕊没有质问我为何不接电话，而是问我在哪儿，她一定要见到我，否则就找到我家去。我挂断电话，在一根消防栓旁吸了半支烟，然后回店结账，带乔东一起去见刘蕊。乔东横竖无事，就跟我去了。我和乔东打的赶到CBD，沿着人工湖畔的木板步道往前走，在约定时间之前到达玉米楼下。CBD建成不久，一切富丽而新鲜，仿佛刚出道的贵公子或初出阁的阔小姐，满心想要富贵骄人，又怕被人取笑是暴发户家的土包子，于是小心翼翼，一边炫耀豪气干云的大排场，一边又强调水木自然的小清新。被称为玉米楼的国际会展中心已经开张迎客，楼前广场上陈列一片露天咖座。刘蕊坐在较偏的地方，旁边挨着方木栅栏，栅栏外就是灯波粼粼的湖水。她看到我带人赴约，明显有点意外，当我们走到近前，她立即认出了乔东。

你是那谁，乔东！她说，什么时候回来的？

乔东与刘蕊握手，寒暄如仪。寒暄之后他就没话了。刘蕊知他不习惯，也不为难，但有他坐在旁边，很多话就不便讲，气氛一时有点尴尬起来。还好乔东很快就发现这个问题，借口买烟，往别处游逛去了。刘蕊的神色立即愠怒，质问我明知是要说事情，干吗还带外人来。

我说：你不是要雇他当打手，打那个姓康的吗？正好他回来了，就给你带过来。

刘蕊在桌子下踢我。她穿的高跟皮凉鞋头角尖硬，踢在腿上相当疼。我冷笑。怎么？舍不得打了？我腿上立即又挨了一踢。

我现在想打你。刘蕊说，等乔东回来我就雇他，先把你打一顿，再丢到湖里去。她瞪着我，一副凶神恶煞的样子。看着我！

我抬头看她。

你现在有两个选择：第一，别辞职，回我的文体部；第二，在我面前消失，以后永远不要再见我。

我再次报以冷笑。有康总陪你，当然不需要我再见了。我说。

你说什么！刘蕊的声音骤然尖锐，紧跟着一连串踢打如雨点般落到我小腿上。你知不知道你在说什么？你是不是疯了？

六

我没有疯，我当然知道我在说什么。

而且我也知道刘蕊约我来，是要对我说什么。

乔东离开这七年，省城发生了许多大事，市区的边界也在夜以继日地往外扩展。我们厕身在这些以时代和发展之名的宏大叙事里，也都经历了许多，不过都是日常的琐碎，既不传奇亦无体系，想一想纷然如麻，要认真讲一讲，却又脱然如飞。对于我们报社，这七年来所经历的最重大的事情，就是近日郑总编的辞职。

郑总编辞职，是轰动全省报界的大事，但对他为何突然引退，却是众说纷纭。郑总的履历并不复杂，在人民大学读完新闻传播博士，遵从制度安排，分配到我们省日报社工作，历任社会新闻部深度报道组组长、副主任、评论部主任，获得过一次范长江新闻奖，两次中国新闻奖。虽说在报社混到中层，已属不易，但以他的能力和成绩，干了十几年，连编委都未入，似乎也有点仕途蹭蹬。直到我入职前一年，他才突然被提为日报编委，复转调下属子报《中州报》任总编辑。大家判断必定是高层有人提携，但究竟是谁，却说不准。后来有一次跟康老师——更标准的称呼应该是康总，他已经开起一家文化公司，并且经营得有声有色——闲聊，说到这一层，康总断定老郑的后台是张某：兼任报业集团党委书记、董事长和社长的新晋省委宣传部副部长。这本来是大众共同的推断之一，毕竟郑总之获重用，是张部长主政之后的事，但是康总言之格外凿凿，神情语气不容置疑，对两人的渊源与出处却含混其辞，欲说还休，好像握有什么铁证如山却又不为人知的证据或秘密。鉴于康总说话一贯神云鬼雾，我听听也就算了。我们《中州报》是都市生活报，历任老总都很勠力，经营得颇有影响。郑总主政后，也颇干了几件大手笔的事，使报社在日益险峻的平媒环境里，得以维持昔日的荣光。这与他追求完美的个性有关，事事都要领先，——刘蕊将此归因为他是双子座。——业界曾经流传一个传说：郑总要求社里记者，外出采访要吃最好的饭，乘最好的车，住最好的酒店，就算找小姐，也要找最漂亮的。他认为，必有最好的待遇，才能催生出最好的稿子。这个传说眉目清晰，鼻眼俱在，似乎真有这么回事。而事实上，我们社里有明确的差旅制度，我来这么久，并没有见谁享受过那种特供式的待遇。但它能传播到这个样子，想必实有出风的孔道，或许是郑总莅任之初烧过这样的火，后来难以执行，就悄然消熄了吧，我也没追问过究竟。

总之，郑总是个有担当能干事的人，在内有权威，在外被尊重。虽说这些年营收逐年下滑，且其势已不能遏制，但这是时代问题，在互联网冲击下，平媒根本没有反手的力量，正如当年激光排版普及，最优秀的排字工也只能黯然下岗。况且郑总一直在想纾困突围的办法，雄心勃勃要挽倾振颓，此时突然毫无预兆地辞职，难免使人心生疑窦。疑窦呵气，聚而成云，团团笼罩在报社上空。作为受过提携的下属，我对郑总一向心怀知遇之情，此时他要引退，我不知道怎么回事，但我决定要与他同进退。做这个决定的时候，我想到过一句古话：士为知己者死。也就这么一想而已，并没有拿出来标榜，一是涉嫌不要脸，第二，我固然想以辞职酬报知己，但更重要的是，我也实在待不下去了。

我的麻烦是自找的。

刘蕊升任文体部主任后，有意栽培我当副主任，但我并未领她好意，而是在郑总建议下，转到了社会新闻部深报组。郑总这么安排，据他说是想让我多历练，为日后承担更大责任打基础。刘蕊却不这么看。她认为是郑总故意要把我从她这边调走，而我则屈服了他的淫威。——假如不是屈服，那就是为了自己的前程弃她于不顾，性质更加恶劣。她为此与郑总闹过不小的别扭，以至于报社编委和各部主任都注意到了他们关系变得紧张。我在其中处境尴尬，只好努力工作，到处发掘公共议题和社会问题，每个月都会拿出一篇比较有力量的报道。郑总很满意，特别任命我做深报组长。他在日报的时候，曾经做过日报深度报道组的组长，此时这个任命，似乎包含了他的某种期勉和深意。我觉得我不能辜负他，当我接到一条线索，省城在建设高新产业园中涉嫌违法征地，我扛起包就冲了过去。一个多月后报道出炉，真相曝光，一时间舆论汹涌，惊动了省委领导和中央相关部委。市政府的违法行为得到纠正，我也受到"相关领导"的关心，我负责的深报组亦旋即被裁撤了。裁撤决定是报业集团领导做出的，理由是在新的媒体舆论形式下，深报组已不符合传播规律，故予裁撤，另行成立特稿部，承担深报组原有的部分职能。郑总在编委扩大会上宣布了这一决议。但这只是上半部分，接下来还有对我的处分：暂停工作。我坐在第三排的椅子上安静听完，起身向郑总鞠一躬，然后就离开了。

　　刘蕊带我去龙子湖一家湘菜馆吃饭。她把着方向盘唠叨了一路，指责我当初不听她的，落到如此下场。又骂郑总是软骨头的熊货，指了条虎狼之路给我走，却没胆在危难时挺身相护。坦白讲，我倒真不怪郑总，他不过奉命行事，有心无力，我没有被开除，已经是他保护的结果了。相比之下，反而是刘蕊对郑总意见越来越大，动辄横眉，不惮用吵架发泄不满。我知道是什么原因。女人相爱，一开始再是豁达无争，到最后也必定追讨名分。她们想要的，未必是名分之下的夫妻日常，而是名分本身，它好比是一张证书，证明她在这场旷日持久的感情比赛中获取了胜利。纵使口口声声鄙视世俗规则的刘蕊，一样不能例外。只是这个名分，郑总好像无法给她。我不知道郑总是否对她有过承诺，但我断定，就算有，随着年岁老去，这个承诺也已经越来越靠不住。我扭头盯着刘蕊。她的身材和脸型一如从前，行止顾盼窈窕动人，只是看上去更成熟，仿佛桃子过了脆硬的季节，青绒消褪，气息更加诱人。她还在骂郑总，责怪他不该误我，陷我于困境。我伸过手，手背抚摸她的脸。她脸上敷了 BB 霜，细腻而润滑。我的手从她脸颊往前移，指头撩在她嘴唇上。她生气的时候，嘴唇老会嘟起来，使本来就小的嘴巴变得更小。她换了唇膏，不再用先前那种艳丽的樱桃红，改用一款偏肉感的裸粉，毕竟奔四的人了，天天嘴巴上叼着枚樱桃，性感诚然性感，却跟这个年龄应有的气质太不合拍。我的指头撩拨她嘴唇。她突然张开嘴巴，将我指头咬住。她的两排牙齿细白如编贝，我疼得叫了一声。

叫你不老实！

刘蕊睐我一眼，看到我疼得攒起眉，忍不住笑起来。她将车停到路边。这一带原本都是农田，市政规划要建行政区，一块块土地都有新主，但是大建设尚未铺开，放眼望去，颇有荒芜之感。柏油路虽已修了几条，却看不到行人，只有两排新栽的栾树夹道而立。刘蕊斜过身子，两只眼睛盯着我，眼光潋滟如春水。

想要吗？

我看了看手指，上头的牙痕清晰可见。我懒洋洋地靠在副驾驶的椅背上，将那根指头递到刘蕊嘴巴前。刘蕊含在嘴里，舌尖在牙痕上轻柔舔舐，仿佛安抚它的委屈。然后她将整根指头都噙进嘴巴，缓缓地吮唆。刘蕊的嘴巴很紧小，再加上灵活桃荡的舌头，总令我意乱神迷，不知天上人间。与她做爱时，我不会想象别人，偶尔起念，也只是想起曾经颠鸾岁月的大学女友。但在事后，激情随着体液的喷发而冷却，我常常会控制不住地想到他人，比如我的妻子，以及郑总编。尤其是郑总编。这个现象一直困扰着我，使我在身体空虚的同时，感受到辽森无垠的虚无和惘然，仿佛一切真空，无有亦无无，又一切混沌，是非荣耻散如尘霾。我跟刘蕊聊过这个问题。那次是在她家里，她卧室的床很舒服，非常适合在上面做人间最快乐的两件事：睡觉与性爱。那次做完，我注意到窗前那张布艺小沙发上丢着一件衬衫，不用说，是郑总的。我心头涌起强烈的不适，仿佛卧室里到处都是郑总的影子，恶心得想要呕吐。刘蕊问我怎么了，我就告诉她这个持续已久的心理障碍。她沉默了一会儿，对我说：我跟他又不是夫妻，你不必有什么道德压力。

可你们终究是相爱的。

咱们也是相爱的呀。

我无语。我知道再谈下去，又将沦入无趣的理念沼泽。之所以说无趣，是因婚姻、爱情与两性，是个过于古老和大众的议题，再谈也谈不出新意，但却又不能不谈。我和刘蕊也讨论过这个话题，在赤裸相对中坦诚地表达了各自的看法。刘蕊认为，不光婚姻是一种契约关系，爱情和两性也是，婚姻是法律契约，爱情是道德契约，两性则是生理契约。法律契约遵从的是理性秩序，道德契约遵从的是人性情感，生理契约则是遵从的自然法则。她问我：你说哪个更重要？谁又比谁更高尚？我想了想，说：看你怎么选择吧，你选择遵从什么，对你来说它就最重要。刘蕊说：那么我问你，你是觉得它重要，然后选择遵从它呢？还是选择了遵从，才觉得它重要？我说：我糊涂了。刘蕊把她的烟塞到我嘴里，嬉笑说：那就别想了。

那次跟刘蕊的交流也是到此为止。我们都没有深入探讨下去的欲望，或许她与我一样，担心这种探讨可能会逼迫出来一些我们都不愿面对的东西。对于纠缠不清的事，似乎也没有必要把道理弄得太清楚，保持某种模糊，反而便于在需要的时候闪躲与回旋，也有以安置午夜梦回时不能坦然去面对的彼此。我相信，郑总编肯定知道我与刘蕊的关系亲密到何种程度，而且我相信，他们也一定谈过这件事，并且在行为上达成了某种共识。我无意妄猜郑总的用心，假设他是因为无法给予刘蕊想要的名分，而不得不容忍她在情爱上的放纵，我宁愿认为，郑总终究是郑总，内心辽阔而强大。

我的妻子毫无疑问没有这样强大的内心，所以，当她出于女人的敏感，对刘蕊和我的关系产生怀疑的时候，我的家庭生活就乱套了。我妻子是父亲同事的女儿，两家老人互相打听，觉得彼此登对，遂共托另外一个同事做媒牵线。那时候我和刘蕊已经坦诚相见，我向她讲起这个女孩，说有可能跟她结婚。刘蕊说好啊，只要你喜欢就行。我本来担心刘蕊不高兴，听她这么说，心情顿时变得很复杂，一方面松一口气，一方面又觉得，我们之间的所谓感情，终究不过是生理之需，而她真正爱的，还是姓郑的那个人。结婚之后，妻子很快就察觉到我们的异常，各种闹，日常生活里所能想象得到的所有套路都用了个遍。有段时间她极端迷恋宫斗剧，看了一遍又一遍，以至于我都怀疑她是想从中学习对付我的新方法。每次吵闹都是两败俱伤，双方家长也都厌倦了，在一次她试图割腕时，她爸爸说：你们离婚吧。离婚的话妻子讲过无数次，如今老人也支持了，她却反而更不愿放弃。后来有了孩子，离婚就更加沦为口号，仿佛政治标语，听起来无比坚决，事实上空洞难行。有时候，看着歇斯底里的妻子，我感到悲悯和同情，既然如此痛苦，又何必再勉强下去？我很严肃地思考过这个问题，觉得可能是这样：她一个女的，已经委身于我，那张可以证明贞操的膜也已被我破坏，假如真的离婚，再去面对别的男人，她认为她已经失去了议价的资本。所以她不甘心，要死也得跟我一起死。得出这个结论，我更加悲悯，为她，也为我，为所有因为某种执念而不死不休的婚姻与爱情。一度我想，既已如此，索性死心塌地，按照她的方式凑合着过吧，人生不过百年，怎么活都是活，干吗那么固执呢？而要适应她的要求，先决条件就是疏远刘蕊。这也是当时郑总建议我去新闻部深报组，我立即答应的原因之一。至少在物理上，我想先离刘蕊远一点。

坦白讲，我决定疏远刘蕊，并不完全是为了向妻子妥协。我决定疏远她，是因为我对她的一些行为越来越不能接受。自从她当上文化部与体育部合并后的文体部主任，并如愿进入中州报编委，她对郑总的不满和抵拗越来越表面化和公开化，与此同时，她与康总的关系却越来越亲密。他们在同一场合出现的频率越来越高，至于私下邀约有多频繁，他们不会告诉我，我也无从得知，但有很多次，我给刘蕊打电话，问她在干吗，她的回答都是跟康总在一起，不是喝酒，就是唱K，有一次半夜通话，她说她跟康总一起去登山，此时正在云台山上。我能理解她对郑总的恨意，也理解她在这种恨意之下的报复式放纵，可我无论如何不能理解她为什么要选择康总。不是已经有我吗？难道还不够？而康总，又是郑总的老朋友。她这样做，让我和郑总情何以堪？

此时的康总已经改头换面，从三流书法家变身为成功的商人。但他更珍视的，还是"书法家"的身份和作为定语出现的"著名"称号。无须讳言，从识荆之初，我就对康总不大喜欢，至如今他踌躇满志，骄然自雄，我依旧打心眼里瞧不上他。我承认我这种态度并不客观，其实康总还是有优点的，他的市侩、假清高和无节操的自我吹捧固然讨厌，但他热衷公益、关注公共议题并致力于民间文化保护，也必须给予肯定。当然，康总的每个善举，都会通过我们媒体充分报道和宣传，再物化成现实的回报。我甚至疑心他所谓的情怀，不过是一笔交易，一桩买卖，蒙上理想主义的面纱，看上去就不再那么赤裸和丑陋。但对善行和义举，我从来不愿穷推动机。有善必褒，有义必彰，才能鼓励更多人去施义行善；狠斗私心，反而可能使人人自私，都不愿再去做善义之事。所以，对于康总这些行为，我并不简单唾之为伪善，假如不是他对刘蕊的态度令我厌憎，我很可能会对他抱有充分的敬意。

刘蕊一向感觉敏锐，对这件事却后知后觉。她意识到了我对她态度的变化，却没意识到真正的原因是什么。他们从云台山回来后，我向她追问所有细节。我的情绪不好，有点妒怒交织，她完全应该感受到我无比浓烈的介意，很意外她却没有，只是强调她和康总没有什么，更不可能跟他上床，他那副死黄鱼样子，她可接受不了。她大概认为，这个解释已经足够有力，完全可以消除我的疑虑，如果我竟不信，她就也没有办法了。后来的事实证明，她似乎相信我已经被说服，她和康总的友谊也已不再是我们感情的障碍。该是多么的粗心，才会有如此粗率的感受！当我带着乔东来到玉米楼下，回想起她曾经想雇乔东打康总的往事，长久的积怨终于爆发，每一句话都夹带着对康总的敌意。刘蕊终于明白了我的心事。——她终于明白了。

你知道我性格，严肃，我敢爱敢恨，从来不会躲躲闪闪，如果我真跟老康搞男女，你以为我不敢让你知道？刘蕊说，我的名字叫蕊，有三个心，一个心给了你，一个心给了郑老师，还有一个给了我儿子，我已经没有心给别的人了，明白吗？你这个傻瓜！

我无言以对，只好沉默。刘蕊也不再说话，气鼓鼓地别头望湖水。

场面发冷，时间就走得慢，仿佛被寒凉的气氛冻住了。不知耗了多久，我看到乔东从广场对面走过来。在他走回来之前，必须把眼前的僵局打破。我问刘蕊：这几天见郑总了吗？

见了。刘蕊说。她的气好像也消了，回头瞟我一眼，捏起细长的不锈钢勺子搅咖啡。

他有什么打算吗？

他准备开一家会所，地方已经找好了。她放下勺子，指着商务内环的一栋高楼给我看。就那栋楼，顶层一层，他已经租下来。

七

郑总的顶端会所很低调，试营业那天，仅仅请了一些至亲好友来捧场。我很荣幸，也在邀请名单之内。我当然不算郑总的亲友，这点自知之明我还是有的，也无意高攀。郑总之所以邀我，我自己想，大概是他的确对我有愧，而我在他突然辞职时又选择与他共进退，也令他心存感动吧。会所是中式装修，古风之中别寓新意，一切落落大气，古典而不僵硬。郑总身为主人翁，需要迎迓贵客，招待嘉宾，跟我简单聊了几句，就忙他的去了。我站在大堂一隅，看那宾客穿梭，无一相识，偶尔见到刘蕊和康总的身影，他们也都忙于应酬，无暇理我。我想到杜工部一句诗：冠盖满京华，斯人独憔悴。不禁一笑，觉得挺无趣，又不便就走，遂踱到落地窗前，眺望那座威武雄壮的玉米楼和周边的花树亭湖。

刘蕊不理我，除了忙于应酬，还对我有气。我坚持辞职，违逆了她的心愿，被她视为背叛，已经好些天不联系我。刚才她从茶室门前过，眼光往这边冷漠一扫。我知道她是在看我，而且她希望我知道她是在看我，然后让我从她的冷漠中接受惩罚。我觉得好笑，又有点失落，心头浮动着一点进退失据的忧愁。我望着玉米楼发呆，不知过了几时，肩膀突然被人重重一拍，耳边响起一声亲切的"兄弟！"回头看，居然是康总。康总已经知道我的现状。他一手托着盛红酒的高脚杯，竖起另一根大拇指，对我的风骨气节极表赞佩。

末法时代，天下滔滔，有这种情怀和担当的人还有几个？你能这么做，老哥为你骄傲，母校也为你骄傲。康总说，你就是咱们的校友之光！

康总讲话惯好夸张，我不知道他这番话有多少虚头，我又该打几折来听，不过身处逆境，听到认同与赞美，总是温暖人心的事。我想起之前跟刘蕊的一段对话。她对我误入歧途以致遭此厄难表示痛心，恨得想咬我几口，叫我长长记性。

你就是文化人，老老实实搞你的文化好了，干吗要去关心那些？刘蕊厉声说，放弃自己擅长的事，去做不擅长的，招惹一身麻烦，你说你是不是活该？

我不说话，望着刘蕊苦笑。我知道她是真心为我好，责备只因爱之切，肚子里那套冠冕堂皇的说辞——诸如知识分子的历史责任与现实担当——也就在肚里打转，没有对她说出来。我知道说也没意义，刘蕊并不懂我，正像她很可能也不懂她的郑师叔。此时此刻，听到康总的道义支持和声援，我在略感欣慰的同时，又有一点无奈和感伤。我多么希望这些话能出自刘蕊之口，而不是眼前这位一贯被我视为市侩而傲慢的校友！我们师兄弟惺惺相惜，把臂而谈，说了没几句，有人高喊康主席，请他过去写书法，大家都想欣赏一下他的双手同书绝技。康总欣然应允，拉我一起过去。大堂里已经设好纸砚笔墨。康总铺开一张六尺生宣，拣两根中号狼毫，在砚池里蘸饱墨水，自语说：先试试纸。语才毕，笔墨已然跃落到纸上，一时虎跃龙飞，写下一联。字是行草，虽然个个狂放，我还都认得出来。是袁克定的一句诗：

绝怜高处多风雨
莫到琼楼最上层

郑总这个会所，正是设在高楼最上层。我隐约觉得写这诗不好，有谶语的味道，乜一眼郑总，发现他神色微变，似乎也有不满。康总将那幅字揉作一团，丢进垃圾桶里。试纸试纸，重新写。他嬉笑着说话，重新铺开一张生宣。接下来写的几幅都很应景，诸如"红尘静土""浮世洞天""游仙窟"之类。还写了几副对联。旁边有位女琴师在抚琴助兴，弹奏的都是些大众耳熟能详的曲目，比如《潇湘水云》《渔樵问答》什么的，弹得好像还不错，只是清音初发，就被宾客们的喧噪声吞没了，并无助于营造雅致气氛。大概琴师也郁闷，后来改弹《广陵散》，缠在指尖上的拨片在琴弦上挠来划去，仿佛猫抓砂纸，又如沙石板上磨铁锹。我听得实在刺耳，就走开了，晃到一间棋牌室看人打牌。看了不到一圈，康总钻进来，嚷嚷说找我半天了，拉我找清静地方说话。

康总找的清静地方并不清静，他一路拖着我进到一间按摩房，说要替郑总检验一下服务水平。技师手法不错，搞得康总很舒服，隔一会儿就销魂地呻吟几声，以至于要不停地中断我们的对话。还好要谈的事不复杂，也不紧要：他想让我加盟他的公司。他重申了对我所做选择的尊重与钦佩，而我现在无业，得养家糊口，闲着不是事，他诚恳邀请我加入他们公司，跟他一起共创大业。

我喜欢跟有情怀的人做事，无情怀者不足以谋长远，不足以言大事。康总说，你过来，咱们一起干些有意义的事。

这是康总第一次让我感动。我婉谢了他的好意。我已经有了谋生的计划，打算跟一个朋友合伙经营中草药。康总对我这个决定表示反对，他说文化人士应该做文化产业，斯斯文文地把钱赚了，卖草药那种市井生意不是我应该做的。他劝我再想想，如果改变主意，随时去找他，他的大门始终为我敞开。

这天的经历改变了我对康总的看法。知己未必尽君子，他能与我道义相期，并在我困难的时候慨然相援，已是很高尚的品操。所以分别时，我尊称他为兄长。离开会所之前，我试图跟刘蕊打个招呼。刘蕊正跟一个大腹便便的男士聊。那名男士我略有印象，是康总的朋友，在康总的场子见到过，言必称的头衔是正区长级干部，此时也来郑总的地盘，大概是两人共同的朋友。我在偏僻的地方等了一会儿，刘蕊应该注意到了我的意图，反而聊得更开心，我就走开了。这天傍晚，康总给我打电话，问我想好没有。我说想好了，感谢兄长抬爱，但是自思无德无能，做不了什么事，就不去给他添麻烦了。康总很不高兴，指责我把他当外人，倘若是自家兄弟，就不该讲这种有用没用的话，哪怕我什么都不干，他也愿意收留我。他让我再好好想想。我妻子在旁边给小孩辅导作业，问我谁打的，要干吗。我简单讲了讲。

他一月给你多少钱？妻子问。

没说。

为什么不说？

又不打算去。

只要给钱多，干吗不去？

我笑了笑。人家跟你谈情怀、谈道义，你跟人家谈工资、谈待遇？丢不丢人啊？

这样啊。妻子点点头。孩子要报钢琴班，明天交费，把你的情怀拿一点去充学费吧。

这种话令人难以招架。还好乔东及时打过来电话，喊我去喝酒。我在妻子不满的注视下走出家门，赶往约定的地方。乔东已经独自喝上，看来又遇到了不开心的事，找我是想诉苦。然而我若不问，他也不会主动说，所以碰了一杯啤酒后，我问他：怎么了？

烦得很。他说。

乔东下午回了趟家，说是去拿点东西，打开房门时，他爸和他哥嫂正在客厅里谈房子的事。哥哥和嫂嫂极愤怒，诅咒他不得好死。他家的房子格局有点不科学，大门进去是卫生间，装修的时候加了段屏风墙，与原本相通的客厅做个隔断。他爸和哥嫂听到了开门声，大概以为是他妈回来了，骂得根本停不下来。他在屏风墙这边听了几分钟，默默退出门去。

我又不是真不给他们分，只是心里有气，不想说太早，他们就这样！乔东说，这算什么亲人！

我同情地望着他。如果我没猜错，他这次回去，应该是想跟家人缓和关系，否则他都不在家住那么久，还有什么东西值得回去拿？我给他倒啤酒，对他说：你来我家好了，把你的房子送一套给我爸当见面礼，不用多，一套就够，他对你一定比对我还亲。

乔东沉着脸不说话，大概是觉得我这玩笑太阴险，懒得回应。我理解他此时的郁闷，但对这种暴发户的烦恼并无过多同情，倘若他愿交换，不晓得有多少人争求承受这样的痛苦。我陪乔东喝了几杯，心情萧索，酒便格外无味，想跟他找人去斗地主。郑总的电话忽然打过来。他问我有没有空，叫我去会所喝茶。相识至今，除了工作上的事，郑总极少主动联系我。现在时移势易，他对我已经没有任何权威，此时被他邀约，也称不上什么荣幸。况且我并不想跟他走太近，他是身挟风雷的人，尽管辞职，派场和能量仍在，而我，踏出寄身多年的报社，即一无所有。我不想再在他面前过多出现，以免让他产生联想，认为有必要帮我一把。我对郑总说抱歉，我这边有点事，去不了。手机里突然传出刘蕊的声音。

过来！她的语气斩钉截铁。你不过来，我就去你家找你。

原来他们在一起。挂掉电话，我发了会儿闷，跟乔东告辞。说是叫我来喝茶，郑总和刘蕊却并不在茶室，我赶到时，他们都在郑总的办公室，郑总坐在办公桌后的老板椅上，刘蕊则懒洋洋地窝在长沙发里，旁边的刺猬紫檀茶几上放着半杯红酒和一盘荔枝。两人衣冠楚楚，相距甚远，怎么看都有点刻意，不知道是想证明什么。我环视办公室，没有看到茶水。郑总起身要给我斟酒，我谢绝，自去饮水机旁接了杯热水，坐到郑总对面的藤椅上，问他有何吩咐。郑总抽一支烟丢给我。

老康想让你去跟他做事。郑总说，怕你拒绝他的好意，叫我劝劝你。

我捡起桌子上的烟和打火机，把烟点燃。我去合适吗？我问郑总。

老康干得不错，开公司后搞到很多项目，赚了不少钱，你去是有事做的。郑总说，你跟老康是校友，也熟识，他人怎么样你很清楚。他既然这么热心让你去，你不妨好好考虑考虑。

我吐出一团烟雾，掩藏起嘴角的一丝哂笑。对于郑总和老康的关系，我一直琢磨不透彻。在口头上，对方都是他们的老朋友，但在行动上，两人的态度却相差甚远。郑总经常帮康总办事，报社有什么协作的好处，也多会想到他；私下里谈到康总，他也基本上都是正面评价。相比之下，康总就不厚道，不光好处拿得心安理得，对郑总也缺乏老友间基本的尊重，经常当众开他玩笑，有时候尺度还很大，完全不顾下不下得了台。郑总对此似乎并不介意，即使偶尔动怒，康总只消把话绕回来，嘻嘻哈哈拍几句马屁，给他个台阶，他也就破颜改色，顺阶而下了。郑总又不是康总他爸爸，能容至此，令人难以理解。一次跟刘蕊聊起来，刘蕊说：一个愿打一个愿挨，你管他们呢。

八卦一下嘛。你说，他们会不会是断背加SM？

刘蕊敲我脑壳。满脑子污秽！她笑说，老康以前救过郑总，郑总感恩，所以对他这么好。

怎么个救法？

具体不清楚，老郑不愿多讲，问老康，老康也只是打哈哈。有一次我导师来省城，我陪他，闲聊时扯到这事，导师告诉我，有一年，他跟老郑在北京街上散步，后来两人走散，老郑出了意外，是老康仗义相助，把他送到了医院。

刘蕊所知道的信息也就这些，但足以据此想象两人的友谊。然而友谊诚然可贵，撬朋友的情人毕竟太无耻，郑总居然依旧容忍，也令人佩服得瞧不起。刘蕊又敲我脑壳。这下是用力的，敲得我头皮生疼。

人家老郑脑子没你这么脏。她说，就知道疑神疑鬼，诬陷好人！

真是我诬陷好人吗？我眼光穿过烟雾，望着办公桌对面的郑总。郑总的话已讲完，略显枯瘦的身躯搁在宽大的椅子里，看上去很不协调。他的劝说并无力量，绕来绕去，还是让我自己做判断。我说我去也干不了什么，还是不去了。郑总问我是不是决定了。我说是。郑总点头。

我这边也有几个事儿，不知道你有没有兴趣。

郑总提供了三个职位：一个是省内某门户网站文化频道总监，一个是某国企内刊主编，还有一个是南方某报驻我省记者站副站长。看来郑总还是惦记着我，这些天的不言不语并非不关心，而是要多找几个工作供我选择。他让我不用急着做决定，好好想想，跟老婆和家人商量商量，两天之内给他回话就行。我向他表示感谢。他笑笑，从椅子上站起来。

我还有事，先走，你们聊吧。他说，可以去泡泡脚捏捏背，放松放松。保健师的技术还不错，老康都上瘾了，上午按过一回，下午又按，趴到床上不下来……

我想到老康按摩时的情景，忍不住笑。老康如此着迷，究竟是因为技师的手法，还是技师的美貌，就只有他自己知道了。上午按过后，他还说要建议老郑增加新项目，把根浴业务也开展起来。名士们酒色财气，干什么都自觉不俗，我除了无语，还是无语。我也站起来，对郑总说我也得走了。郑总说：急什么，还早呢，玩会儿吧。我倒是想玩会儿，但是此情此景，我怎能留下来？我正要找借口，刘蕊已然从沙发里跳起来，快步走出办公室，将门重重扣上。咚一声巨响之后，一连串高跟鞋叩击地板的急促声音夺夺而去。我和郑总面面相觑。

她这些天心情不好。郑总说，你去陪陪她吧。

我赶到地下车库出口，等刘蕊的车出来，然后站到路中央挡住去路。刘蕊在我面前刹住车，探出脑袋冲我骂：你想死啊！我冲她嬉笑，拉开车门坐到副驾驶上。她厉声说：下去！我不理她，将安全带扣上。她又说：叫你下去，没听到？我扭了扭腰，安贴地坐在椅子上。好啦，走吧。刘蕊猛踩油门，汽车仿佛发怒的小妇人，气冲冲地奔向商务外环宽阔的大街。我们在湿地公园的芦苇池塘边停留了半个多小时。这半个小时里，我的肩膀被刘蕊咬得血肉模糊，到最后不得不按住她的头，将她紧紧压在车座上。她在近乎窒息的刺激下达到高潮，瘫在后排座上咻咻喘气，仿佛一只虚弱的猫。我用纸巾擦拭肩膀，在透窗而入的微弱光芒下看到清晰的血渍。我将血渍抹到刘蕊湿淋淋的脸上。刘蕊眼睛在昏暗里勾着我，哧哧笑。

你完蛋了。她的语气幸灾乐祸。看你怎么跟你老婆交代。

没事，我就说是被狗咬了。

刘蕊踹我一脚。她是真踹，只是没有力气，光脚丫从我湿淋淋的身上滑开，害得她自己差点儿翻到车座下。我翻出一条毛巾将彼此擦干，对刘蕊说：穿上衣裳，我带你去见一个人。

八

我这辈子干过很多愚蠢的事，每当日后回想，就忍不住想以头撞墙。没干过蠢事的人，不足以谈人生，但若蠢事干得太多，人生也就不足以谈。我的人生就是被自己的愚蠢给毁掉的。

那天晚上带刘蕊去见乔东，是我此生所做最愚蠢的事情之一。我本来可以跟刘蕊继续温存，也可以去看场电影，或者返回顶端会所泡脚捏背喝茶唱歌。这些都是消磨时光的好方式，我却偏偏选择了带她去找乔东。

那天晚上我和乔东分开后，他没有去别处鬼混，而是回到酒店看网络小说。这是他在非洲养成的习惯，那儿无所娱乐，唯一的精神食粮就是网络小说，只消花个网费，即可取之不竭。对此我深表理解，以他的文化程度，也只能阅读那些东西。我打电话约他出来，去他酒店附近一个烧烤店吃烧烤。他随口就答应了，也没问我干吗又找回来，还有谁。大概他认为我是出于朋友之义，放心不下，特地又过来陪他喝酒解闷。

所以，当他意识到我并非出于他所想象的好心，而是意图给刘蕊老师找选题，脸色顿时变得很难看。我看他反应如此剧烈，也有点后悔了。事实上，我带刘蕊来找他，也并不完全是冲着他的不幸遭遇。在郑总辞职出缺的同时，刘蕊被集团任命为《中州报》副总编，高高在上，已不大管具体的新闻选题和采写。——刘蕊的升迁可谓飞快。她的能力当然强，但在悠悠众口，所有"功劳"似乎都归郑总编，包括最后的人事安排，大家都觉得有某种交换的味道。——刘蕊嘲笑我肩上的伤没法跟老婆交代，我虽嘴硬，但这的确是个问题，我第一反应是今晚住到乔东那儿，再让他帮我想办法，把伤痕弄成跟人打架打出来的样子。而乔东的家庭悲剧，也不失为一个不错的新闻选题，可以从中窥见复杂人性，剖析大发展大转型时代的精神之疼与道德之殇，为我们这个日益物化的社会敲上一记警钟。所以我就带着刘蕊找过来。既然乔东无意接受采访，在七年之后重做一次新闻当事人，那就算了，我无意勉强。气氛已然不愉快，我也不想住他这儿了，我打算带刘蕊走。

假如此时即走，也许就不会有后来的一切。刘蕊说她要去卫生间。人生在世，唯屎与尿不可抗衡，她有此要求，当然请便。不料她久去不回，我和乔东已经各喝一瓶啤酒，依旧不见她人。我疑惑地朝卫生间方向张望，然后就听到里头传出吵闹声，紧接着就是厮打，其中一个尖厉的声音，正是已然半醉的刘蕊。我立即跳起来，要往那边跑，却发现前边一桌的四五名男女也哗一声立起来，乱纷纷冲向卫生间。我大惊，拽了一下乔东。乔东也已发现异常，左右手各提一只酒瓶，跟在我身后赶过去。卫生间门外已乱作一团，刘蕊被几名男女团团包围，揪住头发抽打。我要插进去救人，乔东一膀子将我顶开，两只酒瓶随即砸到对方两个男人的脑壳上。那两人应声栽倒。乔东丢下碎瓶子，挥拳如风，只往那伙人脑袋上揍，一拳打蒙一个，转眼就把刘蕊从人堆里剥出来。我急忙将刘蕊拉到一旁。那边的人此时已反应过来，各抄酒瓶、椅子和任意趁手的东西，嚣然叫骂着反攻。我拖起刘蕊逃进卫生间，乔东则夺过一把钢筋腿的圆凳，以一敌众把住门口。我要出去帮忙，被他一把推回来，吼叫我把门反锁上。我如他所说，将卫生间门反扣起来。然后我就听到惨叫起此彼伏。乔东不用再守门，发狠反击，追着那些人猛打。五分钟后巡逻的警察赶到时，对方跑得快的已然跑掉，没跑掉的全都倒在地上，有两人尤其惨，拿烧烤铁签刺乔东不成，反被乔东夺过去，攒簇扎到他们大腿上。乔东也伤得不轻，头上砸碎三只酒瓶，背上被砍两刀，送到医院缝了二十几针。

　　刘蕊也受了点伤，鼻子被打出血，眼角一团柠檬大的瘀青。警察把我们带到所里做笔录。事情起因很简单：卫生间只有一个女厕位，很多女士在排队，刘蕊前头那人在厕所里蹲得没完没了，刘蕊等得不耐烦，敲门催促。那位女士感觉被冒犯，遂发生口角。两人互饬几句，刘蕊进厕方便，那位女士也出去了。刘蕊本以为到此为止，不料那女士不忿，又拐回来找她理论。两位半醉的女士各不相让，越吵越火，由口而手，你推我搡就打起来。离开派出所后，我和刘蕊直奔医院看望乔东。在路上，刘蕊一直打电话找人托关系，要与对方寻求强势姿态之下的体面和解。她的关系网发挥作用，加上派出所长刚好跟乔东在市局那个亲戚相熟，事情很快即以和解告终：双方各医伤病，互不追究。至于双方应负的刑事责任，我后来事多，没有详问，不知怎么处理的，只知道双方都没有去看守所。

刘蕊对乔东的病情异常关心，每天都要去探望。有时候我会陪同，更多时候是她自己去。乔东缝完针打了两瓶抗生素，次日上午就出院了，所以每次探望都是去酒店。我选择了去网站工作，在郑总引荐下正式入职。履新之初，要展现应有气象，干出一些成绩，所以一直在忙，没有太多空闲跟随刘蕊去关心乔东。刘蕊也不要求我作陪，不知是体谅我时间不方便，还是嫌我在场不方便。有一天乔东打我电话，让我劝劝刘蕊老师，以后不要再去看望了，他伤已好。我马上联系刘蕊，转述乔东的意见。刘蕊听我讲完，回一声"知道了"，就将电话挂断。过两天我私下问乔东，刘蕊有没有再去看他。乔东说有。他问我究竟有没有劝阻刘老师，我说劝了，她不听，既然她有这番心意，你也就坦然接受呗。乔东在那边闷了一会儿，说：很别扭，可不得劲。我很大声地笑起来。笑声很干，嘎嘎几下即难以为继。

你跟她究竟什么关系啊？乔东问。

我呆了一下，闲闲说：一般朋友。

假如将感情具体量化，以两人互动的频密程度和实质热度做标准，时至今日，我与刘蕊的关系并不比一般朋友更亲密。以前我思考与刘蕊的爱情，想象过终有一天会如此，但却不曾想到会以这样的方式。在那场群架里，我是唯一没有参与打斗（虽然我有意加入），也唯一毫发无损的人，看在刘蕊眼里，难免会感到失望。她对乔东近乎失控的关心，难说不包含着对我的怨意和不满。我当然很不开心，但是穷本溯源，还不是自己惹来的麻烦？自作自受，又复何怨。

我们日愈冷淡，也与我的态度有关。肩上的牙痕毕竟太赤裸，回到家里，我心终不自安。女儿在看飞天小女警，一边看，一边抱着遥控器啃咬。我将她抱在怀里，对她说：宝宝，让爸爸看你小牙结实不结实，来，照着这个印子，在爸爸肩上咬一口，要能咬出血，爸爸奖你一个小维尼。女儿遂爬到我肩膀上啃起来。她嘴巴太小，啃不到位，反而弄得我颈下痒痒，忍不住乱笑。正笑着，我忽然感觉不对劲，仿佛有股无形的力量滚滚袭来，扭头观望，发现妻子就站在身后不到两米处。

你还有没有一点羞耻？妻子脸色苍黄，两只眼睛怒火汹汹。严肃，你还有没有一点羞耻？

我将女儿横在怀里，把脸埋到她身上。在以前，女儿是我的小枕头，只消对她嚷一声，"来，让爸爸枕枕"，她就咯咯笑着爬到床或沙发上，露出肉肉的背让我把头放上去。而此时，她却成了我的遮羞布，供我掩藏丑陋无比的嘴脸。妻子的声音仿佛咆哮的子弹，嘶吼着射入耳朵。

我是你的妻子，她是你的女儿，严肃，你对我们有没有一丁点儿的尊重？

妻子带上女儿回了娘家。我也去网站上班了。忙碌拯救了我，使我得以在大多数时间忘却妻子声色俱厉的逼问。而当夜晚归来，家里寂静如空谷，客厅石英钟的每一下跳动，则如遥远云层里沉闷的惊雷，我孤卧床上，睡眠薄如蝉翼，又粗如砂纸。妻子的逼问隔着时光，从她当时所站那地方传过来，刺心入骨，鞭挞着我仅存的羞耻。我不想说什么良心发现，也不想讨论我是不是错了，这些辞令在此刻无不虚伪而矫作。我只是意识到，这些年来，在自我与自由的名义下，我走得太远了，也做得太过分。

我想我该回回头，看一下一直不愿面对的自己。

在那些日子里，这种感受纯粹而强烈，似乎要从中孵化出一个全新的自己。我不确定这种感受仅仅是源自对妻儿如梦方醒的愧疚，还是包括了刘蕊与我之间新变数的刺激——比如我辞职对我们关系的影响，比如她与乔东陡然而生的深厚"友谊"。——总之结果是，我开始有意识地疏远刘蕊。我刚入职，我很忙！这个理由客观而强大，使我的刻意不联系看上去情有可原。我不知道刘蕊是不是洞察了我的意图，于是以我之道，还我之身，从此也几乎没再主动联系我。时间一天天过去，曾经笔酣墨饱的爱情被我们弃置野外，任由雨淋日晒，渐渐褪色。

江湖路远，我们寂然相忘。

我跟郑总也不再联系，他的会所亦未再踏足过，我担心会在那儿遇到刘蕊，彼此不便。我在那个网站干了一年多，在第二年中秋前辞职，从此后就彻底远离了郑总他们，只是逢年过节，才彼此发条短信问候一下。我也不想再联系乔东。我不想见到他。可他隔段时间就会找过来，拉我去喝酒，或者到洗浴中心泡澡打牌。我一般会找理由谢绝，但最终总会被他拖过去。老省城们拆迁暴富，许多人无所事事，天天浸在洗浴中心，吃住都在其中，泡完澡就打牌，日复一日，年复一年。乔东的几十套房子——最后确定的数字是二十七套——还没到手，但已领到安置款，再加上集体土地分红，已经非常阔气，于是效法同伦，也住进了洗浴中心。大约住了三个月，他腻了，搬进北三环一个高档公寓，依旧带着一帮发小喝酒，打牌，泡吧，K歌，找小姐，唯一健康的活动，是开着新买的跑车，载上哥们儿一起去爬山。我不是圣人，也非君子，并不排斥声色犬马的生活，但若一个人的生活只剩下这些，我觉得也可以去死了。——说到"犬马"，乔东后来果真养了一条藏獒，一天到晚拖着在街里走，又买了匹马，寄养在黄河滨一个农庄里，隔几日过去骑一骑，顺着黄河跑上几十里。

我不想见乔东，不是鄙视他日益腐朽而堕落的生活——他的生活从来就没有积极向上过——而是与郑总一样，怕会触及刘蕊。还好他从来没有主动提及过，仿佛对他来说，我与刘蕊分属两个平行世界。只有一次，他拖我去蒸桑拿，蒸得脑子发昏的时候，他忽然问我：你跟刘蕊到底是什么关系？

如果我没记错，这是他第二次问这个问题。我歪在条椅上，懒洋洋乜他一眼。

同事。我说。

只是同事？

做过搭档，比别人走得近一点。后来离开报社，就没再联系过。我睥视乔东。你问这个干吗？

乔东拿着一只葫芦瓢舀满水，泼到炙热的石头上，浓烈的雾气滚腾而起。我觉得你俩都在刻意躲对方。乔东说。我笑笑。你想多了。乔东也笑笑，又往石头上泼一瓢水。有一回我们喝酒。乔东说，她喝多了，我送她回家，不小心碰到她，她误会了，就骂我，还说她是你的女人。

我心里尖锐地疼起来，仿佛有一万只蝎子在狂蜇。你可真是贱！

我说。

乔东瞪我。你说谁？

所有人。

这天之后，我对乔东更加疏远，见面次数也愈来愈少。一个周末，我在家穷极无聊，上网瞎逛，晃进刘蕊的微博。我在里头看到一个视频链接，打开来，是她的一个电视访谈。中间有段镜头是在她书房，其中几帧画面上，有一尊牙质图腾雕像，做工狂野而粗糙，一看就是黑非洲丛林部落的神祇。我顿时想到乔东给我的那疙瘩象牙。相比之下，这一尊雕像要粗大得多，想必是整段象牙弄成的。这天傍晚，乔东来我家，说是在附近图书城买书，顺道过来看看小丫头。他喜欢我女儿，想认到自己身上，我一直没答应。他给小丫头买了一套芭比娃娃和一堆绘本。他将东西从提包里一一取出，我看到里头还有几本书，最上头一本是托尔斯泰的《复活》。我听发小说过，乔东当腻了流氓，想学杜月笙，穿长衫装读书人，现在看来，传言的确不谬。我就冷笑了。我将《复活》掏出来，看到下头是《红与黑》。再下头是毛姆的《月亮与六便士》。如果我没猜错，这一定是刘蕊开的书单。我将书丢进提包。

难为你了。我说。

乔东苦笑。没文化被人瞧不起，帮人卖命，人家还笑话你是混子。

怎么说？

有个名人，姓康，是刘老师的朋友，在一个饭店外头争车位，跟人闹起来，那边叫了十几个人，要打架。姓康的一时叫不到人，给刘老师打电话，刘老师就叫了我。我带人过去，把事儿平了。姓康的请我吃饭，写了幅字送我。你猜他写的什么？

写的什么？

乔东掏出手机，翻出一张照片给我看。我将照片放大，果然是康总的手笔，六尺宣纸上龙飞凤舞两行字：仗义每从屠狗辈，负心多是读书人。我大笑。乔东脸色很难看，仿佛我的笑是对康总的认同，进而坐实了他的低贱。我说：别管别人怎么看，读点书总归没什么坏处。

我知道。乔东说。

我妻子获赠一瓶香水,很开心,要给乔东介绍女朋友。乔东说香水是托人从东京代购的,我扫了一眼,不过是平常的迪奥真我,没那么奇货可居。我想到刘蕊,这正是她喜欢用的那一款。乔东大概是给刘蕊买的,多出来一瓶拿来送人吧,他是个土包子,根本不会懂香水。乔东至今仍无女朋友。没钱时没女人爱,有钱后又怀疑示爱的女人,天天换酒吧妹,又没人催逼结婚生子续香火,乔东也懒得去找想象中的女朋友。——说没人催乔东结婚生子可能有点绝对。乔东拿到房子后,并没有全部据为己有,而是拿出四套转赠家人:一套给父母养老,一套给哥嫂居住,另外两套归两个小侄。听起来不错,但是联系到房子一共有二十七套,在数字上就仍显吝啬。我不知道他的父母兄嫂是否原谅他,假如已经原谅,肯定就会替他操心娶媳妇儿。毕竟那么多房子,与其便宜不相识的野女人,不如找个自己中意的女人去接盘。当然,也不排除另外一种可能:乔东虽然不声张,但其实已经有目标了,并且已经在努力。倘若这个可能成立,我承认我会很不舒服,但是我想,我还是愿意祝福他的。

　　倘若这个可能成立,那个人一定是刘蕊。

九

　　刘蕊来找我,也是为了乔东。

　　她直接找到我们公司。

　　这些年我换了好几个工作。从网站辞职后,我蛰伏了几个月,然后去一家房产公司当了两年企划部经理。之后又去了一个朋友的公司,他开发了一款社交APP,叫我帮他做推广。我们搞了大半年,难以为继,朋友自度无望,把APP转卖别人。我也只好另谋出路,应一个集团老总之邀,到他们旗下一家子公司当总经理。这是一家文创公司,在CBD租了一间写字楼作办公地。租金太贵,面积有限,小心翼翼地分隔出一些大小不等的空间,供各部门及其领导使用。我虽"贵"为总经理,办公室也不大,除开办公桌、沙发、茶台和一棵富贵树,并无多余空间。胜在视野开阔,站在玻璃墙前,CBD环内风景尽收眼底。

我经常站在玻璃前，注视着那座雄壮的玉米楼，思考一些不堪重负的问题。有时候也会看看别处，比如左前方一千米外那栋三十八层的绿珠大厦，或右前方九百米外那栋三十四层的福澳慕大厦。绿珠大厦上的顶端会所日夜笙歌，权宾贵客往来如鲫。而在福澳慕大厦二十四层，康总的文化公司据说生意兴隆，财源广进。而我的文创公司，却一直小打小闹，无大气象，相比之下，难免会感到沮丧。

刘蕊走进我办公室时，我正望着玉米楼发呆。她没有叩门，直接推门而入，气势和姿态一如她在报社。等我听到声音回头看，她已经站在我面前。我望着她发愣，一时反应不过来，满脑子只有两个词在碰撞：一个是"从天而降"，一个是"突如其来"。刘蕊盯着我，脸上似笑非笑。

怎么？不认得了？

怎么会？你去韩国换张脸我也认得。我说，就是很意外……

你是打定主意永不相见，所以才意外，对吧？刘蕊冷笑，从包里掏出一只白色物事，我瞄了一眼，是加热不燃烧电子烟。这还是新玩意儿，之前我只见到我们董事长夫人用过。刘蕊插上一只烟卷，对我说：别担心，我来找你不是算旧账，是想告诉你，乔东有麻烦了。

什么麻烦？

他吸毒了。

哦。我说。

刘蕊瞪着我。你好像一点也不吃惊。

我笑笑。我的确不吃惊。我甚至都不觉得这是个意外。以乔东那样腐烂的生活，不沾上毒品才令人称奇。我感到意外的是，这个消息居然是从刘蕊这儿获知，如此看来，她与乔东之间的关系的确比我亲密得多。这进而也佐证了我之前的一些预感和判断。我向刘蕊询问详情。刘蕊说，她昨天去找乔东，看到他们几个人在抽一种东西，气味怪怪的，有点像燃烧的艾绒，问他是什么，他说是大麻。大麻而已！我仅有的一点担忧也烟消云散。在地球上很多地方，大麻是许可吸食的。不是说乔东吸食大麻没有问题，当然有问题，而是说，这跟我想象中的吸毒还有距离。在我想象中，乔东吸毒，应该是打 K 溜冰嗑药扎针，这才符合他的狂野和彪悍，至于大麻，更容易使人联想到孱弱而装逼的文艺青年。

他这样下去会把自己毁掉。刘蕊说，你是他唯一靠谱的朋友，你得帮帮他。

不是还有你嘛。我说。

我也会帮。主要还得靠你。

刘蕊的担忧不无道理。我也这样担忧过。我甚至认为，即使不沾毒品，以乔东这种生活态度，早晚也会把家产败光。我跟乔东谈过这个问题，建议他做点买卖，或者搞点投资，既使人生充实，也避免坐耗山空。乔东说他也想过这事，但他什么都不会，想做生意也无从着手，与其把钱赔掉，不如自己花掉。我想想也是，反正他房子那么多，只要不赌不毒，这辈子也吃不完。不料那次对话后，乔东认真对待起来，一本正经地考察起可行的项目。他看中街道里一个地方，打算开家超市或饭店。他找我给店子起名，向我畅谈他的创业计划：他要做超市和饭店连锁，争取两年内在省城各开十家分店。老城人创业，往往逃不出市井思维，寻来觅去，终究还是餐饮百货最亲切。——所谓餐饮百货，说白了就是小饭馆和小卖部，而其宏伟蓝图，就是把小饭馆和小卖部源源不断地开出去。我觉得这挺好，很实际，市井人就该做市井生意，妄谈什么期权股票、金融杠杆、私募基金，才是荒谬而可怕的事。几个月后，一个发小喜得千金，我去送礼致贺，又见到乔东，问他连锁大业进展如何。他说不干了，现在跟人合伙做担保公司。我问他是不是放贷，他说算是吧。我就无语了。此后我再没有关心过他的事业。——包括他的生活。

我没做的事，刘蕊都在做。她在表达了对乔东吸毒的忧虑之后，又担心起他的财富。富贵传家，不过三代，依着乔东这样搞下去，能不能撑三年都难说，指不定哪天闹出个大事情，一切都完蛋。

我跟老康打算合开一个公司。刘蕊说着，将废烟卷拔出来，丢进茶台上的杯子。杯内是我没喝完的茶。本来想拉乔东入股，叫他跟着我们妥妥当当赚钱。他居然不干。

为什么？

他不喜欢老康。刘蕊瞟我一眼，哧地笑起来。你俩可真是好朋友。

我板着脸不说话。她说这句话或许无心，仅仅是觉得好笑，但我感到恶心。刘蕊注意到了我的情绪变化，立即便走。我也不挽留，出于礼貌将她送到公司外电梯处。等电梯时，刘蕊说：你去劝劝乔东，千万不要沾毒品。另外入股的事，也让他再考虑一下，不要意气用事。我漫不经心地哦一声，算是回应。电梯来到。刘蕊跨进梯厢，一只手挡住电梯门，似乎在等待什么。我说：再见。她抬头盯着我，神色平静，眼光却充满失望和怨怼。她将手拿开，电梯门随即合上，她和她的怨怼一层一层地降落了下去。

我在省图书馆找到乔东。周三的省图人烟稀少，我跨进阅览室，一眼看到他。省图大楼的这一面是弧形，仿佛胖子膨亨的肚皮，阅览室的两堵墙与肚皮相交，圈出来一个扇状的空间。乔东坐在扇子的左尖上，安静地看着一本书。那本书居中翻开，摊放在他面前的桌子上，我走过去，扫见书页上的章节标题：

第四章：财产　贫困　善德

标题印在左页顶端，行楷加粗，醒目得刺眼。我将书拿起来，翻看封面，是柏拉图的《理想国》，高献书译。我把书按原状放回桌面。看得进去吗？我问乔东。

有点困难。乔东说。

乔东的神情略有一些苦恼。我同情地望着他。你可以先看小说，过些年再看这些书。我说。乔东脸色有点不大好看，可能是觉得被羞辱。粗毛野兽也有玻璃心，令人嚎然。这里不方便说话，我跟他上到四楼，那里有个书咖。我告诉他刘蕊去找我了，她在为他担心。乔东的脸色舒展开来，虽没有笑，但能看出内心的欣悦。

就是好玩儿，尝了那么一下。我是不会吸毒的。他说，有两样东西我不会碰，一个是毒品，一个是兄弟的女人。

我心头冷笑。大麻不是毒品吗？你不一样碰了？我又觉得恶心，喝一大杯冰水强行压住，然后劝他接受刘蕊的好意，入股他们的公司。

这不是我的本意，我此次来找乔东，原本是想劝他坚持主见，不要入伙。我相信刘蕊邀请乔东一起发财的真诚，但对康总，我并不放心。我不否定康总是个有情怀的人，对他在我辞职时的道义支持也记忆犹新，但是情怀和道义，在康总这儿，总会衍生出一些令人意外的东西。比如当时他邀请我去他公司，俨然乎雪中送炭，一副宁愿将我当清客养起来的仗义，我犹豫不去，还被他骂见外。几天后才知道，原来他临时有个重要的项目，需要跟合作方一起去考察，而他那几天已经安排好陪文化厅某领导的父母去欧洲旅游，他手下那个比较能干的副总，又刚刚闹矛盾辞职了，一时无人可用，遂想让我顶一下场。可他又不明讲，反而打为我好的旗号装腔作势，我都去网站上班了，他才懊恼起来，道出有心借重的意图，劝我帮个忙，辞掉网站去他那儿。我婉言谢绝。康总力请无果，失望而去，一连两年不再联系，节假日也不曾发过问候的短信。我还曾听闻一桩公案：康总通过某种渠道，结识了他家乡新上任的市长，几回推杯换盏，彼此许为知己。康总大谈乡土情怀，深以故乡知名度太低、美好风光和深厚文化不能被世人所知为憾，而市长是个有担当能干事的官员，应该抓住机遇，好好宣传推介一下本地。只要把知名度打上去，人人向往四方闻名，招商引资搞旅游自然水到渠成。他是搞这一行的，且在省里和央视朋友众多，倘若市长需要，必当道义相挺，为家乡的千秋大业贡献一份力量。市长是新官，铆着劲儿要做政绩，且在他预备的三把火里，正有一把是搞宣传，此时听闻康大师慷慨陈词，顿觉相见恨晚，于是力排众议，快速上项，将本市的形象包装和外宣打包交给康大师操盘。康大师忙活半年，拍出一部总长一百五十分钟的纪录片，又从中精剪出一段十分钟的宣传片，另有画册一部，图书一套，由他筹办或参与筹办的推广研讨会、专家座谈会、新闻发布会十余场。康总承诺纪录片和宣传片都会上央视，市长苦苦等待一年多，秋水望穿飞雁望断，公关费花了一大笔又一大笔，依旧等不到央视排播的消息，最终还是从十分钟的宣传片里又精剪出十五秒，做成一支广告，花钱在七套某黄金时段播了一个月。至于纪录片和宣传片，后来拿到省台播了一下，似乎也没什么反响。市长前后花了近千万，效果可疑，难免心生怨怼。政治家和大师的友谊就此告终。

很多人为了做生意，不得不放弃情怀和道义，而康总，却能把情怀和道义做成一门生意。说起来，这也是了不起的本事。对这种了不起的人，我唯一能做的就是敬而远之。刘蕊可以跟他合伙做事，她有她的资本，老康想占她便宜估计也难，至于乔东，我觉得还是老老实实放他的高利贷，做他的地下金融好了。

刘蕊一片好心，你不要辜负。我对乔东说，相信她也不会坑你。

我知道。乔东说，就是讨厌姓康的，不想跟他打交道。

我笑。你是怪人家嫌你没文化吧？那你正好借这个机会，跟人家多学习，受受熏陶，慢慢也就成文化人了。

乔东被我说中心事，不复言语，将眼光丢向窗外。这一带楼丛繁密，纵使身在窗前，视野亦很狭窄，极目所见，仅能看到街对面蒙着蓝玻璃的写字楼，以及楼前一排低矮的花木。我再想想。乔东说。

大约一周后，我正在开策划会，乔东忽然找过来。我刚接了业务，与省博物馆合作，为他们设计一系列周边文创产品。他们大概是受了故宫的启发，也想试水搞一下。这是个大活儿，我不敢怠慢，也顾不上理乔东，让他去我办公室等。会开完已是几个小时之后，我都把乔东忘了，回办公室看到他，还小小愣了一下。他是个坐不住的人，居然能老实等候这么久，实在难为了。他叫我去喝酒，我不去。

走啊。他望着我，语气里带着乞求。我心情很不好，陪我喝几杯吧。

我第一眼看到他就知他心情不好，想必是受了什么挫折。这些暴发户有点挫折和不愉快并非坏事，否则饱食终日无所事事，天天过得像神仙，叫我们这些苦逼人士看着多闹心。我以过会儿还得忙为由，坚持不去，叫他有什么不开心的，只管讲出来，让我开心一下。乔东有点无奈，瘫在沙发里抽烟。

我不想干担保了。他说。

他讲了缘故。城西十八里铺有个人从他们那儿贷去几万块钱，逾期不还，派人催了几次，均无果。乔东遂亲自带人去讨要。借款人老婆抱着孩子跟他们纠缠，反复只有一句话：不是不还，实在没钱。逼得急了，她反过来责怪乔东他们公司出款太容易。她们已经走投无路，看到他们的小广告，抱着试一试的态度去求借，没想到一下子就借出来了。现在钱早已给老公看病花光，也没地方可以再借到一毛，要打要杀随乔东，反正就这样了。乔东才不信这种鬼话，但要打女人孩子，他下不了手，就踹门进屋找男人。卧室门踹开，所有人都惊呆：床上那个瘦得像鬼的男人不知何时已经割腕了。

那个女人没有哭，连一点悲痛的表情都没有，就那样子抱着小孩，傻傻地看着她男人。孩子还小，趴在她妈怀里，很茫然的样子，好像什么都还不懂，就已经对什么都麻木了。乔东说。他神情发怔，仿佛回到当时的情景，呆了一会儿，将烟头摁进烟灰缸。他们的钱我不要了。

我听他讲述，怃然神伤。所以，不再干这行了？

不干了。乔东说，这种钱太阴暗，有很重怨毒气，挣多了肯定伤阴德。

我盯着他。有什么新打算吗？

还没想。乔东又点起一支烟。也没什么可做的。可能会跟刘蕊他们合伙开公司吧。

十

注册公司很容易，不到一个月，乔东他们的广告公司即宣告成立。他们搞了个开张仪式，从应邀到贺者发的微信朋友圈看，场面还挺隆重。我没有去。乔东有邀我，我找借口推掉了，在网上订一只花篮送过去，附上一张贺卡。乔东把花篮和贺卡拍照发给我。我发现贺卡上有很多字，放大看，上面密密麻麻写着：

严先生留言：就写"恭喜发财"好了。

我大笑。这天晚上，乔东请发小们去泡吧，泡完吧又去 K 歌，叫了几个公主作陪。我喝多了酒，耳朵一直轰轰响，软绵绵歪在长沙发拐角处，看他们在房间里群魔乱舞。后来眼皮涩重，遂在嚣乱噪声中沉沉睡去。不知何时醒来，茫然四顾，却发现躺在汽车后座上。汽车停在街道边，透过车窗，看到阑珊灯火下昏蒙的夜色。驾驶座上有个人在抽烟，红色的烟头一闪一闪，烟头偏小，想是坤烟，那么这个人也应该是女士。我脑子渐渐清晰，眼光也适应了晦暗，我认出这是谁的车，也看清了抽烟的那个人。

怎么是你？我对她说。

刘蕊回头瞟我一眼。你醒了？

我宁愿自己没醒。我们又做爱了，真是莫名其妙。刘蕊将座背放倒，趴到我身边，摸了一下我的脸，我就将她抱住，与她在狭窄的车厢里翻滚起来。她又要咬我。一到激情高涨，她就喜欢咬，我笑她是属狗的。我捂住她嘴巴，将她的头死死摁在座位上。她挣扎不脱，仿佛疯了，身子扭动得像濒死的鱼。我看着她在身下越来越狂野，分不清是痛苦还是畅快，忽然觉得很悲哀。我们这样算什么？我们彼此对于对方算什么？我在纠结中草草结束，却发现刘蕊在痉挛，我有点讶异，想了想，可能是大脑缺氧而致的窒息快感。刘蕊的痉挛渐渐平息，安静地躺在后座上，仿佛睡着了。我想穿起衣服，忽然听到抽噎的声音，扭头看，是刘蕊发出的。她哭了。

怎么了？我问。

没什么。她说。

她用手抹抹泪，试图坐起身，却又瘫到座位上，再次哽咽起来。我抚摸着她光滑的大腿，听她哀哀哭泣，惆怅如潮水涨满心胸。我不知她何事悲伤，只知道她该告诉我时一定会告诉。我以为等她哭过就会说，然而并没有，她平静之后，就送我回家，把我放到小区门口，自己驱车而去。途中我曾问她要不要我陪，她说不用。我看她的平静过于刻意，其下一定隐藏着汹涌波涛，就说：还是陪陪你吧。她说：真不用。后半夜的街道异常冷清，她的车仿佛白色的幽灵，倏然已到两百米外的十字路口。我站在小区大门外的路中央，望着车子拐弯消失，脑子仍然有点反应不过来。我给乔东打电话，一直不接，给另一个发小打，打了两次才接通。发小说你喝醉了，一直在沙发上睡，后来刘老师也去了，散场后她送你回家，乔东也有点大，我在宾馆给他开了个房间。我问了宾馆房间号，拦个出租车赶过去。乔东并没有睡，而是一个人在喝酒，问他干吗不接电话，他说静音了。我看他情绪低落，喝酒仿佛是浇愁，更加疑心刘蕊的异常与他有关，一瞬间脑子里掠过无数种可能，一个比一个恶心。我说：干吗躲起来喝闷酒？要死的样子。

我哥要跟我打官司。乔东说。

原来如此。我心里骤然一松弛。想必是今年房价飙涨，乔东的财富也疯狂增加，让乔东他哥心理再度失衡了吧。别说他哥，我们这些发小也艳羡得要死，有事没事都要打他个秋风解恨。他打官司，你就打他。我对乔东说，这种哥只配剁碎喂猪。我丢给他一支烟。哎，刘蕊怎么了？情绪也那么糟。

不知道啊。我们好几天没见面，今天公司开张她也没去。乔东说：在K厅的时候看上去很正常，没觉得她不高兴啊。

我说：那可能是我多想了。

我陪乔东喝了会儿酒，好不容易清醒的脑子很快又沦陷，挺在床上迷糊到天明。乔东已不在，微信上留言说有事先走，不知道是不是去打他哥了。我昏昏沉沉到公司，歪在沙发上发了半天呆。以刘蕊的个性，能让她哭泣的事情不多，料必是遭遇到严重的打击或伤害。而她之所以找我，我想，肯定是与我有某种关联。假如乔东是事外人，那么我能想到的，就只剩郑总和康总。这两人我都很久不见，偶尔听闻一些他们的传闻，据说都很得意。尤其是郑总。当年提携他的宣传部张副部长外放地方，历任几个地市的市长和书记，颇有政绩，于去年秋天调回省城，出任省城副书记兼市长，如无意外，很快就将升任书记并列名省委常委。郑总的会所渐渐也神秘起来，据报社一个老同事讲，游走其中的权贵越来越多，至于醇酒香茶之中，红袖翠裙之下，是谈风论月讲学习，还是做交易乔事情，他不曾亲见，不敢妄谈。这个同事是做娱乐新闻的，颇具狗仔气质，讲话充满暗示，用词却很严谨，什么都说了，又把自己择得很干净。不过依照传统想象，一人得道，鸡犬升天，张市长仕途看好，老朋友自然也会行情看涨。此乃世情常态，没什么不好理解，所以对于郑总是张市长白手套的暗示，我并不以为然。这种狗仔之见，未免过于高估郑总和张市长的交情。

　　我看低郑总与张市长的友谊，是有事实依据的。去年腊八那天，我照例给郑总发短信祝贺佳节。往常收到我的祝福，郑总一般会回个短信，礼尚往来的意思，这一次却打过来电话，跟我寒暄了一会儿。他询问我现状，做何职业情况如何。我简单做了答复。我当时业务不好，言辞之间难免长吁短叹。郑总安慰我，说人各有长，而我的强项并不在做市场，然后话锋一转，说他跟张市长有点关系，会找机会向张市长推荐我。他还问我对什么工作感兴趣，并且向我建议了几个部门，比如市政府调研室或文化局社会文化处。唯一的问题是，我是体制外人，没有公务员身份，现在又卡得严，政府机关非考不入。而参加公务员考试，我又已过三十五岁的年龄上限。他说他跟张市长谈谈，看能不能破格录用。挂电话前，他再三叮嘱，让我不要说出去。他语气很郑重，听起来颇有可为，搞得我激动了很多天。然而事情竟无后续，我也不好意思追问，只能干等，等了几个月，我也就死心了。我相信郑总是真心想帮我，只是未能成功，原因很可能出在我的身份上，毕竟在白身与公务员之间，存在一条不可逾越的鸿沟。但这也证明郑总与张市长的交情未必深厚，否则以堂堂市长之尊，要解决这个问题想应不难。在那个电话之后，郑总给我介绍过好几个业务，博物馆那个活儿也是他帮我搞到的。他似乎想以此来补偿那个未能实现的许诺。他当时那个电话，或许只是一时动念，结果却成了自己的包袱。其实他并没有义务帮我做任何事，所以如此，无非是仁厚其心，顾念旧谊啊。我很惭愧。

　　刘蕊的悲伤是否与郑总有关呢？我揉着发胀的太阳穴想，应该是吧。大概是她再次逼婚，又被郑总拒绝，于是赌气来找我。还有一种可能，是他们彻底掰了，刘蕊一时不能走出来，遂找我做爱发泄。说起来我也真够贱，狗一样，随时备她拿来消解情感郁垒。我捏拳头捶捶脑壳，对自己嫌厌到极点。策划总监拿着几套设计方案过来跟我碰意见，我打起精神跟他谈工作，才逐渐从灰暗情绪中脱离出来。一个多月后，我们如期搞出一系列文创产品，送达博物馆，恰逢十一长假，不少家长带孩子去参观，那些小玩意儿卖得很火。馆长深受鼓舞，唤我过去交流情况，委托我们再开发一些新产品。一个头发灰白的副馆长也在座，我和馆长谈事情，他在一旁刷手机。我们刚谈到如何利用他们的镇馆之宝——一支仰韶时期的骨笛——副馆长突然惊叫：张××出事了。

馆长瞪他。哪个张××？

市长啊，市长张××。副馆长说，被人举报生活腐化，搞小圈子，妄议省委决策部署，在他妈的生日宴会上被纪委带走了。

馆长惊讶。这都什么罪名！他说，我还以为张××不错，会是个清白官员，没想到也这烂样！

对于我们省城人，这绝对算个大新闻。我想起郑总向张某推荐我而无果的往事，心头无喜无嗔。这些大人物犹如云端里的神仙，上天入地都与我们升斗小民无关，升迁抑或倒台，都不过是街头巷尾的话料，茶前饭后的谈资。我继续做我的工作，勤勤恳恳如履薄冰。过了十来天，世界骨质疏松日那天下午，乔东打电话约我吃饭。乔东说吃饭，一般都是有事情要商量，倘若情绪不好，或者只是去嗨，他会说喝酒。我猜测他是要跟我谈他和他哥的官司。我们约在一家烩面馆，就是很久前他在车站外敲诈外地人一百块钱那天去过的那个地方。地方是老地方，面貌早已不复过往，街旁的平顶矮楼都变成摩天大厦，临街的门面干净阔气，店家也不再是当年的店家，同样一碗烩面，价钱翻了四倍多。我问乔东他们公司业务如何。乔东说没有业务，公司开张至今就没做过什么事。我有点讶异。开公司总归要赚钱，而赚钱肯定要做事，不做事何以来钱？我对他们公司的情况并不了解，只知道股份三分，乔东、刘蕊和康总各占一勺，至于分工，刘蕊和乔东都仅有股东身份，不干预事务，由康总一人兼任董事长和总经理。有一点我一直不大理解：康总本有自己的公司，乔、刘二人完全可以作为新股东直接入股，何必另起炉灶，再搞个新公司？

是刘蕊的意思。乔东打开一瓶啤酒，推到我面前。啤酒也是以前的老牌子，价格倒没怎么涨，可谓百业良心。她一直在活动，要当报社总编，前些时他们总编要调走，她觉得肯定能接班。《中州报》的广告业务是外包的，这你知道，她就跟康总一起开了这个公司，准备当上总编以后，把广告业务都拿过来做。《中州报》是大报，虽然报纸广告不行了，一年也有几个亿的营收，很有赚头。刘蕊是资源入股，没出钱，六百万的注册资金是康总我俩出的，康总暂时资金周转不开，叫我先垫出来。谁知道他妈的公司刚成立，刘蕊那边就传来坏消息，总编换人了，接班的不是她。

我忽然想起那天晚上刘蕊的悲伤，原来是这个缘故！我心生一点同情。一点而已。刘蕊胸怀大志，我在报社时，就知她有当领袖的雄心，不光《中州报》总编志在必得，连报业集团社长都未必是她的终极目标。我私心感觉她太乐观，也太狂妄，难道她不知道自己过于坦顺的升迁之路，完全得益于郑总内举不避亲的大力提携？此时受挫，完全在意料之中，不可能天下人都像郑总一样宠着她，为她的前程披荆斩棘开山架桥。

那你们公司怎么办？我问乔东：就这样空耗着，等刘蕊当上总编？

我也蒙。我不懂这一行，康总有他的公司，天天忙他那边的事，这边也不管。乔东说，这家伙一开始就不想让我入股，是刘蕊坚持让我加入，现在刘蕊的事没成，他干脆撒手不管了。

我冷笑。你得注意这个人。

谅他不敢跟我要阴。乔东说。他大声嚷叫服务员赶快上面，然后回视我。不说这些了，今天找你是有个事，想听听你意见。

我没有猜对，乔东并不是找我商谈怎么对付他哥哥的官司，而是有个新的投资项目，让我帮他拿主意。这个项目还是刘蕊牵的线，她一个老领导要移民，想把名下一家会所出手转让。据刘蕊讲，这家会所经营得很好，会员非富即贵，不光可以赚钱，还能结交权要，提升自己的社会地位和影响力。你得改变身份，往上流社会来，不能老当自己是街上的混子。刘蕊对乔东说：这是个好机会，你不要放过。

我很惊讶。毫无疑问，刘蕊这个老领导就是郑总。刘蕊的老领导自然也是我的老领导，乔东找我征求意见，想是要从我这里打探底细。我不知道郑总为什么要移民，本能有种预感，觉得与张市长倒台有关。郑总或许也有涉案，恐受牵连，于是变产外逃。假如真是如此，顶端会所很可能已成烫手山芋，最好不要碰。可是郑总待我不薄，此时他落难跑路，我怎能做他的绊脚石？一边是朋友，一边是恩兄，我夹在中间，颇感两难。

我对郑总的情况不大了解，离开报社后很少再见他。刘蕊跟他熟，她说行，应该就行。我将一瓶啤酒喝光，对乔东说，刘蕊说得不错，你的确该换换身份了。以前扮文化人是穿长衫，现在穿唐装，再弄一双鸡心口千层底黑布鞋，你就也成儒商了。

乔东笑了笑。笑得很敷衍，大概是觉得我在调侃他。他这样想也没错，我的确是在调侃他。冬至后一日，我接到乔东电话，邀我平安夜去他的会所玩。他已经把郑总的会所盘下来，成了顶端会所新主人。我已答应女儿陪她过平安夜，所以谢绝了。平安夜那晚，我帮女儿包扎好苹果，陪她一个个送到小区小朋友的家，然后帮她抱着小朋友家长回馈的礼物，与她欢喜而归。到家后她也累了，很快酣然入睡。夜还早，妻子在 iPad 上看宫斗剧，我进书房枯坐一会儿，给乔东打电话问结束没有。乔东说没呢，快来快来。我就开车过去了。乔东的客人们正玩得嗨。所谓客人，不外是那帮街道上的朋友，外加刘蕊和康总。我与康总相见，彼此俱感无趣，过不多久，康总就打着哈欠告辞了。乔东送康总出会所，回来找我说话。我们两个在他办公室闲聊。乔东接手后，会所一仍旧制，唯独把办公室装修了一下，务求豪华，反而搞得很土气。乔东陷在老板椅里，将两只脚叠起来搁到桌子上，神情懊恼，仿佛做了不该做的事，不能原谅他自己。我问他怎么了。

我讨厌姓康的，可是见到他，又对他很客气，都不知道为什么。乔东说，我真是没骨气。

我笑。乔东之所以决定买这个会所，也与康总有关。他们那个公司没业务也不养员工，形同虚设，注册资金却一直趴在账户上。某日有人向乔东借钱，数额较大，乔东一时无活便钱可借，那人就怂恿他从公司账户上拿，反正公司又不用，放着也是放着。乔东遂找康总开支票。康总很不情愿，说了一大堆于法不能乱动注册资金的话，最后还是给开了。乔东多了个心，找会计查公司账户余额，发现只剩下四百万，立即去找康总。康总却像蒸发了，一直找不到，打电话也不接。后来终于接了，辩解说是出门忘带手机，此时才看到。康总承认钱是他挪用了，他那边有个项目急需钱，就先借用了一下，但他会按银行利率计息，到时连本带利归还公司账户。乔东无话可说，找刘蕊发牢骚。刘蕊也很生气，但她相信康总必不会侵吞，早晚会归还，叫乔东不用担心。然后又劝乔东索性把钱都拿出来，投资会所，免得再被康总私用。乔东接受了她的建议。

钱都是我的，他拿着我的钱去做他的生意，连个招呼都不打，我自己用，反而叽叽歪歪。乔东郁怒不已。这他妈什么人！

打他！我有点幸灾乐祸。揍他一顿，教教他怎么做人。

乔东闷头抽烟，假装没听见我的话。自从拆迁致富，享乐至今，乔东早已不再是当年那个横冲直撞的街头少年。在我印象里，那次为救刘蕊而出手，是他最后一次打架。有个发小曾取笑他完成了阶级转换，由勇猛无畏的流氓无产者，变成了瞻前顾后的伪善资本家。这个"伪善"并非全然贬义。暴富的乔东在穷极享受之后，忽然开始关注心灵。他说这样的人生太虚无，他的心都是空的，需要有精神上的东西来填充，否则将不知活着有何意义。他开始去教堂，供佛像，十字架和佛珠轮流佩戴，大量阅读微信上流传的 10 万 + 鸡汤文，动不动就感慨中国人没有信仰。我不知道他是自我觉悟还是受了刺激，联系到他几乎就在同时开始热衷读书，想必是康总精神歧视的功劳。他也开始做公益，康总搞什么活动，一叫他，人和钱都爽快而来。所以康总很喜欢带他各处跑。乔东也贱得很，私下里说讨厌姓康的，姓康的一召唤，还是 pia pia 而往。鉴于他的热心和贡献，康总为他谋个荣誉职务，任命乔东为他们那个未注册公益协会常务理事。有一回，乔东我们喝酒，他宣称要搞个基金，支持有创意和能力但缺乏资金的外地青年创业者。他说他们这些省城土著之所以坐享富贵，完全依赖于城市的发展，而城市的发展，又主要依靠那些来此打拼的外地人。所以他想为那些外地创业青年做点事，聊以回报。我怀疑他这是喝嗨后的心血来潮，因为之后再没听他提到过，也没听说他为此具体去做过什么。但他对外来务工青年的态度日渐友好，却是不可否认的事实。举个例子，他的土豪车也加入了某个著名的打车平台，接到外来打工青年的单，就免除车费。我们觉得太刻意，讥讽他是伪善。但伪善也是善，我们调侃式的"讥讽"，其实也包含着某种敬意。在更多时候，我们亲切地称呼他为"活菩萨"。——这才是血淋淋的挖苦。

刘蕊在棋牌室打牌，接连输，叫乔东去接替她。乔东嚼着烟过去，刘蕊则一屁股坐到长沙发上。气氛顿时有点尴尬。这是我自己的感受，刘蕊未必然，她取烟抽烟的动作自然从容，略无一点僵硬和迟钝。会所里暖气充足，刘蕊仅穿一件圆领薄毛衣，紧紧箍在身上，使得微隆的肚腩一目了然。她抽几口烟，又在沙发上躺下去，头靠着宽大的扶手，穿长筒靴的脚搭在另一个扶手上。这似乎是种挑衅，让我明白她在把我当空气。我有点没好气，问她郑总要移民到哪个国家。我得知郑总要移民后，曾经拜访过他，表达老下属的关切。郑总说他只是计划周游世界，年纪大了，想换一种活法，并非要移民。我这样问刘蕊，多少有点质疑的意思，不是郑总说谎，就是她在说谎。刘蕊吐着烟闲闲说：新西兰。我看她脱口而出，且如此淡定，再联系到郑总的儿子也在新西兰，想必是真的。在郑总那里，我毕竟是外人啊！我心下叹息。另外，移民新西兰非常难，倘若郑总真与张市长案情有关，怎么可能选择这样的方式跑路？看来是我多想了。刘蕊乜我一眼。她经常这样乜我，所不同的是，以前眼角里流淌的是风情，此时却是讥嘲。

你不知道？

不知道。

亏他对你那么好！刘蕊说，你对他的事这么不关心。

我冷笑。哪有你们好。

刘蕊的乜视变成怒视。你把天聊死了！

我说：我本来就不会聊天。

刘蕊从沙发上翻身而起，气鼓鼓冲出办公室，嗵一声将门带上。我脑子里一震，恍然想起当年那一晚。她此时的反应与当时何其相似，只是旁边没有郑总，这个办公室也已经易姓为乔。假如我追出去，拦住她，会不会也如那晚所发生的，与她再来一次激情和解呢？我将手中烟抽完，窝在乔东的老板椅里发了会儿呆，然后走出办公室，离开会所，乘电梯来到楼下。我刚坐进车，刘蕊发过来短信，说她在湿地公园，让我马上过去。文字的语气不容置疑。我回复她：对不起，我女儿醒了，我得回去陪她。我启动车，南辕北辙往湿地公园走，远远望见她的车停靠在之前云雨过的那个地方。我驱车从她左手滑过，看到她正在讲电话，边讲边比画着另一只手，情绪似乎很激动。我们车窗都关得严，还有北风呼啸如狮吼，我从她旁边逆风而过，听不到她在说什么，也不知道电话的那一边是谁。

十一

过了元旦，春节便已不远。集团年会如期举办。今年业务整体一般，董事长不大开心，致辞时点名批评了几个子公司老总。我的文创公司略有盈余，勉强过关，没挨批评，也没受表彰。董事长在台上大讲"高铁跑得快，全靠车头带"的道理，强调公司领导者对公司发展的核心作用。我听得心灰意冷，深感能力薄弱，难孚重任。董事长的开场辞太沉重，搞得气氛一直活跃不起来，唱歌跳舞都有点尬，直到抽奖环节，奖品大而多，中奖的人一个接一个，会场终于热火起来。我在来之不易的喧哗中悄然退场，开着车在大街随波逐流，东游西荡到午夜，来到乔东住的小区外。我打电话问他在不在家，他说在。又问他女朋友在不在。他前些时谈了个女朋友，好像是认真的。乔东说：吹了，这些小娘们儿，心地都不纯良。我说：那我过去了。

乔东在客厅打游戏，75英寸4K高清电视几乎挂满一面墙。他哗哧哗哧砍着怪兽，示意我自便。我去酒柜拿瓶清酒，用温酒器温起，又到厨房找一坨牛肉切碎端出来。在年会上我几乎没吃东西，此时饿了。我告诉乔东，我决定辞职。乔东哦一声，继续专注打游戏，把一头巨兽干死后，他说：你早该辞职了，给别人打工有什么意思。

我一哂。我又没那么多房子，不打工怎么养家？

跟我干呀。乔东说，咱俩合伙。

想合伙你还不认真点？

乔东嘿嘿笑，把游戏关掉，凑过来跟我喝酒。关于合伙，他并非随口一说，而是曾有过盘算。拿那么多钱却开了个空壳公司，迄无作为，让他深受挫折。康总挪用的钱也并未按期归还，他很厌烦。令他厌烦的尚不止此。顶端会所是公司的产业，而不属于乔东。乔东本来想学康总，把注册资金拿出来独立购买，被刘蕊劝阻，说那样会触犯抽逃注册资本罪，假如出事得坐牢，不如以公司名义去买。刘蕊如此建议，仅仅是出于朋友的好意，还是意图以公司股东之名分一杯羹，乔东不得而知，但就算刘蕊真有心占便宜，他也会认。只是康总也因此获利，实质上分文未出——看起来他也不可能出了——却也平白瓜分三分之一的收益，乔东就难以接受了。所以他想把康总踢开，重组股权，然后请我去经营公司，把文化业务开展起来。

我朋友里就你对这一行熟悉，跟你共事，我也放心。乔东说，我给你干股，你就把公司当成自己的，放手干就是了。

如果老康不答应呢？

由不得他。乔东往温酒器里加酒。他敢找事，黑白两路任他挑，白的告他抽逃出资，叫他坐牢，黑的白刀子进红刀子出。

我们多虑了。康总获知乔东的意图后，爽快答应，拨冗陪他和刘蕊去了趟行政服务中心，在工商局窗口办理了相关手续，将股份转给乔东，交卸公司法人及一应职务。康总的态度令我意外，以我对他的了解，凡有利益可图，他必不轻弃，况且是已然到手的利益。莫非会所有什么我们不知道的内情，而他却了解，以至于让他不愿沾惹？疑心一起，意便不安。我提醒乔东留意。

会所买卖都是合法的，就算以前有事，跟咱们有什么相关？别疑神疑鬼了。乔东说，好好当你的总经理，把公司搞起来吧。

乔东自任公司董事长，把公司股份转赠给我百分之十五，股金由他永久垫付，不用我出，公司赚钱，我按股分红，万一赔了，都算他的。乔东可谓仁至义尽，感动得我差点流出两滴鳄鱼泪。我只负责公司本部，不参与会所经营。文化产业只要不搞投资，一般不会怎么赔，最常见的赔钱形式，不过是没有业务，白白承担营运成本。我虽能力有限，料想不至于把它搞破产。说来惭愧，这就是我接手的底气。乔东也不指望它发财，有钱赚诚然好——比如刘蕊哪天发达，把报社广告外包给我们——赚不到也无所谓。

钱不要紧，要紧的是做点有意思的事。乔东说，我们要做一个有情怀的公司。

我正往杯里倒啤酒，听到这句话，翻起眼睛瞪着他。我没听错吧？我说。

什么？

情怀。

没有。乔东说。他把刚才的话重复一遍：我们要做一个有情怀的公司。

我大笑。乔东指头捣着桌子。漫了！我低头看酒杯，啤酒已泛着泡沫越过杯沿，顺着杯壁往下流淌。乔东也讲起情怀，真让人刮目相看，不知是不是跟康老师混久了，近朱而赤，也加入了情怀党。后来我渐渐发现，乔东所谓的情怀，并非自康老师处继承的衣钵，他不是把情怀当生意——他也做不来，跟康老师相比，他的段位还太低——而是要为情怀花钱。我们做的第一个项目，就是应他要求自费为省城制作的公益广告，还不是一支，是一系列，涵括城市卫生、公共秩序、交通安全、邻里和谐、群体共生等各方面。公司开张之初，没有业务，先搞个事情干起来也行，而将这些公益广告投放出去，对公司也是个宣传。所以我也支持。但乔东不这么想。他说他们这些城市发展的获利者，有责任回报这个城市，让城市变得更好。也只有城市发展得更好，他们个人的利益也才能更大化，未来也更有保证。至于能否宣传公司，则不在他考虑之内。公司楼下有家大众餐馆，乔东找到餐馆老板谈了个合作，凡有环卫工人来就餐，早餐免费，中餐晚餐半价，费用由我们公司出。到了高考，他又叫刘蕊帮忙搞到一张贫困生名单，让我一一资助。

你要上感动中国人物榜吗？我质问他。

上什么榜啊，就是想做点儿好事而已。上学的时候，老师不天天教我们要做好人好事嘛。

那是小学生，你现在是油腻中年了。我说，你这样搞得我很尴尬啊，邻居公司的人看我都像看傻逼。他们认为我们在作秀，被他们一眼看穿了。

你管他们呢。

我当然得管啊，我脸皮这么薄。以后再做好人好事，以你自己名义去做好了，别再打公司旗号。

乔东笑起来。做好事又不丢人。他说。

做好事的确不丢人，拿出来到处说，就丢人了。

乔东笑意收敛，脸色也变得阴沉，仿佛云朵遮住太阳，天光一时黯下来。我知道他做这些，仅仅是想做，也许是暴发户钱多烧得慌，也许是书读多了脑壳坏掉搞什么自我救赎，并无意自我标榜。这也是他坚持用公司之名去做的原因。然而我们那位好朋友、公司隐形股东刘蕊女士可不愿就此便了，指示手下小记连连撰文报道。她的意思当然是为公司好，希望借此塑造公司形象，但却给我造成了困扰。不光邻居公司相见侧目，一些老相识看到报道，也纷纷表示要给我颁发好人证。这是个庸俗的时代，人人相疑，事事诛心，甘作道德庸众便罢，一旦出头行善，便须面对各种刨祖坟式的质疑和审判。

这些都是后事。在接手乔东的公司之前，我先向我们董事长请辞，把文创公司一应事务交割清楚。董事长对我的业务表现并不赞赏，客套挽留一下，也就表示尊重了。脱身之后已近春节，我倍感轻松，带妻子和女儿去海南玩。雾霾太重，航班延误，我们去三楼餐饮处吃东西。路过一个茶座，我随意往里扫一眼，发现里头角落一个老头儿很像郑总，仔细辨认，果然是他。我牵着女儿走过去。郑总看到我很诧异，连说真巧。我笑说：人生何处不相逢。郑总亦大笑，招呼我们坐到桌子对面。我把妻子叫过来，给郑总介绍。郑总连连点头，说真好真好，弟妹一看就是有福之人，你要惜福。我心头轻微一荡，知他言有所以，笑了笑，问他是要去哪儿。

塞浦路斯。郑总说。

去那儿干吗？旅游吗？

郑总笑了笑，一时没有作答。如此反应定然有深意，我盯着他，一副执意追询的样子。这不礼貌，但也无所谓了，谁让我在此时忽然想起自己是狮子座呢？——许多年前有一晚，郑总、刘蕊和我一起吃饭，吃得很恍惚，其间我问了个多余的问题，惹得刘蕊嘎嘎笑，说我好奇心太重了，不愧是狮子座的。——另外，"塞浦路斯"这国名也让我想到一件事。我以前有个客户，为了让儿子读清华，把老婆和儿子办了移民。拿个外国护照，即可以国际生身份申请入学，免试去读清华。他办的就是塞浦路斯，因这国移民最快，买房即可入籍，两三个月就能搞定一切，对于迫切外移的人来说，它无疑是首选。我不礼貌地盯着郑总，执意要等他的回答。郑总勾头喝了一口茶，抬头依旧撞到我眼光，似乎有点意外。

不瞒你了，我办了移民，跟你嫂子移到了塞浦路斯。他说，上次跟你说不移，是还不知道能不能办好，怕办不好，惹人笑话。

可是刘蕊说他要移到新西兰！我心头冷笑。为什么不去新西兰呢？你家公子不是在那儿吗？我问郑总。

新西兰太麻烦。也不想跟孩子待一起，老了，就想图个清静。

我点头。是啊，我爸妈也不喜欢跟我们在一起。

郑总呵呵笑起来。是吧？

我们吃着东西聊了片刻，郑总看看表，说时间到了，得过去安检。我起身相送，与他在楼梯口握手作别。他拍拍我肩膀，似乎有话要讲，却又没讲，眼神也变得很复杂。

后会有期！他说。

我站在三楼廊道，抚栏目送郑总走向安检处，给乔东打电话，再次让他确认会所没有问题。乔东被我反复的质疑弄得也过敏起来，我到海南第三天，接到他的电话，他找了省城顶尖的会计和律师，详细查证了一遍，确定会所没问题。我这才放心，与妻女度过了一个快乐的假期。我们农历二十八回省城。晚上乔东设宴，犒劳会所骨干员工，并庆祝公司成功重组。他们会所春节不放假，老板先给大家敬酒道乏，各发红包。我和刘蕊都出席了。康总没来，乔东有邀请，他婉拒了，说是已跟省委宣传部吴副部长约好今晚酒叙。乔东邀请是对的，他不来也是对的，彼此既照顾了礼节，又不用相见尴尬。至于康总谢绝的理由，也未必不是真的，据闻康总致力于更上层楼，要当省书协主席，而吴副部长兼任文联书记，是最有力的相关人。乔东坐在老板位，我和刘蕊分坐他左右。这情景让我略感不适，想人生真是无常，谁能料到今日竟成如此局面。我跟刘蕊互动很少，都当对方是普通朋友，刻意让彼此的相对与交流看上去不刻意。我们都喝了酒，不能开车，乔东给刘蕊叫个代驾，然后在饭店上的酒店开两个房间，我俩今晚不走了。我们在房间聊了很久，大半是公司节后重新开张诸事宜。后来说到刘蕊，我提醒乔东，要对她留个余地，不可全抛一片心。乔东酒喝得最多，此时仍带醉意。我的话似乎让他很意外。

你们不是情人吗？怎么还不信任她？

我一惊。谁说我们是情人？

乔东撇嘴。你们瞒得过姓郑的，瞒得过我？姓郑的已经走了，你们还天天装，累不累啊。我跟你讲啊，严肃，我承认，我也喜欢刘蕊，但我绝对没碰过她，她也不可能喜欢我，这个你得放心……

旁边没有镜子，但我想我的脸色一定非常难看。你醉了，在说胡话。我对乔东说，睡吧。

节后公司重启，招拢来一批人马，先按乔东的建议制作公益广告，徐图业务扩张。刘蕊也很卖力拉业务，不断找来客户，使我们一直有事可做。有时候我想，对于我们三人来说，这种状态或许也挺好，甚至可以说是最好。天意渺茫，思来令人喟然。公司上下各司其职，一切忙碌而平淡，虽无高大上的价值与意义，但却生活充实。——假如把这句话颠倒过来，会是另一种况味：生活充实，但却没有意义。没有意义的生活已经持续太久，我几乎已经遗忘曾经的原则和坚持，日夜所思所为，只是让自己过得不要太狼狈。很难说清楚，乔东三五不时的善举，对我是不是一种刺激，而我对乔东的讥讽和"嫌弃"，又是否流露了身份错位的焦虑和不安。有一次公司开例会，我向各部门主管提出一个问题，请他们思考一下作答：我是谁？从哪儿来？到哪儿去？主管们都是二三十岁的小年轻，我刚说完，他们就开始憋笑，有一人最终憋不住，扑哧笑出声。大家哄然响应。会议室里顿时笑声滚滚，小男女们乐作一团。我等他们笑完，说：这个问题是不是很傻逼呀？

是啊。他们说。

所以你们从来不想吗？

策划部主管说：那么傻逼的问题，想它干吗呢？

我说：你被开除了。

策划主管脸色陡变，惊疑地望着我。其他人也被吓住，一时气氛凝滞，方才的嘻哈转眼不见。我对策划部主管说：你可以走了，赶紧去收拾你东西，不要让保安赶。

策划部主管望着我，一副要哭的样子。我只是开个玩笑，严总。他说，这么基础的问题，我们谁没有想过呀？但是越想，就越苦恼迷茫。我们嘲笑它不是炫耀无知，而是无奈，就像阿Q，解决不了问题，就试图否定问题。您可以骂我们逃避，没 guts，但是请您相信，我们一定都思考过这个问题。我现在就跟您汇报一下我的理解……

我盯着他。你是开玩笑？

是的，只是开玩笑。

我也是开玩笑。我说，吓到你了吧？会议室里再次哄笑一团。我与他们一起笑，然后对他们说：这就是当老总的好处，可以随时恫吓下属，所以你们都要立志当老总。

这件事后来传到刘蕊耳朵里。一天上午，她引我去见一个新客户。每次见客户，我们都是分头前往，谈完后各自上车。但在告别客户和各自上车之间，有几分钟同行的时间。她提到那件事，骂我无聊。我说：还有呢？她说：幼稚！我说：谢谢指教，你去哪儿？她说：去见老康，跟他谈点事。我说：老康什么时候还钱啊？刘蕊说：乔东都不急，你急什么？我说：他不急才怪，你催催老康，他再不还钱，我们要告他了。

估计他一时半会儿还不了。刘蕊说：书协马上要换届了，他正搞关系，要花大钱，手头可能比较紧。对了，我问你，乔东是不是能搞到象牙？

干吗？

老康想要。

我们边走边说。据老康讲，他跟新任市委书记梅渊仁有交情，而梅书记跟吴副部长曾有同僚之谊，关系不错，他想请梅书记帮忙，向吴副部长关说一下。交情好归好，不能白劳烦梅书记，梅书记喜欢象牙，他想搞一整根相送。但是象牙国家控制得严，市场上大多是猛犸牙，真非洲牙几乎看不到，还非常贵，很可能花了大价钱，买来个假东西。乔东以前在非洲待过，手里头象牙制品又很多，很可能有什么渠道，假如能从他那儿直接拿货，既保证真，又省很多钱。我冷笑。你去找他问问呗。我说。

我问过，他说没有。

那就是没有了。

不一定。刘蕊说，我觉得他好像在疏远我，对我越来越冷淡，不明白怎么回事。她犹疑了一下，又说，是嫌我占了太多干股吗？我也没少给公司拉业务呀。

我摁一下车钥匙，将车解锁。你想多了。我说。

我们各走各路。我回到公司继续忙，正审读策划部提交的创意文案，刘蕊在微信上发过来一张图片。打开看，是一幅书法作品：西瓜粗的一轴横卷，展开了半尺多长，露出几行正楷题头。

抓住机遇，勇于担当，为全面建设国家级中心城市而努力奋斗
    ——在中国共产党中州市第十二次代表大会上的讲话　梅澜仁

市十二次党代会召开不久，梅澜仁就在这次会上当选书记。我回微信，问是不是老康的手笔。刘蕊说是。我大噱。老康不是最爱讲情怀和气节吗？情怀呢？气节？都被猪吃了吗？我在微信上打字：不要跟他走太近，也不要太信任他，这人靠不住，你会吃亏的。打完之后，我在发与不发之间犹豫不定，最终还是删除了。几天后，刘蕊给我打电话，问我问乔东没有。我茫然，问她指什么。她说：象牙呀，乔东究竟有没有特殊渠道？我说：你没让我问过呀。她说：那现在让你问，你去问吧。我怫然。老康给你多少回扣，你这样卖命？

是我自己要。刘蕊说。

刘蕊是要给他们社长送礼。据可靠消息，《中州报》总编要调到省出版集团去当副总，岗位将再次易人。若凭能力和业绩，刘蕊自忖非己莫属，但社里风传的口袋人选却不是她。老康劝她搞几根象牙去送礼，因为他听说他们报业集团的新社长也喜欢象牙。我听她讲完，对她说：你怀孕了吗？

刘蕊不悦。你发什么神经？

那你怎么突然变傻了，老康这样的鬼话也相信？我说：他根本是想利用你，叫你去搞定乔东，他好跟着沾光占便宜。

我没那么笨好不好？刘蕊说，就算社长对象牙没嗜好，他总喜欢值钱的东西吧？象牙肯定会彻底禁止交易，以后越来越贵重，送他一根非洲象牙不要太好。别废话了，你马上去找乔东，给我问清楚他到底有没有渠道。

她把话讲完，不由分说就挂了。我半天没好气。我讨厌这种状态，以及这种状态造成的感觉，仿佛我跟她好过，就应该一辈子听命，而与她不再继续情人关系，更是不可原谅之大错，需要随时义无反顾地满足她的任何要求来赎罪。我发了会儿闷，还是去找乔东了。我不知道乔东有没有什么地下渠道，但他那儿象牙制品特别多，也的确是事实，除了我和刘蕊，不少朋友都曾获赠过象牙物件，包括康总，不过都没有刘蕊的那么巨大而已。乔东的解释是，他喜欢象牙，也经常去义玩城溜达，看到入眼的就买，买回来又愿意与朋友分享。轻裘肥马，与朋友共，敝之而无憾，何况是区区小玩物。这个解释符合他的个性，后头拽的文则证明了他文化水平的大幅提高，大家无不心生敬意，但是很遗憾，没几个人愿意相信他。毕竟他有过混非洲的历史，那段历史又模糊一团，没人知道他在那儿究竟都干些什么。而当他回到国内，就住进四星酒店，一住将近半年，说明在拆迁补偿到位之前他已经很有钱，这钱怎么来的？再说，市面上假象牙那么多，假如他没有深度接触过象牙，又怎能分辨真伪，入手的都是真物？当一事物有两种可能，人们往往更倾向于相信坏的那种，况且是对乔东这种历史不清白的暴发户。这种半真半假的调侃式质疑，一度让乔东深受困扰。他觉得如果是朋友，不应该这样怀疑，如果是玩笑，也得有底线。他认为这种质疑触碰到了他的底线。可是那有什么关系？我们就是想看他不开心，他越不开心，我们就越愉快。发小嘛，跟朋友还是不一样的，朋友只讲两肋插刀的义气，发小还追求拔刀飙血的快感。

我去省图找乔东。乔东有个坏习惯，读书必须去图书馆。我取笑他矫情，看个书也装模作样。他辩解，说是他没有定力，必须在图书馆那样纯粹的环境里才能看得进去。我刚走进图书馆大楼，手机响起，号码很陌生，接通一问，居然是郑总。他回国了，今天晚上就走，问我有没有空，能否见一面吃个饭。我说：好啊，我请你。

我们约在中午十二点。时间还早，我先上楼见乔东。乔东在看一本小说，陀斯妥耶夫斯基的《被伤害与被侮辱的人们》。阅览室不便说话，我们到四楼书咖坐了一会儿，先聊了聊他和他哥的官司。他们兄弟的官司旷日持久，一审判决他哥败诉，他哥不服，一出本区法庭就跑到市法院去上诉。兄弟阋墙，可谓丢人，自从他哥决定打官司，他妈就终日以泪洗面。姑姨们连珠来劝，教乔东不要太霸道，那么多房子又住不完，分一些给亲属又何妨？乔东受不了亲属们的道德审问，答应只要他哥撤诉，愿意再给他两套房。

我现在是孤家寡人，六亲不认。乔东叹气。不是我不认他们，他们不认我。

我劝他想开，没有亲人至少还有钱。一说到钱，乔东有点惆怅。他说他手头没现钱了，得再卖套房子，以前花钱太无度，信屌一样，想起来真后悔。这是他第一次承认出现了财务危机。他接手会所后，虽有刘蕊相助，生意还是每况愈下，至今已不赚钱。我曾劝他把会所卖掉，专心做公司，他未置可否。我知道他不愿卖。第一是面子，这么快就卖掉，证明经营失败，可能会被人笑话。第二是虚荣，他需要这个看上去高大上的会所来满足内心的欲望，正像以前需要藏獒和马来满足彼时的欲壑。——藏獒和马早已处理掉。藏獒咬到人，他赔人一笔钱，把它送给一个远房亲戚，拴到山上看果园去了；马则因管养不善，反复得病，最终没治好，埋葬到了黄河滩上。我望着乔东略显沮丧的样子，一时感慨万千。不过这样也好，有助于让他明白欲不可纵乐不可极，做人应当有所节制。我告诉他有人想要非洲象牙，问他能不能搞到，若能搞到，可以赚点零花钱。

谁要的？乔东问，是不是老康和刘蕊？

我笑。是啊。

这俩人真有病！乔东的语气很不满。他们都问过我有没有，我已经说了没有，又叫你来问！要不我搞个假的卖给他们？

我大笑。我们又聊了一会儿，我辞别去赴郑总的约。我在约定时间赶到约定的饭店，郑总已经在等候。郑总精神略显萎靡，看上去仿佛宿醉未苏，气色亦有点差，比之机场偶遇时的苍黄憔悴，似乎好不了太多。他一个朋友昨天生日，此次回来是专程为他过寿，昨晚酒喝太多，一觉睡到小晌午，订的返程机票是今晚，还有半天时间，想到我，就约来一见。他没有说那个朋友是谁，我猜定是前市长张某。张某去年传出被纪委调查的消息后，有段时间杳无音讯，再次出现在报端，是在今年初夏，报道说他转任省政协副主席，想必没查出大问题，但仕途也就此终结，只等届龄归老。饭店太嘈杂，我们草草吃过饭，在附近寻间茶馆，要了个小包厢安静说话。我终究忍不住，打听张市长到底是怎么回事。郑总沉吟了一会儿，说：事情都过去了，现在告诉你也无妨。

我们聊到五点钟，我开车送他去机场。机场离省城三十多公里。当我返回省城，暮色已从四面弥漫起来，城市被黄昏淹没，只剩几条云霞缠绕在楼宇之上，反射着太阳溺毙之前绚烂的回光。我给乔东打电话，打了七八个才接。我问他在哪儿，他说在家。我听他说话有点气促。

叫你旁边的女士先走。我对他说，我有事要跟你说。

十二

乔东是在他的生日宴上宣布要去非洲当义工的。

乔东过的是农历生日，八月初四，正值秋分。酒宴设在会所，邀请的人不多，除了我们这几个发小，只有刘蕊和康总。乔东邀请康总，仅仅是出于曾经合伙的旧日情谊，象征性地知会一声，并不认为康总真的会来。不料他竟然屈尊而至，让乔东和我都深感意外。鉴于乔东不时迸发的公益激情，当他声称要当跨国志愿者，去肯尼亚马赛马拉国家公园保护大象，没有一个人感到惊讶。有钱就可以任性，早已是大众共识，何况是乔东这种脑子不正常的暴发户。乔东说他离开非洲多年了，挺想念的，借这个机会回去看看。大家觉得怪矫情，非洲那鬼地方，有什么好想念？有人说：是在那儿有情人，想老情人了吧。马上有人吟诗调侃：几回回梦里回非洲，双手搂定大黑妞。满堂哄笑。

你们都错了。一个发小说，黑种人太难看，宁可自宫也下不去屌。乔东去不是搞女人，是搞象牙。你别翻眼，乔东，你瞒不了我，你肯定在走私象牙……

这发小酒德不好，一喝高就发狂，什么话都敢说，嗓门还特别大。乔东被激怒，踢开椅子，两只断掌手直奔发小而去。大家急忙拦到中间。那发小还要嚷嚷，被一个彪实的伙伴强行拖离，塞进车送回家去。乔东气得发愣，酒也无心再喝，黑着脸坐那儿不说话。有人试图缓和气氛，提议大家共同举杯，祝乔东洪福齐天，长寿万年。乔东怒气不消。

什么长寿万年，当我是乌龟？他没好气说。

康总坐在乔东旁边。环视全场，就数他德高望重，维护和谐责无旁贷。他劝乔东别太介意，干大事的人得有大气量，忍辱含垢，方是英雄。他要乔东跟他碰杯酒，他现场写一幅字，为乔东贺寿。康老师主动送字，是求之不得的事，乔东这才开心起来。大堂一隅文房四宝仍在，康老师施展他的双手同书绝技，左右开弓，挥毫立就。有人问写的什么，康总手捏毛笔一字字指点念诵：

寿比南山低一岁
福如东海少半斛

做人不可太满，满则招损。康总说，人不能与日月比寿，与天地争长，略微少那么一点点，留个余地，才最适当。别小看这一点点，里头藏有万顷福田。送给乔总，哈哈。

无可否认，康总还是有点才的，混迹省城文化界这么久，不完全浪得虚名。年底书协换届，他若能如愿荣升主席，我们还是祝福的。还有刘蕊，她的晋升之路虽然受挫，依旧在锲而不舍地努力，以她的业务和公关能力，假以时日，必定也能如愿以偿。身边有这么多身怀大志、锐意上进的老相识，也真是振奋人心。我在人群中寻找刘蕊，没有看到她，四下张望俱不见，隐约听到茶室里有几声挑拨琴弦的声音。茶室内并无客人喝茶，我踱过去，果然是她在里头。她不会弹古琴，只是随手拨弄，看到我进来，也无话说。我踱到琴台旁，看她有一下没一下地挑拨琴弦。我们各怀心事，彼此沉默，房间里安静得令人纠结，时不时跳出来的一声弦鸣生硬而短促，仿佛快刀砍过沙砾。我们这样僵持了一百年，或者仅仅是一刹那，刘蕊终于说话了。

乔东到底能不能弄到象牙？

这东西太危险，买卖都非法，何必碰它！我说，你还是送别的东西吧，比如金银珠宝、老康的字。

刘蕊白我。不花椒一下老康，你就不舒服是不是？她说，天底下不合法的事多了去，关键看你怎么做，做好了杀人也无罪，做不好打个喷嚏也犯法。

我盯着她。她就在身旁，不过一尺之遥，近到可以清晰感受到她身上所有的气息。她的头发不甚浓密，松松绾起来，几根白发从中显露，在灯光下异常刺眼。同样刺眼的还有她的脸庞，敷了厚厚的粉，依旧遮盖不住皮肤松弛的痕迹。转眼红颜老，时光饶过谁！我心中感慨，想伸手摸摸她的脸，或者她的发，手在裤袋里躁动，最终还是忍住了。她管我要烟，我抽一支递给她。

有老郑的消息吗？我问。

刘蕊脸色冷下来。不要提他。

可以让他帮你活动活动。

我说了不要再提他！

刘蕊嗓门骤然升高，声音尖厉得近乎狂暴。我笑笑，不再说话。我理解她的愤怒。上次总编换人，她让郑总帮她活动。郑总虽已远离报社，但跟那一任社长关系不错，他们当年同时来社，在多年共事中建立起深厚的友谊，让他找社长说几句话，还是很有用的。不料郑总不但没有帮她，反而力荐另外一个人，最终由那人接任了总编。这是郑总自己讲的，那天下午在茶馆长谈，他告诉了我这段秘辛。他说他之所以那么做，动机很简单，他认为那个人比刘蕊更适合这个岗位，也更胜任这个工作。我看着烟雾后的刘蕊，就像看着一个原本熟悉的汉字，越看越陌生，到后来几乎要认不出她究竟是谁。

乔东也是糊涂。刘蕊说，等我当上总编，对公司也有好处。叫他帮个忙就这么难！

我说：我再劝劝他。

乔东为非洲之行做了精心准备，签证已经办好，也去出入境检验检疫局打了黄热病疫苗，帐篷、急救用品、常用药物、驱蚊防晒霜膏等等一应所需全都准备妥当。万事俱备，只待出发，结果临行前一天，却发生了如此难堪的意外。而同行队员以走私象牙罪被抓，似乎也坐实了乔东的嫌疑。所以我们都理解他的郁闷。理解归理解，并不同情，尤其是康总，在压惊宴上喜笑颜开，怎么看都有点幸灾乐祸。几泡茶后，康总把乔东拖到棋牌室，向他分析利害：官方查得这么严，那两个人既然被抓，他们这些队友肯定也会进入警察视线，倘若乔东——或者他认识的其他人——手里有存货，将很危险，最好赶紧出手。而他康总正好想买几根，假如要找买家，可以第一时间通知他，帮他们消化一些。

这熊货！乔东在洗手间跟我讲了康总的算盘，鄙夷之情难以言表。他排完膀胱里的水，抖抖水龙头塞进裤子，走到洗手池边去洗手。

他没替刘蕊订几根吗？我问。

说了，他说刘蕊也会买，他们两个人，要求团购价。乔东说，你瞅着吧，等到交易的时候，他肯定还会往下砍价。

交易发生在半月后的午夜，地点是康总家。康总换了套大房子，在龙子湖一个以高端闻名的社区。所谓高端，主要指房价贵，而这个社区之所以能卖这么贵，主要归功于他们成功的营销。他们放出风声，他们社区的很多房子被老总送给了省里和市里的领导，还以半卖半送的方式，给了一批省内各界名人。跟省市领导和名人当邻居，是多么梦幻的事！当时还很偏僻的楼盘一下子就脱销了。曾有人调戏康总，是不是也是冲着中国好邻居去的，康总哈哈笑。问得紧了，他就说：打折，打折，他们折扣大。话很含糊，可以理解成他是荣获半卖半送的名人之一。乔东将四根加工好的象牙包好，放在长匣子里，夤夜运到康总府上。这是康总的要求，乔东猜测，他应该是怕在外头交易不安全，钱物两讫之后，在回家的路上出意外，而让乔东亲自送上门，可以把风险降到最小。四根象牙大小相近，材质相同，两根属于康总，两根属于刘蕊。康总异常谨慎，叫乔东把四根都搬到他家来，以免放在车上出意外。他们在客厅打开匣子，依据事先选定的雕琢造型分出归属，各自检验，只见光泽温润，网纹清晰规则，跟以前乔东赠送的质地基本一致。康总取出一枚珍藏的象牙弥勒，放到一起对比，成色似乎还没这个好。康总抚摸着他那两根，就像抚摸梦想中的女人。

不会假吧？他眼乜乔东。

乔东脸色不好看了。怕假你可以不要。

要不，我先要一根？

乔东把康总两只手从象牙上拨开，盖上匣子要走。康总急忙拦住。

脾气这么躁啊。康总说，问一下也不行？

你既然信不过我，何必找我帮忙？货又不是我的，你买他卖，我帮你们转个手，又不抽头提成。你说好要两根，都给你拿过来了，你又说这种话！乔东怒视康总。玩我是不是？

当时我不在场，——这种场合也不可能让我在场。——我所知道的，都是乔东事后讲给我。他说刘蕊看他发怒，居中圆场，保证康总并无他意，不过是太谨慎而已，毕竟象牙这东西不便宜，小心也是难免的。康总也赔笑，请乔东兄弟别介意，拖他去茶台那边喝茶。乔东怒意难平，无心喝茶，质问康总究竟要不要，要就马上给钱，不要他马上带走。康总说：当然要嘛，走走走，先喝茶，边喝边说。

乔东被康总拖到茶台。然后，他的预言验证了：康总要再砍砍价。乔东说他恨得想打他一顿。那个价钱已经是裸价，不可能再降，他要带货走，康总又拽住不放。双方拗了足足十几分钟，刘蕊实在看不下去，叫乔东少收康总两万，她多出两万好了。

姓康的居然觍着脸接受了！乔东对我说，我操，真是大开眼界。

之前约定现金交易，谈妥之后，康总叫他夫人去拿钱。刘蕊也按约定带现金来。乔东从包里取出验钞机，哗哗哗验点无误，即时便走。

他还得负责把刘蕊的两根送到她家。等他安全归来，把钱锁进保险柜，打电话叫我喝酒。我正歪在客厅沙发上，心不在焉地看米洛拉德·帕维奇的小说，接到电话就过去了。他给我讲述了交易情景，为人性的贪婪叹息不已。我问：没赚一分钱吗？

没有，不赔就不错了。乔东说。

这事到这里应该告终了，不料五天之后，康总突然打我电话。他说乔东反悔了，以供货人嫌吃亏太大，不想卖了为由，要把象牙收回去。乔东还说他有把柄在供货人手里，供货人威胁如果不退还，就找他麻烦。

问题是我都已经送人了，还都是大领导，总不能再要回来吧？那成何体统？他非让我退给他，我怎么退？康总在电话里气愤嚷嚷，然后乔东就撒野，说我把他逼上绝路，叫我把欠他的钱马上还他，否则就去告我。这是什么事儿？做人怎能这样没原则？懂不懂契约精神？

我说：你跟我讲这些干吗？

唔，是这样，想麻烦你跟乔东说一说，象牙呢，是不可能再要回来了，钱呢，我肯定会还，但是宽我几天。叫他别跟我耍流氓，法治社会，耍流氓吓得了谁……

那你去找法治呀，找我干吗？

我揶揄康总。康总被噎到，在电话里怔了一下。大家都是兄弟，对不对？做事得留个余地，不要太过分。

我冷笑。你还知道做事要留余地？你明知道人家已经不赚钱，还趁火打劫。你以为那些人都是软蛋，由着你捏？我对康总说，乔东对你仁至义尽，不是万不得已，不会这样干。你就把象牙还给人家吧，或者补足差价，要是惹恼供货的，下手整乔东，你以为乔东会放过你？

电话那头陷入长时间的沉默。我疑心断线了，叫了声：喂。康总说：我在听。你告诉乔东，我这几天把钱还给他。

你的几天太多了，几天复几天，几到现在也没还，谁还敢信你的话？

十天。

十天够乔东死十回了。我说，照我的意思，你先把差价补上，让乔东应付住那边，你欠的钱可以再商量。

那一周吧，就一周。康总说，我一周内把钱还上。

说来说去，康总就是不愿提差价。我不耐烦。康总，做人可以不感恩，但不能用恶行回报善意，把帮助过你的人逼进绝境。

那你说几天？你说个数，几天？

两天，要么补差价，要么还钱。我说，这点钱对你来说根本不算什么，两天已经够长，超过两天，就是没有诚意，你去找法治解决好了。

两天后的下午，快到下班时间，乔东给我打电话，说姓康的给他发短信，钱已划拨进公司账户，让我叫会计查一下收到没。我马上给财务打电话，几分钟后，财务进来汇报，说已经到账。我回给乔东，告诉他钱到了。我看不到乔东，但我能从电话中感受到他的轻松和得意。

他肯定把象牙送出去了。乔东说。

应该是吧。

接下去就看你了。

我笑。已经等了很久了。我说。

这段时间不是很忙，只有一个楼书，另外还有个企业宣传片在做后期。我不用管太多，空闲时间充裕，就会胡思乱想，假设事情的各种可能走向与结果。时间很快也很慢，半个月稀里糊涂过去。一个朋友帮我介绍客户，要做一支风景区旅游广告。我先陪他们吃饭，再陪他们吃茶，回到公司已快到下班时间。本来可以不用回公司，中午的时候接到刘蕊电话，说晚上要请乔东和我吃饭，让我们在公司等。我问她何事请客，她说到时候你就知道了。我心里顿时锣鼓齐鸣，仿佛撞上一支草班子乐队，只瞅见乱作一团，却不知是为了什么。我在办公室干坐不久，乔东就也来了。乔东几乎不来公司，以至于大半人都没见过他们的老板，他要进我办公室，还被一个文员拦驾，先敲门跟我通报。他不来公司，除了不懂行做不了事，还因为来了不自在。满屋子都是有知识有文凭的小年轻，青春蓬勃，锐气逼人，让他觉得很压抑。他有点不痛快，怪我把公司搞得太官僚。我笑，告诉他规则不等于官僚，无规矩不能成方圆，万乘之国如此，两口之家亦如此。乔东摆手打断我。别说了，就怕听你讲大道理，刘蕊干吗要请吃饭？

谁知道。我说，也许是鸿门宴吧。

乔东冷笑，抽只纸杯去饮水机下接水。我这几天天天看新闻，老康那边一直没什么动静。他说：现在中央查得这么严，一点小问题都可能丢官，两根象牙不算少了，怎么到现在还没反应？

我说：急什么……

办公室玻璃门忽被推开，刘蕊的尖头高跟鞋科科欢叫着闯进来。我就把话打住了。乔东看到刘蕊，又不高兴起来，要开掉刚才那个文员，为什么他来拦驾，刘蕊就能长驱直入？我笑他小肚鸡肠，刘蕊经常来公司，大家都认识，当然可以自由出入。刘蕊问明情况，笑得一塌糊涂，建议乔东制个大牌子，上书"董事长"三个大字，来的时候挂到脖子上。刘蕊如此开心，完全没有兴师问罪的意思，我也就放心了。楼下有家不错的饭店，有几道看家菜远近驰名，我们就去那里吃。刘蕊带了酒，一红一白，红的是木桐，白的是茅台。她情绪异常好，欢声笑语，妙语连珠，不停打趣我和乔东。我喝着她的木桐，看她欢脱如少女，心里异常不是滋味。乔东也闷闷的，不时流露出一点不自在，仿佛屁股下坐着一团仙人球。刘蕊渐渐发现了我们的异样，随即变得讪讪然。

对不起啊乔东，象牙还差多少钱，我补给你。

乔东笑笑。没事没事，你别管这个。

乔东并没有向刘蕊追要象牙。这是康总激愤的原因之一，给我打电话时痛斥乔东重色轻友。他把一些猥琐的想象说得很露骨，明显是想激发我的愤慨，把我拉归他的阵营。我当即顶了回去，叫他想想交易过程中刘蕊的表现，再想想他自己。我告诉他，乔东是硬气人，做事敢承担，自己替刘蕊补上了差价；之所以不放过他康总，完全是被他康总的行为恶心到了。我和乔东都没向刘蕊提这事，刘蕊主动说起，定是康总试图找她订攻守同盟，才彼此知情的。刘蕊端起杯跟乔东碰酒。

我不跟你讲感谢的话，反正你帮我也是应该的，哈哈。她马上又活泼起来。我跟你们说，这东西真是送对了，我们社长真的很喜欢象牙。今天上午找我谈话了，听得出来，我很有戏。等我接了总编，下次广告外包招标，就想办法包给咱公司。她瞥一眼乔东，眼梢挂满娇情的嗔怪。早让你帮我搞象牙，你就不搞，看看，差点儿误了大事。

乔东讪笑。

有个小遗憾。刘蕊说，我的两根跟老康的弄混了。她目视乔东。你记不记得，当时放在客厅里，我的两个匣子和他的两个匣子是分开的，中间隔着距离，走的时候你拿错了，把老康的拿走了。回去后已经太晚，我也没看，第二天发现，给老康打电话，老康已经连夜给梅书记送去了。我们社长信佛，所以我选的造型是佛教题材的，老康定的是云龙在天、万里鹏程，太俗气。不过也无所谓了，他这两根好像更大一点点，我也不吃亏。咦，你俩怎么了？

我望向乔东，只见他目光呆滞，脸色发僵，汗珠在额头上一颗一颗沁出来。我不知道我是什么神态，想必与他一样失魂落魄。我们剧烈的表情变化吓到了刘蕊，她愣了一下，霎时花容失色。

老康那两根是不是假的？她惊慌起来。乔东，你是不是故意给了他两根假的？

乔东眼光粘在酒杯上，闷头不应。

你个混蛋，你害死我了！刘蕊尖叫，几乎哭出来，拨开桌子要走。我一把捉住她手腕。她狠命挣扎，不能挣脱，冲我厉声叫喊：放手！我用力一带，将她推坐到椅子上。

放心吧。我说，是真的。

十三

刘蕊送给她社长和集团总编的那两根的确是真的。

它们本来应该是假的。

这顿有生以来最难堪的饭很快就散了。刘蕊冷脸驱车而去，我和乔东上楼回公司。我叫乔东仔细回忆，究竟有没有拿错。乔东抽着烟回忆了很久，确定没有拿错，康总那两个匣子靠里，刘蕊那两个匣子靠外，他提的是靠外那两只。那就只有一个可能：康总趁他们不注意偷偷调换了，而下手的人，很可能是他那位令人尊敬的夫人。他之所以这么做，定是担心乔东坑他，给他假牙。当时他让乔东把四根都带上去，乔东很不情愿，是他反复坚持，才一并搬到了他家，无异更令他起疑。他大概认为刘蕊那两根更可靠，于是就暗中调换。不料阴差阳错，真正假的是刘蕊那两根，而给他那两根，则是货真价实的非洲上等象牙。

他妈的！

乔东瘫在沙发上，无力地骂了一声。除了这句可以表达情绪而又不必经过大脑的国骂，他也无话可说了。我们对坐发闷，仿佛两个输掉牌局的赌徒。这种气氛太压抑，乔东很不爽，将烟头弹进茶台旁的废水桶，起身要走，我的手机忽然响起来。是老郑打来的。我示意乔东坐下，接通了电话。老郑问我是不是在做局。我苦笑。我可不是在做局么？不过结果入局的却是我自己。

我说：是刘蕊告诉你的？

是啊。老郑说，她刚才打电话骂我，说是我指使你们陷害她。他顿了一下。我知道你是想帮我出气，我很感动，也很感谢，可是搞到这样，也真是很遗憾。他叹了口气。那天真不该见你。

我无语。的确，如果那天我们不见面，就不会有后来这些事情。那天我与郑总相约一叙，仅仅是想聊聊别后。自从离开报社，我跟郑总见面本来就少，有事联系，能在电话里解决就不再跑腿。他后来帮我拉业务，也都是电话联络，我想拜访他表示感谢，无不被他客气拒绝。时至今日，他以外宾身份邀我一见，令人横生沧海桑田的感喟，我当然愿意过去陪陪他。我说起他以前对我的种种帮助，向他表示感谢。他摇手一笑，说那些都是举手之劳，不足挂齿。然后他提到那次有意帮我进体制的事，没有办成，一直让他感到遗憾。他说张市长太在乎官声，事事都按规则走，不敢做破格的事，唯恐招人非议，他虽大力举荐，终因张市长不愿多事，未能办成。张市长的意思是，等他接了书记，权力牢固，可以放手做事，再解决我的问题不迟。不料没等到他接书记，就被人恶意举报，黯然去职了。

说到张市长的案子，我顿起兴趣，打听究竟是怎么一回事。他的罪名很模糊，最后又不了了之，调任而终，以至于坊间传闻四起，什么说法都有。最普遍的说法是，他被人陷害了，有一回去夜总会，被人偷录视频，寄给中央巡视组，就此断送了前途。郑总听我讲完，苦笑一下。

不是夜总会。他说。

那是哪儿？

我的会所。郑总说，张市长是因为我受连累了。

我睖着郑总，惊讶得无以复加。郑总抿一口茶，向我讲起前情往事。追溯起来，要从郑总辞职说起。这件事在当年曾让我难以理解，此时才知晓内情：他被人举报了，揭发他的历史问题。此事倘若延烧起来，很可能会累及他的上司——既有同志之谊，又有知遇之恩的张部长。——于是他闪电请辞，快速止损，使得风波没有扩大。他不知道举报者是谁，隐约怀疑是一位老朋友，因为了解他历史问题的人不多，这位老朋友是其中之一，而在事发之前，这位老朋友一直找他帮忙，想拿到报社广告的代理权。广告是报社命脉，郑总觉得此人不大靠得住，不愿冒险，遂在代理招标中坚持原则，未予通融。很可能是那人竞标失败，含恨在心，竟置几十年交情于不顾，翻出郑总的历史问题做文章，意图打击报复。他虽这样怀疑，毕竟没有证据，也不好冤枉人。他还是相信这位老朋友是有情怀的，不会出卖朋友。

听到"情怀"二字，我便猜出那个人是谁，但郑总既然说没有证据，我也不好马上抨击。我继续听下去。真正的轩然大波，源于上次《中州报》总编换人，刘蕊叫郑总帮他活动，而他却向社长推荐了日报评论部主任。刘蕊得知情况，找他大闹，临走时撂下一句话，说是会让他后悔。郑总低估了刘蕊的恨，以为她是在说气话。他们之前才吵过一场，刘蕊再次逼他兑现承诺，离婚跟她过，他任她责骂，不作回应，试图像以前那样冷处理拖过去。大概一个月后的周末下午，张市长忽然给郑总打电话，要和他一起到黄河边走走。张市长公务宵旰，太累，想跟老朋友出去透透气。两人微服出行，逃闲半日，晚上在一家农家餐馆吃过饭，方才乘夜而归。张市长说他颈椎病近日复发，非常难受，郑总便带他去会所，让按摩师给他按摩一下。他盛赞技师水平高超，按过必能好转。张市长犹豫很久，受不过郑总鼓动，遂与他潜行而至。他们乘的私家车，张市长又特别戴了墨镜和休闲帽，想必不会被人认出。郑总叫来最好的两名技师，与张市长各据一张床，在按摩房里边按边聊。按完后又去办公室喝茶，只有两人，言谈便无禁忌，品评人物，议论得失，聊了很多政策和人事上的话题。几天之后，张市长就被举报了。郑总也被请去喝茶，交代当时经过。郑总把所有可能不利于张市长的情节，全都认到自己身上，反正他现在是平民身份，公民发发牢骚不犯法。纪委也没为难他，问话完毕，就放他回去了。郑总到家后百思不解，忽然想起前些时他出了一趟国，回来后听经理汇报，会所发生过一次漏电事故，几乎酿成火灾，事后请电工全面检修了一下线路。郑总急请专业人士搜查会所，果然在办公室和几个比较敏感的房间找出隐藏的摄像头。郑总追查电工来历，经理说是刘蕊找的，因为事故发生时刘蕊在场，受了惊吓，马上就联系了一个电工过来。她跟郑总的关系众所周知，所以大家都认为自然而然，并不曾多想。郑总联系刘蕊。刘蕊避而不见，手机不接，微信和短信都不回。郑总守在她家楼下，终于将她逮住。刘蕊承认是她干的，但她已经后悔，哭求郑总原谅。郑总不相信她一个人干得了这事，反复追问，刘蕊终于说出康总：她向康总哭诉遭遇，说要报复老郑。康总之前跟刘蕊合伙成立新公司，并答应给她干股，就是冲她要接总编，拿到广告代理，有大钱可赚，不料白忙一场，亦正恼火，遂帮刘蕊出主意，如此这般，以解心头之恨。会所漏电是刘蕊故意弄的，偷拍设备和假电工都是康总找的，没料想刚装好几天，就拍到了前途无量的张市长。举报信和视频资料，也都是康总做好，匿名寄给中央巡视组的。郑总虽然无事，张市长难以脱身：出入娱乐场所，接受半色情按摩，坐实生活腐化；身为政府重要官员，发表不符合党性要求的言论，犯了严重政治错误。郑总担心随时会牵扯到自己，更因刘蕊和康总的背叛而万念俱灰，于是决定移民，尽快离开这个生活了五十多年的父母之邦。

你为他们付出那么多，一旦不能满足他们，就这样回报你！郑总说，那天在机场遇到你，我很愧疚。你是个人才，还被我耽误过，我本来应该为你多做些什么，却什么也没做。老弟，当哥哥的对不住你呀!

郑总这句话说得很动情。我相信他是发乎内心，因为我看到泪花在他眼角闪烁。我把他送到机场，作别前，我问他何时再回国。郑总苦笑。

不知道啊。他说。我倒想经常回来，看看老母亲，看看老朋友。人老了，就容易怀旧。只是心有余力不足啊。

我讶异，问他此话怎讲，才知道他经济上比较窘迫。他当时急于离开，在塞浦路斯买的那套房比较贵，办完移民，已然阮囊羞涩。在那边又没有什么适合做的事，一直赋闲，以至于越来越艰难，需要妻子当保姆补贴家用。我听得心酸，但对他如此潦倒，还是深感意外。据我所知，顶端会所转让款便有五百多万，加上他原有房产和财产，何至于落魄至此。郑总说：会所的钱刘蕊还没给我。我大惊。我很确定地知道，乔东已经支付过这笔钱，郑总没收到，唯一的可能就是被刘蕊扣留了。

那笔钱我本来想留给张市长。他当官小心翼翼，清介自守，一直没什么钱，否则这次出事，也不可能全身而退。我想等事情过去，找个合适的方式，把钱给他养家用。我以为刘蕊已经悔过了，又相信她，她说要帮我处理会所，我就授权给她办。结果……郑总长叹一口气。也许她觉得，跟我好这么久，理应有所补偿吧。所以我也不怪她。

我的心情被搞得一团糟，有座冰山沉甸甸往下坠，又有一团烈火呼啦啦往上烧。回城路上，我思考了一路，决定做些什么。然后我想到了刘蕊上午的电话。既然她和康总都想要象牙，好吧，给你们!

我并没有花工夫游说乔东。当他听我讲完郑总的遭遇，已经知道我想干什么。他答应帮我，但希望对刘蕊不要太狠，毕竟朋友一场，不想太过分。这真是废话，我和她还情人一场呢，怎可能置她于死地? 我只想教训她一下，让她依旧当不了总编。至于康总，对不起，他必须为他的行为付出相等的代价。我向乔东讲了我的计划：搞两根假牙给刘蕊，把她的事搅黄；搞两根真的给康总，等他给梅书记送去，即予举报，把他的好朋友——他口中的好朋友——也拉下马。梅书记官声不佳，市井间颇多怨言，倘若能把他搞下来，也算是为民除害。

在我看来，这个计划近乎完美：梅书记那两根是真牙，举报事发，必然倒台，但又怪不到乔东头上，反而证明他货真价实。社长和集团总编那两根是假的，倘若骗过他们，是他们活该，如果骗不过，被退回来，我们也可以拿梅书记的倒掉为证，让她相信象牙是被社长他们调包了。总之我们稳立于不败之地，把自己择得很干净。乔东听我讲罢，两眼发直盯着我。我说：有漏洞吗？

乔东摇头。你太阴险了。他说。

这个形容词让我不开心。我们是在做一件高尚的事。我对乔东说，假如善良不被安慰，罪恶不受惩罚，这个世界还有什么意义？我们活在人间，总得坚持些什么，哪怕很可笑；也得做一些什么，哪怕与我们无关。

乔东哂笑。你就说为朋友报仇好了，唱什么革命高调啊。

乔东的确有所谓的渠道。他认识一个经营象牙的老江湖，通过他买到一对真象牙和一对赛璐珞高仿象牙。这两对都是合法买卖，出具有证书。真牙极贵，高仿很便宜，乔东将它们做个平均，当作走私裸价，卖给康总和刘蕊，证书则留下来，以备万一之用。乔东对计划的执行至关重要。他不光参与表演，还兼职编剧，额外设计了一场戏，假装要去非洲当志工，再声称队员走私象牙被抓，行程被迫取消。他认为这样可以强化他"走私象牙"的印象，更具说服力，也更有利于钓鱼。一开始我不赞成这个情节，认为画蛇添足，多此一举，反而会增加穿帮的风险。很多事情你只能决定开头，无法决定走向和结果，时间越长，入戏的局外人越多，就越容易露馅。但乔东坚持，我也只好听任他。事实证明，他这主意的确起到了作用，使老康在贪婪之心的鞭策下深陷其中，然后再次加戏，把他欠的那笔账也逼了回来。这纯粹是意外的收获，进而证明这个计划简直是神来之笔。乔东我俩欣喜若狂，——直到得知象牙被康总调了包。

这是多么巨大的讽刺！完美和荒谬往往一纸之隔，就像天才与白痴常常一步之遥，小小一根别针，就可能捅破两者之间的界限，于是转瞬间从此到彼。我仰在椅子里，听着老郑在万里之外叹息，懊恼得想把手机摔掉。

事已至此，也没办法了，顺其自然吧。老郑在那边说，有什么事及时通知我，我会尽全力帮忙。

之后一段时间，我和乔东一直沉浸在沮丧之中。我们自我检讨，认为最大的错误，是不该在得知乌龙后未能控制情绪，以至于让刘蕊发现破绽。说起来我们还是太嫩，没有泰山崩于前颜色不改的胆识和豪气。我们栽了，我们认了，我们在沮丧中等待命运的裁决。

裁决多少有点出乎意料。我们原以为，发现被骗之后，刘蕊肯定会在狂怒和痛恨之下告知康总，康总也会立即赶来问罪。不料直到将近一个月后康总才出现。此时我匿名寄给中央巡视组、中纪委和省纪委的检举信已有结果，梅书记为自保，撒谎说是朋友送的高仿工艺品，并不值钱，当时却之不恭，才暂时收下，打算过些天再还回去。纪委委托专门机构鉴定，果然是假的。此事遂寝。康总找到乔东，开门见山让他还钱。乔东装糊涂，还拿出那张真牙证书，试图强拗一二。康总说：别再玩把戏了，老老实实把钱还给我，看在没有影响到梅书记分上，咱们到此为止。乔东无奈，只能继续假装着无辜，把钱退给康总。

康总出现这么晚，说明刘蕊并没有泄密。这令我们感到安慰，同时又觉抱歉。那晚一别，我们再没有见过面。乔东曾经联系过她，请她吃个饭，被拒绝了。我问乔东干吗要主动示好，乔东说心中有愧。她的所作所为固然过分，但只是对不住郑总，并没有对不住我们，而我们，身为朋友，却做了对不住她的事。

两个大男人，这样对付一个女人，也够丢人的。乔东说。

现在说这种话有意思吗？我瞪着他。早干吗去了？

不是被你煽动得头壳发热，脑子短路嘛，就想当快意江湖的罗宾汉，没想到我们不是罗宾汉，是他妈的堂吉诃德。乔东说，我也明白了一个道理，我们可以用好人的办法对付好人，但不能用坏人的办法对付坏人，用坏人的办法对付坏人，结果只能更坏。

我怅然。我也意识到了自己的问题。社会自有秩序和规则，试图以私刑方式以不义对不义，并不能得到我们想要的正义与公道。我们虽然懊丧，但也随着时间流逝而渐渐平静。我们都以为事情真如康总所说，已经到此为止了。几天后的上午，天气难得晴朗，阳光清透如流水，乔东正在图书馆看书，忽然闯入几名便衣，将他逮了起来。那个因还不起高利贷而自杀的男人，他的女人在事隔将近两年后跑到公安局报案，指控乔东是黑社会，带人逼死了她男人。没证据证明此事与康总有关，是他在幕后策划和操纵，但我们坚信一定是他在捣鬼。乔东被投入看守所，接下去将是漫长的审讯和诉讼。我受乔东委托，把会所转让，所得钱款用来打官司。之后的几个月，我奔走在公司和律师事务所之间，独立支撑，无人相陪，逐渐变得有点多愁善感，每每觉得孤独和悒郁。还好老郑知悉后，告知了政协张副主席，让他多加关照。张主席专门见了我一次，询问相关案情。律师也是老郑找的，是他人大法学院的校友，在省城律界久负盛名。他对案子保持审慎的乐观，认为问题不是太严重，即使获刑，也不用太久。

时间在焦灼中焚烧成灰，一页页被风吹散。转眼春节又近了。我把公司年会定在腊月二十三，传统的小年，意图借用年的力量装点喜庆。年会结束后，我让部门主管各带自己的团队去唱歌，自己开车离去。我开向东，开向西，开向南，开向北，听着音乐随性而行。在北三环和中州大道交叉口，我手机响起，看来电显示，是刘蕊。她已经如愿接任《中州报》总编，想必春风得意，万事顺遂。

你在哪儿？她问。

街上。

你过来。

你在哪儿？

福塔上。

我驱车赶到福塔，买一张票，乘电梯上到顶层观光天台。刘蕊俯在围栏上，眺望黄昏中的远方。她穿一件焦糖色长款皮羽绒服，毛领厚长密实，仿佛盘着一条肥大的狐狸。我走到她旁边。她扭头瞟我一眼，复将眼光投向远方。在玉米楼建成之前，福塔是省城最高的建筑，天空晴阔时，可以远眺百里。然而此时，雾霾与暮色糅在一起，将视野团团压缩，穷尽视线，也只能看到郊区混沌的原野。我裹紧衣服，站在刘蕊旁边，望着黯淡天光下灯火渐起的城市，心头似有无数感慨，又不知道在感慨什么。或许因为是这个地方吧。我和刘蕊第一次亲吻，就是在这里。在那个日光明丽的周末，经历了多日的暧昧，我们若无其事地牵手，心照不宣地搂抱，在这三百米高空之上亲吻了彼此。刘蕊手里捏着她那支白色的电子烟——或许已经换过，甚至换过多个了吧——并没有抽，这里规定不准抽烟。

乔东的事怎样了？她说。她并没有看我。

还好吧，应该不会把牢底坐穿。我说，这个春节要在看守所过了。

刘蕊面无表情，我也不再多说。过了一会儿，刘蕊说：年后准备一下，三月初社里广告代理招标，不要让我失望。

我惊讶地望着她。她也我。看什么？没见过？

是很久没见了。我说，没想到你还会找我。

你别误会。刘蕊说，我找你是因为你的能力和操守，纯粹为了工作，这么重要的事，我不想托付给不可靠的人。她扫我一眼，眼神里浮动着浓烈的鄙夷。虽然你也靠不住。

她说到"能力和操守"时，夸张地做了个呕吐的表情。我忽然心悸，仿佛时空折叠，回到争吵不断但情笃意合的从前，完全忽略了她后面的讥讽和厌弃。我靠近她，伸开双手，想要搂她入怀。刘蕊发现了我的企图，立即躲开一步。

还是保持点距离吧。她说，靠太近，会互相伤害。

好吧。我说。

我把两只手放在栏杆上。栏杆是铁管焊制的，涂着一层氧化严重的白漆，被冬寒冻彻，手搭上去，仿佛要被吸住。我望向远方。天光益黯，远方茫茫不可见，脚下的街市则越来越鲜活而生动，无边灯火仿佛滚动的熔岩，在烟尘四起的城市里流淌和燃烧。

原发《当代》2019 年第 4 期

《作品与争鸣》2019 年第 9 期选载

此事无关风与月

一

他就在门后等候。

走廊没铺地毯，赤裸的水泥地面犹如铜鼓，但有鞋子踩过，便如援槌而击。不同的鞋子是不同的槌，在不同的脚下踩出不一样的鼓点，或急或缓，或疏或密，或清脆或重浊，或高亢或低沉，声声不漏地传进他的耳朵。从昨晚入住这家宾馆，他的脑海就被鼓点占领了，夜渐次深，鼓点又变成马蹄，轰隆隆驰骋来去，无情践踏着他脆弱的睡眠。他关掉房内所有灯，在黑暗中寂然而卧，从脚步声推断那些过客的高矮胖瘦和性情。他想到了她。

如果是她走过，能不能从脚步分辨出她呢？

这应该不难，但是有个前提，得知道她走路是什么样子，脚步有什么特征。他开始回忆，试图从往事里寻找她鞋跟的回响。

回忆从初见开始。那时的情景与此刻颇为相似，所不同的是，彼时那家酒店高档多了，房间和走廊都铺设了地毯。毯绒厚而密，上面印着大红大紫的图案，与酒店富丽堂皇的风格很是般配。在那样的地毯上行走，所有噪音都被吸掉了，所以，当实木房门被笃笃叩响，突如其来的声音把他吓了一跳，好像那声音和制造声音的人从天而降，搞得他措手不及。

想到这里，他在黑暗中笑起来。他侧身而卧，一边脸压在枕头上。枕头不够柔软，而他脸上的肌肉已显松弛，他的笑容自唇角绽放，开到枕头处，就被枕头挡住了。他的笑是自嘲。那一次他太紧张了，以至于多有失态。那段时间他正跟老婆闹离婚。究竟为什么要离，似乎也说不清，就是觉得过不下去了，再耗下去都会死。刚好他又调整了工作，事务繁冗，家庭单位两头受累，怨气遂以原子裂变的幅度凶猛增长。一天晚上，他忙完公务，走出单位时已经满天星斗。回家不可能有饭吃，他钻进一家小馆子，报碗烩面，又要了瓶二锅头，酒足饭饱之后，在春风沉醉的街道里鼓腹夜行。不时有女子从身边走过，飘飘的衣裙长长的腿，弄得他心旌摇荡。他在一个街口停下来，抬头打量面前那栋十几层的建筑。建筑临街而立，旋转大门上方矗立着四个光彩夺目的大字：杏园酒店。他在酒店外稍作犹豫，就在酒精的鼓励下穿门而入，走进金碧辉煌的大堂。

在他们这座城市，有个很有意思的现象：最好的几家酒店大多以果园命名，比如梅园、桃园、梨园以及他所入住的这家杏园。在这些果园里，特殊服务是众所周知的秘密，而且据说，杏园里的姑娘尤其迷人。他住进八楼一个大床房，按照服务牌上隐晦的提示拨通电话，选了一名十九岁的小姐，然后去浴室冲澡。莲蓬里的水有点凉，哗啦啦如秋雨袭人，体内燃烧的酒精渐渐被浇灭，他开始后悔了。他并不是第一次买春，作为一个偶尔从俗去风月场所接受服务的人，这种事对他并不构成道德上的谴责和压力。他后悔，是因为冷静下来的头脑意识到了可能潜藏的危险。风传刘市长曾在省城某酒店消费，不几天后，就收到一张他主演的性爱光碟，附信勒索五十万。在本市，杏园酒店这个目标太大了，必定也有好事之徒在盯着。而自己仕途正好，只要不出意外，再干两年必能扶正，甚至有望外放辖下县市当县市长。在此关键时刻，万一闹出点乱子，岂非自毁前程？黄脸婆跟自己闹离婚，也必将更加理直气壮。凉水澡冲罢，他的丹田已然结冰，裹着浴巾走出来，他决定中断交易。就在他准备拨电话的时候，叩门声突然响起来。

可想而知他当时的惊悸。一旦心中有鬼，任何响动都如惊雷，至于叩门者的脚步，他仔细想了想，确信没听到。——地毯那么厚，他也不可能听到。叩门声坚韧不绝，似乎他不开，就会一直叩下去。他蹭到猫眼后往外瞄，只看到半条细小的人影，那人站在门把手这一侧，猫眼只能捕捉到半边身子。但从衣着和头发，可以看出是女的，至于相貌和身材，则难以判断，他也无心从猫眼所提供的变形线索去分析。叩门声仍在继续，犹如一枚枚迫击炮弹，在红褐色的实木门上訇訇炸响。他犹豫再三，将门轻轻打开一条缝，然后就看到了她。

那时的她真年轻，身材和脸庞都不太有成人的样子，尤其是那张脸，甚至还残存着一点稚气，宛如六月间将熟未熟的杏子，挂着一层青涩的绒毛。他虽不是花间常客，却也知道姑娘们的年龄就像她们的名字，只是符号而已，不可当真，所以当鸡头在电话里介绍她，说她今年十九岁，他根本就没信。彼时，盯着门缝外这张不失天真的脸，他依然不信她是十九岁：之前是不相信有这么小，现在是不相信有这么大。他警惕地问：干吗？

这话太荒唐了，以至于姑娘愣了一下，以为敲错了房门。她抬头看了看门牌号，才又笃定下来。先生，你叫的服务。她说。

她说的是普通话，但不标准。他据此得出两个结论：第一，她不是本地人；第二，她入行不久。这让他心头稍安。他以手护门，说：我没叫。

姑娘再次抬头看门牌。806，不错。她说：你叫了。

我不要了。

他耍起无赖，将门砰然关上。叩门声随即又响起，不卑不亢，锲而不舍。他就像逃债的赌徒，被人追堵在房间内，要打不占理，要逃无路逃。他在无休无止的叩击声中坐立不安，几乎崩溃，再次将门打开一条缝。我说了，我不要了！他冲外头的姑娘吼叫，赶紧走！

说是吼叫，其实嗓门很低。他怕声音太大，被其他房客听到。姑娘并未被他装腔作势的姿态吓倒，神态坚决而镇定。你不能不要。她说。

为什么？

因为这儿很安全。

他一怔，继而羞臊不已，深藏腹心的秘密被人戳破，除了尴尬就是难堪。不要就是不要！他假装义愤，将眉头拧起来，表现出一种道德上的厌憎。快走，否则我报警了！

这回轮到她发怔了。她从门缝里望着他，神情变得无比复杂。那副神情如此特别，像雕刻一样印进了他的脑海，并在日后每一次回忆时清晰浮现。报警是个严重的威胁，她在怔了片刻之后，回转身默然而去。他躲在门缝内注视她离开。在暧昧的走廊灯下，她的背影娇小得可怜，白色坡底休闲鞋踏在厚墩墩的地毯上，犹同一只觅食失利的猫，悄无声息地行走在午夜幽深的街巷。她走过了大约四个房门，他改变了主意。

喂！他打开房门，将身子探进走廊。回来！

他至今弄不清自己当时究竟为什么改变主意。相信了她所强调的安全？她娇小无助的背影让他心生怜悯？还是突然良心发现，认为不可毁弃契约，于是决定完成被他无理中断的交易？也或者这几个原因都有，并且相辅相成吧。还好姑娘没跟他计较，他叫她回来，她就回来了。她不但没计较，还表现得很感激，一进到房间，接连说了好几声"谢谢"。他有点讶异，难以理解她何以如此谦卑，后来说开了才知道，他之前粗暴中断交易，几乎要害她赔钱：鸡头接到他的电话，即备案在册，送人过来服务。收到钱后，鸡头抽取一半，谓之中介费和管理费，统称劳务费。如果客人刁难，或者反悔，他们一般会叫马仔来解决，逼令出钱。万一遇到不好惹的主儿，就只能自认倒霉，劳务费则由出台的小姐赔出来，鸡头是不会白忙的。

还好你回心转意了。她说，我正缺钱，都快急死了，再赔一笔劳务费，还怎么活？所以得谢谢你。

这话无异太夸张。他订的服务是包夜，服务费八百，半数也就是四百。这是那时的行情，后来怎样他就不知道了。——区区四百块钱算什么，能要了她的命？但说起来，自己总归也有错，不够道义。他坐到床上，点起一支烟，吹出一团团烟雾，袅袅绕绕地悬浮在两人之间。他的眼光穿过烟雾打量她。房间里灯光比走廊要亮，此时的气氛也已和缓，他得以清楚而从容地鉴赏她的身材和相貌。大概一米五几的个儿，略显纤弱，但也并非一味的瘦，紧身的驼色翻领小毛衣和棕色弹力裤颇勾勒出一点肉感。在细细的腰间，则挂着一条当年流行的小短裙。她在说话，向他重申这家酒店的安全，强调老板后台很硬，很多本市的大老板和大领导经常在此消费，根本没人敢查。他捏着烟笑起来。

如果我坚持不做，你是不是会叫马仔来收拾我？

我才不会呢。她说，我大老远来这里是为赚钱，无依无靠，谁也惹不起。你一看就是大老板，我哪敢得罪你？自己认倒霉就是了。她说着走过来，将手包放在床头柜上，动手为他宽衣。所谓衣，不过是件浴袍，剥掉之后，他就成了一只肚皮肥硕的光猪。

服务过程不便多讲，总之他很满意。满意后的他对她心生爱怜。而她亦如一只乖巧的猫，贴肉卧在他怀里，脸颊温存地蹭着他的胸膛。她的脸可称清秀，但说不上多俊俏，皮肤也不够白，就像材质较劣的A4纸，透着一点麦灰色。综合评算，她不过是中等姿色，但就胜在年轻，——准确说应该是"年少"。他抚摸着她光滑弹手的肌肤，目不转睛看着她，越看越觉年龄小。

你到底多大？他问。

她笑了笑。其实我二十一了。她说，生了张娃娃脸，看上去显小。

她倒很诚实！他心生赞许，将她搂得更紧了些。他还不想睡，闲聊遂以问答的方式继续进行下去。他问了很多问题，诸如叫什么，哪儿人，家中还有谁，干这行多久了，为什么要干这行，等等。这些都是无聊的话题，正常情况下只有体验生活的文学家们才热衷于此，可是对于有点心不在焉的他来说，实在也没有什么更新鲜的话题可以谈。她倒很配合，但有所问，即一一作答。于是他就知道了她家还有三个人，一父一母外加一弟弟；她入行半年多了，先是在邻省一个城市干，两个月前才经人介绍转到这里。至于入行原因，很简单，为了赚钱养家。她父母体弱多病，尤其是父亲，有非常严重的肾病，就在几天前再次发作，至今仍在住院。而小她一岁的弟弟，也该盖新房讨媳妇了。

这个故事并无新意，但肯定讨文学家的喜欢，他平常爱阅读，至少看到过三五个类似情节的小说。而且很可能，它并不是真的，作为欢场讨食的风尘女人，最擅长的恐怕就是琢磨人心，编一个小女子悲惨身世哄哄恩客，又岂是难为之事？她这样讲，难说就是看准了他内心的善良，意图以此打动他。他是混官场的人，当然不傻，也在不停提醒自己保有必要的警惕，可不知为什么，当她讲完后，他都信了。

很多事是没有理由的，也不在你是聪明是傻，有时候你明知道是坑，也非跳不可。这就是命。他事后这样跟朋友解释。我遇到她，也是命。

这是最讨巧，也最省事的解答，可以拿来搪塞一切质疑。但很显然，它也很难服众。其实他根本不必解释，基于对他的了解，朋友们对他这个信尿行为都是心存理解的。他们甚至认为，如果他没那样做，反倒不是他了。讲义气，同情弱者，这是美德，但也是缺点。朋友们说：美德到你身上都成了缺点。

那意思就是他智商低了。朋友们的讥嘲并不令他受伤，但却促使他去反思其他足以影响决定的原因。他想了想，觉得当时应该是有点喜欢上她了。喜欢她什么呢？年轻吧，还有姿色，性格也温和。这样的女人谁不喜欢呢？她说话也有特点，语速不快不慢，声音温柔，却不时有倔强的言辞。那倔强不是强词夺理，也不是愤愤不平，而是对不幸生活的某种不满，认命却又不甘心。讲完之后，她叹了口气，神色间流露出一抹忧伤。他就绷不住了。

为什么不找个别的事干？比方说，做个小生意。他说。三百六十行，哪个行当都能挣钱。

我也想做生意，就是没本钱。

你想做什么生意？

开个小店，卖小玩意儿，卖衣裳，都行。卖饭也不错，胡辣汤豆腐脑我都会做。她想了想，又说，回老家搞养殖也好，养蘑菇，我有个亲戚，养蘑菇发财了。

想法倒挺多！他笑起来。而且这些想法还都可行，说明她至少曾经认真寻思过，而非此时的信口开河。他说：要干这些，得多少本钱？

她又想了想。得三万吧。她说，三万差不多了。

五年前的三万不算多，也不算少。那时本市的商品房均价三千，三万元可以买十平方米。他说：如果有这三万块钱，你愿不愿离开这一行，回去重新过生活？

愿啊，当然愿。她说，但有其他门路，谁愿干这个？

他的手在她脊背上抚摸。运动产生的热量早已散尽，裸露在被子外的肌肤微微发凉，他的手掌轻缓滑过，隐约感受到一层若有若无的微栗。然后他拍拍她的肩，把她从胸前推开。他叫她走，理由是他不习惯跟陌生人过夜。这个理由很牵强，也很拙劣：不习惯过夜干吗包夜？她有点纳闷，看到他从衣服里掏出钱夹，八百元如数支付，也就不说什么了。他瞅着她把钱装进手袋，然后将衣服一件件穿起来，心头忽有一点惆怅。

回去早点休息，好好睡一觉。他对她说，明天等我电话。

她正在系鞋带，闻言抬头看了他一眼，然后继续系。走出房门前，她握着门把手要开不开，犹豫了片刻，从手袋里取出二百块钱，折回来放到床头柜上。想必是她认为自己没有付出相应劳动，不愿多收。他一下子被感动得稀里哗啦。没办法，他总是很容易被陌生人的言行感动。他在感动中板起脸，一把拽住她的胳膊，把钱强行塞给她。

拿住！他吆喝道，听话，拿住！不拿我生气了！

或许是怕他生气，她没有再作推让。他盯着她把钱重新装进包内，想要矫情地拥抱她一下，她却转身就走了。在出门前，她回头对他说：你好好睡吧，这里很安全。

他顿时又有一点尴尬。但这次他没有生气。他已经对她气不起来了。他拿着电视遥控心不在焉地搜台，耗了半个小时，下到大堂把房退了。已近午夜，街上人车寥落，迎面掠过的风仍有凉意，夹带着来自郊区农田的土腥味。他一路步行回到单位，在办公室的行军床上睡到天明。醒来时，阳光已经照进窗子，温吞地泼洒在窗台那盆山茶上。山茶花正开得炽烈，红色的花瓣重重叠叠。一只蜜蜂在窗外贴着玻璃嗡嗡飞舞，想要亲近这花朵，却被它看不见的东西隔在咫尺之外。他看着花和蜂出了会儿神，掏出手机给她打电话。

喂！他说，听出我是谁了吗？

嗯，听出来了。她说。

你马上收拾东西，一个小时后我去接你，送你回家。

好。

她的声音很温柔，像云，像水，像棉花糖，像清晨浸透馥郁花香的阳光，充满了人世间所能想象得到的最动人的柔情。而她的语气，却又非常笃定，似乎已经料定这样的结果，并已做好了准备。

二

所以朋友们都骂他愚蠢。

你说让她等你电话，她就明白什么意思了，退给你两百块钱，不过是假做姿态，让你认为她人不错，值得你为她花钱。他们说，你个信尿货！

朋友们七嘴八舌，把他往死里批。他们被他荒唐的行为惊呆了，并为由此而造成的后果愤怒不已。

他们愤怒是有理由的。首先，他对资助女人的事讳莫如深，从未对任何人透露过，包括他们这几位心腹好友。而人家可是什么事都不对他隐瞒，哪怕是情人外遇老婆出轨，都会在喝酒时向他坦怀倾吐。他当然有他的理由，所谓"施恩不图回报，为善不欲人知"，听上去很是冠冕堂皇，但在朋友看来，就显得不够意思。大家都把隐私拿出来无私共享，你心里头却秘藏着一部三言二拍，试问友谊何在？

坦诚讲，他刻意隐瞒此事，也并非全然是高风亮节，还有很现实的考虑。单位有名副局长，据说跟市里几个主要领导都有关系，在省里也有很硬的后台，因此前途看好，被公认为他最主要的竞争对手。竞争并不可怕，可怕的是不以正常手段。此君行事阴鸷，擅长背后整人，尤其喜欢从作风问题上下手。有同事调侃，说他之所以仇视男女问题，是因他阳痿，长得又猥琐，没女人缘，因此就格外妒恨私生活不检点的人。这就像在帝王时代，最痛恨男女乱搞的，不是寺里的和尚，也不是孔夫子的信徒，而是宫里头不能乱搞的太监。有这样一名彼此较劲儿的同僚，他怎敢走漏裤裆里的秘密？须知官场上的信息通道犹如蜘蛛网，每位官员都是网上的一个点，任何一个点上的新闻，都能在很短时间内借助四通八达的线路传遍全网。他不敢冒这个险，——所以他那天晚上乘酒招妓，随即就后悔了。

这也是他送她走的时候没去本市长途汽车站，反而绕远送去省城的原因。他敢做这件事，还有个重要前提：她是自由的。在问答对话时，他曾问过她，做这行是自愿还是受人胁迫，有没有像传说中的那样被坏人控制。她说是自愿的，在这儿做有人管理，但并不限制人身自由，想走随时走，但是走了再来，可能就没那么容易，除非盘靓条顺活又好，卖相过人。

要进这几个酒店做，得有关系呢，随随便便的野鸡根本进不来。她说，我来这儿，也是经人介绍。

那么也就是说，她带上行李跟他走，等于已自断后路，不会再回来重操旧业了。这让他很欣慰，一路上话语稠密，滔滔不绝地讲述做人的道理和新生活所应注意的事项。她坐在副驾驶上认真听讲，不时点头承应，神色之间充满孺慕之情。多懂事的孩子啊！他在心里这么叹息。到省城后，他先请她吃了顿饭，然后送她去火车站。他一直没提钱的事，她也沉得住气，自始至终都没问，以至于让他有种错觉，似乎她主意已定，不管有没有钱，都要从良去了。多好的孩子啊！他在心头再次叹息。车至火车站广场，他才从包里掏出一包钱递给她。共三万，用橡皮筋扎在一起，包裹在一张《人民日报》里。她犹豫了一下，要接不接。拿着！他以呵喝的语气说。她这才收过去。她勾着头沉默了一会儿，抬头望着他。

我不说谢谢了，这两个字儿太轻。她说，我也不知道怎么报答你。你叫什么？你还没告诉我你叫什么。

我不需要你报答，也不需要知道我的名。回去好好生活，孝敬好老人，照顾好弟弟，就是最好的报答。

他这番话堂而皇之，一副来自影视和文学作品的矫情腔。他被自己这种堂而皇之的矫情感动了，心里头热乎乎的，执意要陪她去买车票，然后把她送进候车厅。过程中她一直不说话，似是沉浸在感激之中，不知道说什么好，遂以默默相对。他之前话讲得太多，把该说的和能说的全都说完了，此时也觉得没什么可以再说。气氛就在动人的沉默中变得有点尴尬。还好过程不长，不到半个小时，就买好票准备进站了。候车厅有安检，无票莫入，两人就此别过。在他想象里，此刻应该有个仪式性的道别，比如拥抱一下，彼此说些保重的话，而她会以近似偷袭的方式亲自己一下，可能还会流泪，然后拖着行李箱依依而去，边往里走边回头向他挥手。可是很遗憾，想象中的这一切都没有发生。她仅仅是说了句"我走了"，就走了。安检过道窄而短，一进门就什么都看不见了。他目送她乍然消失，突然很失落，兀自站在安检口的金属栅栏外，好像做了个怪诞的梦。他有点生气，觉得她没有礼数，连最基本的人情都不知表示。他坐到车上，打开音响找音乐，找来找去，没一首能让人安静的。后来翻到林忆莲的一支歌。他喜欢林忆莲，这个小眼睛女星的声音温柔而有力量，还带着一点宿命式的孤独与忧伤。

> 我觉得有点累
> 我想我缺少安慰
> 我的生活如此乏味
> 生命像花一样枯萎

　　这首歌他听过几次，名字叫《不必在乎我是谁》。车是单位的，音响效果不好，旋律里的深情和婉转被机器磨损，传出来时已粗糙许多。他略感疲惫，背靠车座听了一会儿。歌词很直白，也有点俗气，没有文艺作品应有的含蓄和蕴藉。他不怎么喜欢这首歌，只是被歌名触动了。他扭头望向车站。广场上人潮翻涌，候车厅门口也排起了长龙，密如蚁聚的人群里早已没有她。是不是坚持送她进站，被她当成某种监督了呢？如果是，她肯定会觉得他不信任她。他并没有明确说要给她钱，她就跟随他离开了那个地方，说明她是信任他的。而他却没有给她应有的信任，她一定会伤心，并因此疏忽了仪式性的道别吧。就算是小姐，也是有尊严的呀！他这样想着，自嘲地笑了笑。

　　这天晚上，他跟老婆吵了一架。她老婆去银行取钱，发现少了三万，第一反应是怀疑他要转移财产，为离婚做准备。老婆在纪委工作，专职整人，要收拾他很容易。她不动声色地与他吃晚饭，然后看着电视谈了会儿子女的事，突然话锋一转，要求他在十秒钟之内说清楚三万块钱的去向。他的脑袋当时就短路了。他根本没想到事情会暴露得这么快，都还没顾上编故事。他挣扎到第七秒才反应过来，然后用剩下的三秒钟撒了个谎。他说钱借给张三了。张三是他一个朋友。老婆说：张三借钱干吗？他说：他儿子不是要结婚嘛，买房子。他老婆当即给张三老婆打过去电话，打听婚房买在哪个小区。张三老婆说没买呀，家里几套房呢，不用再买。他老婆挂掉电话，脸板得像生铁，两只眼里冒出两把刀，愤怒刺向无耻的丈夫。

老实交代吧！

他意识到撒谎是没用的，反而会使事情更加复杂，索性窝在沙发里装死猪，任老婆百般逼问，一句话也不说。他老婆怒不可遏，气得要放火烧房子。这时候他手机响，掏出一看是张三，没好气地挂断。张三又打，再挂，还打。他只好接了。张三第一句话是：嫂子是不是在审你？他鼻孔里哼了一声。张三说：钱数多少？嗯是千啊是万，咳嗽一声一个数。他说：啊。然后咳嗽起来，一连咳嗽了三声。张三说：好了，把手机给嫂子。他就把手机递给老婆。他老婆接过去，听到这样一番话：

嫂子，钱是我借的，三万，我打牌打太大，输疯了，不敢让你弟妹知道，你弟妹那脾气你清楚，她要知道了，非砍死我不可。所以就找我哥借。你刚才给弟妹打电话问买房子，我一听就知道肯定是你问钱的事，我哥替我撒谎了。你放心，我过些天就还，但是千万替我保密，不要告诉你弟妹。

挂掉电话，他老婆冷笑不已。真是好朋友啊！她说，赶紧的，请他喝酒去吧，感谢他救场之恩。他知道没事了，至少罪证已失效，否则她不会就此罢休。张三是朋友里最精明的，他暗自庆幸第一时间撒谎撒到他头上，若换个人，此事已不可收拾。好形势不可浪费，老婆要偃旗息鼓，他偏要乘胜追击，喋喋不休地批判老婆过分：这么一搞多难堪，让他以后还怎么面对朋友？夫妻之间连这点信任都没有，还有什么意义继续过下去？他老婆恼了，瞪着他说：别给脸不要脸啊，信不信我追查下去，让你下不了台？我不管张三借钱是不是真的，限你五天之内，把钱拿回来！

查啊，你去查啊！

他这样说着，钻进书房去了。五天后，他乖乖把三万现金拿给老婆。这是他从股票里割出来的。老婆深明经济决定一切的道理，自结婚后，就把财政大权牢牢攥在手里，他想弄点私房钱，以备办私事之用，就悄悄养了几只股票。朋友那儿也需要给一个说辞。这个好办。在第二天张三主持的压惊宴上，大家反复追问，他欲说还休，唧唧哝哝了很久，他才说钱是给了老家的妹妹，她家里穷，有急用。大家联系到他老婆的为人，即刻都相信了。

这个风波扼杀了他一些多情的想象。若没有这个几乎难以收场的意外，他可能还沉溺在义救风尘女的浪漫情景里，说不好还会对她怀抱一点以身相许的期待，就像影视里惯用的桥段那样。在变态同僚和明察秋毫的老婆双重威胁下，所有超越现实的男女私情全都自觉领便当。既然当不了情种，就当圣人吧。所以，从她离开那天起，他从没有主动联系过她。

在分别后的头两年内，她也没有联系过他。这应该是好事。试想，在某个非常敏感的时刻，突然接到一个历史不清白的女人电话，要跟他叙旧情或者谈生活里的新情况，将蕴含着多么巨大的风险！他深明这一点，所以，当他因着某些东西而想到她时，并不会因为她的寡情而心生怨意。当然，一点小小的失望是难免的。再联想到送别时她的态度，他甚至会有点闷闷不乐。她大概是个不懂感恩的人吧！他这样想。

让他稍感欣慰的是，她虽不打电话，但每年都会发几条祝福短信。精确说是三条，一条端午，一条中秋，一条春节。这说明她并没有把他忘掉。但也仅止于此。因此，当两年后的一个下午，她突然打来电话，想向他再借两万块钱，他就有点不高兴了。

那天是周四，工作时间，他正陪主管基建的副市长考察矿区公路建设。看到是她的来电，他颇感意外。她破例打电话，想必是有要紧的事，他犹豫了一小会儿，躲到一边按了接听。简单寒暄几句后，他问她有什么事。她的话有点期期艾艾，说想借点钱。他说现在正忙，过会儿再打吧，就挂断了。他走回副市长身旁，继续陪同考察，却再也听不进去工程经理的汇报。他觉得很郁闷，好像是被她讹上了。好人难做啊，一朝行善，终生被黏，圣人形象一旦确立，想中途下车都难。他有个老兄，退休之后牵头成立了个慈善组织，搞了几次活动，经媒体一报道，颇产生了些影响，从此之后，办公地就被各种需要救助的人包围了，有些人甚至打听到他家地址，率领家小堵上门来。难道这个女人也想缠上我吗？他略带厌烦地想。他正出神，副市长突然问话，询问工程配套的相关问题。他吓了一跳，赶紧集中精神应付领导。当天工作到很晚，在山上吃罢工作餐时，天空已布满星辰。司机送他回家，途经市区一个十字路口，遇上红灯，逗留了一会儿。路口边上就是杏园酒店，他隔着车玻璃，看到金碧辉煌的大堂和旋转门上方那几个光彩夺目的大字，往事油然涌上心头，这才想起她今天打过电话。他说让她过会儿再打，可她并没有再打。这是否说明，她已经感受到了他的冷淡，于是知难而退了？他心生一点愧疚。她打电话之前，一定踌躇了很久，反复鼓动勇气，不料接通后，自己却给了她一盆冷水。他这样想着，愧疚之情迅速放大，进而又想到了责任问题。是他把她带出苦海，那么就有义务在她需要的时候继续给予帮助，所谓帮人帮到底，送佛送到西，半道上撒手不管，也未免不够君子。他对司机说：小王，靠边停，我想散散步。

他走到一条比较安静的街道，拨出她的号码。他想，她会不会赌气不接呢？一念未了，电话已经接通了。她语声低沉，还有很浓重的鼻音，似乎刚刚哭过，此时尚未缓过来。看来她的确是遇到困难了。他问她发生了什么事。她说她爸病危，急需要钱。他说，把卡号给我，我打给你。那边陷入沉默。他等了一会儿，等不到回音，就说：喂！她说：在的。

把卡号给我。

嗯，好。她说。顿了一下，又说，我会还你的。

先别说这个，救人要紧。

救人的确要紧，可是钱呢？他答应得爽快，一挂掉电话，就开始发愁了。股票已经跌得不像样子，万无从中抽钱的可能，怎么办？他想到了老朋友们。救人如救火，容不得拖延，他不顾时间已晚，当即给一个朋友打电话。朋友果然爽快，电话一挂，钱就打了过来。他如释重负，马上从 ATM 机给她转了过去。第二天中午，他给她打电话，问她父亲病情如何。她说正在重症室。他本想多聊几句，问一问她别后都做了什么生意，情况如何。说白了，他想问问以前那三万块钱怎么花的。不料还没来得及开口，局长已派人来召唤他，有个要紧的事需要他马上去办，于是就挂掉了。

一挂之后，两人就又不再联系。在他，是怕打电话过问钱的事，会让她觉得难堪，而她呢，本来就没打过电话，现在不过是回到之前的状态而已。一切看似又归于平静。生活依旧庸常无趣，而愿望中的升迁，仿佛就在目前，却又遥遥无期。人生如此，让他倍感无聊。

三

他很快就不觉得生活无聊了。

借给他钱的是李四。两个多月后的某个周末，大家在张三家打牌，李四也在。大家东扯西扯，有人问到李四老婆的生意。李四说赔了，屁股后天天一堆要账的，烦得很，恨不能把老婆推给他们顶账。张三说：你老婆就一个，债主那么多，怎么顶？刀子卸了每人分一块？李四翻眼。蠢货，就不能一家轮几天？张三夸赞：好主意！哎，嫂子是不是知道你这想法，故意赔钱的？

李四一贯爱开玩笑，大家也没人当真，嘻嘻哈哈，热闹而过。他却放在了心上，觉得有必要尽快把钱还给李四。这天晚上，有人邀他吃饭。这人是搞工程的，在竞一个标，而招投标事宜由他负责，之前已邀请多次，都被他拒绝了。这次又殷勤邀请，他觉得不能太无情，就答应了。此人神通广大，各方关系都打点得很好，公司资质和实力也不错，这个标基本已经定下是他的了，所以去吃他一顿饭也无妨，反正又不用为他去违反规则。他以此为理由说服自己，开车去了市区东二十里外河边的一家饭店。席上无外人，只有那名老板和他一个女助理。三人推杯换盏，相谈甚欢，喝到开心处，女助理掏出一张银行卡递过来。这是此类饭局应有的情节，无须为怪，但要让他坦然伸手，一时半刻还是做不到。老板说：相关领导都有，不光您一个，这只是一点小小心意，不求领导为我的事违法乱纪，只求念兄弟这点情谊，不要给小鞋穿。他瞪眼说：你这是什么话？老板赔笑。开玩笑开玩笑，来陶局，再敬你一杯。

临走时他已半醺。卡是女助理塞进他衣袋的，他没有亲手接，心理上便感觉自己是清白的。回到市内，他在一个比较偏僻的 ATM 机前停下来，查看了一下卡内钱数。不算多，五万。不过什么事都不用干，又不担风险，这个数也差不多了。他当即转了两万给李四，将卡抽出来塞到鞋垫下。不久后工程开标，中标的却不是那位老板，市长临时插了一下手，结果就变了。他觉得有点对不住老板，想把钱退给他。转思他花钱只是买自己不作梗，而自己事实上也真没有作梗，并不负约，况且收钱的又不止自己一个，没必要心存亏欠。再说，那点钱已所剩不多，若要退，还得去转借。想想还是算了吧。

几天后，他正在办公室忙，忽然接到老婆电话。他不耐烦地接通，还没说"喂"，老婆的声音已经撞上耳膜。

你是不是收了人五万块钱？

老婆压低了嗓门，语气却极其严厉，犹如一声山炮，直接将他震成了木头。老婆是市纪委第三纪检监察室主任，纪委信访科主任是她老表，此话从她那儿传来，必是被人举报无疑。老婆命他立即回家商议对策。到家之后，老婆先审问钱的去向。他自知事情已如纸中之火，无法再瞒，遂老老实实从头交代。老婆掳起茶台上的热水壶砸到他身上。壶里尚有余水，淋淋拉拉洒了一身。

你个王八蛋！老婆破口大骂。你去死吧！

老婆并没有让他死。她从家里拿钱补上缺口，叫他赶紧打进廉政账户，然后再主动找局长和书记坦白情况。他依计而行。找局长和书记前，他还心存委屈，觉得老板太他妈不是人，明明"相关领导"都意思了，却只举报他一个，分明是欺负他老实。他本想跟局长书记结成联盟，不料想掏心之后，才发现人家都没收钱。那个老板认为已经十拿十稳，只给他这个负责人象征了一下。——宜乎他最终中不了标！——他彻底蒙了。

由于扑火及时，加上他老婆鼎力相助，动用各种关系替他开脱，最终有惊无险地过了关。至于前途，这时候了还好意思想前途？未免太贪心！事情过去后，他老婆把家产列了个清单，分门别类井井有条，然后通知他去办理离婚。他自知理亏，无颜再争财产，办过离婚手续，就带上自己东西灰溜溜离开了。他先住在儿子家。儿子儿媳对他还算理解，但他总觉儿媳妇看他的眼光很古怪，也不大跟他说话，深自羞惭，熬了不到一个月，就又带上东西离开了。晚冬的黄昏污浊不堪，大团乌云浮荡在雾霾密布的天空，寒风从北而来，刮得满大街垃圾飞扬。他拖着行李箱，孤独行走在薄暮中的街道。雨点穿过层层尘埃落下来，一滴滴打在他脸上，然后汇流成河，顺着脸颊往下流。他掏出手机，拨了她的号码。铃声响了很久，他几乎都绝望了，那边终于接通。他再次听到了那个印象已近模糊的声音。

喂！她说。

是我。

我知道是你。

他沉默了一会儿，说：你能不能来陪陪我？

她说：好。

第二天她就来了。他请了三天假，接到她后，直接带她到了邻市，住进一家快捷宾馆。她穿一件黄色小西服，一条白色紧身裤，碎发变成了大波浪卷。脸好像黑了点，但她本来就有点黑，时间也久了，弄不清是不是跟原来一样。她肩上挂着一只棕色单肩包，安安静静地跟着他。进到房间时天色已晚，他站在床边，神情憔悴地望着她。她走到他面前，轻轻将他抱住。

你到底怎么了？她说：到底遇到什么事，这么不开心？

她的声音这么温柔，语气也很诚恳，恰似情人发自肺腑的关切。这是他从没体验过的感受。这感觉真好，虽然远不抵付出的代价，终归有所补偿，不至于输个精光。他也将她抱住，两团富有弹性的肉球温软地顶在胸腹之间。他抱住她，在她的催问下讲了事情经过。一开始，她还偶尔插一下话，就不理解的事物问句为什么，到后来就不出声了，只是默默倾听。差不多讲完时，他感觉到胸前一片水湿，低头看了看怀里的她，发现她在流泪。

对不起！她说，我害了你。

他心中一时百感杂陈，却只是笑了笑。没事！他说。

这三天他们日夜腻在一起，就像热恋中的男女。事实上到第二天，他在床上已经力不从心，剩余的时间大多都是躺着说话，或者搂着她看电视。他们聊了很多，比如各自的家庭，生活里的烦恼，两地不同的风俗和小吃，等等。她说她结婚了，就在半个月前，这次出来向老公撒了个谎，说是参加一个闺蜜的婚礼。说到这里，她在他怀里嘻嘻笑起来。他忍不住也笑了，心头却有一丝失落飘来荡去，犹如萦绕山腰的雾霭。

三天匆促而过，一切都还算美好。唯一让他心生芥蒂的是，当他问起这几年她都做了什么，她总是支吾以对，或者闪烁其词，明显不愿多谈。她不想说，他也就不再勉强，只是难免会有困惑，似乎她这些年的行迹也变得可疑起来。

她走之后，他们仍有联系，但不频繁，十天半月会有一个短信，除了问候起居，也没什么其他内容。这种状态持续了将近三年。其间她生了个儿子，给他发短信报喜，并请他给孩子起个名字，因为他是她所认识的文化最高的人。这个要求不能拒绝，他翻书稽典，起了个很大气的名，又给她转过去一千元锁子钱。而他，工作和生活都没什么好说的。一开始他住在朋友家的空房里，大半年后，做生意的儿子心疼爸爸，在东区买了套二居室给他住，当然，房本上的名字可没他的份儿。他本来也没脸再在单位待下去，要办内退，但因能干事，而局里能干事的人不多，所以局长和书记都不答应。无奈何，他就天天打混等着退二线。有人给他介绍女人，闲着也是闲着，相了几个，都看不上。更多人在张罗着撮合他和前妻复婚。这也是孩子们的心愿，他也并不反对，只是前妻坚决不允。她说她不能容忍男人的背叛，尤其是如此荒唐的背叛。一个有身份有地位的男人，竟然为了一个仅有一日之缘的小姐违法乱纪，自毁前途，该有多么愚蠢！她宁死不愿再跟这样的蠢货生活在一套房子内。他闻听此言，羞愧难当，却也只能唾面自干，无言以复。每当长夜难眠，或者孤独来袭，他就会想女人，想给她打个电话聊聊天，或者约她再见。甚至有几次，他都决定要去找她，但最终无不废然而罢。她已经结婚了，还是不要打扰她的家庭生活了。而自己，大节已经堕地，儿女亦已蒙羞，倘若再闹出点什么事，在亲朋好友面前如何自处？所以，还是老老实实了此残生吧。业余时间，他打打牌，看看书，跟驴友们去爬爬山，力争过一种健康生活。他还成了老朋友慈善会的忠诚义工，并将工资之半捐了出来。他认为这代表着某种救赎，而手无余钱，则会减少很多犯错误的机会。至于他是不是还想借此塑造某种形象，试图扳回人们对他的看法，就非他人所知了。

　　总之，这三年一切平淡。他孤单地生活在热闹的人群之间，忙碌地浪费着冗长光阴，以一种健康而积极的方式自暴自弃，直到今年七月某一天的早晨。他每天都起得早，在大妈们占据广场翩然起舞前，他已经绕着东区走罢一圈。回来后洗个澡，他拿起手机看了看，见有一条微信留言，是她发的。自有微信以来，他们就很少再发短信，这个联系起来更方便，也更省钱。打开留言，他愣住了。她又借钱！这是赖上自己了吗？他郁闷地想。没道理当年帮她脱离苦海，就得替她负责一辈子吧。他没有回复，换过衣服上班去了。他一上午心神不定，担心她会再发信息催问，然而等到下班，除了几个垃圾短信，手机上并未收到任何信息。他望着窗台上那盆茶花发了会儿呆。大概是侍应不周，山茶已不再开花，每到花期，仅仅结出一些骨朵，不等绽放就凋谢了。他拿起办公室里的电话，看着手机拨通她的号码。

　　与上次一样，嘟声仅仅响了一下，她就接通了。她的声音也同样很低沉，还有很重的鼻声，似乎刚哭过。他问她遇到了什么困难，她说儿子得了急性脑炎，很严重，进了 ICU 抢救，急需要钱，一时借不到，就想到了他。她问他方不方便，能不能帮帮忙。他说：我手头没有，我借借看，你等我电话。

　　他手头真没有这么多钱。她要一万五，数目比以前少，可是他也比以前穷。他坐在皮革已皲裂的办公椅上，把相熟的人一个个过滤，盘算向谁借比较好。想来想去，还是张三最合适。于是他去了趟张三家。他觉得打电话不如见面说，电话里拒绝人很容易，当面就不好意思太无情。张三正在跟两个朋友斗地主，相互都很熟，他坐旁边看了会儿，就提出了借钱的要求。张三笑眯眯地瞅着他，问他借钱干吗。他实话实说，那个女人的孩子得了重症，进监护室了，急需要钱。张三说：那孩子是你的吗？

他说：别乱放屁。

张三说：那关你什么事？

帮人帮到底。他说，她开口了，总不能见死不救。

天底下没钱治病的那么多，你怎么不帮别人？

这是个让人无语的问题，看似符合逻辑，实则蛮不讲理。他瞪着张三。废话少讲，你到底借不借？

要是你干别的，肯定借，哪怕你是去找小姐。但是这个，我不借。张三说，这女人害得你还不够惨吗？

他站起来就走。带门的时候他有点赌气，手上劲大，咚的一声响彻楼道。真是不可理喻！他愤然想：不借就不借吧，还扯东扯西，什么嘴脸！秋风凉薄如水，在楼宇丛生的城市里哗哗流淌。他气鼓鼓地行走在青桐树斑驳的阴影下，心房里渐渐充满忧伤。他想到了与朋友们的关系。自他受贿事发以来，朋友当然还是朋友，吃饭喝酒打麻将，以前一起干吗，现在照旧一起干吗，但在感觉上，总似隔了一层东西。举个不恰当的例子，就像做爱时戴了个套子，虽然一样深入，却不再有肉贴肉的亲密无间。最初他以为是自己多心，后来多方注意，越注意越觉得有问题。今日张三的态度，在他看来，便是最直接的证明。得势相附，失势相倾，有用则来，无用则去，原属人情之常，没什么不好理解，试想，谁会把一个没有价值的东西放在眼里？只是他很悲哀，交了这么多年的朋友，你以为是伯牙子期，不料却是油头市侩，让人情何以堪。街头店家门口的大音箱在放歌，是流传已久的神曲《爱情买卖》，一句歌词锐不可当地闯进耳朵：最后知道真相的我眼泪流下来。多么应景的句子啊！他跟着旋律哼了一遍，嘿嘿笑了笑，掏出手机给她发微信：

没找到钱，很抱歉！

几分钟后，她回复过来：没事，我再想想其他办法。

他看罢微信，将手机关掉，回到家蒙头大睡。反正有她老公呢，自己身为外人，帮是人情，不帮是本分，况且自己也并非不帮，实属力能不及。张三说得对，天底下需要帮助的人那么多，能管过来吗？

他这样想着，渐渐也就把这事儿淡忘了，只是性情越来越孤僻，很少再跟朋友们来往，尤其是张三。他并不怪张三，可就是不想再见他。

直到两个月后，张三才意识到他的刻意疏远。他觉得这很荒谬，做了些准备工作，然后设宴请客。李四奉命来叫他，只说去吃个饭聊聊闲天，在场的都是老朋友，并无外人。他被李四拖到城北"好厨子"饭馆，跨进包厢，看到张三端坐其间，顿觉没好气。酒过三巡，张三踢开椅子，手捏酒杯站起来，两只眼鼓得像蛤蟆。

就因为我没借给你钱，你就疏远我？他一口喝光杯中酒，取过手包，掏出两沓钱拍到桌子上。要钱是吧？给你！你今天不拿走就是王八蛋！

他眉头攒起来。你想干吗？

不干吗，就是要证明我他妈不是重财轻友的人。张三说，你只知道我不借给你钱，你知不知道我为什么不借？那个婊子一直在骗你，她根本没从良，向你借钱的前一天，她还卖淫被抓了！

他吃惊地盯着张三。他和她的事情败露后，张三曾设宴慰问，大家对他的不幸遭遇深表同情，继而追问他和妓女的故事细节。他心情糟糕，很快就半醉，在他们陷阱重重的提问中坦白了所有情节和信息，包括她的姓名、年龄和籍贯。张三是市公安局政治部主任，可以通过内部协查平台查询国内任何人的违法记录，他这样说，那一定是真的。张三将他和女人的事从头分析，术语纷飞，滔滔不绝，一副义愤之情不可遏制的样子。其他朋友也不时应和或补充几句。他明白了，今天这个饭局原来是鸿门宴，不对，是批判会，这帮亲爱的朋友们狠针峻药，下手凶猛，完全不考虑他承不承受得住。他们认为他们是在治病救人。玻璃杯里的茶水渐渐冷却，黄褐色的液体犹如隔夜的宿尿。他双手捧着杯子，眼光无力地趴在薄薄的杯沿上，满耳朵都是责难之辞。

她就是看你实在，吃定你了。张三说，你个信尿货！

四

他决定一探究竟。

他是在饭局后第三天早上出发的。国槐和橡树掉光了叶子，在微茫晨光里萧瑟而立，他背着帆布包走出小区，看到雪片像烟灰一样飘下来。他没有告诉任何人，对单位则请了个假，理由是近来心脏反复不适，要去省城住院治疗。本市第一汽车站有辆直达女人县城的班车。车站不远，他步行而往。走进车站时，雪花已渐繁密，被寒风翻卷着忽西忽东。他在车内坐定，望着漫天身不由己的雪，无端想到了易水河边的荆轲。

三百里的距离不算太远，下午四点钟，他已赶到了她所说的那个村庄。这边也在刮风，但没下雪，阴晦的天空里隐约能看见太阳的影子。他走进村口一家小卖部，买了盒烟，然后说出她的名字，打听她家怎么走。店主是个五十多岁的小个子男人，瞟了他一眼，说没有这个人。他撕开烟盒，抽出支烟递给店主，请他再想想。店主接过烟，在他的打火机上点燃。

真不记得有这个人，她爹叫什么？

他说：不知道。

她娘呢？

他有点尴尬了。也不知道。

那没办法，你再去问问别人。

村子很大，差不多有镇子的规模，他顶着风四下游走，见人就问，一直打听到天光昏沉，才彻底死了心。毫无疑问，她撒了谎，她家并不在这里。甚至她的名字也可能是假的，就像她们出台时的称呼，小美小丽小花小朵，不过是掩护本名的代号而已。那么她所讲的家庭情况，是否也属杜撰呢？他坐上最后一班城乡客车回县城，望着窗外陌生的夜色愠怒不已。

车近县城时，他忽然又想到一个问题：既然她所说的一切都是谎言，张三又是如何通过虚假的信息查出她仍在卖淫？很显然，他们都在撒谎。这个迟到的发现令他脊背发凉，觉得被整个世界戏耍和背叛，忍不住哈哈笑出了声，惹得旁人纷纷看过来，就像看个神经病。没有食欲，只想睡，到县城后，他随便找一家小宾馆住进去，也不洗澡，直接蒙着被子栽倒床上。可是又睡不着，脑子里乱糟糟的尽是这件事。

他发誓要找到她，不管多久，也不管多远。至于工作，去他妈的工作吧！

目标确定之后，事情就变得好办起来。五年之内，她换过两次手机号，理由是挪了地方做生意，换个当地号打电话便宜点。他撇开微信，用短信给她发了条信息，问她近来可好。等到半夜才接到回复，共四个字：还好，你呢？她以短信回复，证明手机号码还是之前那个，而那个号码归属某市。他回短信，说他很好，天冷了，给她买了套冬衣，要给她寄过去，让她告诉地址。又过了很久，她回复过来，说不用了，谢谢，让他也注意身体。他说已经买了，不寄只能丢掉。她这才发过来收件地址，是某市某街一家便利店，与手机号码所属城市吻合。

其实有更精确也更便捷的办法找到她：手机定位。但这要警方和电信部门配合，他没这个能力。次日一早，他即直奔某市，在手机地图的帮助下，很快找到那条街的那家便利店。就在车站附近，不大，但很干净，旁边也都是小门面，诸如五金电料、水暖安装、定制窗帘之类。他假装买东西，进便利店走了一遭，没有见到她。此处定是代收邮件的地方，她并不在这里上班。这是意料中的事，所以他并不沮丧。接下来有两种办法，一种是找商场买件羽绒服，通过快递寄到便利店，然后守在附近等她来取，即可跟踪她的去向。这是备用方案，现在他要先试试另一种。他打开微信，找到"附近的人"功能，点选"只看女生"。他觉得，如果她仍操旧业，很可能会常用这个功能。点选之后，呼啦一下出来一大排女士，高居其上的，是一个"附近的朋友"，微信名叫"依人"，头像是美颜过的照片，看上去很性感。呵呵，正是她。

微信显示，她在附近两百米内。他在手机地图上定下一个位，然后绕街而行，走了大约三百米，再次打开"附近的人"。她依旧在，这次显示是在三百米内。他如此绕行，找了五个地点，画出五个圆，然后在地图上相叠加，最终呈现出一个重合的部分。这当然有误差，不可能精确标示她所在的位置，但是只要有个大体方位，再加上时间和毅力，要找到她应该不算很难。他在手机地图的指引下，朝重合区域走过去，进入一条狭长的街道。这条街在车站对面不远处，两边小宾馆和发廊林立如栉，大概是天冷，街上无甚行人，窄小的街道也显得空旷。他在一家宾馆前停下来。所谓的宾馆，不过是所家庭旅社，由一栋四层民居改造而成。这是重合区最靠近核心的建筑。他决定住在这里。

里面陈设很简单，没有电梯，没有地毯，也没有遍布各个楼层的摄像头。楼道和走廊都是水泥的，不少地方起皮，被重新修整过，一片一片如同满地补丁。房间也很寒酸，仿瓷涂料粉刷的墙壁已失去本色，卫生间里的洗手盆摇摇欲坠，而散发着污秽气息的便器，竟然还是蹲式的。他联想到杏园酒店，两相比较，简直有天壤之别。假如她真的重操旧业，或者根本就没有退出过，她会在这儿接客吗？他有点疑惑。

他昨晚没睡，本想歪床上眯一会儿，养足了精神好办事。可是走廊里不断有人来去，囊囊的脚步声伙同廊道的回音，粗暴践踏着他脆弱的神经。还好离天黑已不远，他抽了几支烟，夜色已然漫上窗台。他先去附近饭馆吃饭，饭后回来，看到老板娘正在一楼大堂与人聊天。老板娘五十来岁的样子，穿着黑绒绒的皮草，一张脸肥白欲滴，假睫毛黑而长，嘴唇则红得像刚揭了皮。这么一副尊容，欲使人不联想到"妈咪"，简直比抽彩中大奖还难。他回到房间，抽了一支烟，然后给前台打电话。前台只有老板娘在，听到客人说淋浴没热水，马上就来了。这是个非常拙劣的借口，老板娘打开水龙头，热水很快雾腾腾地洒下来。老板娘是聪明人，立刻明白了客人的意图，不等他羞涩开口，主动关怀起了他的夜生活，问他要不要小姐。

他装出一副老手的样子。货色怎样啊？能不能挑选一下？

老板娘有备而来，当即从皮草内掏出一沓照片。他一张张翻看。照片上的女士只能用两个俗套的词来形容：浓妆艳抹，搔首弄姿。不过看上去还都有一点姿色。他漫不经心地翻着，问老板娘：这些照片真实吗？老板娘嘿嘿一笑。广告嘛，肯定有点美化，太认真就不厚道了，但是活儿都很好，你试试就知道了。活儿很好，是不是意味着入行时间久？而入行时间久，岂不是代表着年龄也比较大？想想也是，倘若是年轻貌美的小姑娘，肯定要去高档场所赚大钱，怎可能来这种地方浪费青春。而他此来是为找人，对这些女士们的活儿并无兴趣。照片一张张过手，眼看就要翻完，在倒数第三张，他终于看到了一张熟悉的脸：正是她微信头像所用的那个。他的手不由自主地颤抖起来。

天太冷了。他说，这个不错，就这个吧。

老板娘把头凑过来看看照片。这个不行，她不在。

去哪儿了？

回家了。

什么时候？

天快黑那会儿，蹭老乡的车走的。

这算不算是擦肩而过，失之交臂呢？他懊恼不已。多久回来？他问。

不知道。老板娘说：你再看看别的，别的也不错。

他将照片又过了一遍，抬起头来睒着老板娘。当面细看，老板娘又是一种风情，眉眼也甚明润，年轻的时候想必也是个美女。你呢？他问，你今晚有空吗？

五

他就在门后等候。

老板娘已打电话问过，她下午就会回来，至于到达时间，可能要到黄昏了。所以心急也没用，他只有等待。趁此时间，他可以做些准备工作，比如兑现应许，去商场给她买件羽绒服。十一月的天光最短，白日在云层里晃了几晃，便坠入参差凌乱的楼丛，才五点多钟，天就已经黑透了。这时老板娘打来电话。

她上去了。老板娘说。

他马上蹿到门后。他这样做是有用意的：当她叩门，他会打开一条缝，容她侧身而入，然后立即将门推上，再以后背顶牢。他怕看到是他后，她会夺门而走。他藏身门后，闻听走廊里脚步声科科而来，到了门前，又科科而去，一颗心悬起来又放下，放下去再悬起来。终于，门被叩响了。门上没有猫眼，无法让他先窥视一下她的面容。他手握把手，激动中又有一点犹豫。开与不开，见或不见，在此时都有不堪重负的理由。可是怎能不开呢？这些年的荒唐遭际，将在今晚得到一个说法，隐藏在时光和距离之后的真相，也将在此夜一一印证。他轻轻压下把手，将门带开一道窄缝。

窄缝突然扩张了几倍，显然是被门外的人推的。紧接着一个人从半开的门里挤进来。是个女人，卷曲的长头发披散在前胸后背，俗气的红呢外套包裹着壮实的身躯。脸庞还算丰满，但气色不好，鼻梁和眼周布满黄褐斑，犹如一团晦气笼罩在脸上。他怔住了。没错，来者是她。可真是她吗？在他想象里，从门缝里游入的应是细细瘦瘦的白鲦，不料却闯进来一条肥硕的草鱼！尽管已有心理准备，他还是难以接受。仅仅三年啊，曾经的动人少女就变成了庸常村妇，还有什么比时光的无情摧残更令人惊怖的呢？

他怔的时间太长。她与他同时看清对方，同时发怔，她的怔很快变成惊愕，继而是惊慌，扳开门逃了出去。他要阻拦已经晚了，追出门时，她已经飞奔过三个房门，折进楼梯道，咚咚咚跑下楼去，全然不顾高跟鞋可能崴了脚。他赶到楼梯口，想要追下去，两只鞋底却如粘在地上。他扶着脏兮兮的铁栏杆，望着视野有限的楼梯道发了会儿呆，默然回到房间。

他坐在破沙发上闷头抽烟，抽了两支，心犹不甘，掏出手机拨打她的号码。拨了五次，她都没接。怎么办呢？只有继续抽烟。烟雾连绵不绝，充斥于寒冷的房间内，犹如幻灭之水将他淹没。两小时后，房门再次被敲响。他以为是老板娘来问究竟，将门打开，却看到是她。她站在尺余之外，抬头望了他一眼，又复垂下头去。

他说：进来吧。

她就进来了。他将门反锁，站在靠门的方向。这次不用担心她跑掉了。他仔细打量她。娃娃脸的轮廓还在，娃娃气已经没有了。她一直垂着头，似乎不敢看他，神情却不是羞怯，也不是扭捏，而是不自然，千般万般不自然。他盯着她看，看得久了，也不自然起来。

脱吧。她说。

这应该是最好的开场白。两人脱光衣服，钻进冰凉的被窝。他搂住她。她也温顺地被他搂住。他的手在她身上轻轻抚摸。她的皮肤已不似记忆中的那么光滑，肌肉也不如以前紧致，尤其是腰腹部位，指掌到处，满手都是松软的赘肉。她在他怀里抖动了一下，好像敏感地方被触碰到，生理上本能地排斥。

芬姐给我打电话了。她说。芬姐是老板娘的花名，这他知道。她说你们谈了很多。

嗯。

都谈了些什么？

该谈的都谈了。他说。他把手掌从她腰上挪开，把她搂得紧了些，似乎这样可以使两人更暖和。他的三百块钱没有白花，老板娘把她所了解的事情统统告诉了他。于是他知道，她所计划的事全都做了：先是开小饰品店，生意不好，又卖服装，依旧不赚钱，然后卖小吃，干了一年，多少挣了点，但跟不上家里的花销，就又改行去学美容美发。学习的时候认识了一个小青年，谈恋爱结了婚，婚后两人开了间美发店，她又生了孩子，小日子还不错。后来不知何故，两人突然又离了婚，孩子归她。养孩子需要钱，而她经过这么多折腾，意识到自己不是做生意的料，只好去省城打工。她把孩子放在老家她妈那儿。孩子太小，她妈又太老，照应不好，一场高烧引发了脑炎，她没钱治，差点把命耽误了。

她在你们那儿干这行，本来干得好好的，收入也不错，虽说发不了财，也够养家。就因为遇到你，把一辈子毁了。老板娘说，你倒是好心，以为救她出苦海，可不知道她离开这一行，才是真的进了苦海。各人有各人的活路，适合你的不一定适合她，你逼她做生意，十足害了她。

我没有逼她。他说，是她自己愿意的。

那是她不了解自己。你看看，折腾这么久，最后不还得回到这一行？就是代价太大了，以前条件好，能进出高档酒店。生了孩子以后，整个人都变形了，要脸儿没脸儿要身儿没身儿，一样是卖，价钱可是天上地下。

他麻着脸抽烟，听得无比气闷。他不认同老板娘的话。他承认卖淫是人类最古老的职业之一，也尊重性工作者的人格，可卖淫毕竟是违法的，从事这一职业也很没尊严。但他没跟老板娘辩论这个，他怕得罪了她，不再给他提供信息。

你是怎么想的？说到这里，他问怀中的她。

她没有回答。从她神色看，显然是不愿谈这个话题。他能理解她的心情，心中却愈加不安起来，似乎她的沉默代表了对老板娘的默认。这令他倍觉难堪。他想告诉她，做人要有尊严，他不希望她没有尊严地活着。然而这番冠冕堂皇的话，却如鱼刺般卡在他咽喉，竟不能够说出来。生存与尊严是个令人生厌的话题，讲少了苍白，讲多了矫情，甚至一提到他，便让人如缺钾一般充满无力之感。他不是个喜欢说教的人，也害怕一说出来，就会暴露急于为自己辩护的窘迫，显得自己真的理亏。气氛在沉默之中缓缓僵化。她意识到了这种潜在的不愉快，觉得还是回应他一下比较好。

我真的不想干这行。可是孩子病重急救，我又借不到钱，只好到医院附近站街。就是太倒霉了，才接了两个人，就被派出所抓住，罚了三千块钱。是芬姐帮我交的罚款，又借钱给孩子治病。孩子出院以后，我就来这边了。她说，先活着吧，再慢慢找能做的事儿，等有合适的工作，我就不干这了。给我点时间，好不好？

他心中风雨如晦，委屈和愤懑尽成烟灰，不知说什么好，只能把她搂得更紧。这说明已经取得他的谅解。她笑了笑。她侧身而卧，一边脸压在他胸膛，她的笑容从唇角绽放，开到他胸前就被挡住了。你放心，我说到做到。她说，以后孩子长大了，我可不想让他知道他妈妈是干这个的。

说到孩子，气氛似乎轻松了些。桌子上有两只盒子，一只是幼儿早教机，另一只装的积木。据老板娘说，今天是她儿子的生日，她回去也是为了这个。他觉得有必要给这个素未谋面的小家伙送点礼物，就在给她买羽绒服时，顺道买了那两盒东西。她顿时变得非常开心。儿子肯定很喜欢！她说，哎，你要不要看看儿子的照片？她说着，从他怀里爬起来，要拿床头柜上的手机。他拽住她，把她拖回被窝。

回头再看吧。他说，别感冒了。

哦。她说。

他觉得身上开始发热，需要做些运动降降温，就爬到了她身上。在开始运动之前，他说：你还是别干这个了，我这几天再给你找点钱，你好好想想能做什么事，好不好？

她没有回答，或许是身体已经投入状态，思维就受到了限制，并未意识到他究竟在说什么。直到几分钟后，他都已经忘掉了自己说的话，才听到她梦呓似的说：好。

原发《芒种》2017 年第 5 期

《小说选刊》2017 年第 6 期

《北京文学中篇小说月报》2017 年第 6 期

《小说月报》2017 年第 7 期选载

图书在版编目（CIP）数据

此事无关风与月/李清源著 . -- 北京：作家出版社，
2020.9

ISBN 978-7-5212-1112-2

I.①此… Ⅱ.①李… Ⅲ.①中篇小说-小说集-中国-
当代 ②短篇小说-小说集-中国-当代 Ⅳ.①I247.7

中国版本图书馆 CIP 数据核字（2020）第 172139 号

此事无关风与月

作　　者：李清源
责任编辑：田小爽
宣传编辑：商晓艺
装帧设计：留白文化
出版发行：作家出版社有限公司
社　　址：北京农展馆南里 10 号　　邮　　编：100125
电话传真：86-10-65067186（发行中心及邮购部）
　　　　　86-10-65004079（总编室）
E-mail: zuojia@zuojia. net. cn
http://www.zuojiachubanshe.com
印　　刷：北京盛通印刷股份有限公司
成品尺寸：142×210
字　　数：346 千
印　　张：12.25
版　　次：2021 年 2 月第 1 版
印　　次：2021 年 2 月第 1 次印刷
ISBN 978-7-5212-1112-2
定　　价：45.00 元